U0807910

国内外经典教材辅导系列·中文类

《中国现代文学三十年》
笔记和考研真题详解

【适用钱理群第3版教材】

主编：圣才考研网

www.100xuexi.com

中国石化出版社

·北京·

内 容 提 要

本书是普通高等教育"九五"教育部重点教材、"十一五"国家级规划教材《中国现代文学三十年》(第3版，钱理群著，北京大学出版社)的学习辅导书。钱理群主编的《中国现代文学三十年》是我国高校广泛采用的现代文学权威教材之一，也被众多高校(包括科研机构)指定为"现代文学"考研考博专业课参考书目。本书遵循第3版的章目编排，共分为29章，每章由两部分组成：第一部分为复习笔记，总结本章的重难点内容，提炼高频考点，梳理知识逻辑关系，并邀请专业名师对其中热点内容进行点拨；第二部分为考研真题与典型题详解，精选详析了部分名校近年的考研真题和典型题，用以巩固和强化重要考点。

圣才考研网(www.100xuexi.com)提供钱理群《中国现代文学三十年》电子书、题库。手机扫码(本书封底)领取本书AI电子书。

图书在版编目(CIP)数据

《中国现代文学三十年》笔记和考研真题详解/圣才考研网主编.—北京:中国石化出版社,2025.5.
ISBN 978-7-5114-7930-3

Ⅰ.I209.6

中国国家版本馆CIP数据核字第20259S3L01号

未经本社书面授权,本书任何部分不得被复制、抄袭,或者以任何形式或任何方式传播。版权所有,侵权必究。

中国石化出版社出版发行

地址:北京市东城区安定门外大街58号
邮编:100011　电话:(010)57512500
发行部电话:(010)57512575
http://www.sinopec-press.com
E-mail:press@sinopec.com
武汉市新华印刷有限责任公司印刷
全国各地新华书店经销

*

787毫米×1092毫米 16开本 18.75印张 464千字
2025年5月第1版　2025年5月第1次印刷
定价:68.00元

序　言

我国各大院校一般都把国内外通用的权威教科书作为本科生和研究生学习专业课程的参考教材，这些教材甚至被很多考试（特别是硕士和博士入学考试）和培训项目作为指定参考书。为了帮助读者更好地学习专业课，我们有针对性地编著了一套与国内外经典教材配套的复习资料。

钱理群主编的《中国现代文学三十年》被列为教育部“九五”、国家“十一五”重点图书，是我国高校采用较多的现代文学经典教材，也被众多高校指定为“现代文学”专业考研参考书目。

作为该教材的学习辅导书，本书具有以下几个方面的特点：

1. 紧扣知识框架，拓展核心考点

每章的复习笔记紧扣原著知识框架，全方位解析核心考点，并进行拓展延伸，部分重要知识点处还附有名师点拨。内容精炼，条理清晰，易于记忆，方便考生更有针对性地复习。

2. 精选考研真题，巩固重要考点

本书精选了部分名校近年的中国现代文学史考研真题与典型题，均提供了详细的答案。所选真题涵盖的知识点全面，特别注重凸显高频考点和出题热点。

本书使用者须知：第一，目前，部分高校研究生院往往会给考研专业课的复习指定一些参考书目，这些参考书目无疑是备考考生最重要的复习对象，但是，研究生入学考试作为一种发掘科研人才的选拔性考试，其属性决定考生仅仅把对专业知识的了解与掌握拘囿于一、两本参考书目是远远不够的，必须是对整个专业的学术概况有一定的了解，基于此，本书对笔记的编写和题目的选择融合了整个学科的重要资源，而不是只以一本教材作为依据。第二，考研不同一般考试，概念题（名词解释）要当作简答题来回答，简答题要当作论述题来解答，而论述题的答案要像是论文，有的论述题的答案简直就是一份优秀的论文（其实很多考研真题就是选自一篇专题论文），完全需要当作论文来回答。总之，答得多不扣分，答得少则可能漏掉采分点！

手机扫码（本书封底）领取本书 AI 电子书。

圣才考研网（www.100xuexi.com）是圣才电子书旗下的考研考博专业网站，提供全国各高校大部分专业考研考博辅导班、电子书、题库、全套资料（历年真题及答案、笔记讲义等）、国内外经典教材名师讲堂、考研教辅图书等。

考研辅导： kaoyan.100xuexi.com（圣才考研网）

资格考试： www.100xuexi.com（圣才学习网）

圣才考研网编辑部

目　录

第一编　第一个十年(1917—1927年)

第二编　第二个十年(1928—1937年6月)

第三编　第三个十年(1937 年 7 月—1949 年 9 月)

第一编　第一个十年（1917—1927年）

第1章　文学思潮与运动（一）

1.1　复习笔记

一、文学革命的发生与发展

1．文学革命的背景

由于晚清一系列救亡图存的运动都没能建立起一个独立的现代意义上的民族国家，先进知识分子意识到有必要通过思想启蒙来改造社会意识和民族心性，建设全新的意识形态，从而完成建立独立、统一、富强、文明的现代民族国家的历史使命。于是一场空前的思想启蒙运动——新文化运动开始兴起，运动倡导者们将文学视为思想启蒙的最佳工具，一场声势浩大、影响深远的文学革命随即展开。

2．开始标志

1917年1月，胡适在《新青年》上发表了《文学改良刍议》，2月，陈独秀在《新青年》发表了《文学革命论》，正式倡导文学革命，标志着"五四"文学革命运动的正式开始。

3．革命主张

（1）"八不主义"

①形成过程

a．提出：1916年胡适在给陈独秀的信中说："年来思虑观察所得，以为今日欲言文学革命，须从八事入手。"

b．发展：1917年《文学改良刍议》重新排列"八事"顺序，并加以具体阐释。

c．形成：1918年胡适在《建设的文学革命论》中修改"八事"，形成"八不主义"。

②内容

a．不做"言之无物"的文字。从文学内容着眼，强调文学要有真挚的情感和高远的思想。

b．不模仿古人。从文学形式着眼，强调"一时代有一时代之文学"。

c．不做不合文法的文字。强调文法结构的重要性。

d．不做无病之呻吟。主要批评青年人容易悲观的创作情绪。

e．不用套语滥调。这些套语滥调主要是指旧诗文中的"蹉跎""寥落""斜阳""芳草"等。

f．不用典。指出过度用典或用典不当会妨碍文学的抒情达意。

g．不讲对仗。指出对仗最大的流弊就是束缚人的自由。

h．不避俗字俗语。即提倡白话文学。

③意义

"八不主义"主要把语言、形式问题作为文学革命的突破口，对于当时仍然统治文坛的旧文学的弊端具有很强的针对性。文学革命正是要彻底颠覆白话与古文的地位，把白话文建设成为彻上彻下的、全民族的书写工具。而“八不主义”所掀起的语言、形式的革命旨在为文学表现现代生活扫清障碍，是文学革命成功的先决条件。

(2)“国语的文学，文学的国语”

1918 年，胡适在《建设的文学革命论》中，将其文学革命主张概括为“国语的文学，文学的国语”十个字，明确把文学革命与建立一个现代民族国家的任务联系了起来，具有较大的包容性和号召力。

(3)“三大主义”

①提出

1917 年，陈独秀在《文学革命论》中明确提出“三大主义”，作为反对旧文学的口号。

②内容

a. 曰推倒雕琢的阿谀的贵族文学，建设平易的抒情的国民文学。

b. 曰推倒陈腐的铺张的古典文学，建设新鲜的立诚的写实文学。

c. 曰推倒迂晦的艰涩的山林文学，建设明了的通俗的社会文学。

③目的

批判当时统治文坛的三大旧文学流派——桐城派、江西派和“选学”，否定以它们为代表的“贵族文学”“山林文学”和“古典文学”。

④意义

继“八不主义”主要从形式方面批判旧文学，陈独秀的“三大主义”对文学革命的内容提出了更多的要求，且态度更为坚决，针对性更强。

(4)“活的文学”与“人的文学”

①提出

胡适在《中国新文学大系·建设理论集·导言》中提出“文学革命的目的是要用活的语言来创造中国的新文学——来创造活的文学，人的文学”，并把建立“活的文学”与“人的文学”作为两大中心理论。

②内涵

a. “活的文学”：文学语言的自觉(革新文字工具)。

b. “人的文学”：文学内容的自觉。

③关于“人的文学”

a. 提出：1918 年 12 月，周作人在论文《人的文学》中提出了“人的文学”，又称“人道主义的文学”。

b. 内涵：以人道主义为本来记录研究人生问题，人道主义即一种个人主义的人间本位主义。

c. 意义：周作人的“人的文学”，明确把思想革命的要求与文学革命的要求结合起来，对文学革命的思想基础进行了更高、更具理论概括力的总结，把文学现代性与“人学”现代性紧密地结合起来，明确了新文学与旧文学在基本的思想原则上的分野。

4. 文学革命所引发的几场论争

“五四”文学革命以破坏旧文学开道，必然要与守旧的文学势力发生冲突和斗争；发生在 1920 年代的文学论争主要体现在文学观念、文学内容和文学语言等方面的新旧分歧。

(1)新文学与旧知识分子的斗争

1919 年初，新文学阵营展开对以林纾为代表的旧知识分子的斗争。

①旧知识分子的攻击

a. 1919 年 3 月，旧派人物刘师培、黄侃等人创办《国故》杂志，与《新青年》《新潮》相抗衡。

b. 推崇桐城派的林纾（琴南）旧文学观念尤为顽固，视文学革命为洪水猛兽：

第一，发表《论古文白话之相消长》《致蔡鹤卿太史书》，讨伐白话文，攻击新派人物"颠孔孟，铲伦常"，表示要"拼我残年极力卫道"。

第二，其袭用旧派文人含沙射影的故伎，发表模仿古人的文言小说《荆生》《妖梦》，咒骂文学革命人物。

②新文学阵营的反击

a. 蔡元培（鹤卿）在《答林琴南书》中予以义正词严的驳斥，宣称"对于学说，信世界各大学之通例，循'思想自由'原则，取'兼容并包'主义"，支持文学革命与新思潮的传播。

b. 李大钊在《新旧思潮之激战》中揭露林纾之流的阴谋。

c. 鲁迅在"随感录"等一系列杂文中讽刺他们为"国粹家"。

d. 《新青年》对《荆生》逐字进行批驳。

③结果

林纾最终自叹老迈，寄慨将来，悲哀收场。

（2）新文学与学衡派的论争

①学衡派

a. 简介

第一，1922 年，南京东南大学的梅光迪、胡先骕、吴宓等创办《学衡》杂志，因诸人观点态度相近，被称为"学衡派"。

第二，他们留学西洋，受新人文主义思潮影响，尊崇中国的古圣先哲，以融贯中西古今的姿态，反对新文化运动和文学革命，思想倾向稳健保守。

b. 攻击

第一，梅光迪在《评提倡新文化者》中，攻击文学革命为"标袭喧攘，侥幸尝试"，"提倡方始，衰象毕露"，称倡导者为"政客""诡辩家""功名之士"等。

第二，吴宓、胡先骕均持"中学为体，西学为用"的立场，发表《论新文化运动》《评 <尝试集>》等文，其击中了新文学倡导者的某些弱点，如白话诗创作的简单化倾向等，具有一定的借鉴意义。

②新文学阵营的反击

鲁迅对学衡派的驳斥最为尖锐有力，《估 <学衡>》一文中，认为这批学兼新旧的学者们"于新文化无伤，于国粹也差得远"。

③结果

《学衡》到 1933 年终刊。这场论争后，旧文学阵营已无力与新文化运动和文学革命相对抗。

（3）新文学与甲寅派

①甲寅派

a. 简介

《甲寅》于 1914 年 5 月创刊于日本东京，主编为章士钊，不久即停刊。章士钊任段祺瑞执政府教育总长后，于 1925 年重新创办《甲寅》周刊，所刊内容主要是攻击新文化运动和文学革命的文言文章，因而在实际上成了新文化运动的拦路虎。“甲寅派”即因《甲寅》周刊而得名。

b. 攻击

第一，章士钊于1923年和1925年两次发表《评新文化运动》，维护文言文，攻击白话文。此后还发表《答适之》《评新文学运动》等文。

第二，《甲寅》发表章士钊和孙师郑关于“读经救国”的通信，与新文学唱反调。

②新文化阵营的反击

胡适、鲁迅、沈雁冰、徐志摩、郁达夫等都纷纷出阵，从不同角度批驳了甲寅派阻挡新思潮的本质。胡适发表《老章又反叛了》，其调侃的语气显示了一副胜利者的姿态。

③结果

在与守旧派的反复较量中，新文学运动的理论更加完备和明晰，地位更加稳定。

5. 文学革命的意义

文学革命是我国历史上前所未有的一次伟大的文艺革新运动，具有划时代的意义。

(1)从思想意义看，作为“五四”新文化运动的重要组成部分的文学革命，以民主、科学等现代思想启迪民众，猛烈地冲击了几千年来的封建思想文化，广泛地传播了人文主义精神，促进了中国人的觉醒。

(2)从政治意义看，文学革命在“五四”前夕发生，为新民主主义革命的到来做了舆论准备。“五四”运动爆发后，新文学运动又成为其重要内容，它不但彻底地批判了封建道德、封建文学，还积极地传播了马克思主义，同时在运动的进程中，形成了由左翼文学、民主主义文学和自由主义文学三部分人组成的新文学统一战线，从而为中国的新民主主义革命做出了巨大的贡献。

(3)从文学意义看，文学革命提倡白话、反对文言，成功地以白话文取代了占正宗地位的文言文，白话成为中国社会统一使用的主流语言；同时，文学革命带来了文学观念、文学内容、文学形式等各方面的大革新、大解放，宣告了中国古典文学的终结和现代文学的诞生，与此相呼应的是，以现代白话为书写语言的现代小说、诗歌、话剧、散文等文体写作取得了骄人的实绩，奠定了中国新文学不可撼动的主流地位，并为其发展开拓了道路。

【名师点拨】文学革命的发生与发展过程是本章的重点内容之一，尤其需重点掌握新文化运动与文学革命的关系，陈独秀《文学革命论》与胡适《文学改良刍议》的具体内容和影响，同时也需要对文学革命的性质和意义有所认识和了解。

二、外国文艺思潮涌入和新文学社团蜂起

1. 外国文艺思潮涌入

(1)积极引进外国文艺思潮成为当时建设中国新文学的一项迫切而重要的任务。

①胡适在最初酝酿文学革命之时，就受到了当时欧美诗坛流行的意象主义的启发。

②陈独秀则在《文学革命论》的开头即言明应以欧洲文艺复兴以来的文学变革为动力来推动中国的文学革命。

(2)《新青年》从创刊之时起即率先开始译介外国文学作品，曾先后译载了屠格涅夫、龚古尔、王尔德、契诃夫、易卜生等作家的作品。《新潮》《少年中国》等其他拥护文学革命的刊物也都相继开辟了译介外国文学的栏目。

(3)在《新青年》的带动下，出现了前所未有的大规模译介外国文学的局面。当时，几乎所有进步报刊都登载翻译作品，几乎所有文学革命的倡导者和参与者都译介过外国文学作家

作品，鲁迅、刘半农、胡适、周作人、沈雁冰、郑振铎、瞿秋白、耿济之、田汉等，都是外国文学热心的翻译者和推介者。

(4)西方文艺复兴之后几个世纪以来的各种文艺思潮、流派及其有关的哲学思想，都在很短的时间内纷纷引进中国，其中现实主义、自然主义、浪漫主义、唯美主义、表现主义、象征主义、意象派、心理分析派、未来派、现代派以及人道主义、进化论、实证主义、尼采的超人哲学、叔本华的悲观论、斯宾诺莎的泛神论、弗洛伊德主义、托尔斯泰主义、无政府主义等，都在不同范围产生过各自的作用和影响。

【名师点拨】外国文艺思潮的涌入和影响是推动文学革命发生的重要外因，因此，需要把外来文学思潮作为研究中国文学现代化的重要方面。

2. 新文学社团蜂起

这一时期，各种文学社团纷纷组建并进行卓有成效的创作和翻译活动，在内容与技巧上对整个现代文学的发展产生了巨大的影响。鲜明的流派特点开现实主义、浪漫主义、现代主义等文学流派的先河。其中影响最大、最有代表性的是文学研究会和创造社。

(1)文学研究会

①时间：1921 年 1 月在北京成立。

②发起人：周作人、朱希祖、蒋百里、郑振铎、耿济之、瞿世英、郭绍虞、孙伏园、沈雁冰、叶绍钧、许地山、王统照等 12 人。

③刊物：《小说月报》《文学旬刊》等。

④主张："研究介绍世界文学，整理中国旧文学，创造新文学""文学应该反映社会的现象，表现并且讨论一些有关人生一般的问题""反对把文学作为消遣品，也反对把文学作为个人发泄牢骚的工具，主张文学为人生"。

⑤创作方法：写实主义。

⑥艺术风格：以反映现实生活、针砭社会弊病、追求美好人生为主题，由此派生了"问题小说"这一文学体式。

(2)创造社(前期)

①时间：1921 年 6 月在日本东京成立。

②成员：郭沫若、成仿吾、郁达夫、张资平、田汉、郑伯奇等。

③刊物：《创造》季刊、《创造周报》《创造日》《创造月刊》《洪水》等。

④主张："为艺术而艺术"，强调文学必须忠实地表现作者自己"内心的要求"。

⑤创作方法：浪漫主义和唯美主义。

⑥艺术风格：大都侧重自我表现，带有浓厚抒情色彩，直抒胸臆和对病态心理的描写往往成为他们表达内心矛盾和反抗现实压迫的主要形式，产生"自叙传"小说这一文学体式。

(3)语丝社

《语丝》周刊创办于 1924 年 11 月，多发表针砭时弊的杂感小品，以倡导幽默泼辣的"语丝体"而获语丝派的称号。以鲁迅为语丝派主将，其他成员有周作人、林语堂、章川岛、孙伏园等。

(4)莽原社、未名社

莽原社、未名社是分别于 1925 年 4 月和 8 月创办于北京，得到鲁迅扶持的青年作家社团，创办有《莽原》《未名》等刊物；成员除鲁迅外，主要有高长虹、台静农、向培良、韦素园、韦丛芜、李霁野、曹靖华等，致力于翻译文学和乡土文学。

(5)南国社

南国社是由创造社的成员田汉领导创立的一个综合性艺术社团，以戏剧的成就与影响最大，创办有《南国半月刊》等。

(6)浅草社、沉钟社

浅草社、沉钟社是分别于1922年创办于上海和1925年创办于北京的两个有连贯关系的社团，创办有《浅草》季刊、《沉钟》周刊，成员有陈炜谟、陈翔鹤、冯至等，致力于介绍外国文学，特别是德国浪漫派文学。陈炜谟、陈翔鹤的小说和冯至的诗歌比较有代表性。

(7)湖畔诗社

湖畔诗社是1922年成立于杭州的诗歌社团，因其成员应修人、潘漠华、冯雪峰、汪静之曾出版诗歌合集《湖畔》而得名，他们以写作爱情诗闻名。

(8)新月社(前期)

新月社的活动始于1923年，以北京为中心，最初主要开展戏剧活动。1926年，徐志摩接编《晨报副刊》后创设《诗镌》《剧刊》，开始形成前期新月诗派，成员有闻一多、徐志摩、饶孟侃、朱湘、孙大雨、于赓虞、刘梦苇等人。

【名师点拨】文学研究会和创造社是本章的另一个重点内容，需了解两者的成立及成员组成情况，同时要重点掌握其各自的代表性刊物、作家、观点和创作特色。此外，对这一时期的其他文学社团，如新月社、语丝社、浅草－沉钟社等的基本情况也需做一大致了解。

三、胡适、周作人与新文学初期理论建设

1. 新文学初期理论建设

最初的理论思考集中在为文学革命(包括白话文运动)寻找根据，证明其必然性与合理性，代表作有胡适的《文学改良刍议》、陈独秀的《文学革命论》、刘半农的《我之文学改良观》，钱玄同的《寄陈独秀》《寄胡适之》，傅斯年的《文学革命申议》《文言合一草议》等。

2. 胡适的理论建树

胡适以文学进化论为理论依据，主张“一时代有一时代之文学”，提倡白话文学，着眼点是文学语言形式的变革。此后，他又在《建设的文学革命论》中，以“国语的文学，文学的国语”概括文学革命的宗旨。“国语的文学”指新文学应当以流畅、优美的白话写成，“文学的国语”指汉语在经过新文学的锤炼以后，可以更准确、生动地传神达意，两者互为因果，交相为用。

3. 周作人的理论建树

整个“五四”时期，周作人一方面积极倡导“为人生”的文学主张，在《人的文学》《平民文学》等文章中系统地阐述了以人道主义为核心的“人的文学”的理论，积极推进文学革命的发展；另一方面，他大力提倡发展现代散文，1921年6月，他在《晨报》副刊发表了一篇题为《美文》的短评，提倡“治新文学的人”大胆试作现代小品散文，并以自己的创作实践积极推进它的发展和繁荣。

4. 其他作家的理论建树

鲁迅主张白话文运动应当以“灌输正当的学术文艺”并以“改良思想”为“第一事”；沈雁冰提出相对完整的“为人生”的文学观；李大钊初步尝试运用马克思主义解释“什么是新文学”；郭沫若提出注重内在情感自然流露的“自我表现说”；成仿吾提出“超越的”兼“建设的”文艺批评理论；梁实秋运用西方古典主义理论对“五四”文学进行批评等。

【名师点拨】重点掌握胡适和周作人对新文学理论的贡献和影响，同时需学会运用历史

唯物主义的观点来评价和认识一些思想立场比较复杂的作家。

四、文学创作潮流与趋向

1. 第一个十年的文学发展阶段

(1)第一阶段

1917年1月到1919年“五四”运动爆发，这一阶段是文学革命初期，实际上也是一个准备阶段。

(2)第二阶段

“五四”到1926年“三·一八”惨案，这一阶段思想最解放，创作也最活跃。鲁迅的《呐喊》《彷徨》、郭沫若的《女神》中的大部分诗作，都是在这期间写成的。

(3)第三阶段

“三·一八”惨案到1927年“四·一二”事变，这一阶段革命形势急剧变化，许多新文学作家投身到南方革命阵营和北伐战争中，创作一度沉寂，但这一时期开始的对于“革命文学”的理论提倡和创作的最初实验，都为下一时期无产阶级文学的兴起奠定了基础。

2. 第一个十年文学创作的时代品格

(1)整体特征

①现代理性精神的张扬

“五四”文化思潮对国民的作用在于启蒙。新文学的先驱们注重将文学作为改造社会人生的工具。

a. 文学研究会作家的创作大都充满着理性批判意识，“问题小说”就是一种对人生问题进行理性讨论的艺术表达。

b. 创造社作家的作品以独特的方法表达着对社会人生的探索与思考。

②感伤的精神标记

a. 被新思潮唤醒的一代青年作家，常常有梦醒后无路可走的感受，于是他们苦闷、彷徨、感伤。

b. 其中“问题小说”有着迷茫的色彩，乡土小说诉说着乡愁，“自叙传”小说讲述着“零余者”落寞的故事……诗、散文、戏剧无不渗透着感伤情绪。

③个性化的追求

“五四”是文学史上个人表现最突出的时期。

a. 创造社的追求即表现自我。

b. 这一时期散文小品成就最显著，因它适合表现作家们各异的个性。

④创作方法的多样化探索

a. 现实主义

在鲁迅带有批判性的现实主义影响下，现实主义逐步发展成主流。

b. 浪漫主义

相当多作家向往浪漫主义，在作品中抒发强烈的主观情绪，这一点不只反映在创造社“身边小说”一类作家、作品上，在多数作家与各种文体上都有所表现。

c. 现代主义

鲁迅、李金发代表了不同特征的象征主义，此外，创造社对潜意识的表现，新月派对中国现代新诗形式的探索等都受到现代主义的影响。

(2)不足

“五四”新文学的部分倡导者存在着偏激的情绪、激进的思想，对中国传统文化缺少具体分析，从而对中国传统文学简单地加以全盘否定，这需要在以后的文学进程中逐渐地纠正。

【名师点拨】重点理解第一个十年文学发展的三阶段划分，有助于更好地把握文坛发展趋向。同时，要对第一个十年文学创作的特色有所了解，在宏观层面上对第一个十年文学有一个整体的初步认识。

1.2 考研真题与典型题详解

一、填空题

1. 1899 年，______在______文中，发出了“诗界革命”和“文界革命”的号召。

【答案】梁启超；《夏威夷游记》

【解析】《夏威夷游记》是梁启超在 1899 冬赴美途中所写的日记，其中谈到“诗界革命”。他的观点为“予虽不能诗，然尝好论诗。以为诗之境界，被千余年来鹦鹉名士占尽矣。虽有佳章佳句，一读之似在某集中曾相见者，是最可恨也。故今日不作诗则已，若作诗，必为诗界之哥仑布、玛赛郎然后可……要之，支那非有诗界革命，则诗运殆将绝。虽然，诗运无绝之时也。今日者革命之机渐熟，而哥仑布、玛赛郎之出世必不远矣”。

2. 1918 年 4 月，胡适在《建设的文学革命论》中，提出以“______”来概括文学革命的宗旨。

【答案】国语的文学，文学的国语

【解析】1918 年 4 月，胡适发表《建设的文学革命论》，以“国语的文学，文学的国语”来概括文学革命的宗旨，意在将文学革命与国语运动结合起来，扩大文学革命的影响。

3. 1918，钱玄同和______的“双簧信”正式拉开了新文学和封建复古派斗争的序幕。

【答案】刘半农

【解析】胡适、陈独秀的文学革命主张提出后，得到钱玄同、刘半农等人的响应。钱玄同和刘半农在《新青年》上发表了“双簧信”，即由钱化名王敬轩给《新青年》写信，模仿旧文人口吻，将他们反对新文学与白话文的种种观点、言论加以汇集，然后由刘半农写复信，逐一辩驳，因而引起社会广泛的注意。

4. 《新青年》从______(时间)起开始全部使用白话和新式标点。

【答案】1918 年 5 月

【解析】《新青年》从 1918 年 1 月出版第四卷第一号起改用白话文，采用新式标点符号，刊登一些新诗，这对革命思想的传播和文学创作的发展起着重要的作用。到 1918 年 5 月起《新青年》全部以白话文编排，并使用新式标点符号。一时间，标点符号风靡全国。在《新青年》的影响下，一些进步刊物改用白话文。这又影响到全国用文言文的报纸，开始出现用白话文的副刊，随后短评、通讯、社论也都采用白话文和新式标点。

5. 1919 年初，林纾连续发表文言短篇______、______对文学革命倡导者进行人身攻击。

【答案】《荆生》；《妖梦》

【解析】1919 年 2 月，林纾在上海《新申报》上的《蠡叟丛谈》中发表文言小说《荆生》影射攻击《新青年》的几个编辑，以皖人田其美影射陈独秀，以狄莫影射胡适，以浙江人金心异影射钱玄同。林纾在小说里幻想出一个英雄“荆生”，让这个伟丈夫寻衅闹事痛打田、狄、金三人，发泄他维护旧礼教、反对新文化的积怨，从精神上满足了卫道者们的私怨；3 月，他又发表《妖梦》，写某人梦游阴曹地府，见一所“白话学堂”，校中有三个“鬼中之杰出者”：校长元绪，影射蔡元培；教务长田恒，影射陈独秀；副教务长秦二世，则是指胡适。

6．周作人于1921年发表______，专门探讨现代散文的概念。

【答案】《美文》

【解析】1921年6月周作人发表题为《美文》的文章，真正从理论上确认了文学性散文的地位。该文把以抒情叙事为主的艺术性的散文视作美文，摆到了与小说、诗歌、戏剧并列的位置，实际上也就阐明了艺术性散文的文类品格。

7．1922年胡适的文章______可以看作是对新文学最早的研究。

【答案】《五十年来中国之文学》

【解析】《五十年来中国之文学》是胡适为上海《申报》五十周年纪念册而作，目的是记载当时五十年新旧文学过渡时期的历史，完稿于1922年3月，次年发表于《申报》五十周年纪念特刊《最近之五十年》。胡适继承了传统的史学精神，在实录的基础上自出机杼，从古文的末路、古文学的新变、白话小说的发达及缺点、文学革命这几个方面来再现这五十年的文学，这既是一定程度上历史事实的总结，也是在有意识地、有选择地建构历史，让历史说话。

8．“五四”时期影响最大的两个文学社团是______和创造社。

【答案】文学研究会

【解析】文学研究会是新文学运动中成立最早、影响和贡献最大的文学社团之一。它于1921年1月4日在北京中山公园成立，由周作人、郑振铎、沈雁冰、郭绍虞、朱希祖、瞿世瑛、蒋百里、孙伏园、耿济之、王统照、叶绍钧、许地山等12人发起，会员先后有170多人。其宗旨是“研究介绍世界文学，整理中国旧文学，创造新文学”。

9．创造社的刊物有______（至少列举三种）。

【答案】《创造季刊》《创造周报》《创造月刊》《创造日》《洪水》《文化批判》

【解析】创造社成立于1921年6月，是由在日本留学的郭沫若、成仿吾、郁达夫、张资平、田汉、穆木天等发起成立的。先后出版过《创造季刊》《创造周报》《创造日》《洪水》《创造月刊》《文化批判》等，并编有创造社丛书。

二、选择题

下面作家中的（　　）不是创造社的成员。

A．陶晶孙　　B．穆木天　　C．徐祖正　　D．耿济之

【答案】D

【解析】创造社是“五四”新文化运动初期成立的文学社团，是中国现代文学团体之一。由一群留学日本的文学青年于1921年6月成立。前期成员有郭沫若、成仿吾、郁达夫、张资平、郑伯奇、穆木天、陶晶孙、王独清、腾固、洪深、何畏、徐祖正等；中期又有周全平、倪贻德、敬隐渔、严良才、叶灵凤、周毓英、龚冰庐等加入；后期以京都帝国大学的留学生李初梨、冯乃超、朱镜我等为核心成员，倡导无产阶级文学。耿济之为文学研究会的发起人之一。

三、名词解释

1．“人的文学”［北京大学2025年研；暨南大学2025年研；南京大学2013年研；中国传媒大学2012年研；中山大学2010年研］

相关试题：周作人《人的文学》的内容及其意义。［简答题；南开大学2021年研］

答：“人的文学”是“五四”时期出现的一种文学主张。1918年12月周作人发表《人的文学》，对当时的文学革命影响很大。周作人从个性解放的要求出发，充分肯定人道主义，强调一种“利己而利他，利他即是利己”的“理想生活”，提出以“人道主义为本，对于人生诸问题，加以记录研究的文字，便谓之人的文学”，认为新文学即人的文学，应充分表现“灵肉一致”的人性。这深深影响了“五四”时期表现个性解放主题的创作，“人的文学”成为“五四”时期文学的一个中心概念。它紧紧把握了“五四”时期“人的发现”的根本主题，表现出强烈的反封建的战斗色彩，揭示了新文学与现实人生的密切关系，确立了文学革命的方向，使个性解放、人道主义成为“五四”时期文学创作的一个最有代表性的重要的特色。

2. 创造社［武汉大学2025年研；西北师范大学2024年研；浙江师范大学2022年研；陕西师范大学2022年研；复旦大学2018年研］

答：创造社是“五四”新文化运动初期成立的中国现代文学社团之一。1921年6月由留学日本的郭沫若、成仿吾、郁达夫、张资平、田汉、郑伯奇等人成立。前期的创造社反对封建文化、复古思想，崇尚天才，主张自我表现和个性解放，强调文学应该忠实于自己“内心的要求”，其文艺思想的核心命题，表现出浪漫主义和唯美主义的倾向。后期创造社与太阳社一起大力倡导无产阶级革命文学。

3. 科玄论争［上海师范大学2025年研］

答：科玄论争，又称“科学与人生观论战”，是20世纪20年代中国思想文化界的一场重要论争。1923年2月，张君劢在清华大学作了题为《人生观》的演讲，阐述了他关于科学不能解决人生观问题的观点，引发了丁文江的强烈反对。同年4月，丁文江发表《玄学与科学——评张君劢的〈人生观〉》一文，对张君劢的观点进行批驳，科玄论争正式拉开帷幕。除张君劢和丁文江外，胡适、梁启超、梁漱溟、陈独秀等众多知名学者纷纷参与其中，从不同角度发表观点，使论争的范围不断扩大，影响力日益增强。论争中，科学派强调科学的理性、实证和客观性，认为科学能够为人类提供客观真理，解决社会和人生问题；玄学派则强调人生观的特殊性、主观性和精神价值，担心科学的过度发展会导致人类精神世界的荒芜。随着论争的深入，一些学者开始对双方观点进行总结和反思。如胡适在《科学与人生观序》中提出“自然主义的人生观”，试图调和科学与人生观的关系；陈独秀则从马克思主义的角度出发，强调社会存在决定社会意识，指出科学和人生观都受到社会经济基础的制约，为论争提供了新的思考视角。这场论争促进了科学观念在中国的进一步传播，使更多人认识到科学方法的重要性，同时也引发了人们对人生观、价值观的深入思考，推动了中国现代哲学和思想文化的发展。它促使知识分子们更加理性地看待科学与文化的关系，为中国文化在现代社会的转型和发展提供了有益的思想借鉴。

4.《中国新文学的源流》［复旦大学2024、2019年研］

答：《中国新文学的源流》是1932年周作人在辅仁大学演讲时所用讲稿，后经整理出版，它是较早地研究中国现代文学的著作。周作人将中国新文学的源流归之于晚明公安派“独抒性灵，不拘格套”的小品文文学传统。同时他将文学区分为“言志派”和“载道派”，并将新文学归之于言志派的传统。通过这种区分，将新文学与公安派结合起来，新文学不再是无源之水。周作人的努力，是为新文学进行合法化论证，也是试图将新文学的根基植入中国传统之中，以获得自身的主体性，这一方向持续地为以后的学者和作家所继承。

5.《新青年》[扬州大学 2024 年研；北京师范大学 2018 年研]

答：《新青年》是 1915 年 9 月 15 日在上海创刊的一份综合性文化月刊。它在“五四”运动期间起到十分重要的作用，是新文化运动兴起的标志，也是中国现代文学史上最重要的刊物之一。《新青年》在早期主要宣传民主与科学，提倡新文学反对旧文学，提倡白话文反对文言文。后受到 1917 年俄国十月革命的影响，《新青年》开始宣传马克思主义以及马克思主义哲学。《新青年》坚持“世界的而非锁国的”的原则，对于外国文学的各种流派和作家采取了开放的态度，它先后译介了国外许多著名作家的作品。为了保卫和推进文学革命，《新青年》还进行了反对封建复古派文人及其他封建文学潮流的斗争。

6. 文学研究会[武汉大学 2023 年研；北京师范大学 2023 年研]

答：文学研究会是现代文学史上的一个文学团体。1921 成立于北京，发起人有周作人、郑振铎、王统照、沈雁冰、叶绍钧等。不久，活动中心移到上海，以革新后的《小说月报》为代用机关刊物。文学研究会提倡“为人生而艺术”的现实主义主张，要求文艺表现或讨论社会人生问题，关心人民的疾苦。会员遵循这一创作原则，写出一批“问题小说”和乡土文学作品，深刻反映了社会现实，表达人民大众的反帝反封建斗争要求。除创作外，文学研究会还在新文学理论探讨、外国文学译介诸方面取得较大成绩，有力地推动了新文学运动的发展。

7. 学衡派[福建师范大学 2023 年研；首都师范大学 2018 年研；南开大学 2013 年研；北京大学 2011、2010 年研]

答：学衡派是反对新文学运动的封建复古流派，得名于 1922 年 1 月在南京创办的《学衡》月刊，主要成员有东南大学的梅光迪、胡先骕、吴宓等。他们既是欧美留学生，又是大学教授，以《学衡》为阵地，思想倾向稳健保守。学衡派以“昌明国粹、融化新知，以中正之眼光，行批评之职事”为宗旨，打着“学贯中西”旗号，提倡尊孔读经、复古倒退，反对文言合一，攻击新文化运动、文学革命和开始在中国传播的马列主义。学衡派曾与鲁迅和胡适为首的《新青年》展开激烈论战。1933 年，《学衡》停刊，学衡派随即消失。

8. 新月社[南开大学 2022 年研；中国传媒大学 2012、2011 年研；首都师范大学 2010 年研]

答：新月社是中国现代文学史上影响较大的一个文学社团，于 1923 年成立于北京，是“五四”以来最大的以探索新诗理论与新诗创作为主的文学社团。该社在 1927 年春迁往上海，1933 年结束，主要成员有胡适、徐志摩、闻一多、梁实秋等。前期他们把《晨报副刊》作为阵地，后期创办《新月》月刊，《诗刊》周刊。新月社是一个涉及政治、思想、学术、文艺各领域的派别，在思想上和组织上都表现了资产阶级自由主义的特点。

9. 甲寅派[浙江大学 2018 年研；北京师范大学 2014 年研]

答：甲寅派是 1925 年出现的封建复古主义派别之一，得名于《甲寅》杂志。1925 年，《甲寅》在北京复刊后，成为章士钊等宣传复古思想、反对白话文、为镇压进步学生运动制造舆论、维护反动军阀统治、抨击新文化运动的主要阵地。经鲁迅为代表的新文化运动阵营的奋力批驳，甲寅派很快败下阵。至此，白话与文言之争以白话文的胜利而告终。

10. 浅草－沉钟社[南京大学 2014 年研；南开大学 2011 年研]

***相关试题：*沉钟社**[复旦大学 2021 年研]

答：浅草－沉钟社是活跃于 20 世纪二三十年代的一个重要的文学社团。浅草社成立于 1922 年，主要成员有林如稷、陈炜谟、陈翔鹤、冯至等。其骨干成员又于 1925 年秋组成沉钟社。成员们以自我为立足点，强调人的尊严、自主性、隐私和自我发展，并且从维护自我的个性出发，积极鼓吹敢爱敢恨的真性情和敢于坚持的意志力，表现出了坚持个性主义思想的彻底性。创作方面则有冯至的诗歌，林如稷、陈炜谟、陈翔鹤的小说，多抒写知识青年苦闷的生活和忧郁的情感，富于感伤色彩。

11. 新潮[北京师范大学2013年研；中国传媒大学2011年研]

相关试题：新潮社[北京大学2012年研]

答：新潮有两层含义，一是指新潮社，二是指新潮社创办的刊物《新潮》。①新潮社。新潮社是中国现代文学史上的重要社团之一。在新文化运动的影响下，1918年末，北京大学学生成立了新潮社，以其创办的刊物《新潮》为阵地，提倡民主与科学，旨在为中国新文明的建设打下基础。新潮社代表人物有傅斯年、罗家伦、杨振声和俞平伯等人。新潮社一开始就旗帜鲜明地站在新文化运动的立场上，与陈独秀等师长们的《新青年》同声相应，同气相求，互成犄角之势，与旧势力、旧传统、旧思想展开了激烈的斗争。②《新潮》。《新潮》是北京大学新潮社主办的综合性月刊。1919年1月创刊于北京，先后由傅斯年、罗家伦主编。1922年3月出至第三卷第二号停刊，共十二期。撰稿人有傅斯年、罗家伦、俞平伯、康白情、汪敬熙、杨振声、叶绍钧、欧阳予倩等。《新潮》英文名为“The Renaissance”，意即“文艺复兴”，其宗旨为“介绍西洋近代思潮，批评中国现代学术上、社会上各问题”，提倡民主与科学、个性解放和男女平等观，抨击封建礼教。

12. “新民体”[南开大学2011年研]

答：“新民体”是梁启超在报章杂志上创立的新的散文体裁，因发表于早期《新民丛报》而得名。新民体是中国传统文体的一次解放，打破了古文、时文、散文、骈文的界限和宗派家法的束缚，是文言文变革为白话文的一种过渡性的文体。新民体的特点是半文半白，半雅半俗，洋洋洒洒，感情饱满，具有强烈的感染力和鼓动性。1905年同盟会成立后，新民体的影响逐渐消退，而其精华则为白话文运动所继承。

13. “三大主义”[四川大学2011年研]

答：“三大主义”是文学革命的纲领，由陈独秀在《文学革命论》中首次提出。“三大主义”即“曰推倒雕琢的阿谀的贵族文学，建设平易的抒情的国民文学；曰推倒陈腐的铺张的古典文学，建设新鲜的立诚的写实文学；曰推倒迂晦的艰涩的山林文学，建设明了的通俗的社会文学”。陈独秀从内容到形式对封建文学持批判否定的态度，主张以“革新文学”作为革新政治、改造社会之途。

14. 语丝派[中国传媒大学2010年研]

答：语丝派是中国现代文学史上非常重要的文学流派之一。以鲁迅、周作人、林语堂等为代表的语丝派作家，以散文创作为特色，在中国思想文化革命和新文学创造上有着重要建树。语丝社作家的散文创作形成了独具风格的“语丝体”，这种文体在思想内容上任意而谈，斥旧促新，在艺术上以文艺性短论和随笔为主要形式，其特色是“任意而谈，无所顾忌”，文风泼辣俏皮，富于讽刺意味。以鲁迅为代表的尖锐泼辣的杂文和以周作人、林语堂代表的优雅的小品形成了该社散文创作的两大类别，对散文发展有重要影响。

15. 《申报·自由谈》[北京大学2010年研]

答：《申报·自由谈》是上海《申报》的副刊之一，也是近代报刊史上历史最悠久的副刊。1911年创刊，1949年停刊。最初的编者是陈蝶仙。后来陈因经营实业，改由礼拜六派的小说家周瘦鹃主编。周瘦鹃编《自由谈》约十年，使其成为鸳鸯蝴蝶派的大本营，充满了旧式的笔记诗词以及章回体长篇小说。1932 年起改由黎烈文主持，把《自由谈》的内容变成完全的新文艺化，积极介入社会，追求文艺的“进步与近代化”，大力提倡杂文，锋芒毕露，大胆暴露现实，全国文化界一时震动，并特聘鲁迅、茅盾等左翼作家撰稿，成为进步文化战线的重要阵地。

四、简答题

1. 简述《文学改良刍议》和《文学革命论》的主要内容。［山东大学 2025 年研］

答：1917 年 1 月，胡适在《新青年》上发表了《文学改良刍议》，2 月，陈独秀在《新青年》发表了《文学革命论》，正式倡导文学革命，标志着“五四”文学革命运动的正式开始。《文学改良刍议》和《文学革命论》均为中国近代文学史上具有重要意义的文献，它们对推动白话文运动和文学革命起到了关键作用，以下是二者的主要内容：

(1)《文学改良刍议》

①提倡白话文

明确主张用白话文代替文言文进行文学创作，认为白话文是“活文字”，能够更好地表达思想和情感，更易于普及和传播知识，使文学更贴近大众生活。

②文学改良八事

一是须言之有物，反对无病呻吟，强调文学作品要有真挚的情感和充实的内容；二是不摹仿古人，主张文学应随时代而发展，反对一味模仿古人的文学形式和风格；三是须讲求文法，提倡遵循合理的语法规则，使文学语言更加规范、准确；四是不作无病之呻吟，反对为文而造情，倡导真实地反映社会现实和人生百态；五是务去滥调套语，反对使用陈词滥调，鼓励创造新颖、生动的文学语言；六是不用典，避免过度依赖典故来表达思想，以使文学更通俗易懂；七是不讲对仗，反对形式主义的对仗工整，主张文学形式应更加自由灵活；八是不避俗字俗语，提倡使用通俗易懂的俗语、口语入文，以增强文学的表现力和感染力。

(2)《文学革命论》

①倡导文学革命

旗帜鲜明地提出文学革命的口号，主张对旧文学进行彻底的变革，以适应时代的发展和社会的进步，强调文学在社会变革中的重要作用，将文学革命视为推动社会变革的重要力量。

②批判旧文学

对封建旧文学进行了猛烈的批判，将矛头直指“文以载道”和“代圣贤立言”的旧文学观念，认为旧文学是封建礼教和旧道德的载体，是束缚人们思想的工具，阻碍了社会的进步和文化的发展，如把雕琢、阿谀、陈腐、铺张、迂晦、艰涩的旧文学斥为“十八妖魔”，予以坚决反对。

③建设新文学

提出了建设新文学的目标和方向，主张建立一种“国民文学”“写实文学”“社会文学”，强调文学要以国民为中心，反映社会现实，为广大民众服务，要具有现实主义精神，真实地描绘社会的种种问题和人民的生活状况，以促进社会的改良和进步。

2. 胡适实验精神以及对“五四”新文学的意义。［复旦大学 2021 年研］

答：胡适的实验精神在“五四”新文学运动中发挥了极为关键的作用，为新文学的兴起与发展注入了强大动力。以下将从胡适在文学理论、创作实践等方面的实验精神，以及对“五四”新文学在思想启蒙、文体变革等层面的意义展开阐述。

（1）胡适实验精神的体现

①文学理论的大胆创新

胡适秉持实验精神，在文学理论上勇于破旧立新。他在《文学改良刍议》中，率先提出文学改良的八项主张，倡导“须言之有物”“不摹仿古人”“讲求文法”“不作无病之呻吟”“务去滥调套语”“不用典”“不讲对仗”“不避俗字俗语”。这些主张打破了传统文学的诸多束缚，尤其是对文言文写作规范的冲击。例如，“不避俗字俗语”这一观点，鼓励文学使用通俗易懂的白话文，与当时文言文占据主导地位的文学传统形成鲜明对比，是对传统文学理论的大胆实验与挑战。

②创作实践的积极探索

胡适不仅在理论上倡导变革，还积极投身创作实践，以实验精神践行新文学理念。他的《尝试集》是中国现代文学史上第一部白话诗集，在诗歌形式、语言运用等方面进行了大胆尝试。在诗歌形式上，摆脱了旧体诗严格的格律限制，采用自由灵活的句式；在语言上，运用大量白话词汇，使诗歌更贴近大众生活。如《蝴蝶》一诗，“两个黄蝴蝶，双双飞上天。不知为什么，一个忽飞还。剩下那一个，孤单怪可怜。也无心上天，天上太孤单”，以简洁直白的语言和自由的形式，表达了诗人内心的孤独与对自由的向往，充分展现了胡适在诗歌创作上的实验精神。

（2）对“五四”新文学的意义

①思想启蒙的推动

胡适的实验精神为“五四”新文学带来了思想解放的力量。他的文学理论与创作实践，鼓励人们摆脱传统思想的禁锢，以新的视角看待文学与社会。通过倡导白话文运动，使文学能够更广泛地传播知识与新思想，让普通民众也能接触到先进的文化理念。例如，白话文的普及使新文学作品能够深入到社会底层，让更多人了解到民主、科学等“五四”精神，激发了民众的思想觉醒，推动了社会的进步。

②文体变革的引领

在“五四”新文学的文体变革方面，胡适的实验精神起到了引领作用。他对诗歌、散文等文体进行的改革尝试，为新文学文体的发展开辟了道路。以散文为例，胡适的散文作品如《我的母亲》，在语言风格和表达方式上摒弃了传统散文的晦涩与刻板，采用平实自然的白话文，注重情感的真挚表达和生活细节的描写，为新文学散文创作树立了典范。在他的影响下，众多作家纷纷投身于新文体的创作，促进了“五四”新文学在文体上的多元化发展。

③文学观念的更新

胡适的实验精神促使“五四”时期文学观念发生更新。他强调文学要反映现实生活，关注社会问题，这一观念改变了传统文学脱离现实、追求形式美的倾向。新文学作家开始以文学为工具，揭示社会的黑暗、人民的苦难，以及对理想社会的追求。如鲁迅的小说，深刻剖析了封建社会的种种弊病，正是在胡适倡导的新文学观念影响下，以文学为武器进行社会批判，推动了“五四”新文学在内容和价值取向上的转变。

3. 在“五四”新文化运动时期，“五四”新文学观念与旧文学观念的主要区别在哪里？［北京师范大学2013年研］

答：“五四”时期，新旧思潮的激烈交战，东西方思想文化的融会撞击，造成了纷繁多变的文学现象。这一时期在创作上的时代品格，不但与传统文学根本不同，而且也区别于现代文学史上其他时期的文学。“五四”新文学观念与旧文学观念的主要区别体现在：

(1) 文体形式不一样

“五四”文学革命使汉语文学的文体形式发生了历史性的巨变。现代白话文取代了旧文学中文言文的正宗地位，运用白话、形式自由多样的新诗取代了讲究对仗、平仄、韵律、用典的旧诗，追求形散而神不散的现代散文取代了讲究起承转合的古文，话剧文学从无到有，小说的叙述视角、叙事结构都发生了彻底的改变。

(2) 文学思想不一样

“五四”新文学革命不仅否定了旧文学观念中“文以载道”“代圣贤立言”、游戏消遣等文学思想，而且否定了支撑这些学说的整个价值观念系统。“五四”文学的文学观念是以人为本，其思想基础是周作人所说的以个人主义为本位的人道主义。“五四”时期崛起的“人的文学”“为人生”的文学观、“自我表现”的文学观，虽然名称不同，但它们都从属于民主、人道、自由的现代思想体系，体现了现代人对文学的要求。

(3) 对文学的看法不一样

“五四”新文学观念认为文学具有独立性，追求纯文学。旧文学观念文史哲不分家，文学担负着各种职能。“五四”文学革命的倡导者们受到了建立在知、情、意三分的现代知识制度上的纯文学观念的影响，注意到了文学的独立性的问题。陈独秀在《文学革命论》中把古文、骈文、诗歌等“文学之文”与碑、铭、墓志、启事等“应用之文”并举。刘半农的《我之文学改良观》是文学革命中第一篇论述纯文学与杂文学不同的专门论文，他区别了“文学”与“文字”，把纯文学与杂文学区别开来，同时也是把文学从杂文学担负的各种职能中解脱出来，这本身是对文学独立性的强调。

总之，“五四”新文学观念中突出了理性精神的显现。新文学的先驱者们主张文学服膺于思想启蒙，注重将文学作为改造社会人生的工具，强调以现代科学与民主的精神去指导新文学的创造，强调对个性化的追求以及多样创作方法的尝试，具有强烈的理性批判的色彩。这一切都使新文学呈现出有别于旧文学的文学新面貌，是中国现代文学的开端。

4. 简述周作人在“五四”文学革命中的贡献。[中国传媒大学 2012 年研]

相关试题：

(1) 试阐述周作人在文艺理论和创作上的双重贡献？[论述题；复旦大学 2012 年研]

(2) 结合具体作品，论述周作人的艺术贡献。[论述题；同济大学 2012 年研]

(3) 谈谈周作人“五四”时期的文学观。[北京大学 2012 年研]

(4) 周作人对中国新文学的发展有哪些？结合具体文本进行论述。[论述题；南京大学 2011 年研]

答：周作人是中国现代文学史上现代散文的集大成者，也是“五四”时期最有影响力的理论先导者和批评家。周作人对中国新文学的发展主要表现为：

(1)“人的文学”

①周作人对新文学的思想建设进行了诸多思考与探讨，其最突出的贡献，是以“人的文学”来概括新文学的内容，标示新文学区别于旧文学的本质特征。“人的文学”成为“五四”时期文学的一个中心概念。

②周作人在 1918 年底发表的《人的文学》这篇著名的文章中，要求新文学必须以人道主义为本，观察、研究、分析社会“人生诸问题”，尤其是底层人们的“非人的生活”；作家必须以认真严肃的、而并非游戏的态度，去描写“非人的生活”，对改造社会持积极的态度，而且，还要展示“理想的生活”。

③在周作人这里，所谓的人道主义具体指个人主义的“人间本位主义”，只有作家自己觉悟了，“占得人的位置”，才能“讲人道，做人类”。周作人将新文学的本质界定为“重新发现‘人’”的一种手段，根本目标在于促进人性的健全发展。

（2）“平民文学”

1919 年初，周作人又提出“平民文学”的概念，实际上是“人的文学”的具体化。

①周作人将封建传统的旧文学概括为“贵族的文学”，认为“平民的文学”恰是反其道而行之的。两者间的区别主要是指“文学的精神区别，指它的普遍与否，真挚与否”。周作人指出平民文学应以通俗的白话语体描写人民大众生活的真实情状，忠实地反映“世间普通男女的悲欢成败”，描写大多数人的“真挚的思想与事实”。

②周作人所提倡的“人的文学”或“平民文学”，是以人道主义为本的“为人生的文学”，强调文学是人性的，是人类的，也是个人的。这些主张虽然有些抽象，但恰与“五四”时期个性解放的热潮相合，所以有相当的代表性，对文学革命的推进起到很大的作用。

（3）“人生的艺术派”

1920 年，周作人做了一次题为《新文学的要求》的演讲，针对当时新文坛中已经出现的“人生派”与“艺术派”的分野，提出自己的见解。

①他认为“为什么而什么”的态度是不可取的，因为“人生派”的流弊容易讲到功利里去，以文艺为理论的工具变成文坛上的说教。文学根本不必“为什么”，只是用“艺术的方法”表现作者对于人生的情思。

②他出版的评论集《自己的园地》，强调尊重创作个性，书写表达作者真实的情思，既反对以个人为艺术工匠的“为艺术派”，又反对以艺术为人生仆役的“为人生派”，而主张“人生的艺术派”。

（4）对现代散文文体的理论确认

传统文学中的散文泛指与韵文相对的所有散文体文章，文学散文与非文学的文字没有明确界限，文学散文未能独立出来成为一种文学体裁。文学革命以后，文学性散文创作兴起，有必要对文学散文进行文体确认。

①刘半农最早提出将“文学的散文”与“文字的散文”区别开来，但其所谓“文学的散文”还包括小说、杂文等，并没有从几种文体中独立出来。

②周作人于 1921 年 6 月发表题为《美文》的文章，真正从理论上确认了文学性散文的地位。该文将那种以抒情叙事为主的艺术性的散文视作美文，摆到了与小说、诗歌、戏剧并列的位置，实际上也就阐明了艺术性散文的文类品格。

③周作人不但能写一手别有韵味的散文，主要是小品文，而且常作散文批评，强调好散文需具备饶有“趣味”的内容，“平淡自然”的气质，追求能引发读者体味思索的“涩味”与“简单味”，他的散文批评也更能从一个角度切近散文创作的规律，上升到美学批评的高度。

总之，周作人的这些理论都是以人道主义为本的“为人生的文学”，强调文学是人性的、人类的、也是个人的。这些主张虽然有些抽象，但恰与“五四”时期个人解放的热潮相合，具有一定的代表性，对中国新文学的发展起到了很大的推动作用。

五、论述题

1. 关于中国新文学史的起点划分，在学界有哪些影响力比较大的观点？不同的起点划分，又代表着怎样的文学史观？请评述之。［南京师范大学 2021 年研］

答：在中国新文学史的研究中，起点划分是关键议题，不同观点背后反映出各异的文学史观。以下将梳理学界影响力较大的起点划分观点，并深入分析其蕴含的文学史观。

（1）以“五四新文化运动”为起点

①观点阐述

在学界，以“五四”新文化运动作为中国新文学史起点的观点具有广泛影响力。1915 年陈独秀创办《青年杂志》（后改名《新青年》），高举民主与科学大旗，发起新文化运动。在文学领域，胡适发表《文学改良刍议》，倡导白话文运动；陈独秀发表《文学革命论》，提出“三大主义”，主张推倒旧文学，建设新文学。随后，鲁迅、郭沫若等一批作家以全新的创作理念和风格，创作出大量具有现代意义的文学作品，如鲁迅的《狂人日记》等，标志着中国新文学的正式诞生。

②文学史观体现

这种划分体现的文学史观注重文学的现代性追求。“五四”新文化运动倡导思想解放、个性自由，新文学在这一背景下，以白话文为工具，在内容上关注个体命运、社会批判，在形式上借鉴西方文学样式，构建起具有现代意义的文学体系。强调文学自身的独立性与审美价值，将新文学视为对传统文学的彻底革新，从文学自身发展的内在逻辑出发，突出文学在思想、语言、形式等方面的现代转型。

（2）以“晚清文学改良运动”为起点

①观点阐述

有学者主张晚清文学改良运动是中国新文学史的起点。晚清时期，随着西方文化的大量涌入，文学领域出现诸多变革。除梁启超等人倡导的文学改良外，小说翻译兴盛，林纾翻译了大量西方小说，拓宽了中国文学的视野；同时，晚清谴责小说如《官场现形记》《二十年目睹之怪现状》等在内容和表现手法上都有新突破，对社会现实进行深刻批判，在一定程度上改变了传统文学的格局。

②文学史观体现

此观点背后的文学史观重视文学发展的连续性与传承性。认为新文学并非在“五四”时期突然产生，而是在晚清文学改良的基础上逐渐孕育发展而来。强调从晚清开始，中国文学就已踏上向现代转型的征程，虽然这一时期文学的变革不够彻底，但为“五四”新文学的爆发奠定了基础，注重挖掘文学发展过程中的渐变因素，从历史发展的长时段来考察新文学的起源。

（3）以“戊戌变法”为起点

①观点阐述

部分学者认为戊戌变法可视为中国新文学史的起点。戊戌变法时期，康有为、梁启超等倡导文学改良，如梁启超提出“诗界革命”“文界革命”“小说界革命”等主张。他们强调文学应摆脱旧传统束缚，发挥开启民智、改良社会的作用。这一时期的文学创作在内容与形式上都开始出现新变化，像黄遵宪的诗歌在题材上关注社会现实、国际风云，形式上尝试突破旧体诗格律。

②文学史观体现

此观点蕴含的文学史观强调文学与社会变革的紧密联系，认为文学是推动社会进步的重要力量。将新文学起点置于戊戌变法，突出了文学在社会转型期的先导性与启蒙价值，注重文学的社会功能与时代使命，把新文学的发展看作是对社会变革需求的回应，从社会政治变革的宏观视角来考量文学的演变。

2. “五四”时期文学革命的意义。［华南师范大学 2020 年研］

答：“五四”时期文学革命是中国现代文学发展的关键转折点，从文学观念、创作实践到社会文化影响，都有着极为重要的意义。下面从这几个维度详加阐述。

（1）文学观念革新

①倡导现代文学理念

“五四”文学革命彻底打破了传统文学观念的束缚，积极倡导以民主、科学为核心的现代文学理念。胡适在《文学改良刍议》中提出“八不主义”，主张文学要言之有物、不模仿古人、讲求文法等，强调文学应贴近现实生活，反映时代精神。陈独秀在《文学革命论》中提出“三大主义”，即推倒雕琢的阿谀的贵族文学，建设平易的抒情的国民文学；推倒陈腐的铺张的古典文学，建设新鲜的立诚的写实文学；推倒迂晦的艰涩的山林文学，建设明了的通俗的社会文学。这些主张促使文学从为封建统治阶级服务转向为广大民众服务，为文学的现代化发展指明了方向。

②推动文学独立意识觉醒

文学革命强调文学的独立性，摆脱了传统文学作为政治附庸的地位。作家们开始将文学视为一种独立的精神创造活动，注重文学自身的审美价值与思想内涵。鲁迅的《狂人日记》以深刻的思想和独特的艺术形式，展现了文学对社会现实的独立思考与批判，标志着中国现代文学开始走向独立发展的道路。这种文学独立意识的觉醒，为中国现代文学的多样化发展奠定了基础。

（2）创作实践变革

①白话文普及与文学形式创新

白话文运动是文学革命的重要成果。胡适、陈独秀等大力倡导使用白话文进行文学创作，白话文逐渐取代文言文成为文学创作的主要语言。白话文的普及使文学更贴近大众，拓宽了文学的受众范围。同时，在文学形式上进行了大胆创新，新诗打破了旧体诗的格律束缚，采用自由灵活的句式，如郭沫若的《女神》，以奔放的激情和独特的形式，为中国诗歌发展开辟了新道路；现代小说在叙事方式、人物塑造等方面也有创新，如鲁迅的小说采用新的叙事结构和表现手法，更加注重对人物内心世界的挖掘。

②题材与主题拓展

文学革命极大地拓展了文学的题材与主题范围。作家们关注社会现实，将目光投向普通民众的生活，描写底层人民的苦难、挣扎与反抗，如茅盾的《春蚕》，展现了农民在社会变革中的悲惨命运。同时，对个性解放、爱情自由、妇女解放等主题的探讨也成为文学创作的重要内容，如冰心的作品关注女性的情感与成长，丁玲的《莎菲女士的日记》大胆展现女性的内心世界和对自由爱情的追求。这些新的题材与主题，丰富了中国现代文学的内涵。

（3）社会文化影响

①思想启蒙与民众觉醒

“五四”文学革命具有重要的思想启蒙意义。通过文学作品，传播了民主、科学、自由等新思想，启发民众的觉悟。鲁迅的小说如《孔乙己》《阿 Q 正传》等，深刻揭示了封建礼教对人性的压抑和扭曲，唤起民众对社会问题的关注与思考。文学成为思想启蒙的重要工具，促进了民众的觉醒，推动了社会的进步。

②文化传承与创新

在文化传承方面，文学革命并非完全摒弃传统文化，而是对传统文化进行重新审视与传承。作家们从传统文化中汲取精华，同时借鉴西方文化的优秀成果，实现文化的创新。如闻一多在诗歌创作中，将中国传统诗歌的格律与西方诗歌的表现手法相结合，创造出具有独特风格的新格律诗。这种文化传承与创新，为中国现代文化的发展注入了新的活力。

3. 中国文学由古典向现代的转型体现在哪些方面？［中山大学 2011 年研］

答：1917 年初发生的文学革命，在中国文学史上竖起一个鲜明的界碑，标示着古典文学的结束，现代文学的起始。然而，文学发展的不同历史阶段又存在着紧密的承续关系，即古典与现代、新与旧，难以做一刀切的划分。中国文学由古典向现代转型的真正完成，应当是在“五四”之后，其转型主要体现在以下几个方面：

（1）白话文的全面推广

“五四”后，各地爱国学生团体纷纷仿效《新青年》《每周评论》，创办白话报刊，仅 1919 年就出版 400 多种。到 1920 年，连《东方杂志》《小说月报》等最持重的大杂志也都采用白话文，并且教育部也规定低年级国文课本用白话。文学革命促成了言文合一的“国语运动”，又为新文学的语体变革拓展了广阔的天地，并迅速扩大了新文学的影响。

（2）新文学社团的蜂起

外国文学思潮的广泛涌入和新文学社团的蜂起，呈现出我国历史上空前未有的思想大解放的局面。文学革命的发动者们通过作品翻译来介绍外国文艺思潮，向中国文坛吹来新鲜的现代气息。《新青年》从第一卷开始先后翻译了屠格涅夫、龚古尔、王尔德、契诃夫、易卜生等外国作家作品，现实主义、浪漫主义、象征主义、心理分析、意象派、进化论、马克思主义等都开始有人宣传和信仰；接受不同思潮影响的作家们的创作倾向也不尽相同，相同的作家们各自聚集成社团，形成了“五四”时期文学社团层出不穷的局面。如文学研究会对现实人生的推崇、创造社对浪漫主义的学习，还有新月社、语丝社、浅草－沉钟社等。

（3）文学理论建设取得了初步的成果

理论是创作实践的先锋。胡适发表《文学改良刍议》提出“文章八事”，初步阐明了白话文的主张；随后，陈独秀的《文学革命论》中提出“三大主义”，从内容到形式批判旧文学；周作人在《人的文学》中要求新文学必须以人道主义为本，观察研究社会人生诸问题，尤其是底层人的生活。他的《美文》从理论上确立了文学性散文的地位，摆到了与小说、诗歌、戏剧同样的位置。另一些作家也在理论上做出了贡献，如鲁迅、钱玄同、成仿吾等。

（4）创作取得了引人注目的实绩

1918 年 5 月，鲁迅发表了第一篇白话短篇小说《狂人日记》，借“狂人”之口，控诉了封建制度及其伦理道德“吃人”的本质，并采用了现代意味的手法与样式。随后，鲁迅又连续创作了《孔乙己》《药》等小说，都显示了深切的思想和完整的现代小说特色。鲁迅的小说一出现，艺术上就很成熟，使得新文学的创作有相当高的起点。除鲁迅外，《新青年》《新潮》《学灯》等报刊上陆续推出一些新文学作家及其作品。

总之，文学革命是我国历史上前所未有的一次伟大而彻底的文学革新运动，不同于历史上包括近代产生过的文学变革或文学改良，它所带来的是文学观念、内容形式各方面全方位的大革新、大解放，从而揭开了现代文学光辉的第一页，把中国文学推进到一个崭新的阶段。

4. 举例论述中国现代文学在接受西方现代主义文学时是如何进行文化过滤的。［南开大学 2011 年研］

答：新文学先驱者中大多数人对西方的思潮、理论并不是盲目地照搬，他们力求做到从时代、社会和新文学发展的需要出发去检验和选择外来的东西，并注入新的因素，因此，在当时发生重大影响的外来思潮都有一个“中国化”的“变形”过程。

(1)在文学革命酝酿和发动初期，发难者直接从外国文学运动中得到过启示

1916年胡适在美国留学时，曾经非常注意当时欧美诗坛的意象主义运动，认为“意象派”对西方传统诗歌繁复堆砌风气的反叛，及其形式上追求具体性、运用日常口语等主张，与他自己的主张“多相似之处”。正是在“意象派”的启发之下，胡适写了《文学改良刍议》一文，提出“文章八事”。胡适还引发了“意象派”诗人庞德关于诗歌要靠具体意象的主张，提出写“具体性”，“能引起鲜明扑人的影像”的“新诗”，倡导白话新诗运动。陈独秀写《文学革命论》，也开宗明义，号召要以欧洲文艺复兴以来的文学变革运动为楷模，发动中国的文学革命。其“三大主义”中所要求建设的“国民文学”“写实文学”和“社会文学”，也是以19世纪西方资产阶级文学作为蓝本的。

(2)文学历史进化论等文学理论的提出脱胎于西方现代学说

胡适、陈独秀等人最初提倡文学革命的一个基本理论，即文学历史进化论，就是从19世纪自然科学三大主要学说之一的进化论脱胎而来的，是西方思潮的直接产物。他们强调“一时代有一时代之文学，……因时进化，不能自止”，指出旧文学必然被新文学取代，是因为旧文学“与其时之社会文明进化无丝毫关系”，这种观点，也从发展的角度看到新旧文学交替的必然趋势，成为当时向旧文学发动进攻的重要精神武器之一。

(3)西方文艺复兴以来各种各样文学思潮及相关的哲学思潮先后涌入中国

如现实主义、自然主义、浪漫主义、唯美主义、象征主义、印象主义、心理分析派、意象派、立体派、未来派等，以及人道主义、进化论、实证主义、尼采超人哲学、叔本华悲观论、弗洛伊德主义、托尔斯泰主义、基尔特社会主义、无政府主义、国家主义、马克思主义等，都有人介绍、宣传并实验、信仰。

(4)中国现代文学的创作方法多借鉴西方现代主义文学主张

就文学思潮和创作方法而言，现实主义特别是俄国现实主义影响最大，后来成为中国新文学主流；浪漫主义也有较大影响，但没有得到充分发展；而属于现代主义范围的各种思潮也曾吸引了许多作家，做了多种实验。有那么多的西方思潮涌入中国，如冰河开封，其规模浩大而又混乱，促成了中西文化交汇撞击，促进了思想大解放，大大拓展了新文学倡导者、参与者的视野，以一种全新的眼光来观照本民族的生活，同时在艺术创造上获得了广阔的天地。

(5)创作流派的建立得益于向西方现代主义文学的学习

文学研究会较多受俄国和欧洲现实主义文学思潮的影响，创造社则主要倾向于欧洲启蒙主义与浪漫主义文学思潮，同时也受到了“新浪漫主义”(包括唯美主义、颓废主义、象征主义、表现主义等)文学思潮的影响。

总之，中国现代文学在接受西方现代主义文学时，中国现代文人注意结合中国现代文学的创作实际和创作目的，从西方现代主义文学里吸收有益的文学思潮、文学理论主张、创作方法，成立相应的创作流派，从而丰富了中国现代文学文坛，影响深远。

5. 评述以梁实秋、朱自清、沈从文等为代表的自由主义作家的文艺观。[四川大学2011年研]

答：(1)梁实秋反对以进化论的观点看待文学

梁实秋主张把古今文学放到一个平面上考察评判，他认为文学无论古今中外都有两个主

要类别或倾向，一是古典，一是浪漫。他说的“古典”，是指健康的、均衡的，受理性节制；“浪漫”即病态的、偏激的，逾越常规的。在这个标准下，梁实秋认为“五四”文学是“非常态”的：

①他认为“五四”新文学极端承受外国文学影响，追求外来的新颖奇异，造成无标准的混乱，虽一时热闹，却没有根基。

②他指责“五四”文学过于推崇感情，到处弥漫抒情主义，他甚至用“号啕”一词来描写新文学中情感流溢的状况。

(2)朱自清的从“为人生”到“为人民”的文学创作观

“五四”时期，朱自清作为文学研究会的主将之一，受到“为人生”文学思想的影响。他认定把文学当消遣和游戏的时代已经过去。1930 年代，《论语》《人间世》等刊物提倡幽默小品，他极力反对，时时不忘“文艺有社会的使命”。到了抗战时期，他的文艺思想发生了深刻变化：一是认定文学是张扬“个性”、表现“自我”的；二是从鼓吹“民众文学”转到提倡“大众化”文学上去。

(3)沈从文把文学看成是对“人”的解释

沈从文通过对各种“人生形态”的表现来扩大自我，对抗和逃避他所不愿合作的现实。“乡下人”的自卑情结使他对现代城市文明有本能的反感，他期望以文学的幻想与创作给精神的荒原带来某些春天的活气。比起同时代多数作家，沈从文是更耽于幻想，也趋于古典。

总之，梁实秋、朱自清、沈从文虽同为自由主义作家的代表，却拥有各自的文艺观并在其文艺观的指导下努力进行创作实践。梁实秋的《雅舍小品》，朱自清的《背影》，沈从文的《边城》都充分体现了他们的文艺观。

6. 论“五四”时期文学社团的兴起。[北京大学 2010 年研]

答：从 1921 年初起，外国文学的译介形成高潮，受国外不同文艺思潮和艺术方法影响的不同创作倾向的作家群，各自聚集为文学社团，几乎每一个文学社团都创办一种或数种文艺报刊作为标志与阵地，到 1925 年，文学社团和相应刊物激增到 100 多个。新文学社团的纷纷建立，标示着新文学运动已从初期少数先驱者侧重破坏旧文学，而转向大批文学生力军致力建设新文学了。这一时期的文学社团主要有：

(1)文学研究会

①成立：1921 年 1 月在北京成立。

②发起人：周作人、郑振铎、沈雁冰、王统照、许地山、朱希祖、蒋百里、耿济之、瞿世英、郭绍虞、孙伏园、叶绍钧等 12 人。

③刊物：以《小说月报》作为代用会刊；陆续编印了《文学旬刊》及《诗》《戏剧》月刊等刊物，出版了“文学研究会丛书”二百多种。

④宗旨：研究介绍世界文学，整理中国旧文学，创造新文学。

⑤特点：注重文学的社会功利性，“为人生而艺术”。

⑥创作概况

初期创作很不成熟、不稳定，成员间的风格不同，但在如何看待文学本质及文学与生活关系问题上，多数成员比较一致：他们都以人生和社会问题为题材，特别注重对社会黑暗的揭示和灰色人生的诅咒，表现新旧冲突，写法上一般倾向于 19 世纪俄国和欧洲的现实主义，也借鉴自然主义，重视并强调实地观察和如实描写。

(2)创造社

①成立：1921 年 6 月在日本东京正式成立。

②成员：郭沫若、张资平、郁达夫、成仿吾、田汉、穆木天、张凤举、徐祖正、陶晶孙、何畏等在日本留学的学生。

③刊物：《创造季刊》《创造周报》《创造日》《创造月刊》《洪水》等十余种刊物。

④主张

创造社的文学活动以 1925 年“五卅”为界，分前后两期。

a. 初期：主张“为艺术而艺术”，强调文学必须忠实地表现作者“内心的要求”，讲求文学的“全”与“美”，推崇文学创作的“直觉”与“灵感”，重视文学的美感作用，同时又注重文学表现“时代的使命”，对旧社会“不惜加以猛烈的炮火”。

b. 后期：提倡“表同情于无产阶级”的革命文学。

⑤所受影响：欧洲启蒙主义、浪漫主义文学思潮、“新浪漫主义”文学思潮。

⑥流派特色：作品大都侧重自我表现，带有浓厚的抒情色彩。直抒胸臆和病态的心理描写往往成为他们表达内心矛盾和对现实的反抗情绪的主要形式。

⑦创作成果

a. 郭沫若的《女神》、郁达夫的小说、田汉的戏剧，都充分体现了“五四”反抗、革新的时代精神，表达了觉醒的青年一代的呼声，创造了现代文学史上浪漫主义文学的一个高峰。

b. 创造社重点译介过歌德、雪莱、海涅、济慈、惠特曼、雨果、王尔德、罗曼·罗兰、泰戈尔、波特莱尔，以至柏格森、尼采、斯宾诺莎等大家的作品，大多是浪漫主义作家，也有一些属现代派或非理性主义、泛神论的作家、哲学家，涉及面很宽。

(3)新月社

①成立：1923 年在北京发起。

②发起人：胡适、陈源、徐志摩、闻一多、梁实秋等，大多数曾是旅英美留学生。

③新月诗派

以 1926 年 4 月徐志摩在《晨报》副刊上开辟的《诗镌》作为代表性刊物，宣称“要把创格的新诗当作一件认真事情做”。前期新月派提倡新格律诗，因此又被称为“新格律诗派”。他们致力于新诗艺术形式的探索，促使新诗艺术走向成熟，代表性诗人有闻一多、徐志摩、朱湘、饶孟侃、孙大雨等。

(4)语丝社

①成立：成立于 1924 年 11 月，受到了鲁迅的支持。

②成员：周作人、钱玄同、林语堂、刘半农、孙伏园、冯文炳、俞平伯等。

③刊物：《语丝》周刊，多发表针砭时弊的杂感小品。

④“语丝体”：是指着重社会批评与文化批评、任意而谈的随笔文体，在现代散文发展中影响甚大。

(5)莽原社与未名社

与语丝社同时开展活动，办有《莽原》《未名》等刊物，在鲁迅扶掖下产生过一些作者，主要有高长虹、尚钺、台静农、李霁野、韦素园、曹靖华、韦丛芜等，多写反映农村现实的“乡土小说”，并译介许多俄国文学与十月革命后的苏联文学作品。

(6)浅草－沉钟社

①成立：1922 年成立浅草社，其骨干成员又于 1925 年秋组成沉钟社。

②成员：林如稷、陈炜谟、陈翔鹤、冯至、杨晦。

③刊物：《浅草》季刊，并在上海《民国日报》副刊中出过《文艺旬刊》；后沉钟社办有《沉钟》周刊、半月刊。

④流派特色：致力于介绍外国文学，特别是德国浪漫主义文学；多抒写知识青年苦闷的生活和忧郁的情感，富于感伤的色彩。

⑤创作成果：冯至的诗歌，林如稷、陈炜谟、陈翔鹤的小说。

（7）湖畔诗社

①成立：1922 年 3 月在浙江杭州成立。

②成员：应修人、潘漠华、冯雪峰、汪静之。

③刊物：1922 年 4 月出版了诗歌合集《湖畔》。

④流派特色：湖畔诗社以写作爱情诗闻名，很能代表“五四”所唤起的一代新人的纯真与热情。

第2章 鲁迅(一)

2.1 复习笔记

一、鲁迅概述

1. 鲁迅及其著作

(1)简介

鲁迅(1881—1936)，浙江绍兴人，原名周樟寿，字豫山，后改为豫才，1898年去南京求学时取学名周树人。“鲁迅”是1918年5月在《新青年》上发表《狂人日记》时用的笔名。

(2)著作

①短篇小说集:《呐喊》《彷徨》《故事新编》。

②散文诗集:《野草》。

③散文集:《朝花夕拾》。

④杂文集:《热风》《坟》《华盖集》《华盖集续编》《而已集》《南腔北调集》《三闲集》《二心集》《准风月谈》《伪自由书》《集外集》《花边文学》《且介亭杂文》《且介亭杂文二集》《且介亭杂文末编》《集外集拾遗》。

⑤书信集:《两地书》。

⑥学术著作:《中国小说史略》《汉文学史纲要》等。

2. 鲁迅的文学史地位

(1)鲁迅带着对人情世故的深刻体察、对中国和世界历史文化长期深入的思考，加入新文化阵营，开始新文学创作，一出手就不同凡响，一改文学革命初期颇为沉寂的局面。

(2)就文学本身来看，鲁迅以“表现的深切”和“格式的特别”的创作奠定了其在现代文学史上的崇高地位。“表现的深切”指的是穷形尽相地描摹出“国民的魂灵”，或哀其不幸，或怒其不争，表现出一个伟大的人道主义者的悲悯情怀；“格式的特别”指的是以异域文学为镜鉴，糅合本民族的文学传统，创作了一大批“外之既不后于世界之思潮，内之仍弗失固有之血脉”的经典作品，显示出一个卓绝的个人主义者的文化洞察力。

(3)鲁迅在热情呼唤现代化的同时，从一开始就保持了对现代化的疑虑和警惕，意识到现代化在中国可能产生的各种假象、变体和负面效应，这种充满辩证精神的深刻思想，在“五四”以后的漫长岁月中，被历史实践一再证明其预见性的精辟，对中国现代化道路发挥久远的指导作用。在这个意义上，鲁迅才成为超越了他个体存在意义的、不可替代的“现代文学的灵魂”。

二、《呐喊》与《彷徨》：中国现代小说的开端与成熟标志

1. 概述

(1)1918年的《狂人日记》是中国现代文学史上第一篇成功的白话小说，中国文学由此真正跨入现代，它也是“五四”新文化运动向整个封建传统宣战的一篇战斗檄文，它空前深刻而尖锐地揭示了传统封建思想的本质。

（2）《呐喊》出版于1923年，收入鲁迅发表于1918—1922年间的14个短篇小说。《彷徨》出版于1926年，收入鲁迅写于1924—1925年间的11个短篇小说。

（3）以《狂人日记》为代表，《呐喊》《彷徨》深刻地表现了封建旧礼教对旧中国的人们所造成的沉重的精神压迫这一总主题。

2. “表现的深切”

鲁迅首先打破了古典小说的故事性框架，对中国古典小说的结构形式进行了大胆的革新与创造。鲁迅的小说创作标志着真正意义上的现代小说的正式诞生。

（1）矛盾性质

鲁迅极少将一个人与另一个人的单纯利害冲突作为小说矛盾的主线，更多的是描写一个人与整个社会环境的特定关系，将个人与社会的矛盾上升为小说的主要矛盾，使故事性的框架被社会状态和人的命运的展现所代替。

①“看/被看”模式：这种二元对立的模式发生在先驱者与群众（即“启蒙者”与“被启蒙者”）之间，如小说《药》。

②“离去－归来－再离去”模式：也称为“归乡”模式，在这一模式的小说中，叙述者在讲述他人的故事的同时，也在讲述自己的故事，两者互相渗透、影响，构成了一个复调，即作品中的“我”从离开故乡到返回故乡，经历了故乡中的人事变化，由希望到绝望，最后又远离故乡的模式，如《祝福》《故乡》《在酒楼上》等。这不是纯粹的结构技巧，而是内蕴着鲁迅“反抗绝望”的哲学和他的生命体验。

【名师点拨】“看/被看”与“离去－归来－再离去”是鲁迅小说中常见的两种情节结构模式，也是理解和研究鲁迅小说的两条重要线索，要注意透过这两种情节结构模式来发现鲁迅独特的创作眼光。

（2）叙述视角

鲁迅小说采用了多种叙述角度，有不同的人称和视点。

①第三人称：《药》《明天》《肥皂》《离婚》等。

②第一人称：《孔乙己》《故乡》《伤逝》《孤独者》《狂人日记》等都属于第一人称。其中，前三篇小说只有一个确定的视点，后两篇则交错使用两个不同的视点。

③第一、三人称有机地结合：《祝福》中，开头结尾用第一人称，主体部分用的则是第三人称。

（3）时序安排

①顺叙：如《药》《阿Q正传》《离婚》等。

②倒叙：如《头发的故事》《祝福》《伤逝》等。

（4）时空关系

鲁迅小说较之中国古典小说更重视在空间上的横向拓展，横断面切割的方式在鲁迅小说中已成为经常运用的主要方式。如《示众》只是一个场景的描绘，展示的是现实生活的一个横断面。

【名师点拨】“表现的深切”是指鲁迅小说的独特题材和思想发现，这是本章的重点之一。可以结合《药》《在酒楼上》《孤独者》等一系列作品，以更好地理解鲁迅小说的题材与观察视角，发现其艺术视角的独特性与深层意蕴。

3. “格式的特别”

（1）发展传统手法

在鲁迅小说中，古典小说已经具有的心理描写、肖像描写、语言行动描写、景物描写、环境描写等表现手法获得了新的发展，所有这些表现手法都在挖掘人的灵魂这一总目下具有了新的特色，而心理描写则受到了前所未有的重视。如《伤逝》几乎全篇都是涓生心理变迁过程的描写，抒情、叙事与人物心理描写融会成了一个统一的整体。

(2)运用现代手法

鲁迅广泛运用了象征、意识流、精神分析等纯属现代形式的表现手法。

①象征主义

《药》《长明灯》等小说就使用了象征主义的表现手法，使大量现实的描绘具有了象征性的意义。

②意识流

《狂人日记》带有现代意识流小说的特征，“狂人”非理性的心理变化过程实际上也就是他的意识流动过程。

③精神分析

《肥皂》《高老夫子》《弟兄》的表现重心则是揭示主人公的潜意识心理动机。

【名师点拨】“格式的特别”是指鲁迅小说在形式手法上的创造性与先锋性，这也是本章的重点之一。学习过程中需要重点理解鲁迅小说艺术是如何在继承传统的同时又冲破传统，从而展现出无羁的想象力与创造性。

三、说不尽的阿Q

《阿Q正传》被公认为鲁迅小说的代表作品。自发表以来，它不仅在中国有了越来越大的影响，而且享有很高的世界声誉；阿Q则成了世界著名的文学典型之一。《阿Q正传》有着不朽的思想价值，主要表现为它高度概括地表现了在数千年封建文化浸染下形成的中国国民性的弱点，阿Q则是这种国民性弱点的集中体现者。

1. 阿Q形象的论争

对阿Q形象的基本特征问题，学术界曾进行过长期的论争。其论争在不同时期有以下几种观点：

(1)阿Q是辛亥革命时期的落后农民的典型。

(2)阿Q是一种精神的性格化和典型化。

(3)阿Q是一个革命农民的典型，是一个一步步走向革命觉醒的农民形象。

(4)阿Q作为一个虚构的人物，是具有种种消极性格的人的“共名”。

目前学术界趋向认为阿Q是一个落后不觉悟的、带有精神病态的农民形象。

2. 阿Q的性格特征

(1)自我意识的缺乏

阿Q思想的基本特征就是自我意识的严重缺乏，即该人物的整个思想观念不是在自身的生活追求和精神追求的基础之上产生的，而是为传统的、因袭的思想观念所束缚。

(2)“精神胜利法”

“精神胜利法”是阿Q的主要特征，这是一个缺乏起码的自我意识的人的整个人生观的产物，实际上是在一个不平等的强权统治的社会里，一个没有平等意识的人在处于劣势地位时消极承担人生苦难的一种思维方式。

(3)畸形的革命观

在革命党未得势时，阿Q视之为不如自己的下等人；当革命党即将获胜时，阿Q又主动投奔革命党。他的革命目的不是谋求建立一个自由平等的社会，而是把自己提高到统治别人、压迫别人的上等人的地位上去。

(4)变态的两性观

阿Q的两性观表现为：一方面是对封建两性观念的盲目维护，另一方面则是他的本能欲望在寻求一种释放的渠道。两者的冲突和矛盾使他显现出荒谬可笑的特征。

3.《阿Q正传》的风格特征

(1)外冷内热

①鲁迅将思想启蒙者的高度热情，转化为对阿Q的深切关注："哀其不幸，怒其不争"；转化为对辛亥革命中途夭折的痛惜；转化为对赵太爷、假洋鬼子之流的憎恶、鄙视。

②鲁迅把一颗火热的心深深地埋藏在理性的坚冰里，以犀利的解剖刀冷峻地解剖着一切，是"不见火焰的白热"，是"热到发冷的热情"。

(2)以讽抒情

鲁迅善用讽刺手法，他的讽刺旨微而语婉，无一贬词而情伪毕露，在讽刺背后处处隐含着作者改革社会重铸国魂的革命热情。

(3)形喜实悲

作品展示了一出出喜剧，但在喜剧性场面背后却隐藏着深刻的悲剧，人们在被喜剧场面引得发笑的同时，又有一股无情的力量，把读者的笑变成一种"含泪的笑"。这种形喜实悲的悲喜剧色彩，是其巨大艺术魅力的重要成因之一。

【名师点拨】作为鲁迅代表作之一的《阿Q正传》，其接受史较为曲折和复杂。不同时代、层次的读者，可以从不同的角度和立足点出发去解构、理解阿Q形象的含义。

四、《野草》与《朝花夕拾》

1. 文学史价值

《朝花夕拾》与《野草》为现代散文提供了"闲话风"散文与"独语体"散文两种体式。

2.《朝花夕拾》

《朝花夕拾》共计10篇，写于1926年，都是带有回忆性质的叙事散文。

(1)内容情感

以深情、平易、清新、舒展的笔调，记述自己的童年、少年、青年时代的生活片段，抒发对亲朋和师友的诚挚怀念，展现家乡的风俗、清末民初的时代剪影，也寄托了对现实的思考。

(2)艺术特点

《朝花夕拾》中所写的事和人，饱含着作家强烈的爱憎，闪烁着社会批判的锋芒，在平淡的叙述中寓有褒贬，在简洁的描述中是非分明，使回忆与感想、抒情与讽刺和谐地结合起来。

3.《野草》

《野草》写于1924年至1926年，除最后两篇外，写作时间大体上与小说集《彷徨》相同，心境也较为一致。

(1)内容情感

表现鲁迅在苦闷、彷徨中求索的心路历程，反映了时代的矛盾状态，体现了鲁迅在思想大转变前夕所做的严肃的自我解剖。

(2)艺术特点

艺术上，采用以抒发内心感受为主的诗化散文的形式，具有哲理性、象征性和形象性相结合的艺术风格，开了中国散文诗的先河。

2.2　考研真题与典型题详解

一、填空题

1. 1925 年鲁迅翻译了日本作家______的《苦闷的象征》。[中国人民大学 2015 年研]

【答案】厨川白村

【解析】《苦闷的象征》是日本作者厨川白村的作品，由鲁迅译。

2. 鲁迅在 1907 年发表的______中提出了“首在立人”的主张。

【答案】《文化偏至论》

【解析】1907 年鲁迅发表《文化偏至论》，谈到立人的话题，他明确提出了“生存两间，角逐列国”，“其首在立人”，认为一个国家、一个民族要想屹立于世界强国之林，最重要的就是立人，人是一个个体，鲁迅非常重视这个个体。

3.《阿 Q 正传》最初在 1921 年 12 月 4 日至 1922 年 2 月 12 日的______上连载，署名______。

【答案】《晨报副刊》；巴人

【解析】《阿 Q 正传》是鲁迅小说代表作，写于 1921—1922 年，文章最初发表于北京《晨报副刊》，后收入小说集《呐喊》。《阿 Q 正传》展现了辛亥革命前后一个畸形的中国社会和一群畸形的中国人的真面貌。它是鲁迅唯一的一部中篇小说，共九章，采用章回体的形式写成。《阿 Q 正传》中的人物有赵太爷、阿 Q、吴妈、假洋鬼子、王胡、小 D 等。

4. 鲁迅的小说______以弗洛伊德学说解释创造的源起，曾以《不周山》为题收入《呐喊》。

【答案】《补天》

【解析】鲁迅的历史小说集《故事新编》第一篇《补天》写于 1922 年，曾以《不周山》为题收入《呐喊》第一版，是根据弗洛伊德学说来解释“创造——人和文学的——缘起”。

5. 鲁迅在《______》的扉页上引用了《离骚》里的两句诗：“路漫漫其修远兮，吾将上下而求索”。

【答案】彷徨

【解析】《彷徨》是鲁迅的小说作品集，共收入其 1924 年至 1925 年所作小说十一篇。书的扉页，有作者的题记：朝发轫于苍梧兮，夕余至乎县圃……路漫漫其修远兮，吾将上下而求索。

6. 鲁迅散文诗《秋夜》最先发表在______。

【答案】《语丝》

【解析】《秋夜》是鲁迅散文诗集《野草》的第一篇，发表于 1924 年 12 月 1 日的《语丝》杂志。《语丝》是现代文学史上第一个以散文为主的文学刊物，刊载的简短犀利的思想杂感、社会批评随笔、小品散文等，承续了“五四”“随想录”的思想精髓，更为洒脱——“任意而谈，无所顾忌，要催促新的产生，对于有害于新的旧物，要竭力加以排击”。形成了“语丝文体”——排旧促新、放纵而谈、说古论今、不拘一格。

二、名词解释

1.《呐喊》[吉林大学 2025 年研]

答：《呐喊》是鲁迅的第一部短篇小说集，收录了鲁迅从1918年至1922年所著的14篇短篇小说，包括《狂人日记》《孔乙己》《药》《阿Q正传》《故乡》《社戏》等。作品涵盖社会底层生活、封建礼教压迫、国民劣根性等主题。如《狂人日记》以“狂人”视角，揭露封建礼教“吃人”本质，是中国第一篇白话文小说，《阿Q正传》塑造了具有“精神胜利法”的典型形象阿Q，批判民众的愚昧、麻木与自我欺骗，《药》以“人血馒头”隐喻民众迷信和革命者孤独，揭示启蒙的艰难，还有《明天》里单四嫂子的悲惨遭遇，《故乡》中闰土的变化等，展现了传统社会转型期农民、妇女等底层人民的痛苦挣扎。《呐喊》奠定了中国现代小说的基础，开创了现代小说的新范式，为后来的作家提供了重要的借鉴和启示；它以强烈的批判性和人文关怀，唤醒了无数青年知识分子的觉醒意识，推动了思想革命的发展，成为“五四”新文化启蒙运动的代表作之一。

2. 摩罗诗力说［复旦大学2024年研；北京大学2023年研］

答：摩罗诗力说是鲁迅在《摩罗诗力说》中提出的文艺观点。鲁迅在介绍摩罗诗人的同时，猛烈地批判了旧传统、旧文化，抨击了洋务派、维新派和复古派，比较集中地反映了他早年的文艺思想及美学观点。《摩罗诗力说》是“五四”运动前思想启蒙时期的重要巨作，是揭露批判封建意识形态的檄文，同时也是我国第一部倡导浪漫主义的纲领性文献。

3. 《在酒楼上》［首都师范大学2015年研］

答：《在酒楼上》是鲁迅写于1924年2月16日的一部短篇小说，载于同年《小说月报》15卷5号。小说塑造了辛亥革命时期一个敢作敢为的有志青年吕纬甫，十年后却由于理想的破灭，对前途的绝望而变为一个穷愁潦倒、麻木颓唐的老夫子，整日“敷敷衍衍，模模糊糊”，陷入顾影自怜的泥淖不能自拔。作品通过吕纬甫的悲剧，针砭小资产阶级知识分子的动摇性和软弱性，折射出“五四”新文化运动落潮后的时代氛围。小说重叠使用三个“第一人称”（“我”、吕纬甫和老发奶奶），把不同时空的生活场景连缀起来，以浓厚的抒情笔调描写环境和人物；结尾则采用象征，因而情韵丰富。

4. 《狂人日记》［北京师范大学2014年研；山东大学2011年研］

答：《狂人日记》是鲁迅于1918年4月创作的第一个短篇白话日记体小说，也是中国第一部现代白话文小说，该文首发于1918年5月15日4卷5号的《新青年》月刊，后收入《呐喊》集，编入《鲁迅全集》第一卷。小说通过被迫害者“狂人”的形象以及“狂人”的自述式的描写，揭示了封建礼教的“吃人”本质，表现了作者对以封建礼教为主体内涵的中国封建文化的反抗；也表现了作者深刻的忏悔意识。作者以彻底的“革命民主主义”的立场对中国的文化进行了深刻的反思，同时对中国的甚至是人类的前途表达了深广的忧愤。《狂人日记》这篇作品在形式和思想方面都深刻影响了20世纪中国文学史和中国思想史。

5. 《野草》［中国人民大学2011年研］

答：《野草》是鲁迅唯一一本散文诗集，写于“五四”后期。作品以曲折幽晦的象征表达了1920年代中期作者内心世界的苦闷和对现实社会的抗争。《这样的战士》《淡淡的血痕中》《一觉》等篇表达了对现实的失望与愤懑；《影的告别》《死火》《墓碣文》等篇描绘了对自我深刻解剖之后的迷茫心境；《希望》《死后》等篇写出了对未来的疑惧，深刻地表现出作者的人生哲学。语言俏奇瑰丽，意象玄妙奇美。

6. 《彷徨》［南京大学2010年研］

答：《彷徨》是鲁迅的小说作品集，共收入其1924年至1925年所作小说十一篇。首篇《祝福》写于1924年2月16日，末篇《离婚》写于1925年11月6日，实际的时间跨度是一年半多。整部小说集贯穿着对生活在封建势力重压下的农民及知识分子"哀其不幸，怒其不争"的关怀。《彷徨》的艺术技巧"圆熟"表现为：深广的历史图景；对人物命运的叙述渗透感情；"画眼睛""勾灵魂"的白描手段；丰满的人物形象具有典型的意义。

三、简答题

1．结合具体作品分析鲁迅的散文诗集《野草》的艺术特色。［南京师范大学 2025 年研］

相关试题：《野草》的内涵和情感。［河北大学 2022 年研］

答：鲁迅的散文诗集《野草》在艺术上达到了很高的境界，具有独特而鲜明的艺术特色，以下结合具体作品进行分析：

（1）富有象征意味

《野草》大量运用象征手法，通过具体形象来表达抽象的思想情感和哲理。如《秋夜》中，"枣树"象征着与黑暗势力顽强抗争的战士，"小粉红花"象征着善良而又弱小的被压迫者，"天空"则象征着黑暗的反动势力，通过这些形象的相互关系，营造出一种充满象征寓意的氛围，表达了作者对黑暗的抗争和对弱小者的同情。

（2）具有神秘奇幻的意境

《野草》善于营造神秘、奇幻的意境，使作品充满了独特的艺术感染力。如《好的故事》中，作者描绘了一个"许多美的人和美的事，错综起来像一天云锦，而且万颗奔星似的飞动着"的梦境，色彩斑斓、奇幻瑰丽，与现实的"昏沉的夜"形成鲜明对比，在神秘奇幻中表达了对美好理想的向往以及在现实中难以实现的无奈。

（3）语言精致深邃

鲁迅在《野草》中运用了极为精致、深邃的语言，以简洁而富有表现力的文字传达出复杂的思想和情感。如《雪》中，"江南的雪，可是滋润美艳之至了；那是还在隐约着的青春的消息，是极壮健的处子的皮肤"，用"滋润美艳""青春的消息""极壮健的处子的皮肤"等词语，细腻地描绘出江南雪的特点，语言优美且富有诗意；同时，又通过对"朔方的雪"的描写，展现出其"孤独的雪，是死掉的雨，是雨的精魂"的特质，语言简洁而含义深刻，蕴含着作者对不同品质的雪的独特感悟和对人生的思考。

（4）情感矛盾复杂

《野草》蕴含着鲁迅内心深处矛盾复杂的情感，使作品具有独特的情感张力。在《影的告别》中，"影"既想与"人"告别，又对未来的"黑暗"或"光明"都感到迷茫和恐惧，"彷徨于无地"，深刻地反映出鲁迅在当时的社会环境和思想状态下，内心的孤独、彷徨以及对未来的不确定感，这种矛盾复杂的情感在作品中交织，具有强烈的艺术感染力，引发读者对人生、对自我的深入思考。

（5）文体形式创新

《野草》在文体形式上进行了大胆的创新，融合了散文、诗歌、散文诗等多种文体的特点，创造出一种独特的艺术形式。它既有散文的自由洒脱，又有诗歌的凝练含蓄，打破了传统文体的界限。如《过客》采用了戏剧对话的形式，通过"过客""老翁""女孩"之间的对话，展开情节，表达了作者对人生道路的探索和不断前行的精神，形式新颖独特，为现代文学的文体创新提供了宝贵的经验。

2．鲁迅"国民性批判"主要批判的是什么？结合具体作品回答。［四川大学 2025 年研］

相关试题：分析鲁迅作品，谈谈你对鲁迅国民性批判思想的认识。［华中师范大学 2015 年研］

答：鲁迅“国民性批判”主要聚焦于批判国民的劣根性，如愚昧麻木、奴性、看客心态、封建礼教的束缚等，旨在通过对这些问题的揭示，唤起民众的觉醒意识，推动社会的变革与进步。

（1）愚昧麻木

在《药》中，华老栓夫妇为了给儿子治病，不惜用辛苦积攒的钱去买人血馒头，他们对革命者夏瑜的牺牲不仅毫无同情和理解，反而将其视为可以治病的“药”。这种行为深刻地展现了民众的愚昧无知，他们不明白革命的意义，也不懂得自己的命运与革命者的奋斗息息相关，在封建迷信和落后思想的支配下，做出了令人痛心的举动。

在《故乡》中，少年闰土活泼机灵，充满朝气，然而，在经历了生活的磨难和封建等级观念的束缚后，老年闰土变得麻木迟钝，当他见到儿时的伙伴“我”时，恭敬地叫出“老爷”，将自己与“我”之间划上了一道深深的鸿沟。他的麻木不仅体现在对生活的逆来顺受，更体现在对自身命运的不觉醒，成为了封建制度下愚昧麻木的典型代表。

（2）奴性

《阿 q 正传》中的阿 Q，是一个具有强烈奴性的人物。他在面对赵太爷等有权势的人时，表现出极度的自卑和怯懦，即使被打被骂，也会通过“精神胜利法”来自我安慰，认为自己是“胜利者”。而在比他更弱小的小 D、王胡面前，又摆出一副高高在上的姿态，试图欺负他们来获得心理上的满足。阿 Q 的这种奴性，反映了当时一部分国民在封建等级制度下，失去了独立人格和尊严，甘当奴才的可悲心态。

《祝福》中的祥林嫂，她一生都在为了生存而苦苦挣扎，在封建礼教和夫权、族权的压迫下，逐渐失去了自我。她对鲁四老爷等主人的命令唯命是从，即使在遭受了无数的苦难后，依然没有反抗的意识，只是默默地承受着一切，最终在别人的祝福声中孤独地死去。祥林嫂的奴性表现为对封建秩序的盲目服从，以及对自身权利的漠视，是封建制度下奴性思想的牺牲品。

（3）看客心态

在《示众》中，鲁迅集中刻画了一群看客形象。他们围聚在一起，观看一个被示众的犯人，只是为了满足自己的好奇心和无聊感，对犯人的遭遇没有丝毫的同情和思考。这些看客们麻木地注视着眼前的一切，仿佛与自己无关，却又不肯离去，形成了一种冷漠、无聊的群体氛围，深刻地揭示了国民的看客心态。

《狂人日记》中的狂人，在觉醒的过程中，感受到了周围人的敌意和冷漠。那些看似正常的人，在狂人眼中都像是要吃人的“野兽”，他们用异样的眼光看着狂人，对他的言行进行嘲笑和排斥。这些人就是典型的看客，他们对狂人所揭示的社会问题充耳不闻，只关心自己的眼前利益和表面的安稳，表现出了冷漠、麻木的看客心态。

（4）封建礼教的束缚

《狂人日记》以“狂人”的视角，揭示了封建礼教“吃人”的本质。狂人发现周围的人都在遵循着一种无形的规则，这种规则看似正常，却在不知不觉中吞噬着人的灵魂。例如，哥哥按照封建礼教的要求，将妹妹吃掉，这一情节虽然带有荒诞色彩，但深刻地反映了封建礼教对人性的扭曲和迫害，人们在封建礼教的束缚下，失去了基本的人性和良知。

《孔乙己》中的孔乙己，深受封建科举制度和礼教的毒害。他一心追求科举功名，却始终未能如愿，成为了一个被社会淘汰的边缘人。他穿着长衫，却站着喝酒，放不下读书人的架子，满口之乎者也，在封建礼教的熏陶下，形成了一种自命清高、迂腐不堪的性格。他的悲剧命运揭示了封建礼教对知识分子的束缚和摧残，使他们成为了时代的牺牲品。

3. 简述“托尼学说”对鲁迅的影响。［中山大学2012年研］

答：托尔斯泰对于鲁迅的影响主要是其人道主义观的形成。鲁迅作品中爱之深责之切的悲天悯人般的人文关怀很大程度上来源于托尔斯泰的理论。尼采的“权力意志”“超人哲学”“反道德”等思想也影响了鲁迅。尼采在其《悲剧的诞生》里，借用希腊神话中的酒神和日神来象征两种基本的心理经验，这一创作手法在鲁迅的杂文中被用得淋漓尽致，尤其是在其国民性批判的作品中。

（1）托尔斯泰对鲁迅的影响

托尔斯泰是一位道德哲学家，人类之爱是他宗教道德学说的核心内容，它的出发点是抽象的人类幸福，是一种无差别的爱。这种爱体现了“博爱人道主义”精神。他的学说是宣扬基督教的博爱主义，鼓励“勿以暴力抵抗邪恶”。鲁迅继承了托尔斯泰的人道主义精神，但不同的是鲁迅关注人的思想的觉醒和社会、民族的解放，提倡思想的“立人”。

鲁迅的文学是精神的“反叛”和生命的“挣扎”的文学，是为了争取做人的资格、生存、温饱和发展的“反叛”，对生命体验的“彷徨”和“绝望”的挣扎。它所显示的思想深刻性和丰富性，正是鲁迅思想和文学的魅力所在。他在文学中所表现的“绝望的抗战”体验也是20世纪中国最有价值深度的母题之一。

（2）尼采对鲁迅的影响

鲁迅的创作受尼采哲学的影响很大，在“五四”时期，他甚至“大谈尼采”。在鲁迅心目中，尼采是一位否定旧传统的思想战士，这正契合了鲁迅渴望突破传统，反抗旧文化、旧道德的心愿。他前期小说的“狂人”“疯子”形象就寄寓了对尼采那样的“轨道破坏者”的热切期盼。

同时，尼采的“反道德”思想也影响了鲁迅从《狂人日记》开始的多篇小说，鲁迅通过塑造鲁四老爷、高老夫子等旧道德维护者的形象，以及闰土、祥林嫂、阿Q等不幸的弱者形象来揭露旧道德旧礼教是如何摧残人性的，并对这种黑暗的社会现实进行了集中猛烈的批判。但是尼采前期的虚无主义和反庸众的思想残余，也使得鲁迅在《示众》《孤独者》《药》等作品中产生了一些谴责群众麻木的悲观情绪。

总的来说，“五四”新文化时期，大量外来思潮涌入，作家们根据自己的偏好接受不同思想的影响。鲁迅深受托尔斯泰和尼采的影响，形成了他的人道主义精神和超人哲学，爱之深责之切的悲天悯人般的人文关怀和国民性的批判也成为其文学作品的主题。

4. 鲁迅小说《孔乙己》中数次写到孔乙己脸色的变化，这在艺术上有什么作用？［复旦大学2012年研］

答：《孔乙己》中，鲁迅数次写孔乙己脸色的变化及其在艺术上的作用主要是：

（1）揭示了孔乙己的社会地位，为下文作铺垫

第一次写孔乙己的“脸色”是在他出场时，孔乙己“青白脸色，皱纹间时常夹些伤痕”。孔乙己是一个深受封建科举制度残害的下层知识分子，一生穷愁潦倒，既未能进学，又不会营生，再加上他好喝懒做，不愿以自己的劳动去争取生存的劣性，使他的生活连温饱都得不到保障，穷得“将要讨饭了”。因此，他不可能有上流社会达官豪绅那种“红光满面”、脑满肠肥的“富相”，只能是“青白脸色”。这“青白脸色”的描写，再配合他那件“又脏又破”的长衫，不仅形象地揭示了孔乙己的社会地位，而且为下文进一步刻画孔乙己这个人物的性格特征做了铺垫。

（2）揭示了孔乙己受封建科举制度的毒害之深

第二次写“脸色”是在有人揭发孔乙己偷了书时，“孔乙己便涨红了脸，额上的青筋条条绽出，争辩道，‘窃书不能算偷……’”。孔乙己本是“青白脸色”，但当有人肆意耍弄他，揭他的短时，他就“涨红了脸”，竭力争辩，企图维护自己“读书人”的面子。这“涨红了脸”的描写，一方面揭示了孔乙己受封建科举制度的毒害之深，另一方面也流露了孔乙己内心的羞愧，表明他不是惯偷，而只是不得已偶尔为之。

（3）显示了孔乙己深受封建教育和封建科举制度毒害所产生的习性

第三次写孔乙己的“脸色”是在有人问他“你怎么连半个秀才也捞不到呢”时，“孔乙己立刻显出颓唐不安的模样，脸上笼上了一层灰色。”这“灰色”脸色的描写，表现了孔乙己因捞不到秀才而被人家取笑戳到内心隐痛时那种失望、颓唐的悲凉心理，显示了他深受封建教育和封建科举制度毒害所产生的头脑僵化、迂腐不堪的习性。

（4）描绘了一个封建制度和封建文化牺牲者的悲惨画面

最后一次写孔乙己的脸色，是在他被丁举人打折了腿，用手“走”到酒店时，“他脸上黑而且瘦，已经不成样子。”这“黑而且瘦”的脸色，加上用手爬着“走”，可想而知他是怎样在受尽了折磨之后死里逃生，苟延残喘活下来的。当掌柜取笑他时，孔乙己只是低声应答掌柜的讪笑，露出“恳求”的眼色，显现出他横遭摧残后那种畏缩、害怕、绝望无告的心境。这里，作者为我们描绘了一个封建制度和封建文化牺牲者的血淋淋的悲惨画面。至此，孔乙己的悲剧形象也就大体完成了。

总之，孔乙己的“脸色”由“青白”而“红”，再到“灰”而“黑瘦”，是孔乙己性格的逻辑发展。作者通过对人物神态变化的描写，形象地刻画了孔乙己迂腐而又麻木的性格特征。

四、论述题

1. 论述鲁迅小说在悲剧表现上的特点。［湖南师范大学 2025 年研］

答：鲁迅小说在悲剧表现上具有独特而深刻的特点，主要体现在悲剧主体、悲剧成因、悲剧冲突、悲剧氛围以及悲剧效果等方面，以下是具体论述：

（1）悲剧主体的平凡性与典型性

①关注平凡小人物

鲁迅小说的悲剧主体大多是社会底层的平凡小人物，如《孔乙己》中的孔乙己，是一个穷困潦倒、深受封建科举制度毒害的知识分子；《阿 Q 正传》里的阿 Q，是一个生活在未庄、具有精神胜利法的贫苦农民；《祝福》中的祥林嫂，是一个勤劳善良却被封建礼教和迷信吞噬的农村妇女。这些人物都是社会中最普通、最常见的群体，他们的命运代表了那个时代广大民众的生存状态。

②塑造典型形象

鲁迅通过对这些平凡人物的细致刻画，塑造出了具有高度典型性的悲剧形象。这些形象不仅具有个体的独特性，更集中体现了特定社会阶层和时代的共性特征。例如阿 Q 的精神胜利法，不仅是他个人在面对屈辱和失败时的自我麻醉方式，更是当时整个国民劣根性的一种典型表现。

（2）悲剧成因的社会性与根源性

①社会制度的压迫

鲁迅深刻地揭示了封建制度、封建礼教对人性的压抑和摧残是造成悲剧的重要社会根源。在《狂人日记》中，“吃人”的封建礼教成为狂人恐惧和绝望的根源，作品以象征的手法揭示了封建礼教的残酷本质。《祝福》里，祥林嫂在封建礼教的重重压迫下，被剥夺了做人的权利，最终在痛苦中死去。

②文化传统的毒害

传统文化中的糟粕，如封建迷信、等级观念等，也是导致人物悲剧的重要因素。《药》中的华老栓夫妇，因迷信人血馒头可以治病，最终失去了儿子，反映了封建迷信对民众的毒害。这种文化上的愚昧和落后，使人们在不自觉中成为了悲剧的制造者和承受者。

(3)悲剧冲突的内在性与复杂性

①人物内心的矛盾冲突

鲁迅小说中的悲剧人物常常面临着内心的矛盾和挣扎。例如《伤逝》中的涓生和子君，他们在追求自由恋爱和个性解放的过程中，内心充满了理想与现实、爱情与责任的矛盾。子君一方面勇敢地追求自由和爱情，另一方面又无法摆脱传统家庭观念的束缚，最终在痛苦中死去。

②人与社会环境的冲突

人物与周围社会环境之间的冲突也是鲁迅小说悲剧冲突的重要方面。以《孤独者》中的魏连殳为例，他是一个具有新思想的知识分子，却在封建保守的社会环境中处处碰壁，无法实现自己的理想和价值，最终在孤独和绝望中走向毁灭。这种人与社会环境的冲突，反映了个体在强大的社会压力面前的渺小和无力。

(4)悲剧氛围的冷峻性与凝重性

①冷静客观的叙事态度

鲁迅在小说中常常采用冷静、客观的叙事视角，不轻易流露自己的情感，以一种冷峻的态度来讲述悲剧故事。在《示众》中，作者以旁观者的视角描写了一群麻木的看客围观犯人的场景，没有直接对看客们进行批判，却通过冷静的叙述让读者感受到一种压抑和悲哀的氛围。

②灰暗压抑的环境描写

通过对环境的细致描写来营造凝重的悲剧氛围。《故乡》中对故乡萧条破败景象的描写，"苍黄的天底下，远近横着几个萧索的荒村，没有一些活气"，为整个故事奠定了一种悲凉的基调，衬托出人物命运的悲惨和时代的沧桑。

(5)悲剧效果的深刻性与启发性

①引发对社会和人生的思考

鲁迅小说的悲剧不是简单地让人感到悲伤和同情，更重要的是引发读者对社会、人生的深入思考。例如《药》通过华家与夏家的悲剧，让读者思考革命与民众的关系，以及封建迷信对社会的危害。这种深刻的悲剧效果，使读者在阅读过程中不仅感受到悲剧的震撼，更能从中获得对社会和人生的新认识。

②唤起民众的觉醒意识

鲁迅的悲剧小说具有强烈的启蒙意义，旨在唤起民众的觉醒意识，打破封建思想的束缚。他通过对悲剧人物命运的描写，让人们看到社会的黑暗和自身的困境，从而激发人们为改变命运、改造社会而努力。如《狂人日记》中"救救孩子"的呼喊，就是鲁迅对唤醒民众、拯救民族的强烈呼吁。

2. 鲁迅《呐喊》《彷徨》两部作品的艺术特色。[安徽大学 2025 年研]

答：鲁迅的《呐喊》《彷徨》作为中国现代文学的经典之作，其艺术特色鲜明且独特，对中国现代小说的发展影响深远。下面从人物塑造、叙事技巧、语言风格等方面来阐述这两部作品的艺术特色。

(1)人物塑造：典型环境中的典型形象

①揭示国民性弱点

鲁迅在《呐喊》《彷徨》中致力于刻画具有鲜明性格特征的人物，以揭示国民性的弱点。在《阿Q正传》(收录于《呐喊》)里，阿Q这一形象展现出“精神胜利法”的典型特征，面对强者时自轻自贱，遭受屈辱后通过自我安慰来获取精神上的胜利，如被人打后，心里想着“总算被儿子打了”，以此来平衡内心。这种性格反映了当时部分国民在封建统治下的愚昧、麻木与自我麻醉，鲁迅通过对阿Q这一典型形象的塑造，让读者深刻认识到国民性中亟待改造的部分。

②展现知识分子的困境

作品中也刻画了众多知识分子形象，展现他们在时代变革中的困境与挣扎。在《彷徨》的《伤逝》中，涓生和子君是接受新思想的知识分子，他们勇敢地追求自由恋爱，冲破封建家庭的束缚走到一起。然而，在现实生活的重重压力下，如经济的窘迫、社会舆论的压力等，他们的爱情逐渐走向破灭，子君最终回到封建家庭并悲惨死去，涓生也陷入深深的悔恨与痛苦之中。这一故事展现了知识分子在理想与现实冲突下的无奈与彷徨，反映出当时社会环境对新思想的压制。

(2)叙事技巧：多样手法构建故事

①独特的叙事视角

鲁迅巧妙运用多种叙事视角来讲述故事。在《孔乙己》(《呐喊》)中，采用酒店小伙计的第一人称视角。通过小伙计的观察和叙述，孔乙己的言行举止、悲惨遭遇得以展现。这种视角使故事更具真实感，读者仿佛身临其境，从小伙计的所见所闻中感受到孔乙己在社会底层的挣扎与被人嘲讽的悲哀。同时，小伙计的懵懂与旁观者心态，也侧面反映出社会大众对孔乙己这类人的冷漠，增强了作品的批判力度。

②情节结构的创新

在情节结构上，鲁迅突破传统。《狂人日记》(《呐喊》)采用日记体形式，以狂人的视角和思维展开，看似杂乱无章的日记内容，实则蕴含着深刻的逻辑。狂人对周围人“吃人”行为的恐惧与发现，层层递进，深刻揭示了封建礼教“吃人”的本质。这种创新的情节结构，打破了读者的阅读预期，以独特的方式传达出作品的主题，给读者带来强烈的思想冲击。

(3)语言风格：犀利深刻与幽默讽刺并存

①犀利深刻的批判语言

鲁迅的语言极具批判性，如同一把锐利的匕首，直刺社会的弊病。在《药》(《呐喊》)中，描写华老栓去买人血馒头时，“老栓也忙了，提着大铜壶，一趟一趟地给客人冲茶；两个眼眶，都围着一圈黑线”，简单的语句生动地刻画出华老栓的愚昧与麻木，以及社会底层人民在封建迷信和残酷现实下的悲惨生活状态。这种犀利的语言，让读者深刻感受到社会的黑暗与人性的扭曲。

②幽默讽刺的表达

作品中还运用幽默讽刺的手法增强艺术效果。在《肥皂》(《彷徨》)中，四铭表面上道貌岸然，对街头的孝女满口称赞，实际上却心怀不轨，想买肥皂给家里的太太。鲁迅通过对四铭言行的描写，如“咯支咯支遍身洗一洗，好得很哩!”这种对四铭虚伪内心的揭露，充满了幽默讽刺意味，使读者在忍俊不禁的同时，对封建卫道士的丑恶嘴脸有更深刻的认识。

(4)悲剧氛围的营造：揭示社会现实的残酷

①小人物的悲剧命运

《呐喊》《彷徨》中的众多人物都难逃悲剧命运，如《祝福》(《彷徨》)里的祥林嫂，她勤劳善良，却在封建礼教的重重压迫下逐渐走向毁灭。她丧夫后逃到鲁镇做工，后又被强行拉回改嫁，第二任丈夫和孩子又相继死去，回到鲁镇后，她因再嫁被视为不洁之人，遭受众人的歧视和排斥，最终在新年的祝福声中悲惨死去。通过祥林嫂的悲剧，鲁迅深刻揭示了封建礼教对底层劳动妇女的迫害，营造出浓厚的悲剧氛围。

②理想与现实的冲突悲剧

作品也展现了理想与现实冲突所导致的悲剧。在《在酒楼上》(《彷徨》)中，吕纬甫曾经是一个激进的青年，有着革新的理想，但在现实的打击下，他逐渐变得消沉、颓唐，只能靠给孩子上坟、教书等琐事来打发日子。他的经历体现了知识分子在黑暗社会中理想破灭后的无奈与悲哀，进一步强化了作品的悲剧色彩，让读者感受到社会现实对人性和理想的压抑与摧残。

3. 谈谈鲁迅作品“反抗绝望”的哲学意蕴。[吉林大学2013年研]

答：鲁迅作品“反抗绝望”的哲学意蕴主要表现为：

(1)把握“此在”的现实精神

强烈的历史参与意识和刚健入世的传统心态，形成了鲁迅执着于“此在”的生命追求和现实精神。由于现实黑暗和鲁迅深刻的“原罪”意识而造成了鲁迅对生命形态和生命意义的多层开掘和悖论理解，最终形成了“过客”式的反抗绝望的生命抉择。反抗并不意味着肯定希望，而是在洞悉了明与暗、生与死、过去与未来，看透了造化的把戏，有了深刻的死亡意识之后的现实抉择和命运抗争。如《过客》中塑造了“明知前面是坟却猛走”的勇士形象，我们看到“过客”拒绝过去，“影子”拒绝未来，其实也就是把对“过去的回忆”和对未来的憧憬纳入现实的生命历程中去。

(2)承担和体悟个体生命

鲁迅始终着眼于个体的自觉对于整个社会变革的重要意义，因此，作为个体的人如何面对和把握世界和人生的思考必然与作家对客观社会生活状态的描述、对社会解放道路的探讨相互交织。这也是鲁迅在《野草》中试图表达的“反抗绝望”的主题。如《野草》表达了一种深刻的焦虑与不安：“我”告别了一切天堂、地狱、黄金世界，却处在一种无家可归的惶惑之中；“我”要反抗，却陷入“无物之阵”；“我”要追求，却不过是走向死亡……但恰恰是这种无可挽回的“绝望”处境唤起了“我”对生命意义的再认识，生命的意义就在于对这种“绝望”的反抗之中。“反抗绝望”的人生哲学把个体生存的悲剧性理解与赋予生命和世界以意义的思考相联系，从而把价值和意义的创造交给个体承担。

(3)描绘与评价民族文化

“反抗绝望”的人生哲学并不仅是对个体生命的探讨，而且同时体现为对普遍存在的人生状态的观察与思索。“绝望”不只是对个体而言，而且包含着深刻的民族文化的生活内容。

因此，“反抗绝望”的人生哲学在小说里常常不是体现为个人的精神历程，而是体现为对客观世界的描绘与评价，但在这种客观生活的背后，人们又总能体会到作家确实又是并未超脱于画面之外。如《阿Q正传》《风波》等小说，它们的主人公缺乏自知的能力，只是按照自己的本能生活。既无自我，又无对生命的感觉，“精神胜利法”不可能把阿Q从终将毁灭的结局中救出来，更不能激起他对施加在身上的各项压迫作“绝望的抗战”。

(4)表现与反思知识分子的处境

处理知识分子题材上，鲁迅的眼光是独特的。他没有用过多笔触去展示知识分子阶层的现实生活状况和图景，或直接写实地描摹具体的人与事，而是把笔触直指人物的内心状态和精神世界，对他们的描绘重心也在于他们作为孤独者，处于拯救民众却被民众漠视和“梦醒了无路可走”的绝望境地。因此，鲁迅的小说对人的精神创伤与病态的无止境的开掘，体现了一种显示灵魂的内在性，逼迫读者与小说中的人物，连同作家本人，正视人心、人性的卑污，承受灵魂的拷问。

更深一层，鲁迅还具有自觉的主体渗透意识，即把自己摆进小说里，无情地解剖自己，如《狂人日记》中的“我”对自己也吃过人的忏悔，《孤独者》中“我”与魏连殳的关于生存价值的辩论等，这些都是作家对自己的身份、命运、生存意义的最深入的解剖和认识。这种对现代中国人的灵魂的伟大拷问，是鲁迅在“高的意义上的写实主义”，是小说现代性的独特表现，也正是鲁迅小说的经典意义之一。

4. 以鲁迅的某篇/类小说为例，分析其叙事与意义的现代性实践。［中山大学2012年研］

相关试题：**简评鲁迅的《狂人日记》。**［简答题；暨南大学2014年研］

答：(1)概述

中国现代小说在鲁迅手中开始，又在鲁迅手中成熟，这在历史上是一种并不多见的现象。把握鲁迅小说的高度成就及现代性，可以用鲁迅自己的两句话：一是“表现的深切”，二是“格式的特别”。

①表现的深切

《呐喊》《彷徨》开创和发展了现代小说的两大题材：农民题材和知识分子题材。鲁迅观察与表现的视角也是独特的，即重在表现病态社会里的人的精神病苦，以及对现代中国人的灵魂“拷问”。

②格式的特别

“格式的特别”是指鲁迅小说在形式手法方面的创造性与先锋性。在创作方法和表现技巧上，鲁迅继承了传统现实主义的优点，同时自觉借鉴西方批判现实主义和现代主义创作的长处，形成了现代小说的现代形式。表现在：打破了传统小说大团圆结局和单一视角手法而代之以多视角；弱化情节；借鉴采用象征主义和心理分析手法；开创了现代小说的多种体式，如散文体、手记体、日记体、寓言体等。

(2)以《狂人日记》为例

《狂人日记》是鲁迅创作的第一篇白话小说，也是中国现代文学的开端作品，显示了文学革命的实绩，也是鲁迅小说现代性实践的代表作。其现代性特征具体表现为：

①用日记体形式来表达思想内容，构思精巧，创造了狂人形象

狂人没有正常人的谨慎小心，敢说敢笑，敢于斗争，有的是“义勇和正气”，决不向反动势力屈服。面对敌人的凶残狡猾，他仍然坚持了韧性的战斗精神。狂人质问一个帮凶吃人的事，发出了“从来如此，便对么?”的尖锐之声，表现了狂人对封建制度的大胆否定。狂人认真思考问题，遇事寻根究底，对中国的历史和社会有独到深入的理解。

②根据狂人的特点，巧妙运用象征和双关的手法来表达主题

《狂人日记》中的狂人说的“吃人”和鲁迅认识到的“吃人”具体含义相差甚远，一个指肉体上，一个指精神上，但是语言的形式却完全相同，都是说的“吃人”。作者要揭示的真理，

正好在这一点上与狂人的语言叠合起来。另外，狂人尽管发狂，读者却有着清醒的头脑，在这种情况下，双关的语言象征手法，便成了沟通狂言和真理之间的桥梁，读者就可以用自己的理解、联想，透过狂话的形式，通向作者的原意，从经过艺术制作的狂话中体会到深刻的寓意，彻悟到封建传统礼教的吃人。也正是这样，读者的思维活动，在阅读作品的过程中被充分调动了起来，作品就显得韵味无穷。

③采用了白描的写作手法，像传神的写意画，作品节奏明快

白描是鲁迅塑造狂人形象的重要手法。在这篇小说中，看不到堆砌华丽的辞藻，看不到冗长的景物描写和心理刻画。鲁迅没有采用静止的大段心理描写，而是用极少的语句，把狂人的内心世界表现出来了。《狂人日记》中，狂人吃蒸鱼，看到鱼的眼睛和张着的口，便想到那伙吃人的人，“吃了几筷，滑溜溜的不知是鱼是人，便把他兜肚连肠地吐出”。这一方面反映了狂人被迫害的严重，以至把任何与吃人现象有点滴相似的事物都与吃人的人联系起来；另一方面，反映了狂人的独特的心理特征：格外的多疑，奇怪的联想。

④文章的结构严谨，体现了现代主义审美追求

作品采用了复义手法，前面有一段文言文写到狂人已经大病痊愈，顺从了现实的环境，去某地当官了。而后面的白话文才开始写狂人的“病例”，借狂人之手揭示出封建制度的“吃人”本质，这种结构使作品出现了不同的声音，造成众声喧哗的效果。

总之，鲁迅在《狂人日记》中所揭示的封建制度和封建吃人的总主题，几乎贯穿于其小说作品的始终。日记体的小说形式，以及象征、双关、白描、复义的写作手法，体现出其对现代主义审美的自觉追求，深深地刻上了现代主义的标签，充分显示出中国小说从传统到现代的转型。

5. 请以阿Q和陈奂生为例，分析20世纪中国文学中“改造国民性”的主题。［中国传媒大学2012年研］

答：阿Q和陈奂生分别是鲁迅与高晓声笔下的经典人物，以两者为例对20世纪中国文学中“改造国民性”的主题分析如下：

（1）鲁迅与高晓声作品中关于“改造国民性”的主题具有前后相延续性

①鲁迅重在对封建制度下国民性的批判

鲁迅的《阿Q正传》等作品贯穿着如何疗救社会病苦、改造国民性的思考，重在对封建制度的彻底揭露与批判，以及对农民和知识分子在反封建思想革命中所面临的矛盾与危机的考察，其理性色彩体现为清醒的现实主义批判精神。

②高晓声重在探索当代农民悲剧命运的根源

从当代历史发生的挫折与传统文化积习相关的理解出发，高晓声揭示了作为一个“文化群体”的农民的行为、心理和思维方式的特征：他们的勤劳、坚韧中同时存在的逆来顺受和隐忍的惰性，对于执政党和“新社会”的热爱所蕴含的麻木、愚昧的顺从。因为在探索当代农民悲剧命运的根源上，提出了农民自身责任的问题，因此，这些小说被批评家看作是继续了鲁迅有关“国民性”问题的思考。

（2）鲁迅与高晓声对国民性的批判力度以及对改造国民性的前途各持己见

阿Q和陈奂生又是两个不同时代的国民，身上所体现的“国民性”特点包括劣根性各有不同，两位作者对国民性的批判力度及强弱并不一致，同样对改造国民性的前途各自抱着不同的态度。

①果断的批判和悲观的态度

鲁迅曾说过，他之所以要写《阿 Q 正传》，是因为要“画出这样沉默的国民的魂灵来”，并且说“我还怕我所看见的(阿 Q)并非现代的前身，而是其后，或者竟是二三十年之后”。鲁迅对当时国民的劣根性进行了毫不留情地批判，并且对国民改造的前途持极其悲观的态度。

②温情的批判和期盼的态度

高晓声的“陈奂生”并非阿 Q 第二，陈奂生的经济、政治地位以及时代给他带来的变化都是阿 Q 所不能比拟的。陈奂生们固然有他们的悲剧，即“他们生在做主人的时代，却不是当主人的材料”。令人欣慰的是，在农村普遍实行多种形式的生产责任制之后，经过反复的思想斗争，陈奂生终于从历史的迷梦中惊醒，开始寻找自己和自己的位置。作者对陈奂生是始终抱着温情的批判态度及对其改造的希望。

总之，20 世纪的中国文学始终不离“改造国民性”的主题，为此一代代作家付出了艰辛的思考和辛勤的创作实践。从鲁迅到高晓声，随着社会历史的发展，时代风气的变化使他们笔下的中国平民呈现出不同的风貌，然而人物身上依旧具有根深蒂固的落后性，因此“国民性”改造的主题永远不会过时。

6．鲁迅的《狂人日记》和余华的《四月三日事件》都是以“非常态人物”为主人公的，比较两者之间的差异，并说明其成因。［南开大学 2011 年研］

答：鲁迅和余华都看到了异化人性的本质并通过不加掩饰的方式向人们展示黑暗的现实和丑陋的人性，形成了对暴力与疯人的书写。

(1)《狂人日记》和《四月三日事件》“非常态人物”之间的差异

两人对疯人(狂人)的书写主要体现在鲁迅的《狂人日记》和余华的《四月三日事件》这两部作品当中。虽然同样是书写疯人的作品，但两者有一定的差异，具体表现为：

①《狂人日记》里“狂人”是鲁迅战斗精神的代表

《狂人日记》里的“狂人”是有过发狂记录的人，他的疯狂在文本中有清楚鲜明的表现，他虽然没有精神患者的病症却因为觉醒、反叛、抗争，被世俗者看作是狂人。狂人的形象是鲁迅战斗精神的代表，狂人反省到“自己也曾吃过人的肉”并冒着被吃的危险，“诅咒”和“劝转”“吃人的人”，虽被按住了口，还依然发出了“救救孩子”的呼喊。这是对历史和现实做出思索的结果，与鲁迅早期呼唤的独自觉醒的“精神界战士”相契合。狂人躬行他先前所憎恶和反对的一切，拒斥先前所崇拜、主张的一切，这是超越同时代知识分子的做法，代表着包括作者在内所有知识分子所面临的困境，并用实际行动实践着鲁迅宁愿投身于“混战”中也不可止步于前的战斗精神。

②《四月三日事件》里“狂人”是余华彻底的怀疑精神的代表

余华的《四月三日事件》同样写了一个类似于“狂人”的患迫害狂的青年，他同样感到所有的人，包括他的同学，街上的陌生人，店里的营业员以及他的邻居、父母亲，都憎恶他和想迫害他；同样认为所有的人都已经联合起来，要在四月三日这一天对他采取行动。这行动的目的是让车撞死他，总之，是要置他于死地；他也同样坚信这行动的主谋是他的亲人——父母。余华借狂人来怀疑世界，甚至包括亲情。余华笔下的狂人，他的怀疑与否定精神弥足珍贵，但在叙述中为了突出疯人的特质而动用超过审美底线的残忍、变态和恶心的表达。他的疯子的行为已经超越了常规，戳穿了理性范畴下隐藏的非理性的“恶”的真实，是余华彻底的怀疑精神的代表。

(2)《狂人日记》和《四月三日事件》“非常态人物”之间的差异的成因

①《狂人日记》中的“疯”是源于新旧文化价值的对立

鲁迅小说中的“疯”是源于新旧文化价值的对立，疯子代表着新的价值体系所折射出的反省和先觉的火光。借助狂人的思维来对抗旧的社会制度是一种无奈，狂人勇于向仁义道德挑战，宁可被视为异类、疯子也坚守自己，破除旧观念，追求真理的信念。但是这先觉者还只是先行的个体，并未得到广泛的认同与关注，所以“狂人”最后的出路是和常人和好，接受治疗，再回到现实的社会秩序中去，并“已赴某地候补”。鲁迅的疯人最终只是悲壮的英雄，暗含着无奈和苦闷。

②《四月三日事件》里的“疯”源于西方现代派小说的影响

《四月三日事件》里的“疯”集中了人性中阴暗、丑陋、非理性的一面，通过对这一区域的描写，余华告诉人们这也是“现实一种”，它是“用无作者思想、无主体知识、无同一性理论”来取代人的视角之后的后人道主义眼中的人性现实。但是，余华的叙述充满了超过审美底线的残忍、变态等非理性因素，这与余华受西方现代派小说家如卡夫卡、博尔赫斯的影响有关，他塑造的疯子也是疯人的异化。

总之，余华缺少鲁迅洞察人性的深度和剖析精神实质能力，但余华却一直是在鲁迅开辟的狂人之路上辛苦跋涉，并通过异化疯人的广泛存在显示了社会结构的精神暴力机制，这也是余华承接鲁迅精神和阴冷风格的表现。

7. 试论述鲁迅塑造小说人物形象的手法。［厦门大学 2011 年研］

答：鲁迅在他的小说中塑造了一大批真实感人、栩栩如生的典型人物形象，真实细腻地反映了社会生活和社会现实，具有丰富的思想内涵和社会意义。鲁迅塑造小说人物形象的手法主要有：

（1）极其深刻的艺术化人物命名

鲁迅小说中人物的命名，有着极其深刻的艺术，对人物的塑造往往会起到画龙点睛、深化主题、暗示情节等作用，使读者能够更清楚地联想到人物的性格和命运。鲁迅小说中的人名，有一部分就是勾勒人物外形特征的漫画。比如，“花白胡子”“驼背五少爷”“红眼睛阿义”“赵白眼”等，都极其省俭地活画了人物的外形特点。还有不少人物的名字，恰好揭示了其性格特征，使得作品人物“人如其名”，《狂人日记》和《长明灯》中的“狂人”和“疯子”，一“狂”一“疯”正是他们的最主要的性格特征。鲁迅笔下人物所用的名字也真实地反映了当时的时代风貌，如“华大妈”“夏四奶奶”等。

（2）揭示人物个性特征的动作形态描写

鲁迅喜欢通过描写人物的形态动作，来揭示人物的个性特征，反映社会现实。例如《药》的主人公华老栓的性格，主要是通过他的行为动作表现出来的。华老栓是一个小茶馆的主人，勤快、朴实、谨慎而又愚昧。他每天“提着大铜壶，一趟一趟地给人冲茶”。辛勤劳动积攒了一包洋钱，准备给儿子小栓治痨病，却寄希望于人血馒头。当得知人血馒头即将到手时，他半夜里“忽然坐起身”，“一面听着”儿子小栓咳嗽，“一面应着”老伴的问话，“一面扣着”衣服，“伸手”向老伴要钱。接着作者有一个出色的动作细节描写：“华大妈在枕头底下掏了半天，掏出一包洋钱，交给老栓。老栓接了，抖抖地装入衣袋，又在外面按了两下。”出门遇上几个人，他又“按了按衣袋，硬硬的还在。”这里的一“抖”一“按”的两个细微的动作，比较细腻地展示了华老栓的性格特征，一个老实巴交的处于社会底层的劳动人民形象，他一方面心疼来之不易的洋钱，一方面又爱子心切的心理跃然纸上。

（3）独特而成功的心理描写

通过描写人物的心理活动，来展示人物的内心世界和性格特征。如《阿 Q 正传》描述了一无所有的农民阿 Q“神往”革命的心态。在心理的自我剖析方面，鲁迅先生也非常独特。如《一件小事》刻画车夫形象，主要描写他的行为。刻画“我”的形象则主要描写心理活动，一直在想，想了很多很多：当老大娘被摔倒时，“我”料定“老大娘没有受伤”，只是“装腔作势”，“真可憎恶”；当车夫对老大娘表示关怀，“我”则认为“多事”，“自找苦吃”。还劝起车夫来，“走你的罢”；当车夫的高大形象树立在“我”的面前时，使“我”突然“感到一种异样的感觉”，觉得他“霎时高大了，而且愈来愈大……”这是作者内心自我剖析的开始。在“一种威压”下，终于不假思索地抓出一把洋钱请巡警交给车夫。

（4）精练准确高度个性化的人物语言

通过精练准确高度个性化的人物语言，勾勒和揭示人物的个性和思想性格是鲁迅小说的突出特征。例如，《一件小事》中，老大娘倒地后，只三句对话便表现三个人的性格和思想。“没什么的，走你的罢”，集中表现“我”的麻木不仁和无动于衷，安然坐在车上，急着要走的神态。“你怎么啦?”十分真切地表现出车夫对事故的发生深感内疚，要勇于承担责任及其对老大娘的关切。“我摔坏了”活现出老大娘受伤后的痛苦心情，渴望得到救助。精练准确的语言能使人物栩栩如生地展现在读者面前。

（5）传神逼真的肖像神态刻画

通过对人物的肖像神态描述，传神逼真地表现人物特征是鲁迅小说中极具特色的一点。在他的小说中这些人物有静态，也有动态的，有个体，也有群体的，其中以个体的最为传神。如《孔乙己》中的孔乙己外貌描述就是一个非常典型的例子。鲁迅是这样描写孔乙己的：孔乙己是站着喝酒而穿长衫的唯一的人。他身材很高大；青白脸色，皱纹间时常夹些伤痕；一部乱蓬蓬的花白胡子。穿的是长衫，可是又脏又破，似乎十多年没有补，也没有洗。这准确地反映了孔乙己是旧时代一个不得志的贫穷潦倒的读书人，封建的科举制度并未给他铺就一条平步青云的道路，反而使他变得能吃不能做，沦落到与短衣帮为伍，甚至比短衣帮还不如的境地。于是，孔乙己便处在这样一个可笑的、无法摆脱的矛盾之中，一方面他的脑子装着高贵的上等人的意识，另一方面他又不得不处于卑贱的下等人的地位；一方面他已经意识到自己被长衫阶级所抛弃，另一方面他又不愿意脱下那件又脏又破的长衫。因而他就成了咸亨酒店里“站着喝酒而穿长衫的唯一的人”。

8. 请以具体作品为例，阐述鲁迅对外国文学的接受。［南京大学 2010 年研］

答：鲁迅小说创作的杰出成就和他对近代世界文学的卓越贡献，是同他长期接受外国文学的影响分不开的。鲁迅对外国文学的接受主要表现为：

（1）思想内容方面

①“为人生”的艺术主张和“转移性情，改造社会”的创作动机

鲁迅的第一篇白话小说《狂人日记》即“取法”俄国作家果戈理的同名小说，两者都以“狂人”作主人公，主要内容都是狂人的经历、见闻、心理，最后都发出了“救救孩子”的声音……果戈理是鲁迅“最爱着”的作家之一，其“以不可见之泪痕悲色，振其邦人”更为鲁迅所欣赏。本着“为人生”的艺术主张和“转移性情，改造社会”的创作动机，鲁迅刚开始创作的时候，便从以暴露、批判为特点的俄国批判现实主义作家那里得到启发和借鉴，借狂人之口指出：中国几千年的历史是“吃人”的历史。

②小说的取材以及主题

《药》的取材及主题则得力于《齿痛》《工人和白手党》。安特莱夫的短篇小说《齿痛》描写

的是耶稣在各各他被钉在十字架上的那一天，各各他附近有一个商人正患齿痛，当小孩子们几次跑来，用急促的声音讲耶稣的事时，他发怒顿脚，“因为他们用这样的小事来烦扰他”。他和老栓、小栓们一样，觉得自己的病比起革命者的冤死来要重要得多。屠格涅夫散文诗《工人和白手党》写了一个为了工人的利益而奋斗最终被绞死的人，因长时间戴着刑具，手没有血色。正像绍兴的人们相信人血馒头可治病一样，工人们跟着白手的人到刑场为的是得到一截绞绳来治病。革命者为了群众而牺牲了，而愚昧的群众却还享用这牺牲。

此外，拜伦之于鲁迅小说中反抗强暴的个人英雄主义，陀思妥耶夫斯基之于鲁迅小说“精神胜利”的典型，菊池宽之于鲁迅小说中为父报仇的题材……也都有着不同程度的影响。

(2)形式技巧方面

①“看/被看”的结构形式

鲁迅小说创作形式是新颖、独特的，如有日记体(《狂人日记》)，有持续的独白(《头发的故事》)，有象征结构(《药》)，有自传式叙述(《故乡》)，有完全没有情节的电影式的群众画像(《示众》)……而在一些具体方法、技巧上鲁迅小说也明显有别于中国传统小说。比如叙述技巧，鲁迅可以说是中国小说史上第一个使用并自觉地发展小说叙述者的复杂艺术的小说家。如《孔乙己》中的叙述者不是孔乙己，不是掌柜、酒客，而是酒店的一个“小伙计”，这在作者是大有深意的，它形成了小说中多重的“看/被看”的结构形式，这种结构与俄国作家思妥耶夫斯基的“复调”小说结构有异曲同工之妙。

②复杂、详细的心理描写

复杂、详细的心理描写在中国传统小说中是排斥而缺失的，而在鲁迅的小说中则有许多大段、复杂的精彩心理描写，如《白光》中陈士成的变态心理、幻觉，《孤独者》《在酒楼上》中人物自我辩白的矛盾心理的描写等。而所有这一切都是鲁迅学习、借鉴外国文学典范的结果。

总之，鲁迅为反抗现实，唤醒国民而“别求新声于异邦”，但他的“取法”是建立在中国的社会现实和个人的深切体验的基础之上的。他的《狂人日记》比果戈理的《狂人日记》“忧愤”更为深广，主题更为深刻。他小说的“新形式”也是把外国文学典范和中国文学传统有机地结合在一起，既有启发也有探索，既有借鉴也有创造。

9. 论鲁迅小说的辛亥前后中国社会的记忆。[中山大学2010年研]

答：辛亥记忆是鲁迅终其一生在作品中甚至生活中不断咀嚼的东西，自《呐喊》中刺目的一幅幅图景到杂文中往复提及的“民元”“双十”，对邹容、秋瑾等革命党人的历次回忆，辛亥革命成了鲁迅测定时空秩序的重要坐标。相对于“五四”启蒙一代的同辈者，鲁迅对辛亥记忆是独一无二的。

(1)丰富的辛亥革命元素

鲁迅是那个时代的亲历者，而且他是一个对于社会参与比较深的知识分子，辛亥革命后知识分子的出路，他的思想、他的情感、他的犹豫、他的反思等，都反映在他的小说里。《狂人日记》里面涉及辛亥革命前封建社会的背景；1919年5月发表的《药》，和辛亥革命有直接联系；《呐喊》文集里，大部分的篇目都和辛亥革命相关。

(2)辛亥革命前：人的病苦

鲁迅在观察与表现他的小说主人公时，有着自己的独特的视角：如他的自述中所说，他始终关注着“病态社会”里人(知识者与农民)的精神“病苦”。这个“病态社会”既包括辛亥革命前的“旧社会”，也涵盖了革命后的“新社会”。在《药》里，鲁迅仅用一床“满幅补丁的夹被”暗示了华老栓一家生活的拮据，正面展开描写的是他们一家的精神愚昧；在《故乡》里，最震动人心的不是闰土的贫困，而是他一声“老爷”所显示的心灵的麻木；《明天》里，单四嫂子的不幸不仅在于寡妇丧子，更大的痛苦是她的孤独与空虚；《祝福》的深刻性正是在于描写了祥林嫂在封建神权下所感到的恐怖。

（3）辛亥革命后：知识分子的孤独

鲁迅对辛亥革命后知识分子题材的开掘，着眼于揭示他们的精神创伤与危机：辛亥革命时激情澎湃的先驱终究摆脱不了孤独者的命运，在强大的封建传统压力下，像一只蝇子“飞了一小圈子，又回来停在原地点”，在颓唐消沉中无辜消磨着生命（《在酒楼上》）；甚至“躬行先前所憎恶，所反对的一切，拒斥先前所崇仰，所主张的一切”，借此“复仇”，虽“胜利”了，却又“真的失败了”（《孤独者》）；“五四”时期勇敢地冲出旧家庭的青年男女，眼光局限于小家庭凝固的安宁与幸福，既无力抵御社会经济的压力，爱情也失去附丽，只能又回到旧家庭中（《伤逝》）。

（4）《阿Q正传》展示了辛亥革命前后的所有记忆

鲁迅的小说中，全面展现辛亥革命前后中国社会的状况的作品是《阿Q正传》。小说写于1921—1922年，向读者展现了辛亥革命前后一个畸形的中国社会和一群畸形的中国人的真面貌。它的发表，有着特定的政治、经济和文化背景。

①通过对辛亥革命的描绘来探索国民性变化

鲁迅把辛亥革命作为背景来探索改善国民性的可能性，阿Q生活在一个不公正的社会秩序中，他身上种种劣根性的养成，与这样一种社会土壤的化育密切相关。辛亥革命这一伟大的事件正是对既定的社会秩序的反抗。那么，在这样一个契机之下，阿Q是否能够完成自身国民性的自我改造呢？其结果是否定的。这不仅是因为他对这场革命的肤浅的理解，更因为他身上因袭的“奴性”传统单靠一场脱离群众的暴力革命是很难得到彻底铲除的。也就是说，不从根本上挫动国人根深蒂固的文化心理结构，即使革命在政治层面建立了新的秩序，但文化中的弱点还是会折射并影响到人的精神层面。

②阿Q落后的农民革命观致使他落得悲惨结局

阿Q虽然是一个贫苦农民，但他对革命毫无认识，甚至盲目地“深恶痛绝之”，但是辛亥革命的风刚刚吹到未庄，赵太爷就威风扫地，连城里的举人老爷也悄悄地连夜把家私运到乡下来。阿Q从他的阶级地位出发本能地感到，革命既然使统治者惊恐万状，那么革命对他肯定有利，于是，他就强烈地“神往”革命。但是阿Q对革命并没有正确的认识，他认为革命就是“我要什么就是什么，我喜欢谁就是谁”。在他的心目中，革命就是把地主的财产转变为自己的私有财产，可以闯进赵太爷、钱太爷的家里随意地占有他们的一切财物，还可以选一个女人做自己的老婆。另外，阿Q的革命还包含着农民式的狭隘报复，要把自己的仇人都杀头，取统治者而代之。当然，这是一种落后的农民革命观。但如果革命党能正确引导，他们是会真正觉悟起来的。但是，阿Q在对革命“神往”之后，还是那么糊涂。直到临死之前，他那可悲可笑的精神胜利法和封建正统观念依然没有改变。阿Q至死也没有觉醒。

③辛亥革命的不彻底性是阿Q悲剧命运的主要根源

阿Q的悲惨结局，既表明了资产阶级领导的旧民主主义革命的不彻底性，也显示出农民问题在中国民主革命中的重要性。这两个方面又是互相联系的。中国是农业大国，农民占全国人口的绝大多数，他们应该是民主革命的主力军，他们的政治经济要求应该是民主革命的基本内容。然而资产阶级领导的旧民主主义革命却忽略了这些。结果让封建势力窃取了革命胜利果实，导致辛亥革命的失败。小说真实地描写了这场“换汤不换药”的情景，“革命党虽然进了城，倒还没有什么大异样。知县大老爷还是原官，不过改称了什么……带兵的也还是先前的老把总。”很显然，这场革命并没有给社会带来实质性的变化，农民阶级的命运没有丝毫的改变。阿 Q 想参加革命，但不得其门，反而成为革命党与封建势力妥协的牺牲品，被推上了断头台，落了个“大团圆”的下场。资产阶级领导的旧民主主义革命，也如阿 Q“大团圆”的命运一样，落了个失败的结局。因此，阿 Q“大团圆”的结局，既是他个人的悲剧，也是辛亥革命的悲剧。

第3章　小说(一)

3.1　复习笔记

一、"五四"小说取得文学的正宗地位

1. "小说界革命"

(1)提出

1902年，梁启超在《新小说》创刊号上发表了《论小说与群治之关系》一文，正式提出了"小说界革命"。

(2)内容

梁启超强调小说的社会作用，认为其可以启迪民智，同时他也提出小说具有"熏""浸""刺""提"四种功能，可以吸引感化读者，具有很高的启蒙价值。

2. "林译小说"与"周译小说"

(1)"林译小说"

林纾是著名的近代文学翻译家，他依靠别人口述，用古文翻译了大量外国文学作品，代表作有法国小仲马的《巴黎茶花女遗事》、美国斯托夫人的《黑奴吁天录》等。"林译小说"在思想解放与艺术技巧上取得了很大成就，促进了中国文学的近代化。

(2)"周译小说"

周树人(鲁迅)与周作人兄弟合作翻译了大量外国小说作品，以《域外小说集》为代表，着力译介俄国、东欧、北欧等地区被压迫民族中富有反抗精神的文学作品。

3. "五四"小说

"五四"文学革命给小说的现代化带来契机，它推动了新读者和新作者群体的形成，也加速了小说文体的现代化转型。1918年，鲁迅在《新青年》第4卷第5号发表白话小说《狂人日记》，成为现代白话小说的奠基之作。1919年，他的《孔乙己》《药》等名著也相继问世。"五四"小说就此拉开了序幕。

【名师点拨】需认识到"五四"时期小说转型的原因有很多，除社会变革的推动作用外，还包括新读者与新作者群体的形成、白话文的推广以及西洋小说的影响等。

二、从"问题小说"到"人生派"写实小说

1. "问题小说"

(1)开端

①1919年初，新潮社创办了《新潮》杂志，提倡新文化，鼓吹文学革命。一批年轻作者受新文化运动的启蒙思想的影响，关注社会人生，利用小说来探讨社会问题，显露了"问题小说"的端倪。代表作有俞平伯的《花匠》、叶圣陶的《这也是一个人?》等。

②1919年下半年，冰心发表了《两个家庭》《斯人独憔悴》《去国》等小说，反映了封建家庭对人性的摧残，开启了"问题小说"的创作风潮。

③1921年文学研究会成立，主张文学应展现并探讨社会人生问题，将"问题小说"的创

作推向了高潮。代表作家有王统照、庐隐、许地山等。

(2)形成原因

①“五四”思想启蒙运动解放了思想，使一批青年作家关注社会现实与民族命运，自觉用小说来揭露社会问题，表现忧患意识。

②“问题小说”受到外国文学的影响，易卜生的社会问题剧、俄罗斯文学与东北欧文学以及日本近代文学中的“问题小说”都对其产生起到了推动作用。

(3)代表作家

①冰心

1919年，冰心发表了第一篇短篇小说《谁之罪》(后改题为《两个家庭》)，成为“五四”时期最早的“问题小说”，随后又发表了《斯人独憔悴》，这一时期的代表作是1921年发表的《超人》。她的文字清新、细腻，没有强烈的叛逆色彩和震撼人的艺术力量，但探索有度，可称女性作家中的“婉约派”。1930年之后，随着社会动乱与民族矛盾加剧，冰心的创作发生改变，开始关注社会各阶层的生活，寄予爱国主义思想。

②王统照

王统照是文学研究会的重要作家。他初期创作强调“美”和“爱”，认为两者相互交融，是解决社会人生问题的良药。之后，他的小说更接近社会现实，描写底层人民的苦难生活，在揭露旧社会的同时发出反抗的声音。王统照擅长运用象征手法，与故事的写实性掺杂并存。其代表作有《沉思》《微笑》《湖畔儿语》《沉船》《生与死的一行列》等。

(4)缺陷

“问题小说”在艺术质量上大多存在概念化的弊病，所反映的社会问题较为粗浅，并未开掘出问题背后的深层原因，也没有提供解决问题的“药方”。

【名师点拨】“问题小说”并非流派，而是一种创作风潮，它贴近青年所关注的人生现实问题，但题材和视野较为狭窄，有概念化倾向的问题。此外，对“问题小说”得失的理解，可以通过分析冰心的《超人》来进行，这是一部比较典型的“问题小说”。

2. “人生派”写实小说

(1)由“问题小说”转向写实小说

①概况

文学研究会的一些作家看到了早期“问题小说”的肤浅和概念化，纷纷转向写实小说，更加深入关注社会现实，践行“为人生”的文学宗旨。

②代表作家

叶圣陶从“问题小说”起步，表现对“爱”和“美”的理想的追求，后来转向描写学校知识分子和市镇小市民的精神历程，并以冷静批判的立场，着重揭露小市民的精神病态，代表作品为《潘先生在难中》。

(2)乡土小说作家群

①“乡土小说”的含义

鲁迅在《＜中国新文学大系·小说二集＞序》中将“乡土文学”称为“侨寓文学”，即指小说家离开故土后进行的创作，其题材往往是回忆中的故乡风情与童年生活，带有浓重的乡土气息和地方色彩，其突出特色是回忆、乡愁、风土和写实。

②代表作家及代表作品

在中国现代小说史上，鲁迅最早提出“乡土小说”这一概念，他的《故乡》《社戏》等小说也是“乡土小说”的典范。乡土小说作家群的主要代表作家和作品有：

a. 王鲁彦

乡土小说一派中成就较高的作家之一，感觉敏锐，笔致有力，把乡村的原始与冷酷表现得淋漓尽致。代表作《菊英的出嫁》写冥婚的古旧民俗，情节荒唐奇特，鞭挞了农村社会的封建落后，其中暗含深沉的悲痛。

b. 彭家煌

其作品以乡土讽刺体小说见长，风格稳健沉实，充满喜剧色彩，为 1930 年代的讽刺体文学积累了艺术经验。代表作《怂恿》比较圆熟，喜剧人物的线条准确，动作紧张，场面调度有方，茅盾称这篇《怂恿》为“那时期最好的农民小说之一”。其他代表作有《活鬼》《隔壁人家》《我们的犯罪》等。

c. 台静农

未名社成员，师从鲁迅，对中国农村社会的解剖颇具鲁迅之风。他的乡土小说大多取材于故乡安徽的乡土风情，并进行深入挖掘，语言质朴，风格沉郁，具有浓厚的悲剧色彩。代表作品有《拜堂》《地之子》《烛焰》《蚯蚓们》《负伤者》《天二哥》等。

d. 许钦文

语丝社作家，他的小说风格冷峻，擅长对人物心理进行描写。《故乡》是他的第一部短篇小说集，对于乡村女性、劳动者的命运悲剧给予了关注，同时揭露了乡村的陈规陋习。

e. 蹇先艾

他的小说主要取材于贵州乡村，通过对风土民俗与陈规陋习的描写，展现乡村社会的麻木愚昧和苦难生活。代表作《水葬》被鲁迅选中编入“新文学大系”，是最能代表他的贵州乡土题材特色的作品。其他代表作品有《在贵州道上》《盐巴客》等。

f. 许杰

他的小说表现了农村社会经济迅速半殖民地化所带来的农民心理、道德观念的变迁，从而塑造了与鲁迅作品中封建宗法社会的“老中国儿女”不同的新的典型性格。代表作品有《赌徒吉顺》《出嫁的前夜》等。

③乡土小说的艺术特色

a. 拓宽了新文学的反封建题材，描写对象由知识青年扩展到广大民众（主要是农民），增强了新文学与社会生活的联系。

b. 发展了 20 世纪中国现实主义文学，更加注重写实，取材社会生活，加强对于场面、人物的细节描写，重心由情绪、情节的展示转向以人物为中心的刻画。

c. 整体艺术质量稍显不足，作品单一地描绘中国乡村社会的愚昧落后与人民的苦难生活，缺乏对于社会阶级关系的深层次挖掘。

【名师点拨】乡土小说作家群是本章的重点内容，需对这一群体的代表作家和作品有一个清晰的认识和了解。同时，也要深刻理解这一群体出现的文学史背景。

三、“自叙传”抒情小说及其他主观型叙述小说

1. 概述

与写实小说相对，“五四”时期的另一种小说文体是抒情小说。这一时期的作家，绝大多数处于“浪漫的抒情”的年龄，与“五四”的青春特质相结合，造就了抒情文学的浪漫气息。抒情小说创作在创造社小说家中得到了集中体现。他们受欧洲浪漫主义文学影响，同时吸收了日本“私小说”和现代主义小说的叙事技巧，在小说创作中强调情感的力量及其在文学中

的本体性。代表作家有郁达夫、陶晶孙等人。

2. 郁达夫

(1)代表作品

《沉沦》《茑萝行》《青烟》《春风沉醉的晚上》《薄奠》《过去》《迷羊》《银灰色的死》《南迁》《茫茫夜》《采石矶》等。早期作品有较强的“自叙传”色彩，1920 年代后期逐步摆脱这一模式，显示出成熟的风格。

(2)写作特色

①重在表现自我，“自叙传”性质明显。把自我与小说主人公形象融为一体，塑造了一批“零余者”形象。他们沾染了“五四”时期的“时代病”，彷徨、苦闷、忧郁，痛恨旧社会却无力反抗，有理想追求却一事无成。

②重在宣泄情感，主观抒情性浓厚。郁达夫在小说中不注重情节的叙述与人物的刻画，而重在营造一种内在的情绪。这种情绪大多是感伤的、颓废的，包含对自身的审视和对民族社会的哀叹。

③重在剖析心理，进行自我暴露。郁达夫在小说中对“自我”进行了大胆地剖析，把心灵深处的思想、意识，包括性苦闷、性变态心理毫无保留地展现在读者面前，心理描写是其小说的重要手法。

④自然流动的抒情结构与散文化倾向。郁达夫的小说不按照传统的故事进程来结构小说，而是以主人公的情感变化为主线结构全文，没有明显的矛盾冲突，结构松散。

【**名师点拨**】对于郁达夫小说的理解和分析不必过分讲求其情节与语言是否完整，而是应着重去感受他独特的艺术魅力，尤其是小说中有关病态性欲的描写。

3. 创造社后起作家及作品

主要有倪贻德的短篇《玄武湖之秋》和中篇《残夜》，陶晶孙的《音乐会小曲》《木犀》，周全平的《梦里的微笑》，叶灵凤的《女娲氏之遗孽》，滕固的《壁画》《银杏之果》以及被郁达夫称为自己创作风格的“直系的传代者”的王以仁的《孤雁》等。

4. 庐隐与淦女士

庐隐和淦女士的小说以描写个人心路历程著称，与创造社成员的抒情性作品没有明显的影响关系。

(1)庐隐

①庐隐及其创作

庐隐是文学研究会的骨干，与冰心齐名。庐隐的《或人的悲哀》《丽石的日记》，用哀伤的笔调叙写“五四”一代青年复杂的感情世界，尤其表现了一代青年女性追求民主解放和爱情幸福最后却只是尝到苦果的实际情景。

②作品风格

a. 庐隐的抒情性叙述不事雕饰，激切直露，她在文中大量运用叹句，增强叙事的情感性，大胆袒露男女情爱心理，形成感伤而又奔放的美学风格。

b. 庐隐的作品大多采用书信体、日记体和第一人称叙事，重视人物心理地剖析，结构较为松散。

c. 其代表作《海滨故人》，心理描写极其细腻，充满感伤忧郁的格调，被称为“庐隐风格”。

(2)淦女士

①淦女士及其创作

淦女士(冯沅君)的小说创作受创造社前期文艺思想的影响，强调创作要表现作者的“内心要求”。主要小说有《隔绝》《隔绝之后》《慈母》《旅行》等。

②作品风格

a. 小说取材于自我生活，带有强烈的自传色彩，不同作品之间情节具有连贯性。

b. 作品主要采用书信体或第一人称叙事，重在刻画人物心理，思想内涵丰富，表现了“五四”时期青年女性对爱情的大胆追求。对于男女性爱的描写也未流于艳俗。

5. 浅草社与沉钟社作家

浅草社与沉钟社在吸收德国浪漫主义的同时，更多地受到西方现代派的影响，创作了一些带“自叙传”性质的作品。如陈翔鹤的《西风吹到了枕边》、陈炜谟的《轻雾》、林如稷的《将过去》等。

6. 冯文炳

笔名废名，京派小说鼻祖，代表作有《竹林的故事》《浣衣母》《桃园》等，其小说的特点为：

(1)具有散文化与诗化倾向

其小说语言精练浓缩，善于使用古典诗词，在白话中揉进一些古典成分，富于韵味；同时，他淡化了小说的故事情节，注重环境与氛围的营造，善用省略、空白，具有田园牧歌的风味与意境。

(2)具有乡土风情与宗教色彩

其小说以封建宗法制农村为背景，展示的大都是农村的老翁、妇人和小儿女的天真善良的灵魂，有一种净化心灵的力量。其中受佛教禅宗和传统隐逸文化的影响，笼罩着一种玄学意味与出世色彩。

7. 许地山

笔名落花生，生活轨迹遍布中国南方与东南亚，精通梵文。他的早期小说大都以东南亚为背景，充满异域情趣，在中国现代小说史上具有不可替代的价值。代表作有《命命鸟》《缀网劳蛛》《商人妇》等，其小说的特点为：

(1)浪漫主义的传奇性

其小说大多以男女爱情为主题，以南洋、印度等异域环境为背景，故事情节曲折，充满浪漫主义想象；同时，他在小说中大量运用了象征、隐喻等手法，更增加了小说的传奇色彩。

(2)宗教化的思想底蕴

其小说带有浓厚的宗教哲学色彩。小说主人公通常都有不幸的命运，“人生苦”是其一以贯之的主题。在面对苦难与不幸时，他们并没有抱怨，而是顺其自然，以平静的人生态度应对。他的主导思想是以出世的精神入世，以弱者的外表蕴涵强者的内核，这构成了他特有的宗教式的自我救赎之道。

8. 小结

短篇小说现代文体的形成是中国小说现代化的标志，这主要表现为：

(1)结构方式

脱离了传统史传文学的束缚，不再一味采用“纵剖”的由头到尾的叙述结构，而是引进并逐渐普及了“横截面”的结构方式。

(2)人物塑造

小说往往以人物为中心，重视人物和环境的关联，表现社会中的人的丰富性与复杂性，摆脱人物类型化、简单化的弊病。

(3)叙事方式

认识到小说作者与小说叙述人的区别，既发展了一种叙述人隐藏较深的客观叙事，也不忽视叙述人介入的多样的主观叙事，而作为新型技巧的限制性叙事，在突破固有的全知叙事方面，显示了现代的姿态。

(4)心理描写

心理描写在小说中作为新的技巧开始广泛流行，如凌叔华的《酒后》《绣枕》，张资平的《冲积期化石》《飞絮》等。

(5)历史小说

出现了一批历史题材小说，如鲁迅的《补天》《铸剑》，郭沫若的《函谷关》，郁达夫的《采石矶》等。

3.2 考研真题与典型题详解

一、填空题

表现湖南闭塞农村生活的小说《怂恿》的作者是______。

【答案】彭家煌

【解析】彭家煌的创作以故乡湖南农村的风土人情为题材，代表作《怂恿》通过展示乡村宗族间的矛盾，着力批判封建传统思想和文化，体现作者呼唤国民改造的人文关怀。小说采取传统结构、运用洞庭乡语，形成轻松活泼而又凝重隽永的风格。

二、选择题

1. 中国现代小说史上的第一部白话小说集是(　　)。

A.《呐喊》　B.《沉沦》　C.《彷徨》　D.《超人》

【答案】B

【解析】郁达夫的《沉沦》是中国第一部现代白话短篇小说集，也是“自叙传”抒情小说的潮流之始。文集中的小说内容常常取材于作者本人的经历、遭遇和心情，带有明显的自传倾向。

2. 尚洁是(　　)的小说《缀网劳蛛》中的人物。

A. 冯文炳　B. 叶绍钧　C. 许地山　D. 王统照

【答案】C

【解析】《缀网劳蛛》是许地山的短篇小说集，1922 年发表，具有浓郁的宗教色彩和异域情调。小说主要讲述童养媳尚洁逃离婆家后与长孙可望结为夫妻，后遭遗弃，到马来半岛独自生活，后长孙知错并将尚洁接回，自己则去槟榔屿赎罪。

三、名词解释

1. “问题小说”[中南民族大学 2024 年研；西北师范大学 2022 年研；复旦大学 2021 年研；暨南大学 2014 年研；华中师范大学 2013 年研]

答：“问题小说”是指“五四”时期利用小说来探讨社会问题的一类创作。最早出现于 1919 年初的《新潮》杂志上，在 1921 年文学研究会成立后，“问题小说”创作走向高潮。“问题小说”受到“五四”思想启蒙运动的影响，一批青年作家关注社会现实与民族命运，自觉用小说来揭露社会问题，展现忧患意识；同时也受到易卜生的社会问题剧、俄罗斯文学与东北欧文学以及日本近代文学中的影响。“问题小说”贴近社会现实，关注各阶层的生活，描写底层人民的苦难，在揭露社会问题的同时发出反抗的声音。不足之处在于艺术上大多存在概念化的弊病，所反映的社会问题较为粗浅，并未开掘出问题背后的深层原因，也没有提供解决问题的“药方”。代表作家及作品有冰心的《两个家庭》《斯人独憔悴》，王统照的《沉思》《生与死的一行列》等。

2. 《缀网劳蛛》［首都师范大学 2018 年研；南开大学 2011 年研］

答：《缀网劳蛛》有两层含义：一是指许地山创作的同名短篇小说；二是指其同名短篇小说集。短篇小说《缀网劳蛛》发表于 1922 年，主要讲述童养媳尚洁逃离婆家后与长孙可望结为夫妻，后遭遗弃，到马来半岛独自生活，后长孙知错并将尚洁接回，自己则去槟榔屿赎罪的故事，反映了妇女所受的惨重压迫，表现了作者的人道主义思想和佛教思想。短篇小说集《缀网劳蛛》由商务印书馆在 1925 年出版，收入《命命鸟》《缀网劳蛛》《换巢鸾凤》《商人妇》《枯杨生花》等十二篇小说。作品多写妇女婚姻悲剧，故事情节曲折，充满异域情调和传奇色彩，具有鲜明的浪漫主义倾向。

3. 《空山灵雨》［首都师范大学 2015、2013 年研］

答：《空山灵雨》是许地山唯一的一本散文集，也是“现代小品文的最初成册的书”。“空山灵雨”恰当地概括了许地山的写作风格——质朴、清丽，又充满哲学和宗教的气息。“空”与“灵”的韵味境界，是《空山灵雨》在艺术上的独特造诣，其中不少作品都带着若隐若现、迷离惝恍的朦胧，洒脱超逸的语言蕴含着颇费咀嚼的玄理思辨，文章巧设比喻、隐喻，体现了作者丰富的想象力和奇特的构思，具有小说化的倾向，别有一番艺术魅力。

4. 乡土文学［北京师范大学 2013 年研］

答：乡土文学是指取材于故乡农村，具有浓郁的乡土气息和怀乡情调的文学作品。它的出现溯源于鲁迅的《故乡》，在“为人生”文学主张的影响下发展起来。寓居于京沪大都市的游子，目击现代文明与宗法农村的差异，在鲁迅“改造国民性”思想的启迪下，用隐含着乡愁的笔触，将“乡间的死生、泥土的气息，移在纸上”。乡土小说以其刚健、清新、朴野之气使创作界的面目焕然一新。这些作品主要运用现实主义的叙事方法书写底层民众的苦难与愚昧麻木，表现了作家们的人道主义立场；又由于挟带着各种乡情民俗的纪实和描写，具有鲜明的地方色彩，从总体上呈现出比较自觉而可贵的民族化的追求。代表作有彭家煌的《怂恿》、王任叔的《疲惫者》、许钦文的《疯妇》、台静农的《地之子》等。

5. “自叙传”小说［中山大学 2010 年研］

相关试题：浪漫抒情小说［四川大学 2013 年研］

答：“自叙传”小说是“五四”时期的抒情小说文体，作者主要为创造社小说家。他们绝大多数处于“浪漫的抒情”的年龄，与“五四”的青春特质相结合，造就了“自叙传”小说抒情文学的浪漫气息。他们受欧洲浪漫主义文学影响，同时吸收了日本“私小说”和现代主义小说的叙事技巧，在小说创作中强调情感的力量及其在文学中的本体性，把自我与小说主人公形象融为一体，不注重情节的叙述与人物的刻画，而重在营造一种内在的情绪。代表作家有郁达夫、倪贻德、陶晶孙等人。

四、简答题

1. 简述 20 世纪 20 年代“问题小说”产生的原因。［湖南师范大学 2025 年研］

相关试题：

(1)“五四”时期的小说为什么大多是“问题小说”？［浙江大学 2013 年研］

(2)简述现代文学第一个十年中"问题小说"形成的原因。[中国传媒大学2010年研]

答："问题小说"是指为提出某种社会问题而创作的小说，旨在探问人生的终极，关注每个人的人生价值、生存真谛。"问题小说"的形成原因主要有：

(1)时代发展的需要

"五四"思想启蒙运动解放了思想，它造就了"思考的一代"，使一批青年作家关注社会现实与民族命运，探究"人生究竟是什么"这样严肃的问题，自觉用小说来揭露社会问题，展现忧患意识。新潮社与文学研究会的相继成立，也为"问题小说"提供了阵地。这类小说自觉运用启蒙思想探索社会人生，所探究的问题涉及婚姻问题、儿童问题、青年问题、劳工问题、底层人民问题等，范围较广，但在艺术质量上大多存在概念化的弊病，所反映的社会问题较为粗浅，并未开掘出问题背后的深层原因，也没有提供解决问题的"药方"。

(2)外部文学的刺激

"问题小说"的出现受到易卜生社会问题剧、俄罗斯文学和日本近代文学的影响。

①1918年6月，《新青年》杂志刊出《易卜生专号》，其中刊载了易卜生的多篇社会问题剧剧本，如《国民公敌》《娜拉》等，胡适发表论文《易卜生主义》，介绍了易卜生问题剧的创作方法。

②1918年7月，周作人作了《日本近三十年小说之发达》的演讲，其中既讲述了日本文学史，也肯定了日本近代文学中的写实主义和"问题小说"创作，使中国青年对于"问题小说"这一概念有了了解。

③文学研究会大量译介外国小说，着重介绍了俄罗斯的现实主义文学创作，刊出过"俄国文学研究专号"，新文学作家普遍认为俄罗斯文学是关注社会人生问题的楷模，这种认识对"问题小说"的出现产生过推动作用。

2. 谈谈废名小说创作的艺术特色。[北京大学2024年研]

相关试题：简述冯文炳小说的特点。[首都师范大学2015年研]

答：废名，是冯文炳笔名，他是"语丝社"作家，京派小说鼻祖，代表作有《竹林的故事》《浣衣母》《桃园》等。废名的小说特点表现为：

(1)小说具有散文化与诗化倾向。他的小说语言精练浓缩，善于使用古典诗词，在白话中揉进一些古典成分，富于韵味。同时，他淡化小说的故事情节，注重环境与氛围的营造，善用省略、空白，具有田园牧歌的风味与意境。

(2)小说以封建宗法制农村为背景，展示的大都是农村的老翁、妇人和小儿女的天真善良的灵魂，有一种净化心灵的力量。其中受佛教、禅宗和传统隐逸文化的影响，笼罩着一种玄学意味与出世色彩。如《竹林的故事》，整个小说营造了一种隐秘幽静的氛围，诗意浓厚，展现了主人公三姑娘的天真美好。

3. "自叙传"抒情小说艺术特点。[南开大学2020年研]

答："自叙传"抒情小说减弱对外部事件的描写，主张再现作家自己的生活和心境，特别强调对作家心境的大胆暴露，包括对个人私生活中的灵与肉冲突以及变态性心理的描写，以此作为向一切旧道德旧礼教挑战的艺术手段，它的主要特色包括以下几个方面：

(1)表现自我

这类小说把自我与小说主人公形象融为一体，塑造了一批"零余者"形象。他们沾染了"五四"时期的"时代病"，彷徨、苦闷、忧郁，痛恨旧社会却无力反抗，有理想追求却一事无成。如郁达夫的代表作《春风沉醉的晚上》里，现代工厂的女工以及已沦为都市流浪汉的

“我”都是此类形象的代表。

(2)病态暴露

这类小说敢于对“自我”进行毫无保留的剖析，把心灵深处的思想、意识，包括性苦闷、性变态等心理赤裸裸地展现在读者面前，心理描写是其小说的重要手法。如郁达夫的《沉沦》通过主人公的日记披露他因自身情欲得不到满足而产生的生理的痛苦和心理的畸形。

(3)心理展示

这类小说重视展示人物内心的心理活动，挖掘潜意识中的心理隐秘，而对于情节的叙述与人物的刻画则相对淡化。如郭沫若的《残春》以梦幻、精神分析作为“全篇的中心点”，整个作品的着力点并不是注重事实的进行，而是“注重在心理的描写”，“是潜在意识的一种流动”。

(4)情感忧郁

这类小说有浓郁的浪漫主义抒情色彩，突出表现抒情主人公的情感世界，着力抒发自我的内心感受，把主人公即自我的感情通过内心独白或借景抒情而彻底宣泄出来，这种情感往往是郁郁寡欢的、孤独凄清的、悲观颓废的。如郁达夫的《茫茫夜》中于质夫的自伤自怜，发出“有病的呻吟”，从而表达了作者悲观的人生体验。

(5)散文化结构

这类小说不按照传统的故事进程来结构小说，而是以主人公的情感变化为主线结构全文，没有明显的矛盾冲突，结构比较松散。如倪贻德的《玄武湖之秋》，写一个美术教员与学生的恋情，纯真感情受到社会的猜忌与讥嘲，由此引起主人公的哀叹，他的小说偏重表现主观感情，文字清柔，格调哀婉，类似散文。

总体而言，以郁达夫为代表的“自叙传”小说开创了中国现代小说的另一种体式，为抒情小说的发展做出了巨大贡献，在文学史上具有不可替代的价值。

4. 简述许地山小说的主要特色。［北京师范大学2014年研］

答：许地山的笔名为落花生，其生活轨迹遍布中国南方与东南亚，精通梵文。他的早期小说大都以东南亚为背景，充满异域情趣，在中国现代小说史上具有不可替代的价值。代表作有《命命鸟》《缀网劳蛛》《商人妇》等。其小说特色表现为：

(1)倾向浪漫主义的丰富的想象

他的小说大多以男女爱情为主题，故事情节曲折，大胆运用想象，充满浪漫主义色彩。同时，他在小说中大量运用了象征与隐喻的手法，实写男女之情，又富有哲学意味。

(2)宗教传奇的情节韵味

他的小说带有浓厚的宗教哲学色彩。小说主人公通常都有不幸的命运，“人生苦”是其贯穿的主题。在面对苦难与不幸时，他们并没有抱怨，而是顺其自然，以平静的人生态度应对。他的主导思想是以出世的精神入世，以弱者的外表蕴涵强者的内核，这构成了他特有的东方文化哲学精神。

5. 简述20世纪20年代“问题小说”的内涵和特征。［厦门大学2013年研］

答：“问题小说”在“五四”时期的流行，主要反映了大批知识青年的觉醒，它是当时思想启蒙运动的一种需要，又是当时思想启蒙运动的一种结果，“问题小说”流行的时间不长，却是典型的“五四”启蒙时代的产物。

(1)“问题小说”的内涵

问题小说是指关注社会人生、利用小说来探讨社会问题的一类创作。它出现于1919年初的《新潮》杂志社，在1921年文学研究会成立后，问题小说创作走向高潮。问题小说受到“五四”思想启蒙运动的影响，一批青年作家关注社会现实与民族命运，自觉用小说来揭露社会问题，展现忧患意识。同时也受到易卜生的社会问题剧、俄罗斯文学与东北欧文学以及日本近代文学中的影响。问题小说贴近社会现实，关注各阶层的生活，描写底层人民的苦难，在揭露社会问题的同时发出反抗的声音。不足之处在于艺术质量上大多存在概念化的弊病，所反映的社会问题较为粗浅，并未开掘出问题背后的深层原因，也没有提供解决问题的“药方”。代表作家及作品有冰心的《两个家庭》《斯人独憔悴》、王统照的《沉思》《生与死的一行列》等。

(2)“问题小说”的特征

①写作题材广泛

“问题小说”表现和思考的主要是“一些有关人生的一般的问题”，核心是人生的目的、意义、价值，与此密切相关的是个性自由、恋爱婚姻、伦理道德、妇女解放等社会问题，还有些作品涉及了劳动人民的疾苦、军阀混战所带来的灾祸以及儿童问题、教育问题、劳工问题等，题材相当广泛。

②贴近社会现实

“问题小说”受外国现实主义文学的影响，取材于社会现实，关注自我人生与社会各阶层的生活，与时代联系密切。既有揭露底层人民的苦难生活之作，也有批判农村社会的愚昧闭塞，在暴露社会问题的同时发出反抗的声音。

③“只问病源，不开药方”

20世纪20年代的“问题小说”都是为提出某种社会问题而创作的小说，这些小说有的甚至连题目都带着问号，由于作者思想倾向的不同，初期“问题小说”中有一部分作品专以带有理想主义色彩的“爱”和“美”作为解决问题的钥匙，而并没有从根本上提出解决问题的方法，是所谓“只问病源，不开药方”。

总之，20世纪20年代的“问题小说”是一种特殊的文学现象，它正视社会问题，抒发作者情感，暗示深刻哲理。它正式提出人们所关心的人生或社会问题，从而引起疗救的注意，在中国文学史上具有极为重要的地位，但“问题小说”并没有为所提出的问题开出良药，因此具有一定的局限性。

6. 举例简述郁达夫小说中“零余者”形象的特点。[中国传媒大学2011年研]

相关试题：零余者[名词解释；北京大学2024年研]

答：郁达夫小说中“零余者”形象的特点有：

(1)作者自我的写照

在郁达夫的作品中，经常会出现一个清瘦的、孤独的、含着淡淡忧郁的青年，这其实是作者的自我写照。他把自我与小说主人公形象融为一体，塑造了一批“零余者”形象。他们普遍遭遇悲苦，在社会上备受歧视而显得孤苦落寞；他们对金钱、爱情和荣誉无法遏制的向往而又在追求中显得无能为力；他们灵魂和肉体的被摧残造成了心理状态的扭曲，如《沉沦》中的“他”、《南迁》中的“伊人”、《茫茫夜》中的于质夫等。

(2)时代与社会的“苦果”

这些“零余者”生活在20世纪20年代，接受了“五四”启蒙思想，认识到了社会的问题，但他们又是软弱无力的，心中充满了苦闷、寂寞与彷徨，觉醒了却没有方向，勇猛抗争却没有希望，虽疾声呐喊却痛苦无力。他们都在“性苦闷”“社会的苦闷”“生的苦闷”中苦苦地挣扎着。如《沉沦》中"他"视自身本能的情欲为犯罪；《空虚》中年轻的"他"面对日本少女时极力压制对少女的爱慕和身体上的欲望。他们既不容于西方文明社会又不再适应传统的中国社会，在文明的不良混合体中他们无法找到适合自己的生存方式。

(3)情感的缺失者

郁达夫笔下的"零余者"形象大多都是情感的缺失者。如《沉沦》中的"他"身为一个弱国子民，独自漂泊在陌生的国度，本来心境就是很孤独的，而弱国子民的身份又给自身带来了无形的自卑感。他无力面对现实，把情感作为追寻的归宿和寄托，但最终却难以得到。

(4)爱国主义情怀

郁达夫笔下的"零余者"，在渴望个人解放的同时，又强烈渴望祖国富强。其早期作品充满悲剧色调，但其中暗含着斗争与反抗的意志，激发国人奋发向上。如《沉沦》的主人公一面决心"复仇"，一面又热切期盼祖国的强大。在自杀之前，"他"还大声疾呼："祖国呀祖国！我的死是你害我的！你快富起来，强起来吧！你还有许多儿女在那里受苦呢!"其爱国之心十分感人。

五、论述题

1. 郁达夫《沉沦》在中国新时期文学的意义和价值。[复旦大学2023年研]

答：郁达夫《沉沦》在中国新时期文学的意义和价值体现在：

(1)情感表达与自我探索层面

①开启个体情感真实书写先河

《沉沦》大胆袒露主人公的性苦闷、孤独感与自卑情绪等。在新时期文学初期，社会从压抑走向开放，作家们急需突破以往文学创作中情感表达的束缚。《沉沦》这种对个体情感不加掩饰的书写方式，为新时期作家提供了范例。例如张贤亮的《男人的一半是女人》，同样直面主人公在特殊时代背景下复杂的情感与性意识，在情感的大胆宣泄与自我探索上，能看到受《沉沦》影响的痕迹，鼓励新时期作家深入挖掘人物内心世界，真实展现个体丰富而复杂的情感。

②激发自我意识觉醒潮流

小说主人公强烈的自我意识以及对自我身份、价值的追寻，在新时期文学语境下，呼应了当时社会对个人价值重新审视的思潮。经历了特殊历史时期后，人们渴望重新确立自我。像刘索拉的《你别无选择》，通过对音乐学院学生们独特生活与精神状态的描写，展现年轻一代对自我个性的张扬与对既定秩序的反抗，与《沉沦》中主人公对自我独特性的坚守与探索一脉相承，促使新时期文学更加关注个体自我意识的觉醒与成长。

(2)创作手法层面

①推动心理分析手法运用

郁达夫在《沉沦》中运用大量细腻的心理描写，深入剖析主人公的内心活动。这为新时期作家在人物塑造方面提供了借鉴。如王蒙在《春之声》中，通过主人公岳之峰在闷罐子车上的意识流动，展现其丰富的内心世界与对时代变化的复杂感受，这种意识流与心理分析手法的运用，与《沉沦》中对主人公心理的深度挖掘有相似之处，有助于新时期文学在人物刻画上更加细腻、深入，突破传统叙事单纯依赖情节塑造人物的局限。

②丰富文学表现形式

《沉沦》采用第一人称叙事，增强了故事的真实性与情感的感染力。新时期文学中众多作品借鉴了这种叙事视角，如陈染的《私人生活》以第一人称讲述女性的成长与内心体验，通过“我”的视角展现女性私密的精神世界，这种叙事方式拉近了读者与作品的距离，使读者更易沉浸于故事之中，丰富了新时期文学的表现形式，让文学作品能以更多元的方式传达情感与思想。

（3）文学主题拓展层面

①深化对人性复杂性的展现

《沉沦》展现了人性中被压抑的欲望以及在社会、文化环境下的扭曲。在新时期文学中，众多作家进一步拓展这一主题，深入探讨人性在不同社会情境下的复杂表现。例如莫言的《红高粱家族》，通过对高密东北乡人们原始生命力与爱恨情仇的描写，展现人性中的勇敢、野蛮与温情等多面性，像《沉沦》一样，突破了以往对人性单一、片面的呈现，促使新时期文学在主题深度上不断挖掘，呈现人性的丰富内涵。

②引发对社会文化与个体关系的思考

《沉沦》中主人公的悲剧命运与当时的社会文化环境紧密相关，引发了对个体与社会文化冲突的思考。新时期文学延续了这一思考方向，如张承志的《北方的河》，主人公在对北方河流的追寻中，不断探索自我与社会、文化传统之间的关系，思考个体在时代浪潮与文化传承中的定位，与《沉沦》所引发的对社会文化与个体关系的探讨相呼应，推动新时期文学在主题广度上不断拓展，关注个体在社会文化大背景下的生存状态与精神追求。

2. 试论1920年代“乡土文学”的主要特点和成就。［兰州大学2020年研］

答：20世纪20年代的“乡土文学”是中国现代文学发展中的重要流派，其特点和成就与当时社会背景、作家创作理念紧密相关。我将从题材内容、创作风格等方面阐述其特点，并从文学价值、社会影响等角度说明成就。

（1）主要特点

①浓郁的地域特色描绘

20年代的乡土文学作家们热衷于描绘各自家乡的地域特色。在《社戏》中，鲁迅生动展现了浙东地区独特的乡土风貌，这里有充满水乡韵味的自然景观，如“两岸的豆麦和河底的水草所发散出来的清香，夹杂在水气中扑面的吹来；月色便朦胧在这水气里。淡黑的起伏的连山，仿佛是踊跃的铁的兽脊似的，都远远地向船尾跑去了”，寥寥数语，勾勒出一幅如诗如画的江南水乡夏夜图，让读者真切感受到浙东乡村的独特魅力；社戏这一民俗活动更是极具地域特色，它是绍兴地区一种传统的“年规戏”，在迎神赛会或岁时节庆时演出，承载着当地的文化传统与民间信仰；鲁迅通过对看社戏过程的细致描写，如孩子们在去赵庄途中对戏台的期待、看戏时的兴奋与困倦等，将这一独特的民俗风情淋漓尽致地展现出来，为读者呈现了一个别具一格的乡土世界。台静农的《地之子》系列作品，描绘了皖西农村的风土人情，对当地的方言土语、民间传说的运用，使作品充满浓郁的皖西地域气息。这些作品通过对特定地域的细致刻画，让读者感受到不同地区的独特魅力。

②对乡村现实的深刻揭示

乡土文学作家们直面乡村现实问题。在王鲁彦的《菊英的出嫁》中，揭示了封建迷信“冥婚”对人性的扭曲，展现出乡村传统习俗的落后与愚昧。彭家煌的《怂恿》描写了乡村中为争夺财产而发生的勾心斗角、相互倾轧，反映出乡村人际关系的复杂与黑暗。作家们通过这些作品，将乡村中存在的封建剥削、贫困落后、愚昧迷信等问题暴露出来，引发人们对乡村社会现状的思考。

③鲜明的人物形象塑造

塑造了众多生动鲜活的乡村人物形象。鲁迅作为乡土文学的开拓者，在《阿Q正传》中塑造的阿Q，其“精神胜利法”成为具有典型意义的人物性格特征。蹇先艾在《水葬》中刻画的骆毛，是一个充满反抗精神但又被黑暗社会吞噬的底层农民形象。这些人物形象丰富多样，既有善良勤劳的农民，也有被封建思想毒害的各类人物，他们共同构成了乡村社会的众生相。

④真挚的乡土情感抒发

作家们在作品中抒发了对乡土的真挚情感。许钦文的《故乡》表达了对故乡的深深眷恋，尽管故乡存在诸多问题，但依然割舍不下那份情感。废名的《竹林的故事》以细腻的笔触描绘了乡村生活的宁静美好，流露出对乡村生活的热爱与怀念。这种情感既有对乡村自然风光、人情世故的喜爱，也有对乡村衰败现状的忧虑，复杂而真挚。

(2)成就

①文学价值的拓展

在文学价值方面，乡土文学丰富了中国现代文学的题材与表现领域。此前中国文学对乡村的描写相对零散，乡土文学将乡村作为主要表现对象，从乡村的自然景观、社会结构到人物心理等多方面进行深入挖掘，为文学创作开辟了新的天地。在艺术表现手法上，乡土文学融合了现实主义、浪漫主义等多种手法，像沈从文作品中的浪漫主义情怀与对湘西现实的描绘相结合，提升了文学作品的艺术感染力，为中国现代文学的发展提供了新的范例。

②社会认知的推动

从社会影响来看，乡土文学让更多人关注到乡村社会的真实状况。通过对乡村问题的揭示，引发了社会各界对乡村改造、农民命运等问题的讨论，推动了社会对乡村的认知与思考。在一定程度上促进了乡村文化的研究与传承，使人们意识到乡村文化在民族文化中的重要地位，为后来乡村建设运动等提供了思想基础。

③作家群体的形成

20年代的乡土文学促成了一批具有影响力的作家群体的形成。鲁迅、沈从文、台静农、王鲁彦等作家以乡土文学创作闻名，他们的作品不仅在当时产生广泛影响，而且对后世作家也产生了深远的启示。许多后来的作家受其影响，继续关注乡村题材创作，形成了中国现代文学中关注乡村的优良传统。

3. 汪曾祺称废名的小说为“作为抒情诗的散文化小说”。请结合废名的创作谈谈你的理解。[首都师范大学2012年研]

答：废名被认为是周作人的弟子，在文学史上被视为京派代表作家。代表作有《竹林的故事》《桥》《莫须有先生传》《莫须有先生坐飞机以后》等。废名的小说以“散文化”闻名，而且具有抒情诗的特征，其独特的创作风格人称“废名风”，对沈从文、汪曾祺等作家产生过一定的影响。

(1)象征性散文化风格

将散文借鉴到小说中来，是废名独具魅力的创意。废名作为中国最后一批接受传统私塾教育的子弟，从某种意义上讲，中国的传统散文很自然地触动了废名写小说的灵感。废名笔下的人物大多是老人、孩子及天真少女，即使是青壮年却也是半聋半哑，如《菱荡》中的陈聋子，《桥》中的三哑等，他们单纯、质朴、少受尘世污染，更具自然本性，他们精神丰富而形式却简单宁静。陈聋子便具有极强的象征意义，因为耳聋，他的世界永远是宁静的，尘世的噪音唯他能充耳不闻，也不见他轻易说话，正因如此，他才能真正地守住自己的本真心，才能自由地去体认世界万物的本相。在废名作品中，他大量使用坟、送路灯、落日、箫、孤雁、庙檐上的风铃、碑、树荫等意象符号，以造成一种神秘、清幽、孤独的气氛。

(2)空灵诗意境界的营造

1922年废名怀着一颗极大的向往之心来到北京，不久却面临新文学阵营分裂、论争，于是陷入极度苦闷之中。此时废名思想艺术的变化很明显表现在他的小说《桥》上，小说《桥》是废名精心营造的通向宁静禅境的美丽桥梁。作品中的史家庄，处处是“东方朔日暖，柳下惠风和”式的平和宁静，人们男耕女织、知足常乐，人性淳美，古风习习。小林、琴子、细竹无论是儿时还是长大后均天真、纯朴，他们和睦相处，一反一般小说中所描写的那种三角恋爱的生活模式，丝毫没有情人与情敌之间的种种猜测、怀疑与钩心斗角。

(3)篇幅短小，语言精练

废名的短篇，大多是千字文。即使长篇《桥》，也是短篇的连缀。随着人物的行踪，或一个场景，或一段对白，独立成篇，各有意境，各有妙趣。废名的小说语言清奇精练，字字珠玑，这也使得他的小说具有诗的意境，散文的特色。

总之，废名独创性地将周作人的散文创作理论应用到了小说写作领域，将散文化写作与乡村题材、诗化语言相结合，形成了自己独特的散文化诗体小说文体，对京派小说创作风格的形成及中国现代小说创作文体的成熟做出了巨大的贡献。

第4章　市民通俗小说(一)

4.1　复习笔记

一、通俗小说的定义

通俗小说是指宋元以后兴起的白话章回体小说，与文言笔记体小说相对。在近代，由于工商经济的发展，雅与俗的格局逐步动摇，商业性较强的通俗小说迅速发展壮大。受民族革命浪潮和文学市场机制的双重影响，中国近现代通俗小说一方面追求思想启蒙精神与教诲色彩，另一方面又注重趣味性与娱乐性，迎合世俗，形成了广大市民读者群。

二、“鸳蝴”开启直接源头

1. 鸳鸯蝴蝶派文学

(1)繁盛时间：1912年—1917年。

(2)代表刊物：《礼拜六》周刊，1914年创办，前后共刊出200期。

(3)创作内容：鸳蝴派文学创作以通俗小说为主，内容涉及言情、武侠、历史等多个方面，尤以才子佳人题材取胜。他们标榜“雅趣”，反对文学表现政治，又吸收了一些现代小说创作技巧，保持与世俗大众的联系。

2. 旧派小说繁荣的原因

(1)当时的北洋政府自顾不暇，传统文化秩序礼崩乐坏，给了文学以良好的发展机会。

(2)科举制取消，一些文人失去上升的路径，加上近代报刊业的发展，使得通俗文学拥有较雄厚的作者队伍。

(3)文人跌入了市民阶层，雅与俗的界限逐步混淆，小说在他们手中回到了市民文化的本位。

3. 旧派言情小说的代表

1912年连载了徐枕亚的《玉梨魂》、吴双热的《孽冤镜》、李定夷的《霣玉怨》，三人被称为“三鼎足”。三部小说都写婚恋悲情，具有通俗的情调。

4. 旧派社会小说的代表

民国旧派社会小说以李涵秋的《广陵潮》为代表，该书结构庞大，展现了中国近代社会的历史变迁，开创了社会言情长篇的体例。

三、对峙迫使旧派向“俗”定位

新文化运动开始之后，新文学作家将鸳鸯蝴蝶派小说和黑幕小说作为攻击的目标，认为其思想陈旧、沉溺于游戏消遣与享乐主义，并且在小说文体上也存在弊病。在这场攻击中，旧派小说逐步调整了自己的定位，自觉向“俗”靠近。一方面由哀情主调转向多种旋律，另一方面普遍使用白话，迎合市民读者群体。张恨水、平江不肖生等大家逐步崛起。

四、市民通俗小说类型的形成

旧派小说有社会、武侠、侦探、历史四种基本类型，南派通俗小说占据上风。

1. 社会小说

(1)概况

取材于现代社会的生活百态，具有社会资料史的价值。代表作有海上说梦人(朱瘦菊)的《歇浦潮》，毕倚虹的《人间地狱》，包天笑的《上海春秋》等。

(2)代表作家

①徐卓呆、程瞻庐

徐卓呆和程瞻庐给社会小说增加了滑稽体式。

a. 徐卓呆，被誉为“文坛笑匠”和“东方卓别林”。他擅长写短篇，代表作有《万能术》。

b. 程瞻庐，善于运用插科打诨的俏皮笔法，代表作有《茶寮小史》《葫芦》等。

②张恨水

1918 年开始发表作品，1924 年起连载长篇小说《春明外史》而成名。他对通俗小说进行了一些改革，吸收西方小说的景物描写与心理描写，文笔典雅，人物刻画出色。代表作为《金粉世家》。

2. 武侠小说

这一时期出现了被称为民国武侠小说奠基人的平江不肖生(本名向恺然)，其代表作为《江湖奇侠传》《近代侠义英雄传》。其他的武侠小说有赵焕亭的《奇侠精忠传》等，时有“南向北赵”之称。

3. 侦探小说

这类作品是从西方引进的，晚清和民初，大量翻译了西方侦探小说，如《福尔摩斯探案》，受其影响，许多中国作家尝试进行创作，如程小青 1914 年开始写的“霍桑探案”系列。

4. 历史小说

这方面的重要作品有叶小凤的《古戍寒笳记》、蔡东藩的《历朝通俗演义》、包天笑的《留芳记》等，但大多拘泥于史实而文笔不够生动。

4.2 考研真题与典型题详解

一、填空题

周作人称______创作的小说《玉梨魂》为“鸳鸯蝴蝶派祖师”，张恨水的长篇小说______被人称为“民国《红楼梦》”。

【答案】徐枕亚；《金粉世家》

【解析】《玉梨魂》是徐枕亚的代表作，小说不仅以哀感顽艳著称，而且也以骈四俪六之文体为其显著特点，对鸳鸯蝴蝶派的形成和发展产生过相当大的影响，被称为“鸳鸯蝴蝶派祖师”；《金粉世家》是张恨水早期新闻生涯积累的生活素材的一次喷发，以一个豪门弃妇为贯穿线索，描写平民女子冷清秋与北洋军阀统治时期的国务总理金铨的小儿子金燕西从恋爱、结婚到婚变、出走的悲剧过程，被人称为“民国《红楼梦》”。

二、名词解释

鸳鸯蝴蝶派[中南民族大学 2024 年研；北京大学 2020 年研；中国传媒大学 2014 年研]

答：鸳鸯蝴蝶派，简称鸳蝴派，是盛行于清末民国初的文学流派，以小说创作为主，

1930年代趋于衰微。该派无严密的组织，只是一批趣味相近的文人自觉或不自觉的投合，有部分南社社员。作家作品多，活动时间长，影响范围广。早期代表作如《玉梨魂》《孽冤镜》《兰娘哀史》等，多为文言哀情小说。“五四”以后则多用白话创作。晚期作品如《啼笑因缘》等，也吸取了新文学刻画人物性格的手法。该派作品题材，不限于爱情，还有社会、武侠、侦探、讲史、讽刺、谴责、公案等。

第5章　郭沫若

5.1　复习笔记

一、郭沫若概述

1. 生平与文艺观的形成

郭沫若(1892—1978年)，原名郭开贞，字鼎堂，号尚武，笔名沫若、麦克昂等。四川乐山人。自称是峨眉山下一个地主家庭的儿子，自幼熟读《庄子》和屈原、李白的诗。戊戌变法之后，又受到“新学”的影响，于1913年底赴日本留学。留学期间广泛接受了西方文学和哲学的熏染，其中，泰戈尔、歌德、海涅、惠特曼以及斯宾诺莎对郭沫若的文艺观和哲学思想尤其具有决定性作用，催生了他的浪漫诗质和“泛神论”的美学观。

2. 诗情的大爆发

1919年“五四”运动爆发，郭沫若心底的个人的郁结和“民族的郁结”终于汇聚在一起并找到了宣泄的历史契机。于是，在1919年的下半年和1920年的上半年，他到了一个诗的创作爆发期。出版于1921年8月的诗集《女神》，是中国现代诗歌史上最重要的诗集之一，是“五四”时代史诗般的作品，也是开创期的中国现代诗歌的奠基之作。

二、《女神》的自我抒情主人公形象

1.《女神》的地位及意义

《女神》是郭沫若的第一部新诗集，也是中国现代文学史上一部真正在思想内容和艺术形式上全面显示出现代意识和时代精神的白话自由体新诗集。

2.《女神》的思想精神

(1)《女神》以其饱满激昂的情绪充分传达出了“五四”时代高扬科学民主、反对封建专制、主张个性解放的时代特质。

(2)集中强烈地体现出狂飙突进、焚旧铸新、无所畏惧的时代精神。

(3)充满了对社会黑暗的深恶痛绝和势不两立，无情揭露了世间的不平、污浊与腐朽。

(4)表达了诗人向旧制度旧世界勇敢挑战的气概。

3.《女神》中的“自我”形象

(1)《女神》中的“自我”形象，极具叛逆精神，表现了与宇宙万物相结合的自我力量，这一点既是诗人受泛神论思想影响的突出体现，又集中道出了“五四”时代个性解放的鲜明要求。

(2)《女神》中满溢歌颂“自我”的精神，“泛神论”打破古往今来、天上地下包括上帝和神在内的一切偶像，而把个性解放了的“自我”当作神和上帝来赞美，鲜明地体现了个性解放的“自我”形象。

(3)《女神》中存在“大我”与“小我”之分，但两者是合二为一的，达到了“天人合一”的境地。

①“大我”，即“五四”时期体现时代要求和民族解放要求的觉醒的中华民族的自我形象。

②“小我”，即大时代中灵魂、个性得以真实袒露的诗人的自我形象。

三、《女神》的艺术想象力、形象特征与形式

1.《女神》的艺术想象力

(1)郭沫若在《女神》中特别张扬泛神论的核心主题：神就是自然，就是宇宙万物，就是人类自己。诗中不再歌颂上帝与神，而是歌颂自我，“我即是上帝，我即是神”，全诗体现出诗人对个性解放的强烈要求。

(2)《女神》以泛神论思想运思，将刹那间的感兴置于宇宙这座动态的大熔炉中加以熔铸，情绪显得异常饱满，想象异常丰富奇特，用狮子搏兔之力尽情抒发，更显得气势磅礴。

2.《女神》的形象特征

《女神》以浪漫主义的情怀和一种火山爆发式的激情，表现了“五四”时期那种冲破一切丑恶事物、推倒一切腐朽势力的力量，创造了中国文学史上空前的现代自我形象。

3.《女神》的形式

就《女神》总体看，其形式是自由的，基本上有两种类型：

(1)外在格律相对严谨，押韵、诗节、诗行大体整齐，如《晨兴》。

(2)讲求情绪自然消长的内在节奏，但也并非完全不讲外在形式，而是在自由变动中取得某种程度的整齐与和谐，如《天狗》。这一类占《女神》的大多数，实践了诗人要求“绝对的自由”的艺术主张，真正实现了“诗体大解放”。

【名师点拨】《女神》是郭沫若的代表作之一，要注意从作品本身出发，去感受郭沫若独有的艺术创作魅力，并能够站在历史发展的角度，深刻领悟《女神》是如何适应时代需要，表现作者创作风格与个性的。

四、从《星空》《瓶》到《前茅》与《恢复》

1.《星空》

(1)1921 年—1922 年，几度往返于东京与上海的郭沫若，目睹祖国灾难重重的现实，在个人的生活旅途上也倾饮人生的“苦味之杯”，浪漫的理想受到无情的重创，思想情感陷于沉闷与痛苦之中。

(2)在《星空》中，诗人既企望在大自然或超现实的空幻境界里寻求暂时的安慰，同时又不断增长着对污浊社会的憎恶和对祖国更深沉的炽爱之情，更增强了反抗社会、变革现实的决心。

2.《瓶》

《瓶》是郭沫若作于 1925 年初春的一组咏唱爱情的短诗，透过爱情这个人生的侧面，诗人细致地揭示了“五四”时代精神在人们心灵深处的渗透和反响，较多地流露出诗人对人生和爱情的某种困惑和迷惘，也表现出某种感伤缠绵的情调。

3.《前茅》《恢复》——诗风的转变

(1)写于 1923 年的《前茅》(1928 年出版)，诗人所讴歌的革命已经不像《女神》那样朦胧，诗人对社会革命的一些根本问题(如工农大众是革命的真正动力)的认识达到一定的深度，诗人在反动势力非常强大的黑暗时期，已经看到革命的风暴就要来临，并坚信无产阶级革命的胜利，因此称这部诗集为“革命的前茅”。

(2)写于 1928 年初的《恢复》(1928 年出版)显示了诗人面对白色恐怖的不屈意志和昂扬的斗志，这些诗歌是无产阶级诗歌的最初尝试，践行他关于文艺必须充当政治的“留声机

器”的主张，由此，郭沫若在《恢复》里放弃了最适合自己个性、气质、才能的革命浪漫主义。

【名师点拨】重点掌握郭沫若诗风转变后的诗作特点，并能够将其与《女神》时期的作品进行对比分析，从而更好地理解这一时期郭沫若诗风转变的努力与尝试。

五、以《屈原》为代表的历史题材的剧作

1. 概述

郭沫若早在现代戏剧发展的第一个十年里，就写出了著名的《三个叛逆的女性》。在抗战时期，郭沫若更是以极大的政治热情创作了《棠棣之花》(1941)、《屈原》(1942)、《虎符》(1942)、《高渐离》(1942)、《孔雀胆》(1942)、《南冠草》(1943)等历史剧。

2. 历史剧创作原则

郭沫若曾说：“历史研究是‘实事求是’，史剧创作是‘失事求似’。史学家是发掘历史的精神，史剧家是发展历史的精神。”根据剧情和表达主题的需要，他遵循“失事求似”的历史剧创作原则，往往适当改动历史事实，虚构人物和事件。

3. 历史剧的共同点

(1)主题

六部历史剧有一个鲜明的基本主题：反对侵略，反对卖国投降，反对专制暴政，反对屈从变节，颂扬爱国爱民，主张团结御侮，赞美坚守气节。

(2)艺术风格

以《屈原》为代表的后期历史剧更加气势浩瀚，构思新奇，充满了诗情画意，在历史与现实的融合方面达到了炉火纯青的地步。

4. 浪漫主义历史剧的艺术特色

郭沫若的历史剧构思有浪漫主义诗剧的特征，他的创作主体与他所挚爱的历史人物交流沟通、融为一体，他的浪漫主义诗人的触感与热情，“惯会突进”剧中人物的心灵，一如他所赞赏的歌德创作的诗剧《浮士德》的情形一样。

【名师点拨】历史剧是郭沫若的一大文学贡献，可以结合《屈原》来了解郭沫若作为诗人来写历史剧的个性色彩，同时，也需要从全面的角度出发去分析其创作的得与失。

5.2 考研真题与典型题详解

一、填空题

1. 最能代表“五四”新文学狂飙突进精神的诗集是______。[暨南大学2014年研]

【答案】《女神》

【解析】《女神》是郭沫若的第一部新诗集，它开辟了一代新诗风，成为新诗运动的奠基之作。它还强烈体现了“五四”时代狂飙突进的时代精神，彻底不妥协的反帝反封建精神，热切追求自由解放和赞美光明新生的精神。

2. 郭沫若的诗作______中运用了古天方国有关凤凰死而复生的神话。

【答案】《凤凰涅槃》

【解析】《凤凰涅槃》是郭沫若诗集《女神》中收录的一首浪漫主义抒情现代诗。这首诗中的凤凰还有群鸟，都带有现实的象征意义，凤凰的涅槃主要是代表新的社会，新的世界的到来。新生的凤凰就是新世界的代表，而群鸟则表现的是在现实中所出现的那些与新思想、新社会的准则所背道而驰的人。

二、简答题

1. 郭沫若历史剧的创作原则。［吉林大学2013年研］

答：历史剧作为一种特殊的文学样式，是以历史题材来进行具体定位的一种戏剧形式。郭沫若创作的历史剧带有一种浪漫主义气息，他大胆的想象、优美的篇章、独特的史剧主张都成为其历史剧的创作个性。郭沫若在其历史剧创作过程中，独创性地提出了“失事求似”的历史剧创作原则：

（1）“求似”，即对历史精神的尽可能真实准确地把握与表现

郭沫若曾说：“写历史剧并不是写历史，这种初步的原则，是用不着阐述的。剧作家的任务是在把握历史的精神而不必为历史的事实所束缚。剧作家有他创作上的自由，他可以推翻历史的成案，对于既成事实加以新的解释，新的阐发，而具体地把真实的古代精神翻译到现代。”在其取材于战国时代的历史剧作，都力求真实地反映这一历史时期的悲剧精神，并注入剧作家在其所生活的现实（抗日战争大后方）中所感受到的时代悲剧精神与时代所提出的民主要求。因此，在郭沫若笔下的悲剧主人公屈原、如姬、高渐离、聂政等，都是时代所塑造出来的真正的“人”，具有极其崇高的人格美。

（2）“失事”，即在“求似”的前提下，与史事稍有出入

郭沫若认为“写剧本不是在考古或研究历史，我只是借一段史影来表示一个时代或主题而已，和史事是尽可以出入的。这种方法，在我国元代以来的戏曲家固早已采用，在外国如莎士比亚，如席勒，如歌德，也都在采用着的。”他在历史剧创作过程中展开了大胆想象，对具体史事的运用极为灵活：在大多数场合，仍然尽可能“在大关节目”上不违背历史的真实，但为了表现自己主题的需要，又进行了自由的虚构与改造。

总之，郭沫若的历史剧因其创作原则的前瞻性和天才的艺术造诣成为当代史剧创作的一个丰碑。其“失事求似”的历史剧创作理论是研究历史剧非常重要的思想武器，它能更好地发现作为我国历史剧发轫时期的代表作品所反映出的历史精神与艺术魅力。

2. 结合作品谈谈你对郭沫若历史剧创作中“诗剧合一”特点的看法。［中国传媒大学2012年研］

答：郭沫若主张“借着古人的皮毛来说自己的话”来进行历史剧的创作，而身为诗人的作家，其历史剧具有独特的“诗剧合一”特点。

（1）强调历史剧的主观性与抒情性，表现了郭沫若历史剧的艺术个性

郭沫若总是把自己主观的思想、情感、心理，以至生活体验，熔铸到历史人物身上。他所努力的，是“于我所解释的古人心理中”，“寻出”与自己内心的契合点，达到“内部的一致”，剧作家在历史剧中表现古人，同时也表现了自己。

《屈原》里的“雷电颂”完全是郭沫若式的自我倾诉，在一定意义上可以说郭沫若笔下的屈原就是他自己。主要表现为内在的强烈的抒情性。兼具剧作家与诗人两种气质的郭沫若，在其历史剧创作中，十分注意在大起大落的戏剧冲突中，激化人物的内心情感，逐渐推向高潮，最后以长篇抒情独白的方式喷泻而出，以达到最大限度的戏剧和抒情效果。在戏剧进展过程中，不仅紧张曲折的情节、尖锐的性格冲突吸引着观众，更有一股层层推进的感情激流振荡着观众的心灵：戏剧与诗达到了和谐的统一。

（2）以诗化的语言写历史剧

郭沫若的历史剧中，往往穿插着大量的民歌和抒情诗，有的根据剧情的发展反复出现，

有的则直接由主人公反复吟诵，如《屈原》中的《橘颂》和《雷电颂》，《棠棣之花》中的《北行诗》，《南冠草》中的《大哀赋》，《虎符》中的《赞颂歌》等。这些抒情的诗和歌不仅渲染了氛围，突出了人物性格，强化了剧本主题，而且其本身已经融为整个剧本的一个不可分割的有机组成部分。

如若没有《橘颂》和《雷电颂》，《屈原》一剧将大失光彩。郭沫若还善于在史剧中运用富有韵味的长篇独白以充分揭示人物丰满复杂的内心世界，而剧中人物的对白以及作者的叙述语言也充满了音乐的节奏和诗的激情，这种诗化的语言显示了郭沫若独有的诗剧合一的特色。

3. 简析郭沫若《女神》的创作特色及局限。［中山大学 2011 年研］

相关试题：

（1）简述《女神》的浪漫主义特色。［山东大学 2023、2014 年研］

（2）《女神》［名词解释；华东师范大学 2024 年研］

答：（1）《女神》的创作特色

①思想内容上：狂飙突进的时代精神的展示

《女神》突破了传统政治与道德观念对社会批判的限制，希望在现实的否定中建立社会与自我的一种统一性，顺应并反映了“五四”时期“狂飙突进”的精神，因此《女神》成为新旧交替时代无可替代的精神象征，并对中国文学产生深远影响，鼓舞着创造社、湖畔社、浅草－沉钟社等一大批诗人。它的生命观念以及彻底否定的社会批判方式，也很快转变成新文学发展中一个富有吸引力的传统，直到 1940 年代，它们经过置换和变形，仍为不少诗人沿袭。

②形式上：诗体解放和古典诗歌技巧的沿用

在诗的形式上，诗人进行了多方面的大胆的创造。为了打破一切旧的诗形，反映崭新的思想内容，诗人成功地创造了不拘一格的自由诗体。诗人还创造了把诗与散文、抒情与叙事结合起来的诗剧，开拓了诗歌创作的新领域。

《女神》继早期白话诗人半文半白及偏于散文化的尝试后，同样以其破坏性使新诗从旧诗词中解放出来。郭沫若宣称在诗歌形式方面，他“主张绝端的自由，绝端的自主”，为此，他仿照民间自由体诗，学习泰戈尔，特别是惠特曼的自由体诗，借鉴日本诗坛废除俳谐和歌格调采取自由诗律的经验，实现了“诗体大解放”。

其大多数诗歌都去严格的格律而代之以自由的内在韵律，依据情绪的波动构成“自然的音节”，来表现其情绪消长，一方面诗里的爱和恨大多强化到了极端的程度，另一方面仍然都稳妥地保持着情绪与音节变化的呼应，特别是善于密集地、对应地使用“啊”“哟”这类叹词，作为独立或者附属性的音节单位，以显示内在情绪的律动与力度。“五四”新诗出现以后，《女神》是第一批创造出这种情绪节奏的诗歌代表作。

③表现手法上：浪漫主义手法的完美运用

《女神》运用了大胆的想象、巧妙的构思、奇异的联想、极度的夸张等浪漫主义手法来表现诗人火山爆发式的激情和美好的理想。在语言上，既运用白话口语，又采用古今中外的语汇，状物写人，锐意求新，且带着浓厚的主观感情色彩，因而诗的语言不仅异常丰富，而且十分形象生动、绚丽多彩和富有表现力。为了表现奔放炽热的感情，诗人还运用叠句、排比句等句型，形成急促的节奏，从而形成诗歌高昂的格调。

此外，为了阻止散文化，同时也是由于歌德范式的影响，《女神》在韵脚、诗节、诗行的设计上也沿用了某些古典诗歌的技巧。《女神》的诸多探索，为其后诗歌的多样化发展积累了经验。

(2)《女神》的创作局限性

《女神》作为中国新诗的探索之作，在艺术方面也存在缺陷：常用呼喊的方式，不善于用侧笔和暗示；通过具体意象透露，显得单调浅露，缺乏丰富的形象和深邃的意境；且大量夹用外语词汇，仍存在欧化的倾向。

总之，《女神》的积极浪漫主义，既受了西方积极浪漫主义和中国古典浪漫主义的影响，又表现出郭沫若的独特艺术个性，即把热爱祖国、追求光明的浪漫主义激情，同奇特的想象、比喻、夸张等表现手法紧密结合起来，形成了一种雄劲豪放而奇拔的艺术风格。

4．简析郭沫若的《炉中煤》的思想艺术特色。［武汉大学2011年研］

答：(1)《炉中煤》的思想内容特色

《炉中煤》是郭沫若在日本留学时创作的一首新诗，写于1920年，首次发表在1920年2月3日《时事新报·学灯》上。全诗在一系列的比喻中寄托自己的深情和热望，一层深似一层地表现了爱国的衷肠。诗的风格豪放、明朗，音调和谐流畅。

(2)《炉中煤》的艺术特色

①奇特的艺术形象

诗人用拟物法把自己比作熊熊燃烧的“炉中煤”，又用拟人法把祖国比作“我心爱的”“年青的女郎”，全诗就构筑在这一组核心意象之上。诗人借此淋漓尽致地抒发自己的爱国激情，毫无牵强生涩之感。

②新颖的构思

从章法看，首节总述爱国之情和报国之志，第二节侧重抒爱国之情，第三节侧重述报国之志，末节与首节是复叠形式，将全诗情感推向高潮。

③和谐的韵律和节奏

从格式、韵律看，全诗每节5行，每行音节大体均齐；一、三、五行押韵，一韵到底；而各节均以“啊，我年青的女郎”一声亲切温柔而又深情的呼唤起唱，造成回环往复的旋律美。诗情随诗律跌宕起伏，韵味深长。郭沫若曾说：“诗歌还是应该让它和音乐结合起来；更加上‘大众朗诵的限制’，则诗歌应当是表现大众情绪的形象的结晶。”这首诗很好地体现了诗人的这一艺术追求。

④运用反复咏叹的艺术手法

《炉中煤》每一节都以“啊，我年青的女郎”开始，此句诗中重复四次，首尾两节的后两句“我为我心爱的人儿，燃到了这般模样”又都相同。这种复唱手法，有一唱三叹之感。增强了诗人眷恋祖国的感情浓度，突出了主旋律，深化了主题。

⑤富于象征性的语言

本诗表现的是眷念祖国的情绪，而炉中煤的形象特征是火红、炽热、旺盛、熊熊燃烧，这与诗人对祖国感情的热烈、深切是一致的；炉中煤还具有为人奉献火与热，将自己燃烧成灰烬，殒身不恤的献身精神，可以形象表现诗人为祖国甘愿奉献一切的精神。

5．谈谈“五四”与郭沫若的诗歌。［中山大学2010年研］

答：“五四”与郭沫若的诗歌间的关系具体表现为：

(1)“五四”为郭沫若的诗歌提供了有利的时代背景

“五四”文学革命在创作实践上是以新诗的创作为突破口，而新诗运动则从诗形式上的解放入手。

①“五四”时期的诗歌理论

以胡适为代表的“五四”新诗运动提出了“作诗如作文”的主张，其包括了两个方面的要求：一是打破诗的格律，换以“自然的音节”；二是以白话写诗，实行语言形式与思维方式两个方面的散文化。

②“五四”时期的创作实践

新诗主要发表在《新青年》《新潮》《少年中国》《星期评论》《学灯》《觉悟》等“五四”新文化运动的重要阵地上。第一批白话诗人如胡适、刘半农、周作人、沈尹默、俞平伯等都是新文化运动的骨干，说明了新诗与“五四”思想革命的密切联系。理论的提出与创作的繁荣为郭沫若诗歌创作提供了理论指导和作品参照。

(2)郭沫若的诗歌顺应了“五四”的时代精神

郭沫若在现代文学史上是足以代表一个时代的诗人，他是使新诗的翅膀飞腾起来的第一人。他的第一本诗集《女神》出版于1921年8月，以崭新的内容与形式，开一代诗风，堪称中国现代新诗的奠基之作。《女神》的成功在于时代的需要与诗人创作个性的统一。诗的抒情本质的强调，以及诗歌个性化的问题的提出，标志着对诗歌艺术认识的深化。

①《女神》的自我抒情主人公形象体现了“五四”时期觉醒的中华民族的自我形象

《女神》的自我抒情主人公首先是“开辟鸿荒的大我”，是“五四”时期觉醒的中华民族的自我形象。为时代再造的中华民族的崭新形象在《女神》中第一次得到充分的艺术表现。人的自我价值得到肯定，人的尊严得到尊重，人的创造力得到承认。这在中国历史上也是第一次。《女神》的魅力及其不可重复性，正是在于它所达到的民族精神及作家写作的自由状态。

②《女神》在想象方式上具有想落天外的奇特想象

《女神》的艺术想象与形象体系建筑在泛神论的思想基础上。泛神论思想使诗人思绪飞腾，产生了《女神》式的奇特想象：大自然被充分地人化，地球成了有生命的母体，人与自然合二为一。从泛神论思想出发，诗人把宇宙世界看作是一个不断进化、更新的过程。

③《女神》创造了自由诗的形式

《女神》大胆借鉴西方近代自由体诗，做到形式自由奔放，实现了诗体的大解放。这种自由体格式不拘，诗节不限，字数不定，音节自然，一切服从感情的倾泻。《女神》创造了自由诗的形式。就《女神》总体看，其形式是自由的。基本上有两种类型：一类外在格律相对严谨，押韵、诗节、诗行大体整齐，如《晨兴》。另一类则是情绪自然消长的内在韵律与某种程度的外在韵律相结合，使得诗在自由变动中取得某种程度的整齐与和谐，如《天狗》中为了表达自我超越的急切之情，连续用多个“我奔跑”。

④《女神》显示出一种火山喷发式的激情和狂飙突进般的气概

《女神》整个诗集贯通着蔑视一切、荡涤一切、创造一切的磅礴气势和力度。诗作的艺术技法与精巧在当时并不是最出色的，但其气势的锐不可当是当时任何一位诗人或诗作都难以企及的。如《晨安》这首诗中，没有缜密精细的结构，甚至也没什么技巧可言，只是向广袤的宇宙豪迈奔放、一气贯通地写下了27个“晨安”，像这样在整首诗中把27个“晨安”简单排列开来，以前从没人写过，确切地说也没有人想到诗是可以这样写的，喊出了诗人肺腑的情感，喊出了读者的强烈共鸣，喊出了那个时代的回音；而那个敢于吞下宇宙和一切的天狗，不只是想象和夸张的奇特，而是诗人敢于这样想象的胆魄。正是这种胆魄使诗人能够站在时代和历史的高处，从大处着眼，与大自然对话，与整个宇宙对话，也使诗作具有了排山倒海的气势。

6. 郭沫若《凤凰涅槃》的思想艺术特色。［武汉大学2010年研］

答：（1）《凤凰涅槃》的思想内容特色

《凤凰涅槃》是一首庄严的时代颂歌，充满彻底反叛的精神和对光明新世界的热切向往。《凤凰涅槃》表现了对美好理想的追求和对未来的憧憬以及反抗、叛逆、创新的"五四"时代精神。《凤凰涅槃》中的凤凰，象征民族的新生。诗中"凤歌"与"凰歌"以低沉、悲壮的葬歌结束了中华民族历史上最黑暗的一页，"凤凰更生歌"以热烈、激越的欢唱预示着生动、自由、净朗、华美的民族振兴新时期的到来。

（2）《凤凰涅槃》的艺术形式特色

①《凤凰涅槃》实现了"诗体大解放"，郭沫若仿照民间自由体诗，学习惠特曼的自由体诗，借鉴日本诗坛废除俳谐和歌格调而采取自由诗律的经验，大多数诗歌都抛弃严格的格律而代之以自由的内在韵律。

②《凤凰涅槃》在艺术方面也存在缺陷，常用呼喊的方式，不善于用侧笔和暗示，通过具体意象透露，显得单调浅露，缺乏丰富的形象和深邃的意境，且大量夹用外语词汇，仍存在欧化的倾向。

总之，《凤凰涅槃》突破了传统政治与道德观念对社会批判的限制，在现实的否定中建立社会与自我的一种统一性，顺应并反映了"五四"时期"狂飙突进"的精神。《凤凰涅槃》成为新旧交替时代无可替代的精神象征，并对中国文学产生深远影响，鼓舞着创造社、湖畔社、浅草－沉钟社等一大批诗人的创作。它的生命观念以及彻底否定的社会批判方式，也很快转变成新文学发展中一个富有吸引力的传统。

三、论述题

郭沫若戏剧特点。［南开大学2010年研］

答：郭沫若的戏剧作品主要以历史剧为主，他身兼学者、剧作家、诗人三重身份，这使得其历史剧创作别具一格。有人做出这样的评价"当他创作历史剧的时候，他是以科学家、历史学家在做渊博的准备，而以革命诗人在进行丰富的构思，最后再以戏剧家的绚丽风格去落笔。所以，他的作品才是这样的旁征博引、才气纵横、想象大胆、联想奇胜。"郭沫若的戏剧特点主要表现为：

（1）卓越的历史见解，深刻的思想内容

郭沫若具有渊博的历史知识和独到的历史眼光，善于在错综纷纭的历史现象、甚至各种相互矛盾的史料和观点中鉴别真假、明辨是非，提炼出卓越的、与众不同的见解，作为他历史剧创作的思想基础，使他的剧本的主题思想，具有一种发人深省的力量。例如，他经常突破传统的、世俗的见解，大胆歌颂我国历史上那些旧秩序和旧礼教的叛逆者，给予当时的读者以很大的启迪和鼓舞力量。在建国后，由于作者思想的进一步成熟，也由于在社会主义条件下，用历史唯物主义观点去重新评价历史人物的迫切需要，所以，作者创作上的这一特色是更加突出了，也更具有时代色彩了。《蔡文姬》和《武则天》的创作，选择了我国历史上遭到很多非议的两个杰出人物，赋予他们"忧以天下，乐以天下"的高尚品德和"人定胜天"的坚强信念，把对历史人物的科学评价和表现社会主义时代精神结合起来，塑造了崭新的历史人物形象。郭沫若的历史剧，是真正的历史学家写的历史剧，无论在见解上或创作上都独树一帜，具有作者独到的功夫。也可以这样说，精辟、新颖的见解，突兀、奇特的构思，灵活自如的驾驭历史素材的能力以及具有强烈的时代精神，是郭沫若历史剧创作的一个明显特色。

(2)浓郁的诗的意境和强烈的浪漫主义的气息

郭沫若对诗有特殊的敏感，善于在剧中酝酿和组织诗的场面，造成诗的效果。例如，在《蔡文姬》一剧中，作者把《胡笳十八拍》中许多扣人心弦的章句，像明珠一样，镶嵌在剧情发展的重要关口，大大加强了全剧的诗的气氛和艺术感染力。特别是在诗章的伴唱运用上，作者不仅是把它作为深刻揭示剧中人物内心独白的有力手段，使之成为塑造人物性格的一个有机组成部分，而且把读者和观众更进一步地引向了剧中的规定情境，缩短了历史和现实的"距离"。作者的成功，就在于他这种虚构不仅符合历史的必然性，还充分考虑到了艺术本身对美的要求；换句话说，他是在历史真实和艺术真实高度统一的基础上去驰骋他的想象力的。而郭沫若的历史剧创作，他是更多考虑在整个历史的典型环境的基础上，自由地驰骋其艺术想象力，因而就使他的历史剧具有一种气势磅礴、雄奇瑰丽和热情洋溢的浪漫主义气息。

(3)强烈的戏剧场面的历史感、真实感和剧中人物性格的激烈矛盾冲突

由于郭沫若有着丰富的历史知识，对考古学和历代文物均有着相当的研究和造诣，所以，他不仅对剧中表现的整个历史事件以及主要人物的思想面貌给予缜密的考据和推敲，使之尽可能地符合历史的真实，而且，在细节和一件小小道具的运用上，都十分注意准确和真实。例如，他在《武则天》第一幕的布景说明中，就对唐代宫中"炕床"的形状、书卷的样式、桌案的高低、瓶盆的颜色等考察得极为详备，尽量做到件件有案可查，事事有典可考。浪漫主义精神一向很强的作者，在这些问题上是决不肯马虎从事的，这样，就使得他所描绘的生活场面更富有历史感，也能收到更好的戏剧效果。

此外，作者还善于根据不同题材的要求，安排人物关系，组织尖锐的戏剧冲突。例如，在《蔡文姬》中，他根据剧情的发展，在匈奴与汉、匈奴内部、汉使之间，甚至蔡文姬家庭内部，都设置了一连串的冲突，造成了一系列精彩的戏剧场面，出现了众多的性格的闪光。在《武则天》中，作者则围绕宫廷内部，甚至家庭内部各种特殊的关系组织戏剧冲突，使得情节的发展既集中、又动人，并有利于深入刻画人物的心理状态。如武则天与裴炎、太子贤、上官婉儿的矛盾，是分别通过亲信、母子、世仇的关系表现出来；裴炎与郑十三娘、上官婉儿、骆宾王的矛盾，又是分别通过世交、恩师、同谋者的关系表现出来的。这样，就能使得戏剧冲突更为尖锐和复杂，同时，也便于用最俭省的笔墨刻画出生动而丰富的人物性格。

总之，郭沫若的剧作是其作为政治家、史学家、诗人三位一体的产物，具备其独特的个性与特点，因而可以说郭沫若是自成一派的历史剧作家。

第6章　新诗(一)

6.1　复习笔记

一、新诗的诞生："五四"新诗运动

1. 概况

"五四"新诗运动从形式上解放了诗歌，动摇了传统诗歌观念，促进了诗歌的现代化。尽管新诗实验在初期遭到抵制，但其作为"五四"文学革命的突破口，仍取得了一定的成就。

2. "作诗如作文"。

新诗运动的倡导者胡适主张：

(1)打破诗的格律，采用"自然的音节"。

(2)用白话取代文言，提倡诗歌语言与思维的散文化，即"作诗如作文"。

二、尝试中的新诗：早期白话诗

1. 早期白话诗的初期发展

(1)主要刊物

①《诗》月刊。第一个新诗刊物，由叶绍钧、朱自清等人在1922年创办。

②《新青年》《新潮》《少年中国》《星期评论》《学灯》《觉悟》等。

(2)代表人物

胡适、刘半农、周作人、沈尹默、俞平伯、康白情等新文化运动骨干。

2. 早期白话诗人

(1)胡适

①代表作品

《尝试集》，被称为"沟通新旧两个艺术时代的桥梁"。

②创作特色

一是摒弃文言，"以白话入诗"；二是创造了以通俗明白为主要艺术特征的"胡适之体"。

(2)其他早期白话诗人及作品

①周作人的《小河》，被评为"新诗中的第一首杰作"(胡适语)。

②沈尹默的《三弦》《月夜》、俞平伯的《冬夜》集、康白情的《草儿》集、朱自清的抒情长诗《毁灭》等。

③早期白话新诗取材于普通生活，被称为"词化了的新诗"。

3. 早期白话诗的特点

(1)"具体的做法"

在这一时期，诗人追求"诗须要用具体的做法，不可用抽象的说法"。所谓"具体的做法"，一是"白描"，二是"比喻""象征"。

①"白描"。运用细致的观察与朴实无华的笔触描写日常生活中的事物与自然景物，使诗歌与现实关系密切。如刘半农的《相隔一层纸》、胡适的《人力车夫》等侧重于描写社会人

生；俞平伯的《冬夜之公园》、康白情的《江南》侧重于描写自然景物。

②“比喻”“象征”。或通过对具体事物的描写来寄托诗人的人生感悟，具有寓言化的色彩，如胡适的《鸽子》、周作人的《小河》；或是直接描写抽象事物，显现出理念化的倾向，如鲁迅的《梦》等。

③两者皆语言通俗、表意直白，缺乏艺术想象力。

(2)散文化倾向

①在格律上，早期白话诗基本不用韵，不顾及平仄，句式随情感的起伏而变换，一些诗人还开始现代新诗“歌谣化”的努力。

②在形式上，早期白话诗大量运用虚词，采用一些白话散文的句式与章法。

【名师点拨】重点阅读胡适《尝试集》中的代表性诗作，基本掌握早期白话诗是如何从传统诗词中脱胎而出，同时要对新诗的“最初形态”有一个较为清晰的认识和理解。

三、变革中的新诗

1. 艺术的反拨

(1)早期创造社诗人的反叛：“开一代诗风”

①1923 年，成仿吾发表《诗的防御战》，被称为投向诗坛的“爆击弹”。闻一多、穆木天等创造社诗人也先后发表文章，认为早期白话诗缺少“诗味”，探讨发挥“语体诗的真正长处”，开始对新诗内部进行结构性的调整。

②创造社强调诗歌的抒情性，其精魂是破旧立新，中心内容是表现自我，诗体特征是“绝端的自由”。

(2)《女神》在新诗发展上的贡献

①充分体现“五四”时代的自由精神，把“诗体解放”推向极致，是中国现代新诗的奠基作。

②重视诗歌本身的艺术规律，运用奇特大胆的想象，充分发挥诗的抒情本质与诗的个性化色彩。

(3)“湖畔诗人”

①代表人物：汪静之、冯雪峰、潘漠华、应修人。

1922 年，他们出版合集《湖畔》，同年汪静之出版个人诗集《蕙的风》，1923 年他们出版合集《春的歌集》。因鲜明的诗歌风格而被文学史称为“湖畔诗人”。

②诗歌特点

湖畔诗歌内容集中于爱情与自然景物，具有自然、清新、纯情、率真的特点。他们的爱情诗蕴含个性解放的进步思想，肯定人的正常感情，展现了“五四”时期的青春特质，诗中的抒情主人公既带有了时代精神，也带有丰富的诗人个性。

(4)“小诗体”

①产生

从外国输入，受日本短歌、俳句和泰戈尔《飞鸟集》的影响。形式短小，三五行为一首，寄情于景，表现诗人的自我感受与哲理。

②代表诗人及作品

冰心的《繁星》《春水》，宗白华的《流云小诗》等。

(5)重要抒情诗人——冯至

鲁迅曾经把冯至誉为“中国最为杰出的抒情诗人”，其代表诗集有《昨日之歌》，代表作有《帷幔》《蚕马》《吹箫人的故事》等。其诗歌特色如下：

①处处表现出艺术的节制。

②着意追求诗情的哲理化，情调感伤苦闷，带有“沉思”的基调。

③采用半格律体，追求诗行的整齐与韵律的和谐，语言舒缓柔美，风格幽婉。

④叙事诗将抒情与叙事相结合，具有极高的艺术成就。

【名师点拨】“开一代诗风”主要是指郭沫若，或者说是以郭沫若为代表的新一代诗人。本章的理解重点在于掌握新一代诗人艺术反拨的核心——新诗内部的结构性调整，同时，也要对“湖畔诗人”“小诗体”、冯至的诗歌创作有一个大致的了解。

2. 新诗的规范化

(1)前期新月派

①概况

1926 年 4 月《晨报》副刊《诗镌》创刊，标志着新月诗派的形成。闻一多、徐志摩、朱湘、饶孟侃、刘梦苇等是前期新月派的代表诗人，他们强调诗歌内容与形式上的美，使新诗创作进入到“自觉”的时期。

②两个基本任务：

一是“在新诗与旧诗之间建立一架不可少的桥梁”；二是把创造的重心从“白话”转向“诗”自身。

(2)新月派的诗歌理论

①“理性节制情感”的美学原则

“理性”是指艺术上克制，而非诗歌内容的哲理化，意在纠正“五四”新诗中滥用的直抒胸臆和极端的感伤主义，转为将主观情愫客观对象化，追求诗的蕴藉含蓄和非个人化倾向。

②诗歌格律化的主张

新月派提倡新格律诗，注重诗歌的形式、韵律与辞藻，追求音乐美、绘画美和建筑美。此后格律体与自由体成为新诗的两大诗体，互相影响，共同推进新诗的发展。

【名师点拨】重点掌握新月派提倡的“理性节制情感”的美学原则和形式格律化的主张。这是本章的重点和难点，考生在掌握基础知识概念的同时，要对新月派的诗学主张有一个深入的认识和思考。

(3)新月派的诗歌特征

①注重客观抒情，将自身的主观感情客观对象化。

②加强叙事成分，把诗中的“我”作为戏剧化的人物。

③追求“和谐”与“均齐”的审美特征。

(4)新月派代表诗人

①闻一多

前期新月派的代表诗人，曾留学美国，接受过西方文化的滋养，但也深受传统文化的浸染，并充溢着一腔爱国的赤子之情，写下了爱国主义诗篇《忆菊》《一句话》等。他致力于以艺术的力量将新诗收回到诗的规范之中，具有独特的贡献。这一时期的代表作有《死水》等。

②徐志摩

贯穿新月派前后期的重镇，其诗歌飞动飘逸，追求内容与形式的谐美统一，是“古典理想的现代重构”，其诗中经常出现令人惊叹的神来之笔，被称作“徐志摩的意象”。这一时期的代表作有《雪花的快乐》等。

③朱湘

新月派的重要诗人，他实践了新月派“理性节制情感”的美学原则，形成“古典的与奢华的”审美风格；同时对诗的形式进行了探索，讲究形式的完整与“文学的典则”，根据诗的内容和情绪来安排诗韵；此外，朱湘在叙事诗上也取得很大成就。这一时期的代表作有《葬我》等。

3. “纯诗”概念的提出与早期象征派诗歌

(1)“纯诗”的概念

穆木天向胡适提出挑战，他主张创作“纯粹的诗歌”，即“纯诗”。其包括两个方面：

①强调诗与散文有着完全不同的领域，主张“把纯粹的表现的世界给了诗作领域，人间生活则让给散文担任”。

②认为诗歌与散文有不同的创作思维与表达方式，诗歌要较多地运用暗示、隐喻等手法。

(2)李金发的象征派诗歌

早期象征派出现于20世纪20年代，李金发为其代表诗人，其代表诗作有《微雨》《弃妇》等。他的诗歌特点有：

①主题上，引入西方象征主义的死亡、丑恶、恐怖的表现主题，描写人生的痛苦与忧伤。

②语言上，打破日常语言的组合方式，诗句中常选用一些文言词语，造成陌生化效果。

③艺术上，善于运用奇特的意象和象征、暗示、省略、通感的表现手法，形成诗歌意境的朦胧性和节奏的跳跃感。

(3)早期象征派诗歌

除李金发外，进行象征主义诗歌创作的还有邵洵美、王独清、冯乃超、穆木天等。

①强调个人的主观感受，进行完全个人化的创作。

②诗歌较为生硬晦涩，语言含蓄，突出“暗示”，重视读者的能动作用。

③理论价值超过创作实践，在一定程度上提高了诗歌的艺术性。

【名师点拨】对于早期象征诗派，除掌握相关创作与诗论外，考生还需从“又一次历史的反拨”的角度去理解这一诗派的文学史地位和贡献。

4. 早期无产阶级诗歌

(1)提出

1923年，早期共产党员邓中夏在《新诗人的棒喝》《贡献于新诗人面前》等文中明确提出：新诗必须自觉充当无产阶级领导下的民主革命的“工具”。

(2)创作实践

蒋光慈是无产阶级诗歌的代表人物。他最早站在无产阶级的立场，歌咏列宁领导的十月革命，把共产主义理想带进诗歌领域。他的《新梦》集开创了无产阶级革命诗歌，对以后左翼诗歌的发展有深远的影响。

6.2 考研真题与典型题详解

一、填空题

1. 胡适在杂志______上发表白话新诗标志着白话新诗的兴起。

【答案】《新青年》

【解析】1917年2月，胡适在《新青年》2卷6号发表的《白话诗八首》，是中国新诗运动中出现的第一批白话新诗，标志着白话新诗的兴起。

2．中国现代文学中第一部诗集是______。

【答案】《尝试集》

【解析】胡适的《尝试集》出版于1920年，是新文学运动期间第一部以白话写成并在《新青年》杂志上发表的诗集。其中的诗歌作品或诅咒封建军阀的黑暗统治和旧礼教的虚伪，或表现个性解放和积极进取精神，或歌颂劳工神圣。

3．______提出了新诗的“三美”（音乐美、绘画美、建筑美）原则，并在创作中身体力行。

【答案】闻一多

【解析】闻一多提出“新诗格律化”的主张，强调诗歌韵律的和谐、诗节与诗句的均齐、用词的色彩鲜明，即音乐美、建筑美与绘画美。闻一多同时还强调“格律是艺术必须的条件，实在艺术自身便是格律”。

4．初期象征诗派，______的《谭诗——寄沫若的一封信》。

【答案】穆木天

【解析】穆木天是早期象征派诗人，他在1926年发表的《谭诗——寄沫若的一封信》中提出“纯诗”的概念，强调“诗与散文的纯粹的分界”，要求创作“纯粹的诗歌”。

5．诗人李金发在国内出版的三部诗集《微雨》______与______受到了法国象征派先驱波德莱尔的影响，革新了新诗写作的观念与技巧。1940年代初，______的问世，标志着冯至新诗创作在思想上、艺术上的全面成熟。

【答案】《为幸福而歌》；《食客与凶年》；《十四行集》

【解析】李金发在1925—1927年间，连续出版了《微雨》《为幸福而歌》《食客与凶年》三部诗集，率先把法国象征诗派的手法引入中国新诗，并以具有鲜明特色的创作引起了文坛的注目，被称为“诗怪”。冯至的《十四行集》由27首诗组成，是中国新诗史上最集中、最充分地表现生命主题的一部诗集，它使中国现代诗歌第一次具有了形而上的品格。

二、选择题

冯至在诗坛上确立地位的第一部诗集是（　　）。

A．《弃妇》　　B．《云游集》　　C．《十四行集》　　D．《昨日之歌》

【答案】D

【解析】冯至是中国新诗的最早创作者之一，被鲁迅称为“中国最为杰出的抒情诗人”，在现代文学史上占有重要的地位。《昨日之歌》是冯至在诗坛上确立地位的第一部诗集。

三、名词解释

1．新月派［华中科技大学2025年研；北京大学2024年研；北京语言大学2023年研；北京外国语大学2023年研；浙江大学2013年研］

相关试题：新月诗派［东北师范大学2023年研］

答：新月派是中国现代新诗史上的一个重要的诗歌流派，受泰戈尔《新月集》影响而形成。1923年开始活动于北京，1926年4月《晨报》副刊《诗镌》创刊，标志着新月诗派的形成。闻一多、徐志摩、朱湘、饶孟侃、刘梦苇等是的代表诗人，他们强调诗歌内容与形式的谐美统一，使新诗创作进入到“自觉”的时期。1927年春，胡适、徐志摩、闻一多、梁实秋等人在上海创办新月书店，次年又创办《新月》月刊，“新月派”的主要活动转移到上海，被称为后期新月派。它以《新月》月刊和1930年创刊的《诗刊》季刊为主要阵地，新加入成员有陈梦家、方玮德、卞之琳等。

2. 湖畔诗派［扬州大学2018年研；吉林大学2013年研］

答：湖畔诗派是现代文学史上的一个小型诗歌团体。最初成员有潘漠华、冯雪峰、应修人、汪静之，稍后加入的有魏金枝、谢旦如（澹如）、楼建南（适夷）等，成员多系浙江第一师范学校的学生。1922年，潘漠华、冯雪峰、应修人、汪静之出版合集《湖畔》，同年汪静之出版个人诗集《蕙的风》，1923年他们出版合集《春的歌集》，因鲜明的诗歌风格而被文学史称为“湖畔诗人”。湖畔诗歌内容集中于爱情和自然景物，具有自然、清新、纯情、率真的特点。他们的爱情诗蕴含个性解放的进步思想，肯定人的正常感情，展现了“五四”时期的青春特质，诗中的抒情主人公既带有时代精神，也带有丰富的诗人个性。1925年2月，湖畔诗派又创办小型文学月刊，但不久即停刊，该社也随之停止活动。

3. 新诗格律化［北京大学2010年研］

答：新诗格律化是由前期新月派诗人闻一多提出的诗歌主张，与新月派诗人遵循的“理性节制情感”的美学原则相对应。新诗格律化具体表现为“诗的三美”：音乐美，强调有平仄和韵脚；建筑美，强调“有节的对称，有句的均齐”；绘画美，强调诗的辞藻要秾丽、鲜明，有绘画的色彩感。新诗格律化意在纠正“五四”新诗中滥用的直抒胸臆和极端的感伤主义，转而将主观情绪客观对象化，追求诗的蕴藉含蓄和非个人化倾向，实现内容与形式的谐美统一。

四、简答题

1. 简析闻一多“新格律派”的主张。［南昌大学2024年研］

答：“新诗格律化”由前期新月派诗人闻一多首先提出，与新月派诗人遵循的“理性节制情感”的美学原则相对应。它并不是指简单地保留旧格律、古风格，而是借鉴西方诗歌与中国传统格律，根据现代汉语的特点进行新的创造。

新诗格律化的重要内容包括：

（1）情感的节制。新月诗人反对诗歌中情感的泛滥，主张“理性节制情感”的美学原则。新诗格律化意在纠正“五四”新诗中滥用的直抒胸臆和极端的感伤主义，转为将主观情愫客观对象化，追求诗的蕴藉含蓄和非个人化倾向。

（2）本质的醇正。徐志摩要求新诗回到诗本身，他认为完美的形体是完美的精神的唯一表现，只有“言志”的内容才能与“语言形式”和谐统一。

（3）格律的严谨。闻一多认为新诗在彻底冲决旧诗格律束缚的同时，还应该创建新的格律，认为“和谐”与“均齐”是新诗最重要的审美特征。

（4）“三美”理论。闻一多提出了“诗的三美”理论，是新诗格律化的重要内容。

①音乐美。强调有音尺、有平仄、有韵脚，如徐志摩的《雪花的快乐》中不断重复“飞扬，飞扬，飞扬”一句，重复的运用，读来节奏明快、朗朗上口，既造成雪花的轻盈感，又产生了轻松愉快的情调。

②建筑美。强调节的匀称与句的均齐。如闻一多的《死水》，整首诗分四节，每节四行，每行九字，形式十分整齐，体现出“建筑美”的特色。

③绘画美。强调诗歌要多采用华丽的辞藻，借鉴中国诗画相通的传统。如徐志摩的《再别康桥》中写到夕阳中的金柳、潭底倒映的彩虹、水中的清荇、斑斓的星辉等织成了色彩明丽的画面。

闻一多提出的“新诗格律化”的主张，纠正了早期“五四”新诗情感的泛滥与艺术性的匮乏，以“理性节制情感”为原则，将主观情感客观对象化，同时在诗中加强叙事成分，追求诗歌内容与形式的谐美统一，使新诗创作进入到“自觉”的时期。此后格律体与自由体成为新诗的两大诗体，互相影响，共同推进新诗的发展。

2．简述早期白话诗的艺术特色。

答：早期白话诗的艺术特色可归纳如下：

(1)“具体的做法”

在这一时期，诗人追求“诗须要用具体的做法，不可用抽象的说法”。所谓“具体的做法”，一是“白描”，二是“比喻”“象征”。

①“白描”。运用细致地观察与朴实无华的笔触描写日常生活中的事物与自然景物，使诗歌与现实之间关系密切。描写社会人生如刘半农的《相隔一层纸》、胡适的《人力车夫》；描写景物如俞平伯的《冬夜之公园》、康白情的《江南》。

②“比喻”“象征”。通过对具体事物的描写来寄托诗人的人生感悟，具有寓言化的色彩，如胡适的《鸽子》、周作人的《小河》；或是直接描写抽象事物，显现出理念化的倾向，如鲁迅的《梦》等。

③两者皆语言通俗、表意直白，缺乏艺术想象力。

(2)散文化倾向

①在格律上，早期白话诗基本不用韵，不顾及平仄，句式随情感的起伏变换，一些诗人开始现代新诗“歌谣化”的努力。

②在形式上，早期白话诗大量运用虚词，采用一些白话散文的句式与章法。

五、论述题

试析现代小诗出现的原因。［湖南师范大学2023年研］

答：现代小诗的出现是多种因素共同作用的结果，涵盖了时代变革、文学发展自身规律以及外来文化影响等多个层面。

(1)时代变革的推动

①社会思潮的转变

20世纪初，中国社会处于剧烈变革时期，新文化运动兴起，民主、科学等新思潮广泛传播。人们的思想得到极大解放，对文学创作也提出了新的要求。现代小诗以其简洁明快的形式，能够迅速传达新思想、新观念，契合了时代对文学的需求。例如，在追求个性解放的思潮影响下，小诗常常表达诗人对自由、平等的向往，以及对传统束缚的反抗，成为传播新思想的有力工具。

②生活节奏的加快

随着工业化、城市化进程的推进，现代社会生活节奏逐渐加快。人们的生活变得更加忙碌，难以有大量时间阅读长篇文学作品。现代小诗篇幅短小、精炼，能够在短时间内被阅读和理解，满足了人们在快节奏生活中对文学的需求。它可以像一颗灵动的石子，投入人们忙碌的生活中，激起情感的涟漪，成为人们精神生活的一种调剂。

(2)文学发展的内在需求

①对传统诗歌的革新

中国传统诗歌在形式和内容上有严格的格律要求，一定程度上限制了诗人情感的自由表达。到了近代，传统诗歌的创作逐渐陷入僵化。现代小诗的出现，打破了传统诗歌的格律束缚，采用自由灵活的形式，让诗人能够更加自由地抒发情感。例如，现代小诗不再拘泥于平仄、押韵等规则，诗人可以根据情感的需要自由安排诗句的长短、节奏，使诗歌更具表现力，为诗歌创作开辟了新的道路。

②新诗发展的阶段性探索

新文化运动倡导新诗创作，但初期的新诗在形式和内容上较为粗糙。现代小诗的出现是新诗发展过程中的一次重要探索。它在借鉴西方诗歌和中国传统诗歌精华的基础上，尝试寻找一种更适合表达现代情感和思想的诗歌形式。通过对小诗形式、语言、意象等方面的探索，为新诗的发展积累了经验，推动了新诗逐渐走向成熟。

(3)外来文化的影响

①西方诗歌的启迪

20 世纪初，西方诗歌大量传入中国，其自由奔放的形式、丰富多样的表现手法以及对现代生活的关注，给中国诗人带来了新的创作灵感。西方的象征主义、意象派等诗歌流派，强调诗歌的意象营造和瞬间感受的捕捉，对中国现代小诗的创作产生了重要影响。中国诗人借鉴西方诗歌的这些特点，注重通过简洁的意象表达深刻的思想和情感，使现代小诗具有了独特的艺术魅力。

②日本俳句等短诗形式的借鉴

日本的俳句、和歌等短诗形式以其简洁、含蓄的特点，也受到中国诗人的关注和借鉴。俳句通常由十七个音节组成，以简洁的语言描绘自然景物或生活场景，传达出细腻的情感。中国现代小诗在形式和意境营造上，吸收了日本短诗的一些长处，注重以小见大，通过简洁的诗句营造出深远的意境，丰富了现代小诗的表现形式。

(4)传播媒介的变化

①报刊杂志的兴起

近代以来，报刊杂志等新型传播媒介大量涌现，为文学作品的传播提供了更广阔的平台。报刊杂志的版面有限，需要短小精悍的文学作品来填充。现代小诗因其篇幅短小，适合在报刊杂志上发表，能够迅速传播到广大读者中。同时，报刊杂志的编辑和发行也积极推动了现代小诗的创作和传播，许多报刊专门开设小诗专栏，鼓励诗人创作小诗，促进了小诗的繁荣发展。

②读者群体的扩大

随着教育的普及和文化的传播，读者群体逐渐扩大，其中包括了许多普通民众。现代小诗通俗易懂、形式活泼，更能吸引普通读者的关注。它以简洁的语言表达真挚的情感，使不同文化层次的读者都能从中获得共鸣，满足了广大读者对文学的阅读需求，也为现代小诗的广泛传播奠定了群众基础。

第7章　散文(一)

7.1　复习笔记

一、“五四”时期散文的发达

1. 散文发达的原因

散文在“五四”阶段经历了一个自觉而全面的革新过程，成为超越其他题材、在中国现代文学史上成就最高的领域，具体有如下原因：

(1)自由无拘是散文文体的主要特征，因此进行散文创作的作家人数较多，初期现代文学创作者多涉及散文领域。

(2)散文篇幅较短，从获得灵感到成文不需太多工作，顺应“五四”启蒙的时代要求，便于社会批评与精神批判的进行。尤其是杂文，更成为“战斗的‘阜利通’”(瞿秋白语)。

(3)散文在中国古代文学中成就颇丰，新兴的白话文学要发展就势必突破“白话不能作美文”的思想局限，因此新文学作家以散文为主要阵地也有向传统文学发起冲击的意义。

(4)散文能够较好地在传统与现代之中找到平衡，化传统于新文学之中，顺应民族审美心态，因此便于发展。

2. 散文发达的表现

散文流派开始出现，如以《新青年》为主要阵地的“随感录”作家群、言志派、文学研究会、创造社、语丝派和现代评论派等。

二、《新青年》“随感录”作家群

1. 杂文

(1)散文中议论时政的杂感短论首先兴起，此类散文统称杂文。杂文文体简短精悍，便于成文，在报纸杂志上实时发表，发挥批评时弊的作用，因此广为以批判社会现实为己任的先驱作家所使用。

(2)《新青年》“随感录”作家群是杂文写作的代表，其中有李大钊、陈独秀、刘半农、钱玄同、周作人等，而以鲁迅的杂文最具代表性。这个作家群奠定了杂文在中国现代散文史上的地位。

2. 李大钊

李大钊的文言杂文《青春》，发出振聋发聩的时代强音；他的《今》《新的！旧的！》《新纪元》等，激情洋溢，满载着寻求变革，探求建立新世界的理想；《政客》《宰猪场式的政治》《太上政府》等，充满尖锐的讽刺笔调。李大钊将宣传鼓动性与散文诗的艺术两相结合，形成自己的特色。

3. 陈独秀

陈独秀也是“随感录”文体的开创者之一。“五四”时期陈独秀的杂文常引起剧烈的反响，《每周评论》《新青年》都是他抒发见解的阵地。杂文《偶像破坏论》矛头直指封建思想；“随感录”作品《下品的无政府党》《青年底误会》和《反抗舆论的勇气》等被鲁迅给予“独秀文章，究竟爽快”的赞誉。

4. 钱玄同

钱玄同是批孔反封建，提倡白话文的急先锋。杂文作品《随感录四十四》《随感录四十五》，淋漓畅快，迎合了当时激进的阅读取向。鲁迅曾以“颇汪洋，而少含蓄”概括钱玄同的文风。

5. 刘半农

刘半农同样以《新青年》为抒发议论的主要阵地，杂文作品《奉答王敬轩先生》《作揖主义》等，极具讽喻性，多采用夸张和反语等手法，给人轻松畅达的阅读体验，同时笔调尖锐，直指论敌痛点，比同时期其他杂文家更具艺术性。

6. 鲁迅

《新青年》与《语丝》前后应和，共同开辟了中国现代杂文的书写空间。鲁迅是《新青年》的主将，又是语丝派的坛主。他是杂文文体的奠基者，又是现代散文诗的鼻祖。散文诗《自言自语》《古城》等，意蕴深远，是早期现代散文诗中的精品。1920 年代所写的《野草》更是引起文坛普遍注意并长久被视为散文诗的经典；写于 1926 年的《朝花夕拾》则表现了另一种优美余裕的风致。总的来说，鲁迅对现代散文多种文体的创造都达到了很高的艺术境界。

【名师点拨】学会联系特定的时代背景和氛围来阅读理解“随感录”杂文，同时，应掌握“随感录”对后来的语丝等散文派别的影响。

三、周作人与言志派散文

1. 周作人

周作人是《新青年》《语丝》一派的主要作者，虽然他的思想比较复杂，但其在现代散文史上的大家地位是不可动摇的。

(1) 散文观

他最早从西方引入“美文”的概念，并形成了一整套的散文理论，其中心是强调以自我为中心，提倡抒发个人情性以“言志”为主的小品文。周作人的散文有“浮躁凌厉”与“冲淡平和”两体。前者多收入《谈虎集》《谈龙集》中，思想意义与社会作用更加积极；但真正显示周作人创作个性，而且实际影响更大的是后者。

(2) 小品的艺术特质

①周作人以自然隽永为追求，闲谈体为其主要散文形式，具有较高的艺术性。

②周作人散文题材多取自平凡的现实生活，但他的有力的笔力能将普通的题材写出深刻的内涵。20 世纪 20 年代创作的《北京的茶食》《故乡的野菜》等现代散文中的经典作品，是周作人“言志”小品文的典范。

③周作人小品文文白调和，同时夹杂着欧化语言，形成了一种耐人咀嚼的涩味。其闲话体散文与明小品颇有相似之处，同时具有外国随笔坦然畅达的风格，不时还流露出日本文学的“物哀”之美。总之，周作人广泛地吸取古今中外的文学养料，以自己的人生体验加以融会创造，最终形成了冲淡平和、舒徐从容的风格。

④对周作人的属于“冲淡平和”一类的散文，人们常用“闲适”来概括。其蕴涵的内容一方面是淡而深的寂寞之苦，另一方面是把玩这种“苦趣”的自娱自乐。

(3)“文抄公体”

1930—1940 年代周作人实验一种“文抄公体”的散文，这是笔记体散文的一种，文章主干是精心挑选的或苦涩或华美的古文，连缀其间的是周作人的评点，《游山日记》《关于傅青主》是代表作。

【**名师点拨**】周作人与“言志派”散文是本章的学习重点，一方面要了解周作人的散文观及其小品的艺术特质，另一方面也要认识到其散文中落寞颓唐的一面。此外，还需掌握在周作人影响下分出的闲适散文一派及其代表作家。

2. 俞平伯

俞平伯1920年代的《陶然亭的雪》《清河坊》《西湖的六月十八夜》颇受读者喜爱，这些作品意境空灵朦胧，同时具有玄妙的哲思与伤感的情调，总体上远离现实。其散文作品多收录在《杂拌儿》《燕知草》等作品集中。

3. 钟敬文

钟敬文擅长以咏物为题材创作小品文，如《荔枝》《茶》《黄叶小谈》；也创作了如《钱塘江的夜潮》《太湖游记》等清朗舒畅的游记作品。钟敬文与周作人淡泊清隽的创作风格有相似之处，在其第一本散文集《荔枝小品》的题记中有“我的文章，很与周作人先生的相像”的自我评价。钟敬文还形成将当前景物、追忆往事、读书体会交织于一起的独特写法。

4. 废名

废名，即冯文炳，他的每部集子几乎都由周作人来作序。其作品专写宁静乡村中的人和事，对小人物的不幸寄予同情。他的小说有散文化的特点，故小说集《枣》和《桥》中的许多篇什常被当作散文看待，诗境与禅意是其散文独特的美学追求。

四、冰心、朱自清与文学研究会作家散文

1. 冰心

(1)冰心的散文以“小诗”味为主要特色，善于撷取生活中的片段，编织在自己的情感波澜之中，凭借着敏锐的眼力和细密的情思，把内在的深情和外物的触发有机地交融在一起，寓情于景，借景抒情，给读者以崇高的美的享受。《寄小读者》《再寄小读者》两个散文集子，引起了广大青年读者的共鸣与模仿。

(2)冰心在散文中传递着一种“爱的哲学”，即歌颂自然、母亲与儿童的爱。她常常采用与朋友促膝谈心的方式，以亲切、委婉的语调，述说自己生活中的见闻和内心的感受，情感淳厚，意绪绵长，使读者在不知不觉中受到思想的启迪。

(3)“冰心体”的语言保留了某些文言文的典雅、凝练、含蓄、婉约，又有欧化语言的灵活、流动，在语言上自觉追求“白话文言化、中文西文化”，形成了典雅清丽的文风。

2. 朱自清

朱自清擅长写一种漂亮精致的抒情散文，代表作《桨声灯影里的秦淮河》《绿》《荷塘月色》是他写景抒情的名篇。他的散文谋篇布局严谨巧妙，景物描写细致传神，极具色彩感，情感含蓄蕴藉，语言有韵律感，呈现出温柔敦厚的气质。

3. 丰子恺

丰子恺的散文明显受到佛家思想影响，对社会的黑暗和不平表露出无奈，因此常常采取超然物外、静观人生的态度，于俗相中见真理，呈现心境澄明、一尘不染的艺术风格。代表作有散文结集《缘缘堂随笔》。

4. 梁遇春

梁遇春在1920年代被郁达夫称为“中国的爱利亚”(“爱利亚”今译“伊利亚”，是兰姆影响最大的笔名)。他耽于思索，其随笔蕴含着一定的人生哲理。他喜用絮语笔调，随意而坦诚的谈吐中不乏睿智的思辨。代表作有《春醪集》《泪与笑》。

5. 许地山

许地山的散文集《空山灵雨》别具情调，形式近似散文诗，表现出对现实的不满，对人生的探求，流露着宗教气息。名篇《落花生》质朴短小，寓意深刻，是其生活态度的象征。

6. 瞿秋白

瞿秋白是共产党早期的著名领导人。代表作《饿乡纪程》《赤都心史》为中国报告文学的先声。他的文章中常回荡着俄罗斯式的悲壮、雄浑的格调，此外，他还擅写杂文，作品深烙着那个革命年代的精神印记。

7. 叶圣陶、郑振铎和茅盾

他们是写实风格最强的散文家，作品社会性浓郁，是典型的“人生派”风格。“五卅”惨案期间，叶圣陶的《五月卅一日急雨中》，郑振铎的《街血洗去后》《六月一日》，茅盾的《五月三十日的下午》《暴风雨》都是这个时期的代表作。

8. 文学研究会其他散文作家

王统照擅长写散文诗；庐隐擅长写感伤的书信体散文；鲁彦、蹇先艾等擅长写乡土气息浓郁的散文。

【**名师点拨**】冰心和朱自清的散文是本章学习的另一个重点，需结合具体作品进行分析理解，重点考虑“冰心体”散文受到青年读者喜爱和模仿的原因，以及朱自清何以被视为是娴熟使用白话文创作的典范。此外，还需对丰子恺、梁遇春、瞿秋白等作家有一大致了解。

五、郁达夫与创造社作家散文

1. 郁达夫

郁达夫散文文笔恣肆，表达自己对社会黑暗、世风颓败的激愤，以及因这激愤而生的苦闷无聊、自怜自哀，乃至自暴自弃、自虐自残。个性解放、离经叛道是其散文的精神底蕴，直抒胸臆是其散文的表述特色。代表作有《归航》《还乡记》与《还乡后记》《给一个文学青年的公开状》《一个人在途上》等。郁达夫自哀自怜过甚，是其消极的一面。

2. 郭沫若

郭沫若的散文与小说很难严格地区分，都具有浓厚的社会政治色彩。作品多通过表达个人境遇的凄惨向社会传达他的悲愤之情。代表作有《月蚀》《卖书》。

六、语丝派和现代评论派的散文

1. 语丝派散文

(1)概述

语丝派以1924年创刊的《语丝》杂志为创作集结地，鲁迅和周作人都是语丝派的核心作家。语丝社作家的散文创作形成了独具风格的“语丝体”，这种文体在思想内容上针砭时弊，斥旧促新，在艺术形式上以文艺性短论和随笔为主，文字中“富于俏皮的语言和讽刺的意味”，其特色是“任意而谈，无所顾忌”；也有不少抒情小品佳作，如川岛的《月夜》，孙伏园的《伏园游记》，孙福熙的《山野掇拾》《归航》等。

(2)林语堂

林语堂是仅次于鲁迅、周作人的《语丝》撰稿人，又是最热心提倡幽默小品的散文家之一。这一时期，林语堂积极引介西方幽默理论，文章追求幽默效果，亦庄亦谐，深入浅出，语言平实而机智，呈现出一种举重若轻、从容自如的风度。散文集《剪拂集》多以讽刺手法对社会文明进行批评，以幽默的语言针砭时事。他的散文创作更大的影响是在1930年代创办《论语》之时。

2．现代评论派的散文

(1)概述

现代评论派以留学欧美的自由主义知识分子为主要成员，政治主张与鲁迅及部分语丝派成员针锋相对，因此散文创作倾向也截然不同。现代评论派最重要的散文作家有徐志摩、陈西滢、吴稚晖等。

(2)徐志摩

徐志摩的散文多冥想型的小品，情感热烈奔放，语言华丽夸饰，风格轻盈飘逸，以其鲜明的个人风格为一些读者所喜爱。代表作有《北戴河海滨的幻想》《翡冷翠山居闲话》《我所知道的康桥》《“浓得化不开”》。

(3)陈西滢

陈西滢是《现代评论》上的“闲话家”，创作颇多，后集成《西滢闲话》。陈西滢散文行文流畅，富有幽默感，由事发起议论，体现了一定的西方文学素养，其中不乏佳篇。其局限是站在“五卅”运动之外、以高于学生和民众的视角和貌似公允的姿态品评时事，代表贵族化的立场。

7.2　考研真题与典型题详解

一、填空题

瞿秋白的______以游记的形式报道了赴俄的沿途经历。

【答案】《赤都心史》

【解析】1920 年 8 月，瞿秋白作为《晨报》的记者出访苏俄，并在此加入共产党。访苏期间，他写下了《赤都心史》这部游记体散文著作，记录了他在莫斯科的所见所闻、所思所感，真实地反映了那个时代一个先进的中国人在“赤都”的思想演变过程。

二、名词解释

1．“随感录”作家群[扬州大学 2024 年研；北京大学 2020 年研]

答：“随感录”作家群是指在“五四”时期，以新文化运动倡导者为主，用随感形式对现实做出敏锐的反应，充分体现“五四”的青春精神并以写杂文为主的文学创作群体。其杂文现实性强，论战色彩浓厚，其中鲁迅的杂文最具代表性。主要代表人物有陈独秀、刘半农、钱玄同、周作人等，他们的创作都保持着鲜明的个人风格。“随感录”栏目设立于 1918 年 4 月发行的《新青年》第 4 卷 4 号上，是一个专门发表杂文的栏目。《新青年》随感录作者大都是新文化运动的先驱者。

2．小品散文[四川大学 2011 年研]

答：小品散文是中国现代散文开创期的散文作品，一般是指散文中短小隽永而偏重记叙、抒情、述感一类的文章，又称小品文。以林语堂、周作人为代表的一大批现代作家，高举“闲适”文学的大旗，对明代小品文推崇备至，在继承传统的基础上，又有新的探索和发展，小品散文开始兴盛。周作人是一个负有盛名、具有影响的小品散文作家。至 20 世纪 90 年代，随着人们文学审美观念的成熟，小品散文在文学史上的地位越发引人重视，小品散文再掀热潮。

3．“语丝文体”［中山大学 2011 年研］

答：“语丝文体”是现代散文的一种文体形式，因语丝社成员创作的具有共同特征的散文而得名。“语丝文体”主要包括杂感、短评、小品等文学样式。在思想上启迪民智、斥旧促新，在内容上任意而谈、无所顾忌，在形式上以文艺性短论和随笔为主，在语言上讽刺辛辣，俏皮幽默。代表作家有鲁迅、周作人、孙伏园、林语堂等。

4．白马湖作家群［北京大学 2010 年研］

答：白马湖作家群是我国 20 世纪 20 年代初期的一个重要的文学创作群体，又称现代散文“白马湖派”。白马湖作家群得名于杨牧的《中国近代散文选》的前言，在这篇文章中杨牧提出中国现代散文的“白马湖风格”，白马湖作家群只是聚集于白马湖，并不是真正意义上的文学社团。他们没有响亮的口号和鲜明的旗帜，但是他们的作品有着相近的文学风貌，即冲淡平和、清醇隽永。白马湖作家群的主要成员多半是文学研究会的成员，代表作家有夏丏尊、叶圣陶、丰子恺、朱光潜等人。除了文学活动以外，他们还涉及教育、出版等诸多领域。

三、简答题

1．简述“五四”时期散文创作成就。［湖南师范大学 2022 年研］

相关试题：鲁迅认为“五四”新文化运动时期，“散文小品的成功，几乎在小说戏曲和诗歌之上”。请说明“五四”散文格外发达的状况，并分析其原因。［论述题；中国传媒大学 2010 年研］

答：“五四”时期散文创作呈现出繁荣景象，在多个维度取得显著成就，为中国现代散文发展奠定了坚实基础。

（1）“五四”时期散文创作成就的表现

①思想启蒙的先锋力量

a．传播新思想新文化

“五四”时期散文成为传播新思想新文化的重要阵地。众多作家以散文为工具，宣传民主、科学、自由等现代观念，批判封建旧礼教、旧道德。如鲁迅的杂感散文，像《我之节烈观》，深刻剖析封建节烈观对妇女的迫害，呼吁打破封建束缚，追求人性解放。胡适的《谈新诗》等散文，倡导文学改良，推动白话文运动，让新思想借助通俗易懂的散文形式广泛传播，开启民智，激发民众对旧传统的反思与对新思想的追求。

b．关注社会现实与人生问题

这一时期散文聚焦社会现实与人生问题，展现出强烈的社会责任感。朱自清的《生命的价格——七毛钱》，通过对一个小女孩被贩卖的事件描述，揭示了社会底层人民的悲惨命运以及社会的黑暗与不公，引发人们对社会制度和人性的思考。冰心的《小桔灯》，以细腻笔触描绘了一个在艰难环境中坚强乐观的小女孩形象，展现了在困境中对生活的希望与人性的美好，反映出当时社会大众的生存状态与精神面貌。

②文体创新的多元发展

a．白话文散文的成熟

“五四”时期实现了白话文散文的成熟与普及。在新文化运动推动下，散文从文言文向白话文转变，语言更加贴近大众生活。如周作人提倡“言志”的小品散文，其作品《故乡的野菜》以平实的白话文，描绘故乡的风土人情，语言清新自然，娓娓道来，让散文摆脱了文言文的晦涩，真正走进大众视野，为散文的广泛传播创造了条件。

b. 多种散文体裁涌现

除传统的抒情、叙事散文外，“五四”时期还涌现出多种新体裁。鲁迅的杂文以其犀利的批判和深刻的思想独树一帜，成为具有强大战斗性的文学体裁，如《拿来主义》通过对文化遗产问题的探讨，以幽默讽刺的语言表达对社会现实的批判。此外，还有报告文学的萌芽，瞿秋白的《饿乡纪程》《赤都心史》等，以纪实的手法记录社会变革与个人经历，为报告文学的发展奠定基础，丰富了散文的体裁类型。

③杰出作家群体的崛起

a. 众多散文名家的涌现

“五四”时期诞生了一批杰出的散文作家。鲁迅以其深刻的思想、犀利的语言成为杂文创作的代表人物，他的散文对社会弊病的批判入木三分。周作人在小品散文创作上成就斐然，其文风平和冲淡，富有知识性与趣味性。朱自清以清新优美的抒情散文著称，《春》《荷塘月色》等作品，以细腻的描写和真挚的情感打动读者。冰心的散文充满母爱、童真与自然之美，语言温婉柔美，如《寄小读者》系列深受读者喜爱。这些作家以独特的风格和卓越的创作才华，提升了散文的艺术水准。

b. 作家风格的多样化

不同作家形成了多样化的风格。林语堂提倡幽默闲适的文风，其散文《生活的艺术》以轻松诙谐的笔调谈论生活中的种种乐趣，展现出一种闲适的生活态度。而茅盾的散文则具有雄浑大气的风格，在《白杨礼赞》中，通过对白杨树的赞美，歌颂了坚韧不拔的民族精神，体现出宏大的视野与深刻的思想。这种风格的多样化，使“五四”时期散文呈现出百花齐放的繁荣景象，满足了不同读者的审美需求。

(2)“五四”时期散文创作取得较大成就的原因

散文在“五四”阶段经历了一个自觉而全面的革新过程，成为超越其他题材的中国现代文学史上成就颇高的领域，具体有如下原因：

①自由且易入门是散文文体的主要特征，因此进行散文创作的作家人数较多，初代现代文学创作者多涉及散文领域。

②散文篇幅较短，从获得灵感到成文不需太多工作，顺应“五四”启蒙的时代要求，同时便于社会批评与精神批判的进行。尤其是杂文，更成为战斗的“阜利通”。

③散文在中国古代文学中成就颇丰，新兴的白话文学要发展就势必突破“白话不能作美文”的思想局限，因此新文学作家以散文为阵地活动也有向传统文学发起冲击的意义。

④散文能够较好地在传统与现代之中找到平衡，化传统于新文学之中，顺应民族审美心态，因此便于发展。

2. 简述周作人散文的特征。［华南师范大学 2018 年研］

答：周作人散文主要有以下特征：

(1)平和冲淡

周作人的散文呈现出平和冲淡的风格，这首先是情感表现上的平和冲淡，它往往不是以大波大涛的形式，而是以节制平和的方法，化汹涌为平和，变冲动为宁静，使作品具有怨而不怒、哀而不伤的美学格调。此外，他的散文中还有另一面，具有“闲而不适”的特点，即在“闲适”中略带“忧患”。

(2)幽默诙谐

周作人前期的一些针砭时弊的散文，虽不乏讽刺味的笔墨，但更多是以幽默味表现出来。通过寓庄于谐、寓谐于庄、庄谐并出等艺术手法，表达自己的观点和倾向。周作人的散文讲究趣味，更讲究机智，趣味和机智两者相结合，形成了诙谐幽默。

(3)含有苦涩的韵味

周作人的散文可以说是他寂寞内心的情感符号，其散文无一不折射出这种苦涩的情感。他常常把苦涩味和简单味放在一起，并作为一种审美情趣熔铸在他的散文中，这使他的散文有生活、有文化，并且耐读、耐寻味。

(4)宽阔的艺术空间

从情感角度看，由于周作人多采取"以我观物"的视角，因此在他的散文中常常有自己的"发现"，跃动着千姿百态的灵性，有一种化腐朽为神奇的想象力，由自然到人生，由现实到梦想，由回忆到预言，腾挪跌宕，开阔自如，展现了无比宽阔的艺术空间。

总之，周作人强调尊重创作个性，表达自我情思，主张"人生的艺术派"，提倡"人的文学"，为文学性散文地位的确立提供了理论支持，把散文提高到了与小说、诗歌、戏剧同等的地位，推动了中国现代文学的发展。

3. 简述林语堂小品文的艺术风格。[中山大学2014年研]

答：林语堂是学贯中西的作家，尤以小品文闻名。他提倡幽默、闲适和独抒性灵的创作，主张小品文应"以自我为中心，以闲适为格调""宇宙之大，苍蝇之微，皆可取材"。其艺术风格主要体现在以下两个方面：

(1)幽默

林语堂的多数小品文都追求幽默的情味，这成了他突出的艺术个性。如果比照"五四"以来现代散文较多存在的感伤浪漫或教化的色彩，林语堂的幽默便显得从容睿智，行文结构也化板滞为轻松，变矫情为自然，从另一个方面拓展了现代散文的审美领域。如散文集《剪拂集》多以讽刺手法和幽默的语言对社会文明进行批评，让读者在会心一笑中受到教育。

(2)性灵、闲适

林语堂开创了一种独特的娓语式笔调，这种笔调是其小品文创作的主要范式，闲谈是这种笔调的主要文体特征。他将谈话的艺术引进散文创作，不光从理论上，而且从创作实践上提高了随笔体散文的文体地位。林语堂的小品文读来饶有趣味，又可以获得许多知识，文化含量较高。

总之，林语堂这种与现实拉开距离，去追求幽默、闲适与独抒性灵的艺术风格，在当时引起左翼文坛的批评，但有其独特的艺术价值，逐渐被后人所欣赏，并给予他较高的评价。

4. 周作人散文的"闲话风"。[首都师范大学2010年研]

答：周作人散文在写法和趣味上，都与众不同。他以自己的个性为根本，融合中西散文的美质来创作。其散文的"闲话风"主要体现在以下几点：

(1)在审美风格上，周作人所倡导的"言志小品"，吸取了西方随笔的"自我表现"和我国明人小品的"独抒性灵"的特点，又以自己的人生体验加以调和创造，最终形成了冲淡平和、舒徐从容的散文风格。

(2)在题材上，周作人的小品文取材广泛、不拘一格。花草、动物、饮食、起居、季节、气象、读书、写作皆可成为"闲谈"的对象，很少有宏大的主题，以日常生活中所见所闻居多，从这些司空见惯的事物入题，娓娓而谈，古今中外、经史子集皆可牵涉。

(3)在语言上，周作人认为语言是有生命，有灵魂的，重视白话语言的"艺术之美"，所以，他提出现代散文的语言要在白话口语的基础上古今杂糅，中外互补，雅俗共赏，骈散结合，使之在走向通俗易懂的同时，还不乏东方古国的神韵和灵气。基于这些理论认识，他将口语、文言、欧化语、方言融为一体，形成一种耐人咀嚼的“涩味”。

(4)在思想上，周作人的小品文以自我为中心，表达一种返璞归真、顺乎自然的人生态度，强调用审美的眼光去观照现实人生，从平凡苦寂的生活中去发现美、享受美。

总之，周作人的散文多作闲谈体，散文题材多取自平凡的现实生活，但他的有力的笔力能将普通的题材写出深刻的内涵。风格自然隽永，富有艺术感。与明代小品相比，其散文加入了现代人的自我意识；与西方随笔相较，其散文调和了东方式的抒情气氛。可以说，周作人的“闲话风”散文是现代中国散文园地里的一朵奇葩，影响深远。

四、论述题

1. 分析爱的主题在许地山、冰心、丰子恺散文中的表现。［北京语言大学2020年研］

答：许地山、冰心、丰子恺三位作家身处相似时代，却因不同经历与风格，在散文里对爱的主题呈现出各异风貌。我将从宗教人文、童真母爱、自然悲悯等角度，分析爱在他们散文中的独特表现。

(1)许地山散文：宗教情怀与人文关怀交织的爱

①以宗教之爱化解尘世苦难

许地山深受宗教文化影响，其散文常蕴含着宗教式的悲悯与救赎情怀。在《落花生》中，借花生不求外表华丽，只求默默奉献的特性，传达出一种质朴无华、脚踏实地的爱。这种爱如同宗教教义中倡导的奉献精神，不张扬却实实在在地为他人带来益处。在面对生活中的困苦与不公时，许地山在散文里展现出一种宗教式的宽容与接纳，如《春桃》中的春桃，在经历诸多磨难后，依然以宽容和善良对待身边的人，这种宽容背后是源自宗教情怀的大爱，试图以爱化解尘世的苦难，让人们在困境中寻得内心的安宁与救赎。

②对人性的深度关爱与理解

他的散文深入挖掘人性，展现出对人性的尊重与关爱。在描写底层人物的生活时，许地山以细腻笔触刻画他们的坚韧、善良与无奈，流露出深切的同情。在《缀网劳蛛》里，女主人公尚洁面对命运的重重打击，始终保持着平和与坚强，许地山通过对她的塑造，表达了对人性中美好品质的赞美，以及对在苦难中挣扎的人们深深的理解与关爱，这种爱超越了阶层与境遇，是对每一个生命个体的尊重与关怀。

(2)冰心散文：童真、母爱与自然融合的爱

①童真之爱构筑纯净世界

冰心对童真的赞美贯穿其散文创作。在《寄小读者》系列中，她以亲切的笔触与孩子们交流，描绘自己的见闻与感悟，展现出对童真的珍视与呵护。在与小读者分享生活点滴时，冰心仿佛置身于一个纯净无邪的世界，那里没有成人世界的复杂与污浊，只有孩子们纯真的欢笑与好奇的探索。她用文字构建起一个充满童真之爱的天地，让读者感受到那份未被世俗污染的纯粹与美好，唤起人们内心深处对童真的向往与守护。

②母爱之爱温暖心灵港湾

母爱是冰心散文永恒的主题。在《往事(一)——生命历史中的几页图画》中，冰心回忆母亲对自己无微不至的关怀，从儿时生病时母亲的悉心照料，到成长过程中母亲给予的精神支持，母爱如同温暖的阳光，照亮了她的生命。她笔下的母爱是无私、伟大且包容的，是每个人心灵深处最坚实的依靠。冰心通过对母爱的深情描绘，让读者感受到母爱的力量，这种力量不仅滋养着子女的成长，更给予人们在面对生活困境时的勇气与慰藉。

③自然之爱升华精神境界

冰心对自然有着敏锐的感知与深深的热爱。在她的散文里，自然万物皆有灵且充满爱。《山中杂记——遥寄小朋友》中，她对山中的动物、植物进行细腻描写，将自然视为一个充满爱与和谐的大家庭。在自然中，冰心找到了心灵的宁静与慰藉，自然之爱不仅让她感受到生命的美好，更升华了她的精神境界，使她领悟到人与自然应和谐共生，这种爱也传递给读者，引导人们去发现自然之美，感受自然之爱。

(3)丰子恺散文：以童心看世界的悲悯之爱

①以童心洞察世间万物

丰子恺以一颗纯真的童心看待世界，在散文中展现出独特的视角。在《给我的孩子们》中，他羡慕孩子们的天真无邪，他们对世界充满好奇，毫无保留地表达自己的情感。丰子恺通过描绘孩子们的生活点滴，如玩闹、幻想等，展现出童真之爱的纯粹与力量。他认为孩子的世界是最真实、最美好的，这种以童心为出发点的爱，使他能够看到成人世界所忽视的美好与善良，让读者重新审视生活中那些被遗忘的纯真瞬间。

②对世间万物的悲悯情怀

丰子恺的散文充满了对世间万物的悲悯之爱。在《护生画集》相关散文中，他倡导对生命的敬畏与爱护，无论是动物还是植物，在他眼中都有其存在的价值与尊严。他通过讲述动物的悲惨遭遇，如被人类捕杀、虐待等，呼吁人们珍惜生命，以爱对待世间万物。这种悲悯之爱超越了人类自身，涵盖了整个自然界，体现了丰子恺对生命的尊重与关怀，也让读者在阅读中反思人类与自然、与其他生命的关系。

许地山、冰心、丰子恺三位作家在散文创作中，从不同角度、以不同方式诠释了爱的主题，他们的作品不仅展现了爱的多样性，也为读者带来了温暖与感动，让人们在阅读中感受到爱的力量与美好。

2. 论“语丝体”在中国散文史上的地位。［北京大学 2011 年研］

答：(1)“语丝体”的由来及风格

“语丝体”是对聚集在《语丝》杂志(1924 年创刊)周围的一批作家的杂文创作的指称。语丝杂文的代表人物有鲁迅、周作人、钱玄同、刘半农、林语堂、孙伏园等，与《新青年》有较明显的渊源关系。

“语丝体”杂文以思想革命为本，追求现代知识分子特有的批判意识和独立立场，其文章体式、语言风格和审美趣味均形成了自己特有的风貌。“语丝体”主要包括杂感、短评、小品等文学样式，在思想上斥旧促新、启迪民智，在内容上任意而谈、无所顾忌，在形式上以文艺性短论和随笔为主，在语言上讽刺辛辣，俏皮幽默。其局限是对于新旧的区分并不明晰，“但应该产生怎样的‘新’，却并无明白的表示，而一到觉得有些危急之际，也还是故意隐约其词”。

(2)“语丝体”在中国散文史上的地位

①“语丝体”在艺术上延续了《新青年》时期散文杂感的文风，纵横笔墨、酣畅泼辣，既富有批判锋芒，同时也处处显示着理趣与智慧。语丝杂文不仅在思想上一再冲破当时沉闷枯燥的社会现实，而且在文章趣味上也始终引领着一股刚健饱满之风。a. 鲁迅那些为数众多的杂文名篇如《论雷峰塔的倒掉》《纪念刘和珍君》《无花的蔷薇》等都将杂文无孔不入的尖锐锋芒发挥到极致，令人重温“随感录”式的思想激情与文字穿透力。b. 周作人的语丝时期的杂文也处处显示出作为一位启蒙知识分子对这一特定文体的成熟运用，他的个人主义的人间

本位主义、早年对传统文化与复古思潮的决绝态度以及强烈的民族意识都是通过《语丝》上那些有血有肉、富有锐气与厚度的杂文表达出来的。c. 钱玄同的《告遗老》《中山先生与“国民之敌”》等杂文也是“语丝体”的典型作品。

②“语丝体”的表现对象不拘一格、灵活多变，充分体现了杂文文体的自由张弛、涵容万物的体式优点。无论是对社会生活与思想界的混浊停滞，还是对一切专断与卑劣之人事；无论是有待催生的新事物，还是亟须抨击的有害旧势力；无论是紧迫的时事，还是积重难返的僵化传统，这些大小不一、轻重不同、关联现实又跨越时空的种种对象都在语丝杂文中得到表现，任意而谈，无所顾忌，确实实现了语丝同人在时代、文学与文化思想之间自由驰骋的创作意愿。

③“语丝体”的语言率性活泼，机智幽默，特别是其峭拔的讽刺风格历来为人称道。语丝杂文不尚鸿篇巨制，也不以高头讲章式的教训文章为意，其思想锋芒与批判意味大都通过凌厉的短篇、精悍的随感、成熟的讽刺传达出来。语言与趣味上的这种自觉意识与成功实践，使语丝杂文不再仅仅是应对一时时局与特定时代社会文化情势的短效文章，而是获得了兼具强烈现实感与深远思想性的艺术生命力。可以说，语丝杂文是反抗的文学，是自由的吁求，也是富有艺术活力的语言创造，对当时和后世影响巨大。

第8章　戏剧(一)

8.1　复习笔记

一、文明新戏：中国现代话剧的萌芽与诞生

1. 话剧是舶来品

话剧，又称“文明戏”，作为一种西方戏剧形式，于19世纪末经由西方侨民传入中国。1866年“上海西人爱美剧社”建立了第一个正规剧院——上海兰心剧院，每年公演数次。之后上海又建立了“东京席”小剧场，专供一些日本新派剧剧团来华旅行演出。这些演出主要服务于外侨，但有些中国知识分子也曾前往观剧；文明戏的重要开创性人物徐半梅和郑正秋都曾看过兰心剧院的演出。

2. 春柳社

(1)概况

春柳社是中国最早的话剧团体，也是重要的文艺研究团体。1906年冬由中国留日学生于东京成立，主要成员有李叔同、曾孝谷、陆镜若、欧阳予倩等。1907年2月演出了《茶花女》第三幕，接着改编并演出五幕剧《黑奴吁天录》，这是中国最早改编的话剧，引起了东京戏剧界的轰动。1912年初，陆镜若在上海发起了新剧同志会，正式从事职业演剧，它保持春柳社的宗旨作风，可算是“后期春柳”。春柳社注重演出的布景、道具、服饰、化装、表演的“写实性”，并着重翻译改编外国的剧作，以建立新的演出方式。

(2)评价

春柳社因从事演剧活动而在中国早期话剧创始时期产生过重大影响，是中国现代话剧艺术的自觉探讨与创造的开端。由于春柳社及以后的剧团的努力，文明新戏从国外演到国内，从而具有了全国性的影响。

3. 进化团

1910年底，由任天知发起，聚集了汪仲贤、欧阳予倩、陈大悲等优秀戏剧人才的“进化团”，是第一个职业性的新剧团体，并创造了中国现代话剧的早期创作与演出模式。他们以宣传革命、攻击封建统治为首要职责，把戏剧的教化功能发挥到极致。并由此而产生了戏剧表演上的一些特色：一是追求现场的宣传、鼓动效果；二是强调演员的即兴表演。

4. 文明戏的衰落

1914年，以中国第一个现代大都市上海为中心，以“职业化”与“商业性”为主要特色，成立了许多职业剧团，并进行联合公演，获得了很高的赢利。这样就使戏剧的娱乐性和表现性逐步凸显，而戏剧的教化功能淡化。有时，文明新戏为了生存被迫迎合小市民庸俗趣味，由此走上了堕落、衰亡的道路。

二、“五四”新文化运动与“建设西洋式新剧”的战略选择

1. “五四”时期的“旧剧评议”

《新青年》在1917、1918年间曾展开过“旧剧评议”，新文化运动的先驱者们对传统旧戏

所包含的儒教与道教思想及封建性内容发动了猛烈的攻击。所要建立起来的新的戏剧观，一是“把戏剧做传播思想，组织社会，改善人生的工具”；二是提倡现实主义的戏剧，要求戏剧“在当今社会里”取材，如实地揭示现实本来面目。

2. 译介外国戏剧理论与作品的热潮

以《新青年》“易卜生专号”为开端，迅速形成了介绍外国戏剧理论、翻译和改编外国剧作的热潮，从一开始即形成了现代话剧的多元创造的局面。

3. “国剧运动”

(1)概况

1925 年 5 月，在美国专攻戏剧的余上沅、赵太侔和专习绘画的闻一多回国，决计发起一个类似爱尔兰文艺复兴运动式的“国剧运动”。他们组织了中国戏剧社，并在当时徐志摩主持的《晨报副刊》中，发行了十五期的《剧刊》，发表多篇文章，包括关于建设国剧的主张计划，对剧本、舞台、演员的讨论以及对西方戏剧家的引介等，后来由余上沅将这些文章编成了《国剧运动》一书作他们主张的总结。

(2)主张

“由中国人用中国材料去演给中国人看的中国戏”：

①“中国材料”，即戏剧要表现民族的稗史，要反映内地和农村的民众生活。

②“演给中国人看”，即必须满足中国观众的审美趣味和欣赏习惯，不是全盘移植西方话剧而是在传统戏曲的基础上进行实验以期创造崭新的戏剧形式，将西方话剧的写实与传统戏曲的写意紧密结合在一起。

(3)评价

“国剧运动”的理论探讨，符合中国戏剧现代化的基本方向，对提高当时的演剧水平也有积极的启发意义。更重要的是，他们打破了中西二元对立的文化模式，重新估量传统戏曲的价值，找回了建立民族戏剧的自信，开启了话剧本土化的进程，促进了中西戏剧在更深层次上的交流融合。然而，他们笼统地反对功利主义，追求纯粹艺术的文学观念，脱离了那个血与火的时代，过于理想化的理论与社会现实隔膜太深。最终，希望通过实验找到出路的梦想终因观念上的模糊和现实的艰难而不了了之。

三、业余的、非营业性的“爱美剧”与“小剧场运动”的倡导

1. 民众戏剧社与上海戏剧协社的成立

1920 年 10 月，上海新舞台在著名文明戏演员汪仲贤的主持下演出萧伯纳的名剧《华伦夫人之职业》，然而上座率却意外走低。这引起了关于戏剧职业化与非职业化的讨论。经过反省，1921 年 3 月，汪仲贤发起并主持成立了戏剧团体——民众戏剧社，其成员有沈雁冰、郑振铎、熊佛西、欧阳予倩、陈大悲等，该社还创办了新文学第一个专门的戏剧杂志——《戏剧》。同年 12 月，上海戏剧协社成立，成员有应云卫、谷剑尘、欧阳予倩、汪仲贤、洪深等，这是中国早期戏剧团体中历史最长的一个。

2. “爱美剧”运动

民众戏剧社与上海戏剧协社针对新剧由于职业化和商业化带来的问题，受欧洲 19 世纪末 20 世纪初的“小剧场运动”的启发，倡导“爱美剧”(“爱美”是英文 Amateur 的音译，意思是业余的)，开展业余的、小型的演出，不以营利为目的，致力于提高戏剧的艺术水平，发挥戏剧的社会作用。“爱美剧”运动的热潮很快在全国范围内造成影响，北方以北京为中心，南方以上海为中心，先后出现了“爱美剧”团体，并组织演出活动。

3. 洪深的革新

两个剧团虽然倡导业余的演出，但是非常重视现代话剧的正规化创作改编和剧场组织工作。1923 年，洪深加入上海戏剧协社后，建立严格的排演制和导演制（导演当时称为“舞台监督”），取代了以往的“明星制”；还建立了新的戏剧美学原则和表演体系，即所谓“第四堵墙”的理论。第二年他执导由王尔德《温德米尔夫人的扇子》改编的《少奶奶的扇子》，是“中国第一次严格地按照欧美各国演出话剧的方式来演出的”戏剧。该剧获得成功，使新剧在舞台上立住了脚跟。

四、小剧场培育的田汉、丁西林等话剧文学的开创者及其创作

1. 田汉

（1）概述

作为中国现代话剧的奠基者之一，田汉既是多产的剧作家，为现代话剧文学的建立做出了开拓性的贡献；同时，他又是新文化运动与话剧运动的积极参与者和组织者。其代表作有《梵峨嶙与蔷薇》《苏州夜话》《湖上的悲剧》《名优之死》《古潭的声音》《南归》《获虎之夜》等。

（2）基本主题

田汉前期剧作的两类基本主题是：唯美主义（艺术与爱情）和现实批判（美与爱的毁灭）。

（3）艺术特色

①强烈的主观抒情性。

②传奇色彩。

③开放式的结构。

④诗化的语言。

2. 丁西林

（1）概述

丁西林是中国现代戏剧史上最杰出的喜剧作家之一。前期（抗战前）创作的《一只马蜂》《亲爱的丈夫》《酒后》《压迫》《瞎了一只眼》《北京的空气》六个独幕剧是中国最早的一批喜剧，他也因此被誉为“独幕剧圣手”。

（2）基本主题

丁西林前期创作表现了追求个性解放和婚姻自主等反封建思想的主题。

（3）艺术特色

①丁西林的喜剧大都取材于中国上流社会知识分子的家庭生活，很少表现重大社会问题；他努力避免板起面孔说教，而是将对社会不良现象的嘲讽融入精巧的艺术构思之中，讲求趣味的创造和对观众的吸引，即以机智和幽默为基础，在平凡的日常生活中挖掘人物和事件中的喜剧因素，并予以艺术加工。

②通常采用“二元三人”的戏剧结构模式，即将剧中人物压缩到最大限度，通常由三人构成，但不是三足鼎立，而是二元对称的对峙格局，第三者则起着结构性的作用：或引发矛盾，或提供解决矛盾的某种契机。这种结构特别适宜小剧场演出。

③善于从喜剧人物的性格及特定的喜剧环境出发，创造性地吸收西方尤其是英国世态喜剧的一些常用手法，如反语、俏皮话、夸张、对比、重复等，摒除其过多的华丽的藻饰的短处，发展其机智和幽默的长处，形成了一种质朴、明净、谐趣、机智、含蓄的喜剧语言。

【名师点拨】此部分内容是本章学习的重点，需从话剧文学的角度去了解“社会问题剧”的最初成果，同时掌握田汉早期创作的基本主题及艺术特色，重点掌握丁西林独幕话剧的艺

术特色及贡献。

3. 其他剧作家

(1)胡适模仿易卜生《娜拉》创作的《终身大事》，起了开“社会问题剧”风气之先的作用。

(2)洪深的《赵阎王》具有丰富的现实主义艺术表现力，有一定的开创意义。

(3)女剧作家袁昌英的《孔雀东南飞》，用弗洛伊德学说去挖掘焦母的病态心理，具有独特性。

8.2 考研真题与典型题详解

一、填空题

1919 年胡适的话剧______标志着中国问题话剧的开始。

【答案】《终身大事》

【解析】《终身大事》是胡适创作的一部独幕剧，1919 年 3 月发表于《新青年》6 卷 3 号，是中国最早的话剧作品之一。剧本描写一个中产家庭的独生女田亚梅为争取婚姻自主而离家出走的故事。此剧是在“五四”运动前后的时代背景下产生的，剧情比较简单。但反封建的主题鲜明，被公认为明显受易卜生的影响。它的出现对以后的社会问题剧的创作和演出有推动意义。

二、名词解释

1. 春柳社[东北师范大学 2025 年研；中山大学 2014 年研]

答：春柳社是中国最早的话剧团体，也是重要的文艺研究团体。1906 年冬由中国留日学生建立于日本东京，主要成员有李叔同、曾孝谷、陆镜若、欧阳予倩等。1907 年 2 月在东京演出了《茶花女》第三幕，接着改编并演出五幕剧《黑奴吁天录》，这是中国最早改编的话剧，引起了东京戏剧界的轰动。1912 年初，陆镜若在上海发起了新剧同志会，正式从事职业演剧，它保持春柳社的宗旨作风，可算是“后期春柳”。春柳社注重演出的布景、道具、服饰、化装、表演的“写实性”，并着重翻译改编外国的剧作，以建立新的演出方式。春柳社因从事演剧活动而在中国早期话剧创始时期产生过重大影响，是中国现代话剧艺术的自觉探讨与创造的开端。由于春柳社及以后的剧团的努力，文明新戏从国外演到国内，从而具有了全国性的影响。

2. 爱美剧[华东师范大学 2022 年研；中山大学 2012 年研；中国传媒大学 2010 年研]

答：爱美剧，又称业余剧，是“五四”时期出现的一种“以非营业的性质，提倡艺术的新剧为宗旨”的话剧。“五四”运动后，针对文明新戏职业化和商业化所产生的种种弊端，戏剧界批判堕落的文明戏，开展了对中国旧剧的讨论，并大量翻译介绍欧美话剧。在此基础上，一些戏剧家提出了爱美(Amateur 的音译，即“业余”之意)剧，爱美剧强调“非职业”的性质，要求从演员、剧团到演出都是职业戏剧界以外，不靠演戏吃饭的人，其中主要是知识界，特别是学生们组成，这种主张无疑具有更加广泛的社会性、群众性，但其完全排斥职业戏剧的做法却并不可取。爱美剧提出的非职业主张恰好适应了当时正在学校兴起的学生业余演剧活动的需要，于是“爱美剧”的口号遂即迅速传播，形成了一个颇有声势的运动。20 世纪 20 年代初，爱美剧运动打破了因为文明戏的没落而形成的新剧舞台沉寂的局面，成为“五四”以后创造现代话剧的重要实践；其活动中心在北京，主要人物是陈大悲和蒲伯英。

3. 丁西林[南开大学2022年研]

答：丁西林，原名丁燮林，字巽甫，是中国著名剧作家，又是一个杰出的物理学家。1893年生于江苏泰兴。1913年毕业于上海交通部工业专门学校(上海交通大学前身)，1914年，入英国伯明翰大学攻读物理学和数学。1920年归国，历任北京大学物理系教授、国立中央研究院物理研究所所长。留学期间，他阅读了大量英文小说和戏剧，逐渐对文学产生了浓厚兴趣。他的创作以幽默机智的喜剧著名，1923年至1930年陆续发表了《一只马蜂》《亲爱的丈夫》《酒后》《压迫》《瞎了一只眼》《北京的空气》等多部独幕剧，其中《一只马蜂》最具代表性。抗战爆发后，丁西林还写了《三块钱国币》《等太太回来的时候》和《妙峰山》三部重要的喜剧作品。在这些作品中，以往机智的风格犹存，但已经达到了一个新的高度，尤其是在思想内容方面，爱与恨、追求与向往、揭露与歌颂都带有了鲜明的政治倾向性，充溢着抗战救国的激情。

4. 《一只马蜂》[首都师范大学2018、2013年研]

答：《一只马蜂》是中国现代著名戏剧家丁西林最著名的独幕剧之一。创作于1923年，描写的是"五四"后觉醒的青年为争取婚姻的自主而与守旧势力抗战的一幕喜剧。作品成功地写出了三种鲜明的喜剧性格，语言不仅轻松、俏皮、饶有风趣，而且耐人寻思又质朴明净，结构精巧而严密，给人一种新颖的感觉。《一只马蜂》对传统的人生婚恋观与现代的人生婚恋观做了对比，给当时的青年男女以一定的启发和激励。

5. 国剧运动[中国传媒大学2013年研]

答：国剧运动是指由赵太侔、余上沅、闻一多、熊佛西、张嘉铸等人于1926年发起的改革中国戏剧的运动，该运动获得了新月社的徐志摩、梁实秋、陈西滢、叶公超等人的支持，他们组织了中国戏剧社，并在当时徐志摩主持的《晨报副刊》中，发行了十五期的《剧刊》，发表多篇文章，包括关于建设国剧的主张计划、对剧本、舞台、演员的讨论以及对西方戏剧家的引介等，后来由余上沅将这些文章编成了《国剧运动》一书作他们主张的总结。他们主张"从整理与利用旧戏入手"去建立"中国新剧"，在戏剧观念上，主张发扬传统戏曲"目的在于娱乐"的"纯粹艺术"的倾向，反对"利用艺术去纠正人心，改善生活"的易卜生式的社会问题剧，在戏剧的表现上，他们受到爱尔兰民族戏剧运动的影响，提出要"探讨人心的深邃，表现生活的原力"，赞赏西方象征主义与表现主义艺术，进而提出要糅合东、西方戏剧的特点。国剧运动对中国戏剧的改革产生了巨大的影响。虽然他们的设想带有浓重的理想主义色彩，由于不适合当时社会的需求，终未能实现，但仍作为"另一种选择(可能性)"而在现代戏剧思想发展史上留下了自己的印记。

6. 熊佛西[首都师范大学2012年研]

答：熊佛西是中国话剧的拓荒者和奠基人之一。他一生创作了27部多幕剧和16部独幕剧，代表剧作有《赛金花》《上海滩的春天》等。对于戏剧教育，他一贯主张"教育民主""学术自由"，坚持"戏剧教学不能拘束于课堂，必须通过舞台实践"。此外，熊佛西提倡戏剧大众化，立足于农村，注目于农民。为此，他进行了戏剧大众化实验，取得了一定成效。

7. 新浪漫主义戏剧[浙江大学2011年研]

答：新浪漫主义戏剧是19世纪末20世纪初兴起于欧洲的现代戏剧流派。新浪漫主义戏剧热衷于表现浪漫的传奇故事，描绘富有冒险精神的戏剧人物，渲染神秘隐晦的戏剧氛围，追求奇异怪诞的艺术美。"五四"时期，中国剧坛广泛引进西方现代戏剧流派，致使新浪漫主义戏剧与现代主义戏剧几乎同时涌入中国，流派纷呈，但有一个共同特点是既有别于传统的现实主义戏剧，也有别于传统的浪漫主义戏剧，因此人们将此时期引进的唯美主义、象征主义、表现主义、未来主义等多种戏剧流派统称为“新浪漫主义戏剧”。

9．文明戏［中山大学2010年研］

答：文明戏，又称为“新剧”，是中国早期话剧的别称。1906年，留日学生曾孝谷、李叔同等人受到当时日本兴盛的“新派剧”的感召而组建“春柳社”，1907年上演《茶花女》在日本大获成功，此时，中国本土宣传革命、鼓吹进步的新剧团也风起云涌，先后成立了“春阳社”“进化团”等。他们上演了《黑奴吁天录》《迦茵小传》《血蓑衣》《共和万岁》等剧目，收到强烈的社会效果。最初，国人称这种刚刚引入的戏剧样式为“新剧”，以区别于旧戏。辛亥革命爆发后到“五四”文学革命前夕，新剧因新颖的形式和贴近现实的内容日益受到观众的欢迎，为了表达对新剧的夸赞和推崇，人们纷纷称之为“文明戏”。

第二编　第二个十年(1928—1937年6月)

第9章　文学思潮与运动(二)

9.1　复习笔记

一、1930年代文艺运动发展的基本线索

1. 1930年代文学发展的总体特征

(1)1930年文学发展的基本面貌，比1920年代更多地受到现实政治斗争、阶级斗争、社会革命的制约和影响。

(2)左翼文学运动和民主主义、自由主义作家的文学活动是推动1930年代文学发展的重要力量。它们各自的发展、演变，以及它们之间的相互竞争、相互影响，构成了1930年代文学发展的基本历史面貌。

(3)由一些国民党地方党部官员与文化干部发起的“民族主义文艺运动”，虽然没有形成气候，但昭示着已经掌握政权的国民党当局企图用三民主义来建设民族文化铸造民族人格的文化构想。

2. 多种文学思潮的互竞互存情况

新文学阵营随着1920年代末期中国社会政治革命的剧烈动荡发生了重大的政治分化，使得这一阶段的新文学运动形成三种主要的力量：

(1)无产阶级文学运动及其文学，这种力量以中国左翼作家联盟为核心，将马克思主义作为民族文化重建的指导方向，将大众化作为民族新文学建设的主要途径，是这一时期文坛上占有主导地位的文学运动。

(2)民主主义作家及其文学，他们发扬了“五四”新文学运动的平民主义与人道主义的精神传统，揭露黑暗，批判现实，同情被压迫被奴役的下层群众，是作为无产阶级文学运动的同盟者活跃在文坛上的一支主要的创作力量。

(3)自由主义作家的文学运动及其文学，他们继承了“五四”新文学运动的个性解放精神与思想自由原则，在政治上既与中央集权统治者保持距离，又对方兴未艾的无产阶级革命运动心怀疑虑，期冀在中国建立起一种以民主自由、个性主义为核心的资产阶级文化范型，是第二个十年中现代文学反封建主题传统的主要体现者。

【名师点拨】此部分重点了解“第二个十年”，即1930年代文学发展的总体特征，以及这一时期多种文学思潮互竞互存的大致情况。

二、革命文学论争和以“左联”为核心的无产阶级文学思潮

1. 革命文学概述

(1)产生背景

拉开了中国新文学第二个十年历史序幕，标志着新文学阵营政治分化开端的是发生在1928年初的关于无产阶级革命文学运动的倡导与论争。这次无产阶级革命文学运动的倡导与论争的发生不是偶然的，有着深刻的国内国际背景：

①从当时国内的社会政治情形看，1927年4月国共两党第一次合作破裂，国内阶级力量进行新的分化与重组，无产阶级单独担负起了领导反帝反封建的新民主主义革命的历史使命。为了适应这种政治形势的变化，无产阶级要求建立符合自己阶级利益的革命文学便被提到重要的日程上来。

②从当时的国际文化背景来看，以苏联为中心的国际无产阶级文学运动已经具有世界范围的巨大影响，不仅苏联的文艺理论与创作受到新文学作家越来越多的关注，而且1920年代流行日本的福本和夫主义与藏原惟人的新写实主义也被留日学生介绍到了国内文坛，为中国无产阶级革命文学运动的兴起提供了仿效的模式。

(2)形成过程

①1927年下半年，一些曾经从事革命实践工作的新文学作家如郭沫若、成仿吾、钱杏邨、洪灵菲、李一氓、阳翰笙等纷纷来到上海，同时，一批年轻的革命知识分子如后期创造社成员李初梨、冯乃超、彭康、朱镜我等留日学生也从日本回到上海，他们在日本时便积极参加了日本的无产阶级左翼文学运动，回国后便成为宣传革命文学的骨干力量。这两路新文学作家在上海的会合，为革命文学的倡导准备了开路的急先锋。

②1928年1月复刊的《创造月刊》和由创造社少壮派新办的刊物《文化批判》，先后发表郭沫若的《英雄树》、成仿吾的《从文学革命到革命文学》、冯乃超的《艺术与社会生活》、李初梨的《怎样地建设革命文学》等文章；1927年冬由蒋光慈、钱杏邨等人发起成立的太阳社，也于1928年1月创办《太阳月刊》，先后发表蒋光慈的《关于革命文学》、钱杏邨《死去的阿Q时代》等文章；无产阶级革命文学运动就此张扬起了自己的大旗。

(3)革命文学的主张

①指出了无产阶级革命文学运动产生的历史必然性，“革命文学不是谁的主张，更不是谁的武断”，而是“历史的内在发展的产物，决定于社会经济基础的变动”。

②强调了文学的阶级性命题，指出“一个作家一定脱离不了社会的关系，在这一种社会的关系之中，他一定有他的经济的、阶级的、政治的地位——在无形之中，他养成了一种阶级的心理”。因而文学是有阶级性的，无产阶级革命文学就有了存在的理论基础。

③提出作家世界观的转变问题，要求革命文学家必须获得无产阶级意识，获得辩证法的唯物论，自我批判，改变思想，努力克服自己的小资产阶级劣根性。

④规定了革命文学的内容与形式，认为“革命文学要以工农大众为描写对象”，它的内容应是“一方面要暴露旧势力的罪恶，攻击旧社会的破产”，并且“要促进新势力的发展，视这种发展为自己的文学的生命”。在形式上则提出要“使我们的媒质接近大众的用语”。

(4)与鲁迅等“五四”作家的论争

①革命文学的倡导者们否定“五四”文学革命以来的新文学传统，把批判的矛头直接指向鲁迅、茅盾、叶圣陶、郁达夫等新文学先驱者，甚至说鲁迅是“时代的落伍者”，资产阶级“最良的代言人”，是“封建余孽”，是社会主义的“二重的反革命”。

②鲁迅写了《醉眼中的朦胧》《文艺与革命》《现今的新文学的概观》等文章，一方面充分肯定了无产阶级文学的意义，一方面批评了创造社、太阳社成员理论上的偏颇。他指出，文艺有它自身的特征，“革命之所以于口号、标语、布告、电报、教科书之外，要用文艺者，

就因为它是文艺”。所以他善意地告诫革命作家“当先求内容的充实与技巧的上达”，而不要忙于挂招牌。茅盾在《从牯岭到东京》《读<倪焕之>》等文章中也提出“写自己熟悉的”主张，批评了创造社、太阳社漠视文艺特征所造成的标语口号倾向。

(5)评价

①革命文学的主张对于无产阶级革命文学运动的发生与发展无疑是起到了巨大的促进作用的。

②由于倡导者对当时中国社会政治形势做了不切实际的估计，在理论上又受到了苏联拉普派与日本福本和夫主义的“左”倾影响，他们的理论主张也出现一些严重的偏颇。他们强调文学是一种宣传工具，只是“反映阶级的实践的意欲”，号召作家作“无产阶级的留声机”，甚至认为无产阶级“文学的形式是不可避免地要接近口号标语，而且常常是从‘标语口号’的形式里收到煽动的效果”。有的还主张把艺术技巧“让给昨日的文学家去努力”。

③这次论争持续了一年多时间，它的积极意义在于从理论上确定了新文学的无产阶级方向，使阶级的文学成为“五四”时期“人的文学”的必然发展，同时，论争促使双方积极从事马克思主义文艺理论的学习，从而为中国左翼作家联盟的成立准备好了思想基础与组织基础。

【名师点拨】重点理解文学革命的基本主张及其对鲁迅等作家的批判，同时需了解论争双方各自的观点，并结合具体的历史状况做出评判。

2. 以“左联”为核心的无产阶级文学思潮

(1)“左联”的成立

①1930年初，中共指示创造社、太阳社停止对鲁迅的攻击，并联合鲁迅等筹备成立中国左翼作家联盟。

②1930年3月2日，中国左翼作家联盟在上海正式成立，会议通过了“左联”的理论纲领和行动纲领，选举沈端先、冯乃超、钱杏邨、鲁迅、田汉、郑伯奇、洪灵菲为常务委员。大会还通过成立了马克思主义文艺理论研究会、国际文化研究会、文艺大众化研究会三个机构，并且讨论了帮助新作家、培养工农作者、出版机关刊物等17项提案。

③鲁迅在成立大会上做了题为《对于左翼作家联盟的意见》的重要演讲，这篇讲演深刻总结了无产阶级革命文学运动倡导期的经验教训，并针对当时存在的“左”的倾向，就建设革命文学的一些关键问题提出了精辟正确的意见，是左翼文学运动的一份指导性文献。

(2)出版刊物

“左联”成立后，出版了一批刊物，如《拓荒者》《萌芽月刊》《巴尔底山》《世界文化》《十字街头》《北斗》《文学月报》《文学》等杂志，还改组或接办了《大众文艺》《现代小说》《文艺新闻》等期刊，推动了无产阶级文学创作的繁荣进步。

(3)历史贡献

①加强对马克思主义文艺理论的翻译、介绍和研究，以普列汉诺夫为代表的马克思主义文艺理论家被介绍到国内。

②加强与世界文学的，特别是世界无产阶级文学运动的联系，以高尔基为代表的无产阶级文学被引进国内。

③积极推动文艺大众化运动，文学创作的题材与主题发生了显著的变化，阶级对抗的主题取代了“五四”时期的新旧思想对抗的主题。

④重视创作方法的革新，积极推行富于革命意味的社会主义现实主义，初期概念化、口

号化的弊端逐渐得到纠正。

⑤自觉地运用马克思主义文艺理论的观点与方法进行批评实践活动。

(4)存在的缺失

由于受到"左"倾机械论的束缚,"左联"存在一定的缺失,主要表现为:

①思想理论上的教条主义。

②组织上的宗派主义与关门主义。

(5)对"第三种人"的批判

①1931 年,胡秋原在《文化评论》上发表《阿狗文艺论》一文,引发了 1930 年代文坛上一次重要的文艺思想的论争。他的这篇文章本意是针对国民党文人发起的所谓"民族主义文艺运动"的,他呼吁"文学与艺术,至死也是自由的,民主的"。左翼文艺界认为他是声东击西,撰文批判了他的观点,他则标榜"自由人"而为自己辩护。

②正当左翼文艺界同胡秋原展开理论交锋时,苏汶以"第三种人"的面目参与进来。在 1932 年的《现代》杂志上,发表题为《关于 <文新> 与胡秋原的文艺论辩》的文章,为胡秋原遭到左翼文艺界围攻而打抱不平。

③面对这样的理论对手,左翼文坛集中了最为优秀的理论家进行论战。瞿秋白、周扬、鲁迅、张闻天、冯雪峰纷纷撰文予以驳斥。在这个过程中,左翼文艺理论批评水平得到了提升。

【名师点拨】此部分是本章学习的重点内容,需对"左联"的贡献与缺失有一个清晰的认识,同时也要对"左联"批判"文艺自由论"和"第三种文学论"有所了解,从历史大环境去分析这些现象产生的缘由,认识"左"倾机械论对"左联"的影响。

三、自由主义作家文艺观及两大文艺思潮的对立

1. 概述

在中国新文学发展的第二个十年,除了无产阶级革命文学思潮作为主流思潮掀起无产阶级文学运动以外,自由主义文学思潮也是一股不小的重要潮流。自由主义文学思潮与无产阶级革命文学思潮的对立和论争,构成了本时期文艺思想论争的主要内容。

(1)马克思主义文艺思想

马克思主义文艺思想在与自由主义文艺思想论争的过程中,在不断克服自身的"左"倾幼稚病的过程中,不仅成为无产阶级文学运动的指导思想,而且对众多追求革命的文学家产生巨大的吸引力,构成 1930 年代文学的主流。

(2)自由主义作家文艺观

①自由主义文学既反对当时国民政府倡导的"民族主义"文学,也不支持中国共产党领导的左翼文学。与左翼文学不同,倡导自由主义文学的作家们并没有一个统一的文学组织,他们只是在对待文学本体的理论观点上取得了某种契合。

②自由主义文学思潮主张文学的独立与自由,强调文学的个体意识,反对文学的功利倾向,主张文学同政治保持距离,否认文学与阶级和政治的联系。

③自由主义文学思潮的构成比较复杂,主要可以分为以下四个方面:一是新月派,二是京派,三是"自由人"和"第三种人",四是论语派。

2. 左翼作家与新月派的论争

(1)后期新月派以 1927 年新月书店在上海成立和 1928 年《新月》月刊的创刊为标志。这个流派是以一批资产阶级知识分子为骨干的松散的集合体,在思想上和组织上都表现了资产

阶级自由主义的特点。其主要成员有胡适、陈西滢、梁实秋、徐志摩、罗隆基等。

(2)新月派代表诗人徐志摩在《新月》发刊辞《新月的态度》中，叹息文学园地里允塞着功利派、攻击派、偏激派、主义派等，指责这些派别都是“不正当的营业”，并提出该派认为是“正当的原则”——“不妨碍健康的原则”“不折辱尊严的原则”；新月派的主要文艺理论家梁实秋在《新月》上发表多篇文章，宣扬无产阶级和资产阶级没有本质的区别的“人性论”和“文学是天才的产物”的“天才论”。

(3)新月派的观点受到左翼文艺理论界的批评，鲁迅、彭康、冯乃超等左翼作家以马克思主义的阶级论击溃了资产阶级人性论，捍卫了无产阶级文学的历史使命和发展方向。

3. 关于“性灵文学”的论争

(1)1930 年代初林语堂创办《论语》《人间世》《宇宙风》等刊物，形成了一个标榜“性灵文学”的文学流派，人称论语派，该派是一个带有资产阶级自由主义色彩的散文流派。代表人物是林语堂，成员有周作人、邵洵美、陶亢德等。

(2)论语派对中国共产党领导的革命运动持怀疑态度，对国民党统治集团的高压政策也有所戒惧，故在政治上力求保持中立状态。在文学上，论语派鼓吹“幽默”、崇尚“性灵”、提倡“以自我为中心，以闲适为格调”。

(3)鲁迅等左翼作家从一开始即对他们的两面性有充分的认识，对他们采取了既团结、又批评，既争取、又斗争的方针，多次进行耐心的规劝，但林语堂等人非常顽固。在《论语》办到一年时，鲁迅接连发表《“论语一年”》《小品文的危机》《帮闲法发隐》等文，对林语堂进行了深刻的批评，指出他们提倡的“幽默”“闲适”，实质上是“将屠户的凶残，使大家化为一笑”。他们鼓吹的“小品文”，是有闲阶级的“小摆设”，是帮闲文学。陈望道主编的《太白》半月刊和黎烈文主编的《申报·自由谈》也对该派进行了抵制。

4. 与京派的论辩

(1)所谓京派，是指 20 世纪 30 年代活跃在北京和天津等北方城市的自由主义作家群，这派作家以《大公报·文艺副刊》《文学杂志》《水星》《骆驼草》等为阵地，主要成员有沈从文、朱光潜、废名、萧乾、芦焚、凌淑华、林徽因、卞之琳、何其芳、李广田等。

(2)京派作家以京城文化为背景，又以高等学校为依托，主张创作自由，追求纯正的文学趣味和人性的、永久的文学价值，坚持艺术的独立品格和“和平静穆”美学特性，强调文艺与时代、政治保持距离或超脱政治，并有一种超阶级的理想主义和人道主义的人生追求。

(3)对于京派批评海派使文学过多地染上商业和政治的色彩，上海左翼阵营的徐懋庸、阿英、鲁迅、胡风、姚雪垠等对此进行了驳斥。

【名师点拨】本部分的学习首先需对“两大文艺思潮”对立的情况有一个基本了解，其次需掌握左翼作家与新月派、论语派和京派的论争。

四、文学创作的潮流与趋向

1. 三大文学派别

1930 年代，由于社会的巨大变动，引起了政治、经济、文化各个领域的冲突激荡，反映在艺术审美层面上，形成了倾向政治化的左翼文学、倾向传统文化的京派文学以及倾向商业化与西方文化的海派三大文学派别。

(1)左翼

以蒋光慈、洪灵菲、柔石、丁玲、茅盾、叶紫、吴组缃、沙汀、艾芜、张天翼、萧红、萧军等为代表的左翼作家把文学当作一种革命斗争的武器，从早期“革命＋恋爱”的“普罗文学”到反映人民群众自发斗争的“革命文学”，再到用马克思主义的历史唯物主义观点特别是阶级分析法来审视社会生活的“社会分析”文学，不断从幼稚走向成熟，开拓出一片异彩纷呈的文艺世界。

(2)京派

以沈从文、萧乾、芦焚等为代表的京派作家把东方情调的诗情画意融合在乡风民俗的从容隽逸的描述中，形成了一种洋溢着古典式的和谐和浪漫性的超越的人间写实情致。

(3)海派

以穆时英、刘呐鸥、施蛰存为代表的海派作家热衷于表现半殖民地大都市的病态生活，追求文艺形式技巧的花样翻新，注重对潜意识和变态心理的挖掘和展现。

2. 文学创作的趋向

(1)创作的题材的开拓

在这一文学新时期，处于中国城乡资本主义化进程中的社会各个阶层的历史命运及心理、道德、情感变迁成为文学创作的重要主题。这时期最杰出的作家有茅盾、巴金、老舍、沈从文等，他们都以此建造了各自独特的“艺术世界”。

(2)文学形式的发展

在1930年代，中长篇小说、多幕剧成为最有成就的文学样式。散文领域社会批评的杂文和叙事体的报告文学得到最充分发展；诗歌领域着重表现时代社会内容的革命现实主义创作，出现了从抒情到叙事、从短到长的新的倾向；而小说的戏剧化也是这一时期新的文学现象。

(3)表现技法的成熟

①个人命运，特别是个人性格的描写受到重视，真正意义上的“性格小说”是从这一时期开始的。

②从“人是社会关系的总和”的历史唯物主义观点出发，从时代、环境、社会关系的影响上去把握与描写人的个性形成与发展，描写“典型环境”中的“典型性格”。

③心理刻画艺术得到了特别重视与发展。作家明确地揭示了心理活动的历史背景与社会阶级基础，同时从社会历史的运动中去把握和显示人的心理活动的发展趋势，避免了静止的心理描写，并达到了一定的历史深度。茅盾、丁玲、吴组缃是这一时期这类心理小说最杰出的代表。

(4)艺术风格的形成

①许多作家的创作都形成了自己独有的艺术世界。如茅盾的“都市生活世界”、老舍的“北京小市民世界”、巴金的“热情忧郁的青年世界”、沈从文的“湘西边城世界”等。

②出现了一批具有鲜明的民族风格与个人风格，同时又有现代品格的代表作品，如鲁迅《二心集》《伪自由书》中的杂文与《故事新编》，茅盾的《子夜》，巴金的《家》，老舍的《骆驼祥子》，沈从文的《边城》，曹禺的《日出》《原野》，艾青的《大堰河——我的保姆》，戴望舒的《乐园鸟》等。这些都表明中国现代文学正趋于成熟。

【名师点拨】整体把握这一时期文坛发展的趋向，了解左翼、京派、海派三大文学派别之间的对峙与互渗，并能够结合具体作家作品进行分析评述。

9.2 考研真题与典型题详解

一、填空题

1. 成仿吾的文章______很好地概括了"五四"退潮后的文学转向。

【答案】《从文学革命到革命文学》

【解析】《从文学革命到革命文学》是运用马克思主义文艺观第一次对"五四"以来文学革命所做的系统总结，也是对无产阶级革命文学最早的最有力的一次倡导。它标志着成仿吾的文艺观已经转向马克思主义，也标志着我国的新文艺运动已经发展到一个新阶段，是代表创造社倡导革命文学的扛鼎之作和同反动文化斗争的宣言书，是一篇里程碑式的文艺理论著作。

2. 1937 年大公报文艺奖的获奖作品分别是芦焚的小说集《谷》、______的散文集______、______的剧作______。

【答案】何其芳；《画梦录》；曹禺；《日出》

【解析】1937 年获得天津大公报文艺奖的三个现代作品分别是卢焚（师陀）的短篇小说《谷》、何其芳的散文《画梦录》与曹禺的《日出》。何其芳的散文看似扑朔迷离，实则新奇别致，常于飘忽的幽思中以乐感的文字完成一种美文的建构。《画梦录》就是他这种文风的集中代表。此作品的主要价值在于它对散文艺术的自觉追求与散文的抒情美和形式美上的创造上。《日出》是曹禺先生的代表作；剧本用人像展览式结构，以陈白露和方达生为中心，以陈的客厅和三等妓院宝和下处为活动场所，把社会各阶层各色人等的生活展现在观众面前，揭露剥削制度"损不足以奉有余"的本质。

3.《中国新文学大系》在 1935—1936 年出版，散文卷的编者是______和______。

【答案】周作人；郁达夫

【解析】《中国新文学大系》1935—1936 年出版，散文卷分为一、二两集，第一集的编者是周作人，第二集的编者是郁达夫。周作人在"五四"时期散文创作领域地位显著，他提倡"言志"小品散文，文风平和冲淡，知识丰富，如《故乡的野菜》等作品，以清新自然的白话文书写，对"五四"散文风格影响深远。郁达夫同样在散文创作上独具特色，其散文情感真挚浓烈，笔触细腻，往往带有自我暴露与强烈的主观色彩，像《故都的秋》等作品，展现出独特的艺术魅力。他们二人凭借自身在散文创作与理论方面的造诣，胜任了《中国新文学大系》散文卷的编辑工作，所选编内容也在一定程度上反映了"五四"以来散文创作的成就与风貌。

二、名词解释

1. 太阳社[复旦大学 2025 年研；北京大学 2011 年研]

答：太阳社是由蒋光慈、钱杏邨等于 1927 年冬在上海发起成立的现代文学团体。主要成员有林伯修、洪灵菲、殷夫、任钧等，这些主要成员大都是共产党员，相似的斗争经历和共同的思想基础使他们在文学主张和创作上有某些相似之处。太阳社积极倡导革命文学，宣传无产阶级文学理论，创作中努力反映工农群众的生活与斗争，对左翼文学运动有很大影响。先后出版《太阳月刊》《时代文艺》《海风周报》《新流月报》《拓荒者》等刊物，编有《太阳社丛书》。1929 年底自动解散。

2.《现代》杂志［南京大学2025年研］

答：《现代》杂志是20世纪30年代中国重要的文学刊物，具有很强的兼容性和现代主义色彩，于1932年5月创刊于上海，由现代书局发行；1935年5月停刊。第一卷和第二卷由施蛰存主编；第三卷第一期至第六卷第一期由施蛰存与杜衡合作编辑；第三卷第二期起由汪馥泉主编。最初为文学刊物，后改为综合性的文化杂志。《现代》杂志倡导"现代派"文学，积极引入西方现代文学的思潮、理论和作品，向中国读者介绍了许多国外的现代派作家和作品，开阔了中国作家和读者的视野，同时也并不排斥其他文学流派和风格，呈现出一种多元包容的态势。该杂志汇聚了当时众多知名的作家，除了主编施蛰存外，还有戴望舒、卞之琳、何其芳、废名等诗人，以及穆时英、刘呐鸥等新感觉派作家，鲁迅、茅盾等现实主义作家也在《现代》杂志上发表过作品。《现代》杂志是中国现代派文学的重要阵地，为现代派文学的发展提供了有力的支持和推动，培养和壮大了中国的现代派作家队伍，促进了现代主义文学思潮在中国的传播和发展，对中国现代文学的多元化格局的形成起到了重要作用。

3."左联"［华南师范大学2024年研；浙江大学2018年研；北京大学2015年研；中国人民大学2015年研］

答："左联"是中国左翼作家联盟的简称，是中国20世纪30年代的一个重要的革命文学团体，于1930年3月2日在上海成立，主要发起人有鲁迅、沈端先、冯乃超等，最初成员有五十余人。鲁迅在成立大会上作的著名的《对于左翼作家联盟的意见》的演讲，是其纲领。"左联"以马克思主义文艺理论指导实践，译介和宣传无产阶级文艺思想，同"民族主义文艺"和各种错误文艺思潮做坚决斗争；积极提倡革命文艺创作和文艺大众化，开展工农兵通讯员运动，努力培养新作家，壮大革命文艺队伍。1936年初，为建立文艺界抗日民族统一战线而自动解散。"左联"存在一些不足，表现为：其思想倾向上存在"左"的错误；理论上存在严重的教条主义思想；组织工作方面存在严重的关门主义和分派主义倾向；文学创作上，许多作品存在严重公式化、概念化的问题。

4.《中国新文学大系》［南京大学2024年研］

答：《中国新文学大系》是由赵家璧主编的中国最早的大型现代文学选集，1935—1936年间由上海良友图书印刷公司出版。全书分为10卷，分别由胡适、郑振铎、茅盾、鲁迅、周作人、朱自清等编选，分为理论、小说、诗歌、散文、戏剧等门类，书前由蔡元培撰写总序，各卷编选者还分别就所选内容写了长篇导言。总序和各篇导言，对于新文学的发生、发展，或作历史的回顾，或为理论的阐述。在中国现代文学研究中，这些导言的影响甚至比《中国新文学大系》本身更为深远，并且直接奠定了新文学的经典地位。

5. 文艺自由论［辽宁大学2018年研］

答：文艺自由论是20世纪30年代中国文艺思想领域出现的一种思潮。其在理论上的主要代表人物有梁实秋、朱光潜、沈从文等，他们都公开地表示反对"为艺术而艺术"，在一定程度上承认文学的思想启蒙、道德进化作用，但绝对不能容忍文艺成为政治斗争的工具。自由主义文艺理论家们反复强调"超脱现实"原则，提倡"艺术和实际人生的距离"，在美学上有一定的积极意义，反映了艺术创作的某些规律；但其与当时强调现实批判和社会功利性的文学主潮相对立，因此出现一系列的论争。自由主义文艺思潮在理论和创作实践上也有不可忽视的实绩，并在文学史发展的大背景下对主流派文学起某种补充的作用。

6. 第三种人［北京大学2012研；浙江大学2011年研］

答：第三种人是指以苏汶为代表的作家群体，他们是20世纪前期自由主义文学思潮中不可忽视的一股力量。其文艺主张有脱离政治、脱离阶级而自由的倾向。正当“左联”批评界开始同胡秋原论战时，自称为“第三种人”的苏汶(杜衡)连续发表《关于<文心>与胡秋原的文艺论辩》等多篇文章，指责“左联”霸占文坛，“将艺术堕落到一种政治的留声机”。“第三种人”的文艺观，实质上体现出某些小资产阶级作家的超阶级文艺立场，它与“左联”所张扬的阶级论观点是相悖的。从1932年下半年开始，瞿秋白、鲁迅等纷纷撰文，全面展开对“第三种人”的批判。

三、简答题

1. 简述海派与京派论争的大致过程，以及其历史文化内涵，并分析它对当代文学与文化的影响。[同济大学2013年研]

答：(1)海派与京派论争的过程

1933年10月，沈从文在《大公报·文艺副刊》发表《论文学者的态度》一文，拉开了京海派之战的序幕。沈从文很显然把京派作家的创作风格视为应该遵循的规范，而反对海派作家的浮躁喧哗，“作家的态度”应该“一切规规矩矩”，“着手写作时”，应该“不大在乎读者的毁誉，做得好并不自满骄人，做差了又仍然照着本分继续做下去”。海派理论家杜衡(苏汶)在1933年12月上海的《现代》杂志上撰写《文人在上海》一文反驳沈从文。他承认了上海商品经济对文学作品的渗透和影响，并且进一步解释说这种作用是有原因的，商品经济中文人生活的不稳定性影响到文化心态的不稳定，杜衡还强调上海文化受工业文明影响所产生的先锋性，“那我相信，机械文化的迅速传布，是不久就会把这种气息带到最讨厌它的人们所居留的地方去的，正像海派的评剧直接或间接地影响着正统的评剧一样”。杜衡的回击中有一些悲哀的成分，将京派摆在了以强凌弱的位置上，但是悲中流露出一种自信。

(2)历史内涵

沈从文等京派作家妄图以京派风格将海派文人“规范化”，但这显然是不可能的。一个流派的形成，有其历史的和现实的原因，也受到构成某个流派的成员的世界观和价值观的影响和制约。京派海派这两种文化的产生与他们的文化母体——北方文化和南方文化的巨大差异是密不可分的，割裂文学流派与文化之间的联系就犹如缘木求鱼。京派作家更多地倾向于中国传统文化，海派作家较多地认同于西方现代文化。然而，在1930年代特殊的政治文化环境中，京派与海派作家同是由于政治的原因而选择了自由主义，但他们还是显示出了巨大的差异。作为传统政治文化中心的北京和作为现代商业经济中心的上海有着迥然不同的文化环境，它们最终影响并决定了1930年代京派和海派作家文化心态的差异性。

(3)对当代文学与文化的影响

①京派对当代文学和文化的影响体现在：首先，开创了一种城乡对照的写作模式，城市作为淳朴乡村的对立面，充斥着形形色色的病态文明景观，而乡村世界却成为健康人性得以保存的精神家园。这种城乡二元对立的模式被当代许多写作者所借鉴，并得到进一步拓展，如赵本夫的《地母》三部曲等。其次，创造了一种抒情小说文体，或称诗化抒情小说体，实际上是把诗和散文引进了小说之中，打破了三者的界限，从而也就扩大了小说的表现领域及其审美的功能。这种独特的形式也被当代许多作家继承、发展，如贾平凹早期的商州系列小说。再次，热衷于对地域文化气氛的营造，这点直接影响了1980年代的寻根文学。

②海派对当代文学和文化的影响体现在：首先，为现当代文学提供了一种另类化的都市书写，不同于此前茅盾、老舍等的城市写作视角，以新感觉派为代表的海派率先以现代人的眼光审视都市人的变态欲望与孤独意识，基本与世界新潮文学同步，1990年代以后，这种

精神的暗流被以卫慧、棉棉、安妮宝贝等为代表的新潮作家所接续。其次，引进多种现代派手法，在小说结构、形式、方法、技巧等方面有所创新，这些在技法层面上带有实验性的尝试，在 1980 年代的先锋小说潮流中被发挥到了极致。再次，对人的潜意识等精神世界的表现有新的开掘，这对 1990 年代的私人化写作及后来的新生代写作有一定的影响。

总之，1930 年代是中国现代小说确立后进一步深化并求得发展的时期。京派和海派小说各具特色，各有影响，共同造就了 1930 年代小说的繁荣，推动了中国现当代小说的发展。

2．评价 1930 年代对“闲适小品”的论争。［北京大学 2012 年研］

答：20 世纪 30 年代小品文论争围绕“闲适话语”展开。“五卅”事件后，鲁迅与现代评论派自由知识分子徐志摩、陈西滢等在《闲话》展开笔战。提倡“闲适”话语的一方，是以周作人、林语堂为代表的论语派。论争的另一方则是以鲁迅、瞿秋白为代表反对“幽默”“闲适”小品文的太白派。1930 年代对“闲适小品”的论争主要体现在以下几个方面：

（1）周作人等对闲适小品的推崇与实践

在现代文学史中，第一个提倡“闲适”的是周作人。他在中国新文学的源流中，公开认为“五四”新文学运动是明末公安派性灵文学的继承。从周作人开始，人们所熟悉的对悠闲生活的渴望和对知识及文化的即兴化的表述为风格标记的“闲适”散文就在整个新文学话语中居于重要位置。而在 1930 年代对周说提出最有力的支持的是林语堂。林语堂小品文理论中的核心命题就是“文学是自我表现”，“文学为人生的”。

（2）鲁迅等人对“闲适”态度的批判

以周、林为代表的论语派的文学主张，受到以鲁迅为主的左翼阵营的反对与批评，而批评的焦点就是周、林等人对生活、文学所提倡的一种“闲适”态度。他们以《太白》等刊物为主要阵地，展开了对闲适小品的批判。左翼作家们认为论语派的闲适文学脱离了社会的斗争，其实质是“靠着低诉或微吟，将粗犷的人心，磨得渐渐的平滑”。林语堂曾在多篇文章中强调“闲适”的重要性，在《论小品文的笔调》中，他认为小品文的笔调就是“闲适笔调”。论语派作家首先为小品文正名，认为在正统文学观念中它无法占据一席之地是文学的功利心使然。

（3）周作人等侧重融入生命体验

以周作人为代表创作的闲适散文往往也在看似不经意的闲话中，包含有更深的内涵，他们的“闲适”散文多半是“闲”而不“适”。周作人等人那种“闲适”中略带“忧患”的现象几乎是中国传统文人的惯性：他们崇尚向往“闲适”，但内心却仍无法真正超脱于社会现实之外，在闲适的美学追求背后，仍然蕴含着生命的感喟和人生的体验。

（4）鲁迅等侧重参与社会政治

鲁迅的匕首投枪派与闲适派尽管是中国现代文学史上两大散文流派，但两者的冲突更多在社会政治作用方面，对艺术本身，他们却有很多共通的见识。他们对中国新文学的认识有很多一致的地方，而且都为创建中国新文学做出了卓越贡献，在中国现代文学史上各自都有不可代替的历史地位。

总之，“闲适”话语从不是消费的产品，也不是优雅的文人消遣之品，而是中国现代文学一个不可或缺的部分，是知识分子的启蒙欲望和“代言”欲望的一种表征。“闲适”话语拓展了作家情感表现的新领域，更适合将对人生的感悟、对生活的逸趣、对琐事的随想等尽情抒写，更好地将文人雅士的贵族化趣味淋漓尽致地传达出来。

四、论述题

1. 试论1930年代京派和海派所呈现出的不同艺术风格及其对后世小说创作的影响。［中山大学2014研］

答：1930年代的中国小说进入繁盛阶段，政治和商业对小说的介入十分明显，小说领域分别被以“左联”为核心的左翼、远离文学党派性和商业性的京派和最接近读书市场的海派所分割。以沈从文、废名为代表的京派和以张资平、施蛰存等为代表的海派在艺术风格上有着很大的不同，都对后世小说创作产生了重大影响。

（1）京派和海派不同的艺术风格

①京派小说的艺术特点

a. 京派创作的突出特点在于追求一种执着而独特的“理性主义”文化品格

他们一方面企图远离政治，另一方面又充分继承了文学研究会的“为人生”的倾向，忠实于现实与人生，他们在现代文化、文明和封建传统文化相对立的流行格局中，熔铸一种具有浓厚的原始风貌与自然气质的乡村文化形态，形成一个复杂的文化三维空间。包括：第一，着力描写淳朴、原始的人性美和人情美；第二，洋溢着古典式的和谐和浪漫性的超越的人间写实情致；第三，形成了简约、古朴、活泼、明净的语言特色；第四，在题材、主题及意象方面表现出开放的民族性。

例如，凌淑华的《弟弟》表现出对中国人生范围内的封建文明的嫌恶和现代文明异化人性的疑惧。其中儿童视角的广泛运用，真切地表现出京派作家的拳拳童心。这既说明他们对美好童年的深情眷恋，也反映了他们对真善美的无限向往。

b. 京派小说在美学上表现为追求一种“和谐”的审美理想

京派小说统一的审美感情是诚实、从容、宽厚的。这种美学意识表现在文学创作方法和文体建构上，便是将艺术与生命并重，生命形态不愿受束缚，小说便自然要摆脱开重情节、重故事的成规，趋向散文化、生活化，从而描绘出完整的社会生活。

例如，林徽因的《九十九度中》几乎没有什么故事情节，近似随笔或是散文，信笔写来，不事雕琢，表现出平淡、古朴、闲适、中和的风格。她只是将北平城里两个阶层的人生片段互相穿插，几乎不见故事线索。他们重视的是气氛的渲染，意境的营造，内涵的隽永，是“人与自然的契合”。

②海派小说的艺术特点

a. 强调主观感觉

海派小说将叙述者的“感觉”上升到最显著的层面，特别善于捕捉外在世界给人的感觉，不过这种感觉并不是像镜子那样客观地反映对象，而是对象的特征经过主观渗透、改造，出现不同程度的变形。

例如，穆时英的《夜总会里的五个人》中，作者突出声、色、光、影在人的心理上产生的感觉，描写场景，烘托气氛和人物的情绪。

b. 情节结构独特

海派小说以快节奏和跳跃的结构来表现都市生活。小说中的场景和情节片段往往频繁地变换，彼此之间的组合有如电影镜头的剪辑呈现出跳跃式的结构。

例如，刘呐鸥的《两个时间的不感症者》中，场景在赛马场、吃茶店、热闹的马路和跳舞场间变化，情节也随之快速地推进，而前后的时间只有三个来小时。

c. 描写手法新颖

海派小说不断变换新技巧，深入人物的内心世界，描写人物的潜意识，表现人物“超我”与“原我”的冲突，显示心理分析的特征，有的还具有古典的神韵。

例如，施蛰存的《鸠摩罗什》把一个古代得道的高僧写成了一个有学问的通晓佛典的凡人，他白天说道，晚上则与宫女、妓女欢娱，表现了理性与性本能的冲突。

（2）京派和海派对后世创作的影响

①京派为现代小说提供了比较成熟的抒情体和讽刺体样式。艺术上化“古”纳“洋”，熔写实、浪漫、梦幻、象征于一炉，把现代抒情写意小说推向一个新的阶段，为后世的乡土小说等提供了创作借鉴。

②海派为文学提供了另一类型的都市文学；引进多种现代派手法，在小说结构、形式、方法、技巧等方面有所创新；对人的“精神内海”的表现，有新的开掘，对1940年代的新市民小说及后来的都市小说有重大影响。

2．结合具体作品，谈谈1930年代文学的创作成就。［北京师范大学2013年研］

答：1930年代的中国文学，因社会的大变动而产生了诸多文艺思潮并存、纷争的现象，使这一时期的文学创作呈现出多元发展的趋向，形成了不同文学派别之间的对峙与互渗，使中国新文学出现了自“五四”以来的第二个文学高峰。1930年代是中国现代文学的黄金岁月，文学创作取得巨大成就，堪称俊才满目、硕果遍地。

（1）小说创作成就

小说创作成就最高的，当推茅盾、老舍和巴金。

①茅盾及其创作

茅盾的《子夜》是一部现实主义巨制，它以壮阔的背景、恢宏的气势和浩大的结构，展现了1930年代的中国社会风貌。作品成功塑造了吴荪甫这个民族资产阶级的典型，真实地表现了主人公复杂的性格特点。这部作品是现代文学史上的一座高峰，也是中国现代长篇小说成熟的标志。茅盾的《春蚕》《林家铺子》也与《子夜》一样，紧扣时代脉搏，体现了作者对时事的关切和对社会生活的深刻体验。

②老舍及其创作

老舍的《骆驼祥子》《月牙儿》是他这一时期的现实主义杰作，以独特的构思、明快活泼的语言、朴实精练的表现手法，塑造了鲜明的人物形象，表现了黑暗现实中小人物的悲惨命运。

③巴金及其创作

巴金的《家》是一个震撼人心的悲剧，也是对制造悲剧的垂死制度的控诉，作品燃烧着炽烈的激情，笔调细腻优美，充满青春活力，至今仍拥有广大读者。

④其他作家的创作

这一时期成就较高的小说家还有以刻画知识女性内心世界著称的丁玲，以描写湘西边城风土人情而别树一帜的沈从文，辛辣揭露和讽刺小市民灰色心态的张天翼和沙汀以及善于从卑微灵魂中发掘真善美的艾芜等。

（2）诗歌创作成就

如果说1917年至1927年是新诗诞生并逐步成长的阶段，那么，1930年代的诗坛则出现了诗社林立、流派纷纭、创作繁荣的局面。

①“普罗”诗派

以殷夫、蒋光慈为代表的“普罗”诗派，即无产阶级革命诗派，注意选取爆炸性、尖锐性题材，主张诗歌应直接为无产阶级的解放事业服务，但忽视了对丰美动人的诗歌意象的锻造。

②中国诗歌会

1932年成立的中国诗歌会，主要成员有蒲风、穆木天、杨骚、任钧、王亚平等。其创作实践扩大了诗歌的表现领域，显示出强烈的理想主义与英雄主义色彩，别具一种刚健、粗犷、壮阔的力量之美。

③现代派诗歌

以戴望舒、卞之琳为代表的现代派诗歌，刻意追求诗意的朦胧美和诗形的散文美，扩展了诗歌的表现内容和表现形式。戴望舒是现代派诗人，前期诗作意象朦胧，多表现个人的迷惘和感伤，后期受抗日战争的感召，诗歌多抒写炽热的爱国情感。

④艾青

这一时期卓有成就的诗人还有艾青。艾青执着于表现追求光明和民主的主题，诗歌充满忧郁与热烈交织跃动的情感，展示出丰富的鲜明的意象，有交响乐似的内在旋律和油画似的凝重色彩。他的代表作《大堰河——我的保姆》发表后引起巨大轰动，诗中抒发了对一个贫苦农妇的赞美，并向不公道的世界发出了激愤而深沉的不满。

⑤臧克家

诗歌创作具有明显现实主义特色的是臧克家，追求诗意的朴素含蓄，形式凝练，节奏明快，增强了诗所特有的审美意趣，抒写了中国农村的苦难和诗人深沉的感情，或以隐喻的手法启发读者的思考。

⑥田间

诗人田间的创作也引人注目，他的长诗《中国农村的故事》和《给战斗者》，以高亢激昂的音调和炽热灼人的情感显示出诗人富于现实性和战斗性的艺术特色。

（3）小品散文创作成就

1930年代的小品散文创作，除了继承“五四”散文风格的传统外，呈现出不同艺术表现手法及体式多样化的趋向。

①杂文创作出现了新高潮

鲁迅以战斗精神从事杂文创作，取得了丰硕成果。一批新的杂文作者不断涌现，影响较大的有瞿秋白、茅盾、唐弢、徐懋庸、聂绀弩、柯灵、巴人等。抒情散文较以前有了长足发展。

②其他作家的散文创作

冰心、朱自清、郁达夫、周作人、梁实秋、徐志摩、丰子恺、梁遇春、沈从文、何其芳、陆蠡、李广田、吴伯箫等人的作品，从不同角度，以不同的表现形式拓宽了散文创作的取材范围，丰富了现代散文的表现形式和风格。

③幽默小品与闲适小品

以林语堂为代表的幽默小品与闲适小品，文化含量高、从容睿智、通俗生动、幽默自然，为散文创作注入了清新的美感趣味。

④报告文学的勃兴

散文创作的另一大成就是报告文学的勃兴。这种新型的文学体裁，以新闻纪实性、真实性与散文艺术感染性相融合的特点，引起了读者的极大兴趣。茅盾主编的报告文学集《中国一日》，展现了一个个丑恶与圣洁、光明与黑暗交织着的社会生活横断面。夏衍的《包身工》

借包身工一天的地狱生活，揭示了包身工制度的全部丑恶内涵。这两部作品代表了报告文学初创阶段的最高成就。

(4)戏剧创作成就

①1930年代的戏剧创作开始呈现繁荣景象

话剧运动迅速发展，话剧艺术得到空前普及。大革命失败后，以上海为中心掀起了话剧运动的热潮，进步戏剧团体的相继成立，促进了戏剧创作的发展，不仅数量明显增加，艺术水准也大大提高。

②曹禺是成就最高的剧作家

他的《雷雨》《日出》以欧洲经典戏剧的结构形式、尖锐紧张的戏剧冲突、富有动作性和潜台词的个性化人物语言，揭露了社会底层人物不幸遭遇的戏剧主题，表现了不同人物的性格悲剧和命运悲剧。这两部剧作是中国现代话剧成熟的标志，至今仍深受观众喜爱。

此外，夏衍的《赛金花》《秋瑾》《上海屋檐下》，田汉的《月光曲》和《回春之曲》，熊佛西的《屠夫》，李健吾的《太平天国》，洪深的《农村三部曲》，宋之的的《武则天》等剧作，用不同的笔触，从不同的侧面，丰富了中国现代戏剧创作。

3．论析“左联”的历史功绩及其不足。[华中师范大学2012年研]

答：(1)“左联”的历史功绩

①推动了左翼文艺运动迅猛发展

北平、广州、上海等地相继成立的“左联”分盟和“左联”小组，各自出版、编辑了各种进步文艺刊物。“左联”还领导开展了左翼戏剧运动，成立了中国诗歌会。左翼文学运动成为声势浩大的具有广泛群众基础的文艺运动，对中国革命做出了重大贡献。在国民党大肆围剿左翼文学时，“左联”扩大了和进步知识分子的团结，争取和利用中间色彩的报刊、书店、文化机构，扩大了活动天地和影响，为左翼文学的发展、为后来爱国文艺工作者抗日民族统一战线的建立创造了条件。

②为新文学的发展提供了理论、思想上的指导

“左联”十分重视理论批评，努力传播马克思主义理论，开展了文艺大众化运动，开展了文艺思想斗争和论争，如与新月派的论战，与“民族主义文学”的斗争，与“自由人”“第三种人”的论争等。“左联”通过大量译介马克思主义和开展文艺大众化运动、文艺思想论争，扩大了马克思主义文艺理论的传播，为新文学的发展提供了理论、思想上的指导。

③“左联”的成立促进了文学创作的繁荣

在创作方面，“左联”也获得了出色成就，这主要体现在“左联”中后期。鲁迅的《故事新编》和杂感、茅盾的《子夜》和一些短篇等都是这一时期的重要收获。此外，左翼作家在新文学创作的新题材、新主题、新人物、新精神和艺术表现等方面，都有重大贡献，产生了不少优秀之作，构成新文学第二个十年繁荣局面的重要方面。

④“左联”的成立培养了一大批青年文学作者

“左联”还重视培养青年文学作者，经常组织他们进行文学活动，指导他们学习理论和进行创作，由此培育了一代青年作家，如张天翼、沙汀、艾芜等，为新文学增加了一批新生力量。

(2)“左联”的不足

由于受当时党内“左”倾教条主义统治影响等原因，“左联”也存在一些重要缺点和错误。

①在政治上，不适当地强调“反左倾”“反资产阶级”，不注意利用公开的、合法的斗争

方式，以致暴露革命力量，造成不必要的损失。

②在理论上，存在着教条主义倾向。在组织上，则有关门主义、宗派主义倾向，没有尽可能地团结争取更多的进步作家、中间作家共同战斗。

③在创作中，不少作品缺少中国作风、中国气派，有些作品还有公式化、概念化的弱点。尽管鲁迅等曾对这些缺点错误做过中肯的批评，但有时不能被“左联”某些领导理解和接受，因而形势发生转折时，左翼文学内部就不免爆发两个口号的论争，甚至出现分裂的危险。

总的说来，“左联”的成立推动了左翼文学的发展，繁荣了文坛创作，培养了一大批青年作家，然而限于时代和政治因素，“左联”存在教条主义倾向，创作不够自由，有的作品是政治约束的产物，从而影响了其进一步的发展。

第10章　茅　盾

10.1　复习笔记

一、茅盾概述

1. 茅盾及其著作

茅盾(1896—1981)，原名沈德鸿，字雁冰，浙江省嘉兴市桐乡市人。1913年考入北大预科，毕业后无力升学，进入商务印书馆编译所工作。1920年主持《小说月报》“小说新潮栏”，次年参与发起文学研究会，同时接编《小说月报》。同年，由上海共产主义小组成员转为正式党员。1926年以后参加国民革命，“大革命”失败以后困居上海，开始写作《蚀》三部曲。1928年避难日本，期间创作了若干论文和长篇小说《虹》。1930年返国，不久加入“左联”。此后陆续发表《林家铺子》《春蚕》《子夜》等。抗战爆发后，主编《文艺阵地》，创作《腐蚀》《霜叶红似二月花》等小说。1946年应邀访苏，1949年参加第一次“文代会”，后任中央政府文化部部长，《人民文学》主编。

2. 茅盾的文学史地位

(1)茅盾是中国现代文学的巨匠。他在“为人生”的写实主义基础上推进了的革命现实主义文学模式的发展。他运用马克思主义文艺思想从政治经济学角度来剖析社会矛盾，构建全景性的大规模结构，塑造典型环境中的典型形象，客观冷峻地叙述社会生活，他的这些创作风格和理念产生了深远的影响，形成了占据“左联”文学重要一脉的社会剖析小说流派。这一派作家中比较著名的有沙汀、艾芜与吴组缃等。

(2)茅盾的创作在现代文学史上率先突破了“五四”和1920年代文学局限于反映古老乡村生活的题材，开始了大规模地表现西方资本主义工业文明冲击下处于急剧变动中的半封建半殖民地的都市生活。

(3)茅盾的代表作《子夜》是我国现代文学史上也是我国无产阶级文学运动中出现的第一部成功的革命现实主义长篇小说。它运用革命现实主义创作方法，熔铸生活，再现环境，塑造人物，交织情节，真实而形象地反映了20世纪30年代初中国社会各种错综复杂的矛盾和黑暗的现实，具有史诗般的认识价值。

(4)茅盾的一生不仅以一个热情的作家身份参与新文学的进程，而且以一个冷峻的批评家身份推动了新文学的进程。他是新文学的文艺批评的开创者，他的文学批评内容丰富，视野开阔，具有真知灼见和长久的生命力，曾扶植了不止一代作家，被称为“中国新文学的老长年和老保姆”。

3. 社会剖析小说

这类作品的特点是：作家有明确的创作动机，他们把小说艺术和社会科学结合起来，用科学的观点认识生活、分析社会，选取能反映社会生活本质和具有时代性的重大题材，运用革命现实主义创作方法，通过典型环境中典型人物的塑造和广阔社会的描写，力图对社会生活做出总体的、全貌式的再现，其根本意图和侧重点在于向读者剖析中国社会的性质，揭示社会发展的方向，回答时代提出的问题。

二、茅盾的小说成就

1. 题材的选择与主题的开掘

(1)《蚀》

《蚀》完成于1927年9月至1928年6月，由三个略带连续性的中篇《幻灭》《动摇》《追求》组成。这些小说以大革命前后一群小资产阶级知识青年的生活经历和心灵历程为题材，意在表现当时青年在革命大潮中经历的三个阶段："革命前夕的亢昂兴奋和革命既到面前时的幻灭；革命斗争剧烈时的动摇；幻灭动摇后不甘寂寞尚思做最后之追求。"其中最令人瞩目的是创造了慧女士、孙舞阳、章秋柳等一批"时代女性"形象系列。

(2)《虹》

长篇小说《虹》创作于1929年，是茅盾东渡日本期间创作完成的，主人公梅行素仍然属于时代女性系列，她在努力挣脱旧式家庭、婚姻的束缚，寻求理想生活的过程中，也曾遇到挫折，受到精神重创，但她最终选择了投身于方向明确的社会革命，因而，梅行素远比《蚀》三部曲中的时代女性清澈、明朗而富有理性。这也反映出此时的茅盾已经度过大革命失败后的精神危机，重新认定了社会将向"必然的新时代"发展的趋势。

(3)《子夜》

写于1931年至1932年的《子夜》以上海的工业、金融界为中心，在1930年5月至7月的历史背景下展开故事。1929年底开始的资本主义世界的经济危机波及中国，帝国主义到中国寻找自己的市场，1930年4月至9月蒋介石和阎锡山、冯玉祥之间的中原大战以及无产阶级革命运动深入，工人运动风起云涌，农民运动如火如荼等方面的情况就构成了《子夜》复杂的历史背景，这一历史背景决定着小说的主要情节内容。

(4)《农村三部曲》

①《春蚕》与《秋收》《残冬》一起构成了"农村三部曲"，较真切地反映了农村经济的破产和农民的苦难，以及他们从守旧、迷惘中觉醒，奋起抗争的历程。

②《春蚕》(1932年)真实地描写了20世纪30年代淞沪战争前后江南蚕农"丰收成灾"的境况，揭示了帝国主义世界的经济危机带给中国农民的灾难。

(5)《林家铺子》

完成于1932年的《林家铺子》是茅盾"描写乡村生活的第一次尝试"。茅盾曾阐述过它的主题：20世纪30年代初，中日民族矛盾激化，民间反日浪潮风起云涌。国民党"对于民众的抗日救亡运动从来是限制和镇压。他们自己大卖日货，当民众自发起来抵制日货时，他们却又借抵制日货之名来敲诈勒索小商人，或没收他们的日货，转手之间，勾结了大商户，又把日货充作国货大卖而特卖。国民党的腐败已到了这步田地！"

2. 人物形象的塑造

(1)刻画一个立体式的典型性格

①吴荪甫形象分析

《子夜》中的吴荪甫是一个性格丰满的人物，也是一个复杂与多变的人物，如他是倔强而又充满自信的，但在层层进逼的困境中也显现出软弱和颓唐；他比较清醒而又富于理智，但又时常暴跳如雷。对军阀战乱他没有好感，可是为了公债的得失，他又盼望这讨厌的战乱不要马上停下来；他与赵伯韬之间存在着激烈的矛盾冲突，但是金钱力量又使他同赵伯韬暂时坐到一条板凳上。吴荪甫对外资的侵袭是抵制的，对买办金融资本家赵伯韬的要挟也充满了敌忾；但对工人群众则步步进逼，千方百计进行压榨，如延长工时，减少工资，收买工贼，甚至勾结反动军警，镇压工潮。在吴荪甫身上，既表现出民族意识，又体现了资本家的阶级属性，两者是互相交融在一起的。

②塑造人物的手法

在形象塑造上，《子夜》善于把人物放在广阔背景上，通过尖锐的矛盾冲突和复杂的社会关系，运用心理描写、肖像描写、细节描写以及对比、映衬等手法和简洁、细腻、生动、个性化的语言，刻画典型环境中的典型性格，并注重表现人物性格的复杂性和多面性，使人物形象血肉丰满，富于立体感。

(2)塑造了两类具有开创意义的人物形象

在茅盾小说中，民族资本家和时代新女性是两个重要的形象系列。

①民族资本家形象

a. 从《霜叶红似二月花》中的王伯申，《子夜》中的吴荪甫，到《第一阶段的故事》中的何耀先，《清明前后》中的林永清夫妇，茅盾十分清晰地勾勒出了20世纪前半世纪中国民族资产阶级所走过的历史道路，既写出了中国民族资产阶级的总体历史特点与发展趋向，又展示了现代史发展不同阶段的不同特点，具有了历史的具体性。

b. 在新文学的艺术画廊中，要寻找抗战以前这一时期的民族资产阶级和买办资产阶级的形象，除了《子夜》以外，几乎不能在别的作品中找到。这一评价道出了《子夜》在形象创造上的独特贡献和历史意义。

②“时代女性”形象

a. 茅盾早期小说对一批“时代女性”的塑造是其突出贡献。这些女性通常天资聪颖、思想独立，但经历过社会的洗礼后呈现出两种心理倾向：或变得颓废消沉，如《幻灭》中的慧女士、《追求》中的章秋柳；或变得果敢坚强，如《动摇》中的孙舞阳、《虹》中的梅行素。作家显然对这一类新女性有所偏爱，在某些方面虽有所批评，但主要着力点却在肯定她们思想、性格的反封建的叛逆方面，真实地写出了她们尽管有动摇，却可能最终走上革命道路的心路历程。

b. 从《子夜》中的林佩瑶以后，作者的笔调中批判性因素逐渐加浓。写于1940年代的《腐蚀》中的赵惠明，其性格是1930年代梅行素们的精神姐妹，但茅盾对其的同情中含有更多更严峻的批判。同时茅盾开始注重对东方型女性传统美德的再发掘，如《霜叶红似二月花》中的张婉卿，希望通过这个“最具有生命担当力和精神整合力的”女性来表达作家审美理想中对真、善、美三者的极致崇尚与追求。

3. 开拓了都市小说的新篇章

在关注现实题材的基础上，茅盾也开拓了都市题材作品的创作，他的《子夜》直接记录和概括了1930年春夏间在大都市上海发生的经济和政治斗争，而《幻灭》《动摇》和《追求》的故事也同样发生在两个都市之中，这些小说深深扎根于都市的大环境中，并以此为背景展开故事的脉络向前推进。茅盾在都市的背景下运笔自如，展示了对都市题材优秀的驾驭能力。

4. 追求独特的文体结构

(1)结构的多样性

茅盾小说对于现代长篇小说的样式、结构等方面的艺术探索和追求，充分显示了现代小说的文体意识的独立。茅盾的第一篇长篇小说《蚀》，采用“三部曲”形式：既可独立又能连缀，可分可合，伸缩自如。随后的创作中较多地使用三部曲形式，并达到了相当高的水准。此外，他还在中、长篇小说的文体结构上做出新的拓展，如以小见大的《林家铺子》、历史画卷式的《霜叶红似二月花》、长篇日记体的《腐蚀》等。

(2)宏大而严谨的布局

茅盾追求宏大而严谨的布局，他在小说中喜欢采用能够体现时代性的网状型结构形式。作家往往根据主题的需要和中心人物性格发展的逻辑来安排各种人物事件、矛盾冲突和环境场面，组成复杂的人物网络，并埋设下情节因果关系的伏笔，从而建成经纬交汇的“网状结构”。如《子夜》就是这方面的典型。

5. 深化了人物心理刻画的精细度

茅盾是一个擅长于心理描写的大师。他的心理描写手法多样，最具特点的是注重“社会心理因素”的探索。他往往以充满着血和泪的感情对形形色色的小资产阶级人物心灵世界进行刻画和解析。通过心理描写的艺术手段强烈地表现他们苦闷、彷徨的矛盾心绪，从而揭示人物内心世界的隐秘和冲突以及这种冲突的社会性，丰富人物的性格，使人物达到形神具现的境地。如《春蚕》通过人物触景生情，情随物迁的心境变化，再现人物内心世界；再如《腐蚀》，采用以内视角为主的叙述方式来叙事状物，使作品的心理剖析和社会环境描写达到了“精微真确”的程度。

【名师点拨】茅盾的小说成就，是本章学习的重点内容，需结合具体作品来分析茅盾小说的史诗性特征，及其在艺术创作上的特色。

三、茅盾的理论批评与其他方面贡献

1. 现实主义文学理论体系的积极建设

(1)现实主义文学观是茅盾的文学思想的核心。他认为现实主义文学必须是时代的反映，文学创作源泉是一定时代的社会生活，因此文学应该反映时代的风貌，必须反映每一历史阶段的重大事件、重大斗争。他的小说展现了从辛亥革命时期到新中国成立前夕的中国现当代的重要历史面貌。

(2)在前期，茅盾吸收了欧洲的写实主义与中国传统文艺理论作为自己的理论基础，在其文学评论中大力推广了“为人生”的艺术宗旨；1925 年 5 月，他发表了他的长篇论文《论无产阶级艺术》，标志着其现实主义发展到了一个崭新阶段，即由写实主义转变到了革命现实主义的方向上来了。作为坚定的无产阶级革命者，茅盾强调作家要表现个人在政治上的倾向，但反对革命现实主义中的公式化、概念化倾向，强调依靠理性分析来开拓形象思维的深广度，从典型环境来解释并塑造典型人物，在戏剧性强的情节中突现人物性格及其成长史，并身体力行地开创了左翼文学中社会剖析派这一主流范式。

总之，茅盾对现实主义理论的提倡，对 20 世纪中国现实主义文学的发展，发挥了重要作用。

2. 中国现代批评的开创者之一

(1)从 1920 年 1 月他以“佩韦”笔名，在《东方杂志》上发表《现在文学家的责任是什么?》第一篇论文起，他陆续发表了大量的论文，来阐述自己的文学主张。如《文学和人的关系及中国古来对文学者身份的误认》《社会背景与创作》《文学与人生》《文学与政治社会》《“大转变时期”何时来呢?》《创作的前途》《春季创作坛漫评》《评四、五、六月的创作》《自然主义与中国现代小说》《论无产阶级艺术》《从牯岭到东京》等，都是他很有代表性、很有影响的文学论文。

(2)在《中国新文学大系·小说一集·导言》中，他尝试用历史唯物主义观点进行作家作品评论和文学史研究，取得了初步的成功，推动了马克思主义文艺批评在中国的建立。

(3)对“五四”一代的作家进行比较系统的研究和论述。如《鲁迅论》《冰心论》《徐志摩论》《落花生论》《读<倪焕之>》等。

(4)对文学新人给予支持、指导。如对沙汀、吴组缃、萧红、臧克家、田间等的发现和鼓励。

3. 散文创作

(1)流亡日本期间，茅盾写过一批抒情性很强的散文，用婉转清丽的文字记录了自己不甘于消沉、渴望振作却又感到软弱的微妙的内心波动。如《卖豆腐的哨子》《严霜下的梦》《叩门》等。

(2)从日本归国后，茅盾有感于中国乡村与城镇的凋零景象，创作了《故乡杂记》《速写与随笔》等散文集，用笔细腻而跌宕有致。

(3)抗战时期，茅盾迎来了他散文创作的成熟期，代表作品有《白杨礼赞》《风景谈》，在这些散文中，作家善于使用托物言志和以实衬虚的叙述手法，并高扬着革命理想主义精神。

10.2 考研真题与典型题详解

一、填空题

1. 茅盾的农村三部曲是______《秋收》《残冬》。

【答案】《春蚕》

【解析】茅盾的农村三部曲是《春蚕》《秋收》和《残冬》。这三部小说，从《春蚕》写蚕丝业萧条所引起的农村破产，到《秋收》写农民在饥饿中的抢粮风潮，到《残冬》写农民在一年生计完全绝望以后，终于自发起来进行武装斗争，正好反映出那个年代旧中国农村变化和农民觉醒的全过程，描绘出一幅清楚、生动的历史图画。因此，这三篇小说也是姐妹篇，合起来称为“农村三部曲”。

2. 茅盾《蚀》三部曲是______、______、______。

【答案】《幻灭》；《动摇》；《追求》

【解析】茅盾的《蚀》三部曲——《幻灭》《动摇》《追求》，以广阔的场面、宏大的气势，迅速、真实地反映了刚刚过去的大革命的历史和正在发生着的大革命失败后的社会心理。

3. 孙舞阳是小说______的人物，这部小说和另两部小说______、______合称为______。

【答案】《动摇》；《幻灭》；《追求》；《蚀》

【解析】孙舞阳是茅盾小说《动摇》中的女主人公，该作主要描写了知识分子方罗兰，身处革命与反革命势力的严重冲突中，既不敢打击敌人，又不敢依靠工农，在动摇、妥协之中葬送了革命与自己。《动摇》与《幻灭》《追求》合称为《蚀》。

4. 茅盾小说《虹》中的女主角是______。

【答案】梅行素

【解析】《虹》是茅盾1929年创作的一部长篇小说，梅行素是小说的女主角。这部小说通过主人公的生活道路，揭示了从“五四”到“五卅”这一历史时期内知识分子由个人主义到集体主义、由封建制度叛逆者到革命者的艰苦历程。

二、名词解释

1. 社会剖析小说[清华大学2025年研；东南大学2013年研]

答：社会剖析小说是以茅盾作品为代表的一类小说，其特点是：表现时代斗争的重大题材，在创作一开始就运用一定的社会科学思想对社会生活进行理性的分析，以开拓形象思维的深广度；在典型环境中塑造典型性格尤其是塑造时代性格，在戏剧冲突强烈的情节中描述人物的性格成长史或突出人物性格的一瞬。在左翼内部，跟随茅盾如此创作的有沙汀、吴组缃等人。这种小说模式逐渐成为左翼文学公认的主流，因而影响深远。

2.《子夜》[河南大学2024年研；中国人民大学2014年研]

答：《子夜》是中国现代著名作家茅盾的长篇小说代表作之一，作者站在时代的高度，运用革命现实主义的创作方法，对自己所处的时代展开了“全方位”的正面描绘，准确地把握了1930年代社会各阶级、各阶层的人的思想、性格、心理、命运及其历史纠葛和流动，历史地、具体地、深刻地反映了20世纪30年代初期旧中国广阔的社会生活的全部丰富性和深刻性，其“立体化”的人物形象塑造、结构模式等艺术技巧丰富了中国现代小说的创作。《子夜》的问世，为中国无产阶级革命文学在长篇创作方面的发展起了开辟道路的作用，同时也表明了茅盾先生的创作已进入了成熟时期。

三、简答题

1. 简析茅盾《子夜》的艺术特点。[武汉大学2025年研]

答：《子夜》是茅盾的长篇小说代表作，具有独特的艺术魅力，其艺术特点主要体现在以下几个方面：

（1）宏大严谨的结构

①全景式社会画卷

作品以民族工业资本家吴荪甫和买办金融资本家赵伯韬的矛盾、斗争为主线，把20世纪30年代初期中国社会的广阔生活画面和复杂的阶级关系，集中地、有机地组织在一起，展现了包括工人罢工、农民暴动、民族工业的困境、金融市场的风云等社会各层面的状况，构成了一幅宏大的社会全景图。

②多线交织的叙事

除了吴荪甫和赵伯韬的矛盾这条主线外，还穿插了许多其他线索，如吴荪甫与裕华丝厂工人的矛盾、双桥镇农民与地主的矛盾、吴荪甫家庭内部的矛盾等。这些线索相互交织、相互影响，形成了一个庞大而又严谨的叙事网络，全面而深入地反映了当时的社会现实。

（2）典型环境中的典型人物

①鲜明的人物形象

成功塑造了众多具有典型意义的人物形象。如吴荪甫是一个具有强烈民族自尊心和发展民族工业愿望的资本家，他精明强干、有魄力、有雄心，但在帝国主义和买办资本的双重压迫下，最终走向失败，展现了民族资产阶级在半殖民地半封建社会中的两面性。

②细腻的心理描写

注重对人物心理的深入刻画，通过内心独白、心理分析、动作暗示等多种手法，揭示人物复杂的内心世界和情感变化。如在描写吴荪甫在与赵伯韬斗争过程中的焦虑、挣扎、绝望等心理时，细腻而真实，使读者能够深入理解人物的性格和命运。

（3）深刻的社会分析

①精准的时代洞察

具有深刻的社会分析和历史批判价值。通过对民族工业的兴衰、金融市场的波动、农村经济的破产等现象的描写，深入分析了20世纪30年代中国社会的经济结构和阶级关系，揭示了中国社会半殖民地半封建的性质，以及民族资产阶级在这种社会环境下的历史命运。

②清晰的理论阐释

运用马克思主义的社会分析方法，对社会现象进行了科学的剖析和理论的阐释。如通过对吴荪甫企业失败的描写，说明了在帝国主义和封建主义的压迫下，中国民族工业无法独立发展，从而论证了中国社会走向新民主主义革命的历史必然性。

(4)细腻的细节描写

①环境细节真实

对生活细节和环境描写十分细腻逼真，为读者呈现了一个生动的社会场景。如对上海的都市景观、工厂车间、金融交易所等场所的描写，以及对人物的服饰、饮食、居住等生活细节的刻画，都具有很强的真实感和时代感，使读者仿佛置身于那个特定的历史时期。

②行为细节传神

通过对人物行为细节的描写，展现人物的性格和心理。如在描写吴荪甫烦躁时习惯地“拿起左手的三个指头在桌子上猛拍一下”这一细节，生动地表现了他的急躁和果断的性格特点。

(5)精湛的语言艺术

①精确的语言风格

语言具有精确性、鲜明性和生动性的特点。作者善于运用准确、恰当的词语来描绘事物、刻画人物，使读者能够清晰地感受到作品中的形象和氛围。如在描写吴荪甫和赵伯韬谈判时的语言，简洁有力，充满了火药味，鲜明地展现了两人的性格和立场。

②多样的语言特色

根据不同的人物身份和性格，运用了多样化的语言风格。如描写工人、农民的语言质朴、通俗，符合他们的身份；而描写资本家、知识分子的语言则较为文雅、含蓄，体现了他们的文化素养和社会地位。这种多样化的语言风格，使作品中的人物形象更加鲜活、真实。

2. 简述茅盾早期创作中的女性形象。[南开大学 2013 年研]

答：在茅盾早期创作的小说中，“时代女性”形象群以自身的独特性存在于文坛研究领域中，同时也受到了许多学者的关注。大多数论者对“时代女性”的性格特征、在中国现代文学史上的地位和历史意义都给予了充分的肯定和高度的评价。这里以《蚀》和《虹》中的惠女士、章秋柳、梅行素等“时代新女性”的典型类型为例加以分析。

(1)惠女士：从社会上败下阵来，退回到家庭中延续对男性的依赖

《幻灭》中的惠女士是个早已幻灭了的人物，在其中还可以说是配角。她与静女士相比，静所经历的理想的幻灭和人生的幻灭，对她来说早已是往事了；静所看不惯和不适应的社会动乱及社会的种种弊端，她倒是可以在其中周旋得如鱼得水了。她总是不放弃追求一种热烈而动荡的生活。惠女士带着鲜明的现代女性色彩。如果说静女士还保留着明显的温婉贞静等传统道德，在新与旧之间徘徊犹豫，那么惠女士则是旧礼教、旧道德的无所顾忌的叛逆者；如果说静女士显得天真幼稚，惠女士则显得泼辣、精明能干、通晓世情；美丽安静的环境，养成了静女士善于独处思考而又充满无限幻想的习性，导引着她对人生意义的严肃追求，而惠女士则更深地感觉到时代的痛苦，社会的不安，她很少有不切实际的幻想，她是以玩世不恭的态度向黑暗现实挑战，而不能走上正确的道路。

(2)章秋柳：被迫继续流浪，甚至走向沉沦或毁灭

《追求》里的“恋爱专家”章秋柳给人印象最深的是那次组织一个社的宣言。那番慷慨激昂的话语是何等的激动人心，她要将这些生活在大变动时代的人组织起来，让自己和他们一

起释放热烈似火的激情。她的这番话只是想向世人证明自己存在不是颓废的象征，绝不是苟且地活着，她想做一些事——一些未必是无聊的事。然而她的热望，最终成为泡影。于是她感到“极度苦闷”，但她不甘心浪费自己的生命，她要求刺激，只想现在，不考虑以后。因此，在“极度苦闷的时候”，便“大笑大叫”“拥抱”“亲嘴”“浪漫”“颓废”，到跳舞场，进酒楼，在刺激中感到一点点生存的意义。因此，她“既不希望将来，也不肯轻轻放过现在”，“要先吃尽了人间享乐的果子，然后再干悲壮热烈的事情”。在这样的环境下，她有可能会堕落。但是她现在没有，她还在努力追求着，然而，她始终振作不起来，她认为理想的社会，理想的人生，甚至理想的恋爱都是骗人的。章秋柳最后的决心是只要过一天算一天，她在这“余日无多”的时期内悲哀，最终的追求也彻底地结束了。

(3)梅行素：继续往前冲，走向革命道路

《虹》中的梅行素是个“眉目间挟着英爽的气分”，“常常紧闭的一张小口也显示了她的坚毅的品性”的女子。她的性格就是“往前冲”，她所奉行的哲学是：“过去的让它过去，永远不要回顾，未来的，等来时再说，不要空想，我们只能抓住了现在，用我们现在的理解，做我们所应该做”。她最初冲出“柳条笼”，还只是争取自由的本能的反抗，而她投身于集体主义的洪流中时，在发现原来信奉的光阴的生活，愉快的人生，反对旧礼教，打倒偶像等只是一些烂名词，在目前的场合毫无用处时，终于在马克思主义那里寻找到了真理的火光。思想的变质，使她成为一个意志坚定的革命者。

正是梅行素的热情劲儿引导着她不断向前，不断地鼓励她坚持走下去，最终她胜利了，这是值得庆贺的。她走完了前面慧女士、章秋柳即将要走又未找到的正确道路。她走的这条道路具有广泛的代表性，它真实地展现了“五四”时期开始觉醒的青年知识分子的生活状态和思想历程：怀着自身的追求和抱负，冲破旧礼教的束缚，冲破家庭的牢笼。经历了在黑暗现实社会中的奋斗，最终怀着饱满的热情投身于革命斗争的洪流中。

四、论述题

1. 试比较茅盾与新感觉派的都市书写。［北京大学 2025 年研］

答：茅盾与新感觉派虽都着眼于都市书写，但因创作理念、时代认知的差异，呈现出截然不同的风貌。下面从主题、人物塑造、表现手法等方面进行比较分析。

(1)主题侧重

茅盾的都市书写具有强烈的社会批判意识，致力于揭示社会的本质和阶级矛盾。在《子夜》中，以上海为背景，通过民族资本家吴荪甫的奋斗、挣扎直至破产的过程，展现了 20 世纪 30 年代中国半殖民地半封建社会的经济结构和阶级关系。吴荪甫试图振兴民族工业，却在帝国主义、买办资产阶级以及封建势力的多重压迫下走向失败，深刻地反映了当时中国社会的主要矛盾，即民族资产阶级与帝国主义、封建主义之间的矛盾，以及社会各阶层在经济危机下的生存困境。

新感觉派更关注都市人的精神状态和现代性体验，着重表现都市生活对人性的异化。穆时英的《夜总会里的五个人》描绘了五个在都市夜生活中迷失自我的人物，他们在夜总会的喧嚣、奢华中寻求刺激，试图填补内心的空虚。这里的都市是充满诱惑与欲望的“魔窟”，人们在追求物质享受和感官刺激的过程中，逐渐丧失了自我，人性被扭曲。刘呐鸥的《都市风景线》通过对都市男女情感纠葛的描写，展现了都市快节奏生活下人们情感的冷漠与无常，突出了都市现代性对传统人性的冲击。

(2)人物塑造

茅盾擅长塑造具有鲜明阶级特征和时代烙印的典型人物。以《子夜》中的吴荪甫为例，他具有民族资产阶级的两面性，一方面精明能干、有魄力、有雄心，试图建立自己的工业王国；另一方面，又对帝国主义和封建主义存在妥协性。他在与赵伯韬的斗争中，既有坚决抗争的一面，又因自身的局限性而最终失败。这种人物塑造方式，使读者能够通过个体命运洞察整个社会阶级的状况和发展趋势。

新感觉派在人物塑造上更注重对人物内心瞬间感受和潜意识的挖掘。如穆时英《上海的狐步舞》中的舞女、少爷等人物，通过对他们在都市生活中的种种行为和心理活动的描写，展现出他们内心的迷茫、焦虑和对现实的逃避。在描写人物时，常常运用意识流手法，打破时间和空间的限制，将人物内心的复杂情感和潜意识的想法直接呈现给读者，使人物形象更具现代感和心理深度。

（3）表现手法

茅盾主要运用现实主义手法，通过对社会现象的细致观察和真实描绘，展现社会的全貌。在《子夜》中，对工厂、交易所、公馆等场景的描写都极为真实，对人物之间的矛盾冲突和故事情节的发展也按照现实逻辑进行叙述。他以严谨的结构、宏大的叙事，构建起一个完整的社会画卷，使读者能够真切地感受到当时社会的复杂性和真实性。

新感觉派则广泛运用现代主义手法，如象征、隐喻、蒙太奇等。在刘呐鸥的作品中，常运用象征手法，以都市中的高楼大厦、霓虹灯等象征都市的繁华与虚幻。在《两个时间的不感症者》中，通过对男女主人公在不同时间的行为和心理描写，运用蒙太奇手法，将不同场景快速切换，营造出一种紧张、多变的氛围，突出都市生活的快节奏和不确定性，给读者带来全新的阅读体验。

（4）叙事结构

茅盾的作品通常具有宏大严谨的叙事结构，以《子夜》为例，采用多线交织的叙事方式，以吴荪甫与赵伯韬的矛盾为主线，同时穿插吴荪甫与工人、农民的矛盾，以及他家庭内部的矛盾等多条线索。这些线索相互关联、相互影响，共同推动情节的发展，形成一个庞大而有序的叙事网络，全面地展现了社会的各个层面。

新感觉派的叙事结构则呈现出碎片化和跳跃性的特点。他们打破传统小说的线性叙事模式，以零散的片段和瞬间的感受来构建故事。如穆时英的《夜总会里的五个人》，通过五个不同人物在夜总会的经历，以片段化的方式呈现，各个片段之间没有明显的逻辑联系，而是通过氛围和情感的渲染来传达主题，这种叙事方式更符合都市生活的碎片化和不确定性。

2. 对茅盾小说的“史诗性”，做出你的评判。［北京大学 2011 年研］

答：“史诗性”，既是小说的一种审美追求，也是一种思维模式，它是特定历史文化背景的产物。茅盾小说的“史诗性”源头来自 19 世纪欧洲批判现实主义文学潮流，以书写历史的视角和方法来进行文学创作是这种文学潮流的重要特征。茅盾小说“史诗性”主要体现在系列性和编年史特征、注重题材和主题的时代性、对“巨大的思想深度”和“广阔的历史内容”的追求三个方面。

（1）系列性和编年史特征

茅盾曾有大规模地描写中国社会现象的企图，并打算通过农村与城市革命发展的对比，反映出这个时期中国革命的整个面貌。这种意图在完成的《子夜》中虽没有得到完全的体现，但从他创作的整体进行考察，却是基本上实现了的。

如果把茅盾的作品按其反映的历史时代先后排列起来看，“五四”运动前后到 1940 年代末近半个世纪内现代中国社会风貌及其变化、各个阶层的生活动向及彼此间的冲突，都得到了充分的艺术反映。可以说，茅盾为人们提供了一部20世纪上半时段中国社会的编年史。

(2)注重题材和主题的时代性

茅盾小说注重题材与主题的时代性与重大性，要求创作与历史事变尽量地同步，自觉地追求“巨大的思想深度”与“广阔的历史内容”，能反映时代全貌及其发展的史诗性。从写成于1931年至1932年的《子夜》开始，茅盾更自觉地展开了对于自己所处的时代“全方位”的正面描绘。不久后写出的重要的短篇小说《春蚕》《林家铺子》等，同样具有鲜明的1930年代的时代特征。这些作品不仅显示了茅盾自身创作趋于成熟，而且集中体现了1930年代中国现代社会历史小说的主要特色与主要成就，由此形成了中国现代社会历史小说的基本格局，并起着长久的支配作用。

(3)对“广阔的历史内容”和“巨大的思想深度”的追求

①“广阔的历史内容”

《蚀》以广阔的场面，宏大的气势，迅速、真实地反映了刚刚过去的大革命的历史和正在发生着的大革命失败后的社会心理；而《子夜》则准确地把握了1930年代社会各阶级、各阶层的人的思想、性格、心理、命运及其历史纠葛和流动，力求完整地反映出整个大时代的全部丰富性与复杂性，成为革命现实主义的里程碑式作品。

②“巨大的思想深度”

《蚀》从在中国革命中具有特殊重要地位的小资产阶级知识分子心灵历程的独特角度来反映大革命，丝毫不回避其中包含的深刻的历史教训，显示了茅盾对中国社会与中国革命的深刻认识、把握，以及清醒的现实主义精神。虽然受到了来自“左”的方面的责难与批评，但却由此而证明了茅盾正是由鲁迅所开创的“五四”现实主义传统发展而来的，一开始就有别于其他脱离中国现实生活的“革命文学”。

总之，茅盾对现代文学最重要的贡献是开创了具有社会编年史特征的史诗式长篇小说文体。茅盾注重以社会斗争为故事的轴心，并常以历史代言者的姿态进入创作，表现出强烈的政治性。他把艺术的笔触伸展得相当广阔，描写对象涉及各个阶层，展示了丰富巨大的社会历史内容。

3. 试论述茅盾的小说成就。[中国传媒大学2010年研]

答：茅盾是中国现代文学史上的重要作家，他创作的大量作品丰富了中国现代作品文库，促进了中国小说创作的成熟。其小说创作的突出成就表现为：

(1)小说具有史诗性特征

茅盾小说的史诗性特征，是指其小说注重题材与主题紧贴时代的变迁，自觉追求“巨大的思想深度”与“广阔的历史内容”。如果将茅盾主要的长篇联系在一起来考察，会发现他几乎提供了一部20世纪上半叶中国社会的“编年史”：

①《霜叶红似二月花》揭开的是20世纪初“五四”运动前夕中国社会的一角。

②《虹》描写“五四”到“五卅”的历程。

③《蚀》三部曲(《幻灭》《动摇》《追求》)展示了1920年代的大革命失败前后的历史。

④《子夜》以及《林家铺子》、“农村三部曲”(《春蚕》《秋收》《残冬》)深刻地反映了1930年代的中国城市与农村的政治经济面貌。

⑤《第一阶段的故事》《锻炼》等：记录了上海“八·一三”事变到上海陷落时期的社会生活。

⑥《腐蚀》：批判了皖南事变前后国民党的法西斯特务统治制度。

⑦《清明前后》：描绘了抗战后期的黑暗现实。

茅盾注重以社会斗争为故事的轴心，并常以历史代言者的姿态进入创作，表现出强烈的政治性。他将艺术的笔触伸展得相当广阔，描写对象涉及工人、农民、资产阶级、小资产阶级，牵涉的生活有政治、经济、教育、战争、革命、反革命等各方面，反映的历史几乎囊括了整整一个时代——中国现代史的各个时期、各个阶段。

(2)小说人物的多面性、立体化塑造

茅盾长篇小说注重从复杂的社会关系及其变化中来展现人物性格和命运，追求对人物行为、情感、心理的多面性和立体化的描写以《子夜》中的主人公吴荪甫为例：

①将吴荪甫置于错综复杂的社会关系和经济关系中去刻画：吴荪甫与赵伯韬的关系；吴荪甫与工人的关系；吴荪甫与朱吟秋等的关系以及吴荪甫与吴老太爷的关系、与亲属的关系、与屠维岳的关系、与王和甫的关系、与双桥镇农民的关系等。

②吴荪甫复杂性格特征包含深刻的社会内容，表现了中国民族资产阶级的两面性。

(3)小说中"人物形象系列"的自觉创造

①民族资本家形象系列

王伯申、吴荪甫、唐子嘉、何耀先、严仲平、林永清等。

②时代新女性形象系列

a. 东方型女性：静女士、方太太。

b. 西方型女性：慧女士、孙舞阳、章秋柳等。

(4)独特的结构方式和心理描写

①结构方式

三部曲的形式，《子夜》蛛网式的密集结构。例如《子夜》中，纷繁的社会生活与历史进程的展示以及日常生活的描写，形成了《子夜》内容的诸多头绪，而各条线索合成一个庞大而复杂的艺术构架便成为作品首要的艺术特征。同时作者又善于根据矛盾冲突的各种不同发展阶段的情况，运用借题牵线，烘托对比，虚实处理，前后照应等艺术手法，来巧妙地安排故事情节，做到引人入胜而又不落俗套。

②心理描写的特征

社会历史剖析与社会人的心理剖析的统一。例如，《子夜》在心理描写上占了很大比重，尤其是对人物的下意识和幻觉的描写增强了整个作品心理分析的色彩。这种心理分析的艺术效果并不仅仅驻足在传统的写实主义手法的应用上，而是明显地运用了象征主义的手法，这种象征主义的手法或隐或现地从作品的开头贯穿至小说终结。

4. 讨论茅盾对现当代长篇小说体式的贡献。[中国人民大学2010年研]

答：当中国在东南沿海一带的社会经济结构逐渐为现代化生产、商业所代替的时候，这巨大而复杂的生活内容，就提供了文学形式相应改变的可能性。茅盾的贡献之一便是适应了1930年代生活内容的变化，对鲁迅所开创的中国现代短篇小说文体做了新的拓展，向中长篇延伸，大大提高了中国现代小说反映生活和人的心灵深广度的可能性。茅盾对现当代长篇小说体式的贡献主要表现在：

(1)注重题材和主题的时代性和重大性

茅盾独特的小说艺术探索，首先表现在题材的选择与主题的开掘上。他的小说注重题材与主题的时代性与重大性，要求创作与历史事变尽量地同步，自觉地追求"巨大的思想深度”与“广阔的历史内容”，以及能反映时代全貌及其发展的史诗性。如果把茅盾的作品按其反映的历史时代先后排列起来看，“五四”运动前后到1940年代末近半个世纪内现代中国社会风貌及其变化、各个阶层的生活动向及彼此间的冲突，都得到了充分的艺术反映。

(2)注重表现人物的多面性和复杂性

适应以长篇小说为主的小说艺术发展的需要，在小说人物形象的塑造上，茅盾更注重表现人物性格的多面性与复杂性，将人物的行为、情感、心理、个性诸点，加以展开，追求“立体化”的油画效果。对于茅盾的文艺观念来说，人物是小说的中心，而人是一切社会关系的总和，是历史客观条件、客观环境造成了人，所以，他总是从多方面的错综复杂的社会关系及其变化中来突出人物性格及其发展。在错综复杂的社会关系中又特别注重人物的经济关系及经济地位的变化。

茅盾人物刻画的另一个重要贡献，是他进行了“人物形象系列”的自觉创造。作为一个有着鲜明的艺术个性的自觉的长篇小说艺术家，茅盾创造了自己的艺术世界。表现在对于进入他的艺术视野的人物的性格与命运保持着持久的热情与关注，这些人物在他的写于不同历史时期的小说中不断出现，形成了形象系列，各自构成了某一类型人物思想性格的发展历史。

(3)追求宏大而严谨的布局

作为一个自觉的长篇小说艺术家，茅盾对小说结构的极大注意，也是他的显著特点。他追求宏大而严谨的布局，作品人物众多，情节复杂，线索纷繁交错而又严密完整。茅盾小说的结构方式本身也有一个发展过程。从《子夜》开始，茅盾把小说结构的精心构制作为艺术构思中的重要一环，追求与纷繁复杂的生活更加适应的蛛网式的密集结构。

(4)注重对社会历史和人物的心理剖析

在小说艺术表现上，茅盾特别注重于细腻的心理刻画，他追求着社会历史的剖析与人的心理剖析的统一。在他的艺术创造中，不仅努力挖掘与揭示人物心理活动的深刻的社会历史的内容，而且注意把人物置于广阔的社会历史运动中，展现人物心理发展的历史。同时，他又十分注意调动一切心理描写的手段，加以综合地运用，以表现人物心理活动的丰富性与复杂性。茅盾的创作实践提高了心理刻画在我国现代长篇小说艺术中的地位，具有重要意义。

总之，通过这一切可以看到革命小说家茅盾不拘一格的阔大风格以及其艺术造诣上的丰富多样。茅盾以其高超的艺术创作成就，对现当代长篇小说体式的形成和发展做出了卓越的贡献。

第11章　老　舍

11.1　复习笔记

一、老舍概述

1. 老舍及其著作

老舍(1899—1966)，原名舒庆春，字舍予，满族人。老舍是他的笔名。他生于北京贫民家庭，在大杂院长大，因此熟悉社会底层的市民生活和文化，这些经验成为他日后创作的最主要的资源。其主要作品有《老张的哲学》《赵子曰》《骆驼祥子》《猫城记》《离婚》《牛天赐传》等长篇小说，《我这一辈子》等中篇小说，以及《断魂枪》《月牙儿》《柳家大院》《微神》等短篇小说。1940 年代的主要作品是长篇小说《四世同堂》。五六十年代最成功的作品有话剧《茶馆》和小说《正红旗下》。

2. 老舍的文学史地位

(1)在中国现代文坛上，老舍是继鲁迅之后坚持“改造国民性”主题的文学大家之一。但老舍更多的是从风俗文化的角度切入，使其作品富于文化意蕴。

(2)老舍是第一个把中国市民阶层的命运、心理、情感引入中国文学，建立了完整的市民形象体系的作家；也是第一个在文学中全方位地致力于缔造北京文化的作家，被看作“京味小说”的鼻祖。他的小说全景式地展示了北京的风土人情和市民生活，成为北京文化的表征。

(3)老舍是一位的幽默大师，尤其贡献了长篇幽默小说的形式，占据了中国现代喜剧文学的一个重要的位置。

(4)老舍也是一位语言艺术的大师，创造了具有独特的“俗白”风格和鲜明的民族色彩的雅俗共赏的语言形式。

二、文化批判视野中的“市民世界”

依托于“城与人”的关系，老舍将北京市民的日常生活及精神世界作为民族文化寄寓和反省的对象。在小说中，他为现代文学画廊塑造了包括不同时代、职业、年龄、性别及政治立场、性情趣味等方面都相去甚远的市民人物群像，其中的三类市民形象颇为典型。

1. 老派市民形象

(1)主要由商人、小职员、旗人、家庭主妇等构成，大都带有晚清封建文化的深刻烙印，他们是保守文化的体现者，渴望与世无争，安稳度日，反对既成秩序的破坏，讲体面、排场，追求精巧的生活艺术，一生沉醉于小刺激和小趣味里，生命的无用和空掷是这些人的最大悲剧。如《二马》中的老马，《牛天赐传》中的牛老者，《离婚》中的张大哥、老李，《四世同堂》中的祁老太爷、祁天佑等。

(2)老舍本人与这些老派的市民有千丝万缕的联系，他为这些老派市民谱写的是一曲挽歌，同时也是代表传统文化的老北京的挽歌。老舍一方面看到老北京文化必然走向衰落，另一方面又怀有深深的惋惜。老舍对待他笔下的这些老派市民的态度，是温情中又有批判。正是这种复杂的态度使这类老派市民成为老舍塑造得最成功的一类人物形象。

2. 新派市民形象

(1) 主要由洋场恶少、纨绔子弟、交际花、地痞、汉奸等构成，是中国社会殖民地化和都市洋场化历史过程中的畸形产物，他们拾西方文明之牙慧而承传统文化之粗鄙，爱虚荣、赶时髦、浅薄无知、游手好闲、不伦不类、追逐名利。如《老张的哲学》中的蓝小山，《离婚》中的张天真、小赵，《牛天赐传》中的牛天赐，《四世同堂》中的丁约翰、祁瑞丰等。

(2) 老舍表现出对外来的西方资本主义文明持非常谨慎乃至排拒的态度，因此一写到此类角色就给他们描画可笑的漫画式肖像，极尽夸张地摹写他们的粗俗和丑态，鄙夷不屑之情便溢于言表。

3. 正派的或理想的市民形象

(1) 主要由有侠义心肠和实干精神的义士、小知识分子构成，是老舍探索新的社会理想和出路的载体，如《老张的哲学》中的赵四，《赵子曰》中的李景纯，《二马》中的李子荣，《离婚》中的丁二爷，《四世同堂》中的钱默吟等。

(2) 老舍让这些人物出现在作品中是为了给在黑暗中挣扎的人们一丝光亮，为此作家常常借鉴传统小说中侠客除暴安良的情节和大团圆结局。这类形象在总体上比较苍白，直到在《四世同堂》中塑造了钱默吟这个为民族解放而勇于自我牺牲的形象，才把这类人物提升到一个新的高度。

【名师点拨】老舍创作的"视点"有其独异性，即他写"人"的关节点是写"文化"。理解了这一视点，便可以对老舍笔下的"市民世界"——"老派市民""新派市民"和"正派的或理想的市民"三类人物形象有一个比较全面系统的认识，同时也要善于发现老舍在批判传统文明时流露出的失落感，以及他对"新潮"的激愤之情。

三、《骆驼祥子》：对城市文明病与人性关系的探讨

1. 城市底层贫民形象的塑造

在老舍的小说中，城市贫民的形象包括《骆驼祥子》中的祥子、妓女小福子，《我这一辈子》中的老巡警，《四世同堂》中的车夫小崔、剃头匠孙七，《鼓书艺人》中的艺人方宝庆等，其中以祥子最为典型。这个在地狱里都能"做个好鬼"祥子，在人世间却没有能够始终做个好人。他一再挣扎，一再失败，"三起三落"，终于被严酷的社会现实击溃，沦为一个行尸走肉般的"个人主义的末路鬼"。祥子这一城市底层贫民形象蕴含的悲剧意义在于：不合理的旧社会剥夺的不仅是祥子的车子、积蓄，还有他作为劳动者的美德、奋发向上的生活意志和人生目的。

2. 对城市文明病与人性关系的思考

《骆驼祥子》中的祥子，从农村流入城市，肉体被摧残，心灵遭扭曲，原先的忠厚淳朴、勤劳节俭等美好品性被一点一点吞噬，直至彻底堕落。在祥子堕落的命运中，隐含着老舍对于病态城市文明与人性的思考。在老舍看来，祥子的悲剧在于现代城市文明对人性的伤害，对心灵的腐蚀，老舍自称小说试图"由车夫的内心状态观察地狱是什么样子"。

3. 文化批判

在中国现代文学史上，老舍的独特地位与价值在于他对文化批判问题的格外关注，这既接续了"五四"国民性批判的文学传统，又有自己新的开拓。作为北京文化的一个特殊承载个体，老舍对传统文化有着深厚的眷恋，但经由五年的西方现代文明的熏染，也使他对中国文化所怀有的隐忧在切身可感的中西文化的对比中，化为对传统文化的理性反省与批判。他

在底层叙述与文学审美想象之间找到了一条从日常生活体验切入城市底层灵魂世界的审美之门，这在1930年代以前的城市文学文本中是少见或没有的。更重要的是，老舍的底层贫民形象叙写不仅源于底层，还有反思底层、批判底层的精神维度，这就使其作品更见功力和深度，而其中的《骆驼祥子》则经由底层的叙事将老舍关于文化反思和文明批判的主题推向了高峰。

【名师点拨】重点阅读《骆驼祥子》，在此基础上去感受和思考《骆驼祥子》在不同层面的主题意蕴，尤其是有关批判城市文明中非人性方面的主题。

四、老舍作品的"京味"与幽默

1. 取材充分表现北京地域文化特色

老舍将其丰富的北京生活经验投射到他的作品中，写大小杂院、四合院和胡同，写市民凡俗生活中所呈现的场景风致，写已经斑驳破败仍不失雍容气度的文化情趣，还有那构成古城景观的各种职业活动和寻常世相，为读者提供了丰富多彩的北京风俗画卷。

2. 对北京社会文化心理结构的揭示

老舍小说的魅力与浓郁的"京味"分不开。这些依存于"天子脚下"的北京市民的传统生活方式、文化形态、心理结构、审美趣味都被老舍熟练、精湛的京味语言展现得痛快淋漓，惟妙惟肖。老舍小说中的北京真实到具有了很高的民俗学价值。老北京大气、高雅、含蓄、精致的地域风韵，都渗透在老舍骄傲、自信的笔墨之中；也正是因为这种对故乡的挚爱，才使得老舍表现出对在现代转型中逐渐丧失的老北京文化的无限眷念，以及对"文化过熟"而导致的生命力弱化的不尽伤感。因此，他的微笑里饱含着泪，在陶醉的回忆里有理性的自省。

3. 带有北京市民文化烙印的幽默

老舍善用幽默。幽默不仅仅是老舍艺术创作的一种技巧，同时也是一种人生态度。老舍的小说里所描写的大都是老北京城里的普通市民，随着现代性因素的侵入，旧的文化传统和生活方式被打破，在新旧的冲突中，老市民因为太落伍而显出"可笑"，新市民因为趋时也同样"可笑"。老舍夸大这种可笑性，并以活灵活现的北京语言形成了独有的幽默感。在英国创作《老张的哲学》《二马》《赵子曰》时甚至曾立意幽默，却不免流于"油滑"。从《离婚》开始，他才找到了表达幽默的恰当方式。

4. 创造性运用北京市民俗白浅易的口语

老舍是以浓郁的"京味儿"语言来叙写作品的。其小说的语言是纯正的北京话，这种语言不仅有利于再现人物的言语行动，刻画人物性格，而且在表现北京特有的文化风俗、社会心理方面，具有无与伦比的生动性。更重要的是，其语言不是书面语，而是经过提炼的北京市民的口语，朴素、平易、简洁，带有鲜明的京腔韵味。从"五四"文学语言的普遍书面化，到老舍小说语言的口语化，新文学小说打破了"曲高和寡"的尴尬处境。从这个意义上说，老舍比较成功地实践了新文学的通俗化和大众化的方向。

【名师点拨】老舍的作品是"京味"小说的源头，小说中的"京味"主要体现在四个方面，学习时需结合具体作品来深入理解这四个方面的特色。

11.2 考研真题与典型题详解

一、填空题

1. 老舍《四世同堂》分为______、______、______。

【答案】《惶惑》；《偷生》；《饥荒》

【解析】《四世同堂》是中国现代长篇小说的一部经典名著，是老舍先生的代表作之一。小说在卢沟桥事变爆发、北平沦陷的时代背景下，以祁家四世同堂的生活为主线，形象、真切地描绘了以小羊圈胡同住户为代表的各个阶层、各色人等的荣辱浮沉、生死存亡。小说分为三部发表，第一部《惶惑》连载于《扫荡报》1944 年 11 月 10 日至 1945 年 9 月 2 日；第二部《偷生》在 1946 年 11 月由晨光出版公司出版；第三部《饥荒》在 1950 年 5 月连载于《小说》第 4 卷第 1 至第 6 期。

2．老舍的市民世界中，主要有“老派市民”“新派市民”和“______”三种人物系列。

【答案】正派的或理想的市民

【解析】老舍写正派的或理想的市民是为了探索文化转型的出路，使作品变得更有思想启蒙意义。他早期作品中的理想市民都是侠客兼实干家，且小说大都以“理想市民”的侠义行动为善良的平民百姓锄奸，从而获得“大团圆”式的戏剧结局。

二、名词解释

《骆驼祥子》

答：《骆驼祥子》是老舍的长篇代表小说，载于《宇宙风》1936—1937 年 25 ~ 48 期。小说以旧北京为背景，描写人力车夫祥子的悲惨遭遇。破产的青年农民祥子到北京拉了三年洋车，刚买上一辆新车就被匪兵掳走。祥子拼命拉车挣钱，准备第二次买车，钱又被孙侦探抢去。车厂老板刘四爷之女虎妞迫使祥子同她结婚，替他买了辆新车；但不久她因难产死去，祥子只得将车卖掉料理丧事。几次攒钱买车不成，祥子绝望了，终于自甘堕落。作品深刻揭露了旧中国的黑暗，控诉了统治阶级对劳动者的剥削、压迫，表达了作者对劳动人民的深切同情。小说结构严谨，笔调流畅，地方色彩鲜明；祥子、虎妞、刘四爷等艺术形象的成功塑造，使作品具有强烈的艺术魅力。

三、简答题

1.《骆驼祥子》中“骆驼祥子”这一外号的文化含义和叙事功能。［南开大学 2023 年研］

答：在老舍的经典著作《骆驼祥子》中，“骆驼祥子”这一外号绝非简单随意的命名，而是构建了一个包含多重文化语义与叙事功能的有机整体。以下将从文化含义与叙事功能两个维度展开深入分析：

（1）文化含义

①承担生活重负的象征

在中国传统文化语境中，“骆驼”一直被视为坚韧、沉默的劳动者象征。它们行走于广袤的沙漠与荒野，默默承受着沉重的货物，以顽强的毅力应对恶劣的环境。老舍巧妙地将这一意象赋予祥子，高度契合其作为人力车夫的身份，同时也深刻隐喻着祥子的生存状态。祥子如同骆驼一般，背负着生活的重担，在贫困与压迫的泥沼中艰难前行，以“默不作声地挣扎”对抗命运的不公。

②人异化为物隐喻

当周围人称呼祥子为“骆驼”时，这一称呼背后隐藏着旧社会对底层劳动者残酷的剥削逻辑。从本质上讲，这是将祥子视为“会走路的劳动工具”，完全忽视了他作为“人”的尊严与价值。在那个黑暗的社会里，祥子的存在意义仅仅等同于拉车的牲口，他的喜怒哀乐、理想追求都被无情地抹杀。这种物化现象，深刻地揭示了旧社会对人性的扭曲和摧残，反映了底层劳动者在资本主义剥削体系下的悲惨命运。

③尴尬身份的暗示

“骆驼”作为农业社会常见的畜力，带有浓厚的乡土印记，这与祥子来自农村的身份不谋而合。当“骆驼”这一具有乡土特质的形象进入城市，“骆驼祥子”这一外号便巧妙地暗示了乡村劳动者试图融入城市文明时所面临的尴尬处境。祥子带着乡土的质朴与单纯，怀揣着对美好生活的向往来到城市，但城市的资本主义规则却将他无情地排斥在外。车厂主的剥削、兵痞的掠夺，以及城市生活的种种残酷现实，都让祥子在城市的钢筋水泥中显得格格不入。他的悲剧命运，正是乡村文明与城市文明激烈碰撞下的牺牲品，生动地展现了城乡文化冲突给底层劳动者带来的痛苦与迷茫。

（2）叙事功能

①情节发展的关键锚点

祥子“骆驼祥子”外号的由来，与他人生中的重大挫折紧密相连。在军阀混战的动荡时期，祥子被抓了壮丁，在逃荒过程中，意外牵走三匹骆驼，并换得三十五元钱，从此便有了“骆驼祥子”的称号。这一事件成为祥子人生的重要转折点，标志着他“充满希望的青年”形象的破灭，也为后续“三起三落”的悲剧命运埋下了伏笔。

②人物塑造的立体镜像

“骆驼”这一外号，如同多棱镜，从多个角度折射出祥子复杂的人物性格。它既概括了祥子健壮、沉默的外在特征，又深刻揭示了其内在的矛盾与挣扎。祥子如骆驼般倔强，始终坚守着自己的生活信念，“不干完一天的事，决不会躺下”，展现出顽强的毅力和对生活的执着追求。然而，在现实的不断打击下，他逐渐丧失了反抗的能力，从最初的勤劳善良、积极向上，逐渐走向堕落。“骆驼祥子”这一称呼，成为了理解祥子性格发展变化的重要线索，也让人物形象更加立体、丰满。

③悲剧主题的具象化

“骆驼”负重前行的形象，与祥子“被生活压扁”的悲剧命运形成了强烈的视觉化呼应。在小说的开篇，祥子如年轻力壮的骆驼，充满活力与希望，怀揣着通过个人奋斗改变命运的梦想。然而，随着一次次的挫折与打击，祥子逐渐被生活的重担压垮。当他最终沦为“社会病胎里的产儿，个人主义的末路鬼”时，曾经如骆驼般的坚韧早已被苦难消磨殆尽，只剩下一具“像狗一样”苟活的躯壳。“骆驼祥子”这一符号的嬗变过程，生动直观地展现了“个人奋斗在黑暗社会中的必然失败”这一深刻主题。

总之，“骆驼祥子”这一外号蕴含着深厚的文化底蕴与精妙的叙事匠心，它以简洁而富有表现力的语言符号浓缩了一个时代的沉重与沧桑，折射出底层人民在苦难中惨痛挣扎的命运。

2. 结合具体作品，分析老舍的“京味”和幽默。［华南师范大学 2021 年研］

相关试题：

（1）结合《骆驼祥子》《四世同堂》《茶馆》谈谈老舍的“京味”。［论述题；华中科技大学 2025 年研］

（2）请以《骆驼祥子》为例，分析老舍“京味儿”小说的艺术特点。［作品分析题；中国传媒大学 2012 年研］

（3）简述老舍小说中的“京味儿”特征。［南开大学 2011 年研］

答：老舍作品中最引人注目的是“京味”和幽默。作为一种风格现象，“京味”包括作家对北京特有风韵、特具的人文景观的展示及展示中所注入的文化趣味，而他的幽默既有对现实不满的一种以“笑”代“愤”的发泄，又有温情的自我批判。

(1)“京味”

①浓郁的北京方言运用

在《骆驼祥子》里，老舍大量运用北京方言词汇，使其作品充满浓厚的京腔京韵。例如，“拉晚儿”“车份儿”“敢情”“招呼吧”等词汇频繁出现。“拉晚儿”指的是晚上出车拉客，生动地展现了老北京人力车夫的工作时间安排；“车份儿”明确了车夫租车时需要向车行缴纳的费用，这些方言词汇简洁明了又极具地域特色，让读者仿佛置身于老北京的街巷之中，真切感受到北京的生活气息。通过使用地道的北京方言，老舍不仅增强了作品的真实感，更将北京这座城市的独特韵味融入到文字之中。

②描绘北京的风土人情

《四世同堂》细致入微地描绘了老北京的风土人情。作品中对小羊圈胡同的描写，展现了北京典型的四合院布局，不同阶层的人家居住在胡同里，他们的生活习惯、邻里关系都带有鲜明的北京特色。例如，中秋节时，祁家一家人围坐在一起，摆上月饼、葡萄、毛豆等传统食品，赏月聊天，这种对北京传统节日习俗的描写，生动地呈现了北京人的生活方式与文化传统。老舍还通过描写北京的庙会、茶馆等场景，进一步展现北京的风土人情。庙会上琳琅满目的小吃、杂耍表演，茶馆里人们的喝茶聊天、谈天说地，都成为展现北京地域文化的窗口。

③展现北京人的精神特质

老舍笔下的北京人具有独特的精神特质。以《骆驼祥子》中的祥子为例，他来自农村，来到北京后努力拉车，试图通过自己的劳动实现买车的梦想，他身上体现出北京人勤劳、朴实的一面。但在经历了三起三落的买车过程后，祥子逐渐堕落，这又反映出北京人在艰难生活环境下的无奈与挣扎。在《四世同堂》中，祁老太爷、韵梅等人物则体现出北京人在面对外敌入侵时，坚守传统、善良正直但又有些保守的精神状态。祁老太爷即使在战争期间，依然保持着老北京人的生活习惯，希望凭借自己的处世经验度过难关；韵梅则在家庭中操持家务，展现出北京女性的勤劳与坚韧。

(2)幽默

①幽默的语言表达

老舍善于运用幽默诙谐的语言来叙述故事。在《骆驼祥子》中，描写祥子第一次丢车后，“他就那么半死不活的，低着头一步一步的往前拽。坐车的仿佛死在了车上，一声不出的任着车夫在水里挣命”，通过对坐车人冷漠态度的幽默描写，既讽刺了坐车人的麻木不仁，又增添了作品的趣味性。又如在《四世同堂》里，描写冠晓荷见到日本人时的表现，“冠晓荷把右手放在胸前，微微的鞠躬，把眼球吊上去，往下面用眼皮撩着日本军官”，这种夸张的动作描写，将冠晓荷谄媚的丑态刻画得淋漓尽致，让人忍俊不禁的同时，也对其丑恶的灵魂进行了深刻批判。

②幽默的情节设置

作品中的情节常常充满幽默元素。在《离婚》中，老李为了摆脱乡下妻子，来到北平，却在一系列事情后又不得不把妻子接来。在接妻子的过程中，发生了许多令人啼笑皆非的事情。例如，妻子因为不适应北平的生活，闹出了不少笑话，而老李在处理这些事情时，也是手忙脚乱。这种情节设置不仅增加了故事的趣味性，也通过幽默的方式展现了新旧思想碰撞下人物的无奈与尴尬。

③幽默背后的悲剧意味

老舍的幽默并非单纯的搞笑，往往背后蕴含着深刻的悲剧意味。在《骆驼祥子》中，祥子的命运充满了悲剧色彩，他一次次努力买车，又一次次遭遇挫折，最终走向堕落。但在叙述过程中，老舍却常常运用幽默的语言和情节。如祥子在曹先生家拉包月时，不小心摔了曹先生，他内心极度自责，而老舍却以一种幽默的方式描写他的心理活动，“摔了人，坏了车，没脸再在街面上混，连一块钱也没脸再要；他没了办法，只好等着该死的就死吧!”这种幽默使读者在欢笑中感受到祥子命运的悲惨，更加深刻地体会到社会对底层人民的压迫。

3. 简述骆驼祥子的三起三落。［浙江大学2018年研］

答：《骆驼祥子》里祥子的三起三落构成了其命运的主要脉络，深刻展现了社会对底层人民的压迫。具体如下：

(1)一起一落

①一起：拥有第一辆车

祥子初到北平，怀揣着对美好生活的向往，一心想通过拉车改变命运。他勤劳肯干，省吃俭用，咬牙苦干了三年，终于攒够钱买了一辆属于自己的新车。拥有新车的祥子满心欢喜，觉得自己离梦想又近了一步，这辆车承载着他对未来的希望，也象征着他凭借努力收获的成果，此时的祥子对生活充满信心，干劲十足。

②一落：车被军阀抢走

然而，命运弄人。在军阀混战的动荡时期，祥子不幸连人带车被军阀的乱兵抓了去。他还没来得及好好享受拥有车的喜悦，就陷入了困境。在混乱中，祥子失去了自己辛苦积攒买的车，所有的努力瞬间化为泡影。但他并没有就此放弃，在乱兵们转移时，祥子趁乱牵走了三匹骆驼，侥幸逃脱，也因此得了“骆驼祥子”的绰号。

(2)二起二落

①二起：准备再次买车

从军阀手中逃脱后，祥子卖掉骆驼，得到了一些钱。回到北平后，他重新燃起了买车的希望，继续努力拉车赚钱。这次，他在曹先生家拉包月，曹先生一家待他不错，祥子也更加卖力地工作，一心想着再次攒够钱买车。他把卖骆驼的钱和平时拉车挣的钱小心翼翼地存起来，对未来又充满了期待。

②二落：钱被孙侦探敲诈

就在祥子离买车的目标越来越近时，厄运再次降临。一天，在拉车途中，祥子遇到了孙侦探。孙侦探原本是跟踪曹先生的，因曹先生的学生阮明告密，曹先生被迫离开北平。而孙侦探盯上了祥子，以曹先生是乱党的罪名，威胁敲诈祥子。祥子为了保住自己辛苦积攒的钱，与孙侦探周旋，但最终还是没能逃脱，他买车的钱被孙侦探全部敲诈走了。这一次打击让祥子深受重创，他的买车梦再次破碎，对生活的信心也受到极大动摇。

(3)三起三落

①三起：与虎妞结婚后买车

经历了两次打击后，祥子在无奈之下与车厂老板刘四爷的女儿虎妞结了婚。虎妞为了让祥子继续拉车，用自己的钱给祥子买了一辆车。虽然这辆车是通过与虎妞结婚这一复杂的方式得来的，并非祥子自己辛苦攒钱购买，但祥子再次拥有了车，也算是实现了一部分心愿，重新有了拉车的动力。

③三落：为安葬虎妞卖车

好景不长，虎妞因难产去世。为了给虎妞办丧事，祥子不得不卖掉了这辆车。至此，祥子经历了买车的三起三落，他的人生陷入了绝望的深渊。接二连三的打击让祥子彻底失去了对生活的信心，从一个勤劳、善良、有梦想的青年，逐渐堕落为一个自私、懒惰、狡猾的行尸走肉，在黑暗的社会中沉沦。

4. 简述老舍作品的语言特色。［中国人民大学2014年研］

答：老舍称得上"语言大师"，他在现代白话文学语言的创造与发展上，有着突出的贡献。总的说来，老舍的语言呈现以下几个特色：

（1）幽默风趣

幽默风趣是老舍作品语言的整体风格特色。这种幽默风趣带有北京市民特有的"打哈哈"性质，既是对现实不满的一种以"笑"代"愤"的发泄，又是对自身不满的一种自我解嘲。

老舍的小说、戏剧、散文中无不充满幽默风趣的色彩，尤其在小说中表现得最为典型。如《离婚》中幽默风趣的语言可谓不胜枚举：写张大哥全身整个儿是显微镜和天平，"在天平上，麻子和近视眼恰好两相抵消，上等婚姻"；写老李嫌弃自己的老婆，然而自己却是"穿上最新式的西服会在身上打转，好像里面絮着二斤滚成蛋的碎棉花"等。

（2）俗白精致

老舍的语言有着雅俗共赏的审美特性，他作品中的语言是加工提炼过的北京白话，俗白而精致，他语言的"俗白"，并不是对大众口味完全趋附、投合，而是在俗白中体现出艺术性、审美性，具有雅的色彩。如《月牙儿》的语言，没有华丽的辞藻和刻意的修辞，但平易通俗中体现出一种精致之美。

（3）饱含温情

老舍作品的语言温和而不过激，虽婉而多讽，但蕴涵心酸、饱含同情。特别是对小人物的描写，老舍的语言是宽厚温和的善意的奚落。老舍的温情在《济南的春天》一文中表现得最为明显，作者笔下的冬天不是寒冷的，而是温暖可爱的。

（4）富含潜台词

主要体现在戏剧中，如《茶馆》的第一幕中庞太监与秦仲义的舌战，充满了刀光剑影。这些潜台词调动人们的兴味与深思，耐人咀嚼。

（5）浓郁的北京风味

老舍的作品多用富有生命力的北京口语词汇，使作品充满独特的北京韵味和浓郁的生活气息。如《离婚》中充满了"敢情""瞎掰""吃劲"以及"莲花白"酒、"杏仁茶""酸梅汤"等市民日常生活用语；《骆驼祥子》中关于洋车夫的描写体现了独特的北京地方风味等。

（6）"谈话风"式的语言

老舍"谈话风"式的语言朴素平易、简练明了，多白描、少雕琢。如《骆驼祥子》开头对洋车夫那段文字的描写犹如同读者拉家常，通俗明白、流畅单纯。

总之，老舍精致独特而富有京味的语言使其作品成为中国现代文学史上一道独特的风景线。

5. 简述老舍小说的创作特点。［北京大学2011年研］

答：老舍在中国现代文学史上的独特地位与价值在于他对文化批判与民族性问题的格外关注。他的作品承受着对转型期中国文化尤其是俗文化的冷静审视，其中既有批判，又有眷恋，而这一切又都是通过对北京市民日常生活全景式的风俗描写来达到的。老舍小说的创作特点主要有：

（1）老舍的作品大多取材于市民生活

他善于描绘城市贫民的生活和命运，尤其擅长刻画浸透了封建宗法观念的保守落后的中下层市民惶惑、犹豫、寂寞的矛盾心理，和进退维谷、不知所措的可笑行径。他通过日常平凡的场景反映普遍的社会冲突，笔触往往延伸到民族精神的挖掘或者民族命运的思考，让人从轻快诙谐之中品味出生活的严峻和沉重。关于自然风光的色彩鲜艳的渲染和关于习俗人情的细致入微的描摹，增添了作品的生活气息和情趣。他所反映的社会现实可能不够辽阔，但在他所描绘的范围之内，却把历史和现实，从一年四季的自然景色、不同时代的社会气氛、风俗习惯，一直到三教九流各种人等的喜怒哀乐、微妙心态都浓缩在一起，有声有色、生动活泼，自成一个完整丰满、“京味”十足的世界。

（2）老舍的作品表现出鲜明的反帝爱国的题旨

反帝反封建本是“五四”以来整个新文学的基本主题。但除了特定时期以外，在一般作家的创作中，反帝的主题和内容不多。老舍的作品对此则常有明显表现。他的第一篇习作《小铃儿》，通过小学生带有稚气的行动，表达了反抗外国侵略者的民族意识。在这以后，老舍写了不少直接揭露帝国主义侵略罪行的作品，还有从不同侧面描写它们的经济、文化、宗教渗透和种族歧视给予中国人民种种伤害的作品。后期作品强烈地表现了中国人民当家做主、自立自强于世界的喜悦和自豪。对于社会主义祖国的热爱，使他的爱国主义增添了新的内容和光彩，达到新的思想高度。强烈的民族自尊感和炽热的爱国主义，是老舍的高贵品格，也是他作品中宝贵的精神遗产。

（3）老舍从现代口语中创造了便于反映现代生活、表达现代人心理活动的现代白话

他努力从人民群众的口头语言中汲取和提炼文学语言。注意汲取，避免了生搬硬造和过于欧化的学生腔的毛病；讲究提炼，能够脱离粗糙的自然形态，克服照搬滥用方言土语的弱点。他所使用的是一种真正艺术化了的活的语言。老舍的小说，读起来朗朗上口，话剧的对白，更是活泼传神；作品中许多人物的语言，具有各自的性格特点。在语言的准确生动，富有表现力和艺术性方面，在创造新的文学语言方面，他都是现代作家中是十分突出的一位。老舍认为作家的风格首先体现在语言上，他的语言的确成为表现艺术风格的重要手段。

总而言之，老舍是第一个把“乡土”中国社会现代性变革过程中小市民阶层的命运、思想与心理通过文学表现出来的作家，并获得了巨大成功。他的作品注重文化，铺叙世态，真实而又有世俗的品位，加上其表现形式能够适应并提高市民阶层的欣赏趣味，所以能为现代文学赢得知识分子之外的众多读者。北京文化孕育了老舍的创作，而老舍笔下的市民世界又是最能体现北京文化的人文景观，甚至成为一种文化史的象征。

四、论述题

1．试分析老舍《四世同堂》的主要艺术特色及其文学成就。［北京师范大学2025年研］

答：老老舍的《四世同堂》是中国现代文学史上的里程碑式作品，以其宏大的历史叙事、深刻的文化反思和独特的艺术风格，展现了抗战时期北平市民的生存图景。以下从艺术特色和文学成就两方面分析：

（1）主要艺术特色

①史诗性结构与日常叙事的结合

《四世同堂》打破了老舍以往主要的主人公命运单线索发展的结构，而是众多的情节线索，纵横交错，构成了一个网状的结构方式，极大地拓展了作品的生活分量和容纳的空间。

小说以祁家四代人为核心，串联起小羊圈胡同数十户居民的命运，形成“家国同构”的叙事框架。时间跨度贯穿抗战八年，空间上以小胡同映射整个北平乃至中国，实现了“微观市井”与“宏观历史”的有机统一。在市民形象塑造上，《四世同堂》是老舍集大成之作，全书130余个人物，主要人物30余个，各色人物鲜活饱满，跃然纸上，如胆小怕事的老市民祁老人；封闭自守、安分守己的祁天佑；文雅忧郁的祁瑞宣；勤劳朴实的韵梅；投敌变节、卖国求荣的冠晓荷、大赤包；受儒家思想影响，“富贵不能淫，贫贱不能移，威武不能屈”的知识分子钱默吟；等等。

②京味语言的艺术巅峰

老舍的语言艺术得力于他对北京市民语言及民间文艺的热爱与熟悉。他创造性地运用北京市民俗白浅易的口语，用老舍自己的话来说，就是“把顶平凡的话调动得生动有力”，烧出白话的“原味儿”来；同时又在俗白中追求典雅、精致的美。他在小说创作上所使用的语词、句式、语气以至说话的神态气韵，都有他独特的体味和创造，又隐约渗透着北京文化，这也是“京味”的重要表现。《四世同堂》把北京方言口语推向更为纯熟、更为丰富、更为生动准确的境地，可以称为老舍的“语言库”，小说大量使用北京方言词汇，如“嚼谷”“瞎扯蛋”“姥姥”等；同时穿插胡同叫卖声、曲艺小调，如单弦、大鼓等，营造出浓郁的地域氛围，如，小说对祁家“中秋节摆兔儿爷”“过年贴春联”的细致描写，将民俗转化为文学的审美符号，既具文化史价值，又增强了文本的生活质感。

③心理现实主义的深化

老舍突破传统现实主义写法，深入刻画人物精神困境，如全书的灵魂人物瑞宣，他作为受过新式教育的长子，既想投身抗战，又因家庭责任被困北平，陷入“忠孝不能两全”的精神撕裂，作品通过大段内心独白，如“他觉得自己是个废物，只能在苟且中看着亲人受苦”，细腻刻画其“忍辱负重”的痛苦，突破了传统现实主义对人物心理的平面化描写。对汉奸冠晓荷的描写并非简单丑化，而是通过其投机心理的层层递进——从得意到恐惧最终疯癫，揭示人性异化的过程。

（2）文学成就

①抗日战争文学的里程碑

《四世同堂》是第一部全面展现北平沦陷区民众生存状态的长篇小说，突破了抗战文学中常见的“英雄叙事”框架，聚焦普通市民的精神嬗变，并打破了抗战文学中常见的“二元对立”模式（如简单的“敌我斗争”），转而以复杂的人性视角展现沦陷区的真实生态：既有祁瑞全式的“直接反抗”，也有祁瑞宣式的“精神抵抗”，更有底层民众（如李四爷）在日常苦难中坚守的尊严。这种“多元抗战叙事”，填补了现代文学中“沦陷区书写”的空白，被誉为“抗日战争的心灵史”。

②市民文化的精密解剖

老舍继承并发展了鲁迅“改造国民性”的思想，通过对北平市民阶层的解剖，如苟且偷安的“顺民心态”、投机取巧的市侩心理，完成了对传统国民性的深刻批判；同时也歌颂了底层民众的韧性与觉醒，通过祁家的“四世同堂”象征传统家族制度的困境，最终以第四代小顺子的成长暗示民族新生的希望。该作品与《骆驼祥子》等共同构成老舍式的“市民世界”，成为中国现代小说中的一个独特生态。

③语言艺术的创新

老舍以高超的语言驾驭能力将北京方言的鲜活生动与文学语言的精致典雅融合，形成

“俗白、幽默、凝练”的独特文风，这部作品正是这种文风的集大成之作，为现代汉语写作提供了“京味语言”的典范。

《四世同堂》以深厚的现实主义功底、鲜活的地域文化特质与深刻的人性洞察，成为20世纪中国文学的经典。老舍通过这部作品，不仅记录了一个民族在苦难中的涅槃，更以文学的方式完成了对文化传统与现代性的深刻反思。其艺术特色与文学成就，既彰显了中国现代小说的成熟，也为后世创作提供了宝贵的借鉴。

2．试分析《骆驼祥子》中祥子的性格特征。［武汉大学2010年研］

答：《骆驼祥子》是老舍的经典作品，主人公祥子的性格特征具有鲜明的时代烙印和人性深度，其性格发展呈现出从积极到堕落的完整轨迹，折射出旧中国底层劳动者的生存困境与精神悲剧。

(1)性格核心特征：矛盾性与悲剧性的交织

①勤劳坚韧与盲目挣扎的并存

祥子初到北平谋生时，秉承着中国传统农民克勤克俭的品质，为了实现“做自由洋车夫”的梦想，不怕苦、不怕累，“把汗一滴滴摔在地上”，省吃俭用，终于用三年时间攒钱买了第一辆车；同时，他也有着中国传统农民的坚韧，这体现在他后来虽遭大兵抢车、特务敲诈、虎妞病亡等毁灭性打击，仍一次次从头再来，每次都试图再次“从死里摸出活来”，这种坚韧源于底层人对生存权利的本能执着。然而，祥子的努力始终局限于“个人奋斗”的框架，缺乏对社会现实的清醒认知，他认为“只要拼命拉车，就能改变命运”，却意识不到旧中国的剥削制度，如车行剥削、兵痞欺压、特务敲诈等，早已堵死了底层上升通道，其挣扎本质是“用肉体的苦斗对抗体制的碾压”。

②善良质朴与自私狡黠的嬗变

初入城市的祥子保留着乡村伦理的淳厚，他拉车时“不肯要价太高”，对老弱乘客格外照顾；为曹先生拉包月时，因失误摔伤雇主，主动提出“扣钱补偿”；即使在堕落边缘，仍对小福子产生真挚同情，试图带她逃离苦海。经历现实毒打后，祥子的善良逐渐被生存压力扭曲，为多赚点钱，他开始“和老弱病残的车夫抢座儿”，甚至“故意使坏别车”；为骗吃骗喝，他编造谎言向陈二奶奶讨药；这种变化并非天性本恶，而是旧社会“把人变成鬼”的生存法则倒逼；最终的祥子彻底滑向利己主义深渊：他出卖阮明换钱、骗娶夏太太传染脏病、“甚至连拉车都嫌力气消耗太大”。此时的他“只剩下那个高大的肉架子，等着溃烂”，善良与尊严被吞噬殆尽。

③自尊要强与自卑妥协的撕裂

祥子曾经以“拉车姿势标准、车把干净”为傲，刻意与“混日子”的车夫划清界限，他拒绝刘四爷的“招赘”，因不愿被视为“吃软饭”；虎妞假孕逼婚时，他宁肯“睡在曹家的柴房”也不愿妥协，体现出底层人仅存的体面意识。但面对刘四爷的轻蔑(“臭拉车的”)、虎妞的控制(“我有的是钱，你得听我的”)，祥子的自尊不堪一击，他对虎妞的厌恶中夹杂着“依赖她的钱买车”的矛盾，对小福子的爱里渗透着“自己养不起她”的自卑，这种撕裂感加速了其精神崩塌。

(2)性格成因：社会碾压与文化困境的双重绞杀

①旧社会的制度性压迫

车行老板(如刘四爷)通过“车份钱”剥削车夫，军阀、侦探则直接掠夺底层财产，形成“羊入虎口”的生存陷阱。祥子的三起三落，本质是个体在“吃人的旧社会”中毫无抵抗能力的缩影。而虎妞对祥子的控制欲，折射出旧中国“男权社会”中女性对男性的另类压迫（经济依附下的畸形权力关系），进一步加剧祥子的精神窒息。

②城乡文化的撕裂与迷失

祥子初到城市时，身上携带的“勤劳、守信、重义”等乡村伦理，在城市的“金钱至上、弱肉强食”法则前不堪一击，如他救了曹先生却反被侦探敲诈，体现“善无善报”的价值崩塌；作为破产农民，祥子既无法回归土地（“农村流入城市的边缘人”），又难以被城市接纳（“臭拉车的”），这种身份焦虑使其始终处于“无根”状态，精神世界逐渐荒芜。

③个人主义的局限性

祥子的性格是有一定缺陷的，他不合群，有点别扭、自私，只知道死命赚钱，这决定了他的孤独、脆弱，他变得懒惰、贪婪、麻木、缺德，他打架、使坏、逛窑子……“为个人努力的也知道怎么毁灭个人”，他真正成了“个人主义的末路鬼”。祥子的悲剧印证了老舍对“个人奋斗”的批判：在旧中国，底层劳动者单靠“吃苦耐劳”无法突破阶级壁垒，脱离集体的“个人主义”终将被社会碾为齑粉。

（3）典型意义：一个时代的人性标本

祥子的性格演变不仅是个体的堕落史，更是旧中国底层民众的“精神受难史”。他的勤劳与堕落、自尊与妥协，浓缩了乱世中普通人的生存困境；他的悲剧证明：在一个“把人变成鬼”的社会里，任何个体的挣扎都可能沦为徒劳。老舍通过祥子的形象，既揭露了旧社会的黑暗，也引发了对“人性在绝境中何以自处”的深刻思考，使其成为中国现代文学中“悲剧性小人物”的经典范式。

总而言之，《骆驼祥子》真实反映了旧中国城市底层人民的苦难生活，揭示了一个破产农民如何市民化，又如何被社会抛入流氓无产者行列的过程，以及这一过程中所经历的精神毁灭的悲剧，其深层的意蕴是对城市文明病与人性关系的思考，从中可以感受到老舍对病态的城市文明给人性带来伤害的深深忧虑。

第12章 巴 金

12.1 复习笔记

一、巴金概述

1. 巴金及其著作

巴金(1904—2005)，原名李尧棠，字芾甘。他出生于四川成都一个封建官僚家庭，青年时代深受“五四”新思潮影响，曾赴法国留学。从1927年开始创作《灭亡》起，到1949年新中国成立前，写下了短篇和中长篇小说30余部，包括：“激流三部曲”《家》(1931)、《春》(1938)、《秋》(1940)和“爱情三部曲”《雾》(1931)、《雨》(1932)、《电》(1933)以及抗战中写就的“抗战三部曲”《火》(第1部1940年，第2部1941年，第3部1943年)和中篇小说《憩园》(1944)、《第四病室》(1945)以及长篇小说《寒夜》(1944—1946)等。

2. 巴金的文学史地位

(1)巴金前期的小说，如《灭亡》《新生》、“爱情三部曲”等，因受无政府主义思想的影响，主人公往往带有浓厚的俄国民粹派革命家和法国无政府主义者的气质，即出于“爱人类”的目的而憎恨世界的黑暗与丑恶，反抗封建专制，敢于为光明而献身。所以，爱与憎、光明与黑暗、反抗与献身，成了巴金前期作品中最常使用的字眼，并构成了巴金特有的两极对立的思想感情创作模式。

(2)巴金后期的小说，如《憩园》《第四病室》《寒夜》等，作家把目光转移到广阔的现实中，写普通人物的酸甜苦辣、悲欢离合；一改以前由作家自己感情支配的两极对立的简单的创作模式，而偏向于冷静客观地揭示，注意写出人物的复杂性；作家往往把自我的主观情感隐藏在字里行间，现实主义色彩加强，同时，格调由前期的热情奔放转向沉郁忧伤。

(3)巴金最优秀的作品是那些以家庭为题材的文学作品，如包括《家》《春》《秋》的“激流三部曲”，他善于从大家庭着手来剖析整个社会的本质，体现了作家自身人生经历与文学作品的高度融合、文学作品与时代社会的高度融合。作者以真诚的态度，描绘青年一代的苦痛和追求，为他们的不幸命运而呼喊，同时也细密地揭示出他们在不同的生活处境中形成的性格差异，这赋予作品以深刻的认识价值和审美力量。他的这类小说是青春的乐章，是炽热欲燃的至情文学，是“五四”以后时代激情和青年情绪的历史结晶。

二、青春的赞歌：巴金前期小说创作

1.《灭亡》

1928年，巴金在法国完成处女作中篇小说《灭亡》，该小说渲染了一种绝望而不屈的抗争精神，充满了英雄主义的悲壮，反映出青年人追求理想的躁动不安情绪，在知识青年读者中引起巨大反响。巴金此时所展现出的叛逆倾向，具有强烈的主观性，而他的作品带着青年人特有的敏感与单纯，也表现为浓郁的抒情色彩。

2.“爱情三部曲”

“爱情三部曲”，包括《雾》《雨》《电》三个中篇。这些作品中凝聚了作家青年时代的生活

斗争经验以及社会运动失败的激愤情绪，表达了作家面对社会现实，满腔愤怒又无处发泄，渴望斗争却找不到战场的绝望心理。作家常常把自己的文学叙事称作“诅咒”，这“诅咒”本身就包含着反抗的火种，但这又是没有实际行动、无可奈何的反抗，所以笼罩着忧郁的阴影。

3．艺术特征

(1)多以第一人称或日记体叙事。

(2)人物独白与内心激情的表述偏多。

(3)具有强烈的主观抒情色彩。

(4)感情真挚、热烈。

三、《家》的杰出成就

1．概述

(1)从1931年起，巴金断断续续地用了十年时间写成了“激流三部曲”，即《家》《春》《秋》。他改变了以前小说描写幻想中的情感型青年英雄和并不熟悉的工人生活，而回到了自己熟悉的生活园地，融合自己的创作个性，开掘自己的艺术潜能，创作出了里程碑式的作品《家》。

(2)《家》是现代文学史上最重要的长篇小说之一。这部作品最早在1931年上海《时报》上以《激流》为题连载，1933年由开明书店印成单行本并改名为《家》，仅在1949年前便出过三十多版，行销数十万册，还多次被改编成话剧、电影和其他戏剧形式，可见影响之大。

(3)《家》是新旧社会交替过程中，封建家族的大崩溃和青年叛逆者追求崭新人生方式的一幅宏伟壁画，是一股动荡跳跃着的“由爱与恨、欢乐与受苦所组成的生活之激流”。

2．人物分析

(1)高老太爷

作为封建权威象征的高老太爷是腐朽阶层的代表，在他身上集中体现了封建宗法统治的专制、残酷、顽固、虚伪等本质特征。他是这个四世同堂大家庭的最高主宰者，总是以封建卫道士的面目教导子孙，反对新事物，还时常将“万恶淫为首”挂在嘴边，但自身却不改年轻时的风流荒唐，娶姨太太、玩小旦。他竭力依照旧制度旧礼教去统治这个家，直接或间接地制造了一个又一个年轻人的悲剧，最后在对儿孙的失望和重整高家的幻想中走向死亡。

(2)觉慧

在“激流三部曲”中，觉慧是为“五四”时代精神所唤醒的一代新人形象，他热情、大胆、倔强，充满青春的活力。他不顾祖父的责难、训斥和大哥的劝阻，积极参加各种反封建的社会活动；他看穿了老一辈的顽固、堕落，从年轻一代的痛苦生涯中，敏锐地感觉到封建家庭必然走向没落的趋势，并以实际行动反抗专制制度和封建礼教习俗。作家在觉慧身上寄托着对青春的赞美和生活的信念，他是一个最能打动青年人的叛逆者形象。

(3)觉新

在“激流三部曲”中，觉新可说是巴金塑造得最成功的形象，他是这个封建大家庭的牺牲品，是个悲剧人物。在高家，主要的矛盾表现为叛逆青年同封建家长之间的冲突，而这些复杂的矛盾冲突几乎都与他联系着。一方面，觉新从自身的痛苦和遭遇出发，无限同情有叛逆行为的弟妹们，另一方面，作为长房长孙，他又必须按照祖父、叔父的意愿，以维护封建家庭秩序、封建礼教为最高职责，对两个兄弟严加管教。这种特殊的地位自然形成了他内心的极度矛盾和精神上的剧烈痛苦。他具有“两重人格”，在思想上，他渴慕新思想，愿意做一个新青年，而在行动上，他又无力违抗封建秩序，甘愿继续痛苦地过着“旧式”的生活，以“无抵抗主义”和“作揖哲学”，维护着高家这两种不可调和的对抗势力。作者正是通过塑造这样一个复杂的人物性格，深刻地揭示了封建礼教吃人的严酷性。

3. 结构艺术

《家》的结构宏大，人物众多，线索纷繁，但作家写起来却有条不紊，举重若轻。既有纵向情节的发展，又有横向场面的架构，纵横交错，将一个大家族的衰亡过程展示得清清楚楚，许多场面描写通过主要情节的发展和人物内心感受加以勾连，形成一个有机的艺术整体，从而使故事张弛结合，跌宕有致，同时也使人物处于矛盾交错之中。巴金一直很偏爱古典名著《红楼梦》，《红楼梦》中对大家族复杂纷乱的日常生活的描绘，显然给了他很大的启发。

【名师点拨】《家》是巴金创作高峰期的代表作，需结合作品来理解小说的艺术结构与特色，把握其人物形象塑造上的突出成就。

四、深沉的悲剧艺术：巴金后期小说创作

巴金后期的创作，风格渐趋于沉着写实，多写善良无辜的小人物在时代沧桑和社会动荡中的悲剧命运。作者以冷静深沉的眼光，充满同情地审视着那些被命运拨弄的小人物们美好而卑弱的灵魂，聆听着他们在黑暗社会的重压下的悲鸣与无可奈何的叹息。代表性作品主要有中篇小说《憩园》《第四病室》和长篇小说《寒夜》。

1. 《憩园》

（1）主题思想

《憩园》是作者根据 1940 年代初回到故乡成都时的见闻与感受创作而成的。小说从侧面表现了封建大家庭中的败家子杨老三将家财挥霍殆尽后流落街头、惨死狱中的人生历程，揭示了“财富并不长宜子孙”的朴素道理。对于杨老三这类败家子，作者既有深刻的批判，又有对他不幸遭遇的同情和惋惜。

（2）艺术特点

①这篇小说的构思非常精巧，作品以一座更换了主人的“憩园”作为线索，连接起杨、姚两个家庭的命运，在舒缓的叙述中显示出作家的别具匠心。

②小说充分体现了作家在历尽人生沧桑之后的成熟圆润。作家对封建大家庭的衰亡，在“控诉”之上多了一种更加理性的历史观照和人性洞察，这在一定程度上弥补了“激流三部曲”中思想主题过于单一化的倾向。

2. 《第四病室》

（1）主题思想

《第四病室》是作者根据 1944 年住进贵阳中央医院三等病房的见闻与感受创作而成的。小说虚构了一个姓陆的青年因病住进空气污浊的三等病室里，他见到没钱治病的穷人在痛苦中凄惨地死亡，而那些阔绰的病人病好了却把医院当旅馆，整天欣赏别人的痛苦。

（2）艺术特点

①这篇小说以小见大，正如巴金在《后记》中所说，第四病室“可以说是当时中国社会的缩影”。

②小说以书信与日记互嵌共融的独特结构方式，客观真实地记录了病态社会里的病态国民的影像，有着发人深省的艺术感染力。

3. 《寒夜》

（1）主题思想

《寒夜》写成于1946年底，是最能代表巴金后期创作风格与水平的一部长篇力作。小说以抗战后期的国民党“陪都”重庆为背景，描写了善良软弱的小职员汪文宣和他的家人在社会的大动荡中穷困潦倒、生离死别的悲剧，揭示了他们在黑暗社会和惨淡生活的重压下的人性扭曲，表现了小人物们无可奈何的人生悲哀。

(2)艺术特点

①这篇小说擅长于平定、细腻的心理刻画，艺术上更加精美圆熟。小说在结构上首尾呼应，富有象征意味。

②小说以不动声色、近乎冷峻的叙述方式，营造出一种令人窒息的悲剧氛围，是一部平民的史诗，是一曲生命的悲歌。

12.2 考研真题与典型题详解

一、填空题

1. 巴金长篇小说处女作是1928年完成于法国的______。

【答案】《灭亡》

【解析】巴金1927年初赴法国留学，写成了处女作长篇小说《灭亡》，发表时始用巴金这一笔名。

2. 1931年4月，巴金的长篇小说《家》连载于上海《时报》4月18日至1932年5月22日，发表时题名为《______》，1933年5月由开明书店出版。

【答案】激流

【解析】《家》是巴金创作的一部长篇小说，“激流三部曲”中的第一部，其他两部为《春》《秋》。《家》于1931年在《时报》开始连载，原篇名为《激流》。

二、名词解释

1. “激流三部曲”[中国传媒大学2014、2011年研]

答：“激流三部曲”是中国现代著名的小说家、散文家、翻译家巴金的早期代表作。包括《家》《春》《秋》三部连续性的长篇小说，其中《家》的艺术成就最高。“激流三部曲”是巴金呼吁自由、民主、尊重人格、人性解放的最鲜明的一面旗帜。在中国现代文学史上占据着重要的地位并起着巨大的作用。“激流三部曲”不仅展现了封建家庭内部的罪恶和腐败、倾轧和迫害，还表现了青年一代在“五四”新思潮影响下的觉醒和对封建势力的不妥协斗争，满怀激情地歌颂了他们叛逆封建家庭、封建制度的革命行动。

2. “爱情三部曲”[南开大学2014年研]

答：“爱情三部曲”包括《雾》《雨》《电》，是巴金描写“革命与爱情”一类题材中最具代表性的作品，也是巴金自己最珍爱的作品。“爱情三部曲”较集中地体现了无政府主义思想，包含着他的寄托与理想，小说以革命加恋爱为题材，侧重表现小资产阶级知识青年的反抗、追求和苦闷，作品以爱情作为小说的连续性表现主题，表现了青年人一方面渴望自我解放，另一方面又不能摆脱封建旧势力的束缚；既刻画了他们的挣扎奔突与反抗，又写出了旧世界是如何断送青年的幸福的。

三、简答题

1. 简述无政府主义文化思潮对巴金创作的影响。[北京师范大学2014年研]

答：在现代作家中，巴金是唯一明确宣称“我是一个安那其主义者”，并长期参与无政府主义实际政治生活的作家。无政府主义思想对其创作的影响相当深远，表现在以下几个方面：

(1)深刻揭露封建主义的危害及其吃人的本质

由于封建制度、封建观念、封建礼教与巴金所信仰的无政府主义思想格格不入，因此，批判封建制度、封建观念和封建礼教成为巴金文学创作的一个主要内容，巴金的主要文学成就也是在这方面体现出来的。如《家》《春》《秋》《春天里的秋天》《雾》等，都对封建主义进行了有力的鞭挞和无情的批判。

(2)深刻反映反动统治者给人民带来的痛苦，以及人民对反动统治者的反抗

无论是旧的封建统治还是国民党新军阀的统治，都没有给人民带来幸福，残酷的现实与巴金的无政府主义理想相距甚远。因此，揭露反动统治者给下层人民带来的痛苦以及反映人民对反动统治者的反抗也一直是巴金作品的主要内容。如《灭亡》《死去的太阳》《新生》《雾》《雨》《电》等。

(3)歌颂同情具有献身和牺牲精神的人

歌颂、同情具有献身和牺牲精神的人物，是历代中外作品都热衷表现的。在当时，对反动统治下具有献身和牺牲精神的人物进行描写和歌颂也是时代的需要。因此，其积极意义是显而易见的。巴金在《灭亡》《死去的太阳》《新生》“爱情三部曲”中所塑造的这类人物如杜大心、王学礼、陈真、吴仁民、敏等，都在当时读者中引起了较大的反响。

(4)宣扬无政府主义思想对青年的影响

为了宣传无政府主义，巴金还在其文学作品中宣扬无政府主义对青年的影响。在《家》中，他描写了青年们都狂热地去看宣扬无政府主义观念的《夜未央》的情景。

2. 简述巴金作品《家》的主题。［吉林大学2012年研］

答：《家》是巴金“激流三部曲”中最有名的一部，同时也是巴金的代表作。《家》的主题主要表现为：

(1)封建大家庭由盛而衰的历史过程

《家》主要以长房中的三兄弟——觉新、觉民、觉慧的故事为主，以各房以及亲戚中的各种人物为纬，描绘出一幅大家族生活的画面，集中展现了封建大家族生活的典型形态，也真实地记录了一个封建大家族衰落、败坏乃至最后崩溃的历史过程。

(2)封建社会吃人的社会本质

《家》是一部思想相当深刻的现实主义力作，作品通过以觉慧为代表的青年一代与以高老太爷为代表的封建腐朽势力的激烈斗争，反映了当时的社会面貌，深刻地揭露了封建社会和家族制度的腐败与黑暗，控诉和揭示了大家族和旧礼教、旧道德的罪恶以及吃人本质，并且揭示了其必然灭亡的历史命运。同时，作品还以极大的激情歌颂了青年知识分子的觉醒、抗争以及他们与罪恶的封建家庭的决裂。

(3)封建社会下大家庭女子的悲哀

《家》重点描写了三个有着不幸遭遇的女性形象，她们虽然性格不同、社会地位不同，但她们的悲剧结局却是相同的。作品通过对这几位女性悲剧遭际的描写，进一步控诉了封建礼教以及封建道德对弱小、无辜、善良的人们的迫害，强化了全书主旨。

(4)新旧社会模式的对立

《家》中父子对立的结构模式正是现实中传统与现代、中国与西方之间矛盾的具象化，而小说中子一代的出走与封建家长的死亡、封建大家族的崩溃，正是对这一矛盾的“理想

化”解决。

《家》这种讲述家族故事的模式在启蒙主义话语中非常典型，它对后来的家族小说创作起了极强的示范作用。对传统家族制度和封建礼教的批判和彻底否定也成为这类小说一个持久而强大的主题。

3. 请分析《家》与《金锁记》在描写旧式大家族生活上的异同。［中国传媒大学2012年研］

答：(1)《家》与《金锁记》在描写旧式大家族生活上的相同之处

①都借鉴了中国旧式小说描写大家庭的特点，尤其是不约而同借鉴了《红楼梦》的艺术特征。

②都着重塑造大家族里的各类人物，以及旧式人物和新式人物。

③都有一个“家长”式的人物，《家》里的高老太爷和《金锁记》里的姜老太太。

(2)《家》与《金锁记》在描写旧式大家族生活上的不同之处

①艺术借鉴不同

《家》在结构艺术上借鉴《红楼梦》的写法，以觉慧和鸣凤的恋爱以及觉新与瑞珏、梅芬之间的纠葛作为情节发展主线，全面交织而展示了高公馆的衰亡过程，叙事结构宏大。

《金锁记》在叙述体貌上借鉴了民族旧小说的经验，明显反映了类似《红楼梦》之类的小说手法已被作者用来表现她所要表现的华洋杂处的现代都市生活。

②视角和描写重心不同

《家》以男性的视角看待大家族里的生活，也着重描写觉慧和觉新大家族里男人的爱情事业生活。

《金锁记》以一个女性独特的视角，细腻地描写了曹七巧在大家庭里受压迫欺凌的生活以及其心理蜕变畸形的过程。

总之，巴金《家》是将高家作为整个社会的代表或缩影来写，从中反映出19世纪末到20世纪初旧中国的整个社会动态，反映出时代的本质规律，也完成了“家”文化的解构过程。张爱玲的小说无论从内涵上还是从艺术上都匠心独运、独树一帜，而其小说的风格受到古典小说《红楼梦》的影响，渐渐成了一种文化传统，《金锁记》就是这种文化传统的典型。

4. 以觉新为例，简析1920年代中国文学中的长子形象。［首都师范大学2011年研］

答：觉新是巴金在《家》中为中国新文学提供的一个崭新的艺术形象。他是一个能够清醒地认识到自己悲剧命运却又怯于行动的“多余人”，是封建礼教毒害下人格分裂的典型。以觉新为代表的长子形象表现为：

(1)家族中的长子多是新旧参半的人物

他们接受了新思潮的影响，但也摆脱不掉根深蒂固的旧思想的控制。觉新性格的核心是妥协、调和、屈从，他一方面维护封建大家庭的延续，另一方面尽力保护弟弟妹妹们的正常生活甚至支持弟弟出走。他一次次向恶势力妥协，每一次退让都是以牺牲别人来换取一己的暂时安宁，同时，他也付出了惨重的代价。

(2)家族中的长子并不愚昧麻木

家族中的长子虽然被迫维系着旧制度，但他们并不愚昧麻木。“五四”新空气使觉新清楚地认识到是旧家庭旧礼教夺取了他的青春以及封建家庭必然崩溃的命运，但他无法甩掉这个包袱，他无法想象自己离开了这种家庭的生活方式将会变得怎样。所以他只能在险象丛生的环境下小心翼翼地生活，为保一己的片刻安宁，只好把同情咽进肚子里。

总之，觉新的悲剧是封建末世一部分知识分子的悲剧，这一形象对于现代中国的某些知识分子来说，具有很大的概括力。他是封建制度的继承者，同时是封建制度的受害者，他接受了封建主义的正统思想，但也对封建家庭的腐败感到不满，其悲剧命运说明在封建制度中，作揖主义、不抵抗主义是没有出路的。

5. 简述巴金“激流三部曲”的内容和意义。［中国传媒大学2010年研］

答：“激流三部曲”由《家》《春》《秋》三部长篇组成，是巴金众多小说中成就最高、影响最大的一部巨制。

(1)“激流三部曲”的内容

“激流三部曲”以成都为背景，描写了1919年至1924年中国历史处在转折时期这一风起云涌的动荡时代中，封建大家庭高家四代人的生活。记述了一个封建大家庭走向分化与衰落，以及青年一代冲破封建宗法束缚，走向新生活的过程，描绘出封建宗法制度的崩溃和革命潮流在青年一代中掀起的改变旧生活的巨大力量。

①《家》以爱情故事为主干情节

《家》描写了觉慧与鸣凤，觉新与钱梅芬、李瑞珏，觉民与琴等几对青年爱情上的不同遭遇，以及他们所选择的不同生活道路，比“五四”以后许多同类题材作品思想上显得深刻。其中高觉慧与婢女鸣凤构成了第一个悲剧事件；高觉新与钱梅芬及瑞珏构成了另外两个悲剧事件。她们的不幸都与高老太爷直接间接地联系着。作品在描写青年一代爱情悲剧的同时，揭示了造成这种悲剧的根源——封建大家庭的必然的衰落过程：高觉慧在“五四”新思潮的影响下，积极参加学生运动，创办杂志，对家中在道德礼法掩盖下的种种腐败现象十分厌恶。他的祖父高老太爷是家中的专制魔王，一手包办儿孙的婚姻，造成了梅芬、鸣凤、瑞珏、觉新等人的悲剧。觉慧不满大哥觉新的“作揖主义”，积极支持二哥觉民抗婚。最后，当这个封建大家庭的象征——高老太爷死去时，觉慧毅然离家出走，奔向新的生活。《家》不再是那种人们熟悉的自由恋爱和反抗旧礼教的故事，它的矛头不仅针对着旧礼教，而且更集中指向作为封建统治核心的专制主义；它的意义也不只是主张自由恋爱，而是号召青年反抗封建专制，投入社会革命的洪流。

②《春》是《家》的续集，故事也随之继续发展

其主要内容是：高克明要把女儿淑英嫁给轻浮浪荡的陈公子，周伯涛要把女儿蕙嫁给品行恶劣的郑某。尽管她们都对自己的婚事不满，但生性懦弱的蕙逆来顺受，对她充满同情爱慕的觉新又不敢帮她摆脱困境，她只得按照父命出嫁，最后含恨死去。蕙的死教育了高家的年轻人，在觉民、琴等人的鼓舞帮助下，淑英终于逃到上海，重获新生，迎来了自己生命中自由、美好、绚丽的春天。这部小说表现了不合理的、丑恶的婚姻制度对妇女的摧残以及对封建专制的婚姻制度的控诉和批判。

③《秋》从封建家族后继人的堕落上以及从封建观念受毒最深的懦弱者的反抗上，描写了封建大家庭高家的最后衰败

其主要内容是：经过一系列事变之后，克明和觉新虽然还想维持高家的门面，但它已经到了千疮百孔、无法挽救的地步。克明的儿子不争气，克安、克定公开纳妾宿娼，克定的女儿淑贞不堪父母逼迫而自杀。克明死后，克安、克定闹着分家，最后将高公馆卖掉，各家搬出另觅住处，高家彻底崩溃。《秋》是解剖封建社会教育弊病的一本书。巴金揭示了愚昧、专制的封建家庭教育不仅侵蚀人的灵魂，而且还戕害人的生命，梅芬的夭折就是对万恶的封建制度杀害下一代的血泪控诉。

(2)“激流三部曲”的意义

①长篇家族系列小说的形式意义

巴金构思这类家族题材小说，受到法国作家左拉的影响，他也试图以《卢贡－马卡尔家族》那样的长篇形式，写一个家族的衰变过程，揭示人性的堕落。所不同的是巴金更注重表现青年的希望和新生革命力量的成长。新文学问世以来，以揭露旧家庭旧礼教为题材的创作很多，但以长篇系列小说形式和如此浩大的规模，对封建家庭崩溃过程做系统深入描写的，“激流三部曲”还是第一次。

②揭露封建家族没落的主题意义

在现代文学史上，揭露封建制度的弊害，是许多作家关注的一个重要主题。但是，像巴金这样旷日持久地坚持表现这一主题的作家并不多，像“激流三部曲”这样从内部对封建家庭作集中而又深刻的成功描写的大型作品，更是罕见。撕开封建家族制度虚伪的面纱，显露它吃人的本质，并明确揭示它“木叶黄落”的穷途末路，是巴金对于中国现代文学的一个特出贡献，也是“激流三部曲”最杰出的思想意义所在。

四、论述题

1．一般认为，1940年代中期巴金的文学风格发生了重要变化，请结合巴金的创作历程，谈谈你对巴金这一时期创作风格变化的认识。［南开大学2021年研］

相关试题：简述巴金1940年代小说创作的艺术特色。［简答题；复旦大学2012年研］

答：巴金创作于1940年代的作品，要比1930年代更成熟。其作品《憩园》《第四病室》《寒夜》就艺术水平而言，都超过了《家》这样的作品。尤其是《寒夜》，在巴金后期创作中具有里程碑的意义，其思想主题的多重意蕴及艺术风格的巨大变异，显示了其小说的巨大美学价值。巴金1940年代小说创作艺术特色主要有：

（1）由单一走向多重意蕴

巴金在1940年代，风格上变得深沉，内涵复杂丰富。如果说早期作品都是单调小说，后期基本上都是复调小说。在作品中，总有多种意蕴和声音。他仍然承续着前期的抒情性，但是，不像早期那样浮躁、粗浅、激越，而是含蓄蕴藉，荡气回肠。例如《憩园》抒情性比较强一些，但是，很委婉深切。之所以如此，就是内涵上比较丰富。一方面仍然是对封建大家庭的文化批判，另一方面却是对人性自由、善良的渴望。除此之外，还有作者个人化的对家族的情感因素。《第四病室》社会批判性很强，但也有人性透视和对善良、美好人性的渴望。尤其是意蕴丰富、技巧精湛的《寒夜》，可以说是巴金最圆满的艺术精品。

（2）缜密冷静的写实风格

巴金前期是激情写作，后期却是冷静叙述。《寒夜》最充分地体现了巴金后期小说的冷静缜密的写实风格。巴金前期属于“青春写作”，其风格呈现出激情化的特点。《家》就是这样的小说。情绪、感情成为作品最突出特点。在很大程度上，《家》就是依靠爱憎分明的激情反抗的力量而获得了众多的青年读者。但是后期风格发生了很大变化，体现在：

①日常生活的细致描摹

《寒夜》虽然以抗战时期为背景，却没有重大的社会事件，而是写普通的小人物及其日常生活。最主要是写三个人在日常的家庭生活中的矛盾冲突，这就决定了作品的缜密细致的叙述方式。

②人物心理的深度开掘

优秀的小说总是要塑造人物性格的，《寒夜》中人物就三个人，但每个人物的性格都很丰满，都是有血有肉的、活生生的人。人物性格的成功，就是对人物心理的开掘。只有进入心理，才可能塑造性格。《寒夜》主要是靠细节和心理开掘的深度来写人物的。作品往往进入人物的内心世界，把人物复杂心理揭示出来。比如整个第二部分，全部是汪文宣的心理活动，写他做一个梦，在梦里，母亲和妻子两个人都争夺他，他处在中间，非常痛苦。

2. 试论巴金的《家》中觉慧的性格特征。［武汉大学2011年研］

答：觉慧是一个具有初步民主主义和人道主义思想的反抗者，封建家庭中"大胆而幼稚的叛徒"，一个充满朝气的典型人物。觉慧从对劳动者朴素的爱和对封建制度切身的恨出发，逐步趋向资产阶级改良主义和民主主义，最后又发展为社会斗争，巴金通过其思想发展过程的描写，展示了近百年来中国先进知识分子所共同经历的思想历程。

(1)反抗、叛逆的激进青年

作为封建专制的叛逆者，觉慧是一个充满朝气的典型人物。他对旧家庭的反抗，以至最终出走，表现了"五四"新思潮的威力和新一代民主青年的成长。作家在觉慧身上寄托着对青春的赞美和生活的信念，在小说中着重突出他热情、叛逆和追求的精神，这也正是"五四"时期受新思潮冲击的激进青年的特征。在"五四"思潮的冲击下，觉慧这个少爷在高家最早觉醒过来，痛苦地感到家是一个"狭小的笼"，"是埋葬青年理想和幸福的坟墓"。他下决心不去做高老太爷们所期望的"绅士"，也不愿像大哥觉新那样忍受下去，他要做"自己的主人"，"自己把幸福拿过来"。他敢于对抗高老太爷的旨意，以极大的热情投入社会革命活动，编辑进步刊物，撰写讨伐封建主义的檄文；他蔑视封建等级制度和旧礼教，支持和帮助觉民逃婚，大胆向婢女鸣凤表示纯洁的爱情；他不怕冒犯尊长，公然揭穿他们"捉鬼"行孝的丑剧；最后，他又毅然地从这罪恶的家庭出走。

(2)大胆而又幼稚单纯的"叛徒"

觉慧又是大胆而又幼稚单纯的"叛徒"，他身上既有热情、叛逆、追求的"五四"精神，又有"五四"青年难免的历史局限与弱点。他从封建家庭中蜕化出来，不能不带有一些封建思想影响的痕迹，小说并没有回避他的缺点，有的章节还很细致地刻画他这种思想的复杂性。这个形象深刻地反映出"五四"新思潮所唤醒的年轻一代青年的历史性特点。尽管觉慧出走的目标还不是十分明确，但他总是跨出了奔向光明的第一步。

总之，作为封建专制的叛逆者，觉慧是一个充满朝气的典型。他对旧家庭的反抗，以至最终出走，表现了"五四"新思潮的威力和新一代民主青年的成长。作家在觉慧身上寄托着对青春的赞美和生活的信念，他是《家》的主角，是最能打动人的形象。

3. 谈谈《憩园》《寒夜》对于巴金创作的意义。［北京大学2010年研］

答：《憩园》《寒夜》从某种意义上讲，标志着巴金开始向成熟作家转变，具体表现在：

(1)小说的叙事方式和视角发生了变化

从小说的叙事上看，巴金小说的叙事方式和视角都发生了变化，增强了作品本身的现实穿透力，主要表现为：

①由充满激情的呼喊转向冷静、沉思的深层分析

巴金的小说创作到"激流三部曲"发表的时候，达到了风格的成熟和现实主义的高峰。他的作品始终充满了作家的主观激情和生活的热忱，作者本人始终是作品中一个无形的形象，在作品中，大段地议论抒怀，大声地呐喊呼号，毫不掩饰地发表自己的看法。这种充满激情的创作到1940年代后期发生了变化，在《寒夜》中作家一改以往的直接呐喊、批判和议论，转而变成一种冷静的、沉思的、深层的分析。

②家庭题材的叙事视角发生了变化

巴金从对大家庭、大家族的描写，转变成关注普通的、随处可见的小家庭，关注这些小家庭中普通人的命运。这种变化给人们以新的启发，作家以往对大家庭的描写更多的具有象征的意义，而对普通小家庭的描写在更大意义上带有普遍代表性，显示了巴金的现实主义笔法更加深入、更加准确、更加尖锐。以往众多人物复杂的关系，在《寒夜》中变成了一种非常简单、非常朴素的描写。但作品并不因为这种关系的简单、描写的朴素而缺乏魅力，反而更增加了生活的实感和现实的穿透力。

(2)小说在艺术表现手法上具有民族特色

从小说的艺术上看，小说在艺术上继承和运用了我国传统的艺术表现手法，具有民族特色，具体表现为：

①在结构上，以杨、姚两家的生活为线索，双线并用，或是平行发展，或是交错扭结，相互映衬，十分得体。另外，悬念手法的运用使故事的叙述引人入胜。

②在人物塑造上，作品使用直接描写和间接描写交叉进行的手法，多方面地展现人物的性格特征。

③在意境上，借鉴了中国古典文学的美学追求，形成了既有浓厚抒情氛围又有象征意味的境界，“憩园”是当时中国新旧社会交替的隐喻和象征。

总之，《憩园》与《寒夜》从某种意义上说，是巴金告别青春期，走向成熟的标志，是巴金开始专注于文学技艺的斟酌，向一个成熟作家转变的标志。

第13章　沈从文

13.1　复习笔记

一、沈从文概述

1. 沈从文及其著作

(1)简介

沈从文(1902—1988)，原名沈岳焕，字崇文，湖南湘西凤凰县人。祖父和父亲是汉族，祖母是苗族，母亲是土家族。因此，沈从文有着较为复杂的民族身份，对湘西这片多民族杂居的偏僻土地有着深层的了解和割舍不断的血脉亲情。

(2)著作

沈从文于1923年起以“休芸芸”等笔名陆续发表作品，从此便一发不可收拾，共创作了四十余部作品，其中，重要的短篇小说集有《龙朱》《旅店及其他》《虎雏》《阿黑小史》《月下小景》《八骏图》《从文小说习作》《新与旧》《主妇集》等，中长篇小说有《边城》《长河》等；散文有《从文自传》《湘西》《湘行散记》《烛虚》等。

2. 沈从文的文学贡献：“湘西文学世界”的创造者

沈从文自称是“乡下人”，的确，“乡下”是其人其文的关键词，它既是沈从文对自我身份的确认，也表征着其创作的生活经验背景、美感倾向趣味和文学艺术理想。他有着丰富的“乡下”经验，从军期间随部队辗转流徙于湘、川、黔边境与长达千里的沅水之上，读了一部内容丰富充实的大书，经历过湘兵土匪的雄武善战、各种黑暗无谓的杀戮、莫名其妙的死里逃生、山村城镇的各色人等、离奇炫目的情爱故事……凡此种种，使他亲身体验到人生表象与生命内涵之间的差异，经过内化沉淀和自觉的提升后，形成了他追求美好人生与善良人性的精神特征，并对“湘西世界”的人们的生活方式和民俗风情具有特殊的审美敏感。

二、乡村叙述总体及其对照的世界

1. 牧歌情味的乡土小说

沈从文以湘西的人情、自然、风俗为背景，极力营造世外桃源般的“乡土乌托邦”，展示淳朴的人性。这类小说以真挚的感情、优美的语言、诗意的情绪，为人们营造出一派沈从文式的理想世界，宛如清新悠远的牧歌，倾诉着作家对湘西的眷恋、对自然的感怀、对至善至美的人情与和谐宁静的家园的诗意想象。

2. 沈从文的人物形象

沈从文所描写的湘西世界中的人物，无论是农民、猎人、渔夫、水手、士兵、妓女、村姑等，都表现出淳厚、真挚、热情、善良，守信用、重情谊的特征，女性一般柔美如水，男性则表现出原始的蛮性力量，总之，这些形象显示出一种原始古朴的人性美、人情美。

3. “神性”的概念

沈从文在《习作选集代序》中明确阐发了他的文学观念：“我只想造希腊小庙……这神庙供奉的是‘人性’。”神性、自然、人性以及三者间的内在关联是沈从文创作所要表达的基本内涵。在批判和反思历史现代性的基础上，沈从文试图建构一个新的审美范式——湘西，将其作为人类文明发展必然衍生出的负面效应的救赎。小说《凤子》对这种文化观念进行了形象化的阐释，在这篇小说中作者倾力描绘了“神性自然”和与之相生相契的人性情景。

4. 都市的批判

沈从文是在都市文明与湘西世界的互文对照中来展示都市的人性弱点和道德沦丧的。在描写都市生活的一批小说中，他为都市的“高等人造一面镜子”，以映照出都市上流社会沉落的种种丑态世相，作者以批判讽刺的笔触揭示出都市人风雅中的庸俗、自大中的渺小、聪明中的愚蠢、文明中的肮脏、大度中的自私。

5. 文体的创造

沈从文对小说文体的探索致力甚勤，他对话本体、寓言体、传奇体、自述体、游历体、故事体、民间传记体、变文体等都有尝试，并运用自如，尤其着重诗化小说风格的营造。诗化小说在整体氛围的营造上追求“诗化”和“散文化”的效果，在叙事上叛离传统的以情节、故事为重的文学成规，依赖情绪、意念等主观因素来支撑作品内蕴。1943 年完成的《边城》就是这种诗化小说的代表。

6. 语言的熔炼

沈从文吸取了民间文艺的生气和活泼，而在文字的简省与含蓄上，又明显带有中国传统文人文学的雅致、隽永，整体上表现为“格调古朴，句式简峭，主干凸出，少夸饰，不铺张，单纯而又厚实，朴讷却又传神”，既有浅近文言的简约凝练，又有口语的生动活泼。

【名师点拨】这一部分是本章的重点内容，可结合《边城》来理解沈从文笔下的“湘西世界”及与之对应的“都市文明世界”，同时要着重理解沈从文对“人生形式”的思考及其在文体上的创新性。

三、散文艺术与“沈从文的寂寞”

1. 散文创作

沈从文散文创作数量较多，先后出版有《鸭子》(1926，散文、小说、戏剧、诗歌合集)、《记胡也频》(1932)、《记丁玲》(1933)、《从文自传》(1934)、《湘行散记》(1936)、《湘西》(1939)、《烛虚》(1940)、《云南看云集》(1943)等。

2.《湘行散记》《湘西》

(1)《湘行散记》和《湘西》是沈从文于 1934 年和 1938 年两次重返湘西时的收获。前者是他返乡探视病母途中的所见所闻，后者主要介绍湘西的景物、出产、民情。两部作品在内容上互为表里，在结构上互为经纬，是以湘西历史、现实与未来的发展为中心，融汇着作者对湘西社会生活与社会问题的观察和思考，代表着他散文创作的最高成就。

(2)在文章体式上，《湘行散记》和《湘西》将游记、小说、通讯诸种文体因素融化在一起，形成独具一格的散文体式。

3. 文学理想

(1)沈从文要求艺术表现“生命”之美，这种“生命”既包含着人性的现实存在，又内蕴着神性的美好憧憬。由此，文学艺术创作的现实描绘与理想追求，客观呈现与主观创造这两个侧面，就经由“生命”本身所包含的丰厚内蕴而凝结起来了。

(2)在散文中，沈从文笔触所及的都是那些“会寻快乐的乡下人”，展示了他们“不辜负自然，与自然妥协，对历史毫无负担”的人生情状。对这样一些充满原始气息、生命力旺盛甚至有点野蛮的“乡下人”，沈从文表现出无比的赞叹和深刻的理解。

四、作为京派代表的沈从文

1. 京派的组织者之一

1922 年沈从文只身离开湘西到北京，进入了一个崭新而陌生的世界。同年秋，报考燕京大学未被录取，便开始写作。1924 年后，他陆续在《晨报副刊》《现代评论》《小说月报》等刊物上发表作品。在 1920 年代的中国文坛上，沈从文的出现并未引起人们较多的注意，到 1930 年代中期以后，他的小说创作日趋成熟，开始成为京派作家中的重要人物。1933 年沈从文与杨振声合编《大公报 · 文艺副刊》，成为京派的主要阵地。1933 年 10 月 18 日，沈从文在天津《大公报 · 文艺副刊》第 8 期发表《文学者的态度》，触发京派和海派之争。

2. 对当代的影响

对原始生命力和美好人性的欣赏，既是京派文学一贯的艺术追求，汪曾祺的小说《受戒》《大淖纪事》继承了这一传统，使其在 1980 年代重新恢复了活力，某种程度上还启发了后来的“寻根小说”的创作。

13.2 考研真题与典型题详解

一、填空题

1. 沈从文的代表作之一是______。

【答案】《边城》

【解析】《边城》是沈从文的代表作，入选 20 世纪中文小说 100 强。作品以 20 世纪 30 年代川湘交界的边城小镇茶峒为背景，以兼具抒情诗和小品文的优美笔触，描绘了湘西地区特有的风土人情；借船家少女翠翠的纯爱故事，展现出了人性的善良美好。

2. ______和______是最能代表沈从文散文创作成就的作品。

【答案】《湘西》；《湘行散记》

【解析】《湘西》和《湘行散记》是沈从文重要的散文精品，是他抗战前后两次还乡的产物，等于是他的自传，尤其是关于他与故乡的文学感情生活的一个传记性的延长。

二、名词解释

1. 《边城》[安徽大学 2025 年研]

答：《边城》是沈从文创作的中篇小说，1934 年由上海生活书店出版。作品主要讲述了 1920、30 年代川湘边界的小山城茶峒有一个老船夫和其外孙女翠翠相依为命，后翠翠和掌管水码头的团总顺顺的两个儿子发生爱情纠葛。弟兄俩都喜欢翠翠，相约夜晚上山为翠翠唱歌，而翠翠只爱弟弟傩送。哥哥天保也自知唱不过弟弟，于是乘船离家，结果途中船翻人亡；后傩送也因反对父亲包办婚姻离家出走。不久，外祖父死去，翠翠只能成天孤零零地守在渡口，盼望傩送归来。作品通过三个青年男女之间纯真的爱情，以及茶峒的秀丽风光的描写，展现了湘西古老的生活习惯和纯朴的民风，表现了作者对自然美和人情美的向往，以及他的艺术情趣追求。

2. 《湘行散记》

答：《湘行散记》是沈从文创作的一部散文集，收录《一个戴獭皮帽子的朋友》《桃源与沅州》等十一篇，均为作者 1934 年冬重返湘西时沿途见闻的纪实。这部散文集记述范围较广，作者赞美故乡人性美的同时，也暴露某些现实生活的黑暗面。作品将游记、散文、小说糅为一体，熔抒情、叙事和议论为一炉，文笔隽永秀逸，具有浓郁的乡土色彩和独特的艺术魅力。

三、简答题

1. 沈从文《湘西散记》《湘西》在散文艺术上的主要特点是什么？［复旦大学2014年研］

答：沈从文描绘湘西风情的系列散文《湘西散记》与《湘西》，代表了他散文的最高成就。这是他抗战前后两次还乡的产物，具有自传色彩。《湘行散记》《湘西》在艺术上有着显著的特色，表现为：

（1）叙述上，条理明晰

《湘行散记》《湘西》以沅江为中轴，以“我”的见闻与行动作为叙写线索，一方面叙述现实的人与事，一方面将湘西历史、地理等地域文化的背景资料加以穿插。

（2）文体上，糅合了游记、散文、小说诸种文体因素

沈从文的散文融进小说的人物对话与细节、情节的描写，形成小说的情节性，有情境氛围，还浸染了楚地的传奇，形成了别具一格的散文体式。

（3）抒情上，呈现出多种多样的姿态

①描绘山川风景、民风民俗时，多采用融情入景的手法形成诗一般的意境；②叙述、评述湘西的历史与现实时，往往是议论与抒情的结合；③涉及敏感的政治性问题时，作者则采用曲笔。

（4）结构上，构制宏大，整散有致

《湘行散记》以还乡历程为“线”，以小船停泊处为“点”，点线相连，徐徐展开一幅幅湘西风情画；《湘西》则以地理方位的迁移——由边缘向纵深转换为叙述线，将常德、沅陵、辰州直至湘西腹地凤凰连成一体。

（5）语言上，继承传统，雅俗共赏

沈从文的语言较多地继承了中国古代游记与笔记的传统，简练流畅，平和之中自有其动人处。语言简洁而澄明，典雅与土俗并存，富丽与朴素同在。《湘西》中九篇作品，几乎无一笔空疏，言简义丰。

2. 废名与沈从文小说的对比。［北京大学2012年研］

答：废名与沈从文同属京派小说的代表作家，善于把东方情调的诗情画意融合于乡风民俗的描述之中，形成一种洋溢着古典式的和谐和浪漫性的超越的人间写实情致。废名的代表作是《竹林的故事》《桥》，沈从文的代表作是《萧萧》《三三》《边城》。

（1）废名与沈从文小说的相同点

①诗化或散文化的风格

a. 废名用写诗的方法写小说，不注重人物，长于抒情；不写故事写意境。其作品多写华中乡村儿女翁媪之事，于冲淡朴讷中追求生活情趣，常给人一种非同寻常的感动。

b. 沈从文以散文的笔调写小说，同样没有太多地顾及文体观念。他的早期作品既受鲁迅以故乡生活为题材的小说的启发，又受废名以抒情笔调写小说的影响，发展了抒情体小说这一形式。

②对乡土中国的描绘

无论是废名笔下的“华中世界”，还是沈从文笔下的“湘西世界”，都给人一种独特的美感。在这里，人物的道德形态或人格气质，诸如淳朴、善良、诚挚、热情、强悍等，与原始、古朴、美丽的山水相契合，处处弥漫着一种“文明社会”所没有的田园诗趣。他们的作品往往游离于时代，圆润精美、热情内敛，寂寞而宁静，显示出一种“冷的美”。

(2)废名与沈从文小说的不同点

①废名的小说中缺少乡村历史存在与现代社会变异的联系，因而缺少冲突。

②沈从文笔下展示出乡村社会历史文化的常数与现代文化的变数交织而导致的矛盾冲突及人的生存悲剧。

总之，废名与沈从文既借鉴欧美文学语言的长处，又吸收中国古典文学的营养，娴熟地运用自己的民族语言，形成了简约、古朴、活泼、明净的语言特色，两者及其作品在中国现代文学史上占有重要地位。

3. 沈从文宣称其创作宗旨为表现人性之“常”，对此你是怎么理解的。[浙江大学2011年研]

答：沈从文的作品表现人性之“常”主要体现在以下四点：

(1)“湘西”代表人性的完善

在沈从文的记忆中，故乡湘西以敞开的状态嵌进了他的“生命”之中。湘西所能代表的是健康、完善的人性。一种优美、健康、自然而又不悖乎人性的人生形式，正是他的全部创作要负载的内容。

(2)纯美少女代表人性的纯真

纯美少女形象提供了典型的湘西人生样式，展现了最纯真的人性美。《边城》围绕翠翠描述的宁静自足的生活，表现了淳厚的人情美、人性美，表现了人心向善，正直、朴素、信仰简单而执着的地方民族性格，加上乡村风俗自然美的渲染，也衬托出了作者心向往的那块人类童年时期的湘西净土。

(3)男性形象代表人性的活力

男性形象代表生命的野性和活力，任其自由地舒展。其主要特征就是豁达洒脱、英勇强悍、不驯服、有血性。《七个野人和最后一个迎春节》中的七个野人勇敢如狮，徒手可以搏野猪，以歌、酒、情、爱使生命自由舒展，他们做工吃饭，在世界上自由的生活，在欢喜中过日子，也可以为捍卫苗家最后一块边地不受“官”的污染，发誓必将最后一滴的血流到这反抗。敢爱敢恨，敢作敢为，正是湘西这群凡夫俗子身上所散发出来的野和蛮，是一种神秘的“魔性”生命力，它坚不可摧、撼人心魄。

(4)原始情欲代表人性的健全

沈从文小说最能传达和表现生命原始精神的是不受物质功利污染、不受道德规矩的约束、不带任何放纵官能的原始情欲和性爱，使人类的原始生命精神在性的自然融合中得到最彻底的释放。从这个世界里，他并不是发现了性的放纵，而是在情欲奔放之中发现了健全的人性，发现了生命与力。代表作主要有《龙朱》《神巫之爱》《月下小景》《雨后》《采藏》等。

四、论述题

1. 试论述沈从文小说中的地域描写。[南开大学2013年研]

答：在20世纪中国文学发展史上，特别是乡土文学中，地域文化对作家创作的影响是非常明显的，它不仅影响了作家的性格气质，同时还影响了作家的审美情趣以及作品的艺术风格与表现手法，譬如湘西文化之于沈从文，巴蜀文化之于沙汀、李劼人等，在这些作家当中，沈从文的地域意识尤为突出，他从地域的、民族的文化历史态度出发，由城乡对峙的整体结构来批判现代文明在进入中国的初始阶段所显露的全部丑陋处，湘西文化对他的创作产生了深刻的影响，沈从文用他的作品，构筑了一个独特的“湘西世界”。

(1)“常”与“变”的地域文化批判

①“常”，是指在传统农业文明与独特地域生存背景下湘西边区苗族、土家族几千年来一直保留下来的纯朴、自然的生活方式与道德、情感观念。小说《柏子》写的虽是湘西青年男子的水上生活及其与河边妓女的一夜情缘，但却内在地折射了湘西青年水手的生活方式、情感方式与生存状态。同样，小说《边城》一方面写出了主人公翠翠令人叹惋的恋爱生活，一方面又穿插了翠翠爷爷的摆渡、船总顺顺父子仨的经商、水上行船、闯滩乃至发生水上悲剧。在沈从文的笔下，这种“常”态生活构成了一种宁静、和谐、淡远的“湘西世界”，他从多方面辐射了湘西少数民族充满传统气息的日常生活，组成了一幅生动的湘西人生活画面，且恰与湘西大山外部畸形化的现代都市生活形成了鲜明的对照。

②“变”，是指在汉文化或现代文明等各种外力作用下，湘西边区少数民族地域原生态生活发生某些变化的情形。《长河》叙述国民党新生活运动带给湘西的竟是地方大员对普通农民的骚扰与勒索，湘西原有的宁静、和谐气氛或牧歌情调受到严重破坏，人们看到的是政治腐败、商业市侩习气对湘西地区构成的严峻挑战与威胁。汉族文化与少数民族文化的冲撞，特别是19至20世纪之交西方现代工业或商业文明传入中国，给湘西民族地域生活带来了巨大的冲击，促使其产生巨大的变异乃至痛苦的裂变。这种变化即使富于“乡下人”气质的沈从文也备感惶然，同时又使他在惶然中通过文学作品对其表示出极大的忧虑。

(2)湘西人民特异生命形式的建构

沈从文笔下的湘西世界，包含有对人的生活形态中有别于现代文明的那种健全、协调、化外境界的重新发现，并大量地渗入作家的情感、情绪，把自己童年的记忆长久地带进当下的记述，有意增强了叙事作品的抒情倾向，从而构建了湘西人民独特的生命形式。沈从文对故乡的农民、兵士、终生漂泊的水手船工、吊脚楼的下等娼妓，以及童养媳、小店伙等，都一律怀有不可言说的同情和关注。这里自然有血有泪，但更多的是追求琐屑生活的企望的破灭，是人格的习以为常的遭受践踏。

(3)奇异独特的民族地域风情渲染

《边城》描写了天保与傩送兄弟俩月夜里通过唱歌的方式向翠翠姑娘表达爱情，不仅向人们展示了苗族男女爱情生活的纯粹性，也间接反映了苗族远古以来男女自由恋爱的文化遗存。在沈从文的笔下，湘西少数民族特别是湘西苗族的这些独特而斑斓的文化习俗，无疑是对湘西少数民族独特文化精神生活的精彩写照。在沈从文笔下，关于湘西自然山水风景、民族地方风物、人文风光及生活习俗的有趣描写，凸显出了湘西民族生活背景的别种韵致，显示着独特的文化风情。

总之，沈从文在地域和民族的文化历史态度下构建了一个独特而神秘的湘西世界。作为现代中国文化的批判者，沈从文以自己“湘西人”的主体来观照现代文明下的湘西世界，他笔下的“湘西”所代表的是健康、完善的人性，是一种优美、自然，而又不悖乎人性的人生形式。湘西这块神奇的土地，因有了沈从文而以一个无比淳朴、自由、满溢了生命力的王国出现在世人面前。

2．请结合具体作品，比较沈从文和汪曾祺创作风格的异同。［中国传媒大学2011年研］

答：沈从文和汪曾祺创作风格的异同，主要表现为：

(1)相同之处

①他们的小说创作都是“文化小说”，具有显著的文化历史指向、浓厚的文化意蕴以及具有独特人情风俗的乡土内容。沈从文的《边城》与汪曾祺的《受戒》都是作者内心深藏的故土“乐园”的展现。

②他们的作品都是抒情式的，其中回旋着一种感伤而有力量的主旋律。文章不拘格式，受感情波动的支配，在淡淡的哀愁中有一种痛楚、深沉而又不甘寂寞甚至倔强的调子。

③字里行间蕴含着歌的节奏、诗的韵律、画的色彩，它们与思想感情有机融合而表现为偏于冷色的艺术美。

（2）不同之处

①思想内容的不同

沈从文更多地对不平等的物质生活加以鞭笞，更多地要求人生存的基本权利；汪曾祺则是在生存温饱基础上求发展，是对人生存状态的文化反思。

②情感表达的不同

沈从文的作品的感伤色彩更浓重，情感更忧郁和压抑；汪曾祺的作品更明快一些。以《边城》和《受戒》为例，同样是讲述故土“桃源”般的安逸生活，《边城》的纯美中含有淡淡的忧伤；《受戒》完全看不到任何忧伤和邪恶，是一个轻松的故事。

③表现手法的不同

沈从文节奏迂缓，如泣如诉的叙说中写实成分较多；而汪曾祺迂缓中夹杂着跳荡，有一些心理探索，还会有一点为当代人所喜爱的哲理性议论。

总之，作为中国现当代文学独具个人风格的小说家，沈从文和汪曾祺都表现出偏离主流文学的边缘化倾向。然而，正是他们对人文的坚守和文化美学的创作，才造就了充满人性关怀的诗意小说。沈从文的《边城》以及汪曾祺的《大淖记事》都是中国文坛不可多得的佳作。

3．分析沈从文的“湘西”书写与现代性的关系。［中山大学2011年研］

答：沈从文对“湘西”世界的书写是与其小说呈现出的现代性同步的，其小说的现代性特征寓于“湘西”世界的书写中。以下通过阐述沈从文小说的现代性特征来揭示沈从文“湘西”书写与现代性的关系。

（1）“湘西”书写与现代性的断裂

《萧萧》和《边城》这类文本所呈现出来的，是一个循环往复的世界，即“湘西”世界。尽管外界风云变幻，而对于萧萧、翠翠们来说，世界依然。新事物的出现如“女学生”和人生变故的发生也只不过是在日复一日的、平静的生活之流中泛起些许涟漪，并不能显示出真正改变的可能性。在这样的世界里，过去、现在及未来的界限变得模糊不清，时间的深刻内涵被消解于无形中。在充满“动”的时代中，沈从文的湘西世界却以自己的四季更替执着地守“静”。在展现断裂时，其实源于沈从文对于现实的深深失望。城市除了是新思想的发源地和传播地之外，也是物质主义泛滥、拜金主义流行的欲望之都，沈从文很多时候是迫于生存而写。而乡土美丽的景物反衬出地方的贫穷与落后，纯朴与愚昧、麻木在乡下人的性格中并存。沈从文笔下的大多湘西人物就是这样，他们以不变应万变，认同命运，在命运规定的形式下生活，把命运的肆虐认作是生命的基本形态。如《柏子》中柏子做着危险的工作，生活很艰难，但他却愿意为一个妓女几个小时花光所有的积蓄，而且感到不可名状的满足。

（2）“湘西”书写与现代性的自我反思

沈从文的视点是人性，虽然人性也常常借助宗教性得以表现，在那些外表看来极纯粹的湘西小说中，感觉到一个与之相对的异质世界，渗进一点桃源外的嘈杂之声。这种有意识的反思特征，使沈从文的创作与中国社会和文学的现代化进程建立起一种对话关系，即在外部物质世界现代化所呈现的断裂中，仍然眷恋着历史的连续性，甚至是有意通过对历史的回溯达成对这一连续性的有效梳理。对“桃源世界”或过往历史的话语抚摸乃是对正在进行时的

“现代化”的呼应。《丈夫》中的许多年轻丈夫，将妻子送到城中做娼妓，而自己却留在家中耕田种地，安分过日子，并且将此视为极其平常的事情。

(3)“湘西”书写与现代性的结构设置

就《萧萧》来说，沈从文设置了一个圆形的结构。小说起始，唢呐的声响和平稳的花轿支撑起整个画面，让人觉得新鲜。在小说的结尾，又是唢呐声到门前，看热闹的人们最终也盼到那平稳的花轿。文本叙述在此时封闭了自我，表现出一种寂寞感。小说家同时为这一自足的叙述空间设置了井然有序的线性时间维度，故此虽然不免在时间推进的过程中出现某些波折，比如朦胧的女学生的印象、花狗大的出现、婴孩的降生，但都很快被井然有序的时间流脉抚平。《边城》中则着力表现“边城牧歌”的自我颠覆。“渡船”意象已然为边城世界打开了一道缺口，外界的异质性因素带着某种强力迅速突破缺口，田园牧歌式的秩序被质疑，“边城牧歌”由此开始了自我颠覆的道路。

(4)“湘西”书写与现代性民族建构的想象

沈从文对于传统中积极因素的肯定，其宗旨是重造经典，即民族文化的重构。因此，沈从文创作中的思想指向是未来而不是过去。沈从文坦言自己的创作其实是“重新写作‘神话’”，而这“神话”不过是综合过去人类的抒情幻想与梦，加以现世成分重新处理，其目的却是对未来有所安排。

综上可见，沈从文的小说文本参与到对现代性内涵的合理完善上来，其作品在展现给读者“湘西”世界中的人生形式的同时，对现代性做出了有益的反思。因此，沈从文是一位表现人性真善美同时又颇具反思意识的现代作家。

第 14 章　小说(二)

14.1　复习笔记

一、“左联”和左翼小说

1. 概述

1929 年底开始筹备并于 1930 年 3 月 2 日在上海成立的中国左翼作家联盟，简称“左联”。出席人有鲁迅、冯乃超、沈端先、冯雪峰、柔石、蒋光慈等四十余人，“左联”先后出版的刊物有《拓荒者》《萌芽月刊》《北斗》等。其主要贡献是译介马克思主义文艺批评，推进文艺大众化运动，探讨创作方法(如从苏联引进“社会主义现实主义”的口号)等。1936 年“左联”解体。

2. “革命加恋爱”模式

(1)“革命加恋爱”是左翼文学初期常见的一种文学模式，多描写革命知识分子的革命生活、恋爱生活等，这类作品一方面反映了大革命前后青年知识分子面临个人与革命冲突的普遍问题，通过革命与恋爱的矛盾塑造出知识分子的思想人生；另一方面，呈现出特定历史时期“个人”话语向“集体”话语转换时的不适应，大多数表现为革命战胜恋爱或情感在革命中升华，一定程度上暴露出对生活的片面理解与表达。代表作品有洪灵菲的《流亡》、楼适夷的《烟》、蒋光慈的《冲出云围的月亮》等。

(2)华汉(阳翰笙)的长篇《地泉》(包括《深入》《转换》《复兴》三部曲)基本上是以政治观念图解故事，人物塑造缺乏个性。1930 年作品初版时就引起了进步文艺界的关注和争论，1932 年重版时在书前特意附上了瞿秋白、郑伯奇、茅盾、钱杏邨和作者的五篇序言，对这种充满“革命的浪漫蒂克”的文学进行了总结性批判。

3. 左翼小说家

(1)蒋光慈

①太阳社成员，初期无产阶级文学家。他是“革命加恋爱”小说的开创者，这类小说反映出知识分子革命与恋爱纠缠的心灵史、生活的苦难史，但公式化、概念化痕迹明显。最后一部长篇小说《咆哮了的土地》转向了农村武装斗争题材，突破了“革命加恋爱”的局限性，更注重客观的、细致的描写。

②主要作品有中篇《少年漂泊者》《短裤党》《野祭》《冲出云围的月亮》，长篇《丽莎的哀怨》《咆哮了的土地》(后改名为《田野的风》)等。

(2)柔石

①“左联”五烈士之一。其作品按照实际生活的原貌，自然地结构故事，增强了作品的真实感和生活气息，尤其重视对人物内心世界的揭示，在平静中显出个性。

②早期有《疯人》集，中篇《三姊妹》，长篇《旧时代之死》等。后期有短篇《人鬼和他底妻底故事》《为奴隶的母亲》，中篇《二月》等，为其代表作。

(3)胡也频

①“左联”五烈士之一。其作品既充满了革命主义热情，又显示了现实主义笔法的真切

和细腻。

②主要作品有短篇小说集《圣徒》《三个不统一的人》，中篇《一幕悲剧的写实》，长篇《到莫斯科去》《光明在我们的前面》以及戏剧集《别人的幸福》等。

(4)丁玲

①原名蒋伟，是继冰心、庐隐之后第二代善写女性的作家。早期作品虽也未能摆脱早期革命文学"革命+恋爱"的公式，但较之同类作品，她对于革命者心理的描写和性格的刻画比较真实自然，也比较具有生活气息。

②这一时期的主要作品有短篇《梦珂》《莎菲女士的日记》《在黑暗中》《自杀日记》《一个女人》，中篇《韦护》等。

(5)张天翼

①"左联"优秀的讽刺小说家，文体家。注重写人，善于狄更斯式地提炼习惯动作与用语；同时重视叙述角度的灵活多变，以动作、情绪作为叙述结构的内在依据，淡化故事情节，形成速写性很强的富有戏剧张力的小说形式。

②主要作品有短篇《包氏父子》《笑》《脊背与奶子》《从空虚到充实》，中篇《清明时节》，长篇《鬼土日记》等，抗战初期所写的短篇《华威先生》尤为著名。

(6)蒋牧良

①在取材上与张天翼接近，但喜剧色彩相对淡化，情节偏向平淡冷静，常常抓住生活片段写出尖锐的社会矛盾，具有深刻的讽刺力量。

②主要作品有短篇《生死朋友》《伙食尾子》《懒捐》《赈米》，中篇《旱》等。

(7)周文

①"军阀加雪原"题材的作品最有特色，注重写实的精确，气氛的渲染，具有"批判现实主义"的艺术特征。

②主要作品有短篇《雪地》，中篇《在白森镇》，长篇《烟苗季》等。

(8)艾芜

①以一个漂泊知识者的眼光，观察并叙述边疆异域特殊的下层生活，刻画出各式各样具有特殊命运的流民形象，并且总能在怪戾的言行中挖掘出下层人民的灵魂美，在渣滓堆里发现闪光的金子。

②主要作品有短篇《人生哲学的一课》《山峡中》《南行记》，中篇《春天》《芭蕉谷》等。

(9)沙汀

①有着农民幽默气质的小说家，善于刻写旧中国农村黑暗生活。在创作中注重讽刺手法与悲剧艺术相融合，对四川世态人情的描摹使其作品具有浓厚的地方色彩。

②代表作品有短篇《法律外的航线》《丁跛公》《在祠堂里》《代理县长》等。

(10)吴组缃

①作品多取材于家乡安徽泾县茂林一带的农村，真实地反映了当时农民经济破产、民不聊生的现状，擅长浓缩地再现生活，场面集中，结构严谨；人物刻画富于个性，具有浓郁的乡土色彩，且文字精致圆润。

②主要作品有短篇《官官的补品》《箓竹山房》《一千八百担》《天下太平》《樊家铺》等。

(11)叶紫

①"左联"后期的青年作家，以揭露农村阶级压迫的尖锐性著称，真实表现大革命失败前后洞庭湖畔农民的生活和斗争。

②主要作品有短篇集《丰收》《山村一夜》等。

③与茅盾的小说文体类似，沙汀、吴组缃、叶紫等的左翼小说都是将复杂的社会矛盾运用二元对立的形式展现出来，主题脉络清晰，富有戏剧性冲突，在左翼文学内部成为主流的小说体式。

4. 东北作家群

1931年“九·一八”事变以后，东北沦陷，许多满怀民族感情的年轻作者相继流亡到了关内，习惯上被称为“东北作家群”。他们开了抗日文学的先声，第一次把作家的心血，与东北广袤的黑土、铁蹄下的不屈人民、茂草、高粱，搅成一团，以一种浓郁的眷恋乡土的爱国主义情绪和粗犷的地方风格，震撼人心。其主要作家有萧军、萧红、端木蕻良、骆宾基、舒群、李辉英、罗烽、白朗、黑丁等。

(1)萧红

①原名张秀环，黑龙江人。其作品以纤细敏锐的艺术感受写出中国北方农村生活的沉滞、闭塞，以及由此造成的对民族活力的窒息，同时注重打通小说和其他非小说文体之间的障壁，创造出一种介于小说、散文与诗之间的新型小说样式，被称为“萧红体”。

②主要作品有短篇《牛车上》《旷野的呼喊》，中篇《生死场》，长篇《马伯乐》《呼兰河传》等。

(2)萧军

①原名刘鸿霖，辽宁人。作品以遒劲雄放的笔墨，真实地反映了东北沦陷区人民的苦难以及抗日力量“不前进即死亡，不斗争即毁灭”的大无畏精神，对东北特有的风俗民情和自然景色的描写成为他作品的一大特色。

②主要作品有短篇《孤雏》《这是常有的事》《下等人》，长篇《八月的乡村》《第三代》等。

(3)端木蕻良

①原名曹汉文，辽宁人。其作品充满一种与大草原相协调的粗犷兼柔媚的抒情调子，给人以开阔、苍茫、沉郁、秀丽的美感，既大量吸收了口语、俗语和东北方言，又将其有机融化在作者那种绵密流利的叙述语言之中。

②主要作品有短篇《鴜鹭湖的忧郁》《遥远的风砂》《浑河的急流》，长篇《科尔沁旗草原》。

(4)其他作家

①舒群著有中篇小说《没有祖国的孩子》《秘密的故事》。

②骆宾基著有长篇小说《边陲线上》。

【名师点拨】本部分内容主要涉及左翼小说的产生与发展，以及主要的左翼小说家，需对不同作家的代表作及其艺术特色有一个比较清晰的认识。重点掌握本时期小说创作的两位女作家——丁玲与萧红，结合二人的代表作品与具体的历史大背景来更好地理解她们的创作特色。

二、京派小说与其他独立作家的小说

1. 1930年代的京派小说

(1)京派小说的发展与特色

①京派小说的发展

在沈从文前后涌现出一批具有相当活力的小说家，如废名(冯文炳)、芦焚等，以及林徽因、朱光潜组织的两个京派文学沙龙，把北大、清华、燕京几个大学的作者松散地组合起来，几代的京派文人活跃在《现代评论》《水星》《骆驼草》《大公报·文艺副刊》《学文》《文学杂志》这些重要的北方文学报刊上。

②京派小说的特色

a. 京派创作的突出特点在于在题材、主题及意象方面表现出鲜明的民族性。如沈从文着力于湘西世界描写、萧乾的北京城根的篱下世界、废名的黄梅故乡和京西城郊、芦焚的河南果园城世界等。

b. 京派统一的审美感情是诚实、从容、宽厚，继承了"五四"国民性主题，并不断对传统文化和民间文化发出呼唤，寻求回应。此外，还为现代小说提供了比较成熟的抒情体和讽刺体样式。

c. 小说注重"回忆"，把逝去的美和眼前的现实进行对照，追求一种执着而独特的"理性主义"文化品格，着力描写淳朴、原始的人性美和人情美。

(2)废名

①废名于1930年创办的《骆驼草》是京派作家的一个阵地，刊物体现了周作人平淡隐逸的文艺思想。这期间的作品有《莫须有先生传》《莫须有先生坐飞机以后》等，废名小说的诗化表现，进一步加入荒诞和讥刺。

②废名的小说没有强烈的理性批判色彩，刻意追求一种意境，赋予平凡的人、事、景以"意味"，构成诗的境界，更流露出一种禅宗式的宁静淡远和任机随缘的哲理内蕴。但其刻意求工求简也造成了作品的孤绝与冷僻、晦涩与费解。

③废名的散文化小说，把周作人的文艺观念引至散文以外的领域加以实践。沈从文、何其芳、芦焚等比他稍晚的作家，都受到废名的影响。

(3)萧乾

萧乾的代表作有《篱下集》《栗子》《落日》及自传性长篇小说《梦之谷》。其早期的小说，都包含着"城中两个世界"的结构。萧乾还创作了《皈依》《昙》《鹏程》《参商》等一系列涉及宗教题材的小说，这标志了他作品批判性的进一步增强。他的"反宗教"姿态，并不涉及宗教本身，只是他"贫富世界"形象化的延长。萧乾体现了京派发展本身拥有的多样性。

(4)芦焚

芦焚，1946年后还有另一重要笔名师陀。其代表作有《谷》《里门拾记》《落日光》《野鸟集》等。他的全部作品都有一种潜在的"精神还乡"的结构，他描写自然界的荒凉与人事的辛酸是紧密交织的。贫富的清晰度明显、讽刺的加重以及多样的叙述角度的熟练运用，使芦焚在京派作家群中独具特色。

(5)其他作家作品

李健吾著有《中条山的传说》《陷阱》《心病》；林徽因著有《九十九度中》等。

【名师点拨】重点把握京派小说的形成及其创作倾向，可以废名、芦焚作为重点。同时，也需要对萧乾、林徽因的小说有所了解。

2. 独立作家的小说

1930年代仍独立坚持自己的"人生派"立场和现实主义风格的作家主要有叶圣陶、王鲁彦、王统照、许地山等。

(1)叶圣陶

叶圣陶(1894—1988)，原名绍钧，江苏苏州人。其作品以"冷静地谛视人生，客观地、写实地描写着灰色的卑琐人生"为题材取向和艺术特征，是最具典型意义的文学研究会作家。长篇小说《倪焕之》1928年刊载于《教育杂志》，是叶圣陶唯一的一部长篇小说，也是中国现代文学史早期长篇小说创作中较为成熟的一部。后期短篇小说代表作有《多收了三五斗》《李太太的头发》《英文教授》等。

(2)王鲁彦

王鲁彦将笔深入到农民的民族性弱点上，专注于描写最初感受到都市气息的浙江乡镇市民的精神面貌。代表作品主要有短篇《桥上》《屋顶下》等。

(3)王统照

王统照这一时期的代表作《山雨》展现了破产农民流入城市前后所发生的思想意识和心理变化过程。

(4)许地山

许地山这一时期的代表作《铁鱼底鳃》着力挖掘民族性格坚韧不屈的一面。

(5)李劼人

李劼人的创作是“人生派”的延续，不参与任何文学团体。能够代表李劼人创作总体风格的是他的“大河”三部曲，这三部曲具有独特的民俗史特色，作品描绘了众多四川特有的时代风俗画面，补充了茅盾式长篇小说所忽略的民俗视角，呈现出一股浓郁的四川风味。

三、海派小说

1. 海派小说的形成

1930年代的上海，现代消费文化环境开始形成，给海派文学带来新的契机。海派小说中最早具有“现代性”的小说延续了鸳蝴派的商业性传统，是由创作对象倾向于市民的作家写就的，白话小说也从此由先锋进入通俗阶段。

2. 初期海派小说的特点

(1)新文学的世俗化和商业化。主要面向市民大众，与政治色彩和社会性浓厚的主流文学有一定距离。

(2)过渡性地描写都市。在城市罪恶之中发现美，但初期对城市的认识是肤浅的。

(3)首次提出“都市男女”这一海派常写常新的主题。受西方唯美主义的影响，性爱小说成为海派表现现代人性的实验场。

(4)重视小说形式的创新。尝试心理的、象征的、新鲜大胆的小说用语和多种多样的表达式。

3. 初期海派代表作家及作品

(1)张资平

张资平，被鲁迅等冠以“三角多角恋爱小说家”的称号。他将创造社原有的青年源于经济和性的双重压抑的苦闷主题用滥，为了商业目的，公式化地利用色情因素“制造”小说恶俗的一面。其主要作品有《最后的幸福》《长途》《上帝的儿女们》等。

(2)叶灵凤

叶灵凤是由感伤的恋情小说作为创作起点的，如《浪淘沙》等。其作品中有许多对时髦女郎的动态刻画，并广泛地运用了心理分析手法，对后来的新感觉派小说产生了很大的影响。其主要作品有《女娲氏之遗孽》《菊子夫人》《鸠绿媚》《红的天使》等。

4. 第二代海派(新感觉派)

(1)新感觉派

①新感觉派的产生

新感觉派是1931年楼适夷评价施蛰存时所用的名字，后来专指1930年代中期产生于上海，受日本新感觉派影响，用新式的现代手法，描写都市场景与生活的一批作家，其中包括刘呐鸥、穆时英、施蛰存等。代表刊物有《文学工场》《无轨列车》《新文艺》《现代》等。

②新感觉的文学地位

a. 新感觉派的小说把文学中的“都市”地位提高了。小说用外国的现代派文学来调适中国小说的现代性，得以提高、重塑先锋意识和由来已久的通俗意识。

b. 新感觉派是海派小说极其重要的承上启下阶段，前后连接了20世纪20年代末张资平、叶灵凤等的性爱小说和40年代以张爱玲为代表的沪港市民传奇小说。

（2）刘呐鸥

刘呐鸥的代表作《都市风景线》，较多地运用现代派的艺术手法，描写资产阶级纸醉金迷、纵情声色的时尚生活。其表现的对象主要是欲望，准确而言，是失去了道德感的、渗透着商品关系的情欲。刘呐鸥在中国率先尝试运用现代派的艺术手段来描写当下都市生活，给中国现代小说的艺术表现带来了新的经验。他尽量除去板滞的叙述，以快节奏和跳跃的结构来表现都市生活。小说中的场景和情节片段往往频繁地变换，彼此之间的组合有如电影镜头的剪辑呈现出跳跃式的结构。

（3）穆时英

穆时英，被称为“中国新感觉派的圣手”，他的小说更典型地代表了新感觉派小说的创作风格。穆时英善于捕捉外在世界给人的感觉，不过这种感觉并不是像镜子那样客观地反映对象，而是对象的特征经过主观渗透、改造，出现不同程度的变形；大量运用通感，调动各种感官，强化感觉和印象，并显示其多重、复合的性质。同时在穆时英现代派十足的作品内面，始终还有一种潜在的哀婉抒情气息。其代表作有早期的《南北极》集以及后来带有新感觉特色的《公墓》《上海的狐步舞》《黑牡丹》《白金的女体塑像》等。

（4）施蛰存

施蛰存小说主要表现现代环境下的男女发生的矛盾，从人的内在生命来表现人性，表现男女情爱。他的小说手法多变，主要运用弗洛伊德的心理分析学说描写潜意识；同时施蛰存小说中还有乡镇进入城市的“文化碰撞”结构，把社会变迁隐约地包含在人物心理变迁之内。他是最早认识到现代派需有中国特色的一个作家，并付诸实践。其代表作有早期的具有怀旧情绪的短篇集《上元灯》，以及后期用心理分析手法创作的历史的故事新编，如《将军底头》《石秀》《李师师》等。

（5）其他作家作品

①黑婴的小说中城市风景常是破碎的，甚至意识化的，他作品的主人公多为城市中的舞女、妓女、侍女，他们在荒淫、颓废的城市中却充当着“乡愁的激发者”“人性的疗救者”的角色；有《五月的支那》《女性嫌恶症患者》《回力线》等作品。

②禾金的小说以电影分镜头的方式切割内容，感性句子的组合、浓烈低回的调式被他娴熟的运用，以表达“一切现代的都是病态的”主题；有《造形动力学》《副型爱郁症》等作品。

【名师点拨】掌握海派小说的形成原因及其特色，重点理解新感觉派产生的文化根源与外来影响，同时需对这一派别写作姿态上的现代性与先锋性有所认识，并能够结合具体作家作品进行评析。

14.2　考研真题与典型题详解

一、填空题

1．对小说的讽刺艺术多有贡献的______，他的代表作品有《皮带》等。

【答案】张天翼

【解析】张天翼是“左联”优秀的讽刺小说家，他的短篇《包氏父子》《笑》《脊背与奶子》《出走以后》《同乡们》，中篇《万仞约》《清明时节》等一大批讽刺小说的产生，标志着他的创作的大转机，即讽刺艺术个性的形成。他由此提出了反虚伪、反庸俗、反彷徨的基本讽刺主题，以及三类讽刺性人物：虚伪、狡诈的地主官僚形象；动摇、庸俗的小知识分子、小公务员、小市民形象；愚昧不幸的城乡底层人民形象。

2．1930 年代中期，______创作了反映从中日甲午战争到辛亥革命时期成都平原动荡社会生活的“长河小说”，分别是《死水微澜》______《大波》。

【答案】李劼人；《暴风雨前》

【解析】李劼人从 1935 至 1937 年间，写了著名的连续性历史长篇小说《死水微澜》《暴风雨前》和《大波》，以四川为背景，描写出自甲午战争到辛亥革命前后二十年间广阔的社会图画，具有宏伟的构架与深广度，被称为是“大河小说”。

3．萧涧秋是作品______里面的人物。

【答案】《二月》

【解析】柔石的中篇小说《二月》被鲁迅先生赞曰：以“工妙的技术”刻画了“近代青年中的这样一种典型周遭的人物命运”，是一群年轻教师生存在当时的社会边缘，共同目睹一个年轻寡妇的悲惨命运，及一部分教师麻木冷嘲热讽的丑图。着重刻画男教师萧涧秋与女教师、校长之妹陶岚的恋爱，同时与寡妇之间的同情交织恋爱的畸形心理过程。

二、名词解释

1．新感觉派［安徽大学 2024 年研；华中科技大学 2023 年研；华东师范大学 2023 年研；北京师范大学 2018 年研；中国传媒大学 2013 年研］

相关试题：新感觉派小说［北京师范大学 2022 年研；四川大学 2013 年研］

答：新感觉派是 20 世纪我国第一个被引进的现代主义小说流派，主要作家有施蛰存、刘呐鸥、穆时英，此外还有黑婴、禾金等。1932 年至 1935 年，施蛰存主编大型文学期刊《现代》，为新感觉派小说提供了重要的发表阵地。新感觉派小说第一次用现代人的眼光来打量上海，用一种新异的现代的形式来表达这个东方大都会的城与人的神韵。新感觉派的根本特点是强调作家的主观感觉而不太注重对客观生活的真切描写。代表作品有刘呐鸥的《都市风景线》，穆时英的《夜总会里的五个人》《上海狐步舞》，施蛰存的《梅雨之夕》《石秀》《将军底头》等。

2．东北作家群［北京大学 2024、2020 年研；西北师范大学 2023 年研；辽宁大学 2022 年研；扬州大学 2018 年研；吉林大学 2013 年研］

答：东北作家群是指“九·一八”事变后，从东北流亡到关内的文学青年在左翼文学运动推动下自发地开始文学创作的作家群体。他们的作品反映了处于日寇铁蹄下的东北人民的悲惨遭遇，表达了对侵略者的仇恨、对父老乡亲的怀念及早日收回国土的强烈愿望。他们的作品具有粗犷宏大的风格，写出了东北的风俗民情，显示了浓郁的地方色彩。“东北作家群”的主要作家有萧军、萧红、舒群、端木蕻良等，代表作有萧红的《呼兰河传》《生死场》，萧军的《八月的乡村》等。

3. 萧红[复旦大学2023年研；北京语言大学2010年研]

答：萧红是东北作家群中的一员，被誉为“1930年代文学洛神”。她是一位传奇性人物，在极端苦难与坎坷中，以柔弱多病的身躯面对世俗，历经反叛、觉醒与抗争，一次次与命运搏击，一生未向命运低头。1935年，在鲁迅的支持下，发表了成名作《生死场》。1936年，为摆脱精神上的苦恼东渡日本，并写下了散文《孤独的生活》，长篇组诗《砂粒》等。1940年与端木蕻良同抵香港，之后发表了中篇小说《马伯乐》和著名长篇小说《呼兰河传》。

4. “革命加恋爱”模式[北京大学2012年研]

*相关试题：***革命加恋爱**[北京大学2010年研]

答：“革命加恋爱”模式是指初期左翼文学创作的一种文学模式。其作品多描写知识分子革命者的革命生活、恋爱生活等，是“普罗”文学许多作品的重要内容。代表作品有洪灵菲的《流亡》、蒋光慈的《冲出云围的月亮》等。这类作品一方面反映了大革命前后的青年知识分子面临个人与革命冲突的普遍问题，通过革命与恋爱的矛盾塑造出知识分子的思想人生，其中孕育着1930年代知识新人的最初形象。另一方面，它们在集体与个人的关系上理解的比较简单，大多数表现为革命战胜恋爱或情感在革命中升华，一定程度上暴露出对生活的片面理解与表达。

5. 京派[北京师范大学2012年研]

答：京派是指1920年代末期到1930年代，当文学的中心南移上海之后继续留在京、津地区或其他北方城市的一个自由的作家群，当时也称“北方作家”派，代表作主要有《边城》《萧萧》《长河》等。京派并没有正式的组织，只是一种名称的沿用。其主要代表人物有沈从文、废名、老向、芦焚、萧乾、何其芳等，他们主要围绕自己的阵地《文学月刊》《骆驼草》《水星》《大公报·文艺》进行文学创作。京派作家多数是现实主义派，对现实主义有所发展变化，发展了抒情小说和讽刺小说，使小说诗化、散文化、属于现实主义而又带有浪漫主义气息。

6. “新感觉派的圣手”[首都师范大学2012年研]

答：“新感觉派的圣手”是指新感觉派作家穆时英。穆时英注重心理分析，运用感觉主义、印象主义等现代派手法，来表现大都市光怪陆离的生活。穆时英将新感觉派小说推向成熟，同时也是中国现代“都市文学”的先驱者。他的代表作品有《夜总会里的五个人》《南北极》《白金的女体塑像》等。

7. 《倪焕之》[武汉大学2011年研]

答：《倪焕之》是叶圣陶所著的一部长篇小说。小说以小学教师倪焕之的生活经历为线索，形象地再现从辛亥革命到大革命失败期间的中国城乡生活面貌，反映了部分小资产阶级知识分子思想转变的曲折历程。小说人物形象塑造颇具特色，语言严谨纯朴，在客观描写中蕴含着热情，是“五四”以来颇有影响的一部现实主义作品。

8. 《山洪》[北京大学2010年研]

答：《山洪》是吴组缃创作的一部长篇小说，又名《鸭嘴涝》。其主要反映的是新四军在皖南抗战的故事。小说描写了抗日战争中农民民族意识觉醒的曲折历程，塑造出章三官这个质朴善良，坚韧勇敢的农民形象，是抗战文艺园地中的一朵奇葩。《山洪》通篇可以用“茂林话”进行阅读，其中描写的人物、掌故、生活场景和儿歌，都是当地人所熟知的，读来倍感亲切。

9. 叶绍钧[武汉大学2010年研]

答：叶绍钧即叶圣陶，是我国著名的小说家、教育家。1922年起相继出版短篇小说集《隔膜》《火灾》等。这些作品体现着文学研究会"为人生"的文学主张，真切反映下层劳动群众的苦难，流露出被压迫者的真挚同情。1928年在《教育杂志》上发表长篇小说《倪焕之》，真实反映了从辛亥革命到第一次国内革命战争时期部分小资产阶级知识分子的生活经历和精神面貌。所作小说结构严谨，语言纯净洗练，从平凡的现实生活中摄取题材，冷静分析，深化开拓，反映社会底层妇女和儿童悲惨遭遇，同时塑造了许多栩栩如生的知识分子形象。

10. 李劼人[北京大学2010年研]

答：李劼人是中国现代具有世界影响力的文学大师之一，也是中国现代重要的法国文学翻译家，知名社会活动家、实业家。活跃于1930年代的四川地区，艺术上保持独立，不参与任何社团。1935年至1937年间，他以四川为背景，写下连续性历史长篇小说《死水微澜》《暴风雨前》《大波》，描写了自甲午战争到辛亥革命前后二十年间广阔的社会画面。其作品具有宏伟的架构与深广度，史诗性强，又与世态描写紧密结合，因此被称为"大河小说"。

11.《都市风景线》[北京大学2010年研]

答：《都市风景线》是我国第一本较多的采用现代派手法进行创作的短篇小说集，由刘呐鸥创作，属于新感觉派小说集。《都市风景线》将1930年代上海刚形成的现代生活和男女社交情爱场景尽情容纳，作者以其对都市生活的敏感，描绘了都市的赛马场、夜总会、影院、茶馆、富家别墅、海滨浴场等色彩斑斓的场景，也刻画了舞女、少爷、小姐、交际花、姘头、资本家、小职员等各式各样的人物，并以急骤的节奏，跳荡的结构，活灵活现地显现出剥削阶级糜烂生活的剪影。《残留》《风景》为小说集的代表，多用意识流，重视感觉体验。《都市风景线》也是现代中国第一部新感觉派作品集，其现代实验在1980年代的文学创作中得到回响。

三、简答题

1. 新感觉派小说的创作特色。[北京语言大学2020年研]

相关试题：

(1)简述新感觉派的现代主义特征。[扬州大学2018年研]

(2)简述新感觉派的艺术风格。[厦门大学2014年研]

(3)简析新感觉派小说的整体特点。[中山大学2012年研]

答：新感觉派是指1930年代出现在上海的一个小说流派。主要作家有穆时英、施蛰存、刘呐鸥，他们大多在《文艺工场》《现代》上发表作品。这是一个属于现代主义文艺范畴的新的小说流派，其创作特色具体表现为：

(1)表现半殖民地都市的畸形与病态，提供了另一类型的都市文学

第一次用现代人的眼光来打量上海这座东方魔都，对城市人的生存处境细加体验，对都市中"飞机、电影、JAZZ、摩天楼、色情(狂)、长型汽车的高速度大量生产的现代生活，下着锐利的解剖刀"，描写了大都市生活中五光十色的迷乱生活以及畸形的人性怪相，在现代文学上第一次使得都市成为独立的审美对象，可供品赏，同时进行一定的文化思索。如刘呐鸥短篇集《都市风景线》，多写大都市病态和糜烂；穆时英《夜总会里的五个人》《上海的狐步舞》《黑牡丹》等写出了都市的灵的战栗和肉的沉醉，展览了"十里洋场"的畸形"风景"。

(2)引进多种现代派手法，在小说结构、形式、方法、技巧等方面有所创新

如穆时英早期的短篇集《南北极》，写到阶级对立，又宣泄破坏、占有一切的情绪，具有流氓无产者气味。此后转向感觉主义、印象主义方法，创作出表现爱情和死亡的《公墓》；施蛰存写城镇中青年女性性苦闷的《春阳》《雾》，折射着性爱意识与封建主义、资本主义文明的冲突。其后的《小珍集》用心理分析方法写社会现实生活的怪现状，则有回归现实主义的趋向。

(3)受到弗洛伊德学说的影响，倾向于对二重人格的表现

新感觉派受到弗洛伊德学说影响，对人的"精神内心"的表现有新的开掘，并且醉心于表现二重人格，有某种悲观绝望、颓废色情的倾向。施蛰存早年的短篇集《上元灯》中的小说，颇有诗的意味，但并不采用现代主义方法。《将军底头》《梅雨之夕》《善女人行品》等短篇集，运用弗洛伊德学说，转向较为典型的心理分析，《将军底头》《魔道》等篇略带神怪、魔幻色彩。

总之，新感觉派小说作为中国现代小说史上第一个独立的现代主义文学流派，上承1920年代叶灵凤的都市性爱小说，下联1940年代张爱玲的市民传奇小说，它不但促进了现代都市文学的发展，而且丰富了现代小说的表现方法。

2. 简述萧红《生死场》的基本内容及鲁迅、胡风的基本评价，你认为《生死场》的艺术特色有哪些？［复旦大学2012年研］

答：(1)萧红《生死场》的基本内容

《生死场》是萧红早期创作的一个巅峰，写于1934年9月。《生死场》描写了"九·一八"事变前后，哈尔滨近郊的一个偏僻村庄发生的恩恩怨怨以及村民抗日的故事，字里行间描摹着中国人对于生的坚强与死的挣扎。这部小说的构思开始于哈尔滨时期，全书共有十七节，在第一节《麦场》至第十节《十年》里，作者用充满感情的笔调，描写了东北农民贫苦无告的生活。他们身受地主的残酷压榨，一年365天，每天都是背向蓝天，脸朝黑土，辛勤操劳，累弯了腰，累跛了腿，还是得不到温饱，受着饥饿和疾病的煎熬，在这种牛马不如的生活中，有的妇女生下来的孩子也是畸形的。小说的后半部，是由人的生存死亡问题而转向了革命前途问题。

(2)鲁迅、胡风对《生死场》的基本评价

鲁迅在为《生死场》所作的"序言"中称赞萧红所描写的"北方人民对于生的坚强，对于死的挣扎，却往往已经力透纸背；女性作品的细致的观察和越轨的笔致，又增加了不少明丽和新鲜。"

胡风在"后记"中则指出："她所写的农民们的对于家畜的爱着，真实而又质朴，在我们已有的农民文学里面似乎还没有见过这样动人的诗篇。""使人兴奋的是，这本不但写出了愚夫愚妇的悲欢苦恼，而且写出了蓝空下的血迹模糊的大地和流在那模糊的血土上的铁一样重的战斗意志的书，却是出自一个青年女性的手笔。在这里，我们看到了女性的纤细的感觉，也看到了非女性的雄迈的胸境。"

(3)《生死场》的艺术特色

①开阔而独特的景物描写与作者强烈感情的交融，通过景物描写烘托人物的性格和心理状态。

②塑造了各种性格的人物形象，突出描写了他们在抗日民族战争中的价值和意义。

③《生死场》显示了萧红作为一个女作家特有的细致和敏感，小说对人物心态、风土习俗都写得细腻感人，特别在对妇女悲剧命运的描写方面，更显出一种敏锐和大胆的笔法。

四、论述题

1. 试分析萧红《呼兰河传》的小说形式。［北京大学2025年研］

答：萧红的《呼兰河传》在小说形式上独树一帜，与传统小说有着显著区别，具有鲜明的特色。

（1）散文化的叙事结构

①淡化情节线索

《呼兰河传》没有传统小说中连贯、紧凑的故事情节主线。它以呼兰小城为背景，通过回忆的方式，将一个个看似松散的生活片段串联起来，讲述了小团圆媳妇、冯歪嘴子等人物的故事，穿插描写了呼兰河小城的四季变换、呼兰河人的日常生活场景，以及“看河灯”“跳大神”等风俗活动。这些内容之间并没有必然的因果联系和情节推进逻辑，更像是一幅幅独立而又相互关联的生活画卷，打破了传统小说依靠情节吸引读者的模式。

②强调生活流展现

萧红采用生活流的叙事方式，注重对生活本真状态的呈现。她细致地描绘呼兰河小城居民平淡、琐碎的日常生活，如祖父和“我”在园子里的日常劳作与嬉戏，卖豆腐的、卖麻花的小贩在街头的叫卖等场景，让读者感受到呼兰河小城生活的自然节奏和烟火气息，仿佛置身于那个时代的小城之中，体验着那里人们的真实生活，而非被紧张刺激的情节所牵引。这种散文化的叙事结构，给予读者一种舒缓、宁静的阅读体验，同时也使作品更具生活质感和真实感。

（2）儿童视角的运用

①独特的感知与理解

小说以儿童“我”的视角来叙述故事，儿童的感知方式和思维特点为作品带来了独特的魅力。在儿童眼中，世界充满了新奇和神秘。例如，“我”对祖父园子里的一切都充满好奇，园子里的花朵、昆虫、蔬菜等都有着独特的吸引力，“我”以纯真无邪的目光去观察和探索这个世界，对成人世界的复杂情感、社会规则等缺乏深入理解，这种懵懂无知使叙述更加单纯、质朴，也让读者能够以一种全新的视角去审视呼兰河小城的人和事，感受到儿童眼中世界的美好与残酷。

②情感的真挚表达

儿童视角还能够更直接、真挚地表达情感。“我”对祖父的深厚情感，在与祖父相处的点滴细节中自然流露，如一起在园子里玩耍、祖父教“我”认识各种事物等情节，通过儿童天真的叙述，让这份祖孙情显得格外纯粹和动人；同时，儿童对周围人和事的直观感受，如对小团圆媳妇悲惨遭遇的同情，以一种不加修饰的方式传达出来，增强了情感的感染力，使读者更容易产生共鸣，也让作品的情感基调更加清新、自然。

（3）诗化的语言风格

①富有诗意的描写

萧红运用诗化的语言来描绘呼兰河小城的自然景观和生活场景。在描写呼兰河的天空时，“倭瓜愿意爬上架就爬上架，愿意爬上房就爬上房。黄瓜愿意开一个谎花，就开一个谎花，愿意结一个黄瓜，就结一个黄瓜”，这种充满灵性和童趣的语言，赋予了自然万物以生命和情感，营造出一种诗意的氛围，让读者感受到呼兰河小城的生机与活力，仿佛走进了一个充满诗意的童话世界。

②简洁而富有韵味

作品语言简洁明快，但又蕴含着丰富的韵味。萧红善于用简洁的语句表达深刻的情感和复杂的思想。如“逆来顺受，你说我的生命可惜，我自己却不在乎。你看着很危险，我却自以为得意。不得意怎么样？人生是苦多乐少”，简洁的话语中，透露出呼兰河人面对生活苦难时的无奈与坚韧，语言虽质朴却有着深沉的力量，这种诗化的语言风格使《呼兰河传》具有了独特的艺术魅力，既清新自然又耐人寻味。

（4）多声部的叙述

①不同声音的交织

《呼兰河传》中存在着多种叙述声音。除了儿童“我”的叙述声音外，还有作者萧红对呼兰河小城生活的评价和感慨，以及对呼兰河人命运的思考。例如在描写小团圆媳妇的遭遇时，既有“我”亲眼所见的直观描述，又有作者对这种封建愚昧现象的批判和对小团圆媳妇悲惨命运的同情的表达。这些不同的声音相互交织，从多个角度展现呼兰河小城的生活，使读者能够更全面、深入地了解作品所反映的社会现实和人性问题。

②丰富作品的层次

多声部叙述丰富了作品的层次和内涵。儿童“我”的叙述声音使故事充满童趣和纯真，而作者的叙述声音则增加了作品的思想深度和历史厚重感。不同声音之间的对话和互动，形成了一种独特的叙述张力，让读者在阅读过程中不断思考和回味，进一步拓展了作品的艺术空间，使《呼兰河传》不仅仅是一部关于个人回忆的作品，更是对社会、历史、人性的深刻反思。

2. 比较沙汀、艾芜两位现实主义作家在20世纪30、40年代小说书写风格上的异同点。［南开大学2011年研］

答：沙汀、艾芜两位现实主义作家在20世纪30、40年代小说书写风格上的异同点表现在以下几个方面：

（1）作品中地方色彩的异同

沙汀和艾芜的作品都充满浓郁的地方色彩，不同的是，沙汀主要写四川的民风生活，艾芜主要描写边境地区的见闻。

①沙汀在1930年代初基本受“左联”创作影响，多凭借间接的生活经验写劳动人民题材，不着重于单个人物形象的刻画，致使一部分创作较为概念化。之后，沙汀接受了茅盾的建议，采用接近茅盾的叙述体式，把笔锋转向极为熟悉的四川农村社会上去。

②艾芜曾怀着“劳工神圣”的信仰，孑然一身，流浪在我国西南边境，以及缅甸、马来西亚、新加坡等地，充当过杂役、马店伙计、僧人伙夫、报馆校对、小学教师等各式职业，亲身获得了《南行记》集里的那些特异的生活素材，体验了社会下层人民的思想感情。

（2）现实主义创作手法的异同

两位作家都属于现实主义作家，都有现实主义的作品；但是，艾芜在左翼革命现实主义流派之内，发展起一种充满明丽清新的浪漫主义色调与感情的、主观抒情因素很强的小说。他在1940年代的创作向纯写实回归，影响却减少了许多。沙汀注重现实，注意描写手法，他从人物、环境的复杂关联中，处处描摹四川的世态人情，形成了讽刺艺术与鲜明的民族风格，并且到1940年代风格更为成熟。

①沙汀用白描手法，抓住反面人物充满丑与恶的性格要害

精选细节，从深处挖掘反面人物人物带有心理内容的谈吐与动作细节，重复地深化人物身上的伪善、凶狠、颟顸而又不自知等，同时加上一点点适量的人物历史回叙，结尾又添一

笔余味深长的点染，这种技法形成了沙汀鲜明的讽刺艺术特色，如《堪察加小景》中的公所班长陈耀东，《在其香居茶馆里》中的地头蛇邢幺吵吵等，都被刻画得栩栩如生。

②艾芜能在怪戾的言行中挖掘出下层人民的灵魂美

艾芜艺术个性中对人民的美和善的品格的特殊敏感，使得他总是能在怪戾的言行中挖掘出下层人民的灵魂美，在渣滓堆里发现闪光的金子。如《山峡中》描写一群被生活逼迫铤而走险的流浪者参与走私、行窃，甚至杀人越货，以恶对恶，但不乏爱憎分明与憧憬美好生活之情；《人生哲学的一课》描写流浪知识青年"我"在昆明走投无路的窘困生活，读来并不觉得低沉，字里行间充溢着一股对生活执着的力量；他还有一些小说暴露帝国主义分子对殖民地人民，尤其是妇女的任意所为，感情色彩颇强烈。

3. 比较左翼文学与京派文学的"乡土观"。［北京大学2010年研］

相关试题：如何理解京派文学的乡土想象。［简答题；辽宁大学2018年研］

答：中国现代性的开始是以乡土中国的逐渐消逝为代价的，都市与乡村的二元对立是中国现代化进程展开的前提性结构，作为试图以各种理由追寻中国现代性的知识分子来说，对乡土中国的感情是矛盾复杂的。一方面，他们不得不对乡土批判地审视；另一方面，他们又不得不怀着都市怀乡病，对乡土深情地回眸。1930年代，在乡土中国走向衰败的同时，东南沿海却畸形地繁荣发达，这一城乡的结构性落差更加促使中国知识分子对乡土的感情更加复杂化。正是对乡土的不同态度，造就了左翼文学与京派文学不同的"乡土观"。

(1)左翼文学中鲁迅的乡土观：启蒙视野下的复杂情感

左翼文学发端于鲁迅，鲁迅也是左翼文学的领袖。实际上，早在1920年代，鲁迅对乡土的书写已经暗含了左翼文学的发展方向，也某种程度上启示了京派文学。《故乡》是鲁迅直接书写乡土的作品，"我"以都市人的身份回到故乡，在回忆与现实的交相对照之中，"我"既深深地怀念年少时的故乡世界，也对现实中的故乡尖锐地反思，少年闰土是多么可亲可爱，中年闰土就多么麻痹愚昧，对闰土的不同感情便是"我"对乡土的复杂感情的隐喻。在《故乡》中，鲁迅对乡土的复杂感情包含了左翼文学与京派文学不同乡土观的雏形。

(2)左翼文学的乡土观：阶级视野下压迫与反抗共存的乡土

鲁迅之后的左翼文学秉承了鲁迅批判性的视野，但与鲁迅不同的是，之后的左翼文学是阶级斗争的视野。

在左翼文学那里，乡土是资本主义、封建势力侵蚀的土地，一片灾难深重、等待拯救的土地，一个阶级矛盾尖锐的政治场域，左翼文学致力于以马克思主义的方法揭示乡土衰败的根源，揭示阶级之间的力量对比与矛盾关系，试图由此塑造出一个遭受压迫、反抗压迫的乡土世界。这一点在茅盾的小说中体现得尤为明显，《子夜》尽管是以都市为主要场景，但仍旧部分地触及乡土，农民的破产与暴动一再出现在笔下；"农村三部曲"则更为直接地触及乡土世界的阶级矛盾与历史根源。一个被阶级划分的乡土世界在左翼文学中形成了。

(3)京派文学的乡土观：文化视野下温情与衰败的乡土

京派文学完全持有不同的态度，其本身便是一种乡土文学形态。在现代文明侵蚀下已然衰败的宗法农业社会，近代的激进政治急剧地冲刷着传统文化的堤岸的时候，京派文学怀着深深的眷念与绝望的信心，试图在文化的视野下重新发现乡土世界。沈从文的湘西世界、废名的黄梅故乡和京西城郊世界、芦焚的河南果园城世界等，对乡土世界的含情脉脉的书写体现了京派文学对乡土的深情。京派文学试图通过对传统文化与道德的不断呼唤，重塑现代中国。这一文化保守主义的理想在沈从文的小说中体现得淋漓尽致。《边城》中美好、自然的乡土世界蕴含着沈从文对乡土世界的美好想象，也试图以乡土人民的淳朴的道德来警醒现代中国。但是，现代性的急剧变革必然使得乡土世界不可避免地走向衰败，京派文学对乡土中国的深情凝望中包含着悲怆。

4. 试论京派小说。［中山大学2010年研］

相关试题：京派是否真的存在，说说你的理由。［北京大学2011年研］

答：（1）京派小说

京派小说是指1930年代新文学中心南移上海以后继续活跃在京津等地作家群所形成的一个特定的文学流派。在沈从文前后涌现出一批具有相当活力的小说家，如废名、芦焚等，再加上林徽因、朱光潜组织的两个京派文学沙龙，把北大、清华、燕京几个大学的作者松散地组合起来，几代的京派文人活跃在《现代评论》《水星》《骆驼草》《大公报·文艺副刊》《学文》《文学杂志》这些重要的北方文学报刊上。京派虽然没有明确地发表宣言或结社，却实实在在地成为有别于左翼，又与海派对峙的一个鲜明的小说流派。它是一个强调宽容、审美和民族文化精神重造的纯文学流派。其中主要的作者有废名、凌叔华、老舍、沈从文、林徽因、芦焚、萧乾、汪曾祺等。

（2）艺术特色

京派作家的思想、艺术倾向虽不完全一致，但在1930年代前半期，他们在文学事业上有共同的趋向和主张，在创作上也有共同的审美理想和追求。具体来说，在文学观念上，京派既反对文学成为政治的附庸，也反对文学的商业化倾向，而是强调文学有着独立的人性的、美的价值。京派的文学创作植根于深厚的传统文化底蕴，更多地表现了对现代都市文明的质疑和批判，风格淡远隽永，在现代文学史上占有重要的地位。具体表现在：

①京派创作的突出特点在于追求一种执着而独特的“理性主义”文化品格

他们一方面企图远离政治，另一方面又充分继承了文学研究会的“为人生”的倾向，忠实于现实与人生，他们在现代文化、文明和封建传统文化相对立的流行格局中，熔铸一种具有浓厚的原始风貌与自然气质的乡村文化形态，形成一个复杂的文化三维空间。如沈从文的《巧秀和冬生》《八骏图》《绅士的太太》，凌淑华的《弟弟》等，便表现出中国人生范围内的封建文明的嫌恶和现代文明异化人性的疑惧。在这种三维文化思索的艺术创造中，作家们既有“追寻过去”的从容通达，又掩饰不住文化批判的焦灼锋芒和对未来人生形式的美好理想。

a. 京派小说着力描写淳朴、原始的人性美和人情美

沈从文笔下的人物无论是农民、士兵、猎人、渔夫、水手，还是娼妓、富家子弟、青年男女，都那么淳厚、真挚、热情、善良、守信用、重情谊，显示出一种原始古朴的人性美、人情美。废名笔下的老汉、村姑、牧童、雇农、业主，其心灵都是美好善良的。京派作家注重人性美、人情美，还表现在他们特别喜欢用儿童的视角来写成人的世界。凌叔华的《弟弟》《一件喜事》，林徽因的《吉安》《文珍》到萧乾的《篱下》，汪曾祺的《戴车匠》。儿童视角的广泛运用，真切地表现出京派作家的拳拳童心。这既说明他们对美好童年的深情眷恋，也反映了他们对真善美的无限向往。

b. 京派小说洋溢着古典式的和谐和浪漫性的超越的人间写实情致

这种乡土抒情诗小说，结构上以舒卷自如代替严谨拘束，情节上以故事的疏淡代替因果的坐实。它把小说的传统特征的一部分让位给诗和散文的因素，因而削减了小说的史诗力度，却增添了小说的抒情风韵。如废名的《竹林的故事》《桥》，沈从文的《萧萧》《三三》《边城》等就是这种乡土抒情小说的典范之作。

c. 京派小说形成了简约、古朴、活泼、明净的语言特色

他们大都不同程度地受过欧美文学语言的影响，又都有一定的古典文学的功底。他们的小说语言，既能借鉴欧美文学语言的长处，又能吸收中国古典文学的营养，娴熟地运用自己的民族语言，沈从文、废名、凌叔华、萧乾、汪曾祺的小说语言莫不如此。他们的创作容“古”纳“洋”，熔写实、浪漫、梦幻、象征于一炉，把现代抒情写意小说推向一个新的阶段。

d. 京派小说在题材、主题及意象表现出开放的民族性

京派小说不仅题材人物、文学语言、文化环境等深深地植根于民族生活与民族语言的土壤，更重要的是其文化精神富有与众不同的中国气派。京派小说所着重挖掘的重义轻利、笃厚诚实等平民传统精神，被置于民族性格和民族文化“重造”的历史课题中，不仅强化了文学创作的民族性，也将文学现代化的探索推向了一个新的水准。他们大多倾向于对“乡土中国”和“平民现实”的描写。

②京派小说的理性主义文化品格在美学上表现为追求一种“和谐”的审美理想

这种美学意识表现在文学创作方法和文体建构上，便是将艺术与生命并重，生命形态不愿受束缚，小说便自然要摆脱开重情节、重故事的成规，趋向散文化、生活化，从而描绘出完整的社会生活自然状。京派小说有时有人物无故事，有时候甚至连人物也没有，近似随笔或是散文，信笔写来，不事雕琢，表现出平淡、古朴、闲适、中和的风格。如林徽因的《九十九度中》只是将北平城里两个阶层的人生片段互相穿插，几乎不见故事线索。他们重视的是气氛的渲染，意境的营造，内涵的隽永，是“人与自然的契合”。这种抒情体小说极大地丰富和发展了“五四”以来的各种小说体式，是京派文学的主要贡献之一。

总之，京派在小说创作成员众多、人才济济。他们本着人道主义为根基、为人生的创作思想，并由文化层面探讨人性、人生和国民性，大都疏离政治，但关注人生、关注平民百姓，小说中透出古朴的人性美和人情美，追求静穆的艺术境界。

5. 比较20世纪30年代和90年代城市书写的异同。［南开大学2010年研］

答：城市书写在不同的年代，呈现出不同的文学风貌。20世纪30年代和90年代因城市的发展程度不同、认识城市的程度不同，这两个时期的城市书写既有相同之处，又有不同之处，具体表现在：

（1）相同之处：物质化叙事和丧失主体性

①20世纪30年代的城市书写

a. 初期的海派小说过渡性地描写城市

他们能在城市罪恶之中发现美，但初期对城市的认识是肤浅的。他们的笔下出现了新式饭店、赌窟、跑狗场等消费场所，可是现代文明的体验不足，沉醉于物质享乐又感到负罪，心理上是扭曲变态的。他们提出“都市男女”这一主题。重视小说形式的创新，改变叙事切入的角度，尝试心理的、象征的、新鲜大胆的小说用语和多种多样的表达方式，成为这批作家的时尚。

b. 新感觉派小说时期用现代人的眼光书写城市

新感觉派创作的特色就是在快节奏中表现现代大都市的生活，尤其是半殖民地都市的畸形和病态方面。新感觉派是中国都市文学开拓者中重要的一支。新感觉派作家刘呐鸥首次用现代人的眼光来打量上海，用一种新异的现代的形式来表达这个东方大都市的城与人的神韵。

②20世纪90年代的城市书写

20 世纪 90 年代以来，随着市场经济体制的发展和城市化进程的推进，现代化城市迅速崛起，在带来高度发达的物质文明、改善人们的生活条件的同时，又以物质化的形式改变着城市中人们的生存环境和精神状态。此时的中国的城市成为真正现代意义上的城市——物质、欲望和消费的集合地。作家们面对中国城市的生存困境时，对这种物质化的现实做出了思考。他们以城市的物质现状为表达对象，关注当代城市人的物质生活，以此来反映城市人的生存方式和精神状态，表达自己的城市意识和观念。物质化叙事是他们书写城市的共同特点。

③丧失主体性的物化呈现

1930 年代和 1990 年代的城市书写通过物质化叙事造成了主体的丧失。主体淹没在物质世界中，展示城市人的物化、异化现象，这是这两个阶段城市物质化书写的重要特征。例如刘呐鸥对上海的书写、张欣对广州的书写、卫慧对上海的书写。

（2）不同之处：地域特色的鲜明和丧失

①1930 年代的城市书写：鲜明的地域特色

刘呐鸥把当时上海刚形成的现代生活和男女社交情爱场景尽情摄入。他“是一位敏感的都市人，操着他的特殊的手腕，他把这飞机、电影、JAZZ、摩天楼、色情（狂）、长型汽车的高速度大量生产的现代生活，下着锐利的解剖刀。”这反映了 1930 年代城市书写是具有鲜明的地域特色的。

②1990 年代的城市书写：无名同质的现代物质城市

1990 年代以来的城市书写，比如邱华栋和张欣的笔下，千篇一律的现代化物质图景充斥在其间：高楼大厦、华丽时装、精致饮食、先进设备，城市书写的地域性特征随之消失。

第 15 章　市民通俗小说(二)

15.1　复习笔记

一、雅俗互动的文学态势

1. “大众化”的讨论

左翼文学确立了马克思主义文艺理论为其文学运动的宗旨以后，自觉地以马克思主义基本原理为指导，积极进行文学的批评与实践，逐渐意识到自己没能掌握下层读者是绝大的缺失，一再地进行“大众化”的讨论并着重讨论了文艺大众化的意义，还涉及形式、语言向群众学习的问题。理论作品包括鲁迅的《文艺的大众化》《门外文谈》，瞿秋白的《普洛大众文艺的现实问题》《大众文艺的问题》，茅盾的《问题中的大众文艺》《“连环图画小说”》等。但这只具有形式探索的性质，仅仅是 1930 年代“雅”文学自觉向“俗”移动的一种愿望。

2. 新文学内部的海派

海派的张资平、叶灵凤等直接从事通俗小说的实际写作，“新感觉派”小说又进一步拓展了大众的文学市场，可以说在新文学内部，海派真正从实践意义上实现了由“雅”向“俗”的转变。

3. 雅俗互动的不平衡

通俗文学在发展中品位不断提升，实现了反过来由“俗”及“雅”的过程。张恨水、刘云若等便是其中的佼佼者。但通俗的“雅化”是悄然进行的，新文学内部向通俗文学的转化往往是受到了严厉的批评，这就造成了雅俗互动的不平衡性。

二、张恨水等言情写实小说的俗雅融合

1. 张恨水

(1)创作特色

一方面，他的文学观念里始终不放弃章回小说的形式和通俗文学的娱乐性；另一方面，他立足章回体而不断拓宽其功能，让章回小说容纳不同时代的题材内容，并尝试言情以外的武侠、侦探、历史、讽刺、幻想、荒诞等各种写法，将章回体调适为一种富于弹性的新旧皆宜的文体。

(2)代表作品

①《金粉世家》

《金粉世家》是张恨水第一部具有现代意义的通俗巨制。张恨水借助金家的衰落，在故事中尽力挖掘对社会、对人生的认识，同时小说充溢着一种道德理想，以及这种道德理想受到现实无情摧残后引发的伤痛感慨。书中细致的人物描写、倒叙的开头、百万字小说的结尾呈半开放式的状态，这都超出了一般章回小说的格局，而常被论者拿来与《红楼梦》相比，还平行地与巴金的《家》做比较。

②《啼笑因缘》

小说写平民少爷樊家树与天桥唱大鼓书的少女沈凤喜的爱情悲剧。《啼笑因缘》提出了

张恨水小说里中国的现代都市生活与传统道德心理相互冲突的主题，并包含了作者对传统文化在现代失落的一种惋惜、回顾的复杂心情。

③《丹凤街》

又称《负贩列传》，是以肩挑小贩这样的社会下层民众为主要描写对象的作品。文中塑造了菜贩子童老五所领导的一帮“有血气，重信义”的民众仗义行善，营救被迫卖给高官做姨太太的女子的故事。这一时期张恨水爱国主义情怀分外高涨，也充分发挥了章回体小说真实地反映现实的作用。

④《八十一梦》

这是一部社会讽刺想象小说，有“谴责小说”的意味，对当政的腐败和丑陋民族性的批判都不留情面。同时作品中还有一些荒诞表现方法，这也标志着张恨水完成了他实现章回小说体制现代化的文学使命。

2. 刘云若

刘云若善于充分开掘人的情感心理层面，尤其是解剖男女主人公的两性心理，其文字也按照情感起伏喷发热情。其代表作品有《红杏出墙记》《小扬州志》《旧巷斜阳》《粉墨筝琶》等。

3. 北派社会言情小说

(1)张恨水和刘云若的崛起是北派社会言情小说的一个高峰，两人的创作是 20 世纪 30 年代通俗文学的现代性典型。

(2)北派与南派的区别

①北派作家不直接承续晚清小说，容易同“五四”文学沟通。

②北方现代经济转型滞后于东南沿海地区，作品中的道德批判相对沉稳，比南方更世俗化和生活化；而南方通俗文学则“文人化”色彩浓郁。

③北派的小说介入社会时力避锋芒，在价值理念上表现更多的市民精神。

三、武侠想象世界的多方拓展

1. 顾明道

顾明道将言情与武侠相结合，并以书中人物视角进行叙事，使武侠世界具备了真实感、可信性，便于调整读者与书中人物的感情。这对后来的武侠小说产生了深刻的影响。《荒江女侠》首创男女二侠双双闯荡江湖的模式，《胭脂盗》以北地英姿飒爽却也温柔多情的女豪杰为主角，延续了侠情融合的优点。

2. 文公直

文公直的历史武侠小说，历史只是个背景，在其中虚构侠客们的活动，代表作是“碧血丹心”系列，包括 1930 年出版的《碧血丹心大侠传》、1933 年分别出版的《碧血丹心于公传》《碧血丹心平藩传》等。其作品的“连环式”形式，是后来长套的武侠小说惯用的结构。

3. 还珠楼主

还珠楼主的作品可分为“入世”的现实技击武侠和“出世”的仙魔神怪武侠两大类，但以气魄宏大，容量深广，充满瑰丽想象的仙魔神怪武侠闻世。其最著名的代表作品是《蜀山剑侠传》和《青城十九侠》。其作品建立在中国传统文化的基础之上，而书中的武与侠都不过是作者对生命感受的一种外化方式，是人类生命的表现，标志了武侠文学新旧转换的成功。

15.2 考研真题与典型题详解

简答题

简论民国旧派小说繁荣的原因。［中山大学2010年研］

答：民国旧派小说是相对于“五四”新文学的一种文学形式，主要是指旧通俗文学。在1920年代至30年代，新文学并没有掌握全部读者和文学市场。旧派小说在上海和北平仍然拥有大量市民阶层读者。旧派小说也并非安于现状，它自身在逐渐地改变着。民国旧派小说繁荣的原因主要有：

（1）时代的发展需求

旧派通俗文学不能满足现代都市市民逐渐提高的文化消费水平，“穆时英风”在城市兴起。新海派一方面占据了旧通俗文学的部分市场，另一方面拓宽了大众文学市场。于是，这种由“雅”及“俗”的形势，必然刺激旧派通俗文学。

（2）通俗文学自身的发展

在与雅文学的争论中挺过来的俗文学，也意识到新文化运动以后的读者群在知识结构和文学品位上与晚清时期有很大改变，如果俗文学创作墨守成规，必然会使读者慢慢地失去兴趣，这就使得俗文学不得不向“雅”靠拢，提升自己的品位以迎合读者的心理需要。就是在这个向“雅”转换的过程中，俗文学不断地延展着探求“现代性”的触须，实现着由早期通俗小说向更具现代性的现代都市通俗小说的渐变。张恨水、刘云若等便是其中的佼佼者。

（3）通俗作家的努力

①言情小说方面

以鸳鸯蝴蝶派为代表的言情小说在“五四”新文学的批判下一度式微。随着城市市民的增加，教育范围的扩大，现代传媒的发展，其潜在的文学阅读者数量也有所提升。以北京的张恨水和天津的刘云若为主力的北派言情小说通过自身的创新，形成巨大的文坛冲击波。张恨水其时发展成为社会言情小说的集大成者。他通过自觉的革新创立了现代性的章回小说体式，也成就了他现代通俗文学大家的地位。这是由张恨水的独特立场所造成的。一方面，他的文学观念里始终不放弃章回小说的形式和通俗文学的娱乐性；另一方面，他立足章回体而不断拓宽其功能，让章回小说容纳不同时代的题材内容，并尝试言情以外的武侠、侦探、历史、讽刺、幻想、荒诞等各种写法，将章回体调适为一种富于弹性的新旧皆宜的文体。《金粉世家》便是其最早走出鸳鸯蝴蝶派章回小说的起始。

②武侠小说方面

经过民初“南向北赵”对武侠小说的开拓，文公直和顾明道进一步推动了武侠小说的向前发展。真正能够代表1930、40年代武侠小说最高水准、体现“侠”的现代精神的是还珠楼主的创作，他也成为平江不肖生的继承者和超越者。其“蜀山系列”（包括本传《蜀山剑侠传》、前传《长眉真人专集》等、别传《青城十九侠》等、外传《青门十四侠》等）相继问世，让读者叹为观止，掀起了一股股“还珠热”。此外还有写《十二金钱镖》的宫白羽、写《卧虎藏龙》的王度庐、写《鹰爪王》的郑证因、写《七杀碑》的朱贞木，与还珠楼主一起被称为“北派五大家”。

第16章 新诗(二)

16.1 复习笔记

一、中国诗歌会诗人群的创作

1. 中国诗歌会

(1)中国诗歌会的成立

1932年，在"左联"的领导下，由穆木天、杨骚、任钧、蒲风等在上海发起成立了中国诗歌会。除在上海设立总会之外，中国诗歌会还在北平、广州、青岛、湖州以及日本东京等地建立分会，1933年3月创办出版机关刊物《新诗歌》，后来还创办《诗歌季刊》《中国诗刊》等多种刊物。创造大众化的诗歌，推进新诗歌运动的发展是其基本目标。

(2)中国诗歌会的创作特点

①中国诗歌会继承和发扬了"五四"以来现代新诗所具有的战斗传统，发挥了诗歌为现实斗争服务的作用。

②在艺术追求上，他们坚持诗歌的现实主义的创作方法，竭力创造诗歌的大众化和民族化的形式，力求使诗歌艺术真正贴近广大民众，成为人民群众喜闻乐见的艺术形式。

③在创作实践上，广泛自觉地采用各种为广大民众所乐于和易于接受的民族形式，积极尝试民歌、民谣、鼓词、儿歌、民间小调、方言小曲以及朗诵诗、合唱诗等多姿多彩的诗歌样式。

④在理论批评上，大力提倡诗歌的现实主义传统，鲜明地批判新月派和现代派诗歌中的唯美主义、形式主义倾向。

(3)中国诗歌会的作用

中国诗歌会诸诗人的这些努力，对现代新诗现实主义风格的弘扬、现实题材的开掘，对左翼诗歌乃至整个无产阶级革命文学运动都是积极的促进。

(4)中国诗歌会的不足

①中国诗歌会把诗歌作用归结为直接的宣传与鼓动，容易忽视诗歌本身的艺术特质。

②缺乏对现实生活的深刻把握，艺术上比较粗糙。

③把反映现实生活重大题材推向极端，导致了诗歌的单一化。

(5)代表作家作品

蒲风的《我迎着狂风和暴雨》《钢铁的海岸线》《茫茫夜》《六月流火》；杨骚的《乡曲》；殷夫的《孩儿塔》；田间的《中国农村的故事》；王亚平的《十二月的风》；穆木天的《在喀林巴岭上》《守堤者》等。

2. 臧克家

(1)臧克家在他的诗中提出了"坚忍主义"，即严肃地正对现实生活中的险恶苦难，沉着而有锋棱地去迎接磨难。这显示了臧克家在精神上与中国农民的深刻联系，并由此称其为"泥土诗人"。其代表作有《烙印》《罪恶的黑手》等。

(2)臧克家往往将感情、倾向性凝聚隐藏在诗的形象里，讲究诗的形式的凝练、整齐，以及诗的节奏、韵律，从中可以更清楚地看到中国传统诗歌(特别是“苦吟”派)的影响。

二、后期新月派的创作

1. 后期新月派的形成

1927年春，胡适、徐志摩、闻一多、梁实秋等人在上海创办新月书店，1928年创办《新月》月刊，1931年创办《诗刊》季刊，新月诗派的主要活动转移到上海。其基本成员除了前期的徐志摩、饶孟侃、林徽因、孙大雨等人外，还有陈梦家、方玮德、邵洵美、卞之琳等。

2. 后期新月派的创作特色

后期新月派的骨干陈梦家、方玮德等人受徐志摩、闻一多等的影响开始写诗，在继承前期新月派的某些主张的基础上，又有所发展。

(1)继承

“主张本质的醇正，技巧的周密和格律的谨严”，这与前期新月派的主张是一脉相承的。

(2)发展

①开始反思格律化的末流过于迷恋形式的弊病，逐步向自由体诗倾斜。

②与前期新月派的明朗、热烈相比，后期新月派表现出隐晦和感伤。

③特别强调抒情诗的创造。

3. 代表作家作品

陈梦家的《再看见你》、方玮德《秋夜荡歌》等。

三、戴望舒、卞之琳等现代派诗人的创作

1. 现代派

1932年5月，施蛰存创办文艺刊物《现代》，《现代》所刊诗歌的“思想、风格、题材，都并不一致”，但其中相当多的诗都包含着先锋意识，从艺术到思想都有若干共同倾向：

(1)从外国诗艺渊源看，现代派诗人主要受到了法国象征派诗歌、美国意象派诗歌运动和以艾略特为代表的现代主义诗潮的影响。

(2)就中国诗歌传统看，现代派诗人更多地注意继承和发展晚唐五代李商隐、温庭筠一路“纯粹的诗”的传统，创作着重于写自己内心的情绪和感觉，传达中又给这些情绪与感觉以一种迷离惝恍的朦胧的外衣。

代表诗人有戴望舒、何其芳、卞之琳、李广田、废名、徐迟、林庚、曹葆华、南星、路易士等。

2. 戴望舒

戴望舒始终坚持把西方象征主义诗歌的艺术形式和表现技巧与中国古代诗歌的优良美学传统结合起来，并使之达到自然和谐、水乳交融的程度。这种结合主要表现在诗歌意象的构造，整体艺术意境的构思，情感色彩和美学追求等方面。《雨巷》《我的记忆》是其代表作。

3.《汉园集》诗人

沿着戴望舒开辟的道路继续探索，并形成独特风格的是“汉园三诗人”：何其芳、李广田和卞之琳。他们于1936年出版诗歌合集《汉园集》，内收何其芳的《燕泥集》、李广田的《行云集》、卞之琳的《数行集》。

(1)何其芳

何其芳同时融汇了东西方诗歌的精粹，其诗歌带有冷艳的色彩、感伤的情调和新奇的想

象、朦胧的意境。《预言》是其代表作。

(2)卞之琳

卞之琳将传统的“意境”“含蓄”和西方现代诗的“戏剧性”“暗示性”融合在一起，形成一种“平淡中出奇”“用冷淡掩深挚，从玩笑出辛酸”的特殊风格，显示出一种从“主情”向“主智”转变的趋向，被人称为“智性诗”。《断章》是其代表作。

4. 废名

废名的诗追求玄理和顿悟，有禅宗趣味，也因此显得晦涩难懂。《十二月十九夜》是其代表作。

5. 林庚

林庚的诗比较清澈明快，虽然他追求新的格律形式，但他新奇的想象和敏锐的感受力冲破了格律的可能束缚，显示出一种灵动的诗质。《春天的心》是其代表作。

【名师点拨】戴望舒、卞之琳等现代派诗人的创作是本章学习的重点，尤其是戴望舒与卞之琳二人的诗歌创作，需结合其各自的代表作，从诗人偏爱的意象、意境以及采用的抒情手法中，体会现代诗歌技巧与传统诗艺的巧妙结合。

16.2 考研真题与典型题详解

一、填空题

______在《现代》4 卷 1 期上发表的《又关于本刊中的诗》提出要创作表现“现代的情绪”和具有“现代的诗形”的“纯然的现代诗”。

【答案】施蛰存

【解析】施蛰存在《现代》4 卷 1 期上发表的《又关于本刊中的诗》一文，是现代派诗歌的一个宣言。

二、名词解释

1. 中国诗歌会[西北师范大学 2023 年研；中国传媒大学 2014 年研；北京师范大学 2013 年研]

答：中国诗歌会是 1932 年 9 月在上海成立的现代诗歌团体。它是“左联”领导下的一个群众性诗歌团体，发起人为穆木天、杨骚、蒲风(黄浦芳)、任钧(卢森堡)等，其重要阵地为刊物《新诗歌》(后改名为《中国诗歌》)。在 1930 年代的新诗领域，一度和以戴望舒为代表的现代派双峰对峙。中国诗歌会的任务是：“研究诗歌理论，制作诗歌作品，介绍和努力于诗歌的大众化”。其诗歌观包含两个方面的要求，一是要求诗人站在“(无产)阶级的意识形态”(即“新世纪的意识”)的立场上去把握与反映现实，即实现“诗的意识形态化”；其二是要求“诗与诗人的大众化”。抗日战争前夕，该团体停止了活动。较著名的作品有蒲风的《茫茫夜》以写实手法描绘农村破产景象，展现农民的悲惨境遇；穆木天的《流亡者之歌》反映东北沦陷后的民族苦难，充满悲愤之情；杨骚的《乡曲》借鉴民间小调，便于普通民众接受和传播。其倡导的现实主义传统和大众化方向对后世诗歌创作(如解放区诗歌、新中国成立后的革命诗歌)产生了深远影响；不过，部分作品因过于强调政治宣传，存在艺术性不足、语言和形式略显直白生硬的问题。

2. “纯诗”[辽宁大学 2018 研；北京大学 2011 年研]

答：“纯诗”，即纯粹的诗歌，是早期象征派诗人穆木天于 1926 年在《谭诗——寄沫若的一封信》中提出的诗学观点。“纯诗”追求诗的纯粹性和暗示性，主张诗歌观念的转化，诗歌要从抒情表意的“表达”功能转向自我感觉的“表现”功能。在诗人李金发、穆木天等人提出的纯诗思想的影响下，《为幸福而歌》《微雨》等诗集风靡一时，象征诗取代格律诗引领新诗发展。1930 年代梁宗岱提出的纯诗理论是对 20 年代诗学的全面超越，也是新诗走向成熟的标志。

3. 现代派诗歌[南开大学 2018 年研]

答：现代派诗歌是指 1929 年至 1937 年间活跃在我国诗坛的一个诗歌流派。现代派得名于 1932 年 5 月施蛰存主编并创刊的《现代》杂志。首次命名现代派的是孙作云的评论文章《论现代派诗》。现代派经历了从 1929 年的《新文艺》到 1936 年的《新诗》的历程。现代派具有鲜明的流派特征，其特征为“价值论的病态美和艺术论的朦胧美”。现代派审美特质在于古典意境与现代意识的统一，是中国历史沉淀的审美情趣与西方现代主义审美倾向的统一。《现代》《新诗》《小雅》《诗志》杂志是 20 世纪 30 年代刊登现代派诗歌的主要载体。戴望舒是 1930 年代“现代派诗歌代表”。其他主要代表诗人有陈江帆、南星、徐迟、路易士等。

4.《汉园集》诗人[中国传媒大学 2012 年研]

相关试题：汉园三诗人[北京大学 2025 年研]

答：《汉园集》诗人是指中国现代派诗群中三位杰出的现代主义代表诗人：卞之琳、何其芳和李广田。1936 年，汉园三诗人出版了合集《汉园集》，内收何其芳《燕泥集》、李广田《行云集》、卞之琳《数行集》，因此而得名。他们注重以诗歌传达独特的气质：何其芳主要表现青年人朦胧的理想和淡淡的忧伤；李广田的诗歌，风格质朴，蕴藉深沉；卞之琳善于在不露声色中深含着情感与哲理，对现代诗歌的客观化、非个人化等艺术手法进行了有益的探索，文字奇巧。从诗歌流派整体分类上看，汉园三诗人属于中国现代派诗群。

5.《新月》杂志[北京大学 2011 年研]

答：《新月》杂志是新月社于 1928 年 3 月 10 日在上海创办的月刊。徐志摩、罗隆基、胡适、梁实秋等任编辑，它的创办标志着新月社重新开始活动。杂志主要发表新月派诗人的作品和理论。1931 年 11 月，新月社代表人物徐志摩机坠身亡，新月社活动渐衰。1933 年 6 月，《新月》杂志出至第 4 卷第 7 期停刊，新月社宣告解散。

三、简答题

1. 简述 1930 年现代派诗歌的特点。[东南大学 2014 年研]

相关试题：试论 1930 年代现代派对中国诗人群的艺术创新。[论述题；北京大学 2010 年研]

答：现代派是在自由主义文学思潮激荡下，自觉追求“纯诗”艺术美的一个诗歌流派，得名于 1932 年施蛰存创办的《现代》杂志。戴望舒是现代诗派的主将，其他代表诗人有施蛰存、金克木、林庚、路易士、何其芳、卞之琳、废名等，他们创作的很多诗都包含着先锋意识，植根于 1930 年代的社会人生，受益于法国象征主义诗歌纯粹诗歌观念的辐照，与李金发为首的初期象征主义倡导的“纯粹诗歌”一脉相承。1930 年现代派诗歌的特点具体如下：

（1）内在审美机制的衍化：象征与情感的传达

以戴望舒等为代表的现代诗歌创作，体现了 1930 年代中国新诗对于 1920 年代后期新月派和象征诗派的继承与超越。他们善于借助感性对应物，用暗示象征的方式，在主客融会、双向同化的过程中超越客体的表象世界，传达内心各种幽微难明的个人化情意。如戴望舒的《单恋者》中用找不到单恋对象来象征展现了一个可怜的单恋者塞满柔情的忧郁心灵，在现实的撞击下脆弱灵魂的迷茫痛苦。

(2)主题内容：彷徨与失落的展现

以戴望舒等人为代表，现代派创作追随西方现代主义文学向内转，力图充分展现诗人的内在情感而不是表现现实世界，更注重诗的内在特质，对于人的心理情感更为深入，诗歌的主题多为彷徨和失落。在寻常事物和平淡生活中捕捉诗意隋思，这个主题在戴望舒诗歌中得到了充分的表现。如《雨巷》通过遇到丁香一样的姑娘只是梦来表达美丽忧伤的情绪，传达了个人的孤独情绪和可望而不可即的失落感。

(3)美学追求：现代与古典的融合

以戴望舒为代表的现代派诗在艺术探索上表现出强烈的现代意识和对于民族艺术传统的向心力，它在中外诗歌的融汇点上建立起属于自己的诗歌美学，其共同的审美原则是追求隐藏自己和表现自己之巧妙结合的朦胧美；在表现手法上反对即兴创作和直接抒情，运用隐喻、象征、通感等手法实现情绪的意象化，把心中隐约的、难以描述的情绪转化为具体可感的形象；在诗体形式上，创造了具有散文美的自由体诗，字句的节奏完全被情绪的节奏所代替，自然流动的口语准确地传达了诗人对复杂、精微的现代生活的感受。如戴望舒的《小病》语言朴素亲切，平淡而熟悉，宁静而和谐，诗人用猜测试探的语气，营构出一个小病的人对家乡的惦念关切。

总之，以戴望舒为代表的现代派诗人，受法国象征主义诗歌纯粹诗歌观念的影响，在自由主义文学思潮的激荡下，自觉追求“纯诗”艺术美，体现出鲜明的现代主义特色。

四、论述题

1．以戴望舒的创作为例，论述现代诗派在中国新诗史上的地位。［北京师范大学2022年研］

答：现代诗派作为中国新诗发展历程中的重要流派，其在诗坛的地位举足轻重。戴望舒是该诗派的杰出代表，通过分析他的创作，能清晰洞察现代诗派的独特价值与贡献。以下从诗歌主题、艺术风格、对新诗发展的推动等方面，结合戴望舒作品展开论述。

(1)丰富深化诗歌主题

①个体情感的细腻书写

戴望舒的诗作注重对个体内心世界的挖掘，深刻展现了现代都市人复杂而微妙的情感。在《雨巷》中，诗人塑造了一个在雨巷中彷徨、寂寥的抒情主人公形象，他渴望着那个像丁香一样结着愁怨的姑娘。诗中细腻地描绘出主人公的孤独、迷茫以及对美好爱情的向往，这种对个体情感的深度刻画，突破了以往诗歌主题的单一性，丰富了新诗的情感表达范畴。现代诗派通过戴望舒等诗人的创作，让诗歌更贴近普通人的内心，使读者能在诗中找到自己情感的映照，极大地拓展了诗歌主题的广度与深度。

②时代情绪的独特传达

戴望舒的创作并非仅仅局限于个人情感，还巧妙地融入了时代的印记，传达出特定时期人们普遍的精神状态。如《我的记忆》，以独特的意象和节奏，表现出诗人在动荡时代背景下内心的苦闷、彷徨与对生活的无奈。诗中的“记忆”成为时代情绪的载体，反映出当时知识分子在社会变革中对理想的迷茫和对现实的无力感。现代诗派通过这种对时代情绪的独特传达，使诗歌具有了社会历史价值，不再是脱离现实的空中楼阁，而是与时代脉搏紧密相连，在新诗史上留下了时代的深刻烙印。

(2)革新诗歌艺术风格

①意象营造的创新

戴望舒善于运用独特的意象来构建诗歌意境，为现代诗派带来了全新的艺术风貌。在《寻梦者》中，“梦会开出花来的，梦会开出娇妍的花来的”，“梦”这一意象被赋予了丰富的内涵，它既是诗人个人理想的象征，也是对美好未来的憧憬。诗人通过对“梦”这一意象的精心雕琢，营造出一种朦胧、空灵的意境，使诗歌充满了神秘的美感。现代诗派受戴望舒影响，在意象运用上更加大胆创新，打破了传统诗歌意象的束缚，为新诗的艺术表现注入了新的活力，提升了新诗的审美价值。

②诗歌形式的探索

戴望舒在诗歌形式上进行了诸多有益的探索，为现代诗派树立了典范。他早期的诗作如《雨巷》，借鉴了西方象征派诗歌的表现手法，同时又融入了中国古典诗词的韵律美，形成了一种独特的“音乐美”。诗中长短句的错落排列，以及押韵方式的巧妙运用，使诗歌具有一种和谐的节奏感。而后期作品如《我用残损的手掌》，在形式上更加自由灵活，根据情感表达的需要来安排诗句的长短和节奏，摆脱了传统格律的严格限制。现代诗派在戴望舒的引领下，在诗歌形式上不断探索创新，从格律到自由，为新诗的形式发展开辟了新的道路，推动了新诗在艺术形式上的成熟。

(3)推动新诗发展进程

①承上启下的过渡作用

戴望舒所处的时代，中国新诗正处于从初期的尝试向成熟阶段迈进的关键时期。现代诗派以戴望舒为代表，在继承中国古典诗歌和初期新诗创作经验的基础上，进行了大胆的创新与变革。它既吸收了古典诗词的精华，如在意象运用、意境营造上借鉴了古典诗词的手法，又摆脱了古典诗词格律的束缚，同时对初期新诗过于直白、粗糙的表达方式进行了改进。这种承上启下的作用，使新诗在艺术水准上得到了显著提升，为新诗的进一步发展奠定了坚实的基础。

②对后世诗歌创作的影响

戴望舒及现代诗派的创作理念和艺术手法对后世诗歌创作产生了深远影响。许多后来的诗人从现代诗派的作品中汲取灵感，在主题表达、意象运用、形式探索等方面进行借鉴与创新。如在当代诗歌创作中，依然能看到对个体情感深度挖掘、独特意象营造以及诗歌形式创新的追求，这些都与现代诗派的影响密不可分。现代诗派在新诗史上犹如一座灯塔，为后世诗歌创作指引了方向，推动了中国新诗不断向前发展，丰富了中国新诗的艺术宝库。

2．谈谈戴望舒抗战后诗风的转变。［扬州大学2018年研］

答：在中国文学史上，诗人戴望舒是一个独特的存在，作为上承古典余泽、下启现代诗风的诗坛领军人物，在新诗的发展中，以独特的视角和数量不多的作品而领导了一个艺术流派。他一生收录成辑的诗作不足百首，先后出版有《我的记忆》(1929年)、《望舒草》(1933年)、《灾难的岁月》(1948年)三本诗集，《我的记忆》和《望舒草》后由作者合编为《望舒诗稿》于抗战前出版。纵观戴望舒的诗歌创作，大体可分为前、后两个阶段。

(1)全面抗战爆发前的早期诗风

①其早期的诗歌作品，多以抒发个人情感为主流，情调比较低沉，有较多的感伤气息。

他的第一部诗集《我的记忆》中，收录的作品大多都是情诗和愁诗。尤其是“旧锦囊”辑中留存的12首诗作，大体都是抒发这种个人哀愁感伤情绪的作品。如《寒风中闻雀声》中“枯枝在寒风里悲叹/死叶在大道上萎残”两句诗，勾勒出一幅枯枝败叶在寒风中飘舞的肃杀景象，很容易令人联想到马致远的“枯藤老树昏鸦，小桥流水人家”的相似写照。再如《可知》中“可知怎的旧时的欢乐，到回忆都变作悲哀”，《山行》中“见了你朝霞的颜色，便感到我落月的沉哀”等，都表现出作者早期创作的孤独、抑郁、伤感的浓重气息。1928 年发表于《小说月报》的《雨巷》，标志着诗人在新月派的影响之下由浪漫式抒情向象征式表现的一个转折，戴望舒也因此而赢得了“雨巷诗人”的美誉。

②1933 年由现代书局出版的《望舒草》表现了作者诗歌艺术的日趋成熟。此时的诗人生活在大革命失败后的白色恐怖中，理想和现实的矛盾，使他的精神苦闷而低沉。但诗人不论从艺术上还是心理上都已不再稚嫩，也不再是穿着别人的鞋子走路，而是努力开拓自己的诗歌创作领域，从而形成了自己的风格。在《寻梦者》中，他写道：“你的梦开出花来了/你的梦开出娇妍的花来了/在你已衰落了的时候。”这支美丽的歌虽然依然流露着诗人疲倦的心境，然而却告诉了人们一个人生的真谛：任何美好理想的实现，任何事业成功的获取，必须付出一生的艰苦代价来追求。戴望舒在这一时期，虽然仍不失其孤寂、抑郁和多愁善感，但也不乏色调明朗、情绪奔放的诗作。如《祭日》《游子谣》《村姑》等。甚至在个别诗作中，我们还能读到诗人对于普通人的关切和对光明的向往。如《流水》中：“在一个寂寂的黄昏里/我看见一切的流水/在同一个方向中/奔流到太阳的家乡去”该诗充满了对生活的憧憬，对无往不胜的力量作了肯定，对顽强的生命力给予了热情的歌颂。

（2）全面抗战爆发后的后期诗风

①1937 年全面抗战爆发后，民族危亡的残酷现实惊醒了诗人。在时代的召唤下，他决心在敌人的阴霾气候中挣扎，以自己微弱的光亮尽一点照明之责，于是积极投身到抗日救亡的洪流中来，其诗风也发生了变化。1939 年元旦，诗人满怀激动的心情写下了抗战后的第一首诗《元旦祝福》：“我们新的年岁带给我们新的力量。祝福！我们的人民，艰苦的人民，英勇的人民，苦难会带来自由解放。”这首诗表现了诗人对人民斗争坚定的信念和乐观的态度，唱出了诗人心灵深处真切而强烈的爱国主义情感。这一时期，戴望舒的诗中多出了“人民”“自由”“解放”这样的字眼，诗人把这些字眼引入自己的诗歌并作为创作的主题，这是诗人思想的升华，也是诗人创作方向的转变，更标志着诗人诗风的转变。

②1941 年，戴望舒在香港被捕入狱，饱尝了肉体的痛苦，经历了死亡的考验，坚定了他的信念，赋予了诗人的创作以更坚实的思想内容。他以狱中生活为题，创作了《狱中题壁》《我用残损的手掌》等一系列战斗性的诗篇，抒发了自己对正处于光明与黑暗搏斗中的祖国和人民的怀念，同时也表达了自己极为乐观、自信的心态。如《狱中题壁》中写道“如果我死在这里，朋友啊，不要悲伤，我会永远地生存在你们的心上。你们之中的一个死了，在日本占领地的牢里，他怀着的深深仇恨，你们应该永远地记忆”。《我用残损的手掌》是诗人在铁牢中唱出的属于“永恒的中国”的悲壮的歌：“我把全部的力量运在手掌贴在上面/寄予爱和一切希望。”此外，《示长女》《在天晴了的时候》表达了诗人在长年颠沛流离之后，对于和平生活的渴望。其压卷之作《偶成》中“它们只是像冰一样凝结/而有一天会像花一样重开”，表达了对未来充满了信心和希望。总之，戴望舒后期的诗歌作品已显示出了超越个人情感的高层次内涵和蓬勃的生命力。

纵观戴望舒的诗作，我们不难发现，困在象牙塔内沉吟低诉的生活赋予了他前期创作感伤抑郁的色彩，而民族斗争的考验、屈辱和磨炼使其后期创作呈现出乐观向上的面貌。这表明诗人在经受血雨腥风的洗礼过程中也在不断实现着对自我的超越。

五、作品分析题

赏析戴望舒《我用残损的手掌》。［南开大学2021年研］

我用残损的手掌

戴望舒

我用残损的手掌
摸索这广大的土地：
这一角已变成灰烬，
那一角只是血和泥；
这一片湖该是我的家乡，
（春天，堤上繁花如锦幛，
嫩柳枝折断有奇异的芬芳，）
我触到荇藻和水的微凉；
这长白山的雪峰冷到彻骨，
这黄河的水夹泥沙在指间滑出；
江南的水田，你当年新生的禾草
是那么细，那么软……现在只有蓬蒿；
岭南的荔枝花寂寞地憔悴，
尽那边，我蘸着南海没有渔船的苦水……
无形的手掌掠过无限的江山，
手指沾了血和灰，手掌沾了阴暗，
只有那辽远的一角依然完整，
温暖，明朗，坚固而蓬勃生春。
在那上面，我用残损的手掌轻抚，
像恋人的柔发，婴孩手中乳。
我把全部的力量运在手掌
贴在上面，寄与爱和一切希望，
因为只有那里是太阳，是春，
将驱逐阴暗，带来苏生，
因为只有那里我们不像牲口一样活，
蝼蚁一样死……
那里，永恒的中国！

答：本诗是戴望舒在1942年7月3日写的。时值抗日战争的中段，1942年4月，诗人在香港参加了抗日救亡运动，被投入监狱，受尽严刑拷打。1942年7月，诗人获保释，摸着自己的遍体鳞伤的身体，联想到祖国的河山何尝又不是如此。作者怀着对外族侵略的痛恨愤慨，对祖国和人民的同情爱怜，饱蘸感慨，于是写下了这如泣如诉的诗篇。

（1）主题思想

诗歌通过“残损的手掌”摸索祖国大地的虚拟旅程，展现了沦陷区的悲惨景象，表达了对日寇暴行的痛恨、对祖国苦难的深切同情以及对沦陷区人民的关怀；同时，诗人将希望寄托于“辽远的一角”（解放区），坚信那里能驱逐阴暗，带来苏生，抒发了对祖国未来的坚定信念和强烈的爱国之情。

（2）艺术特色

①独特的意象运用

“残损的手掌”是核心意象，既实指诗人受伤的手掌，又象征着诗人对祖国的深情与痛苦的体验，也暗示着祖国遭受的创伤；“广大的土地”象征祖国，诗人用手掌摸索土地，将个人情感与国家命运紧密相连；沦陷区的景象如“灰烬”“血和泥”“蓬蒿”“寂寞地憔悴”的荔枝花等意象，描绘出国土的破败、凄凉，充满痛苦与哀伤；而解放区则用“温暖，明朗，坚固而蓬勃生春”“太阳”“春”等意象，展现出希望与生机，两者形成鲜明对比。

②丰富的感官描写

诗人调动多种感官，如“触到荇藻和水的微凉”“冷到彻骨”“水夹泥沙在指间滑出”等触觉描写，“堤上繁花如锦幛，嫩柳枝折断有奇异的芬芳”的视觉和嗅觉描写，使读者能真切感受到诗人所描绘的景象，增强了诗歌的感染力和画面感。

③巧妙的艺术构思

全诗构思分为两部分，前半部分写诗人想象中摸索沦陷区土地，感情低沉、忧郁，充满痛苦和对祖国命运的忧虑；后半部分笔锋一转，摸到“辽远的一角”（解放区），情绪变得热情、明朗、积极，展现出希望与信念。全诗情感线索清晰，从对祖国苦难的悲痛到对解放区的向往与赞美，层层递进，使爱国主义情感得到升华。

④多样的修辞手法

诗人运用了对比手法，如沦陷区的黑暗、破败与解放区的光明、生机形成强烈对比，突出诗人的爱憎情感和对祖国未来的期望；也有生动形象的比喻，如“像恋人的柔发，婴孩手中乳”，将对解放区的轻抚比作恋人之间的亲昵和婴儿对母乳的依赖，表达了诗人对解放区的无限热爱与向往；“只有那里是太阳，是春”，把解放区比作“太阳”和“春”，象征着它能给祖国带来光明和生机；还有颇具感染力的拟人，如“岭南的荔枝花寂寞地憔悴”，赋予荔枝花以人的“寂寞”“憔悴”之感，烘托出沦陷区的凄凉氛围。

⑤灵活的韵律节奏

诗歌没有严格的格律限制，但两句一韵，韵脚不断变化，使感情的流动产生跌宕，形成一种内在情绪的律动，体现了戴望舒所追求的“诗情的程度”上的韵律，而非单纯字面音调的音乐美，既具有现代诗的自由，又保持了相对协调一致的节奏。

总之，《我用残损的手掌》是一首艺术成就颇高的爱国诗篇，诗人以独特的艺术手法抒发了对祖国深深的眷恋、对侵略者的愤恨以及对民族未来的坚定信念，具有强烈的感染力和时代意义。

第17章　鲁迅(二)

17.1　复习笔记

一、鲁迅杂文的重大意义

1. 鲁迅杂文与中国现代文学和现代社会

(1)鲁迅是中国新文学史上杂文的开拓者和集大成者。他一生写了大量杂文，杂文集达16部(如果加上由后来发现的鲁迅佚文编成的《集外集拾遗补编》，共有17部)之多。杂文在鲁迅的全部创作中占有最大的比重，是鲁迅一生的主要文化成就和文学业绩。

(2)杂文是文章形式的彻底解放，也是文学精神的深刻自觉，它是鲁迅对可用于现代中国的一切文章形式的创造性综合，也是他一生思想与艺术的结晶。

(3)鲁迅杂文涉及的问题极其宽广，涵盖了现代中国人生活的各个方面，其核心是揭露现实生活中无处不在的奴役关系，大声疾呼人的自由与解放。

2. 鲁迅杂文的影响

由于鲁迅的倡导和身体力行，中国杂文不仅形成了相当规模的运动，而且培养了一批继承鲁迅杂文战斗传统的写作队伍，在他同时代就有不少青年追随其左右，以至形成了两个杂文流派：一个是“鲁迅风”杂文作家群，另一个是“野草”杂文作家群。

二、鲁迅杂文的思想、艺术特质

1. 鲁迅杂文分期

杂文是鲁迅进行战斗的主要武器，和他的思想发展历程一样，以1927年为界有前后期之分。

(1)前期包括1918年至1927年间的杂文，主要收集在《热风》《坟》《华盖集》《华盖集续编》4本杂文集中。鲁迅前期杂文反映了从“五四”到大革命失败这一历史时期革命人民同封建主义、帝国主义及其文化代表斗争的历史，表现了彻底反帝反封建的“五四”时代精神。

(2)后期包括1927年至1936年间的杂文，主要收在《而已集》(1927年)、《三闲集》(1927年至1929年)、《二心集》(1930年至1931年)、《南腔北调集》(1932年至1933年)、《伪自由书》(1933年1月至5月)、《准风月谈》(1933年6月至11月)、《花边文学》(1934年)、《且介亭杂文》(1934年)、《且介亭杂文二集》(1935年)、《且介亭杂文末编》(1936年)等杂文集中。此外，《集外集》《集外集拾遗》《集外集拾遗补编》中一部分杂文也是属于后期的。鲁迅的后期杂文不仅艺术地记录了其自身思想发展的历程，而且几乎用编年史的方式真实地反映了第二次国内革命战争时期中国的社会发展形态及思想文化战线上斗争的历程。

2. 鲁迅杂文的思想特质

(1)直面现实，抨击时弊

在现代中国，时弊就是渗透到普通人日常生活每个角落的专制的毒液，抨击时弊的杂文，矛头直指当权者的专政。鲁迅前期抨击北洋军阀政府的腐败残暴，后期抨击国民党政府的一党专政，这一类杂文涉及政治、经济、军事、外交和意识形态各方面，尤其集矢于落后腐败的政治对广大群众的精神愚弄和奴役。

(2)剖析文化，审视人性

鲁迅杂文在体现时代精神的同时，也具有超越具体时代的品格。他的文章不仅针对那个具体的时代、具体的事件，更揭示出中国社会与精神文化长远发展中许多普遍与深层的问题，在篇幅有限的杂感中，他尽量从中华民族历史性的文化心理结构入手，挖掘无处不在的奴役关系的根源。他无情地揭露中国人的愚昧、怯懦、凶残、冷漠、巧滑、懒惰、虚伪，但一面也竭力表扬中国人从古到今都不缺乏的“埋头苦干”和“拼命硬干”的“民族的脊梁”。

3. 鲁迅杂文的艺术特质

(1)具有生动鲜活的文学形象

杂文本属议论文字，但一到鲁迅笔下，各种抽象的道理、枯燥的概念，都转化成了有血有肉的形象，把读者带进栩栩如生的境界中去，具体领略一些本来可能是相当深奥费解的道理。如《二丑艺术》，鲁迅借“二丑”的形象，揭示了那些依附于专制政权而有时还要装出“对国事也不满”的帮闲文人的嘴脸。

(2)具有浓烈真挚的感情色彩

鲁迅的杂文尽管有的委婉曲折，有的明白晓畅，有的含蓄深沉，有的奔腾倾泻，却都浸透着浓烈真挚的感情。他的杂文是一团火，能烧毁丑恶，也给人温暖。如《“友邦惊诧”论》，鲁迅尖锐指斥了政府当局失地千里不予抵抗，反借所谓“友邦人士，莫名惊诧”来给学生的爱国行动扣上“破坏社会秩序”罪名的无耻行径。鲁迅说：“日本帝国主义的兵队强占了辽吉，炮轰机关，他们不惊诧；阻断铁路，追炸客车，捕禁官吏，枪毙人民，他们不惊诧；中国国民党治下的连年内战，空前水灾，卖儿救穷，砍头示众，秘密杀戮，电刑逼供，他们也不惊诧；在学生的请愿中有一点纷扰，他们就惊诧了！”这些文字表达了他对当局的无比蔑视，感情非常强烈。

(3)具有幽默风趣的深长韵味和高超出众的讽刺才能

鲁迅反对谩骂，而赞许讽刺。他的讽刺性杂文中常常带着特有的幽默风趣，而幽默风趣又往往加重着讽刺的力度。他能够喜剧性地抓住对方的矛盾和要害，用带点幽默夸张的笔法加以叙述，三言两语就把其可笑之处暴露在光天化日之下。如《再来一次》对旧文化阵营的代表章士钊辛辣地挖苦说：“旧文化也实在太难解，古典也诚然太难记，而那两个旧桃子也未免太作怪：不但那时使三个‘读书人’因此送命，到现在还使一个读书人因此出丑。”

总的来说，生动鲜活的形象，浓烈真挚的感情，幽默风趣的反讽，三者是鲁迅在杂文方面尤为突出的创造，也是其杂文具有高度文学性的重要标志。

【名师点拨】鲁迅杂文的思想、艺术特质是本章的重点，要结合具体作品，认识鲁迅杂文作品在“政治批判”和“文化批判”两个层面上所发挥的“匕首”“投枪”的作用，同时还要体会鲁迅杂文“嬉笑怒骂皆成文章”的幽默与辛辣的艺术风格，从而更深地理解鲁迅作为“民族魂”对中国命运的深切关怀。

三、《故事新编》：鲁迅最后的创新之作

1.《故事新编》的形成

《故事新编》共8篇，写作时间1922年至1935年，历时13年。其中《补天》《奔月》《铸剑》3篇写作于1922—1926年间，属于鲁迅前期的作品。《理水》《采薇》《出关》《非攻》《起死》比较集中地写于1934—1935年，是鲁迅后期之作。

2.《故事新编》的艺术内涵

（1）依据古籍，容纳现代

①《故事新编》中大量情节和细节都有古籍可考，鲁迅并未随意涂饰或对现实进行简单的比附与影射。

②博考文献只是鲁迅历史小说的基础材料，在写法上，他是只取“一点因由”加以“点染”——艺术虚构，在历史材料基础上进行加工、提炼、改造和发展，将现代人的生活融入古人古事之中。

③经过这样的艺术创造，形成古今交融的艺术特点，将古人和今人有机地纳入同一形象系列，使古代情节与现代情节有机地交融一体。

（2）将古人写活

不是“将古人写得更死”，而是将古人写活，鲁迅的历史小说着重于对古人性格、精神和心理状态的深入开掘与扩展，并用“画眼睛”的手法加以渲染和强调。

（3）借古讽今

①运用“油滑”手段，在穿插性的喜剧人物身上，赋予现代化的细节，为借古讽今服务，这是《故事新编》的重要手段。

②这种“油滑”作为“中国民间诙谐文化”，“赋予了作家一种观察人生世相的特殊眼光，一种对社会、历史、文化独特的认识方式，是同作家主体内在心灵的深度、复杂性和无限丰富性联系在一起的”。

【名师点拨】结合具体作品重点评析《故事新编》在艺术形式上的创新性与先锋性，注意体悟其“实验”的手法，从而更好地理解作品含义。

17.2 考研真题与典型题详解

一、填空题

1. 瞿秋白的______是一篇较早运用阶级分析观点研究鲁迅的经典文献。

【答案】《<鲁迅杂感选集>序言》

【解析】1933 年，瞿秋白编选了《鲁迅杂感选集》并作序，他创造性地提出了从进化论向阶级论发展的鲁迅思想演变模式。

2. 鲁迅于 1919 年在《国民公报》上发表了以______为总题的一组散文诗。

【答案】《自言自语》

【解析】《自言自语》出自鲁迅的《集外集拾遗补篇》，本篇最初连载于《国民公报》“新文艺”栏，署名神飞。鲁迅的《集外集拾遗补篇》共 7 章。

二、名词解释

1.《故事新编》［北京大学 2022 年研；首都师范大学 2011 年研］

答：《故事新编》是鲁迅在 1936 年出版的短篇小说集。收录他在 1922—1935 年间创作的小说 8 篇。其中《补天》《奔月》《铸剑》《出关》4 篇先后发表于《晨报四周年纪念增刊》《莽原》《海燕》等报刊，其余直接收入本书，根据故事发生时代先后为序。作品用崭新手法写古代题材，赋史事以新意，借故事以针砭现实，思想上、艺术上都颇有成就，为历史题材小说创作的典范之作。

2.《且介亭杂文》

答：《且介亭杂文》是鲁迅创作的一部杂文集，收录其1934年创作的杂文37篇，另有序言、附记各一篇。书名中“且介亭”意指作者居于“半租界”地区。作者自谓本书“是我在去年一年中，在宫民的明明暗暗，软软硬硬的围剿‘杂文’的笔和刀下的结集”，“当然不敢说是诗史，其中有着时代的眉目”。可以说，《且介亭杂文》是鲁迅杂文成熟期的力作，代表了中国现代杂文的最高成就。

3.《华盖集》

答：《华盖集》是鲁迅所著杂文集，1926年由北京北新书局出版。收录其1925年1—12月创作的杂文31篇，题记一篇、后记一篇。书名借民间关于“华盖运”对于和尚是好运而对俗人则是恶运之说，以见自己“转辗而生活于风沙中”，被“正人君子”们“党同伐异”所得的“瘢痕”。其中作品大多针对封建旧文化及其卫道者而发，文风泼辣恣肆，寓意深刻痛切。

三、简答题

1. 鲁迅《故事新编》的艺术风格。［河南大学2024年研］

相关试题：

(1)鲁迅《故事新编》作为历史小说的独特性。［华东师范大学2023年研］

(2)简述鲁迅小说集《故事新编》的创新性。［首都师范大学2010年研］

答：《故事新编》共有8篇，写作时间从1922年起至1935年止，历时13年。其中《补天》《奔月》《铸剑》3篇写作于1922至1926年间，属于鲁迅前期的作品。而《理水》《采薇》《出关》《非攻》《起死》比较集中地写于1934—1935年，是鲁迅后期之作。

《故事新编》的艺术风格可归纳为以下几点：

(1)艺术手法

鲁迅采取了“古今杂糅”的手法，有意打破时空界限，其目的是要在古今相通之中，以现代照亮古代，更有力地揭示古代人与事中某些被掩盖了的真相。

①艺术想象和虚构

在“博考文献”基础上，进行艺术相像和虚构，并融进自己的生活体验和思想感情。如《奔月》写射日英雄后羿在射尽了封豕长蛇等野物后，只剩下乌鸦与麻雀可猎，每天为嫦娥吃食而奔忙，他的弟子窃取射日英雄美名并暗害他，嫦娥不愿和后羿过清苦生活而奔月等，都是艺术想象和虚构，从而写出了英雄的寂寞与悲哀。这中间渗透着作者的生活体验和思想感情，后羿也就成为有生命的感人的艺术形象。

②现实主义和浪漫主义的创作方法

《补天》是现代文学史上比较早的浪漫主义小说，题材、人物、场景和精神都具有浪漫主义特点。《铸剑》是浪漫主义杰作。金鼎沸水中三头搏斗的丰富想象、离奇情节和夸张手法，把向暴君复仇的精神表现得激越悲壮，有声有色。

③古今交融的艺术特色

以古人古事为框架，但融进了一部分现代生活的内容。如《补天》中的女娲两腿间出现的“古衣冠的小丈夫”，《理水》中的文化山上的学者、水利考察大员等。作品中的这些人物还常讲些现代术语，使作品谐趣横生。这种古今交融、亦古亦今的格式是《故事新编》艺术上的独特之处。

(2)文体语言

鲁迅打破文体界限，以杂文入小说的一次有益的尝试。他采取了“油滑”的写法，在多篇文章中放肆地将已经被神圣化与神秘化的古代哲学戏谑化，如对老子和庄子的戏谑化描写，显示了鲁迅的一种独特的眼光与超凡的胆识。人们从这类戏谑化的描写中，看到了鲁迅杂文的锋芒，包括杂文的眼光、思维、手法，以至语言。

(3)小说结构

《故事新编》许多篇章都有或显或隐，或浓或淡地“庄严”与“荒诞”两种色彩与语调或旋律，互相补充、渗透与消解。这里似乎存在着一个小说结构的模式：小说前、后部的对立，以及后部对前部的翻转与颠覆。

2. 简析鲁迅杂文的艺术特点。[北京大学2023年研]

相关试题：举例论述鲁迅杂文的思想和艺术特质。[华南师范大学2025年研]

答：鲁迅一生把主要精力用于杂文创作，他为世人留下了十六本杂文集，共七百多篇。鲁迅的杂文以深广的思想内容，强烈的战斗性和巨大的艺术魅力成为现代散文艺术的高峰。

(1)批判性与思想性兼具

①对社会现实的深刻批判

鲁迅杂文紧扣时代脉搏，直击社会的种种弊病。在《拿来主义》中，针对当时对待外来文化的错误态度，如盲目排外或全盘接受，鲁迅提出“拿来主义”的观点，尖锐批判了国人面对文化交流时的狭隘与无知，呼吁理性对待外来文化，取其精华弃其糟粕，这一观点对当时社会的文化革新具有重要的指导意义。在《灯下漫笔》里，鲁迅将批判的矛头指向封建历史，把中国历史概括为“想做奴隶而不得的时代”和“暂时做稳了奴隶的时代”，深刻揭示了封建制度对民众的压迫与奴役，让人们清醒地认识到封建历史的本质。

②对国民性的深度剖析

他的杂文致力于挖掘和批判国民的劣根性。在《阿Q正传》(虽为小说，但具有强烈的杂文批判精神)中，通过塑造阿Q这一典型形象，展现了“精神胜利法”这一国民劣根性，阿Q在遭受屈辱时，总是通过自我安慰、自欺欺人的方式来获取精神上的胜利，这种劣根性在当时的社会具有普遍性，鲁迅以此警醒国人，促使人们反思自身，寻求改变。在《药》中，描写了民众对革命者夏瑜牺牲的麻木态度，他们不仅不理解革命的意义，反而将革命者的鲜血当作治病的“药”，深刻地反映出国民的愚昧和对革命的无知，凸显了改造国民性的紧迫性。

(2)形象性与逻辑性统一

①生动的形象塑造

鲁迅善于在杂文中塑造生动鲜明的形象。在《论“费厄泼赖”应该缓行》中，他塑造了“落水狗”这一形象，用来比喻那些暂时失败但仍心怀恶意、伺机反扑的反动势力，形象地揭示了这类人的本质特征，让读者对反动势力有了更直观、深刻的认识。在《拿来主义》中，又用“孱头”“昏蛋”“废物”分别比喻在对待文化遗产问题上的三种错误态度的人，通过这些生动形象的比喻，使抽象的道理变得具体可感，增强了文章的感染力和说服力。

②严密的逻辑论证

鲁迅杂文在表达观点时，有着严密的逻辑性。以《“友邦惊诧”论》为例，针对国民党政府污蔑学生请愿导致“友邦人士，莫名惊诧，长此以往，国将不国”的荒谬言论，鲁迅首先摆出对方的论点和论据，然后通过层层剖析，揭示“友邦”的真实面目是帝国主义侵略者，他们对中国人民的反抗感到惊诧是因为其侵略利益受到损害，而国民党政府的卖国行径才是真正导致“国将不国”的原因。通过这样严密的逻辑推理，有力地驳斥了对方的谬论，使自己的观点立于不败之地。

(3)语言犀利且幽默

①犀利的语言风格

鲁迅杂文的语言如同一把锐利的匕首，直刺敌人的要害。在《纪念刘和珍君》中，他写道“惨象，已使我目不忍视了；流言，尤使我耳不忍闻。我还有什么话可说呢？我懂得衰亡民族之所以默无声息的缘由了。沉默啊，沉默啊！不在沉默中爆发，就在沉默中灭亡。”这段文字情感浓烈，语言犀利，对反动政府残酷杀害进步学生以及制造流言蜚语的行为进行了强烈的谴责，表达了对黑暗现实的极度愤慨。在《“丧家的”“资本家的乏走狗”》中，鲁迅用“凡走狗，虽或为一个资本家所豢养，其实是属于所有的资本家的，所以它遇见所有的阔人都驯良，遇见所有的穷人都狂吠”等犀利的语言，将梁实秋等为资本家服务的文人的丑恶嘴脸揭露得淋漓尽致。

②幽默讽刺的表达

他常常运用幽默讽刺的手法来增强杂文的艺术效果。在《阿长与〈山海经〉》中，描写阿长睡觉时“伸开两脚两手，在床中间摆成一个‘大’字”，这种略带夸张和幽默的描写，既表现了阿长不拘小节的性格特点，又让读者在会心一笑中感受到作者对阿长的特殊情感。在《从百草园到三味书屋》中，对寿镜吾先生读书时“总是微笑起来，而且将头仰起，摇着，向后面拗过去，拗过去”的描写，充满了幽默诙谐的意味，生动地展现了先生的形象。在杂文《论雷峰塔的倒掉》中，对法海和尚的讽刺贯穿全文，以雷峰塔的倒掉象征封建势力的垮台，对法海“活该”的结局进行调侃，充满了幽默与讽刺，表达了作者对封建势力的轻蔑与批判。

3. 怎样看待《故事新编》里的“油滑”？［首都师范大学2012年研］

答：《故事新编》是鲁迅的第三本小说集，在取材和写法上不同于《呐喊》和《彷徨》，鲁迅自己认为，这是一部“神话、传说及史实的演义”总集。《故事新编》艺术特色的一个突出特点，便是采用油滑的手段，为借古讽今服务，从而使讽刺的艺术功能更加丰富。正确看待《故事新编》里的“油滑”，就必须从正确对待它的利弊入手。

(1)从“油滑”有利的方面看

①“油滑”对人物刻画有利

a. “油滑”对“坏种”性格的刻画方面。如《采薇》里小穷奇，一边对伯夷叔齐施行搜身，一边还大谈“海派会‘剥猪猡’，我们是文明人，不干这些玩意儿的”，暴露出现代洋场恶少的嘴脸。

b. “油滑”能从侧面烘托出正面人物的性格特点。如通过古衣冠的小丈夫，读者可以看到女娲崇高的精神境界和可贵的思想品格。通过对曹公子的言行描绘，能反衬墨子求实、机智的性格特点。

②“油滑”能突出针砭现实的主题，加强了作品的战斗性和政治意义

《理水》中正反人物的对比，有助于表现“一方面是庄严的工作，另一方面却是荒淫和无耻”的思想内容，对当时的现实进行了有力的干预。鲁迅在对现实进行干预的同时，也塑造了典型的人物形象。

(2)从“油滑”不利的方面看

《故事新编》中的“油滑”影响乃至破坏了作品的艺术的完整。《不周山》主要描写了女娲创造人类和炼石补天的神话，气势雄浑，画面非常优美，而当中却穿插了古衣冠的小丈夫，让他无耻地骂女娲。这就和神话故事的情调显得极不协调，对艺术描写有一定的负面影响。

由此可见，《故事新编》的“油滑”是有利有弊的。

4. 在《文艺与政治的歧途》一文中，鲁迅是怎样论述文艺与政治的关系的？他与毛泽东在论述这一问题时有怎样的区别？为什么？［北京师范大学 2011 年研］

答：《文艺与政治的歧途》发表于 1928 年，是鲁迅的演讲稿，在该文中，他表达了自己对文艺与政治的关系的一些看法。文艺与政治同属意识形态范畴，关于两者的关系人们或是出于现实政治利益的考虑或是文学观、政治思想的不同，历来都有不一样的看法。

（1）鲁迅关于文艺与政治的关系的看法

关于文艺与政治的关系，鲁迅认为，文艺与政治不可能相安无事，因为冲突很可能是它们的常态。他指出："我每每觉到文艺和政治时时在冲突之中；文艺和革命原不是相反的，两者之间，倒有不安于现状的同一。唯政治是要维持现状，自然和不安于现状的文艺处在不同的方向。"马尔克斯曾经说过：一切伟大的文学都是具有破坏性的，这在一定程度上可以解释文艺为什么不安于现状。但为了维护政府或政党的利益，政治往往希望社会稳定平安，于是，维持现状就成了政治必须奉行的基本原则。文艺不安于现状，政治却要维持现状，这样，两者的冲突就无法避免了。在鲁迅看来，文艺与政治的冲突，实际上又是文艺家与政治家的冲突。

（2）毛泽东关于文艺与政治的关系的看法

毛泽东在《在延安文艺座谈会上的讲话》中曾对文艺与政治的关系有过论述。其基本观点是政治标准第一，艺术标准第二。"文艺服从于政治，这里政治是指阶级的政治、群众的政治，不是少数政治家的政治。"从此之后，文艺服务于政治、文艺从属于政治成为一项文艺政策。

（3）鲁迅与毛泽东对文艺与政治的关系看法的区别

①两人的立场和角度不一样

对于文艺与政治的关系的论述，鲁迅与毛泽东所持的立场、所取的角度各不相同，故其观点差异很大。鲁迅是从文学家的角度看问题的，所取的是文学家的立场；毛泽东则是从政治家的角度看问题的，所取的是政治家的立场。

②两人的观点造成的影响不一样

由于《在延安文艺座谈会上的讲话》诞生于抗日战争的特殊历史语境之中，它在当时是有其现实意义的，并且影响了赵树理等人的创作。但能否成为放之四海而皆准的真理，显然需要进一步讨论。验之于 1949 年以后的文艺实践，鲁迅的冲突说更能给人带来启迪。文学不从属于政治，文学有其独立性。

四、论述题

从鲁迅《故事新编》看他的人生态度和现实主义创作。［南开大学 2010 年研］

答：《故事新编》出版于 1936 年 1 月，全书收故事八则，从开手创作到结集成书，前后经过 13 年。《故事新编》对于历史材料的处理是"只取一点因由，随意点染"。至于把现代生活细节大胆地引入历史故事，突出其针砭流俗的意义，则是鲁迅式的战士性格的体现。因此，从八篇看似是"历史"小说的文章中可以明显地看到鲁迅自己的人生态度和现实主义的创作特点。

（1）从《故事新编》看鲁迅的人生态度

鲁迅是现实社会中的寂寞的"战士"，他选择历史人物，通过他们正面地表达自己的战斗意志。例如《奔月》中的后羿和《铸剑》中的黑色人，作者重点突出他们战斗的性格，反映出作者主张"对于旧社会和旧势力的斗争，必须坚决、持久不断"的彻底的思想。因此这些历史人物身上已经较多地熔铸了鲁迅自身的理想。

(2)从《故事新编》看鲁迅的现实主义创作

1930 年代中国社会生活和社会思想在《故事新编》后五篇里有着深刻的反映，作品概括的内容更为开阔，现代生活细节出现得更多，因而也更具有时代的历史的具体性。

《故事新编》的出现实际上是由于现实生活的刺激，为当前的需要服务。例如《理水》中的禹不仅具有劳动农民的外貌，“黑脸黄须，腿弯微曲”，一个粗手粗脚的大汉；还具备了中国农民优秀的品质：勤劳，刻苦，朴素，从沉默中显出坚韧和力量。作品运用各种场面——文化山上学者烦琐无聊的议论，水利局里大员声势煊赫的考察，通过周围那些卑微的灵魂和庸俗的言行，反衬出禹的高大，从而塑造了这个来自人民的英雄。这里禹是被当作“中国的脊梁”来描写的。

总之，鲁迅以其独特的题材与思想以及小说结构模式与形式手法的创新，对中国现当代文学产生了深远影响。但现实主义的创作原则和严肃的人生态度依旧是其小说的主旋律。小说集《故事新编》便是这样的代表作。

第 18 章　散文(二)

18.1　复习笔记

一、1930 年代散文创作概况

1927 年大革命失败之后，时代风云突变，作为作家思想观念和情感意绪直接产物的散文，在 1930 年代风沙扑面、虎狼成群的残酷社会现实中，以其独特的面貌，映射着知识分子群体的不同人生选择和个性鲜明的艺术追求。

那些秉持“五四”战斗精神的知识分子，直面社会人生，由个性主义走向集体主义，以杂文为武器加入了阶级抗争的行列。另一部分知识分子仍然坚持“五四”时期的个性主义和自由主义，虽然对暴政不平，却要强颜欢笑，高举幽默文学的旗帜，适应文学商业化的新潮，从而使得幽默闲适小品文，在一个暴政猖獗的时代开出了奇异的花。

二、林语堂与幽默闲适小品

1. 概述

林语堂致力于幽默闲适小品文的创作，在 20 世纪 30 年代的中国文坛独树一帜，并形成了以他为代表的论语派。1932 年 9 月，林语堂创办了《论语》半月刊，1932 年和 1934 年，又先后创办了《人间世》与《宇宙风》两刊，都以发表小品文为主，提倡幽默、闲适和“独抒性灵”的小品文创作。

论语派小品文的出现，是有其社会原因的：“左翼作品不能发刊，民族主义文艺又很少作品发表；同时，有钱购买书报的读者层，也只剩了收入丰富的这一阶级，他们把文艺当作酒后消遣，他们要吸着香雾沉醉在微笑里；于是乎以《论语》为代表的幽默文学和以《人间世》为代表的闲适小品，得以大行其道。这不是偶然的，这是这个现实社会中必然产生的变态现象。”

2. 思想的转变

20 世纪 30 年代的林语堂，人到中年，退去了《语丝》时期的“真诚勇猛”，面对国民党实行的法西斯统治，声称“不问政治”，坚持一种“不左不右”“不党不派”的超然立场，在文艺上专门提倡“以自我为中心，以闲适为格调”的小品文。

3. 小品文的艺术特色

(1)题材广泛，形式自由

“宇宙之大、苍蝇之微，皆可取材”，既可以言情，又可以说理，而“无关社会学意识形态鸟事，亦不关兴国亡国鸟事”。

(2)提倡幽默，反对讽刺

林语堂大力提倡幽默，认为幽默与讽刺极近，却本质的不同：“讽刺每趋于酸腐，去其酸辣，而达到冲淡心境，便成幽默。欲求幽默，必先有深远之心境，而带一点我佛慈悲的念头，然后文章火气不太盛，读者得淡然之味。”林语堂幽默说的思想基础是个性主义和自由主义，文学资源则是西方表现主义和晚明公安派“独抒性灵，不拘格套”的融合。把晚明小品尊为典范，直接受到周作人的影响。

(3)以自我为中心，以闲适为格调

他的小品文往往抒发自我在生活中的一些小情绪和小感想，如《我怎样刷牙》《我的戒烟》等，笔触闲适，如与读者娓娓攀谈，不管是叙事、议论、抒情或是演说，从不居高临下地进行说教，也非旁若无人地高谈阔论。读者可以从字里行间感受到作者的喜怒哀乐，从而引起自己的共鸣。

4. 艺术贡献

(1)开辟审美领域

林语堂的幽默小品为现代散文带来了中年式的睿智通达的情味，开辟了现代散文新的审美领域，逐渐自成一个小品散文流派。

(2)引入娓语笔调

将谈话式的娓语笔调引入小品创作，缩短了与读者的距离，对读者产生很大的吸引力。

(3)致力中西交流

林语堂选择了一种不同于左翼文学，也与大多数现代作家相异的写作立场："两脚踏东西文化，一心评宇宙文章"，虽然弱化了现实政治的批判锋芒，却平添了许多中西文化的比较色彩，为西方世界展现了来自中国文学的形神俱在的文化境界。

5. 对其小品文的批评

(1)鲁迅专门写了《小品文的危机》一文进行批评。鲁迅认为，在当时严酷的斗争环境下，小品文的生存，只能"依着挣扎和战斗"；那种以"闲适的幽默"为主旨的小品文，只不过是"供雅人的摩挲"的"小摆设"，是一种麻痹青年斗志的"麻醉性的作品"。

(2)1934 年，陈望道主编的《太白》半月刊创刊，它成为《论语》的对立物和左翼作家自己的散文小品园地，它与由黎烈文主编的《申报·自由谈》相配合，有力地抵制了林语堂的《人间世》所鼓吹的"闲适"小品的消极影响，促进了小品散文朝健康的方向发展。

三、左翼作家的"鲁迅风"杂文和风格多样的散文

1. 杂文创作的繁荣期

这一时期，由于激烈的阶级斗争和尖锐的民族矛盾，杂文理论和杂文创作呈现出异常复杂的局面。其间，左翼阵线除鲁迅外，还有瞿秋白、茅盾以及远在日本的郭沫若等，他们团结了一批左翼杂文新秀如徐懋庸、唐弢、聂绀弩、胡风、潘汉年、阿英、廖沫沙、王任叔、周木斋、柯灵、陈子展等，对国民党当局的反动政策和中国社会的黑暗现实，进行了广泛的、锐利的社会批评和文化批评。在粉碎国民党当局发动的反革命文化"围剿"的斗争中发挥了重大的作用。

2. "鲁迅风"

鲁迅杂文的魅力和影响唤起和带动了一代作家，现代文坛上出现了一个引人注目的文学流派，即"鲁迅风"杂文。围绕《鲁迅风》周刊，出现了巴人(王任叔)、唐弢、柯灵、萧红、景宋(许广平)等一批年轻作家的杂文创作潮。

(1)瞿秋白

①瞿秋白杂文创作的锋芒所指主要是批判揭露帝国主义的侵略罪行和国民党反动统治的腐败，同时满怀热情地呼唤民众的觉醒，扶持新兴无产阶级革命文艺，鞭挞反动文艺。总体来说，他对中国社会现状的论析和对历史特点的把握是准确的，其思想深度可与鲁迅媲美。

②瞿秋白特别发扬了鲁迅笔法中象征性与形象性强的特点，又把政论性与抒情性相融

合，同时还以灵活多变的姿态丰富了杂文创作的手法，如对古典诗词、散曲、杂剧等形式的灵活采纳，对寓言、故事、通信、书评等体式在杂文创作里的创造性发挥。

③瞿秋白的所有杂文都收在1938年出版的《乱弹及其他》的上篇《乱弹》中，其中，《猫样的诗人》《狗样的英雄》《一种云》《暴风雨之前》《红萝卜》《鹦哥儿》等，都是体现着瞿秋白杂文独特风格的代表之作。

(2)唐弢

唐弢的杂文明快、泼辣，笔力遒劲，往往在文章里汇入丰富的知识，写出融融的情趣和诗意。他在1930年代的杂文创作主要收录在《推背集》(1936)和《海天集》(1936)里。

(3)徐懋庸

徐懋庸的杂文社会批判面不很宽，但鲜明、缜密，富于思辨性，切入社会痼弊颇深。他的杂文不以议论见长，却善于选材，既得鲁迅杂文之辛辣恣肆，又隽永含蓄，自成一家。《苟全性命法》《艺术论质疑》等均为其杂文中的上乘之作。徐懋庸1930年代的杂文集有《打杂集》(1935)、《不惊人集》(1937)等。

3. 茅盾

1930年代初到抗战爆发前，茅盾创作了大量的散文，后辑为《茅盾散文集》《话匣子》《速写与随笔》等。这一时期，茅盾在思想上已摆脱前段时期的苦闷与消沉，取材范围相当广阔，对社会生活的反映也深刻得多，其中，1934年发表的《雷雨前》《黄昏》《沙滩上的脚迹》等文，以象征的手法，写出了作家对社会现实的愤慨以及心中的希望和向往。

4. 巴金

巴金的散文小品跟他的小说一样，以擅长诉说自己的内心而取胜。1930年代他先后出版了《旅途随笔》(1934)、《点滴》(1935)、《生与忏悔》(1937)、《忆》(1936)、《短简》(1937)、《控诉》(1937)等。他的散文有对童年生活的回忆，有对封建大家庭的诅咒，还有对亲人与亡友的怀念。这些散文小品因“笔端常带感情”，因而对读者产生了一种魔力般的艺术感染力。

5. 游记散文

艾芜的《漂泊杂记》《山中牧歌》；叶紫的《古渡头》《夜雨漂流的回忆》；萧红的《商市街》《桥》；吴组缃的《黄昏》《泰山风光》；郁达夫的《屐痕处处》《达夫游记》等，都是出色的游记散文。

【名师点拨】重点理解“鲁迅风”的创作倾向及代表性作家，并能将鲁迅对1930—1940年代杂文的影响联系起来进行综合分析。同时，也需了解茅盾、萧红、郁达夫等擅长写散文的作家，并能对其作品进行鉴赏评析。

四、京派与开明同人的散文

1. 京派散文

(1)何其芳

①何其芳是京派散文的一个重要代表。散文集有《画梦录》《刻意集》《还乡杂记》《星火集》等。其中《画梦录》的成就最高。

②《画梦录》里的篇章集中表达了大革命失败后部分小资产阶级知识分子不满黑暗现实而又无力反抗、追求人生理想而又找不到正确出路的矛盾和苦闷，表现了他们多在梦境和幻象之中寻求心灵自慰的情态。

(2)李广田

①李广田1930年代创作出版的散文集主要有《画廊集》《银狐集》《雀蓑记》等。

②李广田"中国风土"的精华在于他常以"地之子"的眼睛观察普通的淳朴人们的命运，写出他们的遭际和憧憬，织出一幅充满崇高和悲壮的乡俗画。

(3)沈从文

沈从文在这一时期创作了散文集《湘行散记》，他用充溢着湘西边地乡土气息的笔调，描绘自己理想化的人生图景。对原始生存状态的点染，对自然野性的张扬，对湘西民俗风情和自然风光的留恋，都使他的创作为现代散文增添了某些神奇的色彩。

(4)其他作家作品

吴伯箫的《羽书》、缪崇群的《晞露集》《废墟集》《夏虫集》、丽尼的《黄昏之献》《鹰之歌》、陆蠡的《海星》《竹刀》等都是这一时期散文领域的重要收获。

2. "开明派"散文作家队伍

开明书店与新文学界关系密切，编辑与投稿人许多都是作家，此前有若干人在立达学园还是同事，相互之间陆续建立起友谊，形成了一个同人群落。这些聚拢在开明书店周围的若干作家，如夏丏尊、叶圣陶以及丰子恺、周建人、朱光潜、贾祖璋等人，自觉地将文学教育作为写作的目标之一。

(1)夏丏尊

他是现代散文创作中有数的散文文体家之一，对巴金、丰子恺等人的散文创作均产生过影响。他善于把日常生活化为艺术观照的对象，赏玩吟味其中的人生滋味和世态风情。虽然其题材范围不甚宽广，多写一己的日常见闻和一般经历，但因体味较深，在第一人称的娓娓叙述中，自有一种率真的情致和深远的含义。代表作品有《平屋杂文》《白马湖之冬》《钢铁假山》《猫》等。

(2)丰子恺

他受夏目漱石《旅宿》的影响，散文几乎一半的题材是儿童，这些作品在整体上构建了一个超凡脱俗的美的世界，许多作品在疏淡的笔墨、貌似超然的态度背后，也有幽默、隽永的讽刺，如《儿女》《给我的孩子们》。代表作品有《肉腿》《半篇莫干山游记》《缘缘堂随笔》《缘缘堂再笔》等。

【名师点拨】对何其芳散文的鉴赏是本章的重点，可结合《画梦录》的艺术特色，围绕"独语"这一关键词来理解何其芳散文创作的别出心裁，以及其散文创作风格的变迁与得失。此外，也要对李广田、缪崇群以及"开明派"散文家的代表作及其创作风格有所了解。

五、报告文学与游记

1. 早期报告文学

1920年代初期，周恩来的《旅欧通信》、瞿秋白的《饿乡纪程》《赤都心史》，以及在"五卅"运动、"三·一八"惨案和"四·一二"政变中，茅盾、叶圣陶、郑振铎、朱自清、陆定一、郭沫若等都曾写过类似报告文学的散文。

2. 1930年代的报告文学

(1)1930年代，《光明》《中流》《文学界》成为当时刊载报告文学的重要刊物。

(2)1932年4月，由阿英主编的《上海事变与报告文学》出版，标志着报告文学出现了史无前例的群众性创作热潮，也带来了第一批群众性报告文学创作的丰硕成果，它是我国第一部冠以"报告文学"名称的作品集。

(3)1936年9月，由茅盾主编的大型报告文学征文集《中国的一日》出版。它在中国现代文学史上具有重要的意义，对以后的报告文学的发展起到了巨大的推动作用。

(4)这一时期著名的报告文学还有邹韬奋的《萍踪寄语》《萍踪忆语》；萧乾的《流民图》《平绥琐记》；范长江的《中国的西北角》《塞上行》等。

(5)这一时期作家们还写了不少国际题材的游记，如朱自清的《欧游杂记》《伦敦杂记》，李健吾的《意大利书简》，郑振铎的《欧行日记》等，将“五四”时期所开创的现代散文推上了成熟的阶段。

18.2 考研真题与典型题详解

一、填空题

何其芳的散文常采用“______”的调式，探索内心的矛盾冲突。

【答案】独语

【解析】何其芳的散文常采用“独语”的调式，探索内心的矛盾冲突。这种“独语”又多表现为一种感觉结构，将朦胧的意象拼贴与组合，组成美丽的心灵感验世界。

二、名词解释

1. 《画梦录》[北京师范大学2009年研]

答：《画梦录》是何其芳创作的一部散文集，于1936年由文化生活出版社出版。收录《墓》《秋海棠》《雨前》《黄昏》《独语》《梦话》等十九篇。内容多反映知识分子在黑暗现实中郁闷感伤的情怀，文笔优美，音调柔和，色彩绚丽，具有诗一般的意境。

2. 论语派

答：论语派是1930年代的一个散文流派，因刊行《论语》杂志而得名。核心人物为林语堂，代表作家有陶亢德、潘光旦、徐和、周作人、章克标、邵洵美等。自称是“性灵派”与“语录体”的继承者，以《论语》半月刊以及《人间世》半月刊、《宇宙风》半月刊(后改为旬刊)为阵地，与之相呼应的还有简义文主编的《逸经》和海戈主编的《谈风》等刊物。提倡幽默闲适的小品文，主张“以自我为中心，以闲适为格调”，曾受到鲁迅等作家的批评。

三、简答题

简述林语堂小品文的特色。[吉林大学2013年研]

答：林语堂是一位具有鲜明个性的小品文作家，其创作的艺术特色主要有：

(1)题材丰富繁杂，大至宇宙之巨，小至苍蝇之微，无所不包。如《我怎样刷牙》《我的戒烟》等写日常生活琐事，津津乐道，无微不至。

(2)谈天说地，庄谐并用。如《论政治病》寓庄于谐，以戏谑之笔画了“政治病”患者的面影，调侃政府官僚的“养疴”奥妙，话题本身却比较严肃。

(3)一种智者的文化散文，文化气息浓厚。其中文化含量最高的是那些中西文化对比的文章。如《谈中西文化》中以柳、柳夫人、朱等三人对话的方式，探讨中西文化的差别，深入浅出，生动别致。

(4)凸现真诚的性灵，追求纯真平淡，力斥虚浮夸饰，或抒发见解，切磋学问，或记述思感，描绘人情，皆出于自我性灵，绝无矫饰，显得朴素率真。如《秋天的况味》以秋景写人情，以秋天古意磅礴的气象衬托人生之秋“成熟”的快乐，显得朴素宜人。

(5)浓郁的幽默情趣。现代散文中有过青年式的感伤气息和老年式的训诫色彩，而林语堂的幽默小品则为现代散文带来了中年式的睿智通达的情味，开辟了现代散文新的审美领域。

四、论述题

论林语堂对中国现代散文的贡献。[北京大学 2010 年研]

答：林语堂是中国文学史上的散文大家，致力于幽默闲适小品文的创作，在 20 世纪 30 年代的中国文坛独树一帜。林语堂对中国现代散文的贡献可以归纳如下：

(1)林语堂创办《论语》等刊物，大力提倡幽默，认为其不仅作为一种美学追求，更是作为一种写作立场，一种人生姿态。

(2)林语堂讲求要面对现实，不过并非干预和批判现实，也不攻击任何对象，而是站在比较超远的立场上，将其滑稽可笑之处写出。他所追求的是对现实作冷静超远的旁观，是除去讽刺的心灵启悟，显然不同于当时左翼作家所主张的战斗的批判现实的文风。

(3)林语堂主张小品文应“以自我为中心，以闲适为格调”。这其实是针对当时主流派文艺家强调意识形态，强调文艺的社会使命的观点的。他认为幽默也好，闲适也好，最终都为着解脱性灵，而广达自喜，潇洒自在，便是他所认为的小品文的本色。

(4)20 世纪 30 年代是林语堂散文创作的高峰期。他的散文题材非常庞杂，惯用中西比较的眼光看问题，对国民性改造以及传统文化转型的思考，既通俗生动，又深入精辟。

(5)林语堂的多数小品文都追求幽默的情味，这成了他突出的艺术个性。娓语式笔调是林语堂小品文的主要范式，他将谈话的艺术引进散文创作，不光理论上，而且从创作实践上提高了随笔体散文的文体地位。

(6)林语堂的小品尽管有意超离现实，其幽默有时带洋味，又缺乏当时主流文学所具有的那种对现实的批判力度，但其融会了东西方的智慧，从学养文化方面另辟一途，所以在当时和后来都有相当广泛的影响。

第19章 曹 禺

19.1 复习笔记

一、曹禺概述

曹禺(1910—1996)，原名万家宝，字小石，祖籍湖北潜江，出生在天津一个没落的封建官僚家庭里。1928年入读南开大学政治系，受老师张彭春影响，参演话剧并开始主动钻研戏剧。1930年转入清华大学外文系，在毕业前夕完成剧作《雷雨》，次年公演后引起轰动。受这一成功推动，抗战前陆续写作《日出》《原野》。抗战中，写有《蜕变》《北京人》，并将巴金的《家》改编为同名剧本。

二、从《雷雨》到《原野》

1.《雷雨》

(1)戏剧结构严谨

①该剧符合“三一律”的结构方式，将30年的时间浓缩到一天，空间集中于两个舞台背景来展现。

②该剧描写了一个由封建宗法家庭转化而来的资产阶级家庭和一个在社会动荡时期重新组建的下层家庭。他们分别代表了不同层面的社会现实以及不同层次的人物关系。两家贯穿30年的恩怨纠葛也几乎囊括了当时中国各种尖锐复杂的社会矛盾和思想矛盾，体现了剧作家组织结构的杰出才能。

(2)戏剧冲突紧凑

①纵观全剧，8个人物之间无一不有冲突。全剧以周朴园和侍萍的矛盾冲突为主线贯穿始终，有效地“裹挟”着剧中的其他人物关系，其间穿插有繁漪和周萍的不伦感情、周萍和四凤的越轨恋情、鲁大海和周朴园的劳资纠纷等的次要冲突，共同构织成错综复杂的“冲突网络”，推动情节发展，使剧情波澜起伏、张弛有致。

②剧作家采用“回溯法”的方式，从“现在”的矛盾上溯到30年前的恩怨。先从繁漪、周萍、四凤的矛盾冲突落笔，接着写侍萍从济南回来，在周家与周朴园不期而遇，从而揭开30年前的那段恩怨，最后在繁漪和周萍的矛盾激化的同时，血缘关系大白于天下，悲剧终于爆发。“现在”的恶果是“从前”周朴园种下的祸根引起。

③流畅的情节线索和交织的矛盾冲突网络，大大加强了剧作的思想艺术容量，加之渗透在作品中的紧张、郁闷的内在情感基调，将全剧凝聚成一个牢固的整体，更能产生震撼人心的艺术效果。

(3)《雷雨》的悲剧艺术

《雷雨》为中国现代悲剧艺术提供了典范，是中国现代悲剧观念形成的标志。

①深受古希腊悲剧影响的命运悲剧

《雷雨》全剧弥漫着“宿命论”的悲凉气息，注定逃脱不开的那个命运之“劫”发生在侍萍重现周家的时刻，剧中所有人物都似乎受一股不可言喻的神秘力量所牵引而展开各自的生命轨迹。从这个意义上说，《雷雨》与古希腊索福克勒斯的《俄狄浦斯王》所表现的人与命运相冲突这一主题有着某种相似性。

②深受莎士比亚影响的性格悲剧

在《雷雨》中，“有火炽的热情，一颗强悍的心”的繁漪和自私怯懦的周萍都存在某种性格上的畸形，而正是他们的性格缺陷把自己和周围的人都一起推入悲剧的深渊。这又让人联想到莎士比亚的《哈姆雷特》中那个因犹豫性格而造成自身悲剧的丹麦王子。

③社会悲剧

《雷雨》也有着社会悲剧的痕迹。正是周朴园当年抛弃侍萍才导致30年后所有悲剧的爆发，阶级与等级的差异恰恰是社会领域最为本质的矛盾冲突。

2.《日出》

(1)《日出》结构

《日出》采用“横断面的描写”，一改《雷雨》那种高度压缩紧凑的结构模式，代之以“片段的方法”，“用多少人生的零碎来阐明一个观念”。正像用许多色点构成的“画面”一样，作品通过对不同人物各自生活面貌的展现，使观众对当时的社会人生产生一种整体的印象。

(2)陈白露

①处于两种社会边缘的女主人公陈白露，虽然看透这个被金钱主宰的社会的黑暗与堕落，但物质和精神的双重匮乏使之陷入泥沼不能自拔。

②陈白露挺身搭救“小东西”，说明她从未放弃过自尊和善良的本性，这种对命运的微弱反抗是陈白露对自己苦闷且受伤的心灵的一种慰藉。

③但陈白露的反抗是苍白无力的，当“小东西”落入金八之手，陈白露生存下去的勇气被彻底摧毁。

(3)“日出”的象征意义

①“日出”象征着那个“损有余而补不足”的“天之道”——作者理想中的光明社会。

②“日出”的另一层含义，恰好和陈白露心目中的“日出”相一致，即对一种美满爱情、一个温暖家庭的渴望。

3.《原野》

(1)主题思想

《原野》的意义不仅仅在于它对旧中国农民遭受恶霸压迫而逐渐觉醒并起来反抗的过程的展示，而且还在于它对人的心灵世界深刻解剖。剧作所表现出来的人性的挣扎、扭曲以及无法遏抑的痛苦，恰恰是贯穿在曹禺创作中的精神主脉。

(2)象征手法

那些或具体或抽象的意象，如仇虎身上的“镣铐”、在“林外迅疾地奔驰”通向“天边”的火车、丑陋的巨树、无边的原野、铺满黄金的理想仙境、黑暗迷茫的森林、梦魇一般挥之不去的鬼魂等，都给观众以思考和想象的空间，使读者得以超越故事情节本身的描述，去品味剧作的深意。

(3)《原野》的线索

复仇是贯穿全剧的线索。仇虎准备找害死父亲的焦阎王报仇，却发现焦阎王已死，昔日的恋人金子也嫁给了焦阎王的儿子——自己的朋友焦大星。焦大星爱金子却又惧怕母亲，瞎眼的焦母心狠手辣，对金子异常狠毒。仇虎杀死焦大星，又借焦母之手杀死她的孙子；但仇虎并没有从复仇中得到解脱，反而被焦母呼唤孙子的喊声给逼进森林，并陷入了良心的谴责中，甚至出现了幻觉。最终仇虎以死洗清自己的罪恶，卧轨自尽了。

【名师点拨】需重点阅读曹禺的《雷雨》《日出》《原野》三部剧作，了解曹禺的戏剧创作成就，并能对经典剧作进行多角度、深层次的阐释与比较分析。

三、《北京人》与《家》

1.《北京人》

(1)艺术范式的转变

①与《雷雨》精巧的戏剧结构以及《原野》诗性的戏剧主题相比，《北京人》是一部从内容到形式彻底散文化的创作。这标志着曹禺从“戏剧化的戏剧”向“生活化的戏剧”的转折。

②在彻底否定封建宗法主义和资本主义的同时，作家从封建精神破产的角度对封建文化思想做了整体的剖析与批判，使《北京人》呈现出比《雷雨》《日出》更深刻的文化内蕴和更强烈的历史纵深感。

③曹禺以深邃冷静的思考替代艺术创作中强烈的情感参与，更加注重剧作的民族性和文化底蕴，表现出更为成熟和完美的艺术手法。

(2)“北京人”的象征意义

“北京人”的象征意义是双重的：

①既是指以那名机器匠和袁氏父女为代表的理想中的“北京人”。这一种“北京人”表现为体格上的强健有力和精神上的自由无拘。

②又是指以曾皓、曾文清、愫方为代表的现实中的“北京人”。这一种“北京人”表现为体格上的软弱乏力和精神上的沉重僵死，是前一种的反面。

(3)主题思想

通过对现实中的“北京人”的刻画，曹禺使人们看到传统的道德礼教是怎样成为人的精神上的囚笼的，在这囚笼里，人的思想、情感，甚至肉体，受到怎样的残害、扭曲。同时，作为这一种“北京人”的反衬，理想中的“北京人”有着平等的家庭伦理观念，是一个个有着独立人格，充满了旺盛的生命力的现代意义上的“人”。

2.《家》

(1)表现重心的转移

关于巴金《家》的改编，曹禺明确表示过是“不大忠实于原著”的，话剧《家》将原作以觉慧反抗为中心转向以瑞珏为主角，始终突出她对觉新深挚绵长的爱情、对于梅芬真诚温柔的友情和对自由光明生活的向往，使这位女性温婉的心灵闪现出晶莹透亮的诗意光辉。

(2)意蕴的深掘

话剧《家》在生活容量、人物关系等方面看似相对减少了，单纯些了，但实际上它拓展了更为丰厚的生活意蕴，在揭示封建家庭、封建制度的本质以及在此条件下所造成的人性悲剧方面，达到了更深的层次。

【名师点拨】重点阅读《北京人》与《家》两部作品，能够掌握《北京人》的主题及人物形象塑造的深层含义，同时也需对其“生活化”的戏剧追求有所了解。此外，还需将巴金的《家》与曹禺的《家》结合起来进行对比分析，了解曹禺改编《家》时对情节重心进行的具体转移。

四、曹禺剧作的命运

1. 经典的创造

曹禺创造性地吸收融会中外戏剧创作的经验，将话剧这一外来的艺术样式，与中国传统的戏剧艺术理念和表现形式有机地结合起来，创作出了《雷雨》《日出》《原野》《北京人》《家》等经典，加快了话剧艺术民族化、现代化的进程。

2. 悲剧意识的建构

曹禺剧作的戏剧情境有着一以贯之的特色，即以暴露封建大家庭的罪恶和现实社会的黑暗为母题，以苦难中的女性为中心人物。他不满足于单纯地叙述悲剧情节和塑造悲剧人物形象，而是借鉴西方美学思想和现代创作理念，以艺术的手法突破传统的悲剧观念，完成现代悲剧意识的建构，丰富中国现代悲剧的样式。

3. 对话剧未来的开拓

曹禺戏剧的高度艺术成就对我国现代话剧文学样式的成熟起了决定性作用，奠定了“五四”以来这一新生艺术形式在我国现代文学中的地位，也为话剧艺术的发展开拓了广阔的领域，提供了无限丰富的可能性。

19.2 考研真题与典型题详解

一、填空题

1942年，曹禺将巴金的小说______改编为同名四幕话剧，将原作中的次要人物______提升到中心人物的地位，并赋予她以中国传统妇女的性格魅力。

【答案】《家》；瑞珏

【解析】曹禺的《家》，虽然改编自巴金的《家》，但描写重点已经转移。不仅从以觉慧的反抗为中心转向以觉新、瑞珏、梅小姐三个人物的关系为主要发展线索，而且剧作家开始努力发掘内涵的生命力量与美。瑞珏是曹禺塑造的全新的女性形象，已经将繁漪、陈白露、花金子因残忍的压抑而导致的心灵的扭曲，情感、心理、性格的病态荡涤干净，也不像愫方那样“整日笼罩在一片迷离的秋雾里”，瑞珏更是晶莹剔透的，充溢着“纯真”之气。

二、名词解释

1. 《北京人》[南开大学2019年研]

答：《北京人》是曹禺于1941年发表的一部成功剧作，表现20世纪20年代新旧交替时期中国历史的一个侧面，塑造了一群封建阶级末代子孙的艺术典型。用“北京人”为剧本命名，囊括史前社会、现实社会、理想社会三种“北京人”形象，象征剧本主题的丰富含义，以原始人的勇敢有力，反衬出囚禁在封建精神统治下的北京人的空虚、怯懦、腐朽、堕落。艺术上交替运用象征、对照等艺术手法来揭示矛盾冲突，烘托戏剧氛围，寓意深刻。整部剧作风格深沉、含蓄、恬淡、隽永，具有浓厚的地方色彩；语言抒情且富哲理意味。

2. 《原野》[首都师范大学2015、2012年研]

答：《原野》是曹禺于1937年创作的三幕剧，是曹禺唯一一部以农村生活为题材的作品。《原野》通过仇虎复仇的悲剧反映了受尽地主焦阎王压迫的农民的挣扎和反抗。仇虎受了旧传统道德观念的影响，认为父债子还是天经地义的事。这种非理性的复仇观念，使他的复仇行为具有一定的盲目性。《原野》通过一个复仇的命运悲剧故事，深刻地展示出作家对“人生困境”的困惑以及对神秘宇宙的哲学思考。作品渲染仇虎内心的恐惧与谴责，多运用现代主义手法，带有浓厚的神秘色彩。

3. 《雷雨》

答：《雷雨》是曹禺创作的话剧，它是曹禺的第一个戏剧生命，也是现代话剧成熟的标志，载于《文学季刊》1934 年 1 卷 3 期。剧作主要讲述的是资本家周朴园为结婚而赶走被他引诱并生下两个儿子的女佣之女梅侍萍。侍萍怀抱次子大海投河，遇救后嫁与鲁贵，生女四凤。多年以后，周朴园丧妻又续娶繁漪，生子周冲。繁漪婚后处于极度苦闷压抑中，与周之长子周萍发生乱伦关系。后鲁贵、四凤进周府帮佣，周萍则移情四凤。远在他乡帮佣的侍萍前来探亲，巧遇周朴园，并惊悉周萍、四凤兄妹乱伦，痛不欲生。周萍被迫决定携带已怀身孕的四凤出走。繁漪极力阻止无效，绝望中当众公布与周萍之乱伦关系，周朴园亦被迫公开了侍萍的身份。四凤无法承受这种沉重的打击，意外触电身亡。周冲为救四凤亦遭电击，周萍开枪自杀，繁漪、侍萍先后发疯。剧作情节曲折生动，戏剧冲突尖锐、复杂。结构自然紧凑，人物性格鲜明、突出。语言简练精确，富有动作性，是“五四”以来最优秀的剧作之一。

4.《日出》

答：《日出》是曹禺于 1935 年创作的一部四幕话剧，连载于《文季月刊》1936 年 1 卷 14 期。讲述的是少女陈白露原是有才华、有追求的中学生，只因父亲病故，家道中落，被迫漂泊风尘，沦为高级妓女，混迹于上层社会，寄生豪富。她虽不甘堕落，却无力自拔。旧时恋人方达生正直、真诚，却又缺乏人生经验，他特地远道来访，劝说白露脱离风尘，偕同走向新生活。白露心有所动，无奈陷溺甚深，恐达生力不能及，故矛盾万分。后因营救孤女“小东西”失败，陈白露精神受挫；而她赖以寄生的银行经理潘月亭又因公债投机破产，最后陈白露服药自杀。剧作采用横断面的描写方法，将“多少人生的零碎”组成幅度宽阔的都市生活画卷，展示出半殖民地半封建社会都市畸形生活与畸形人生，预示这个社会必然灭亡的结局。剧中人物众多，个性鲜明，冲突尖锐，悲喜剧融于一体；语言凝练、生动，潜台词丰富。

5.《家》

答：《家》是曹禺于 1942 年创作的一部话剧，根据巴金长篇小说《家》改编。选取原作中觉新的婚礼、兵变前后、高老太爷的寿辰与去世、瑞珏之死四个片段，并重新进行艺术构思，以瑞珏为主要人物，由她结婚开始，到其去世结束，着重揭露封建大家庭的腐败和封建婚姻制度的不合理，抒情色彩浓郁，艺术上有新的创造。

三、简答题

1. 简述曹禺《雷雨》的艺术特色。［华南师范大学 2018 年研］

相关试题：试论述曹禺《雷雨》的艺术特色。［论述题；南开大学 2014 年研］

答：《雷雨》是曹禺的代表作之一，是现代话剧成熟的标志。作为一部杰出的悲剧，《雷雨》的艺术特色主要表现在以下几个方面：

（1）塑造了个性鲜明的人物形象

《雷雨》塑造了众多个性鲜明的人物形象，其中最具代表性的是周朴园与繁漪。

①周朴园是带有封建性的资产阶级代表人物，是《雷雨》悲剧的罪魁元凶，他专横暴戾、冷酷无情地压制、摧毁家中一切人的个性、尊严和自由思想。第一幕中的吃药一场，作者采用“大写特写”的戏剧手法，突出表现周朴园的专横暴戾、冷酷无情的性格特征。正是周朴园的这种性格造成了繁漪与周萍的乱伦关系，摧毁了周冲向往自由平等的美丽幻想，繁漪、周萍、周冲的悲剧，都是周朴园的封建专制造成的。

②繁漪是一个鲜明独特、复杂而富有深度的艺术形象，她的性格抑郁乖戾、热情强悍、极端而尖锐。剧中繁漪的反抗是极端的，在《雷雨》中她最具有“雷雨”的性格。她以尖锐的语言揭露、控诉周朴园和周家的罪恶，撕破他们道德家的伪善面目；她和专横的周朴园进行

了一次又一次的正面交锋，是她推动剧情向高潮前进。

（2）结构严谨，戏剧冲突尖锐

《雷雨》的时间跨度长达30年，但剧情却浓缩在24小时内。以周朴园为中心，由血缘关系使矛盾冲突尖锐，且使整个剧情波澜起伏。《雷雨》中体现了众多的矛盾冲突，以鲁大海为代表的工人阶级和以周朴园为代表的资产阶级的矛盾十分尖锐，周朴园和侍萍的矛盾带有上层社会与下层人民之间的阶级对立的性质，而周朴园与繁漪则是带有封建专制性质的资产阶级与新兴资产阶级之间的矛盾。

（3）具有深刻的社会意义

①揭露了带封建性的资产阶级家庭压抑、践踏人性、蔑视人的尊严的罪恶，激起人们对不幸妇女悲惨命运的同情和对人的地位、尊严、权利的深沉思考，把反封建家庭的罪恶与个性解放联系起来，使剧本具有崭新的时代内容。

②《雷雨》展现了下层妇女被离弃的悲剧，上层妇女个性受压抑的悲剧，青年男女得不到正常的爱情的悲剧，青春幻梦破灭的悲剧以及劳动者反抗失败的悲剧等；通过对悲剧的描绘控诉了社会的不公。

总之，作为一部杰出的现实主义悲剧，《雷雨》不论在人物冲突的构造上，还是在主题内涵的表达上，都达到了极高的艺术水平。它通过对一个封建资产阶级家庭内部错综复杂的关系的描写，深刻揭示了封建大家庭的罪恶本质，在中国文坛上有着深远的影响。

2．简述曹禺话剧的诗意特征。［浙江大学2011年研］

相关试题： **曹禺话剧的诗性特征。**［论述题；首都师范大学2010年研］

答：曹禺话剧的诗意特征表现为：

（1）以诗写剧

“以诗写剧”是最能体现曹禺话剧创作个性的特点之一，也是他区别于同时代话剧作家的显著特色。曹禺本人就多次宣称他以“诗”写“剧”。关于《雷雨》，他曾明确地提出“我写的是一首诗，一首叙事诗”。他保留《雷雨》的“序幕”和“尾声”，也是为了让观众看完戏后，心中还荡漾着一种“诗样的情怀”，使“观众的情绪入于宽阔的沉思的海”。

（2）诗意的抒情

曹禺是以“诗人”的心态创作戏剧的。曹禺创作戏剧时并不像一般的剧作家那样冷静地分析人物，理智地编排情节，而是像诗人一样全身心地投入，在真切的感受和体验中，在与对象的互相交融中去构思作品。整个创作过程为感性、情绪所左右，贯穿其中更多的是诗人创作情感的迷狂。《日出》的写作缘由是“太阳升起来了，黑暗留在后面，但是太阳不是我们的，我们要睡了”，这类的诗意感受，然后才由此酝酿演化为具体的人物形象。

（3）诗意的写实

曹禺在创作中追求诗意的真实，以理想的情愫描写现实生活，超越了对具体社会问题的直接表现和对时代背景的如实描写。《原野》本是一个简单的农民复仇的故事，但曹禺并没有使这一题材简单化、世俗化，而是从反抗背后发现蛰伏于农民身上的精神痼疾和沉重的封建文化负荷。

（4）诗化的语言

曹禺的戏剧中有一种诗的语言，这也是其剧本创作的重要特征。他的剧本在演绎尖锐矛盾冲突的同时，还流荡着深情款款的诗意，凝聚着作者饱满的生命激情和对生活诗意的不懈追寻。他曾指出“文字上要注意一方面更通俗，一方面要有味道，有诗意，含蓄无穷”。

总之，曹禺作为中国现当代文坛的天才作家，其独特的天性禀赋和文学修养造就了他话剧的诗性特征。他带着以诗写剧的创作理念，用诗化的语言进行诗意的抒情、写实，给人以诗意的审美享受。

3. 简述《雷雨》的多重主题。［暨南大学2011年研］

答：《雷雨》是曹禺的第一个戏剧生命，也是现代话剧成熟的标志。和一切经典性作品一样，《雷雨》主题具有多样性，可以从不同角度、不同方面进行开掘与阐释。

(1)对于具有浓厚封建色彩的资产阶级家庭的批判和对“不公平”的社会的控诉

剧本在一天的时间(上午到午夜两点钟)、两个场景(周家客厅和鲁家住房)内集中展开了周鲁两家前后30年矛盾纠葛，而戏剧的结尾，无辜的年轻的一代都死了，只留下了与悲剧性的历史有着牵连的年老的一代：这就更加强化了对“不公平”的社会(与命运)的控诉。

(2)《雷雨》的“还原性”阐释

作者在《雷雨》中揭示了“生命编码”，即戏剧“意象”中所内含的人的生存困境。戏剧中的“郁热”不仅是自然背景，同时暗示着一种情绪、心理、性格，以至生命的存在方式。剧本中人的超常态的欲望与对欲望的超常态的压抑，造成了人的巨大精神痛苦。由此而引发出的，是“极端”的“交织着最残酷的爱和最不忍的恨”的“‘雷雨’式的性格”，与近乎疯狂的“白热、短促”的“‘雷雨’式的”感情力量。

(3)“挣扎”与“残酷”的发现

通过作品中人物的缠绕，曹禺提出了他的残酷命题。既包含了对人无论怎样挣扎终不免失败的生存状态的发现，同时又表明了作者对宇宙间压抑着人的本性、人又不可能把握的某种不可知的力量的无名的恐惧。同时“序幕”与“尾声”的设置，造成了欣赏的距离，将剧本中的郁热、愤懑与恐惧消解殆尽，而达到类似宗教的效果。

从对《雷雨》的多重解释中，显示出了曹禺戏剧创作的一个重要特色：它既是关注现实的，同时又超越现实，追索着隐藏于现实背后深处的人生、人性、人的生命存在的奥秘。

4. 简述曹禺《北京人》的传统文化悖论。［南开大学2010年研］

答：曹禺《北京人》的传统文化悖论主要表现为：一方面他宣告了旧世界的灭亡，否定以曾文清为代表的腐朽没落的传统士大夫习气；但另一方面却又不由自主地由着自己感情的波涛，尽情地赞美着愫方在传统世界里所生养成的“婉顺”“哀静”“恬静”与“安详”的美德。

(1)作家对封建旧社会及传统文化的批判，主要是通过对曾文清这一人物的塑造来实现的。曾文清是一个士大夫家庭的子弟，染受了过度的腐烂的北平士大夫文化，结果从“人”变成了“生命的空壳”。作为一种没落的贵族文化，传统的“北京文化”悠闲、雅致，却带有浓厚的寄生性，最能消磨人的生存意志，正因为如此，长期浸染于这种文化中的曾文清竟陷入无可救药的怯懦、颓废与沉滞、懒散之中：“懒于动作，懒于思想，懒于用心，懒于说话，懒于举步，懒于起床”，甚至“懒于宣泄心中的苦痛”，“懒到不想感觉自己还有感觉”。这是人的真正“堕落”，人的生命的彻底浪费，人的个人与社会价值的彻底丧失。

(2)在严厉批判封建文化的同时，曹禺又在另一人物形象愫方身上寄寓了某种复杂的情愫，即对传统文化中某些因素在一定程度上的亲近和肯定。愫方出身江南名门世家，也受到传统文化的熏陶。“作为旧时代的女子，她承担着过多的旧思想、旧传统、旧道德的因袭的重担。”但是在剧本中，对传统人格厌弃的曹禺却对出自传统文化的愫方发出了由衷的赞美，“中国妇女中那种为了他人而牺牲自己的高尚情操，我是愿意用最美好的言辞来赞美她们的”，这是与《北京人》的反传统的主导倾向相悖的。

此外，作家热情地赞美着袁圆身上所洋溢着的自然人性的生命力度，也是与愫方的温良恭俭让的品行相悖的。就这样，作家不知不觉间陷入了悖论之中，在理智上，他继续延续了《雷雨》《原野》中的反传统精神，在《北京人》中诅咒着阻碍着人的生命力正常发展的封建士大夫文化传统，并倡导着一种与之截然相反的原始野性精神；然而，愫方的出现，激起了作家的情感的波澜，使他不由自主地赞美着这个传统的女性。正像胡风所说的那样："在作者底心境上，他非常同情这个人物，他想要肯定这个人物，肯定她为爱牺牲的精神，为人服务的精神，或者在作者看来这是封建道德里面的最好的成分，可以转变成为理想牺牲，为广大人民服务的精神的，所以非让她出走，给她一个光明的前途不可。"这最终导致了曹禺在宣告了古典士大夫文化的灭亡的同时，又表现出对深受这一文化熏陶的愫方的由衷赞美，显而易见，愫方的出现使作家陷入了两难境地。

四、论述题

1．结合具体作品，论述曹禺戏剧的艺术特点及风格，并分析其成因。［北京师范大学2025年研］

相关试题：结合具体作品，论述曹禺的话剧艺术成就。［山东大学2025年研］

答：(1)曹禺是中国现代话剧史上的杰出剧作家，他的话剧在戏剧结构、人物塑造、语言艺术等方面都取得了卓越的艺术成就，形成了独特的风格。以下结合他的具体作品进行论述：

①巧妙的戏剧结构

曹禺的话剧在戏剧结构上独具匠心，通过紧凑集中、双线并行、明暗交织等方式，让剧情跌宕起伏、扣人心弦。比如，《雷雨》采用了闭锁式的结构，将三十多年的恩怨情仇浓缩在一天之内，集中在周公馆和鲁家这两个场景中展开。众多的人物关系、复杂的矛盾冲突，如周朴园与鲁侍萍的情感纠葛、周朴园与蘩漪的家庭矛盾、周萍与蘩漪及四凤的情感冲突等，都在这有限的时间和空间里激烈碰撞，形成了紧张强烈的戏剧张力，让观众始终保持高度的紧张和关注。再如，《日出》运用了横断面的描写方法，以陈白露为中心，将社会上不同阶层的人物如潘月亭、李石清、黄省三、翠喜等汇聚在一起，通过他们在大丰银行、高等旅馆和下等妓院等不同场景中的生活片段，展现了一幅广阔的社会画卷，深刻地揭示了"损不足以奉有余"的社会本质，结构看似松散却又有着内在的严谨性和统一性。

②丰满的人物塑造

曹禺的话剧以丰满的人物塑造著称，他通过对人物性格、心理、命运等多方面的细腻刻画，使剧中人物跃然纸上，具有强烈的艺术感染力。比如，《雷雨》塑造了一系列性格鲜明、复杂多面的人物形象。蘩漪是一个具有强烈反抗精神和个性解放意识的女性，她在周公馆这个压抑的环境中，为了追求爱情和自由，不惜与周萍乱伦，与周朴园抗争，她的热情、疯狂、偏执和绝望，使她成为中国现代文学史上一个独特而经典的女性形象。周朴园则是一个封建专制与资本家的混合体，他看似威严、庄重，实则虚伪、冷酷，对鲁侍萍的怀念中既有真情的一面，又有出于维护自身形象和地位的虚伪成分，通过他对家人的专制和对工人的剥削，生动地展现了其复杂而丑恶的灵魂。再如，《北京人》以曾家三代人的生活为背景，塑造了众多性格各异的人物。愫方是一个温柔、善良、隐忍且充满自我牺牲精神的女性，她默默地爱着曾文清，为了照顾曾家老小，压抑着自己的情感和欲望，在封建礼教的束缚下痛苦地挣扎，她的形象代表了旧时代那些被封建传统所压迫的女性的无奈与悲哀。曾文清则是一个典型的封建遗少，他外表温文尔雅，内心却空虚、懦弱、无能，整日沉迷于诗画和鸦片，在时代的变革中无法适应，最终走向毁灭，深刻地反映了封建文化的腐朽和没落。

③精湛的语言艺术

首先，曹禺话剧的人物语言高度个性化，能够准确地反映出人物的身份、性格和心理状态。如《雷雨》中周朴园的语言简洁、果断、威严，充满了命令式的口吻，显示出他的专制和霸道；蘩漪的语言则时而热情奔放，时而尖刻犀利，时而又抑郁沉闷，充分体现了她复杂多变的性格和矛盾痛苦的内心世界；其次，曹禺话剧的人物语言具有强烈的动作性，不仅能够推动剧情的发展，还能揭示人物之间的矛盾冲突和内心斗争。在《日出》中，李石清在被潘月亭辞退后，与潘月亭的那一场对话，两人的语言针锋相对，充满了火药味，每一句话都像是一把利剑，刺向对方的要害，将他们之间的矛盾冲突推向了高潮，同时也展现了李石清的不甘心和潘月亭的冷酷无情；最后，曹禺善于运用诗意的语言来营造氛围、表达情感，使话剧具有独特的艺术感染力。如《北京人》中对鸽子哨声、秋天的风声等自然声音的描写，以及人物对话中那些富有诗意的语句，如愫方对曾文清的思念和祝福，都充满了浓郁的诗意，为作品增添了一种深沉、含蓄、哀怨的艺术氛围，让人感受到一种悲剧的美感。

④深刻的主题表达

曹禺的话剧以深刻的主题表达著称，他通过对家庭、社会、人性等多方面的深入探讨，展现了特定时代下的各种问题和矛盾，具有很高的思想价值和艺术价值。比如，《雷雨》通过一个封建家庭的悲剧，揭示了封建礼教的虚伪和腐朽，以及封建家庭对人性的压抑和扭曲，同时也展现了阶级对立和社会的黑暗，对封建制度和封建思想进行了深刻的批判。又如，《日出》以都市生活为背景，展现了上层社会的荒淫无耻和下层社会的悲惨挣扎，揭示了半殖民地半封建社会的黑暗和罪恶，表达了对社会不平等现象的强烈谴责和对光明未来的渴望。再如，《原野》以农村为背景，讲述了仇虎复仇的故事，探讨了人性的复杂、欲望与仇恨的冲突以及封建传统对人的精神束缚等问题，同时也展现了作者对原始生命力的赞美和对人性解放的思考。

(2)成因

①个人成长经历

曹禺出生于一个封建官僚家庭，自幼目睹了封建家庭的腐朽和黑暗，对封建礼教和旧制度有着深刻的认识和反感。这种家庭环境为他创作反映封建家庭问题的作品提供了丰富的素材和情感基础，如《雷雨》《北京人》中对封建家庭的描写就带有他自身经历的影子。

②教育背景与文化素养

曹禺在南开中学和清华大学读书期间，接触了大量的西方文学和戏剧作品，深受古希腊悲剧、莎士比亚戏剧等的影响，学习了西方先进的戏剧创作技巧和理论，为他的戏剧创作奠定了坚实的基础。同时，他对中国传统文化也有深厚的造诣，能够将中国传统文化元素巧妙地融入到作品中，使作品既具有西方戏剧的结构和技巧，又具有中国文化的内涵和韵味。

③时代背景的影响

曹禺生活在20世纪上半叶，中国正处于社会大变革的时期，封建制度逐渐瓦解，新文化运动蓬勃发展，各种新思想、新观念不断涌现。他的作品反映了这一时期社会的动荡、人民的苦难以及人们对自由、民主、平等的追求，如《日出》对社会底层人民生活的描写，《原野》对农民反抗精神的刻画，都与当时的社会现实紧密相连，具有强烈的时代感和现实意义。

④个人创作追求

曹禺致力于通过戏剧作品来揭示人性的复杂和社会的本质，他不满足于简单地讲述故事，而是深入挖掘人物的内心世界，探索人性在各种环境下的挣扎和变化。他希望通过自己的作品，引起人们对社会问题和人性问题的关注和思考，推动社会的进步和发展，这种创作追求使得他的作品具有深刻的思想内涵和艺术价值。

2．曹禺作品的艺术成就和文学史地位。［东北师范大学2023年研］

相关试题：

（1）结合具体作品，分析曹禺作品的艺术特色和成就。［华南师范大学2023年研］

（2）结合作品论述曹禺现代剧作的文化蕴含。［中国传媒大学2011年研］

答：曹禺对于中国现代话剧的意义，不仅在于他的戏剧创作标志着并促进了中国现代话剧的成熟，更重要的是，他的极富想象力与创造力的实验性的创作，为中国现代话剧的发展开拓了广阔的领域，提供了无限丰富的可能性，展示了多元的、自由创造的发展前景。曹禺首先是作为一个杰出的现实主义剧作家出现在中国文学史和话剧史上的，他的作品成功地创造了一种诗化现实主义的戏剧美学风格，具有一定的文化蕴含。

曹禺作品的艺术成就和文学史地位具体表现在：

（1）曹禺始终以诗人般的热情拥抱现实，追求着诗与戏剧的融合

①在现实人生与人性的开掘及戏剧形式上的创作

从1933—1942年的十年间，他为中国现代话剧奉献了《雷雨》《日出》《原野》《北京人》《家》五个堪称经典的杰作；而且每一部新作，都在现实人生与人性的开掘及戏剧形式上有新的实验与创造。在《雷雨》中，他把对时代的感受、对现实的激情同自然界的雷雨形象交织起来，使雷雨般的激情同雷雨的形象浑然一体，形成了一个情景交融的艺术境界。

②曹禺执着追求的是一种“大融合”的戏剧境界

这是中国传统戏剧艺术与西方戏剧艺术的融合；是中国传统诗学与西方象征主义的融合；这是戏剧与哲学、具体与抽象、形而下与形而上的融合；这是追求“生活幻觉”效果与舞台“假定性”效果的融合；这是情节剧、佳构剧与心理剧的融合，是戏剧与诗、戏剧与散文、戏剧化的戏剧与生活化的戏剧的融合，是写实与写意、写实与非写实的融合，是喜剧与悲剧的融合。

（2）曹禺剧作的诗化现实主义特点

①总是带着理想的情愫去观察现实、描写现实

作家不仅用严峻而冷酷的笔触无情地暴露了现实生活中的丑恶，更为可贵的是他还充满诗意地写出了对理想和未来的憧憬与希望。当他以一颗诗心去观察、表现现实时，不仅描绘出一种诗意真实，同时也包含着诗人对现实人生的哲学沉思。

②曹禺作为一个天才的“摄魂者”在文学史上独树一帜

曹禺剧作的艺术重心在于倾力塑造典型形象，特别是把探索人的灵魂、刻画人的灵魂放在首位，力求写出人物心灵的诗。尤其是他笔下的一系列女性形象，不论身份地位如何，几乎都有着美好的心灵和道德，都是一首首充满着丰富而复杂内涵的诗，是作家独创性的诗意发现和创造。

③曹禺剧作的贡献还在于他对外国戏剧经验进行了民族化的整合

一方面他以作家的艺术主体去消化外来的东西，同时又以民族的主体，即以强大的自主的民族灵魂和艺术传统去汲取西方话剧中的优良经验。像《雷雨》之于古希腊戏剧和易卜生的《群鬼》，《北京人》之于契诃夫，既有着借鉴性的一面，更具有个人的风格和浓郁的中国

特色、民族风格。他把外来的话剧创造性地转化为民族的，充分表现出他的现实主义的开放性、现代性与民族性的高度统一。

(3)曹禺的创作对于现代中国话剧是超前的

曹禺的创造力与想象力都大大超过了时代接受水平。最能说明这一点的是曹禺接受史上的矛盾现象：曹禺既是拥有最多读者、导演、演员与观众的现代剧作家，又是最不被理解的现代剧作家；人们空前热情地读着、演着、欣赏着、赞叹着他的戏剧，又肆无忌惮地肢解、曲解、误解着他的戏剧，以致他的戏剧上演了千百次，却没有一次是完整的、按原貌演出的。

3. 分析曹禺《雷雨》中的女性形象，至少选择两个形象进行分析。［中国传媒大学2014年研］

相关试题：《雷雨》繁漪形象分析。［中南民族大学2024年研］

答：《雷雨》是曹禺的代表作，被誉为“中国话剧现实主义的基石”。作者出于一种“情感的迫切的需要”，“以一种悲悯的情怀来俯视这片土地上的人们”，通过两个在伦理血缘上有着千丝万缕联系的家庭，剖析了社会和历史的深重罪孽。《雷雨》中塑造了繁漪、鲁侍萍、鲁四凤等文学史上极具生命力的女性形象，对后世产生很大影响。

(1)繁漪

①繁漪是追求自由和幸福的新女性形象

她是位资产阶级家庭出身的小姐，受过“五四”新思潮的影响，她任性、傲慢，追求着人格独立、个性自由和爱情幸福。她有着炽烈的热情，一颗强悍的心，敢于冲破一切的桎梏。她爱起你来像一团火，那样热烈，恨起你来也会像一团火，把你烧毁。然而，十八年孤苦空虚的周家窒息的生活，把她渐渐地变成了石头一样的死人。只有大少爷周萍闯入她的生活圈子后，才点燃了她的热情，复活了她的生机。她就死死抓住这根救命稻草不放。繁漪与周萍的乱伦关系既是她对爱情的追求，也是对周朴园专制统治的一种变态的畸形的反抗。

②繁漪是具有雷雨性格的女性

她在难以抗拒的令人窒息的环境中走上变态和极端的道路：爱变成恨，倔强变成疯狂，她要报复周家父子对她的欺骗、玩弄和侮辱。正是繁漪对周朴园的专横自是、冷酷虚伪的丑恶本质以及周家的种种罪恶，进行了淋漓尽致的揭露。繁漪对周朴园的反抗，从消极到积极，从被动到主动，从退守到进攻，愈演愈烈。

③繁漪建立在利己主义、个人主义基础上的反抗是有限的、不能持久的

她性格中有阴暗、脆弱、自私的一面。她在破坏这个罪恶家庭时，也在破坏别人的幸福；她在追求爱情自由时，也损害着别人的爱情自由。她对周萍的种种胁迫，对无辜少女四凤的肆意打压和无情伤害，都充分暴露了她极端利己主义的丑恶灵魂。为了达到自己的目的，她不惜牺牲别人的一切。她是周、鲁两家家庭悲剧的推动者而不是制造者，她的悲惨遭遇是值得同情和怜悯的。

(2)鲁侍萍

①幻想破灭的旧时代妇女形象

少女时代的侍萍与周家少爷周朴园定情，并为他生下两个儿子。然而周朴园狠心地遗弃毁灭了少女的爱情之梦，失贞的耻辱永远地葬送了侍萍通过婚姻可能获得幸福的人生坦途。因此，她绝望于爱情，也失去了追求爱情的权力。这段感情令她受尽折磨，背负着失德的十字架艰难前行。可以肯定地说，周朴园的背叛彻底毁灭了少女侍萍的“纯真”。

②典型的旧时代劳动妇女形象

侍萍的人生经历最沉重地敲击着《雷雨》的悲剧丧钟：将最有价值的东西撕碎了给人看。侍萍作为一个旧时代的下层妇女，她的人生已被分成两部分：一半属于丈夫；一半属于儿女。她希冀在默默无私地为他人奉献中得到对方的关爱与理解，从而确证自己存在的价值。然而最后丈夫和儿女以及她自己的人生也以悲剧收尾。

(3)鲁四凤

①天真的少女形象

四凤是一个天真善良的女子，她并没有受过太高的教育，但是她懂得人与人之间要真诚相处，不摆架子。同时她又对自己的社会地位了解得很清楚，绝不高攀或追求不可及的目标，只想过安稳的日子。她性格单纯、清澈，对甜蜜的爱情十分憧憬，对未来充满了热情，她明亮的眼睛无法看到掩藏在黑幕下的波涛汹涌，一心只勾勒着幸福的轮廓。

②剧情发展不可或缺的角色

四凤是《雷雨》中的配角，但其命运与主线息息相关。周萍和周冲的矛盾直接来自她，周萍和繁漪的矛盾也是因为她的存在，父亲鲁贵和母亲侍萍的矛盾也是因为她，哥哥鲁大海和父亲的矛盾也与她有关……全剧中所有的矛盾几乎都与她有关。最后，她为了摆脱这些矛盾纠葛，只好远离他们，到另一个世界去寻求平静。四凤的死其实是命中注定的，作者通过四凤表达了一种处世的思想，这种思想是由古希腊悲剧衍生而来的。鲁四凤的死是无辜的，加重了戏剧的悲剧力量。

4. 结合性别理论分析曹禺话剧《雷雨》中的周朴园、周萍、周冲等男性形象。[南开大学 2011 年研]

答：性别理论中的性别着重点在于人的社会性别，主要是指自身所在的生存环境对其性别的认定，包括家人、朋友、周围人群、社会机构和法律机关的认定等，是人基本的社会属性之一。社会性别理论从分析两性关系入手可以发现社会关系和社会制度的根源与本质，从而将社会性别理论变成强有力的政治、经济和社会文化的分析工具。结合性别理论来分析曹禺话剧《雷雨》中周朴园、周萍、周冲等的男性形象，具体内容如下：

(1)周朴园：父权文化的代言人

周朴园早年有资产阶级自由平等思想，在经历婚姻失败后又转向封建专制思想，成为父权文化的代言人。他的这种性格特征，主要是通过他与侍萍、繁漪两位女性人物的关系表现出来的。

①通过周朴园与侍萍的关系，展现了周朴园的男性权威形象的复杂性

周朴园和侍萍的结合，最初是建立在对侍萍侍女身份的理解和尊重上的，他冲破了家庭的阻力，并拥有一段美好的爱情回忆。在面对家庭和商业利益双重压力时，周朴园抛弃侍萍，并与繁漪结婚。多年之后，周朴园在与侍萍相遇时，又迅速显示出封建大家长的嘴脸。

②通过周朴园与繁漪的关系，集中展示了周朴园的专制残暴

周朴园用"存天理灭人欲"的宗教天条武装着头脑，他坚信自己的家庭是"最圆满、最有秩序的家庭"，自己教养出来的子弟是"健全的子弟"。也正是为了维护自己心中"最圆满、最有秩序的家庭"，他才会置妻子繁漪的情感于不顾，极为残忍冷酷地实施"存天理灭人欲"的诛心之术。从"喝药"这一幕中，就能体现出专制暴君的形象。具有"雷雨"性格的繁漪不愿吃药，周朴园的体贴和关心完全是为了使繁漪成为服从的榜样、受命的奴隶。他炮制人生的苦药，并用爱当作借口威逼繁漪喝下去，显示了对妻子无上的统治权力。

(2)周萍：懦弱型的男子形象

周萍生长在一个封建意识非常浓厚的家庭环境里；从他接受的文化教育来看，他更多地受封建伦理道德及士大夫文化的影响；从他的感情生活来看，他处在两个女人的情感夹缝中，是一个懦弱而又充满矛盾的人物形象。

周萍对于父亲有一种敬畏，不敢违背他的话，他在这个家庭中是十分压抑的。四凤的出现，让他感觉到了生气。他想摆脱繁漪对他的干扰，因此他决定离开这个家，但他的懦弱最终让他唯有选择死亡来解脱自己。

(3)周冲：悲剧的新青年形象

周冲“原是可喜的性格”，是“最无辜的”，但现实是残酷的，并不允许他那可喜的性格正常发展，并不理会他是否无辜。在喝药那一幕，现实让他看到了封建家长专制统治家庭父亲的威权；在处理工人罢工问题上，他看到了慈祥父亲的另一面；在鲁大海身上，他看到了他与工人阶级之间的那条不可逾越的鸿沟；对于母亲，当繁漪唤他阻止四凤与周萍逃奔的时候，他透过温情面纱看到了母亲丑恶的嘴脸。周冲最终因对封建大家庭的认识不清晰而丧命，显示出其悲剧的新青年形象。

总之，曹禺的话剧《雷雨》包含太多的内容，具有被无限阐释的可能。从性别理论这一角度分析周朴园、周萍、周冲的男性形象可以发现《雷雨》极具现代主义色彩。曹禺人物形象的塑造具有时代典型性，表现了他对人性的思考。

第 20 章　戏剧(二)

20.1　复习笔记

一、走向广场：无产阶级戏剧、红色戏剧、国防戏剧与农民戏剧的倡导

1. 无产阶级戏剧

在国统区，1930 年 8 月成立了中国左翼剧团联盟，之后又改组为中国左翼戏剧家联盟，在“演剧大众化”的口号下，努力把戏剧这种形式向大众普及，创造了如田汉的《洪水》、冯乃超的《阿珍》、欧阳予倩的《同住的三家人》等有强烈的现实性与及时性的剧本，发挥了巨大的宣传鼓动作用，并初步突破了话剧只能在都市剧院演出的狭小圈子，开始走向工厂农村。

2. 红色戏剧

红色戏剧开始是红军中的宣传队，后来形成了专业与业余结合，部队、农村、机关结合的演出系统。在演出形式上常与歌舞结合，强调现场的即兴发挥，并重视观众的参与，演出地点、布置都以简便灵活为原则，具有鲜明的“广场戏剧”的特色。如《庐山之雪》《战斗的夏天》《松鼠》等。

3. 国防戏剧

国防戏剧强调“反帝抗日反汉奸，争取中华民族的解放”，并充分发挥戏剧的宣传功能，在艺术形式上提倡通俗化、大众化和方言话剧。这是向着“广场戏剧”的方向发展的。这一时期代表作大多为集体创作，如《走私》《咸鱼主义》(洪深执笔)，《汉奸的子孙》(于伶执笔)，《我们的故乡》(章泯执笔)，《放下你的鞭子》(崔嵬等改编)等。

4. 剧作家及作品

(1)田汉

1920 年代田汉创作的主要特征是“新浪漫主义”，艺术表现为“重象征、重哲理、重抒情”。1930 年代田汉的创作受“无产阶级戏剧”及“国防戏剧”的感召，题材转向现实，基调由感伤转为明朗，唯美的倾向让位于客观的写实。这一创作“转向”有得有失，主要取决于田汉自身对其剧作抒情性与传奇性特征的把握。1935 年，田汉创作了《回春之曲》，这是他“转向”的成功作品。

(2)洪深

洪深这一时期的代表作是描写农村生活的“农村三部曲”(《五奎桥》《香稻米》《青龙潭》)，这是现代戏剧史上较早地用比较明确的阶级观点来反映农民斗争的剧作。

5. 农民戏剧实验(戏剧大众化实验)

(1)熊佛西曾是“小剧场运动”的积极组织者，到 1930 年代他认识到中国戏剧应“面向大众”，以“剧场演出”为中心，同时强调戏剧是“以教育寓于娱乐的艺术”，一方面融入音乐、绘画、雕塑、舞蹈、文学，构成自成一体的“综合艺术”；另一方面重视其启蒙主义的教化功能。

(2)熊佛西的“农民戏剧”实验主要包括以下几个方面：

①提供农民能够接受与欣赏的剧本。

②培养农民演员。

③建立适应农民戏剧要求的“剧场”。

④探讨“观众与演员混合”的新式演出方式。

【名师点拨】本部分内容需对这一时期戏剧运动的大致概况有所了解，同时，也要对田汉、洪深的创作概况和得失做一全面认识。

二、职业化、营业性剧场戏剧的确立与夏衍、李健吾的创作

1. “大剧场”演出

(1)1935 年，中国共产党所领导的左翼戏剧家联盟总结了历史与现实的经验，明确提出：“在战略上要开展建立剧场艺术的运动，扩大我们的影响，显示我们的力量。”在 1936—1937 年间，以上海为中心，出现了“大剧场”演出的热潮。

(2)1930 年代中期中国话剧的大剧场演出，开始实行导演负责制，演员的表演艺术达到了新的水平，有了对“完备的舞台艺术体系”的自觉追求，话剧舞台艺术(装置、灯光、化妆、服装、音乐设计等)由此走向正规化。这意味着中国戏剧的舞台艺术趋向成熟。

2. 夏衍

(1)作品创作

夏衍的早期创作有《赛金花》《秋瑾》(原名《自由魂》)。从 1937 年创作《上海屋檐下》开始，夏衍实现了创作的根本转变，形成了独特的艺术风格。

(2)艺术特色

①夏衍把剧本创作的焦点集中于人物性格的刻画，主要描绘“内心活动”，将当时的时代特征反映到剧中人物的身上。这是从“席勒化”到“莎士比亚化”的根本转变。

②夏衍善于写普通知识分子与小市民平凡的人生，从日常生活中去发掘内在的悲剧性与喜剧性。并从简单平凡的小人物身上反映出激荡的时代特征。这种取材的平凡性、构思的朴素性与内在的深刻性，构成了夏衍创作的鲜明特色。

③他的剧本往往带有人道主义的色彩，并与民主主义立场结合在一起。这使他的作品充满了人情味，产生了类似契诃夫含泪的微笑的艺术风格，构成了夏衍剧作的一个鲜明特色与优点。

(3)《上海屋檐下》

①在同一舞台空间里，同时展开五户人家的悲喜剧，同时写出性格、命运各不相同的十几个人物，主线突出，结构单纯，又保持了生活本身的复杂性与丰富性。

②匠心独具地正确处理了结构主线与副线的关系，不平均使用力量，以林志成、匡复、杨彩玉三人之间的家庭悲剧为主线，将其余四家人家的悲喜剧穿插其间，全剧主线突出，结构单纯，又保持了生活本身的复杂性与丰富性。

③巧妙地处理了共性与个性的关系，对人物和命运的刻画，都抓住其主要特征，加以准确、传神的勾勒，做到了用笔的极端简洁与鲜明，留下了大量的艺术空白让观众去想象、补充。

④赋予“黄梅天气”以多层的象征意义，寓意着随时可能爆发的自然的、政治的、心理的、气候的氛围，形成一幅浑然一体的艺术图景。

3. 李健吾

(1)作品创作

李健吾于1923年开始话剧创作，《翠子的将来》《母亲的梦》是其早期有代表性的剧作。1930年代进入创作的探索期，剧本题材多样，风格各异。如《信号》《村长之家》《梁允达》《以身作则》《新学究》等。

(2)艺术特色

①在早期剧作中，他不追求对现实生活的深刻反映，而将笔触深入到人物灵魂的深处，着力揭示最能表露他们内心隐秘和性格的内在冲突，并运用象征主义手法，使人物深隐的复杂心理具象化。

②他注重从传统艺术中汲取养料来丰富现代话剧创作。《梁允达》一剧就融会了传统戏曲的分场方式来连缀情节，使话剧有限的表演空间得以拓展。

③他的剧作时代性都不太强，不靠深邃的思想内涵发生影响，而以精于戏剧技巧为人称道，他把"情节看作戏剧的灵魂"，注重戏剧情节的趣味性设置和结构的奇巧布局，能够得心应手地驾驭多幕剧。

(3)《这不过是春天》

三幕剧《这不过是春天》是一部精巧紧凑的作品，以北伐战争为背景展开情节，全剧将人物个性特征和事件的因果关系相融合，使剧情在男女主角的爱情纠葛中自然发展：警察厅长吝于打赏下属，给其太太以机会买通密探；厅长太太对生活深感不满，对感情仍有追求，使她在旧情人、革命党人冯允平身份暴露之后勇于解救他；而厅长秘书对自己地位的忧患使他乐于送走冯允平。厅长的庸碌、冯允平的冷静、密探的贪婪、秘书的狡诈，给人留下深刻印象，显示出很高的艺术技巧。

4. 其他剧作家作品

(1)袁牧之《一个女人和一条狗》和宋之的的《武则天》涉及了女性解放的主题。

(2)陈白尘的《太平天国》，开了1940年代太平天国题材历史剧的先河。

【名师点拨】1930年代的剧作家，除曹禺外，夏衍也是一位比较重要的剧作家，这是本章学习的重点。需结合具体作品(夏衍《上海屋檐下》)进行分析评述，重点理解其戏剧创作的艺术特色。此外，还需对李健吾、袁牧之等作家不同于主潮的艺术追求及戏剧创作有所了解。

20.2 考研真题与典型题详解

一、填空题

金雯清是小说______中的人物，这篇小说的女主角是______。1935年，夏衍曾以她为女主角创作话剧______，这部话剧是当时左翼所提倡的______的代表作品。

【答案】《孽海花》；傅彩云；《赛金花》；大剧场

【解析】《孽海花》是晚清四大谴责小说之一，清朝曾朴著。作者以状元郎金雯清与名妓傅彩云的婚姻生活故事为情节主线，将30年间重要历史事件的侧影及其相关的趣闻轶事，加以剪裁提炼，熔铸成篇。《赛金花》是夏衍以傅彩云为女主角所写的剧本，1936年11月在金城大剧院首演。1935年春节以后，中国共产党所领导的左翼戏剧家联盟总结了历史与现实的经验，明确提出："在战略上要开展建立剧场艺术的运动，扩大我们的影响，显示我们的力量。"于是，在1936—1937年间，以上海为中心，出现了"大剧场"演出的热潮，《赛金花》就是在此时上演的。

二、名词解释

1.《上海屋檐下》[扬州大学2018年研；北京师范大学2014年研]

答：《上海屋檐下》是夏衍于1937年创作的三幕悲喜剧，剧情主要围绕林志成、杨彩玉、匡复三人之间复杂的感情纠葛展开。三幕戏都发生在同一场所，五户人家同时表演，剧情前后不到一天时间，灵活运用了“三一律”。全剧同时写出性格、命运各不相同的十几个人物，主线突出，结构单纯，又保持了生活本身的复杂性与丰富性，具有很高的艺术价值。

2.“好一记鞭子”[辽宁大学2018年研]

答：“好一记鞭子”是抗战初期影响最为广泛的街头剧《三江好》《最后一计》《放下你的鞭子》的合称。1937年“七七”事变后，随着战争形势的发展，大城市相继沦陷，原来以城市舞台为中心，以市民、学生和知识分子为主要对象的戏剧运动，开始走向农村、内地和抗日前线。于是，大批适应战争环境和流动演出需要的街头剧、活报剧、独幕剧、茶馆剧、游行剧等应运而生。它们大都以表现当时抗日斗争为主题，采取简短通俗的表演形式，贴近民众、鼓舞士气、宣传抗战。著名的街头剧《放下你的鞭子》(田汉、陈鲤庭、崔嵬等根据歌德的《威廉·迈斯特》改编)，就是抗战初期影响最为广泛、演出遍及全国的一个剧目。剧本描写了父女两人，由于日本侵略者占领东北家乡，被迫过着颠沛流离的生活，靠卖艺为生。由于长期流浪挨饿，使本来善良的父亲竟用鞭子抽打没有力气卖艺的亲生女儿，引起围观群众的激愤，经卖艺女香姐的哭诉，大家终于明白应该把鞭子对准造成这苦难生活的日本侵略者和不抵抗的卖国贼。与此同时，另外两个短剧《三江好》(吕复等)、《最后一计》(洪深等)在抗战初期也颇为流行。“好一计鞭子”是当时演出最广、影响最大的街头剧。

三、简答题

从夏衍戏剧创作看中国现代戏剧的成熟。[北京大学2012年研]

答：夏衍的戏剧创作在一定程度上促进并标志着中国现代戏剧的成熟，主要表现在以下几个方面：

(1)立足于现实

①夏衍的剧作一般不依仗离奇的情节、传奇式的人物和剧情发展中的突变，而是依照生活的逻辑平静朴实地再现生活本身，展现形形色色的社会众生相。取材的平凡性、构思的朴素性和内在的深刻性，构成了夏衍剧作的鲜明特色。

②从《上海屋檐下》到《法西斯细菌》，夏衍的剧作不以激烈的戏剧冲突和慷慨激昂的情调取胜，而以发掘富有意味的日常生活细节和含蓄隽永的抒情见长；生活气息浓郁，语言朴素洗练，在平易亲切中达到引人入胜的效果。

(2)严格按照性格的逻辑

①在剧中夏衍一切依据人情，不求过分，既不做无益的呐喊，也不将人物随意拔高，出现了一大批性格鲜明、呼之欲出的人物形象，他们每个人都是独一无二的“这一个”。

②夏衍在描写人物时，从不静态地写人物心理，而是采用传统文学的表现手法，将人物的心理通过言行动态地表现出来。如《上海屋檐下》中，匡复坐了十几年牢，好不容易找到了失散的妻女，但妻已与自己的朋友同居，另组了一个家庭。这时他心中真是回肠九曲，但老朋友的忏悔、妻子的倾诉又让他明白每个人都有自己的不得已才造成现在的情况，不能怪老朋友，不能怪妻子。匡复、妻子和林志成三个人都在矛盾的心理中抉择。夏衍正是这样依从人物性格和人性的逻辑，将人物的心理剖析得极其细腻准确。

(3)强烈的感情宣泄

夏衍对被侮辱被损害者的同情、对正义的歌颂、对邪恶的鞭挞、对统治阶级的嘲讽溢于言表。另外对光明的强烈向往、对新生象征性的期盼，在某种程度上也与浪漫主义接壤。如《上海屋檐下》最后匡复黯然出走，黄父给孙子留下三元钱凄然离去，施小宝受人凌辱而无告，失去儿子的李陵碑孤苦无依，然而剧作家却在最后意外地插进了一段孩子们稚嫩的歌声，让这歌声淹没剧中人心中的啜泣，唤醒“中年人一时蒙尘的心境”，从而给作品带来亮色。

四、论述题

1. 试论夏衍的话剧创作。[北京大学2025年研]

答：夏衍作为中国现代话剧史上的重要作家，其创作具有独特的风格与深远意义，从题材选择、人物塑造、戏剧结构到语言特色，都展现出鲜明特点。

(1)题材选取：紧扣时代脉搏，关注现实问题

①反映社会底层疾苦

夏衍善于将目光聚焦于社会底层人民的生活。在《上海屋檐下》中，通过描写弄堂里五户人家在黄梅天的生活琐事，展现了小市民阶层在政治压迫和经济困境下的无奈与挣扎。匡复多年牢狱归来，却发现妻子已改嫁，自己与社会脱节，陷入生活困境；林志成在工厂受压榨，为了生存不得不违背良心，在友情与爱情间痛苦抉择；还有贫苦的小学教师赵振宇、卖报的李陵碑等，他们在生活的泥沼中艰难求生，夏衍借此揭示了社会的黑暗与不公，引发人们对底层人民命运的关注。

②展现时代变革中的矛盾冲突

夏衍的作品紧密结合时代背景，呈现出不同阶层在时代变革中的矛盾与纠葛。如《法西斯细菌》以医学博士俞实夫的经历为主线，俞实夫一心钻研医学，期望为人类造福，却在法西斯主义的阴影下，不仅个人研究受阻，身边的人也遭受迫害。他从对政治的懵懂无知，到逐渐认识到法西斯的危害，最终投身反法西斯斗争，这一过程反映了抗战时期知识分子在时代洪流中的觉醒与转变，以及不同意识形态的激烈碰撞。

(2)人物塑造：真实细腻，凸显人性复杂

①刻画平凡人物的真实形象

夏衍笔下的人物多为生活中的平凡人，他注重挖掘人物的真实情感和内心世界。在《上海屋檐下》中，每个人物都有着鲜明的个性与复杂的情感。如杨彩玉，面对前夫匡复的归来和现任丈夫林志成的愧疚，她在情感上陷入两难，内心充满痛苦与挣扎。夏衍通过细腻的描写，展现了她作为一个普通女性在生活困境中的无奈与善良，使人物形象真实可感，让读者能够深切体会到她的情感矛盾。

②展现人物的成长与转变

在一些作品中，夏衍着力刻画人物在特定环境下的成长与转变。在《芳草天涯》中，主人公尚志恢和石咏芬原本在情感上陷入迷茫和纠葛，随着剧情发展，他们在经历了一系列事件后，对爱情、责任有了更深刻的认识，逐渐走出情感困境，实现了自我成长。这种人物塑造方式，展现了人性在面对生活挑战时的坚韧与变化，使人物形象更加丰满立体。

(3)戏剧结构：简洁紧凑，富有层次感

①采用横断面式结构

夏衍常运用横断面式的戏剧结构，选取生活中的一个片段或一个时间截面，集中展现人

物关系和矛盾冲突。《上海屋檐下》以一天内发生在弄堂里的故事为框架，通过对各户人家日常生活的描写，将不同人物的故事交织在一起，从多个角度反映社会现实。这种结构使剧情简洁明了，能够在有限的时间和空间内，展现丰富的社会内容，让观众清晰地看到社会底层人民生活的全貌。

②注重情节的起承转合

在看似松散的生活片段中，夏衍巧妙地安排情节的起承转合。以《法西斯细菌》为例，俞实夫的经历从平静的科研生活，到遭受法西斯迫害后的动荡，再到最终的觉醒与反抗，情节层层递进，有张有弛。每个情节的发展都自然流畅，且为人物性格的转变和主题的深化服务，使整个戏剧结构严谨而富有层次感，吸引观众深入剧情。

(4)语言特色：质朴自然，富有生活气息

①使用平实易懂的语言

夏衍的话剧语言质朴平实，贴近生活。在《上海屋檐下》中，人物的对话就像日常生活中的交谈，没有华丽的辞藻堆砌，却生动地展现了人物的性格和情感。如赵振宇夫妇关于生活琐事的争吵，语言直白、真实，让观众仿佛置身于弄堂生活之中，增强了作品的真实感和感染力。

②语言蕴含深刻内涵

夏衍的话剧语言看似简单，背后却蕴含着深刻的思想内涵。在《法西斯细菌》中，俞实夫在经历磨难后的一些话语，简洁有力地表达了对法西斯主义的批判和对正义的追求。这种质朴而富有深意的语言，既符合人物的身份和性格，又能引发观众对社会问题的深入思考，使作品具有更高的思想价值。

2. 田汉与曹禺的话剧之比较。［北京大学2010年研］

答：(1)田汉与曹禺有着同而不同的命运

田汉是多产作家，曹禺的作品不多。田汉自然地走向了“无产阶级戏剧”与“国防戏剧”，最终在新中国以后延续了这一条道路；而曹禺起初依然在剧场戏剧的实验田里辛苦耕耘，1949年后却是被迫转型。田汉与曹禺的早期都是浪漫主义甚至是现代主义的剧作家，然而他们最终都走向了现实主义的、试图在剧作中贯彻意识形态要求的官方剧作家。这是他们同而不同的原因所在。

(2)田汉与曹禺早期话剧之比较

田汉与曹禺早期都是浪漫主义作家，其话剧都有诗性特质。这种诗性特征主要体现在强烈的主观抒情性、传奇色彩以及诗化的语言。

①强烈的主观抒情性

a. 田汉早期剧作重感情、重情绪，也可以说是“情绪剧”。例如《南归》里流浪诗人在饱经人生艰辛的流离之苦，仍旧走上继续流浪的漫长之路。

b. 曹禺早期话剧也是从体验、感受出发，也表现出强烈的抒情性。《雷雨》就表现了一种“不是爱便是恨”的极端感情。

②传奇色彩

a. 田汉早期的浪漫剧创作富有想象力，极富传奇性。情节虽不复杂但较奇特，多数剧本写的都不是日常所见的事件，而是少有的事件。如《获虎之夜》中的猎虎变成猎人。

b. 曹禺早期的话剧里常常有偶然性。情节大起大落，人物性格激烈而极端，大量使用象征性意象，背景设计富于象征性，整体氛围的营造更近乎诗意化。

③诗化的语言

a. 田汉剧作的诗意和抒情性同他的语言关系极大。他的很多剧本的语言，是可以当作抒情诗朗诵的，尤其是人物独白。另外，田汉还喜欢在剧中加诗。

b. 曹禺剧作的语言也同样具有抒情性和诗意，在《雷雨》和《原野》里人物由于深仇宿怨，语言的进攻性更强烈。《北京人》的语言更为简洁凝练，又有委婉深长的抒情性诗意。

(3) 田汉与曹禺转型期话剧之比较

在面对剧烈的社会变革时，田汉与曹禺都进行了话剧创作的转型。两者都由浪漫主义剧作家转向现实主义剧作家。但是由于田汉与曹禺两人艺术秉性和气质的不同，两人的转型具体表现为：田汉的自觉转换和曹禺的被动转型。

①田汉的自觉转换

在“无产阶级戏剧”与“国防戏剧”运动中涌现出了一大批剧作家和戏剧运动的组织者、活动家，田汉是其中最有影响的代表人物。田汉在发表了著名的《我们的自己批判》之后，紧跟时代，努力运用现实主义创作方法，创作了《梅雨》《顾正红之死》《洪水》《乱钟》《暴风雨中的七个女性》等。这些剧本现实性加强了，有的甚至是对现实重大历史事件直接的及时反映。直到1930年代中后期，田汉的创作出现了新的转机：1935年创作的话剧《回春之曲》，这个剧本成功的很大原因在于它保持并发展了田汉创作的艺术个性。抗战期间，田汉也紧密结合现实，创作了很多抗战剧作。建国后，为贯彻官方意识形态，田汉创作了几部有名的历史剧，如《关汉卿》等。

②曹禺的被动转型

曹禺对于中国现代话剧的意义，不仅在于他的戏剧创作标志着并促进了中国现代话剧的成熟。更重要的是，他的极富想象力与创造力的实验性的创作为中国现代话剧的发展开拓了广阔的领域，提供了无限丰富的可能性，展示了多元的、自由创造的发展前景。但曹禺的创造，对于现代中国话剧又是超前的，即他的创造力与想象力都大大超过了时代接受水平。

第三编　第三个十年(1937 年 7 月—1949 年 9 月)

第 21 章　文学思潮与运动(三)

21.1　复习笔记

一、战争制约下不同政治地域的文学分割并存

1. “分割并存”的总体概况

(1)不同政治地域文学的划分

为适应全民族抗日战争的形势，这十二年(1937 年 7 月—1949 年 9 月)的文学(通常又称 1940 年代文学)形成了不同于前两个十年的另一种文学史景观，最显著的特征就是和战争与救亡发生紧密的联系。同时，战时形成的地缘政治文化，对文学的发展、风貌形成了强有力的制约，并形成了国统区文学、解放区文学、沦陷区文学及上海“孤岛文学”。

(2)中华全国文艺界抗敌协会

中华全国文艺界抗敌协会(简称“文协”)是继戏剧界抗敌协会之后出现的全国规模的文艺界抗日民族统一战线组织，1938 年 3 月 27 日成立于汉口。大会选出郭沫若、茅盾、老舍、巴金、夏衍、胡风、田汉、丁玲、许地山、郑振铎、朱自清、郁达夫、朱光潜、陈西滢等 45 人为理事，周恩来、孙科、陈立夫等为名誉理事。理事会推选老舍为总务部主任，主持“文协”日常工作。成立大会上提出的“文章下乡，文章入伍”的口号，对推动作家参加现实斗争、密切与工农兵群众的关系，起到了积极的作用。“文协”在全国组织了数十个分会及通讯处，并于 1938 年 5 月创办了会刊《抗战文艺》。“文协”的成立标志着文艺界在民族解放的旗帜下，结成了最广泛的统一战线。“文协”之后，音乐界、电影界、美术界等全国性抗敌协会也先后成立。

(3)抗战初期的文学状况

①在民族生死存亡的紧急时刻，抗日救亡成为压倒一切的文学主题，作家们将民族命运问题视作当前一切的重心，不再提倡艺术个性，而重点强调民族共性；不再鼓励意识形态的对立，而真诚倡导抗战意志的统一。

②抗战的大局对文学提出了新的要求，不能不促使文学本身也发生很大变化：篇幅较长的各种体裁的作品明显减少，代之而起的是能够迅速反映抗日斗争现实、容易发挥宣传鼓动效果、为人民大众乐于接受的小型抗日作品，如战地通讯、报告文学、街头剧、街头诗、朗诵诗、通俗文学等。

③作家亲身经历了战火的洗礼，感受到颠沛流离的现实生活，耳闻目睹抗日战争的艰辛，与人民大众有了较多的接触，既扩大了生活视野，丰富了写作素材，同时也受到深刻的

教育，促进了思想感情上的变化。

④现实主义文学思潮成为抗战文学的主流，不少浪漫主义或者现代主义的作家纷纷转向现实主义。例如，戴望舒、卞之琳、何其芳等现代派诗人，都趋向倡导现实主义。对于现实主义应当如何适应抗战现实，文艺理论家们提出了诸多口号。其中，胡风为了克服抗战文学中的客观主义与主观公式主义，十分强调作家的“主观战斗精神”，并产生重大的影响。

⑤文学战斗性、时代性的获取，是以文学的多样化、个性化的部分丧失为代价，而作家们又大都陶醉在廉价的乐观主义中，这表明了现代文学的不成熟。

(4)相持阶段文学的艺术表现

①抗战中后期，大批知识分子南迁昆明、桂林、重庆等边远之地，在广阔的自然山水之中，在艰辛的生存条件之下，作家们抗战之初的狂热情绪得以沉淀，他们沉入历史与人生的深处，向着民族现实与历史土壤的深层深入，在对历史启示的感悟和对生命意义的追索中，展现出一种新的文学视野和精神风貌，有的作品具备了某些形而上的素质，因而开始又获得了前一时期失去的文学品格，呈现出多样化趋向，显示出沉郁、凝重而博大的风采。

②从体裁上看，长篇小说、多幕剧、长篇叙事诗与抒情诗是这一时期最重要的文学形式。主要作品有茅盾的《锻炼》、巴金的《火》、老舍的《四世同堂》、靳以的《前夕》、吴组缃的《山洪》、路翎的《财主底儿女们》等。

2. 国统区文学概况

(1)从思想内容和创作主题上看，出现了许多暴露黑暗、批判国民党的反动统治、颂扬反抗的作品，特别是讽刺作品更为盛行。

(2)艺术形式也呈现出一种新倾向，打破了“五四”传统形式的限制而力求向民族形式与大众化的方向发展。

(3)许多作品尤其是一些老作家的后期创作，艺术风格成熟稳健、深沉激愤。

3. 解放区文学概况

(1)与国统区沉郁凝重的创作基调相反，解放区创作的基调则是明朗、朴素，尤其是毛泽东《在延安文艺座谈会上的讲话》发表之后，当地的文艺方向发生了深刻的变化。

(2)作家们更多地是赞美和讴歌新社会、新制度以及人民群众的斗争生活，翻身解放的“新人”成为文学的主角。

(3)自觉探求文学的民族化和大众化。众多作家开始把目光转向农民，真诚地要表现他们的生活、思想，并采取了农民喜爱的文艺形式。

(4)解放区文学是文学作家与农民群体之间的“对话”，从这个意义上说，解放文学实质上可以看作文学的一次“寻根”。新文学在解放区这里发生的最重大的变化就是试图把“根”深深地扎到民族文化土壤和人民的生活中。

(5)这场历史性的“对话”也存在缺失。作家与农民的深入接触，不可避免地受到了农民身上积淀的某些封建因素，包括狭隘的小农意识的影响，造成了文学发展的保守性。

4. “孤岛文学”与沦陷区文学概况

(1)“孤岛文学”

①“孤岛文学”是指存在于日本侵华时期的上海租界内的文学，由于四面都是沦陷区，故称“孤岛”。这种状况从1937年11月上海沦陷开始至1941年12月日军进入租界而终止。

②“孤岛”上海，一部分没有撤往内地的文艺工作者利用特殊的环境，坚持抗日文艺活动，取得了较为难得的文学成就。如于伶的《夜上海》《长夜行》，阿英的《碧血花》，李健吾

的《草莽》等。

(2)沦陷区文学

①沦陷区文学包括东北沦陷区文学、华北沦陷区文学、华东沦陷区文学等日占区的文学。

②沦陷区内滋生着一股文坛逆流，出现为日本帝国主义鼓与吹的“和平文学”“大东亚文学”等汉奸文学，出现了一些丧失民族气节、投靠日伪、无耻事敌的文人，如周作人、张资平等。

③沦陷区内进步文学潜流的涌动一直没有中断。东北沦陷区文学早在1931年“九·一八”事变后就已兴起；华北沦陷区内出现了袁犀、梅娘等一批自由主义青年作家，他们的作品感受独特，艺术构思巧妙；上海沦陷后洋场小说继续存在，其中鸳鸯蝴蝶派作家们创办于“孤岛”末期的《万象》杂志，坚持进步倾向，团结了一大批爱国作家，一直持续至1945年6月方才停刊。

【名师点拨】注意理解第三个十年“分割并存”的文学状态，掌握“国统区、解放区、沦陷区”三个不同区域文学的发展概况，同时，需要对这一时期不同阶段文学主潮的发展变化有一清晰认识。

二、毛泽东《在延安文艺座谈会上的讲话》

1.《在延安文艺座谈会上的讲话》的产生

1942年5月2日至23日，延安文艺界召开文艺座谈会，中共领导邀请延安的80多位文艺工作者出席了座谈会。毛泽东先后两次在会上发表讲话，这两次讲话后来一并发表在《解放日报》上，合题为《在延安文艺座谈会上的讲话》。延安文艺座谈会及毛泽东的《讲话》总结了“五四”以来中国新文学的基本经验，从根本上提出了革命文艺“为什么人服务”和“如何去服务”的方向性问题，这对此后中国新文学的发展进程产生了重大而深刻的影响。

2.《在延安文艺座谈会上的讲话》的内容

(1)关于文艺工作者的立场问题

《讲话》首先阐明了革命的文艺是为以工农兵为主体的人民大众服务，并进一步指出文艺工作者要真正地为广大人民服务就必须站到无产阶级的立场上来，和广大的人民群众打成一片。

(2)关于文艺与政治的关系问题

《讲话》强调文艺从属于政治，要求文艺工作者自觉地为无产阶级政治服务，在此前提下要求“政治性与真实性的统一”。

(3)关于文艺与生活的问题

《讲话》还指文艺源于生活，即生活“是一切文学艺术的取之不尽、用之不竭的唯一的源泉”，文艺应高于生活，即“文艺作品中反映出来的生活却可以而且应该比普通的实际生活更高，更强烈，更有集中性，更典型，更理想，因此更带有普遍性”。

(4)关于继承文学遗产问题

《讲话》还强调“必须继承一切优秀的文学艺术遗产，批判地吸收其中一切有益的东西，作为我们今天文艺创作的借鉴……但是继承和借鉴决不可以变成替代自己的创造”。

3.《在延安文艺座谈会上的讲话》的影响

(1)《讲话》是马克思主义文艺思想与中国实际相结合的产物，它通过总结“五四”以来新文学运动的经验教训，最终确立了中国新文艺的马克思主义发展方向。

(2)《讲话》是中国共产党领导中国革命文艺运动历史经验的总结。《讲话》发表后，一直是中共制定文艺政策指导文艺运动的根本方针，具有无可怀疑的权威性。

(3)但是《讲话》在共产党变成执政党后，在如何看待文艺、发展文艺等一系列问题上没有随着国情的变化而做出相应的调整，一些只适用于特定时期的结论被任意推广，因而产生了一定的负面影响。

4. 对《在延安文艺座谈会上的讲话》的评价

(1)《讲话》是毛泽东从坚持党的政治领导的角度，为了调动文艺界一切可以调动的力量为抗战服务而做出的，他要求将文艺纳入现实政治的轨道，为现实政治服务，有着历史的合理性。

(2)《讲话》要求文艺家主动融入工农兵的生活，不仅为解决创作源泉提供了良方，也为新文学的通俗化指明了方向和途径。它打破了"五四"以来新文学一以贯之的自上而下的视角，消解了当时环境中文学雅与俗的对立、普及与提高的矛盾，为文艺家自觉走向大众扫除了心理障碍，也给新文学为广大民众所喜闻乐见提供了一种可能。

(3)《讲话》作为特定历史环境的产物，它的一些提法，如"政治标准第一、艺术标准第二"等观点存在不同程度的机械成分，极容易导致公式化的弊病。

【名师点拨】毛泽东《在延安文艺座谈会上的讲话》是本章学习的重点，需把握《讲话》的具体内容，抓住其"为群众"以及"如何为群众"这一核心命题，并具体落实到"工农兵方向"上。此外，也要学会以一个全面发展的眼光去看待《讲话》的文学史地位。

三、文学思潮、论争与胡风等的理论批评

1. 关于"民族形式"问题的论争

(1)毛泽东在1938年的《中国共产党在民族战争中的地位》和1940年的《新民主主义论》等文中提出并阐述了"民族形式"的概念，引起了解放区和国统区文艺界的重视、学习和讨论。

(2)从1938年到1941年间，文艺界展开了"民族形式"问题的讨论。这是"左联"时期关于文艺大众化问题的继续和深入，其中心是要解决新文学如何与本民族的特点，如何与群众更好地结合的问题。

(3)解放区的讨论，主要在1939年。延安的《新中华报》《文艺突击》《文艺战线》《中国文化》等报刊都发表了文章，延安和其他一些抗日民主根据地还召开过"民族形式"问题座谈会。周扬、艾思奇、萧三、何其芳、沙汀、柯仲平、冼星海等都撰文参加讨论，对新旧形式的利用和新的民族形式的创造等问题发表意见，这些意见基本上是正确的，没有发生分歧，但讨论未充分展开。

(4)国统区的讨论，主要在1940年和1941年。讨论集中于"民族形式"的中心源泉问题上，出现了两种针锋相对的意见。一种意见以向林冰为代表，基本观点是"应该在民间形式中发现民族形式的中心源泉"。另一种意见以葛一虹为代表，基本观点是"表现新事物而用属于旧事物的旧形式是绝不可能的"。这次讨论延续了一年多，郭沫若、茅盾等都发表了一些中肯的意见。他们没有就形式谈形式，而是着重从作家和大众的关系、形式和内容的辩证关系上以更广阔的文艺视野论述民族形式问题，这样就接近于建立和发展民族形式的实质性问题。

(5)这次"民族形式"问题的讨论，对于"五四"以来新文学吸取外来影响和继承民族传统的经验教训，正确理解文艺与群众的关系，推动新文学沿着大众化的方向发展，起了促进作用。

2. 关于文艺与政治、文艺与生活关系问题的论争

(1)第一次论争

①1941 年 7 月周扬发表了《文学与生活漫谈》一文，在延安产生了重大的影响。随后，丁玲、王实味、罗烽、艾青等人也相继提出了类似的观点，主张文学的真实性与独立性，强调以文学为武器进行批评与自我批评，并创作了一系列作品，如丁玲的《在医院中》《我们需要杂文》《三八节有感》，罗烽的《还是杂文的时代》，艾青的《了解作家，尊重作家》，王实味的《政治家·艺术家》和《野百合花》。

②这些文章引起了延安文艺界关于歌颂与暴露问题的讨论。在当时残酷的战争年代，在极其政治化的环境中，这些有意义的探讨很快被政治斗争粗暴地取代，出现了政治越界直接干涉文学创作的偏误，丁玲等受到了严厉的批判，王实味甚至被打成了“托派”。这对解放区文学的发展，以及新中国成立后中国文学的发展，都产生了不同程度的影响。

(2)第二次论争

有关文学与政治关系等问题的论争，在国统区重庆也发生过一次。

①1945 年 11 月，茅盾的《清明前后》与夏衍的《芳草天涯》两部话剧反响很大。在周恩来领导下，《新华日报》组织了对这两个剧本的讨论，认为《清明前后》具有很强的现实政治意义，但在艺术价值上有所欠缺；而《芳草天涯》拥有高艺术水平，但缺少对现实政治的关注。

②后来出现一些评论文章，如何其芳的《关于现实主义》、邵荃麟的《略论文艺的政治倾向》等文，力图从政治性艺术性的统一上去说明问题。冯雪峰曾以“画室”的笔名发表《题外的话》，反对将作品的“政治性”与“艺术性”割裂开来，后被当作了“反毛泽东文艺思想”的“罪证”。

3. 关于现实主义和“主观”问题的论争

(1)概述

《讲话》传到国统区后，引起文艺界重新认真思考文坛的现状及文学理论上亟待解决的一些基本问题。1930 年代中期，胡风针对文学创作中只注重写出生活的趋向而忽略了创作中主体性因素的发挥等缺陷，提出要强调作家的“主观战斗精神”，提倡重体验的现实主义。胡风又于 1948 年写作《论现实主义的路》等专著，提出了对于现实主义独创性的理论阐释。

(2)胡风支撑其“主观战斗精神”说的三个重要观点

①“到处都有生活”说。即作家应根据所熟悉的生活范围和适于自己艺术创造力发挥的条件去确定写作的题材，即主张题材自由。

②“精神奴役创伤”说。认为应当承继“五四”提倡过的“改造国民性”主题，反对以“民粹主义”立场将人民理想化，也不赞同贬低知识分子的历史作用。

③“世界进步文艺支流说”。强调“五四”新文学与世界文学的联系。

胡风的理论引起广泛的批评，批评家认为作家将“主观”提到了决定性位置，背离了辩证唯物论的基本原则，陷入了唯心论、唯生论陷阱，认为其必须长期无条件地全心全意地到工农兵中去改造自己的主观世界。

(3)小结

关于“现实主义和主观问题”的论争从 1940 年延续到 1948 年。值得注意的是，胡风等人所倡导的“主观现实主义”，强调了自左翼文学产生以来逐渐被淡化的作家主体意识，突出了对文艺自主精神的恪守。他们对“主观主义和客观主义”的批判，对教条主义的扬弃，对主体精神的高扬和注重对民众精神的分析等，显示了新文学对现实主义理论的新探索。

【名师点拨】重点掌握1940年代主要的几次论争，关注论争是如何发生、论争焦点是什么、有哪些代表性观点与理论等。同时，重点掌握胡风的文学批评理论，了解支撑其理论的三大支柱，并将其理论放置到大时代背景中去进行全面的评析。

21.2 考研真题与典型题详解

一、填空题

1. 与“民族革命战争的大众文学”这一口号发生论争的另一口号是______。［南开大学2018年研］

【答案】“国防文学”

【解析】抗日战争前夕，革命作家内部就如何建立文艺界的抗日民族统一战线展开了一场论争，即“国防文学”和“民族革命战争的大众文学”两个口号之间的论争，两个口号的提出者分别为周扬和胡风。

2. 毛泽东《在延安文艺座谈会上的讲话》发表时间是______年。

【答案】1942

【解析】《在延安文艺座谈会上的讲话》是毛泽东1942年5月在延安举行的文艺座谈会上的讲话，包括5月2日发表的引言和5月23日发表的结论两部分。“我们的文学艺术都是为人民大众的，首先为工农兵的，为工农兵而创作，为工农兵所利用的”，《讲话》标志新文学与工农兵群众相结合的文艺新时期正式开始。1943年10月19日该文在延安《解放日报》正式发表，1953年编入《毛泽东选集》第二卷。

3. 在1949年7月第一次全国文代会上，作家______作了有关国统区文学的报告《在反动派压迫下斗争和发展的革命文艺》。

【答案】茅盾

【解析】1949年7月2日，“中华全国文学艺术工作者代表大会”（“第一次文代会”）在北平隆重召开，来自解放区的革命文艺工作者和在国统区坚持战斗的进步作家会师。7月4日，茅盾做了关于国统区文艺的报告《在反动派压迫下斗争和发展的革命文艺》。

二、名词解释

1. “孤岛文学”［东北师范大学2025年研；南开大学2024年研；首都师范大学2021年研；浙江大学2013年研］

答：“孤岛文学”是指1937年“八·一三”事变至1941年太平洋战争爆发期间在上海外国租界内进行的文学活动。由于四面都是沦陷区，故称“孤岛”。“孤岛文学”成就最突出的是杂文和戏剧。杂文方面，唐弢、柯灵、巴人等发表了很多紧密联系现实，爱憎分明的杂文，《边鼓集》《横眉集》等代表了当时杂文的最高水平。巴人和阿英关于杂文曾发生颇有影响的“鲁迅风”的争论，后出版杂文刊物《鲁迅风》。戏剧方面，于伶创作的剧本《夜上海》《长夜行》《花溅泪》等反映了沦陷区人民的生活和斗争；阿英的《碧血花》（又名《明末遗恨》）、《海国英雄》等南明史剧，歌颂爱国主义和民族气节，产生了很大的社会影响；李健吾的《王德明》（改编自莎士比亚的《麦克白》）是当时戏剧界改编外国名剧的上乘之作。此外，群众报告性文学发展较快，成果主要反映在由梅益、林淡秋等主编的《上海一日》里。

2.《在延安文艺座谈会上的讲话》[中南民族大学2024年研；浙江大学2023年研；山东师范大学2023年研；上海师范大学2022年研]

答：《在延安文艺座谈会上的讲话》是毛泽东1942年5月在延安举行文艺座谈会时发表的讲话。在《讲话》中，毛泽东运用马列主义基本原理，高屋建瓴地从纷纭复杂的文学现象中，系统地论述了文艺领域中一系列重大的问题，诸如文艺与政治的关系、文艺与革命的关系、文艺与生活的关系、文艺与群众的关系、文艺界的统一战线问题、文艺批评的标准问题、文学遗产的继承和革新问题等，而其中心内容则是文艺和群众的关系，即文艺"为群众"和"如何为群众"这个"根本性的、原则性的问题"，确定了"文艺服从政治"的"工农兵方向"。《讲话》提出的许多命题今天仍不失其意义，如对文艺与生活的关系及来源问题的辩证论述，但作为特定历史环境的产物，其中的一些观点，如"政治标准第一、艺术标准第二"，文艺家的世界观与创作方法的关系等问题，都存在不同程度的机械成分，极容易导致公式化的弊病。这一文艺方针政策的提出，对我国现代乃至当代的文学创作都产生了重大影响。

3. 主观战斗精神[中国传媒大学2020年研]

答：主观战斗精神是由著名文艺理论家、诗人、文学翻译家胡风提出的一个文艺观念。胡风认为现实是主观体验过的现实，为作家耳闻目睹，称为"感受世界"，另在作者心中还有一个"理应如此"的世界，即"观念世界"，现实主义创作过程就是这两个世界相生相克的过程，作家扩张观念世界中与感受到的现实世界相适应的因素，而克服不相符的因素。创作主体需要在客观对象的活的表现中熔铸自己的同感的肯定或反感的否定，而客观对象也会以其真实性来促成修改，甚至推翻作家的上述认识。这个"相生相克"的动态过程的结果就是新的艺术世界的诞生；而能够促成这一过程深入进行的动力则是作家认识这一世界的思想力，体验现实的感受力，投身于现实的热情，合而称之，即为"主观战斗精神"。主观战斗精神有三个支柱，分别为"到处都有生活"说，即主张题材自由；"精神奴役创伤"说，反对以"民粹主义"立场将人民理想化，也不赞同贬低知识分子的历史作用；"世界进步文艺支流"说，强调"五四"新文学与世界文学的联系。

4.《咀华集》[中国人民大学2018年研；中国传媒大学2011年研]

答：《咀华集》是现代著名作家李健吾先生的作品。在书中，他表达了对现代文学史上的一些作品的看法和观点，在比较和综合中形成其独特的批评风格，是文学批评论文中的佼佼者。李健吾认为，批评是独立的，不以作者的是非为是非，批评者有阐释的自由。维护批评的尊严并不以贬低创作的地位为代价，批评者与创作者是平等的，但更是谦逊的，取对话的态度。李健吾是中国迄今为止最具文学性的批评家，西方的"寻美的批评"和中国的诗文评传统，这两条线的交汇造就了一种以印象和比喻为核心的整体、综合、直接的体味和观照，这就是李健吾的批评，一种自由的批评，一种明智的文化保守主义的批评。

5. 沦陷区文学[中国传媒大学2014年研]

答：沦陷区文学是指抗日战争时期被日本侵略者占领地区的文学。1931年"九·一八"事变后，东北沦陷区文学兴起，1937年"七七"事变后华北沦陷区文学出现，1937年12月南京沦陷后，华东沦陷区文学出现。1941年12月太平洋战争爆发，上海的"孤岛文学"时代正式结束，也被纳入沦陷区文学的轨道。沦陷区文学的主要活动中心一是在北平，二是在南京、上海。沦陷区的文学创作呈现比较复杂的情况，除汉奸文学外，因政治色彩的不同可大致分为两种情况：一是市民文学和消闲文学，市民文学以上海沦陷区的张爱玲的小说创作为代表，主要描写新旧交替时代上海女性的不幸命运，呈现出既通俗又典雅的特点；消闲文学以北平沦陷区的周作人的散文创作为代表，主要描写怀旧情绪、日常生活和知识学理，呈现出既清淡又苦涩的特点。二是乡土文学，以东北沦陷区的山丁为代表，主要表现东北人民的苦难生活，呈现出深沉的爱国主义精神和鲜明的地方色彩。

6. 第一次文代会［中国传媒大学2012年研］

答：第一次文代会是指1949年7月2日至19日在北平召开的中华全国文学艺术工作者代表大会。全称为“中华全国文学艺术工作者代表大会”，共有正式代表和邀请代表824人，分别组成平津、华北、西北、华中、东北、部队、南方等代表团参加，实现了过去被分割在不同地域的作家和艺术家的“会师”。第一次文代会被当作“当代文学”的起点，它在对1940年代解放区和国统区的文艺运动与创作总结、检讨的基础上，把延安文学所代表的方向确定为当代文学的方向，并对当代文学的创作、理论批评、文艺运动的展开方式和方针政策，制定规范性的纲要和具体的细则。

三、简答题

1. 简述“孤岛文学”现象并简要评价。［南开大学2014年研］

相关试题：20世纪40年代上海文学的发展状况。［论述题；南京大学2013年研］

答：1937年11月上海沦陷后，有一部分留在上海租界这一类似孤岛的特殊环境中的作家，仍然坚持创作，并用各种艺术形式配合抗日救亡运动，史称“孤岛文学”。

（1）“孤岛文学”现象

“孤岛文学”是指1937年“八一三”事变至1941年太平洋战争在上海公共租界和法租界内开展的抗日爱国文学运动。“孤岛”作家在中国共产党领导下以报刊、戏剧舞台为阵地，并争取和利用出版机构，发扬革命文学传统，出版、发表了大量进步文艺刊物、作品。“孤岛文学”成就最突出的是杂文和戏剧。杂文以唐弢为代表，“鲁迅风”强烈。孤岛戏剧运动特别活跃，业余剧团遍布各学校各行业，并成立戏剧交谊社公开演出，专业剧团则有上海剧艺社，演出现代剧和历史剧。另外还有报告文学等流行文学样式以及黄裳、柯灵等代表作家。

（2）“孤岛文学”评价

“孤岛”时期的文学运动时间仅4年，但许多进步、爱国的文艺工作者采取灵活多样的方式进行斗争，取得了显著成就。

①“孤岛文学”的报纸、刊物与作家

a. “孤岛”文艺工作者借外商之名，创办报刊，开辟阵地，如《每日译报》副刊《大家谈》，《文汇报》副刊《世纪风》，《导报》副刊《晨钟》，以及《上海周报》《华美周报》《译报周刊》等。这些报刊，从不同侧面、不同程度，发表了相当数量的抗战文艺作品。

b. 还创办了《文艺》《文艺新潮》《文艺新闻》《鲁迅风》《行列》《剧场艺术》《戏剧与文学》等文学杂志，发表过不少进步作家的创作和翻译作品。这些刊物不仅影响着上海300万市民，而且还流传至江浙游击地区、大后方和海外，产生了广泛的积极影响。

c. 在“孤岛”上海活跃着一大批进步作家，南社的柳亚子、文学研究会的郑振铎、王统照、耿济之、夏丏尊，中国左翼作家联盟的骨干阿英、巴人、梅益、于伶，以及鲁迅夫人许广平等，都继续从事文学创作，并参加各种爱国活动。

②“孤岛文学”的出版、翻译与创作

a. 1938年，在郑振铎、胡愈之、许广平、王任叔、谢澹如、唐弢、柯灵等人的努力下，上海复社出版了20卷本的《鲁迅全集》，给广大读者以宝贵的精神食粮；林淡秋翻译出版了斯诺的报告文学《西行漫记》《续西行漫记》等，产生了巨大的影响；此外，还出版了革命先烈方志敏、瞿秋白的文学遗著，以及马克思、恩格斯、列宁的著作和高尔基等人的文学作品。这些著作在国统区因国民党的新闻限制无法出版，在解放区因印刷和纸张的困难也无法出版，“孤岛”文艺出版界在敌人近在咫尺的情况下担此重任，其贡献是巨大的。

b. 戏剧运动和戏剧创作是上海“孤岛”文学成绩卓著的一个重要方面。上海沦陷后，由于伶领导的救亡演剧第十二队留守“孤岛”，成为上海“孤岛”职业剧团上海剧艺社、青岛剧团的中坚力量，此外还有为数众多的群众性小型业余剧团。各剧团经常联系公演，教育各界群众，筹集抗日资金。这一时期比较有影响的剧作有于伶的《夜上海》《长夜行》《大明英烈传》，阿英的《碧血花》(又名《明末遗恨》《葛嫩娘》)、《海国英雄》(又名《郑成功》)、《杨娥传》，李健吾的改编剧《金小玉》《爱与死的搏斗》等。

c. 杂文创作也取得了可喜的成绩，涌现出一批比较优秀的杂文作家和作品，如浙东六作家金性尧、周木斋、周黎庵、王任叔、柯灵、唐弢的杂文合集《边鼓集》，这六位作者加孔另境的七人杂文合集《横眉集》，柯灵的《市楼独唱》，唐弢的《投影集》等。这些杂文创作继承并发扬了鲁迅杂文的战斗传统，使杂文这一形式在抗日战争中发挥了重要作用。

总之，“孤岛文学”是中国抗战文学的重要组成部分，广大爱国知识分子用手中的笔，密切联系实际，抒发爱国热情，创作出大量文学作品，同敌人进行顽强的斗争。“孤岛文学”因其特殊的时代背景和社会环境，表现出了特定的文学风貌，丰富了中国现代文坛。

2. 简述胡风的文艺思想。[南开大学2011年研]

答：胡风的文艺思想包括主观战斗精神、人道主义、民族形式等，其文艺思想对他的后半生产生了很大的影响，是当时社会对“胡风反革命集团”批判的直接原因，从而使其成为文艺批评自由和民主的殉道者。

(1)胡风文艺思想的主要来源

①马克思主义以及“五四”新文化运动思潮。

②柏格森的生命哲学以及弗洛伊德的精神分析学说等。

③对鲁迅文艺思想的继承。

(2)胡风文艺思想的主要内容

①坚持文艺的审美特性，在按照唯物史观肯定文艺是社会意识形态的前提下，他把艺术的美与形象思维相联系。

②提倡现实主义，反对概念化、公式化和客观主义、自然主义。他认为只有现实主义才反应艺术的规律，认为现实主义的“写真实”应包括写出生活的“阴暗面”和“劳动人民精神奴役的创伤”。

③创作过程中作家的“主观战斗精神”。其内涵包括作家对生活的批判态度、战斗热情和把握生活的能力。

④宽泛地理解生活，并非“只有工农兵的生活才算生活”，反对题材决定论。

⑤“内容决定形式”，认为“旧瓶新酒主义本质上是反抗现实主义的”。

⑥文学应主要描写人，要表现人道主义精神。

(3)胡风文艺思想的影响

胡风的文艺思想对他的后半生产生了很大的影响。他的主观战斗精神招来那些传统理论的坚持者和“左”倾理论家的追随者的极力反对，以致含冤数十载。他的现实主义在当时的政治气候和思想理论环境下，显然是和者必寡的，势必受到“正宗”的马克思主义者的责难和批评。他的“三十万言”试图争取被剥夺了的反批评的权利，但结果却事与愿违，成了含冤终身的一大憾事，做了文艺批评自由和民主的殉道者。

总之，在当时的社会政治条件下，胡风文艺思想在理论上的自觉意识和强烈的自我意识，与无个性的传统文化观念和服从意识，不可避免地产生矛盾，而且必将为传统的价值观念所不容，他的悲剧成了一种历史的必然。

四、论述题

1. 周扬对20世纪中国文学的影响。［南开大学2020年研］

答：周扬在中国现代文学发展进程中影响深远，从文艺理论倡导、组织文学活动到推动文学思潮演变，都有着不可忽视的作用。

（1）文艺理论建设的引领者

①传播马克思主义文艺理论

20世纪30年代起，周扬积极投身于马克思主义文艺理论的传播工作。他翻译、介绍了大量苏联的马克思主义文艺论著，如普列汉诺夫、卢那察尔斯基等人的理论著作。通过这些译介活动，周扬将马克思主义文艺理论的基本观点，如文艺与社会生活的关系、文艺的阶级性等引入中国，为中国文学界提供了全新的理论视角。许多作家在他的影响下，开始运用马克思主义观点分析文学现象、指导文学创作，推动了中国新文学从思想内容到创作方法的深刻变革。

②构建中国特色文艺理论体系

周扬结合中国的社会现实与文学发展状况，对马克思主义文艺理论进行本土化阐释与创新。他提出了一系列具有中国特色的文艺理论观点，如强调文艺的大众化方向，认为文艺要为广大人民群众服务，必须采用群众喜闻乐见的形式。在抗日战争时期，他倡导文艺为抗战服务，提出"国防文学"口号，从理论层面明确了文艺在特殊历史时期的使命与任务。他还参与文艺政策的制定与解读，对文艺创作的题材选择、主题表达、人物塑造等方面提出具体要求，为中国现代文艺理论体系的构建奠定了基础。

（2）文学活动的组织者与推动者

①组织文学社团与刊物

周扬在不同时期积极参与组织文学社团和创办文学刊物。在左联时期，他担任重要领导职务，组织作家队伍，开展文艺活动，推动左翼文学运动的发展。通过左联组织的各类文学活动，如文艺批评、创作竞赛等，培养了一批具有革命思想的青年作家，像丁玲、张天翼等。他还参与创办了《文学月报》等刊物，为左翼作家提供了发表作品、交流思想的平台，使左翼文学在20世纪30年代成为中国文学的主流力量。

②推动文艺整风运动

在延安时期，周扬积极贯彻执行毛泽东文艺思想，组织开展文艺整风运动。他通过组织学习、讨论等活动，引导文艺工作者深入生活、贴近群众，改变了文艺界存在的脱离实际、脱离群众的倾向。在文艺整风运动后，作家们创作出一批反映延安生活、歌颂人民群众的优秀作品，如赵树理的《小二黑结婚》《李有才板话》等。周扬对这些作品进行宣传推广，使文艺为人民服务的方向得到更广泛的认可与实践，对解放区文学乃至新中国成立后的文学发展产生了深远影响。

（3）文学思潮演变的关键人物

①引发文艺论争与思潮发展

周扬在20世纪中国文学史上多次参与重要的文艺论争，这些论争推动了文学思潮的演变。如20世纪30年代关于“文艺大众化”的论争，周扬积极发表观点，强调文艺大众化的重要性，并就如何实现大众化提出具体措施，引发了文学界对文艺与大众关系的深入思考，促进了文艺创作在形式和内容上向大众化方向的转变。在关于“两个口号”(“国防文学”与“民族革命战争的大众文学”)的论争中，周扬坚持“国防文学”口号，虽引发了一定争议，但也促使文学界对文艺在抗战时期的使命、统一战线等问题进行更全面的探讨，推动了抗日救亡文学思潮的发展。

②影响文学创作风格转变

周扬的文艺思想对作家的创作风格产生了重要影响。他倡导的现实主义创作方法，强调文学对社会现实的真实反映，许多作家在其影响下，更加注重对社会生活的观察与描写，创作出具有强烈现实批判精神的作品。在新中国成立后，周扬积极推动社会主义现实主义文学的发展，鼓励作家以社会主义的视角描绘新时代的建设与人民的精神风貌，促使文学创作风格从新民主主义革命时期向社会主义建设时期的转变。

2. 有人说，1940年代的抗战文学是中国现代文学的艺术衰退期，你怎么看待这一观点？请结合具体文学史现象加以阐述。［北京师范大学2013年研］

答：这种看法是错误的。

1940年代的抗战文学作为现代文学史的一部分，具有无可替代的独特价值和成就。1940年代文学包括抗日战争、解放战争两个历史时期的文学活动。抗战爆发后，全国实际上分为国统区、解放区和沦陷区，文学也因此形成同时并存的三个格局。

(1)1940年代抗战文学的特点

①形成了全国规模的文艺界抗日民族统一战线。其组织是“中华全国文艺界抗敌协会”，1938年3月27日成立于武汉，老舍为总务部主任，会刊为《抗战文艺》。其后音乐界、电影界、美术界的全国抗敌协会纷纷成立。

②抗日救亡成为压倒一切的文学主题。不少作家改变了原来的创作计划，进行抗日救亡的创作；一些浪漫派、现代派的作家转向了现实主义。另一些现代派的诗人把现代主义和现实主义加以结合。

③出现了大量充满热情、易于宣传和富有鼓动性的艺术表现形式。如街头诗、街头剧、朗诵诗、报告文学、曲艺作品(鼓词、快板、相声、数来宝等)、民间文学(山歌等)、戏曲(京剧、地方戏曲)、短篇小说。

④出现了多个文学中心。大的文学中心有国统区、解放区、上海“孤岛”(1937. 11—1941. 12，上海租界)和沦陷区(东北、华北)。

总之，抗战文学运动继承了“五四”新文学运动的战斗传统，积极宣传抗战，表现人民的反抗与斗争，揭露国民党统治的黑暗与罪恶，在反抗日寇的侵略和反压迫、争民主的斗争中发挥了积极的战斗作用，这是抗战文艺运动最基本的特点。

(2)国统区文艺运动

①发展历程

a. 从1937年7月抗战初期至1944年8月抗战中后期，国统区文艺工作者在宣传和表现抗战内容的方面由初步到深广，同时也对国民党专制统治进行了揭露和批判；在作品形式方面由小型化、轻型化到宏大性、史诗性、多样化。在话剧、小说、散文方面取得丰硕成果。

b. 从1944年9月抗战后期至1949年9月新中国成立前夕，国统区文艺以讽刺、揭露国民党反动统治为主。由于《讲话》的传播与解放区文艺的影响，还促使了这一时期国统区文学在民族形式和大众化方面有所推进，诗歌创作方面收获较大。

②文学创作的总体特色

a. 作品的内容方面以讽刺、揭露和批判国民党反动统治为主。

b. 作品的艺术风格方面比较深沉激愤、成熟稳健。

(3)解放区文艺运动

①发展历程

a. 第一阶段(1937. 7—1942. 5)：形成文学中心、开展抗战文学运动阶段。以延安为中心的陕甘宁边区及各抗日根据地先后建立文艺界统一战线和文艺团体，开展文艺活动，宣传抗日。

b. 第二阶段(1942. 5—1949. 7)：在《讲话》精神指引下显示崭新面貌阶段。1942 年 5 月 2 日至 5 月 23 日，中共中央在延安召开了文艺工作者座谈会，毛泽东发表了著名的《在延安文艺座谈会上的讲话》，提出文艺为人民大众服务的方向，提出文艺要为政治服务，要求作家要把立足点移到无产阶级方面来，指出生活是文艺的唯一源泉。这使解放区文艺的面貌发生了巨大变化。

②文学思潮方面的特点

a. 现实主义是解放区唯一的文学思潮，现代主义没有丝毫地位，浪漫主义作为因素附属于现实主义。

b. 从文学大众化思潮发展到工农兵文学思潮。

(4)沦陷区文学

①发展历程

1931 年“九 · 一八”事变后，东北沦陷区文学兴起，1937 年“七七”事变后，以北平为中心的华北沦陷区文学出现，1937 年 11 月淞沪会战和 12 月南京保卫战失败后，以上海、南京为中心的华东沦陷区文学出现。1941 年 12 月太平洋战争爆发后，上海租界内的“孤岛文学”也被纳入沦陷区文学的轨道。

②文学创作的总体特色

a. 这一时期的文学是在既不单纯崇尚英雄也不单纯反对浪漫，在“日常生活”与“乡土文学”间的张力中逐步发展。

b. 雅俗两大文学潮流相互对立又不断交融，代表了沦陷区文学“雅俗共赏”的艺术追求和审美标准。

综上所述，1940 年代的抗战文学是中国现代文学的重要阶段，无论国统区文学、解放区文学，还是“孤岛文学”、沦陷区文学的作家们都在民族危亡之际，运用文学这种方式，创作出反映现实、讴歌抗战的优秀作品，具有巨大的现实意义和深远的历史影响。

3. 概述毛泽东《在延安文艺座谈会上的讲话》的主要内容，以及“文学新方向”的确定。[北京大学 2010 年研]

相关试题：简述《在延安文艺座谈会上的讲话》的基本观点。[华中师范大学 2023 年研]

答：(1)毛泽东《在延安文艺座谈会上的讲话》的主要内容

①明确提出了文艺为工农兵服务的文艺创作方向

毛泽东在总结历史经验的基础上，以马克思主义文艺观为指南，联系中国社会及解放区文艺界的实际情况，指出我们的文学艺术都是为人民大众的，首先是为工农兵的，为工农兵而创作，为工农兵所利用的。

②提出并解决了如何为工农兵服务的问题

强调指出要真正为人民大众服务，作家必须把立足点移到无产阶级方面来。文艺工作者要求“思想改造”并与工农群众密切结合，确立无产阶级思想情感。在为工农兵服务的普及与提高问题上，明确要沿着工农兵自己的方向去提高，用工农兵便于接受的东西去普及，并指出在目前条件下，普及工作的任务更为迫切。

③对文艺与政治关系的重新阐释

毛泽东认为在一切阶级社会中，文学艺术都是属于一定的阶级，强调文艺从属于政治，为政治服务。由此他明确提出无产阶级文学艺术是无产阶级整个革命事业的一部分，应当为无产阶级革命事业服务。在文艺批评上有两个标准，一个是政治标准，是第一位的；一个是艺术标准，处于第二位。同时，要求政治性与艺术性的统一，政治形式和艺术形式要尽可能完美地统一起来。

④文艺与生活的关系

毛泽东认为，作为观念形式的文学产品都是一定社会关系在人类头脑中反映的产物，人民生活中存在着文学艺术的原料，它是自然的、粗糙的，也是最生动、最丰富、最基本的东西。生活是文艺取之不尽、用之不竭的唯一源泉。他进一步推论，中国的文艺工作者必须到群众中去，到火热的斗争中去，只有这样才能创造出群众所喜闻乐见的作品。

⑤文艺与传统的关系

毛泽东指出，我们必须继承一切优秀的文学艺术遗产，批判地吸收其中一切有益的东西，决不可拒绝继承和借鉴古人和外国人。进而提出了“古为今用”“洋为中用”的理论原则。

(2)“文学新方向”的确定

①“文学新方向”确定的过程

a. 1948 年邵荃麟、冯乃超等在香港创立《大众文艺丛刊》，郭沫若发表《斥反动文艺》，初步对文学进行了等级划分。

b. 1949 年 7 月，第一次全国文代会成立了文联和机关刊物《人民文学》《文艺报》，建立了社会主义新文学的生产、评价机制。

c. 1950 年，对电影《武训传》的批判确立了对历史的正确叙述。

d. 1951 年对萧也牧《我们夫妇之间》的批判又确立了对工农兵的正确叙述。

伴随着一系列的文学运动，政治不断地规训着文学，不断塑造文学新的品格，“文学新方向”就这样逐步确立起来。然而，通过政治不断规训而建立起来的社会主义新文学，必然具有强烈的排斥性，必然使得文学不可避免地走向单一化。最终，由于新时期的到来，社会主义文学走向崩溃。

②“文学新方向”的性质及内涵

a. “文学新方向”的性质：文艺大众化

自“五四”以来，文学作为启蒙的工具是建立在西方的启蒙视野之上的，因而，民众在“五四”文学那里是蒙昧的，如鲁迅笔下的农民。因而，“文艺大众化”，其实一直都是“化大众”，《讲话》试图从根本上扭转这一方向，真正使得文艺从工农兵的土生土长的根基中生发而出，真正实现“文艺大众化”。

b. “文学新方向”的内涵：文学表现并服务政治

对于毛泽东来说，社会主义的建立不仅意味着制度建设，而且更意味着文化建设。政治标准第一，艺术标准第二，意味着将文学组织到社会主义的结构中去。文学，就其必须承担的使命而言，乃是政治的组成部分。一方面，文学是政治的表达，另一方面，文学需要为工农兵服务。这种观念是支撑整个社会主义文学的根本观念，纵观 1950—1970 年代的社会主义文学，政治始终贯穿在文学之中，自始至终未曾改变，并一步一步通过文学的生产机制得到强化。

总之，毛泽东的《讲话》是对马克思主义文论的发展，比“五四”以来新文学所一再提倡的平民化、大众化要具体得多，政治内涵非常突出，有很强的现实针对性，对整个中国文学的发展方向产生了重大的影响。

第22章　赵树理

22.1　复习笔记

一、赵树理概述

1. 赵树理及其著作

赵树理(1906—1970)，原名赵树礼，山西晋城市沁水县人。出生于贫苦农民家庭，是在抗日民主根据地和解放区成长起来的作家，代表了1940年代解放区文学创作的最高成就，代表作品有《小二黑结婚》(1943)、《李有才板话》(1943)、《李家庄的变迁》(1946)等。

2. 赵树理方向

1942年延安文艺座谈会上毛泽东的讲话，使文艺大众化运动在解放区开展起来。这为赵树理的通俗化追求营造了非常有利的环境。赵树理的创作与这种文艺性政策最为契合，因此被解放区的文艺理论家树立为“赵树理方向”。

(1)一种新型文学方向的代表

赵树理的生活与创作深深根植于农民的现实经验与文化生态中，叙事对象、小说体式和精神趣味都契合解放区文学的目标期待与宗旨，同时，赵树理的小说又在一定程度上规避了对现实政治的简单应和，其特殊的“问题小说”意识甚至还表现为某些尖锐的批评，加之赵树理传神贴切的农村叙事，使他成为一个既代表着解放区方向又不失个人风格的有意味的作家。1947年7月晋冀鲁豫边区文联召开的文艺座谈会上提出了“赵树理方向”。

(2)一种生活实践的内在的要求

赵树理主张作家要长期深入生活，其小说深入生活的特点首先表现在写作的素材大多是从生活中拾来的，其次还表现在有着明确的写作目的，就是让普通群众，特别是广大的农村读者看懂。

(3)以亲身经历的历史变革为文本

赵树理把自己创作的小说称为“问题小说”，他的小说题材来自生活，特别是在工作中遇到的具体而迫切的问题。作为革命工作的实际参与者，赵树理在工作中碰见的问题是老百姓遇到的具体而亟待解决的问题。他将这些问题集合起来，将其文学化，用小说的形式表现出来。这些小说不仅起到向群众读者宣传党和政府的方针政策的作用，而且也反映了底层人民真实的声音。

(4)对“五四”以来新文学“欧化”倾向进行反省

在小说语言上，赵树理摒弃了“五四”以来知识分子创作中常见的欧化语言和句式，完全采用北方农民的口语来写作。无论讲述故事或评论人物、事件，都使人觉得像是一个农民在说话。但他使用的农民口语，又是经过提炼的北方农民的语言，既纯粹质朴，又幽默生动。

(5)以晋东南农村为背景，有浓厚的地域民俗色彩

赵树理在继承中国传统小说艺术方面比鲁迅走得更远，他全然不去“描写风月”，在他的小说中，风景描写是找不到的，但因为赵树理熟悉晋东南农村的风土人情、群众语言和多

种民间艺术，熟悉农民的喜怒哀乐，这些在他笔下自然而然地流淌出来，构成了独特的个人风格，完整而生动地再现了中国北方农村的生活世界，其中就包括了在农民的感受中出现的自然环境。

【名师点拨】重点理解“赵树理方向”的意义，了解其创作不同于以往新文学作家的新的历史特征，即大众化和农民化。同时，也应认识到赵树理创作的长处与局限性。

二、塑造历史变革中的农民形象

1. 小说中的“新”素质

“五四”以来，新文学和农民群众之间处于相当隔膜的状态。只有到了赵树理，才第一次解决这一长期没有解决的课题。他成功地描写了民主革命主力军农民的觉醒与斗争，塑造了众多个性鲜明的农村新人的形象。他们作为生活的主人，敢于反抗邪恶，坚忍、乐观，充满创造历史的主动性。在塑造老一辈落后农民形象方面，赵树理也有新的开拓。他不仅如实地描绘了他们背负几千年的“因袭的重担”，含笑地鞭挞了他们身上的种种弱点，而且表现了他们为时代的潮流所冲击、裹挟，正在缓慢地进步。此外，赵树理的小说语言与形式真正实现了民族化与大众化的统一。

2. 两类典型的农民形象

(1)“老一代农民”形象

①这一类人是深受封建思想毒害还未觉醒、背负着沉重的历史传统的老一代农民，如《小二黑结婚》中的二诸葛，《李有才板话》中的老秦，《传家宝》里的金桂婆婆等。

②通过这些人物，赵树理指出虽然剥削制度被消灭，但封建传统思想、小生产意识的影响仍然长期存在，要使农民真正获得精神上的解放，还需要一个漫长的历史过程。

(2)年轻一代农民

①这一类人是试图开始掌握自己命运，并敢于挣脱旧的精神枷锁的解放了的一代，他们的行为性格被赋予社会变革的政治内涵，又自然植根于解放区的典型环境中，如《小二黑结婚》中的小二黑，《李有才板话》中的李有才。

②通过这些“新人”形象，赵树理表达了他对新的政治力量与政治理想的自觉认同，努力寻找改善农民境遇的现实可能，他将个性解放与社会解放这两个在此前的文学叙事中难以兼容的诉求自然地结合在一起。

3. 在鲁迅基础上的开拓

赵树理是中国新文学史上继鲁迅之后最了解农民的作家，和鲁迅一样，赵树理堪称中国农民思想和农民心理分析的大师。如果说，鲁迅主要是深刻揭露中国农民精神上的创伤，唤起农民的觉悟的话，那么赵树理则主要是表现中国农民在政治、经济翻身过程中，思想上的翻身——农民精神面貌、心理状态的变化。他写出了农民地位的变化，家庭内部关系的变化，在这一变化的过程中显示农民改造的艰巨性和长期性。这是继鲁迅的农村题材之后，这一领域的又一块里程碑，又一座高峰。

【名师点拨】结合具体作品，并与1920—1930年代书写乡土题材的作家进行比较，重点理解和分析赵树理所具备的“新素质”，这是本章学习的重点。此外，还需了解赵树理笔下最常出现的两类农民形象以及小说中浓厚的地域民俗色彩。

三、评书体现代小说形式

1. 概述

赵树理为了照顾农民群众的欣赏水平与习惯，把古典小说、民间评书的优秀传统与“五四”新文学白话小说的成功经验熔于一炉，创造了一种评书体的现代小说艺术形式。

2. 具体表现

(1)在结构安排上，赵树理十分重视故事的完整、情节的连贯。为此，他的小说讲究有头有尾、前后呼应，并按照事物本身的逻辑，把来龙去脉，交代得一清二楚。起笔总是开门见山，人物迅速登场；有时花开两朵，各表一枝，使情节线索分明，眉目清楚；此外，还常常留下许多“扣子”，以吸引读者。收笔则往往以“大团圆”的形式作结，故事中的矛盾能够圆满化解。

(2)在人物刻画上，赵树理继承了我国古典小说塑造人物的特点，多用白描手法，通过人物自己的语言行动来凸显人物的性格。作者不做静止的景物和心理的描述，也不直接出面介绍和发议论，而是把情景描写融化在故事的叙述中，把人物放在情节发展和矛盾冲突中来进行刻画。

(3)在语言运用上，赵树理的小说不但将农民群众的口语运用在人物对话上，也将这种语言风格表现在文字的叙述上。这种叙述方式，作者仿佛成了说书人，读者聆听作者亲口诉说故事，显得非常亲切自然。此外，他还将农村生活的点点滴滴融入作品描写中，丰富了作品的韵味。

赵树理从以农民为主体的读者群的审美需求出发，在情节结构、人物环境和语言对话方面，都十分注意与农民的欣赏习惯、审美趣味、文化水准相适应，从而形成了新颖独特的艺术风格。这既是他个人的风格，也是民族的、大众的风格。

22.2 考研真题与典型题详解

一、填空题

1. 1943 年 9 月，赵树理的______由华北新华书店出版。

【答案】《小二黑结婚》

【解析】赵树理最具魅力的作品是中篇小说《小二黑结婚》，1943 年 9 月这篇小说出版，半年间发行四万册，创下了新文学作品在农村畅销流行的新纪录。

2. 周立波的______和赵树理的______是两部描写农业合作化运动的代表小说。

【答案】《山乡巨变》；《三里湾》

【解析】周立波的《山乡巨变》是《暴风骤雨》的续篇。它由正、续篇组成，艺术地展现了合作化运动前后，中国农民走上集体化道路时的精神风貌和新农村的社会面貌，剖析了农民在历史巨变中的思想感情、心理状态和理想追求，从而说明农业合作化是中国农村的第二次暴风骤雨。《三里湾》是赵树理小说创作中的代表作，是我国第一部反映农业合作化运动的长篇小说。通过几个旧式农民家庭的变化，揭示出农业合作化运动的历史意义和这场变革在农村所引起的巨大反响。

3. 赵树理《李有才板话》，开篇便提及“书名的来历”，称，阎家山有个李有才，外号叫“______”。

【答案】气不死

【解析】《李有才板话》是 1943 年赵树理发表的一部中篇小说，描写了抗战时期在改选村政权和减租减息斗争中，农民和地主之间复杂尖锐的斗争。作品采用有说有唱、夹叙夹议的板话形式，生动活泼。开篇第一句：“阎家山有个李有才，外号叫‘气不死’。”

二、简答题

1. 赵树理曾说：我的作品，我自己常常叫它是问题小说。因为我写的小说，都是在我下乡工作时工作中所碰到的问题，感到那个问题会妨碍我们的工作进程，应该把它提出来。

请你结合具体材料，谈谈你对赵树理“问题小说”的理解。［华东师范大学 2025 年研］

答：赵树理的“问题小说”具有鲜明的特色和重要意义，他以敏锐的洞察力捕捉时代问题，用生动的文学作品予以呈现和探讨，以下结合具体材料和作品来谈谈对其“问题小说”的理解：

（1）从创作缘起看“问题小说”

赵树理明确表示自己的作品是基于下乡工作中碰到的妨碍工作进程的问题而创作的。这体现了他创作的现实针对性和使命感。例如在《小二黑结婚》中，赵树理发现农村中封建思想和旧习俗如包办婚姻、迷信观念等，严重阻碍了新社会的发展和进步，于是以小二黑和小芹争取婚姻自主的故事为蓝本创作小说，将农村婚姻问题摆在了读者面前，旨在批判封建思想，推动婚姻观念的变革。

（2）从题材内容看“问题小说”

①农村政策与现实的矛盾问题

在《李有才板话》中，展现了抗日根据地在实行减租减息政策过程中，基层干部与地主之间的矛盾以及政策落实的困难等问题。通过描写李有才等贫苦农民与阎恒元等地主的斗争，揭示了政策推行时遇到的阻碍，反映出如何确保政策真正惠及农民、打击封建势力这一现实问题。

②农村社会关系问题

《三里湾》围绕着三里湾村在农业合作化运动中的种种矛盾展开，涉及到家庭关系、邻里关系在新的社会变革面前的变化和冲突。如范登高作为党员却自私自利，不愿入社，与其他积极支持合作化的村民形成鲜明对比，凸显了农村在集体化进程中不同思想观念和利益诉求引发的社会关系问题。

（3）从人物塑造看“问题小说”

①塑造受问题困扰的典型人物

赵树理笔下的人物往往是生活中各种问题的承载者和体现者。像《小二黑结婚》中的二诸葛和三仙姑，他们是封建迷信思想的代表，通过他们的言行和遭遇，展现了封建思想在农村的根深蒂固以及对年轻人的束缚。小二黑和小芹则代表着追求自由和进步的新一代，他们与二诸葛、三仙姑的冲突，凸显了新旧思想交替时期的问题。

②以人物命运反映问题本质

在《李家庄的变迁》中，主人公张铁锁从一个受压迫的农民逐渐成长为反抗地主阶级的革命者，他的命运变迁反映了农村阶级矛盾问题以及农民在革命中的觉醒和成长问题。通过人物在特定社会环境中的挣扎、选择和成长，深刻揭示了问题的本质和解决问题的必要性。

（4）从艺术风格看“问题小说”

①语言通俗化利于问题传播

赵树理采用通俗化、口语化的语言风格，使他的“问题小说”能够被广大农民读者所接受。他用农民熟悉的语言讲述他们身边的问题，如《李有才板话》中大量运用农民的口头禅、俗语和快板等形式，让农民更容易理解作品所反映的问题，从而使作品更具传播力和影响力，有助于问题的关注和解决。

②喜剧化手法增强问题表达

他常运用喜剧化的手法来处理严肃的问题。在《小二黑结婚》中，通过二诸葛和三仙姑的滑稽行为和可笑遭遇，以幽默讽刺的方式批判封建迷信和旧思想，使读者在轻松的阅读氛围中认识到问题的严重性，这种艺术处理方式既增加了作品的趣味性，又强化了对问题的表达和思考。

(5)从创作意义看“问题小说”

①推动社会变革

赵树理的“问题小说”及时反映了农村在社会转型时期的各种问题，引起了人们对这些问题的关注和思考，对推动农村的社会变革和政策实施起到了积极的作用。如《三里湾》对农业合作化问题的探讨，在当时的社会背景下，有助于引导农民正确认识合作化运动，促进农村生产关系的调整。

②丰富文学题材

在文学领域，他的“问题小说”开创了一种关注现实、深入生活的创作风格，丰富了中国现代文学的题材和内容。以独特的视角和艺术手法，展现了农村社会的真实面貌和农民的生活状态，为后来的作家提供了宝贵的创作经验和借鉴范例，推动了文学与社会现实的紧密结合。

2．何谓“赵树理方向”？[华东师范大学2015年研]

相关试题：赵树理方向[名词解释；北京大学2023年研]

答：“赵树理方向”首先是一种文艺政策性的引导，是对当时(乃至20世纪五六十年代)文学“主流”的一种阐释与倡导，关键是顺应大众化、农民化的审美追求，正好适应了当时解放区的社会变革需求，因而赵树理式的主题与文学语言形式被推崇到主流的位置。

(1)一种新型文学方向的代表

赵树理被解释为一种新型文学方向的代表，是能体现毛泽东《在延安文艺座谈会上的讲话》所提出的文艺路线的典范。由于赵树理的创作顺应了大众化的文艺方向，这种“方向性”的提倡对整个解放区文学乃至五六十年代的文学，都影响巨大。

(2)一种生活实践的内在的要求

赵树理追求大众化主要是出于一种生活实践的内在的要求，是与农民进行精神对话的自然需要，因此能够忠实地反映农民的思想、情绪、意识、愿望及审美要求，并真正能为普通的农民所接受，这是赵树理及其所代表的这一代作家最突出的特点。

(3)以亲身经历的历史变革为文本

赵树理的创作是自己亲身经历的历史变革的文学记录，这决定着他(及他所代表的一代作家)自觉地追求创作对现实生活的紧密配合的宣传、鼓动作用与指导作用，又不滞留于公式化概念化的困境，这就有力地保证了赵树理式的“问题小说”政治倾向性与真实性的统一。

(4)对“五四”以来新文学“欧化”倾向进行反省

赵树理是在对“五四”以来新文学“欧化”倾向进行反省的基础上，建立他那种格外偏重大众化、通俗化的文学主张的。他主要从民间文学中汲取艺术营养，这在解放区作家中也有代表性。他们虽然也在承续“五四”新文学的传统，但和1920、30年代诸多新文学作家不同的是，他们与西方文学处于相对隔绝状态。

(5)以晋东南农村为背景，有浓厚的地域民俗色彩

赵树理小说都以晋东南农村为背景，有浓厚的地域民俗色彩。对他的小说而言，写民俗

主要是为了提供一种文化的政治的环境，表现人物在社会变革中的精神变迁，同时也为了加强小说的故事性。后来在赵树理影响下形成的“山药蛋派”作家群，是当代文学中最有地域文化特点的流派之一，他们的创作也大都以充分的民俗描写展示现实主义的魅力。但其文化修养略显不足及由之产生的思想视野也相对狭窄。

三、论述题

1. 赵树理对于解放区文学的价值。［东北师范大学2025年研］

相关试题：

(1)赵树理对中国新文学的贡献。［北京大学2011年研］

(2)简述赵树理的文学史意义。［简答题；中山大学2011年研］

(3)简述赵树理小说出现的文学意义。［简答题；中国传媒大学2010年研］

答：赵树理小说对于解放区文学乃至整个中国新文学发展都有着重要价值，这主要表现在以下几个方面：

(1)复兴民间话语，弘扬民间文艺

赵树理的创作主要从民间文学中汲取艺术营养，复兴民间话语，弘扬民间文艺，提升民间文艺的品位，使民间文艺登上文学的大雅之堂，具有明显的大众化、通俗化的艺术特色。这为中国新文学继承传统文学特别是继承和弘扬民间文艺方面做出重大贡献。一方面他创造性地利用民间文艺样式，创造了新文学的新品种“评书体小说”“新章回体小说”等，另一方面又扩大、改造民间曲艺和地方戏剧，促使其登上大雅之堂；同时他还学习借鉴西洋的文学样式，同民间文艺相融合，创造了农民式的话剧、电影。

(2)新型农民形象的塑造

赵树理的文学创作是半个世纪以来中国农村社会变迁和中国农民生存状态的一面镜子。他为中国新文学提供并塑造了历史变革中的农民形象，这是其他新文学作家很少涉及的。赵树理在小说中主要展示劳动者在逐步打破枷锁的过程中所焕发的历史主动精神和新的道德风貌，在农村大变革的历史情景中深入地观察、把握农民的思想情感，真实地展现了新老两代农民的典型化的形象。

(3)文学形式的创新

结合中国古典小说，运用评书体书写现代小说，这是赵树理对新文学形式上的创新。

①在小说的结构上，赵树理扬弃了传统小说章回体的程式化的框架，而汲取了其讲究情节连贯性与完整性的结构特点。

②在描写与叙事的关系上：吸取传统评书式小说的手法，把描写情景融化在叙述故事中，把人物放在情节发展矛盾冲突中，通过自身的行动和言语来展现其性格。

③在语言的艺术性和通俗性的结合上，赵树理的语言达到了很高的境界。

(4)地域色彩的浓厚

以晋东南农村为背景，有浓厚的地域民俗色彩，在他的影响下出现了山药蛋派作家。赵树理的小说中，写民俗主要是为了提供一种文化的政治的环境，表现人物在社会变革中的精神变迁，同时也为了加强小说的故事性。后来在赵树理影响下形成的山药蛋派作家群，是当代文学中最有地域文化特点的流派之一，他们的创作也大都以充分的民俗描写展示现实主义的魅力。

(5)“为农民服务”的“人本主义”文学思想

赵树理的文学创作始终关注着中国农民的生存状态，并坚持不懈地从中发掘素材进行创作，流露出浓厚的“为农民服务”的文学思想。在其影响下，山药蛋派作家群也成为一个从始到终的、全心全意为农民服务的文学流派，这在新文学史上是绝无仅有的。他们从文学描写的客体对象，到创作塑造的审美形象，直至阅读者都是以农民为对象。

综上所述，赵树理以其大量的小说创作，丰富了“十七年”时期的文坛。他的小说在艺术的民族化、大众化方面，均取得了卓越成就。无论是在人物描写、结构安排还是语言运用、地域色彩都探索出了一条崭新的道路，其农村小说创作对后世影响深远。

2．谈谈赵树理及其山药蛋派创作的历史贡献和时代局限。［浙江大学2011年研］

答：山药蛋派是以赵树理为代表，部分艺术风格、审美追求相互接近的山西作家所构成的一个以写农村题材小说为主的文学流派。除赵树理外，主要成员还有马烽、西戎、束为、孙谦、胡正等。其代表性的小说作品有《小二黑结婚》《李有才板话》《三里湾》（赵树理）、《我的第一个上级》（马烽）、《宋老大进城》（西戎）、《奇异的离婚故事》（孙谦）、《七月的庙会》（胡正）等。

（1）历史贡献

赵树理小说出现的文学意义主要体现在其对中国新文学发展的突出贡献，这主要表现在以下几个方面：

①复兴民间话语，弘扬民间文艺。

②新型农民形象的塑造。

③文学形式的创新。

④地域色彩的浓厚。

⑤“为农民服务”的“人本主义”文学思想。

综上所述，赵树理以其大量的小说创作，丰富了“十七年”时期的文坛。他的小说在艺术的民族化、大众化方面，均取得了卓越成就。无论是在人物描写、结构安排还是语言运用、地域色彩都探索出了一条崭新的道路，其农村小说创作对后世影响深远。

（2）时代局限

由于时代和个人等方面的原因，他们的作品中存在着局限和不足，表现为：

①他们虽然身处农村天翻地覆的大变革时代，但其作品反映农村的生活面不够广阔，作品容量不够博厚，缺少气壮山河的画幅和史诗的气度。

②他们虽然塑造了许多个性鲜明的艺术形象，但从总体看，仍存在着重事轻人的倾向，很少塑造出像阿Q、朱老忠、梁三老汉这样性格丰富、立体感强、高度典型化的艺术形象。

③他们过分强调写“问题小说”，或者为了配合中心任务，使得部分作品有就事论事、图解政策和概念化的毛病，缺乏艺术感染力。

④在重视向中国古典文学和民间文学优良传统学习的同时，他们一定程度上忽视了对外国文学创作经验的借鉴。

⑤由于都重视共同的美学追求，山药蛋派的模式化创作越来越明显，每个作家的个性风格反而被淹没了。

总之，赵树理及其山药蛋派的文学理论起源于1940年代赵树理组织的通俗文化研究会以及集体撰写的《“通俗化”引论》。它所提出的“文化大众化”和“新启蒙”的思想主张，成为这些作家自觉的艺术实践的旨归。山药蛋派的写作在20世纪五六十年代形成具有全国影响的流派风格。

第23章 小说(三)

23.1 复习笔记

一、暴露与讽喻

1. 概述

(1)全面抗战爆发之初，民族热情空前高涨，大批作家走出书斋，甚至纷纷走上前线。在救亡图存的大旗下，不同派别、不同思想倾向的作家追求着共同的表现题材——揭露侵略者的残酷暴行，呼喊着民族的觉醒和奋起，讴歌抗日英雄——这使这一时期的创作在整体上呈现出明显的昂扬豪迈、悲壮激越的审美风格。

(2)抗日救亡小说在艺术形式上大体沿着两条线发展：一是与朗诵诗、街头剧、曲艺作品的风行相呼应而产生的小说通俗化；一是与报告文学的兴盛互相渗透而产生的小说纪实化。所以，抗战初期，作家们为了迅速反映抗日救国的社会现实，大多都以短篇创作为主，而且多半是通俗小说、速写体，甚至提倡“前线主义”小说。

(3)随着抗战的持续和深入，国内外政治和社会形势都发生了较大的变化。残酷惨烈的战争局面、紧张压抑的政治气氛、混乱凋敝的经济状况、辗转窘迫的生活现实，迫使广大文艺工作者不得不从抗战初期的狂热、幼稚、理想的状态中冷静下来，而更多地去关注灰色的现实人生、凡俗的日常生活。作家们的视线由光明转向阴暗。1938年初，张天翼发表的《华威先生》，率先拉开了国统区讽刺文学的序幕。沙汀、艾芜等也纷纷跟进，创作出一批具有讽刺意味的小说。

2. 代表性作家

(1)张天翼

张天翼是讽刺暴露文学思潮中的先锋。他的短篇小说《华威先生》言辞犀利辛辣，在喜剧效果中显示出深刻的批判力量，该小说采用了漫画式的手法，通过各种夸张、变形的手法和细节的描写活画出一个“包而不办”，名义上为抗战奔波、实际上到处参会抢权的文化官僚形象，暴露了在全民抗战的热情下潜藏着的狭隘的党派利益和个人私利之争，具有一定的时代典型性。

(2)沙汀

不同于张天翼活泼流动的行文及轻快峭刻的语言风格，沙汀将讽刺手法与悲剧艺术相融合，善于从自己熟悉的生活经验中寻找创作素材，通过对四川农村世态人情和风俗习惯的描写，反映出时代的风云。写于1938年的短篇小说《防空——在“堪察加”的一角》是现代文学中最早暴露国民党假抗战的作品之一。1940年创作的短篇小说《在其香居茶馆里》，标志着沙汀讽刺小说在艺术上的成熟。此后陆续创作出《淘金记》《困兽记》和《还乡记》三部长篇，一起被誉为沙汀代表性的长篇“三记”。

(3)艾芜

艾芜抗战以后的作品同早期作品相比，在题材上有了新的变化。作者不但以热情洋溢的笔调描写了抗战以来的新气象，表现了劳动人民的抗日斗争生活，而且较多地暴露了国统区的黑暗社会现实。创作方法也有新的发展：浪漫主义减少，逐渐转向严谨的现实主义，描述人物的心理更为细腻深刻，文字也更洗练有力。中篇《一个女人的悲剧》《乡愁》和短篇《石青嫂子》等，开掘都比较深，有强烈的时代气息。长篇有《丰饶的原野》《故乡》和《山野》，其中《山野》标志着作者在长篇创作上走向成熟。

(4)钱钟书

以学者身份创作小说的钱钟书，这一时期写下了著名的长篇《围城》。作者继承和发展了清代讽刺文学大师吴敬梓《儒林外史》的讽刺艺术，故有人称《围城》为中国新文学史上的“新儒林外史”。这部小说以抗战初期为背景，以从国外留学归来的方鸿渐在爱情、家庭、职业上的追求与困顿为主线，反映了那个特定时代活跃在“新儒林”里的各种人物的卑琐与污秽、虚伪与丑恶，通过他们的种种表演，深刻地透视了那个病态的社会。

《围城》在艺术上有鲜明的特色：

①入木三分的讽刺才能。小说采用了多种讽刺手法，对当时出国留学的风气和旧中国社会滋生起来的独特知识分子的劣根性予以机智、精巧而又不失辛辣的嘲弄。作者善于抓住事物的最富特征的细节，或人物在一定条件下的心理波动，用形象的语言，深刻地揭示出事物的本质和人物性格的深层内涵，却丝毫没有斧凿的痕迹。

②淋漓尽致的心理描写。作家的心理知识十分丰富。他善于对多种人物做不同角度的心理观察和分析，而且越是在有较多人物的场面，越是目光如电，顾盼迅速，往往在人物言笑晏晏之下，细致地展现出各自内心的奔涌的暗流。

③丰富多彩的语言艺术。小说描写的对象是知识分子，并且是高层次文化圈内的知识分子，作者用自己所长，发挥知识渊博的学者优势，在小说中大量引用了文学、历史、哲学、宗教、政治等方面的典故和趣闻，使人物对话知识化，充满文化气息；此外，作者征引广博，比喻联翩，妙语连珠，谐趣横生，显示了作者过人的才气，更重要的是，还大大开掘了作品题材的意义，使得这部小说增添了发人深省的力量。

【名师点拨】对抗战几个阶段国统区小说创作的发展变化需做知识性了解，重点阅读钱钟书的《围城》，了解其与现代文学史上其他讽刺类小说的不同之处。

二、体验与追忆

“体验与追忆”是从题材和写作姿态上做出的一个大体概括，但具体到每个作家，其各自的情况又是不同的。

1. 七月派小说

七月派小说因胡风于抗战初期创办的文学刊物《七月》而得名。七月派小说以胡风的现实主义理论为基础，强调“主观战斗精神”，反映下层社会的“带着精神奴役的创伤”的民众生活，追求主客体之间“人格力量”的渗透融合。丘东平、彭柏山、路翎是这一派的主要创作者，在这些作家中，路翎是最有成就也最能反映七月派小说的审美特质的作家。

2. 路翎

(1)主要作品

主要作品有短篇集《青春的祝福》《求爱》，中篇《饥饿的郭素娥》《蜗牛在荆棘上》，长篇《财主底儿女们》。

(2)创作倾向与风格

①路翎的小说取材比较广泛，矿工、农民、士兵、流浪汉以及各类知识分子等多有涉及。他着重表现的是在动荡的战争年代里，大后方下层人民生活的病态以及找不到正确出

路，做困兽搏斗的知识分子的精神创伤，显示出鲜明的现实主义特色，体现了七月派的理论主张。如中篇小说《饥饿的郭素娥》展示了主人公郭素娥依靠着“原始的强力”顽强地求生、求爱与维护自我尊严的过程；长篇小说《财主底儿女们》表现了知识分子蒋纯祖在思想上不断自我完善的艰苦历程。

②路翎的小说所取得的主要成就在于塑造了有着丰富精神世界的人。作者从“复杂性”的审美视角出发观察世界，反映生活，成功地把现实主义文学对外部世界的客观描绘转移到对人的内心世界的深度挖掘，深化和丰富了现实主义文学。

③路翎的小说也存在一些明显的缺陷。如在人物塑造的方法上，由于作品过分强调对人物心理的分析，而不重视对人物肖像、行动及语言的描写，往往使得人物的立体感不强，形象不够鲜明；在语言艺术上，路翎受七月派理论的影响，追求一种纯理性的风格，较多抽象的理念分析，使作品流于晦涩、拖沓和枯燥，读起来感到比较吃力和乏味。

【名师点拨】路翎是本部分内容的重点，需结合其具体作品以及第21章中胡风的有关理论，来更好地理解路翎创作的倾向与风格特色。

3. 冯至

冯至这一时期创作的诗化小说《伍子胥》，把传统的“复仇”主题转化为“抉择”主题，以主人公伍子胥的经历展现了中国社会现代转型所引发的精神危机，并借伍子胥的思考与选择传达出维系人类存在发展所必需的永恒性的伦理价值内涵。小说运用某些表现主义的手法，侧重于通过人物的内心独白来传达思想。

4. 师陀

芦焚在1940年代改以师陀为笔名，创作出了《无望村的馆主》《果园城记》《结婚》《马兰》等作品。以芦焚为笔名的小说具有典型的京派小说特征；而改以师陀为笔名的小说显示出明显向左转的趋向，实际上已经脱出了京派小说的门径。他的小说大多取材于乡土，并带有浓重的抒情色彩。他小说里的人物形象多是受尽欺压、历尽险恶的小人物，但都注入了作家强烈的反抗意识。将诗意、讽刺与同情熔铸一炉，营构出不和谐的奇崛、诡辟的意境，是芦焚小说最突出的艺术特征。

5. 汪曾祺

汪曾祺1948年出版的《邂逅集》收录了他早期的作品，包括《复仇》《老鲁》《鸡鸭名家》《异秉》等。他的部分作品有意识地运用西方现代派的创作技巧，如《复仇》中对意识流的运用。另一部分作品则体现了作家对自然人性与乡野生活的观照，流露出对传统文明逐渐失落的留连之意。其小说结构看似散漫，气氛的营造却足够浓厚。

6. 东北流亡作家群

抗战全面爆发后，东北流亡作家群由抗战救亡主题转入对东北故土的书写，怀乡主题成了创作的重心。萧红的《呼兰河传》、萧军的《第三代》、骆宾基的《幼年》、端木蕻良的《科尔沁旗草原》都代表着这一倾向。《呼兰河传》以深情的回忆调子，描绘了呼兰河人卑琐平凡的日常生活，及其愚昧麻木、保守落后的精神状态，显示出对封建传统生活和礼教习俗的痛切批判。《第三代》侧重表现了辽西山区人民在封建势力统治下的命运和抗争，力图追溯东北人民反抗精神的渊源。《幼年》和《科尔沁旗草原》则分别以一个城镇小商人家庭和一个草原大地主家族为中心，展示东北的社会历史生活。

三、通俗与先锋

属于“通俗与先锋”这类追求的小说主要出产于上海沦陷区和“孤岛”。

1. 张爱玲

(1)张爱玲的主要文学生涯活跃在1943—1945年，即珍珠港事件爆发，日寇进入上海租界到抗战胜利期间。1943年她在周瘦鹃所办的《紫罗兰》杂志发表《沉香屑·第一炉香》《沉香屑·第二炉香》之后，又陆续在上海的《杂志》《万象》《天地》等刊上发表《茉莉香片》《心经》《倾城之恋》《金锁记》《红玫瑰与白玫瑰》《封锁》《琉璃瓦》《花凋》等小说。1944年，作者自选10篇小说结集为《传奇》由上海杂志社出版，增订本又增加了5篇。

(2)《传奇》标榜“在传奇里寻找普通人，在普通人里寻找传奇”，诚如所言，这些小说表现的全是平凡生活中的饮食男女。这些男女活在传统与现代之间，有最本色的欲望与虚荣，不乏生活练就的自私与精明。张爱玲洞察人性、人生，对普通人的这些性格弱点一直抱有善意的理解和同情，然而她知道繁华的背后就是荒凉，所以结局总是归于黯淡。

(3)张爱玲的小说历来被认为是雅俗共赏的代表，她糅合中国古典文学手法与西方现代派的先锋叙事，在人物故事上，均以中国古典小说的笔调，写出旧传奇的趣味，表现出浓郁的市井气息，在艺术手法上，借鉴了西方现代文学的一些技巧，如弗洛伊德的心理分析、日本新感觉派的缤纷意象、象征主义的通感、隐喻和象征等。

【名师点拨】张爱玲是本章学习的重点，需结合具体作品(《金锁记》《封锁》《倾城之恋》等)来体悟其小说的艺术特色。此外，还可将张爱玲与苏青的创作进行比较，从而加深对二人文学创作的认识与理解。

2. 苏青

苏青是上海沦陷期间与张爱玲齐名的女作家。与张爱玲作为一个本色的小说家所展现的隔岸观火的冷静不同，苏青本质上是一个散文作者，有一种强烈的自我倾诉的欲望，甚至表现出一种自然而亲切的俗气。她的小说大都采用第一人称，里面的许多事情往往也就是她本人的亲身经历。自传体长篇小说《结婚十年》是其代表作。

3. 梅娘

与苏青小说主题较为接近，但又比她“雅”的另一个女作家，是北方沦陷区与张爱玲并称“南玲北梅”的梅娘。基于自身经历，她的小说主要描写传统的官宦、商人大家庭中的女性生存状况，借此展示女性的辛酸和人间的不平。文笔纤巧，感情细腻，有一种悲天悯人的动人情怀。代表作为水族系列小说《蚌》《鱼》《蟹》，揭示了大家庭女性的三种生命处境。

4. 后浪漫主义

后浪漫派主义文学是指20世纪40年代在抗战时期成名的两个作家——徐订和无名氏的文学创作，他们以相近的创作倾向和审美风格标示着浪漫主义思潮的一种新的走向，即把浪漫主义的情感自由转化为讲述奇情、畸恋，借助奇异的幻想达成精神的自由。后期浪漫派小说始终是以异域情调、传奇色彩、大胆的想象、充沛的感情吸引普通市民阶层，满足他们爱好传奇的心理。他们承接了早期创造社为代表的浪漫传统，又融进了1930年代新感觉派的某些特征，而且与同时代上海的“海派”作家群又有着血缘关系。如此一来，在广泛的融合与创新中后浪漫派形成了独特的风格特征。

(1)徐订

徐订的《鬼恋》《荒谬的英法海峡》《吉布赛的诱惑》《精神病患者的悲歌》等作品散发出强烈的异域情调和超现实的浪漫想象。1943年出版的长篇小说《风萧萧》一纸风行，以致该年被称为“徐订年”。他的小说主人公专注于对生命意义的寻找，永不停歇地追求理想、信仰、爱等生命的崇高价值，求而不得又造成不能摆脱的焦灼与苦闷。

(2)无名氏

无名氏的《北极风情画》《塔里的女人》《野兽·野兽·野兽》《海艳》《金色的蛇夜》等作品体现了通俗文学的一种高雅走向。他的小说笔墨秾丽，淡化故事情节，张扬主体意识，大段的情感宣泄和性灵反思打破了小说形式的束缚，诗歌、散文、小说各种语言形式在作品中自由流淌，互相渗透，在恣肆汪洋的语言洪流中闪烁着理性的色彩，折射出作家对人生和哲学思想的探求。

四、现实与民间

1. 孙犁

(1)概述

孙犁(1913—2002)，原名孙树勋。1945 年在《解放日报》发表了短篇小说《荷花淀》，一时声名鹊起。孙犁的小说善于表现人情美，艺术上追求诗化抒情和清新淡雅的风格，带有浪漫主义的艺术气质。这种创作风格及一些学习、模仿他的作家群，在文学史上被称为“荷花淀派”。

(2)艺术特色

①孙犁小说写的是“工农兵”，但情绪却非工农兵的；他像一个唯美主义的诗人，随处发现和捕捉着生活的美和诗意；他不是真实摹写工农兵的现实生活状态，而是挖掘工农兵身上超越现实的人性与人情之美。他对工农兵不像赵树理那样熟悉、理解，他与写作对象保持着一定的审美距离，因而他笔下工农兵的生活，常常以片段的、写意的方式被表现。

②孙犁最擅长描写的是女性，他描写女性的手法，不是写实的，不具备通常小说追求的“典型性格”，他笔下的形象是诗意的。

③孙犁的短篇小说，是典型的抒情小说，他不注重故事和情节，大都给人以“琐记”“速写”的感觉。他以一颗纯真的心，敏锐地捕捉着平凡生活中的善与美。这一类随笔式的小说，往往就是生活的某个场景、人物的某个行动，但使这些零碎的印象成为作品的，就是一种美好单纯的情愫。

(3)《荷花淀》

《荷花淀》的价值，几乎可以说主要不是叙事的，而是诗的，作品表现出清新优美的意境和至洁至纯的人性美。自然景物、人物行动、民间风俗，实的、虚的、近的、远的，都变得没有界限，都交融为一片高洁美妙的境界，令人痴迷陶醉。有了这样雅洁单纯的意境，小说情节如何，故事是否完整，人物性格是否丰富等，都从人们的审美期待中消退了，人们完全被作品超绝的意境所震慑、所消融，陶醉在自然赋予人生的美、语言赋予艺术的美之中。

【名师点拨】孙犁是解放区仅次于赵树理的重要作家，需重点理解其小说创作的两点特色，结合具体作品，注意从审美的层面领悟孙犁小说对“单纯情调”的追求。

2. “土改”小说

(1)《太阳照在桑干河上》和《暴风骤雨》

①《太阳照在桑干河上》

小说写的是华北一个叫暖水屯的村子，党支部书记张裕民、农会主任程仁领导群众与以钱文贵为代表的地主势力展开斗争，但人称赛诸葛的恶霸地主钱文贵十分狡猾，“土改”前夕就想好了对策：他把五十亩地假装着分给了两个儿子，让他们各立户口，自己名下的地亩，仅够一个中农；他把二儿子钱义送去参军，自己当了“抗属”，又把女儿嫁给了村治安员张正典，使自己在干部中有了耳目；他又企图利用侄女黑妮与村农会主任程仁之间的爱情关系，施展“美人计”。因为有钱文贵这一大障碍，暖水屯的“土改”运动一直裹足不前，呈现一种胶着状态。张裕民和村干部们逐步认识到，穷苦农民要翻身，首先必须翻心，在县委领导的帮助下，召开党员大会，干部们做了认真的自我批评，统一了思想，群众也被发动了起来，在这股如潮水般的力量面前，恶霸地主钱文贵终于被打垮了。

②《暴风骤雨》

小说分为上下两部。上部写的是1946年党中央“五四指示”下达后，萧祥带领“土改”工作队来到松江省元茂屯开展“土改”运动，经过发动群众，唤醒了以赵玉林为代表的贫苦农民的阶级觉悟和斗争勇气，几经曲折，终于打倒了恶霸地主韩老六，击退了韩老七匪帮，“土改”取得了初步胜利。下部写1947年《中国土地法大纲》颁布后，萧祥再次来到元茂屯，经过一番深入调查和动员之后，整顿了农会组织，发动群众夺回了被阶级敌人篡夺的政权，清除了封建残余势力，纠正了“左”倾错误，挖出了潜伏特务，“土改”进入高潮。最后翻身农民积极参军，保卫胜利果实，投入了解放全中国的斗争。

③两者比较

a.《太阳照在桑干河上》较真实地表现了“土改”中阶级斗争的复杂性；而《暴风骤雨》对此的表现比较简单化、规范化。

b.《太阳照在桑干河上》善于运用心理剖析的手法，写出人物思想性格的复杂性，但黑妮等少数人物不够丰满，部分情节的展开有些仓促；《暴风骤雨》则擅于刻画老孙头这样的“中间人物”，但在地主形象的塑造上有一些类型化和脸谱化。

c.《太阳照在桑干河上》对人物内心活动的描写比较突出，但过于冗长的心理叙述，使人读起来感到沉闷。在语言风格上，作者虽也注意向农民学习，但仍夹杂了较多的知识分子式的欧化句式，精细微妙有余而通俗朴实不足。《暴风骤雨》精于选取突出的典型事件和富有特征的细节，用简单朴素的笔墨加以描绘，风格明快，但结构明显前紧后松，后部分的不少章节常常是枯燥的叙述和材料交代，影响了作品整体结构的平衡。在语言风格上，小说较多地采用东北农民群众的口语，不仅语言朴实、自然、亲切，而且富有地方色彩和生活气息，体现了作者对大众风格的追求。

【名师点拨】《太阳照在桑干河上》和《暴风骤雨》这两部“土改”小说的比较分析是本章的重点，需阅读这两部作品，并比较其各自的得失，从而对解放区文学创作有一个整体的认识和思考。

(2)欧阳山的《高干大》和柳青的《种谷记》

中国现当代文学走向“社会主义文学”的道路以欧阳山的《高干大》和柳青的《种谷记》两部作品为拐点，这类作品具有过渡时期的鲜明特色，它们提供了不同领域的新人形象，显示了较强的时代感。

①《高干大》

欧阳山的代表他新风格的长篇小说《高干大》以1941年前后陕甘宁边区合作社的经济发展为背景，描写了陕北某县一个穷山村任家沟的合作社在高生亮的带领下，坚持一切从实际出发的工作方法，把合作社发展壮大的过程，反映了农村发展合作经济中的不同工作思想、工作路线的矛盾与斗争。小说比较注意故事性，情节发展环环相扣，斗争步步紧逼，语言也比较朴素、明朗，运用陕北农民口语，既生动形象，又有地方色彩；但存在反映生活面不够广阔，人物性格比较单薄等缺点。

②《种谷记》

柳青的第一部长篇小说《种谷记》是较早反映农村初期互助合作组的作品，描写的是清涧王家沟组织农民集体种谷所引起的农村生产制度的某些变革，塑造了以农会主任王加扶、劳动模范王存起为代表的农村先进人物的形象。小说初步显示了柳青善于描写场面和善于展现人物心理的艺术才能；但全书结构松散，情节进展缓慢，对话多而行动少，读起来有些沉闷。

23.2　考研真题与典型题详解

一、填空题

1. 被夏志清称为“流浪汉的喜剧旅程录”的小说是______。

【答案】《围城》

【解析】《围城》是钱钟书所著的长篇小说，1947 年由上海晨光出版公司出版。故事主要写抗战初期知识分子的群相。《围城》是中国现代文学史上一部风格独特的讽刺小说，被夏志清称为“流浪汉的喜剧旅程录”。

2. 中篇小说《鬼恋》是______的成名作，《鬼恋》七年内印行 19 版，确定了作者的小说基调。

【答案】徐訏

【解析】《鬼恋》是徐訏的成名作，创作于 1936 年，七年内印行 19 版，确定了他小说的基调：浪漫虚构，大众传奇，表现爱与人性善恶的多重性。

3. 徐訏 1943 年发表的长篇小说______，被列为全国畅销书之首，该年被称为“徐訏年”。

【答案】《风萧萧》

【解析】1943 年 3 月，徐訏的《风萧萧》开始在《扫荡报》副刊连载，名声大噪。这一年被称作“徐訏年”。

二、名词解释

1.《金锁记》[河南大学 2024 年研；西北师范大学 2022 年研；复旦大学 2013 年研]

答：《金锁记》是张爱玲 1943 年所作的中篇小说。主要叙述了曹七巧嫁到姜公馆，用自己的青春作为抵押，终于得到一笔遗产，但黄金枷锁扭曲了曹七巧的人性，使她成为一个变态女人。张爱玲在艺术上细微地镂刻了人物变态的心理，利刃一般毒辣的话语产生了令人惊心动魄的艺术效果。这部作品在空前深刻的程度上表现了现代社会两性心理的基本意蕴，将现代中国心理分析小说推向了极致，后被改编成同名话剧。

2.《果园城记》[湖南师范大学 2023 年研]

答：《果园城记》是师陀于 20 世纪 40 年代创作的短篇小说集。该作品以作者故乡河南杞县为原型，构建出一个名为“果园城”的虚构小城。创作背景正值中国社会处于剧烈变革时期，传统与现代的冲突在各个角落上演，师陀试图通过对果园城的描绘，展现这一时代变迁下中国乡村城镇的风貌与人们的生活、精神状态。在内容上，《果园城记》由一系列相对独立又彼此关联的短篇小说组成，全方位呈现了果园城的社会百态。书中刻画了众多性格鲜明的人物，有封建遗老，他们虽身处时代变革之中，却依旧顽固地坚守着旧有的封建礼教与生活方式，拒绝改变；有试图在新思潮冲击下寻求出路的青年，他们怀揣着理想，却在果园城这个传统势力强大的环境中处处碰壁；还有在底层苦苦挣扎的小人物，他们为了生计奔波，命运充满了无奈与悲苦。这些人物形象生动地反映出当时社会各阶层在时代洪流中的挣扎与沉浮。从艺术风格来看，师陀以细腻且富有诗意的笔触，勾勒出果园城独特的风土人情。小说中对小城自然风光、市井生活场景的描写细致入微，充满了浓郁的乡土气息，使读者仿佛置身于那个偏远却又独具魅力的小城。同时，师陀善于运用象征、隐喻等手法，赋予故事和人物更深层次的寓意，在看似平淡的叙事中蕴含着对社会、人生的深刻思考，以一种冷峻、客观的态度揭示出果园城乃至当时中国社会的种种问题与矛盾，展现了时代转型期传统城镇走向衰落的必然趋势，在现代文学乡土题材创作领域具有重要意义。

3.《围城》[中国人民大学 2014 年研]

答：《围城》是钱钟书所著的一部长篇小说，故事主要写抗战初期知识分子的群相，是中国现代文学史上一部风格独特的讽刺小说。作品围绕方鸿渐留学归国后在上海及内地的所见所闻及其与鲍小姐、苏文纨、唐晓芙、孙柔嘉的复杂感情纠葛为主线，表达了作者对爱情、婚姻和人生的深刻思考。同时，作品撩开爱情、亲情及家庭关系的帷幕，来洞穿受到封建传统文明与现代西方文明夹击的中国知识分子的精神病态，刻画了抗战初期知识分子的群相，揭露了他们的虚伪、丑陋的人性，表现抗战环境下中国一部分知识分子的彷徨无主、空虚和爱情发酵。这从一个侧面表现了乱世中一代清醒的文人的宿命感，以其高超的讽刺艺术堪称"中国现代文学史上一部风格独特的讽刺小说"，被夏志清称为"流浪汉的喜剧旅程录"。

4. 汪曾祺[中国人民大学 2014 年研]

答：汪曾祺是中国现当代文学史上著名的小说家、散文家，京派作家的代表人物，被誉为"抒情的人道主义者，中国最后一个纯粹的文人，中国最后一个士大夫。"在短篇小说创作、戏剧与民间文艺的研究上都有很高造诣。汪曾祺在创作上主张回到现实主义、表现民族传统、表达纯真、自然的情感，以深厚的中国文化传统和审美经验为基础，形成一种独具一格的审美风格。其小说大都取材民情风俗、日常生活、语言自然、活泼；文风清新、质朴；意境优雅、唯美。他的散文刻画民俗、民风，形象生动，蕴涵着对民族文化传统的深切情感。代表作《受戒》《大淖记事》，开创了"80 年代中国小说新格局"，对乡土文学、寻根文学有很大影响。

5.《倾城之恋》[山东大学 2014 年研]

答：《倾城之恋》写于 1943 年，是张爱玲的成名作与代表作。作品写白流苏和范柳原在战争的兵荒马乱之中被命运掷骰子般地掷到一起的故事，是其作品中唯一以团圆形式结局的故事，一反张爱玲多以悲剧收束小说的习惯。但《倾城之恋》并非一部敲锣打鼓、嘻笑一团的喜剧，整部小说依然充满悲剧气氛，其深层的命运之悲、爱情之悲、团圆之悲、亲情之悲被华丽的文字与起伏的情节所掩盖，张爱玲用参差对照的笔法，非封闭性回环的结构，在反高潮的情节铺设中将故事演绎为俗世的绝唱。

6. 南玲北梅[中国传媒大学 2011 年研]

答：南玲北梅是指沦陷时期上海的张爱玲与北平的梅娘两位女作家。1942 年北平的马德增书店和上海的宇宙风书店联合发起"读者最喜爱的女作家"评选活动，梅娘与张爱玲双双夺魁，从此有"南玲北梅"之誉。两人的小说有相似性，均是在婚姻恋爱的题材中凸现追求独立、自由的女性形象，以及她们的生活遭遇。然而，相较张爱玲融古典小说、现代小说于一炉的古今杂错、华洋兼备、雅俗共存的文学气味而言，梅娘的叙述要比张爱玲"俗"。

三、简答题

1. 以具体作品为例，谈谈你对张爱玲"苍凉"美学风格的理解。[北京大学 2025 年研]

答：张爱玲的"苍凉"美学风格体现在她对人物命运、时代背景的深刻洞察以及独特的叙事手法和语言运用上，以下以《金锁记》《倾城之恋》等具体作品为例来谈谈对其“苍凉”美学风格的理解：

(1)悲剧性的人物命运

①在《金锁记》中，主人公曹七巧被金钱和封建礼教所束缚，扭曲了自己的人性，也毁掉了自己和身边人的幸福。她年轻时被卖给患有软骨病的丈夫，在压抑和痛苦中度过了大半生，内心的欲望和现实的无奈不断冲突，最终成为一个疯狂的复仇者。七巧的一生充满了无奈和悲哀，她的命运如同被锁住的金锁，无法挣脱，这种个体在命运面前的无力感和挣扎，是张爱玲“苍凉”美学的重要体现。

②《半生缘》中的顾曼桢和沈世钧，他们相爱却因为家庭、社会等种种因素而最终错过，各自走上不同的人生道路。多年后再次相遇，却已物是人非，那种无奈和遗憾，让人感受到命运的无常和人生的苍凉。

(2)压抑的时代背景

①《倾城之恋》以香港沦陷为背景，白流苏和范柳原在战争的阴影下相互试探、博弈。表面上看是一段男女之间的爱情故事，但背后反映的是动荡时代中人们的迷茫和无助。战争的爆发让整个城市都笼罩在一种不确定和危险之中，个人的情感在时代的洪流中显得如此渺小和脆弱。张爱玲通过这样的时代背景设置，营造出一种苍凉的氛围，让人深刻感受到在大时代面前个体的渺小与无奈。

②《封锁》则将故事设置在战争时期上海的一次封锁期间，短暂的封锁让平日里压抑的人们有了短暂的放纵和释放，但封锁结束后，一切又恢复原样，人们继续回到原来的生活轨迹。这种对时代的细微刻画，展现了战争对人们生活的影响，以及人们在压抑环境中的生存状态，凸显出一种无法逃脱的苍凉感。

(3)细腻的心理描写

①张爱玲擅长通过细腻的心理描写来展现人物内心的矛盾和挣扎，从而强化“苍凉”的美学风格。在《金锁记》中，七巧在面对自己的婚姻和命运时，内心充满了怨恨、嫉妒和无奈。她对金钱的渴望和对爱情的向往相互交织，又相互冲突，张爱玲通过对她内心世界的深入挖掘，让读者感受到她灵魂的痛苦和扭曲，这种深入骨髓的心理描写，使作品充满了苍凉的意味。

②在《沉香屑·第一炉香》中，葛薇龙在逐渐陷入乔琪乔的爱情陷阱和纸醉金迷的生活时，她内心的挣扎和自我欺骗被张爱玲刻画得淋漓尽致。薇龙一方面清楚自己的堕落，另一方面又无法抗拒物质和爱情的诱惑，这种矛盾的心理让她的命运充满了悲剧色彩，也让读者感受到一种深深的苍凉。

(4)独特的语言风格

①张爱玲的语言简洁而富有表现力，常常使用一些独特的比喻和意象来营造苍凉的氛围。在《金锁记》中，“三十年前的月亮早已沉了下去，三十年前的人也死了，然而三十年前的故事还没完——完不了。”用“月亮”这一意象，象征着时间的流逝和人生的沧桑，简洁的语言却蕴含着无尽的苍凉。

②在《倾城之恋》中，“香港的陷落成全了她。但是在这不可理喻的世界里，谁知道什么是因，什么是果？谁知道呢，也许就因为要成全她，一个大都市倾覆了。”这种看似荒诞的语言，却深刻地反映了命运的无常和人生的戏剧性，体现了张爱玲独特的苍凉美学。

2.《财主底儿女们》的艺术特色。［复旦大学 2023 年研］

答：《财主底儿女们》的艺术特色可归纳如下：

（1）宏大的叙事结构

①全景式社会描绘

作品以苏州巨富蒋捷三一家的兴衰变迁为线索，将故事置于从“一·二八”事变到苏德战争爆发期间广阔的社会历史背景下。从繁华都市到偏远乡村，从家庭内部的勾心斗角到社会上的政治风云、战争硝烟，全方位展现了当时中国社会的复杂面貌，如同展开一幅宏大的历史画卷，涵盖了不同阶层人物的生活状态与命运起伏，使读者能深切感受到时代的脉搏。

②多线交织叙事

采用多条线索并行交织的叙事方式。一方面围绕蒋家儿女们各自的人生轨迹展开，如蒋蔚祖的堕落、蒋少祖的挣扎、蒋纯祖的追寻等；另一方面穿插着社会大事件以及不同人物所处的各类社交圈子。这些线索相互关联、相互影响，共同推动情节发展，既呈现出家族故事的连贯性，又体现了社会生活的丰富性与复杂性。

（2）复杂深刻的人物塑造

①性格的多面性与矛盾性

书中人物性格复杂且充满矛盾。以蒋纯祖为例，他既具有反抗封建家庭、追求自由理想的一面，勇敢地离开家庭投身抗战宣传工作；同时又有着脆弱、迷茫的一面，在面对社会现实的种种残酷与人性的丑恶时，时常陷入痛苦与挣扎，对自己的行为和信仰产生怀疑。这种多面性使人物形象真实可感，避免了简单的脸谱化塑造。

②灵魂的深度挖掘

路翎通过大量细腻的心理描写、激烈的内心独白以及人物之间紧张的冲突，深入挖掘人物的灵魂世界。如蒋蔚祖在家庭变故与社会冲击下精神逐渐崩溃的过程，通过对他内心恐惧、绝望、愤怒等情绪的层层剖析，揭示出封建传统与现代文明碰撞下人物内心的巨大痛苦与挣扎，让读者能深入理解人物行为背后的深层动机。

（3）强烈的主观抒情色彩

①情感的直接宣泄

作者在叙述过程中融入了强烈的主观情感，常常直接抒发对人物命运的感慨、对社会现实的批判以及对理想人性的呼唤。例如在描写蒋家衰败以及儿女们的坎坷遭遇时，字里行间充满了同情与悲愤之情，这种直接的情感宣泄增强了作品的感染力，使读者能更深刻地感受到作者的创作意图与情感倾向。

②抒情性语言运用

运用富有激情与诗意的语言，进一步强化作品的抒情色彩。在描绘自然景色、人物心理以及社会场景时，语言充满了张力与表现力，如对战争中破败景象的描写，用充满情感的语句营造出压抑、悲惨的氛围，使读者仿佛身临其境，沉浸在作品所营造的情感世界中。

（4）对现实主义的拓展与创新

①独特的现实主义视角

继承了现实主义文学关注社会现实、反映时代问题的传统，但又有所创新。不仅真实描绘了社会的外在面貌，更着重展现了在特定历史时期人们精神世界的变化与冲突，从社会现实深入到人物的灵魂层面，挖掘人性在社会变革中的复杂表现，拓宽了现实主义文学的表现领域。

②对人性的深度探索

在现实主义的框架下，深入探索人性的奥秘。通过展现人物在家庭、社会关系中的种种行为与选择，揭示人性中的善恶、美丑并非绝对，而是在复杂的社会环境与个人经历影响下相互交织、相互转化，使作品对人性的呈现更加真实、全面，丰富了现实主义文学对人性主题的表达。

3．简述孙犁小说的风格特征。［华中师范大学2013年研］

答：孙犁小说着重于挖掘农民的灵魂美和人情美，艺术上追求诗的抒情性和风俗化的描写，带有浪漫主义的艺术气质。孙犁小说的风格特征主要表现为：

（1）用诗情画意的笔致表现抗战生活

孙犁的小说基本是以他的家乡冀中平原农村为背景，具体生动地描写了在抗日战争和解放战争中，冀中地区人民的斗争和生活。他把战争年代人民群众为保家卫国而进行的可歌可泣的斗争，交织在白洋淀水乡如诗如画的背景上，用充满诗情画意的笔致来加以表现。他的小说，并没有很强的故事性，也很少对生活细节作精致的描绘，往往抓取个别的生活片段、场景、渲染上或浓或淡的主观情感色彩，这形成了他小说的诗意抒情风格。他的小说在创作上虽以现实主义为主，但带有较强的浪漫主义气息。这种艺术上的追求，使他的小说往往充满诗情画意。

（2）表现主人公的诗意人生

孙犁的小说侧重于从人的心灵、情感和生活诗意的层面上来表现人物性格的丰富与优美。他努力表现普通劳动者在民族解放斗争中明大义、识大体、顾大局的宽阔胸襟和在艰苦环境中乐观、健康、纯洁的品性，着力描画翻身农民在艰苦斗争生活中所孕育的诗意人生，揭示他们平凡而又丰富的内心世界。孙犁小说的一个显著特征是其着意刻画和赞美的主人公都是妇女，如《老胡的事》中的小梅、《丈夫》中的媳妇、《麦收》中的二梅、《荷花淀》与《嘱咐》中的水生嫂等。这些年轻妇女各具神采，却都表现出高尚的情操、刚毅的性格以及革命的激情、欢乐的精神，可以说这是孙犁塑造的独特的人物体系。在孙犁诸多塑造妇女形象的小说中，写得最传神、最动人的是他的代表作《荷花淀》。作品的动人之处是，作者不仅描绘了荷花淀这诗情画意的环境，更写出了丈夫们、妻子们细致的内心情感活动。小说刻画了以水生嫂为代表的抗日根据地的青年妇女形象。水生嫂是一位普普通通的农村妇女，勤劳、善良、淳朴，温顺中包含着坚韧，平静下蕴藏着激情。

（3）中和之美的创作原则

孙犁小说的传统性、民间性比较内在，这便是含蓄地追求一种中和之美的原则。孙犁的小说以其美的特质与独特艺术风格在解放区小说中占据了一个特殊的位置，以他为首，之后形成了荷花淀派。

（4）注重挖掘生活中的美和人性的光辉

孙犁以散文的笔法来写小说，虽以抗战生活为题材，却不以金戈铁马的厮杀、尖锐激烈的冲突、曲折惊险的情节取胜，而是以一条简单的情节线索串联起几个重要场景，用饱含诗情而又灵巧轻捷的笔触加以精细雕琢，将写景叙事、抒情写人融于一体，从中发掘出生活的诗意和人情美的光华。孙犁小说的描写、叙述语言清新自然，优美动人，人物语言达到了高度的个性化和口语化。小说具有散文的韵味，充溢着既深沉又明丽的诗的情调。以他为首，后来有一批作家如刘绍棠、从维熙等，追随其创作风格，在20世纪五六十年代形成了被称为荷花淀派的小说流派。

4. 简述张爱玲小说的特点。［中国传媒大学 2011 年研］

答： 张爱玲小说的魅力来自传奇的故事以及弥漫其中的梦魇般的氛围。她的小说似梦呓，诱你走入一个传奇而虚幻的小说世界。“说不尽的苍凉故事”便成为张爱玲作品的独特题材。在其小说中能感受到的不仅仅是梦魇般的氛围、故事、文化，还有梦魇般的人性，她用高超的艺术手法去展示人性的深刻变幻，这是张爱玲小说值得推敲的成功经验。

（1）在主题思想上，张爱玲的作品弥漫着浓厚的悲剧色彩

张爱玲以一种近乎冷酷的悲剧感叙述一个个悲凉的传奇，内省、孤傲以及都市人的优越感与孤独感交织起来形成她对时代“荒凉”特色的心理感受。张爱玲在塑造小说人物形象时无意识地迎合了亚里士多德关于悲剧主人公的美学理论。由于她悲凉的家庭经历和特定的生活环境，她的作品弥漫着浓厚的悲剧色彩。她以一种近乎冷酷的悲剧感叙述着一个个悲凉的传奇，成为中国文学史上一道奇异的风景线。

（2）在选材上，张爱玲的作品以言情为主

男女之情是贯穿她全部创作的一条线索。张爱玲认为：男女之情乃人之大欲，作为生命过程的重大现象，负载着深刻的人性内容，揭示着人生的真谛。她的小说着力表现男女之间的感应、摩擦、摸索、闪避，如此种种，均在她的作品中得到了细致入微的刻画；另一方面，她所着力表现的不是恋爱者超凡脱俗的一面，而恰恰是他们凡俗的一面。在她看来，唯有入世的，才是更真实的。她试图于男女之间的传奇故事中寻找普通的人性，于男女之情中倾听“通常的人生的回音”。因此，她的言情并不局限于单纯的言男女之情，而是将之升华到言“世态人情”和“风俗人情”。

（3）叙述方式别具匠心

张爱玲的文章结构安排吸收中国传统小说精华，文章的开头和结尾十分吸引人，总体结构独特，这与她娴熟的写作技巧有关。张爱玲叙述故事喜欢使用倒叙的手法。

（4）张爱玲对人物塑造及人物间种种微妙复杂的关系把握得极为准确和深入

人心的真相，最好放在社会风俗的框子里来描写；因为人表示情感的方式，总是受社会习俗的影响——这一点，凡是大小说家都肯定，张爱玲也肯定。张爱玲受弗洛伊德的影响，也受西洋小说的影响，这是从她心理描写的细腻和运用暗喻以充实故事内涵的意义两点上看得出来的。可是给她影响最大的，还是中国旧小说。她文章里就有不少旧小说的痕迹，例如她喜欢用“道”字代替“说”字。她受旧小说之益最深之处是她对白的圆熟和摸透了的中国人的脾气。

5. 简述张爱玲《金锁记》和巴金《家》的创作态度和审美价值取向的差异。［南开大学 2010 年研］

相关试题：试述张爱玲四十年代小说的艺术特色。［北京大学 2022 年研］

答：（1）张爱玲《金锁记》和巴金《家》的创作态度的差异

①张爱玲以悲情观事、冷眼观看的态度写作

《金锁记》以冷静理智近乎“残酷”的笔触描写了主人公曹七巧一生的命运及其心理变态的过程。长期以来情欲的压抑使她的心理变态、扭曲，被黄金枷锁紧紧套住，为了金钱丢失了亲情，变得自私、刻薄、恶毒。这部小说真正展示了中国妇女破碎人格中最为惨烈的图景。

②巴金以真诚热烈近乎激情化的态度创作

《家》是一曲“青春之歌”，很能代表巴金前期创作的风格：只求与青年读者情绪沟通，

不求深刻隽永，倾向单纯、热情、坦率，以情动人，情感汪洋恣肆，语言流水行云。这种风格与巴金激情化的写作状态有关。巴金写作时通常是非常冲动，全副身心投入，忘情地参与他所构建的文学世界，他的作品总是能煽起大悲大喜的恣肆的感情。

(2)张爱玲《金锁记》和巴金《家》的审美价值取向差异

①张爱玲审视人性的丑陋和黑暗

《金锁记》中，张爱玲主要以一种“审丑”的眼光，来揭露人性的劣弱、剖析人性的黑暗面与丑恶，以及乱世中人无法把握自己命运的悲凉无奈。她在小说中极其善于剖析失落变态的人性，以此来促进人们的精神的反思。曹七巧即是一个失落者心理变态的典型。

②巴金追求爱情、青春的美

《家》中，巴金在觉慧身上寄托着对青春的赞美和生活的信念，体现了作者对青春、爱情和新生事物的美的追求和认可。觉慧是一个充满朝气的典型，他热情、叛逆、追求“五四”新精神，向往爱情自由。青春和活力既是他的标签，也是作者审美价值的具体化体现。

总之，张爱玲和巴金都是中国现当代文坛极具个人创作特色的著名作家。但由于张爱玲和巴金两人不同的人生态度、文学涵养内核、气质禀性、创作目的甚至性别差异等因素，从而导致两人的创作态度、审美价值取向存在一定的差异。

四、论述题

1. 请评述钱钟书《围城》的思想内涵与艺术成就。[山东师范大学2025年研]

答：钱钟书的《围城》是中国现代文学史上的经典之作，以其深刻的思想内涵和精妙的艺术成就著称。

(1)思想内涵

①对人生困境的深刻揭示

a. 婚姻困境：《围城》中“婚姻是一座围城，城外的人想进去，城里的人想出来”这一经典比喻贯穿始终。主人公方鸿渐与孙柔嘉的婚姻充满了矛盾与无奈。婚前，孙柔嘉施展手段让方鸿渐一步步陷入婚姻的“陷阱”，而婚后两人因性格差异、家庭琐事以及不同的价值观，争吵不断。他们的婚姻并非建立在真正的爱情与相互理解之上，而是充满了妥协与将就，深刻地展现了婚姻中人们所面临的困境，即得到后又对其感到失望，想挣脱却又无法轻易摆脱。

b. 事业困境：方鸿渐在事业上也屡屡受挫。他留学归来，凭借假文凭获得了一份工作，但在三闾大学任教期间，卷入了学校复杂的人事斗争中。他既没有出众的学术能力，又不擅长钻营，最终被学校辞退。之后回到上海，在银行工作同样不如意。他在事业上始终处于一种迷茫、被动的状态，找不到自己的定位和价值，体现了人生在事业追求方面的困境，即努力追求却难以达到理想，不断在各种选择中徘徊却又难以获得真正的成功。

②对知识分子形象的批判

a. 虚伪与虚荣：书中刻画了众多知识分子形象，他们表面上追求知识、高雅，实则虚伪虚荣。如李梅亭，带着一箱子药品去三闾大学，本想大发横财，却一路伪装成正人君子。在旅途中，他为了自己的私利，斤斤计较，甚至用发霉的药粉给同行的人治病。还有韩学愈，伪造学历，在学校里却装出一副学者的派头，靠欺骗来维持自己的地位和声誉。这些人物的行为揭示了部分知识分子为了名利不择手段，丧失了基本的道德和学术操守。

b. 懦弱与无能：方鸿渐作为主要的知识分子代表，性格懦弱、优柔寡断。在面对感情和事业的抉择时，他往往缺乏主见，随波逐流。在爱情上，他对苏文纨、唐晓芙、孙柔嘉都有着复杂的情感纠葛，但却无法坚定地追求自己真正喜欢的人。在事业上，他没有明确的目标和规划，只是被动地接受各种安排，缺乏为事业拼搏奋斗的勇气和能力，展现了当时一部分知识分子在现实面前的无力与迷茫。

③对社会现实的讽刺

a. 社会阶层的固化与不平等：小说通过描写不同阶层人物的生活和交往，揭示了当时社会阶层的固化与不平等。像赵辛楣这样出身于富裕家庭、有一定社会地位的人，在事业和生活上都有着更多的机会和资源。而方鸿渐等出身平凡的知识分子，尽管努力挣扎，却难以突破阶层的限制，改变自己的命运。在社交场合中，阶层差异也表现得十分明显，上层社会的人对下层人物往往不屑一顾，这种阶层的隔阂和不平等是当时社会现实的真实写照。

b. 文化与教育的弊端：对当时的文化和教育现状进行了辛辣的讽刺。三闾大学内部的人事斗争激烈，教师们争权夺利，学术氛围浮躁，真正有学问、有道德的人难以立足。学校在招聘教师时，看重的不是学术能力，而是人际关系和虚假的学历背景。这种现象反映了当时教育制度的腐朽和文化的堕落，知识分子在这样的环境中也逐渐失去了对知识和真理的追求，变得功利和世俗。

(2) 艺术成就

①独特的幽默讽刺艺术

a. 机智幽默的语言：钱钟书以其渊博的知识和敏锐的观察力，运用了大量机智幽默的语言。他善于运用比喻、夸张、双关等修辞手法，使文字妙趣横生。例如，形容苏文纨的笑声“又亮又脆，像在纸板上刮着指甲”，将苏文纨的笑声这一抽象的事物，通过形象的比喻变得生动可感，同时又带有一种诙谐的讽刺意味。还有“这一张文凭，仿佛有亚当、夏娃下身那片树叶的功用，可以遮羞包丑；小小一方纸能把一个人的空疏、寡陋、愚笨都掩盖起来”，用幽默的语言讽刺了当时人们对文凭的盲目追求以及文凭背后所掩盖的知识空虚。

b. 辛辣的讽刺手法：对各种人物和社会现象进行了辛辣的讽刺。他通过对人物言行的细致描写，不动声色地揭示出人物的虚伪、自私和愚蠢。如描写高松年校长，表面上道貌岸然，善于用冠冕堂皇的话语来掩盖自己的私心和恶行。在处理学校事务时，他以权谋私，对不同的人采取不同的态度，钱钟书通过对他的语言和行为的刻画，将其虚伪的本质暴露无遗，使读者在阅读过程中对这类人物产生强烈的反感和批判。

②精妙的人物塑造

a. 鲜明的人物个性：书中的人物形象鲜明，个性各异。方鸿渐的懦弱、苏文纨的清高、孙柔嘉的精明、赵辛楣的豪爽等，都给读者留下了深刻的印象。作者通过对人物的外貌、语言、动作和心理的细腻描写，使人物栩栩如生。比如对孙柔嘉的描写，她表面上柔弱温顺，实际上心机深沉。在与方鸿渐的交往中，她通过一些细微的言行，逐渐将方鸿渐引入自己设下的婚姻“圈套”，她的这种性格特点在作者的笔下展现得淋漓尽致。

b. 复杂的人物关系：构建了复杂而微妙的人物关系网络。以方鸿渐为中心，他与苏文纨、唐晓芙之间有着情感纠葛，与赵辛楣从情敌逐渐变成朋友，又与孙柔嘉结成夫妻，在三闾大学还与李梅亭、韩学愈等同事有着复杂的矛盾关系。这些人物关系相互交织，不仅推动了情节的发展，更通过人物之间的互动和冲突，展现了人性的复杂和社会的多元。

③严谨的结构布局

a. 情节的连贯性与逻辑性：小说以方鸿渐的人生经历为主线，从留学回国、在上海的社交生活、前往三闾大学任教，再到与孙柔嘉结婚后的生活，情节连贯，逻辑清晰。每一个阶段的情节都紧密相连，前一个情节为后一个情节的发展埋下伏笔，后一个情节又对前一个情节进行呼应和深化。例如，方鸿渐在三闾大学的经历为他与孙柔嘉的婚姻矛盾埋下了伏笔，他在学校中养成的一些习惯和性格特点，在婚后与孙柔嘉的相处中逐渐引发了各种矛盾和冲突。

b. 双线交织的叙事结构：除了方鸿渐的人生经历这条主线外，还穿插了其他人物的故事线索，形成了双线交织的叙事结构。比如苏文纨、赵辛楣等人物的故事在不同的情节中展开，他们的行为和选择不仅影响着方鸿渐的命运，同时也从不同的角度反映了社会现实。这种叙事结构使小说的内容更加丰富，层次更加分明，展现了作者高超的结构驾驭能力。

④深刻的哲理思考

a. 对人性和人生的思考：在描写人物和故事的过程中，蕴含着对人性和人生的深刻思考。通过方鸿渐等人的经历，探讨了人性的弱点，如自私、虚伪、懦弱等，以及这些弱点如何影响人们的命运。同时，也引发读者对人生意义和价值的思考，人生是否就如同方鸿渐的经历一样，充满了无奈和困境，人们在面对这些困境时应该如何抉择。这种对人性和人生的思考，使小说具有了更高的思想境界和艺术价值。

b. 对社会和时代的反思：不仅是对个人命运的描写，更是对社会和时代的反思。通过对社会阶层、文化教育、婚姻等方面的描写，揭示了当时社会的种种问题和弊端，反映了时代的特点和局限性。读者在阅读小说的过程中，可以感受到作者对社会现实的批判和对时代变革的渴望，从而引发对社会和时代的深入思考。

2. 论述丁玲1920—1940年代的创作历程转变。［复旦大学2012年研］

答：丁玲作为现代女性文学的重要作家，将其一生的坎坷经历，倾注于她所痴情的文学创作之中，为人们留下了一大笔丰富的精神遗产。纵观丁玲的创作，可以分为三个阶段：

(1)1920年代末至加入“左联”之前

这个时期丁玲主要出版了三个短篇小说集《在黑暗中》《自杀日记》《一个女人》。这些作品标志了一个新的时代女性的崛起，也奠定了她在现代文坛的重要地位。在集子里最具代表性的，是《梦珂》《莎菲女士的日记》《阿毛姑娘》等。这些作品主人公都是女性，一方面继承了“五四”时代冰心、庐隐、冯沅君等第一代女作家创作的精神内涵——对封建专制的抗争和叛逆；另一方面塑造出“五四”退潮后小资产阶级叛逆、苦闷、追求的知识女性的典型。她们身上既有浓重的空虚、苦闷、绝望的感伤主义色彩，又深深地烙上了时代和社会的印记。从小说的叙述方式看，丁玲作品虽有“五四”时期郁达夫自传体小说剖析人物内心世界的感伤情怀，但刻画的大胆而富有饱满感情的倔强女性性格、细腻而率真披露的人物复杂内心，却给人耳目一新之感。这标志着“五四”感伤小说的终结。

(2)1930年至1936年

这是丁玲创作的第二个重要阶段。“左联”的成立感召了一大批革命作家，丁玲的创作由此发生了较为重大的转变。丁玲首先将创作题材转向社会革命，写作了中篇小说《韦护》、短篇小说《一九三〇年春在上海》等流行的“革命+恋爱”模式化的作品。虽然这些创作形式带有公式化，但是不能否定丁玲对于一个过渡时代的过渡人物的准确刻画，对现代知识分子由个人主义向集体主义转变过程中的矛盾心理的真实揭示。这恰恰也反映了丁玲对“五四”以来的新文学由人的文学、为人生的文学向革命文学、无产阶级文学转变所做的探索性的积极实践。她出版的短篇小说集《水》《夜会》，长篇小说《母亲》等，大都是以1930年代初农村现实生活为题材，真实地再现了激变的农村中农民的心理变化。丁玲的这些作品，集中体现了左翼小说创作的基本特征：题材开掘的巨大现实性；阶级视角的社会批判性；广阔生活图景的写实性。在此实践中，丁玲摆脱描写知识阶层的窠臼，开始描写农村生活，反映了对现实主义创作的执着追求。

(3)1936 年至 1949 年

这是丁玲在延安的创作时期。1936 年冬丁玲到陕北革命根据地延安，进入了一个新的创作天地。最初，丁玲以通讯、速写、印象记等文学样式，敏捷地反映新的生活内容；后以小说谱写解放区新的时代风貌，创作了短篇小说集《我在霞村的时候》《一颗未出膛的枪弹》，长篇小说《太阳照在桑干河上》等。这些作品标志丁玲的现实主义创作走向成熟。与她过去的作品相比较，与其他同在解放区的作家创作相对照，丁玲小说最成功之处是：她尊重自己的观察和思考，侧重以纤细的情感和笔触，去展示一个伟大变革的历史时代人们精神和心灵的巨大颤动。她既满腔热忱地歌颂和描写革命根据地、解放区的新生活、新风尚、新人物，又直言不讳地暴露生活中的阴暗面，从而使其作品达到了现实主义的新高度。

3. 论述小说《围城》讽刺艺术的成就。[中国传媒大学 2012 年研]

答：钱钟书的小说《围城》具有极高的讽刺艺术，取得了巨大的艺术成就，具体表现在：

(1)主题的讽刺意蕴

“围在城里的人想逃出来，城外的人想冲进去，对婚姻也罢，职业也罢，人生的愿望大都如此。”这是杨绛先生对《围城》的注解，相信大家都不陌生。作为最了解钱钟书，也最有资格给《围城》作注释的杨先生来说，她的话恰巧精辟地阐述出了小说《围城》的主题，即人生万事，莫若“围城”，爱情也好，婚姻也好，生活也好，事业也好，无非是进了出，出了进，没有了局。然而正是这短短几句，带给人们的却是对人生的重新审视。作者为了说清这个主题，为读者刻画了一个个“高等人”的人生轨迹。正如作者在《围城》序言中所说，“写这类人，我没有忘记他们是人类，只是人类，具有无毛两足动物的基本根性。”

(2)语言的幽默趣味

《围城》是一部具有很深的悲剧意味的讽刺小说，但又充满浓郁的喜剧色彩，小说的语言相当的幽默和俏皮，有很强烈的讽刺性，让人在掩卷大笑之余，又陷入了无尽的沉思之中。在语言艺术上，《围城》堪称中国现代小说史上的典范之作。

(3)讽刺手法灵活多样

大量妙趣横生的新鲜比喻的创造和运用是《围城》的一大亮点。钱钟书的比喻别出心裁，并且超出常人的想象。他利用喻体和本体的强烈反差达到对对象的嘲讽贬抑，在风马牛不相及的事物中，找到别人难以发现的想不到的相同点，将两者联在一起，产生一种似曾相识的陌生感，使作品显得更加机智、诙谐和幽默。蕴含深意的象征是《围城》的又一亮点。其中《围城》的题目本身就富有象征意义。人生处处是围城，这就是小说的主题。

(4)通过细节描写进行讽刺

《围城》中的人物都是高级知识分子，大体上属于一个社会阶层，但钱钟书能写出各种不同的人物性格特点，主要是善于抓住讽刺意味的细节描写来实现的。这种细节描写主要体现在：

①画龙点睛式的动作细节描写。钱钟书在继承《儒林外史》的传统基础上汲取了西方小说的表现手法，主要采用精彩准确的动作细节描写塑造人物的性格特点。

②犀利而细腻的心理描写。犀利表现对人物心理瞬间变化的捕捉和人物内心隐蔽情感的揭示，细腻表现在对人物复杂感情的多层次的展示，钱钟书巧妙地运用犀利而又细腻的心理

细节描写，成功地展示了人物的内心活动。

(5)通过人物活动对社会现实进行讽刺

《围城》以方鸿渐这个时时处于精神危机中的现代知识分子的人生历程为线索，广泛地触及1930至1940年代的社会和众生相，尖锐地揭露和讽刺、抨击当时种种社会弊端和人生病态，并着力探讨人际的基本关系、人的基本处境和人生的基本意义，并就这些问题做出了形象而富有哲理的阐释。钱钟书对官场腐败、政府无能、学术虚伪、社会落后等进行嘲弄讽刺，作者的笔触及了社会各个角落的丑陋。小说通过对江南小县和由浙江到湖南一路上的污泥臭水描写表现了旅途的艰难，揭露了自由区国立大学内的种种黑幕，办学条件差，教学质量低，学生意识落后，教育界的腐败，对那些“为人师表”们逐利倾轧、蝇营狗苟的肮脏行径与灵魂进行深刻的披露。这些反映的社会生活是相当广阔的，钱钟书站在哲理的高度讽刺这些社会现象，他的讽刺早已远远超出那个社会，超越了那个时代。

4. 试论张爱玲的创作。[北京大学2011年研]

答：张爱玲是中国现代文学史上的才女，她的很多作品不但在当时受到读者的热烈追捧，时至今日仍然是文学作品中的佼佼者。她的小说无论从内涵上还是从艺术上都匠心独运、独树一帜，而其小说的风格明显受到古典小说《红楼梦》的影响，并渐渐成为一种文化传统，具体表现为：

(1)内容上多为男女之间的情爱纠葛

张爱玲擅于描写男女之间种种“不明不白委琐、难堪和失面子”的小事情，高等精制的调情，如《倾城之恋》；低等的姘居，如《连环套》；死寂的婚姻，如《等》，以及现代时空下，市井小民的恋爱、婚姻和家庭。这些婚姻的最终指向不是王子公主的幸福幻想而是人性的自私和卑劣。如《红玫瑰与白玫瑰》中写道，爱着的永远是没有得到的那一个，得到了就不再美好，对人性的深刻透析也增加了文本的厚度与深度。

(2)心理描写上的细腻深刻

张爱玲小说中的人物心理描写颇见功力，通常利用暗示，把动作、言语、心理三者打成一片，她并没采用冗长的独白或烦琐的解剖。人物的举动、对话、背景的移换，甚至光线、气味，都反映出心理的进展，如《金锁记》中，童世舫与长安订婚后，两人在公园里晒着秋天的太阳，很少说话，完全用眼光、气味和感觉表达出了人物沉浸爱河的心理状态，仅仅用几个动作的描写就把人物的心理展现出来。

(3)整体风格上带有一种凄凉的美感

张爱玲受到曹雪芹《红楼梦》的影响，加之从其自身的身世体验到世事无常与人生短暂，渗透到作品中变成了淡淡的悲凉。《花凋》被评论家喻为张氏的《葬花吟》，仅题目透露出的意象感染力，就使人一下子想起了黛玉葬花般的凄婉、悲凉之境。川嫦性格与林黛玉惊人的相似，也得了肺病，作者用“满脸颤抖的魂”来形容这个不幸的美丽女子。这样的故事里，景物描写骨子里溢出的也是一种悲凉之气，是一种意象美的升华。

(4)语言上纷繁的意象和出色的描写技巧

对意象的精当捕捉，用比喻通感来写情状物以推进情节和烘托人物心理是张爱玲作品最突出的特点。其中，包含了她对生活细致的观察，丰富的想象力以及对作品写作背景、人物塑造上的经验和总体把握。

总之，张爱玲避于当时文学发展的潮流，向人们展示了文学的另外一些层面。同时，张爱玲小说形成的这种文化传统，对于承继以前的传统文化基因有一定的作用。

5. 选择一位作家，结合文学史知识解读他(她)分别写于1949年前和写于1949年后的两部作品，并做比较。［南京大学2010年研］

答：(1)张爱玲简介

张爱玲是中国现代文学史上一位独特而又才华旷世的女作家。1940年代是张爱玲小说创作主要时期，这一时期作品比较集中，1944年出版了第一部小说集《传奇》，这部小说集收集整理了张爱玲最经典的10篇作品，《金锁记》《沉香屑》《倾城之恋》《茉莉香片》都收集在这部集子里。1950年代以后张爱玲的小说作品比较零散，但优秀的作品仍比较多，1951年发表了《十八春》和《小艾》，随后1954年的《秧歌》和《赤地之恋》，1966年的《怨女》，1979年的《色戒》，1981年《海上花列传》。张爱玲前后期的作品从人物的刻画，语言的运用和意象手法上都有所改变。

(2)《金锁记》和《小团圆》

①《金锁记》：封建社会女性悲剧的典范

《金锁记》是张爱玲1943年所作小说。描写了一个小商人家庭出身的女子曹七巧像疯子一样被折磨了30年，在欲望的压迫下，形成了病态的性格，葬送儿女的幸福。曹七巧被誉为"我国文坛最美丽的收获之一"。她出身于一个小户人家，为了攀附权贵，做了姜家的二奶奶，门不当户不对，导致了她的婚姻悲剧，使她得不到爱和尊重，受尽了凌辱和践踏，扭曲的灵魂和变态的心理使她将这种仇恨转嫁给自己的儿女。她彻夜不断地问自己儿子的私生活，并在麻将桌上将自己儿子和儿媳的生活公布于众，逼死了自己的儿媳。她看到自己的女儿和童世舫来往，百般阻挠，金钱和性欲使灵魂扭曲的七巧像疯子一样，她对童世舫散布了阴森的谎言，扼杀了女儿的幸福。她知道自己身边的人恨她，但是疯狂欲望使她丧心病狂，在绝路上越走越远。最终她的绝望和压抑泯灭了良知和人性，在挣扎中扭曲了人格，变得疯狂狠毒。曹七巧是无奈的，她的悲剧根源是她不能主宰自己的命运。《金锁记》成了张爱玲刻画女性悲剧的典范。

②《小团圆》：现代女性错误选择导致的悲剧

《小团圆》是张爱玲后期的主要作品，更被称为是一部"自传式"的小说。这部小说既继承和发展了张爱玲以往小说中的艺术风格，同时又表现出诸多新的亮点。她有着独特而又执着的艺术观，同时随着社会环境的变化和个人阅历的丰富，又使作品呈现出异样的风采。相比之下张爱玲后期代表作《小团圆》虽然也是描写了一段男女爱情的故事，同样是一个悲剧，但是悲剧的内涵不一样。《小团圆》中最主要的两个人物是九莉和邵之雍。九莉不同于前期作品中的缺乏独立意识的女性，而是一个独立、自尊、自爱的现代女性。九莉不同于白流苏有着自私心，不同于敦凤想借助婚姻求得生存，不同于葛薇龙既有虚荣心又贪图享乐。虽然九莉也有一些缺点和不足，但是在她身上看不到扭曲的心灵和撕裂的灵魂，她的爱情悲剧并不是由于她不能主宰自己的命运，而是她固执的爱情和错误的选择，即使她知道邵之雍是汉奸，是情场的高手，但是她仍然坚守自己的那份爱情，由此而导致了自己的悲剧。

6. 你认为萧红(或者张爱玲)的小说创作有何不足？［中山大学2010年研］

答：张爱玲的小说无论是在创作技巧还是语言表达方面都非常圆熟，有其独特的风格，然而，张爱玲的小说不可避免地也存在一些不足，具体表现为：

(1)具有浓郁的小市民气息

张爱玲从不讳言自己身上的小市民色彩，她宣称自己爱钱，是拜金主义者，她喜欢街头巷尾流行的小报，甚至为之写稿，是一个不折不扣自食其力的小市民。她的作品里没有惊天动地、轰轰烈烈的大事，她所专长的全是琐琐碎碎的俗事和地地道道的俗人，带着各种各样的俗欲，安身立命于纷纷扰扰的俗世，表现小市民的审美趣味，从而缺乏那个时代的大事件和大背景环境下应有的激情与斗志，导致其小说的整体格局狭小。

(2)表现出对华丽的极度渴望

张爱玲笔下都是一些小女子，小市民俗世俗趣，俗人俗欲。但是在她的内心深处依然有对人生华丽的渴望。她笔下的女子虽然痛苦，但始终处于挣扎中。张爱玲的内心深处还是渴望大舞台，需要华丽的布景。可是这样的人生大舞台，虽华丽但却掩不住人生的荒凉。这种追求使得张爱玲的小说如同"生命是一袭华美的袍，爬满了虱子"中所说的——冷艳而苍凉。

(3)充斥着生命的虚无感

小说《沉香屑·第一炉香》中的葛薇龙，为了过上灯红酒绿的奢华生活而出卖了自己，畸形的虚荣心和物质欲让她迷失了自我，生命只剩下一具虚无的壳；在《倾城之恋》中，白流苏最终被范柳原接纳，不是因为白流苏的个人抉择而是因为无法左右的战火的成全，爱情的不可把控一如生命，形式的圆满究竟掩饰不了实质的空虚。

(4)语言的雕饰与阴冷

张爱玲的小说语言十分华丽，表现为对具有色彩感的词语的偏爱和"语不惊人死不休"的精巧设譬。她的语言是精雕细琢的，充满了声色的绚丽，一如晚唐的花间词，有时候还刻意追求一种陌生化的效果和朦胧化的意境；但这些语言所指涉的却是俗世中最腐烂的物欲与最丑恶的人性，这种赤裸裸地暴露甚至到了残忍的地步，因此会让人觉得有几分阴冷，这是她小说散发着一种"苍凉"气息的重要原因。

综上所述，张爱玲无疑是中国现代文学史上极具个性的才女，但从理性的角度来审视，她的小说创作也不是十全十美的，以上几个方面便是她的小说最有争议的地方。

第24章　市民通俗小说(三)

24.1　复习笔记

一、雅俗对立的部分消解

1. 概述

从抗日战争发生到1940年代，通俗文学面临了特殊的文化境遇，不同的政治、经济环境使得文化、文学表现出一定的差异，但同时又有一些共同方面：

(1)因新文学作家由沿海地区和大城市向内地后方、农村移动，文学遂得到某种扩散和普及，新文学的通俗化提上了日程。

(2)党派性强烈的、激进的文学被爱国的、统一战线的抗战文学所代替。

(3)1938年成立的全国文艺界抗敌协会推举张恨水为理事，是新文学作家主动向通俗作家发出的一个团结信息，对于形成通俗作家和新文学作家的联合关系影响极大。

(4)随着抗战的深入，在大后方和沦陷区的读者结构发生了较大分化，左翼青年读者相对减少，加上现实政治环境也不利于革命文艺的传播，这在客观上为消闲文学提供了发展空间。

(5)“五四”之后，新文学实验过的各种西方文艺创作方法，如浪漫主义、写实主义、现代主义等，在通俗文学这里也得到积极的尝试，因此，从艺术技法的角度来看，壁垒森严的雅俗对立已不可能。

2. 雅俗融和

(1)对通俗文学而言，为了与时代主题相契合，它逐步趋向“雅”化，加强了文学对现实世界的批判意义和对历史文化的探索精神。

(2)对纯文学而言，为了满足“大众化”的市场需要，它逐步趋向“俗”化，推动了文学的传播、扩大了读者的范围。

3. 各自特色

这一时期，三个相对分割的地区文学的雅俗融合，各有各的特点，具体表现为：

(1)在沦陷区，通俗文学市场的需求突然增大，显得分外繁盛。

(2)在国统区，抗战初期提出“文章下乡”“文章入伍”的口号，主张用民间形式、旧戏曲形式进行创作，与此同时，众多通俗文学的报刊和社团也逐步涌现。

(3)在解放区，基于受众文化偏低的实际，也为了达到更好的传播和教育效果，在党的文艺方针的引导下，艺术家们纷纷深入农村和军队，接近农民和士兵，并大幅度地调整自己的艺术观念。

二、通俗小说的“现代化”

1. 社会言情小说

(1)张恨水

张恨水将通俗文学创作旨趣的严肃性，提高到前所未有的程度，他在抗战时期几乎实验了通俗文学展示社会的各种功能。这一时期的作品有《大江东去》《虎贲万岁》《八十一梦》《魍魉世界》《五子登科》《巴山夜雨》等。

(2)刘云若

刘云若把天津下层市民的生存状态和市井中的风俗人情，写得形神兼备，有声有色，并能在离奇的情节演变中，通过生活气息的渲染，加强小说的真实感。这一时期的作品有《粉墨筝琶》《小扬州志》等。

(3)秦瘦鸥

鸳鸯蝴蝶派老将秦瘦鸥开始尝试引入新文学的手法，大量舍弃纪实的成分，加大情节的虚构性，显示了言情通俗小说现代化水平的提升。这一时期的作品《秋海棠》刷新了畅销书的纪录，被冠以“民国第一言情小说”之称。

(4)予且

予且的小说讲究趣味，用力在旁人忽视的平凡琐事上，揭示出沪上的普通人与物质的关系，文笔轻松而不油滑。这一时期的作品有长篇《女校长》《金凤影》等，短篇《寻燕记》《移情记》《追无记》《窥月记》《劝学记》《留香记》《别居记》等。

2. 北派武侠

(1)武侠的现代性

现在一般通行“北派四大家”或“北派五大家”的说法，是指还珠楼主、宫白羽、郑证因和王度庐四家，再加上朱贞木成为五家。他们对“侠”的精神(此为“武”的灵魂)进行了现代的阐释：

①表现武侠社会在现代社会的困境。

②以侠的世界来批判现实，向更深层延伸，此外，还增强了隐喻的性质。

③以侠的人格、生命境界来拓展现代人的精神世界，同时，也以现代的人道主义思想来改造古代的侠的内涵。

(2)还珠楼主

还珠楼主是民国“奇幻仙侠派”的开创者，其作品既有一般武侠小说所表现的善恶主题，又融入了神魔、仙术、法宝等元素，创造了一个光怪陆离的超现实世界。代表作有“蜀山系列”(包括本传《蜀山剑侠传》、前传《长眉真人专集》等、别传《青城十九侠》等、外传《青门十四侠》等)。

(3)宫白羽

宫白羽是“社会反讽派”的开创者，其笔下的武侠世界和现实世界相互交融，通过武侠世界中的“武”事“侠”情可窥见现实世界的形态。代表作有《武林争雄记》《十二金钱镖》《联镳记》《偷拳》等。

(4)郑证因

郑证因是“帮会技击派”的开创者，他撇开侠情不谈，着重描写天津黑社会内部的帮派斗争，总体风格偏向于阳刚硬朗，有一股江湖豪杰的英雄气，这种写法直接影响了后世的硬派武技描写。代表作有“鹰爪王系列”。

(5)王度庐

王度庐是“悲剧侠情派”的开创者，他能够充分把握江湖儿女内心的矛盾、人性的挣扎、爱恨交织的复杂情境，写情则缠绵悱恻、荡气回肠，写义则慷慨壮烈、血泪交迸。代表作有“鹤－铁系列”(包括《鹤惊昆仑》《宝剑金钗》《剑气珠光》《卧虎藏龙》《铁骑银瓶》五部互有联系、又各自独立的武侠小说)。

(6)朱贞木

朱贞木是“奇情推理派”的开创者，有人还称他为“新派武侠小说之祖”，他的特点在于集大成而给予后来者以众多的启迪：既有北派作品雄浑飞扬之神气，又借鉴了南派作家将“武侠、爱情、探险”相结合的故事结构，还有一大贡献就是将武侠与历史结合起来，使得武侠小说历史化。代表作有《虎啸龙吟》《七杀碑》《魔窟风云》《罗刹夫人》。

3. 侦探小说

(1)1841 年，美国作家爱伦·坡发表了《莫格街血案》(又译为《艾格街谋杀案》)，被公认为是侦探小说的鼻祖；之后，英国杰出的侦探小说家阿瑟·柯南·道尔(1859—1930)成功地塑造了神探福尔摩斯这一形象，使之成为世界上最知名的虚构人物之一。

(2)侦探小说于近代传入中国，到 1914 年，程小青模仿“福尔摩斯探案”创作了“霍桑探案”系列，这是中国侦探小说取得的最初成就。1920 年代以后，陆澹庵的《李飞探案》、张碧梧的《家庭侦探宋悟奇新探案》等系列侦探小说也曾引起关注。到了 1940 年代，最著名的侦探小说家是孙了红，他在《万象》《大侦探》等刊物上发表的《侠盗鲁平奇案》代表了中国现代侦探小说的最高水平。在小说艺术上，他受到法国作家勒白朗的影响，将心理分析的因素引进作品，情节曲折多变，结构精巧灵活，注重气氛的渲染，因而大受读者欢迎。

三、大众文学在现代社会生长

1. 市民通俗小说改编热潮

从晚清以来，凡在社会上畅销而引起影响的市民通俗小说，几乎都被另一种现代都市大众文艺形式所青睐，得以改编，得以普及，这就是电影。除改编成电影外，还改编成话剧、弹词、评书等艺术形式。1940 年代市民通俗小说改编的高潮非秦瘦鸥的《秋海棠》莫属。

2. 市民通俗文学的基本形态和发展规律

通俗文学是 20 世纪中国现代大众文学的主要一支。作为市民大众文学，它不具备先锋文学在每一时代带头创造性地开发新的人文精神、实验新文体、表明新的审美意境的功能，且受商业和娱乐的影响会有低俗、媚俗的倾向，它在文学的转化期往往开始显得滞后，继而在通俗文学的范畴内吸收先锋文学的各种营养，并与历来的传统文学、民间文学、外来文学相调适，形成与同时代先锋文学既对立、又渗透的局面。这是它的基本形态和发展规律。

24.2 考研真题与典型题详解

填空题

1. 还珠楼主的作品______集通俗文学之大成，发扬中国文化的绚丽多彩于武侠的世界，特别是将“侠”的精神提高到了现代人的生命境界来表现。

【答案】《蜀山剑侠传》

【解析】还珠楼主，本名李善基(1902—1961 年)，后改以李寿民行世，四川长寿人。《蜀山剑侠传》是神话剑侠小说，总长 450 万字，全书最早在天津《天风报》连载发表，后结集印行。该书开创了世界上亘古未有的最异想天开的奇幻世界：海可以煮沸，地可以掀翻，山可以移走，人可以化兽，天可以隐灭无迹，陆可以沉落无影，天外还有天，地底还有地，水下还有湖沼，石心还有精舍，灵魂可以离体。这部中国神话巨著“开小说界千古未有之奇观”，直接影响了后世的金庸等新派武侠小说的光大发展。

2. 1941 年在《申报》连载的通俗小说______引起市民阶层的广泛关注，后被改变为电影、话剧，引起了巨大的社会反响。

【答案】《秋海棠》

【解析】以“民国第一言情小说”、旧中国“第一悲剧”著称的小说《秋海棠》，无疑是中国现代文学史上言情小说的经典，该小说的故事原形是军阀时期天津著名的京剧艺人刘汉臣、高玉奎被军阀褚玉璞迫害致死的新闻事件。1941 年代鸳鸯蝴蝶派代表作家秦瘦鸥首次将这个故事改编为小说，连载于《申报》上。作者在故事改编中注入了现代言情剧的所有要素：才子佳人、痴男怨女、强大的恶势力的迫害、善良的小人物的无奈与抗争，这一切导致的不可逆转的社会悲剧。小说的连载引起了巨大的社会反响，读者们纷纷致信报社，对小说的情节、结局提出各自的意见，《秋海棠》一时间在全国上下成为热点。后在“孤岛”时期的上海出版成书后，引起轰动，并形成同类小说的基本创作模式。

第25章　艾　青

25.1　复习笔记

一、艾青概述

1. 艾青及其著作

艾青(1910—1996)，原名蒋海澄，浙江金华人。1933 年第一次用笔名发表新诗《芦笛》，1934 年发表长诗《大堰河——我的保姆》。1935 年，出版了第一本诗集《大堰河》。主要诗歌作品有《大堰河——我的保姆》《北方》《向太阳》等。

2. 艾青的文学史地位

(1)艾青诗歌的发展

艾青早在 1934 年就以《大堰河——我的保姆》而闻名诗坛，被称为“吹芦笛的诗人”(胡风语)。进入抗战后，艾青的诗风有所转变，即从“吹芦笛”(较多受西方现代诗风影响)转为“吹号”(探索以新诗传达民族心声)。到诗集《北方》发表以后，艾青的诗与中华民族灾难深重的土地和饥寒交迫的农民取得了更为密切的血肉般的联系。

(2)艾青诗歌的意义

①艾青是 1930 年代涌现出来的一位杰出的诗人，他一登上诗坛就歌吟被凌辱、被压迫的劳动者，就对“不公道的世界”发出诅咒，并真诚地投入土地与人民的怀抱，执着地追求着光明和解放。他的诗集《北方》和长诗《向太阳》《火把》是抗战时期最辉煌的作品，是中国新诗走向高峰的标志。

②艾青的诗歌理论是中西诗歌艺术发展的历史经验与其创作实践相结合的产物，他提出了以真善美相统一为核心的、“人民即诗神”的诗歌创作和评论原则，提倡以口语入诗，提倡诗的散文美，为自由诗的发展开拓了更为宽广的道路。

二、独特意象与主题

1. “土地”

(1)“土地”传达的情感

“土地”的意象里凝聚着诗人对祖国最深沉的爱，是他爱国主义情怀的重要载体；还凝聚着诗人对生于斯、耕作于斯、死于斯的劳动者最深沉的爱，是他对中国农民命运真切关注的一扇窗口。

(2)代表诗作

《大堰河——我的保姆》《雪落在中国的土地上》《北方》《旷野》等。

2. “太阳”

(1)“太阳”传达的情感

“太阳”的意象抒发了他向往光明、向往未来的殷切之情，体现了诗人对中国社会光明前景的确信。与“太阳”这一中心意象相关的，还有“火焰”“黎明”“春天”“号角”等，诗人对这些意象反复歌咏，形成了振奋人心的动人力量。

(2)代表诗作

《太阳》《向太阳》《火把》《野火》《黎明的通知》等。

总的来看，艾青诗歌意象创造的魅力在于，他不再像现代主义诗人咀嚼个人的痛苦，也不像革命现实主义诗人对未来做直露的呐喊，而是通过独特的意象创造来承载他内心的情感。需要指出的是，“土地”(苦难)与“太阳”(希望)在他的诗里不是截然分开的，而是有着多重色调的；即使在艾青的同一首诗作中，人们也能听到那种类似交响乐的复杂的共鸣，显然，艾青有意识地把这两个主要意象之间的张力发展到极致，这种艺术自觉，无疑深化了中国新诗的美学内涵。

【名师点拨】结合《我爱这土地》《大堰河——我的保姆》《向太阳》《黎明的通知》等作品，重点把握艾青诗歌的意象与主题，体会诗歌中的历史内容是如何与个人的情感相互交融的。

三、忧郁的诗绪

1. 忧郁诗绪产生的原因

艾青在《诗论》中说：“叫一个生活在这年代的忠实的灵魂不忧郁，这有如叫一个辗转在泥色的梦里的农民不忧郁，是一样的属于天真的一种奢望。”

(1)“忧郁”是艾青自幼形成的个人气质，它在诗人早期创作中曾郁结为一种深深的“流浪感”。

(2)在抗战的动荡岁月里，艾青在辗转北方时不仅理解北方农民的现实苦难，而且对这“世界上最艰苦与最古老的种族”于历史长河中生生不息的坚韧精神在心灵上产生了强烈的共鸣——他对时代和历史都有了更深入的认识和体验。“农民式的忧郁”升华到新的精神高度，诗人的作品也因此产生了个体生命与民族苦难相激荡、相渗透的强烈而深沉的和弦。

2.“艾青式的忧郁”的意义

(1)艾青强调把忧郁看成一种力，正是凭着这种蕴藏着生命感的精神之力，他克服了早年的“弃儿感”与“负罪感”，无比珍视乳母大堰河在失去自己亲生孩子之后对他的哺育，他将这种生命的赞歌一直唱给土地上宽厚仁爱、富有牺牲精神的中国普通农民，也正是这种独特的力量使艾青超越了生活漂泊之苦和精神流浪之痛，在坚忍中汲取可贵的生命滋养与艺术能量，因此，“忧郁”在艾青诗中没有带来灰色情绪，反而升腾出深沉雄健之气。

(2)艾青诗歌的忧郁是在接受现代艺术的格调与气质的同时，将现代主义常见的“不确定性”限定在诗歌语言修辞的层面，诗情表达的则是充满现实经验、生命实感与主体意志的积极意识。这是艾青在融合现实主义与现代主义美学精神上的突出体现：取左翼诗歌时代意识和战斗品格之长，又以现代主义文学的隐喻与象征传达内在的精神感受与深沉的现实感兴，从而克服了当时中国现实主义诗歌普遍存在的浅近直白之弊，也摆脱了前期现代派诗人过于空泛的诗歌情绪。

四、诗的艺术与形式

1. 诗的艺术

(1)画家的眼光

艾青是个画家，这为他在诗中描绘形象提供了极为有利的条件。他常以画家的眼光去观察生活和组织画面。许多诗篇常把轮廓、线条、色彩、光泽有机地组合在一起，构成了一幅幅完整的画面。如《手推车》《刈草的孩子》《献给乡村的诗》等都是这方面的例子。

(2)化抽象为形象

艾青常把一些抽象的概念形象化，使之转化为具体的感性的东西。他往往运用比喻、拟人、通感等多种艺术手法来增强形象的具体性。如《太阳》一诗中，“若火轮飞旋于沙丘之上/太阳向我滚来……”

(3)意象的经营创造

艾青还注重意象的捕捉，常用鲜明丰富的意象来组成广阔的生活画面，来调动读者的想象和联想。

2. 诗的形式

(1)艾青诗歌的散文美是通过口语来实现的。他的许多诗几乎全都是采用当时的口语。艾青的诗歌语言是朴素的、浅显的，朴素得没有任何修饰，浅显得不要做任何说明，然而，却又是生动的、精粹的，所以，虽然用的是口语，也仍然产生出许多广为传诵的名句，如“雪落在中国的土地上，寒冷在封锁着中国呀……”“为什么我的眼里常含泪水？/因为我对这土地爱得深沉……”

(2)艾青在重视口语的运用时，还十分强调形式的自由。他在自由体诗歌的基础上，广泛借鉴和吸收了格律诗、象征诗和现代诗的艺术表现技巧，极大地提高和丰富了自由体新诗的表现力。在他的许多诗中，常常通过排比、反复、照应等方式，来制造一种与诗歌内容和情调相一致的旋律效果。不过，艾青诗歌的韵律感是与诗的内在节奏有机地融为一体的，这不但没有破坏散文美，反而成为散文美的一个组成部分。

【名师点拨】阅读艾青的诗歌，必须注重形式与内容、光色与意蕴之间的对应依存关系，这是品读其诗歌的关键。此外，需要将艾青所提倡的“自由体诗”和诗的“散文美”放置到新诗发展的整个历史趋向中去分析和评述。

25.2 考研真题与典型题详解

一、填空题

诗句“为什么我的眼里常含泪水？/因为我对这土地爱得深沉……”的作者是______。

【答案】艾青

【解析】“为什么我的眼里常含泪水？/因为我对这土地爱得深沉……”出自艾青的著名诗作《我爱这土地》。该诗表达了一个赤子对祖国深沉而细腻的爱，在现代诗歌史上广泛传诵，影响深远。

二、选择题

下列作品中不属于叙事诗的是(　　)。

A.《王贵与李香香》　　B.《赶车传》

C.《漳河水》　　D.《向太阳》

【答案】D

【解析】1938 年 4 月，艾青从战火蔓延的北方回到武汉不久，以激越而丰厚的情感创作了抒情长诗《向太阳》。由于这首诗所显示的作者对人生和艺术不断探求的精神，以及它达到的宽广的审美境界，半个多世纪以来，我国现代文学史和文学评论家一致把它誉为抗日战争时期重要的优秀诗篇。它不仅标志着艾青的创作道路迈向了一个新的高度，而且对我国诗歌创作的发展产生了广泛而深刻的影响。

三、简答题

1. 简述艾青诗歌意象特点。[东南大学 2013 年研]

答：艾青诗歌的中心意象是：土地与太阳。

(1)“土地”

“土地”的意象里，凝聚着诗人对祖国——大地母亲最深沉的爱；爱国主义是艾青作品中永远唱不尽的主题。把这种感情表现得最为动人的，是他的《我爱这土地》。“为什么我的眼里常含泪水？因为我对这土地爱得深沉”，艾青的这两句诗，真实而朴素，却来自诗人内心深处，来自民族生命深处，因而具有不朽的艺术生命力。“土地”的意象还凝聚着诗人对于生于斯、耕作于斯、死于斯的劳动者最深沉的爱，对他们的命运的关注与探索。艾青最真切的诗情都是献给中国的农民的：他的成名作《大堰河——我的保姆》，就是一个地主阶级叛逆的儿子献给他的真正母亲——中国大地上善良而不幸的普通农妇的颂歌。在艾青的笔下，“大堰河”成了“大地”“母亲(乳母)”“农民”和“生命”多重意象的组合。

(2)“太阳”

“太阳”的意象表现了诗人灵魂的另一面：对于光明、理想、美好生活热烈的不息的追求。《向太阳》全诗九节，共分四个段落：一至三节，“我”从昨天来：“昨天”我生活在“精神的牢房里”，“被不停的风雨所追踪，为无止的噩梦所纠缠”——这是对旧中国人民命运的高度概括。四至五节，正面唱出了太阳之歌。这是“现代化城市”里的“太阳之歌”，诗人所要追求与表现的是现代化社会的新的理想，因此，人们从太阳里所受到的启示是：创造性劳动、民主、自由、平等、博爱与革命。六至七节，歌颂“太阳照耀下”的抗日解放战争新时代里，祖国山河的苏醒与人的新生。诗人着重抒写了现实生活中的伤兵、少女、工人及士兵的形象，写出了他们新的精神面貌。八至九节，转向写自己内心的感受，在新时代里灵魂的改造：与寂寞、彷徨与哀愁告别，勇敢地走向太阳，走向新生活。这首诗从一个独特的角度歌颂了抗日解放战争给民族带来的新生。

2．简述“艾青式”的忧郁诗绪。

答：忧郁的诗绪是构成艾青诗歌艺术个性的基本要素之一，可以将其称作“艾青式”的忧郁诗绪。

(1)忧郁诗绪产生的原因

①个人境遇、气质与西方文学思潮的结合，形成了艾青早期作品中流浪汉的“漂泊的情愫”。

②抗日战争时，艾青目睹了北方农民的现实苦难，对中国传统中感时愤世、忧国忧民的思想产生了心灵的契合。从小感染到的“农民的忧郁”与“漂泊情愫”遂升华到新的时代的高度。这忧郁里，浸透着诗人对祖国、人民极其深沉的爱，更表现了诗人对生活的忠实与思索。

(2)“艾青式的忧郁”的意义

艾青诗歌的灵魂在于“忧郁”的诗绪，在体会和感悟到人民生活的痛苦时表现出的悲悯和忧郁的气氛，从而成就了“艾青式忧郁”。这种忧郁常常通过他特有的诗歌意象、凄苦的意境、沉郁的语言表达出来，寄托了诗人对祖国、人民的同情和怜悯，按诗人自己的说法，应该“把忧郁与悲哀看成一种力”。

四、论述题

论艾青对七月派诗歌创作的影响。[北京大学2011年研]

答：艾青对七月派诗歌创作的影响主要有：

(1)诗歌形式上，提倡诗的“散文美”

艾青是自由诗体的自觉提倡者，专门提倡诗的“散文美”。其诗体的特点是，奔放与约束之间的协调，即是在变化里取得统一，在参错里取得和谐，在运动里取得均衡，在繁杂里取得单纯。七月派诗的形式也是自由奔放的，他们追随艾青，提倡散文美，自觉地把自由诗推向一个坚实的新高峰。

(2)诗歌情感上，主张融入客观对象

艾青强调主观情感对感觉的渗入，追求“对于外界的感受与自己的感情思想”的“融合”，并在两者的融合中产生出多层次的联想，创造出既是明晰的，又具有广阔象征意义的视觉形象，这就是艾青最常用的艺术方法。七月诗派也反对冷淡地摹写生活，而主张将诗人的人格、情感、血肉、审美趣味强烈地渗透到客观对象中，达到主客观的互相拥抱、融合。七月诗派进一步强调“突入”生活的底蕴，强调诗歌中主观与客观、历史的东西与个人的东西的统一融合。

(3)诗歌色彩上，凝聚象征意味

艾青诗里的色与光，是一种暗示、象征，既具有自然形态的形式美，又积淀着社会、历史、心理、哲学的深刻内容，在形式与内容、色彩与主题之间存在着一种对应的关系，同时又为诗人个性所渗透。七月派诗人们也擅长从细碎的意象中发掘深刻的思想和象征。他们甚至从天上的雨，地上的小牛犊，一个跃动的夜，一座动乱的城，一条喑哑的江，一株“根深深地盘结在泥土的下面”的树中，都能发现坚韧强劲的民族生命力与历史乐观主义的民族自信力。

(4)诗歌技巧上，象征主义与浪漫主义的结合

革命现实主义融进了象征主义、浪漫主义艺术技巧。艾青的诗一方面坚持了革命现实主义“忠于现实的、战斗的”传统，另一方面又克服与扬弃了其“幼稚的叫喊”的弱点，吸收了象征主义、浪漫主义等诗歌的艺术技巧，从而使自由体诗在艺术上达到了一个新的高度，推动了中国新诗的健康发展。他对象征、暗示、通感等方法的运用相当娴熟，比如《吹号者》《冬天的池沼》《火把》等作品将整首诗作为一个象征整体来把握。

总之，艾青作为七月派诗歌的代表诗人，他的诗歌聚合了感知、寓理、抒情、象征等多元的诗美个性，成功构建起一种真正代表现代诗审美发展趋向的品格，对七月派诗歌的创作产生了深远影响。

第26章　新诗(三)

26.1　复习笔记

一、从"同声歌唱"到七月派诗人群的出现

1. "同声歌唱"

(1)概述

"同声歌唱"是指抗战初期，诗人们无论原属哪一派，全都真诚地为抗战、为祖国的命运而歌唱，诗的民族化、大众化以及战斗性、宣传性受到空前重视。这一时期产生了大量诗歌，如冯乃超的《宣言》，臧克家的《从军行》《泥淖集》，戴望舒的《元日祝福》，何其芳《成都，让我把你摇醒》等，各个诗人主题相近，风格相似，都是时代的产物。

(2)特点

①抒情内容健康、浅露，抒情方式大多是直抒胸臆的宣言式的呐喊，同时又加入了大量的议论式的陈词。

②叙述描写方式回到了直接描摹、具体再现的简单粗陋形式上。

③诗歌形式很快形成了运用小调、大鼓、皮黄、金钱板等民间形式来宣传抗战的热潮。

④提倡诗朗诵运动，主张"要使得诗重新成为'听觉艺术'"。

(3)代表诗人：田间

田间是应运而生的"时代的鼓手"，他的诗在形式上十分自由，最大的特点是以鼓点式的节奏来组织诗歌，这样就能有效地传达转瞬即逝的闪电式的感情冲击，极富鼓动性。其诗集有《未明集》《中国牧歌》《中国农村的故事》和《给战斗者》。不过，进入解放战争时期，他的诗风有较大变化，长篇叙事诗《戎冠秀》和《赶车传》(第一部)结构紧凑，诗句流畅，故事性强。这是他有意识地向民歌和传统诗歌学习后的结果。

2. 七月派诗人群

在对诗的个性的自觉追求中，逐渐形成了新的诗歌流派，这一时期影响最大的诗歌流派就是七月诗派。

(1)七月诗派的形成

七月诗派是抗战中期在国统区出现的影响较大的诗歌流派，他们以胡风为中心，坚持新诗的现实主义传统，以积极的反抗姿态投入到战斗之中。生活态度与诗人的主体性是七月诗派的两个诗学命题。他们反对现代派的艺术趣味，主张力与美的结合。七月诗派的诗歌创作多收集在胡风主编的《七月诗丛》《七月新丛》与《七月文丛》以及1981年的《白色花》中。

(2)艺术特色

①七月派诗人强调发扬主观战斗精神去能动地影响、改造现实。他们在艺术上鲜明地打出了反对客观主义的旗帜，反对冷淡地摹写生活，要求从生活现象突进、深入到生活的底蕴，将诗人的人格、情感、血肉、审美趣味强烈地渗透到客观对象中，达到主客观的互相拥抱、融合。

②诗人"突入"生活的发现，使七月诗派所塑造的抒情主人公，是一种行动着的历史的

强者的形象。这充分反映了经过抗日民族解放战争血与火的考验，民族趋向成熟，诗人趋向成熟。

③七月诗派并不排斥诗人个人的独特创造，其诗歌创作各具特色：绿原激愤中含有嘲讽；鲁藜清新明快；阿垅稳重坚韧，等等。

(3)代表作家及作品

绿原的《给天真的乐观主义者们》《终点，又是一个起点》《伽利略在真理面前》《你是谁?》；鲁藜的《延安散歌》《红的雪花》《草》；阿垅的《纤夫》；冀汸的《跃动的夜》；曾卓的《铁栏与火》；牛汉的《鄂尔多斯草原》；化铁的《暴雷雨岸然轰轰而至》。

3. 讽刺诗与政治抒情诗

(1)概述

“向外转”的政治抒情诗的兴盛是1940年代重要的文学现象。随着抗日战争和解放战争走向胜利，诗歌的政治性增强，成为争取民主的重要武器。讽刺诗与政治抒情诗成为这一时期诗歌创作的主要潮流。如郭沫若《进步赞》，臧克家的诗集《宝贝儿》《生命的零度》《冬天》。

(2)袁水拍的《马凡陀山歌》

①作家紧紧把握住小市民的情绪，将其引向反帝反国民党政权的总的革命目标，同时对小市民的精神弱点给予适度的嘲讽，这都显示出诗人的革命立场。

②在艺术上融入了鲁迅的杂文笔法，除大量运用漫画式的夸张外，常常采用怪诞的手法。

③大量运用了通俗的词汇和民间歌谣形式。

④诗人的认识与实践，反映了毛泽东《在延安文艺座谈会上的讲话》对于国统区诗歌创作的深刻影响。

【名师点拨】理解“同声歌唱”的具体含义，重点掌握七月诗派的相关内容，可结合阿垅的《纤夫》、绿原的《给天真的乐观主义者》等诗，着重体会七月诗派创作中的思辨力和成熟的情思。

二、从冯至等校园诗人群到以穆旦为代表的中国新诗派

1. 冯至

(1)“沉思的诗”

冯至在这一时期的代表作是他在西南联大任教期间创作的《十四行集》。《十四行集》被称为“沉思的诗”：“他是沉思的人，他默察，他体认，他把他在宇宙人生中所体验出来的印证于日常印象，他看出那真实的诗或哲学于我们所看不到的地方。”(李广田语)

(2)创作主旨

《十四行集》的创作主旨在于将歌德哲学和里尔克哲学中的方法论与中国传统儒家伦理文化的精华相结合，借此实现诗歌沟通人与自然宇宙的功能和凝思生命与死亡的意义。

(3)艺术形式

《十四行集》成功地移植了外来的十四行诗体，并且融合了西方存在主义哲学、现代主义技法和中国传统文化精神，实现情感与意象的交替升华，并把真切的感受和难言的思索诉诸具体的形象。

总的来说，《十四行集》的出现，使中国新诗第一次有了“形而上的品格”，表明了中国现代诗人已经有足够的思想艺术力量来消化外来形式，创造中国自己的新诗，也成为中国诗歌现代性转变的先导，为西南联大年轻一辈诗人引导了方向，影响巨大。

2. 中国新诗派

(1)概述

①中国新诗派产生于1940年代后期，以《诗创造》《中国新诗》为代表刊物，主要成员有南方诗人杭约赫(曹辛之)、辛笛、陈敬容、唐祈、唐湜和北方诗人群穆旦(查良铮)、郑敏、袁可嘉、杜运燮等。

②对于这个诗人群的命名出现在1981年，当时出版了上述九位诗人的诗合集《九叶集》，于是他们有了“九叶诗派”之称。“中国新诗派”则是近年来研究者根据这些诗人发表诗作的主要刊物《中国新诗》而使用的一个称谓。

③九叶派并不局限于上述九人，还包括同时代有共同诗艺取向的其他年轻诗人，如王佐良、方敬、莫洛、李瑛等。

(2)艺术特色

①这个诗派的诗人们既密切关注现实的政治生活，也对生命、爱情、艺术等问题进行深思；对中外诗歌艺术兼收并蓄，重点借鉴西方象征派的诗艺，但他们过滤掉西方象征派的悲观颓废情绪，而大力发扬其“远譬喻”的技巧。

②他们坚决反对直抒胸臆的浪漫主义诗风，而致力于“新诗现代化”建设。“新诗现代化”的倾向“最后必是现实、象征、玄学的综合传统；现实表现于对当前世界人生的紧密把握，象征表现于暗示含蓄，玄学则表现于敏感多思、感情、意志的强烈结合及机智的不时流露”(袁可嘉语)。

③他们的创作普遍寻求感性与知性的化合，力图将富有哲学意蕴的生命体验与肉身的情绪知觉统一起来，规避单一的感伤抒情或空洞说教，即诗人要隐匿深刻的主观力量，赋予诗歌戏剧性的结构、情境与张力，在“客观性与间接性”的“戏剧效果”里，来达到对现实世界与人类意识揭示的最大化。这种诗歌理论被称为“新诗戏剧化”。

3. 穆旦

原名查良铮，这一时期代表作有诗集《探险者》《穆旦诗集》《旗》。他的诗作长于表现对生活、对世界的深思，最能体现中国新诗派的现代派特征。

(1)诗的思维的现代化

穆旦的笔下出现了中国诗歌史上从未有过的“残缺诗学”，他排拒了中国传统的中和与平衡，而致力于在“丰富的痛苦”中对民族历史的底蕴做深层次的探究，更以强悍的搏斗者的姿态对自我精神裂变做严酷的拷问。所有现代人的生命的困惑：个体与群体、欲望与信仰、现实与理想，全都在他的诗里展开，相互对立、渗透、纠缠为一团。他则以怀疑主义的眼光一一重新加以观照，在某些虚无与悖谬的体验中，他不时会流露出存在主义的现代意识。这一切都表明他是以现代性的思维来写诗的。

(2)诗的艺术的现代化

穆旦采用与传统抒情相异的“几近于抽象的隐喻似的抒情”方式，大量采用内心独白或是抽象的智性化叙述，将感观体验与形而上的玄思相结合，诗中任意出现对立两极间的跳跃、猛进、突转，造成一种陌生与惊异的美感。

(3)诗的语言的现代化

在诗的语言上，穆旦坚持“五四”现代白话诗的传统，反对遣词造句上意义的模糊与朦胧；习惯于用对应联想的途径来构造意象化的语言，反对传统诗歌那种兴发感动的情味功能。故他的诗歌语言貌似口语化，却超越口语化语言而具有智性化的品质。

综上所述，穆旦在诗的思维现代化、诗的艺术现代化、诗的语言的现代化方面，都跨出了在现代新诗史上具有决定意义的一步，从而成为“中国诗歌现代化”过程中的一个带有标志性的诗人。

【**名师点拨**】中国新诗派与穆旦是本章的学习重点，需对这一诗派的形成及其组成情况等知识性内容有一个清晰的了解。此外，需重点评析穆旦的诗歌创作，结合其具体作品分析其诗歌的新创造。

4. 北方沦陷区的校园诗人

以燕京大学的《篱树》《燕园集》《燕京文学》，辅仁大学的《辅仁文苑》，北京大学的《文艺杂志》《北大文学》《文学集刊》等校园刊物为主要阵地，涌现出了以吴兴华、黄雨、沈宝基、查显琳以及南星、朱英诞、沈启无(开元)等为代表的诗人，他们注重诗歌意象的暗示性和隐喻性，借此来阐发对人生和社会的某种哲思。

三、敌后根据地的诗歌创作：诗的民间资源的新的吸取与创造

1. 诗的歌谣化

1942年延安文艺整风之后，解放区文艺的民族化、群众化进一步发展。同年12月，陕甘宁文艺界召开了诗歌大众化座谈会，新诗的“大众化”“歌谣化”成为潮流，并被赋予了浓重的意识形态的意义。由于“文艺为工农兵服务”得到敌后根据地政权的支持，工农兵群众性的民间新歌谣(或曰民歌体)创作运动轰轰烈烈展开。

2. 敌后根据地诗歌创作的基本面貌与特点

(1)解放区的政治环境，使人们认识到需要为歌颂解放区、歌颂新生政治力量寻找适宜的艺术表现形式，民歌体长篇叙事诗应运而生。“颂歌”(歌唱革命带来的新思想、新生活，歌唱革命政党、政权、领袖与军队)成为新诗的主要内容与体式。

(2)文艺工作者在延安文艺整风后，开始主动向民间文学学习，兴起了一场采风运动。在采风中，作家们深入田间地头、农家院落，从民间搜集了大量民歌。诗人们大量吸收借用民谣的形象原型、体式、表现手法、韵律与语言，追求自然、自由而又富有节奏感的音乐效果。

(3)大都采用现实主义与浪漫主义相结合的创作手法，以民间口头流传的小调、信天游和说唱艺术如鼓书、弹词为基础，进行歌谣的加工、改造和新创作。

(4)抒发个人感情被视为小资产阶级情调，由此导致诗人主体性的消失，诗人成为民众的代言人，表现群体的思想感情。抒情诗减少，叙事诗增多，诗人们趋向于群众斗争与劳动生活的如实描写与具体叙述。

3. 叙事诗的创作

解放区诗歌创作最具代表性的是民歌体长诗，尤其是长篇叙事诗一时大量涌现，包括张志民的《王九诉苦》《死不着》，李冰的《赵巧儿》，田间的《戎冠秀》《赶车传》，艾青的《雪里钻》《吴满有》等。其中李季《王贵与李香香》和阮章竞的《漳河水》，构成了解放区长篇叙事诗的“双璧”，代表了当时叙事诗的最高水平。

(1)《王贵与李香香》

李季的《王贵与李香香》以王贵和李香香的爱情故事为线索，表达了劳动人民的个人命运与整个阶级的革命大业是血肉相连的主题。全诗采用陕北民歌“信天游”的格式和手法，每句一般三顿，大体上两句一韵，以两句为一节，以数十节合为一章，加以标题，构成一个相对完整的情节。全诗吸纳丰富的民间语汇，运用对唱、联唱等信天游的形式和传统诗歌中

的比兴手法，塑造了众多栩栩如生的人物形象。形式圆熟，风格自然健美。

(2)《漳河水》

阮章竞的《漳河水》也是采用太行一带颇为流行的民歌体进行创作的一部“长篇乐府”。在这首长达800多行的长诗中，诗人描写了漳河边三个一起长大的姑娘——荷荷、苓苓、紫金英在新旧两个社会里的不同生活道路和不同历史命运，表现她们从幻想、哀怨到觉醒、斗争的转变过程，从而表达了农村妇女争取自由解放、追求幸福生活的主题。全诗结构严谨，熔写景、抒情和叙事于一炉，人物对话个性鲜明，叙述上自由、灵活、富于变化，语言清新、朴素、明快、节奏感强。

4. 抒情诗的创作

刘御的《延安短歌》，蔡其矫的《回声集》，戈壁舟的《别延安》，何其芳的《夜歌和白天的歌》等是这一阶段抒情诗的代表。

26.2 考研真题与典型题详解

一、填空题

1. 闻一多称田间为______。

【答案】“时代的鼓手”

【解析】田间被闻一多称为“时代的鼓手”，其诗集有《未明集》《中国牧歌》《中国农村的故事》和《给战斗者》。他所创造的鼓点式的诗，所表现的常是闪电似的感情的突击，并利用诗句的分行形成急驰的旋律。

2. 七月诗派的主要诗人有______、______、______等。

【答案】绿原；阿垅；鲁藜

【解析】七月诗派是在艾青的影响下，以理论家兼诗人胡风为中心，以《七月》及以后的《希望》《诗垦地》《诗创作》《泥土》《呼吸》等杂志为基本阵地而形成的青年诗人群。代表诗人主要有绿原、阿垅、鲁藜等。

3. 九叶派中影响最大的是______。

【答案】穆旦

【解析】穆旦是九叶诗派的代表诗人，他将西欧现代主义和中国传统诗歌结合起来，诗风富于象征寓意和心灵思辨。他在1940年代写有不少诗作，后结为《穆旦诗集》，另有诗作收入《九叶集》《旗》。

二、选择题

1. (多选)1940年代中国新诗派的成员课余读的是下列(　　)诗人的诗集。

A. 艾略特　　B. 瓦雷里　　C. 奥登　　D. 里尔克

E. 惠特曼　　F. 拜伦

【答案】ABCD

【解析】1940年代中国新诗派的成员跟着燕卜逊读艾略特的《普鲁弗洛克》，读奥登的《西班牙》和写于中国战场的十四行，又读狄伦·托马斯的“神启式”诗，他们的眼睛打开了，这意味着正在沉思中的年轻人，在以艾略特、瓦雷里、里尔克、奥登等为代表的西方20世纪现代派诗歌那里，找到了与他们内在生命要求相适应的诗的观念与形式，由生命的“沉潜”进入了艺术的、诗的“沉潜”状态。

2. 七月诗派在诗歌形式上以(　　)体为主。

A. 抒情　　B. 自由　　C. 综合　　D. 歌谣

【答案】B

【解析】七月诗派以提倡革命现实主义与自由诗体为主要旗帜，在抗日战争与解放战争时期国民党统治区的诗歌创作中产生了巨大影响。

三、名词解释

1. 九叶诗派[四川大学2023年研；复旦大学2023年研；北京师范大学2013年研；吉林大学2012年研；浙江大学2011年研]

相关试题：

(1)中国新诗派[北京大学2025年研；首都师范大学2010年研]

(2)九叶派[中山大学2010年研]

答：九叶诗派是1940年代后期于国统区形成的一个现代主义诗歌流派，又称中国新诗派。主要成员有辛笛、陈敬容、杜运燮、杭约赫、郑敏、唐祈、唐□、袁可嘉、穆旦等。曾以《诗创造》和《中国新诗》为阵地，共出版作品十七辑，后又出版《创造诗丛》《森林诗丛》，共计二十种。诗作在艺术上力求智性与感性的融合，注意运用象征与联想，让幻想与现实相互渗透，并吸收西方后期象征派和现代派某些表现手段，丰富了新诗的表现力，在1940年代的诗坛独树一帜。但直到1981年江苏人民出版社出版了他们1940年代的诗选《九叶集》后，该派才得名九叶诗派。

2. 七月诗派[四川大学2021年研；中山大学2014年研]

答：七月诗派是20世纪30—40年代国统区的最重要的现实主义诗歌流派，因胡风主编《七月》杂志得名。主要诗人有艾青、田间、鲁藜、绿原和牛汉等。他们以《七月》《希望》《泥土》等杂志为主要阵地，出版过《七月诗丛》《七月文丛》等。这一派别强调诗歌中主观与客观的统一，历史与个人的融合；多写自由诗，其中又以政治抒情诗为主。代表作有胡风的《为祖国而歌》、鲁藜的《泥土》等。该派在革命现实主义雄浑的总风格中，又显示出各诗人充满个性的特色，它跨越了抗日战争与解放战争两个历史阶段，是这一时期坚持时间最长、影响广大的文学流派。

3. 穆旦[中国人民大学2013年研；中国传媒大学2012年研]

答：穆旦原名查良铮，是现代著名诗人、翻译家。1940年代出版了《探险者》《穆旦诗集》《旗》三部诗集，将西欧现代主义和中国诗歌传统结合起来，诗风富于象征寓意和心灵思辨，是九叶诗派的代表性诗人。他不仅在诗的思维、诗的艺术现代化，而且在诗的语言上的现代化方面，都跨出了在现代新诗史上具有决定意义的一步，成为"中国诗歌现代化"历程中的一个带有标志性的诗人，为新诗的发展做出了贡献。20世纪50年代起，穆旦开始从事外国诗歌的翻译工作，代表译作有普希金的《波尔塔瓦》《青铜骑士》，雪莱的《云雀》《雪莱抒情诗选》，拜伦的《唐璜》等。

四、简答题

1. 简述"中国新诗派"的诗歌理论主张。[华东师范大学2025年研]

答："中国新诗派"，又称"九叶诗派"，是20世纪40年代中后期形成的一个诗歌流派，其诗歌理论主张主要体现在以下几个方面：

(1)强调现实与自我的融合

注重诗歌与现实的紧密联系，关注社会现实、时代问题和人民的苦难，如杭约赫的《复活的土地》等作品反映了当时社会的黑暗与人民的挣扎；同时，也强调诗人自我在诗歌中的表达，主张将个人的生命体验、情感与对现实的观察、思考相结合，使诗歌既具有现实的深度，又有个人的独特感受，在现实的土壤中挖掘自我，以自我的视角折射现实。

(2)追求诗歌的知性与感性融合

倡导诗歌要包含知性成分，即要有对生活、生命、宇宙等的理性思考和认知，不是简单的情感宣泄，而是通过理性的介入，使诗歌具有更深刻的思想内涵；同时，也不忽视诗歌的感性特质，注重用丰富的意象、生动的语言来传达情感和思想，让理性思考通过感性的形式呈现出来，使诗歌既有感性的感染力，又有知性的启发性，如穆旦的《赞美》中充满了对土地和人民的深情，同时又蕴含着对历史、民族命运的深刻思考。

(3)主张诗歌语言的创新与实验

反对陈词滥调，提倡诗歌语言的新鲜、独特和富有表现力，努力突破传统语言的束缚，通过对语言的变形、扭曲、重组等手法，来创造新的诗歌语言形式，以更好地表达复杂的现代经验和情感；同时，也注重语言的音乐性和节奏感，但这种音乐性不是简单的押韵和格律，而是基于诗歌内在情感和思想的节奏，通过语言的轻重、缓急、停顿等来实现，使诗歌在语言的流动中呈现出一种独特的音乐美感。

(4)强调诗歌的艺术独立性

认为诗歌有其自身的艺术规律和价值，不应沦为政治或其他功利目的的工具，主张诗歌要在艺术上不断探索和创新，追求诗歌的纯粹性和艺术性；同时，也强调诗歌的整体艺术效果，注重诗歌的结构、意象、语言等各要素之间的有机结合，形成一个完整的艺术整体，以达到诗歌艺术的完美呈现，如郑敏的诗歌在结构和意象的运用上都十分精巧，注重诗歌整体的艺术质感。

2. 七月诗派的艺术倾向。［东北师范大学 2022 年研］

答：七月诗派活跃于抗战时期至解放战争时期，其艺术倾向鲜明且独特，与当时的社会背景紧密相连，对中国新诗发展影响深远。下面将从诗歌主题、抒情方式、语言风格等方面分析七月诗派的艺术倾向。

(1)强烈的现实关怀与战斗精神

①紧扣时代脉搏的主题表达

七月诗派的诗歌主题紧密围绕抗战时期的社会现实。他们以笔为武器，描绘战争给国家和人民带来的苦难，如田间的《给战斗者》，展现了中国人民在日军侵略下遭受的惨痛遭遇，房屋被烧毁、亲人离散，激发起民众对侵略者的仇恨。同时，诗人们积极歌颂人民的抗战精神，像艾青的《我爱这土地》，以“为什么我的眼里常含泪水？因为我对这土地爱得深沉”，表达了对祖国土地的眷恋和为保卫祖国而战斗的决心，体现了七月诗派在民族危亡时刻，将个人情感与国家命运紧密相连，通过诗歌唤起民众的爱国热情与战斗意志。

②对社会黑暗的批判

除了反映抗战，七月诗派还对国统区的社会黑暗现象进行深刻批判。在抗战后期，国统区存在着政治腐败、经济剥削等问题，七月诗派的诗人们敏锐地捕捉到这些社会弊端。例如绿原的《给天真的乐观主义者们》，讽刺了那些无视社会现实、盲目乐观的人，揭示了国统区表面繁荣背后的腐朽，以诗歌为利刃，剖析社会的阴暗面，表达对社会不公的愤怒与抗争。

(2)主观抒情与客观现实的融合

①激情洋溢的主观抒情

七月诗派强调诗人的主观情感表达，他们的诗歌充满激情。在面对战争的残酷与社会的动荡时，诗人们内心的情感如汹涌的潮水，通过诗歌喷薄而出。阿垅的《纤夫》，以磅礴的气势描绘纤夫们在艰难环境下奋力拉纤的场景，字里行间充满了对纤夫坚韧精神的赞美以及诗人内心对力量的渴望，这种强烈的主观抒情使诗歌具有强大的感染力，能够深深打动读者的心灵。

②基于现实的抒情根基

七月诗派的主观抒情并非无本之木，而是建立在对客观现实的深刻观察与体验之上。诗人们深入生活，亲身经历战争的磨难和社会的变迁，他们的情感是对现实的真实反应。以鲁藜的《泥土》为例，“老是把自己当作珍珠/就时时有怕被埋没的痛苦/把自己当作泥土吧/让众人把你踩成一条道路”，诗人从对生活中平凡事物的感悟出发，抒发了对奉献精神的赞美，这种抒情源于对社会中不同价值观的思考，将主观情感与客观现实紧密结合，使诗歌既有情感的热度，又有现实的深度。

(3)质朴刚健的语言风格

①语言的质朴自然

七月诗派的诗歌语言质朴平实，贴近大众生活。他们摒弃了华丽的辞藻堆砌，以通俗易懂的语言表达深刻的思想情感。如艾青的许多诗作，使用简洁明了的语言描绘生活场景和人物形象，《大堰河——我的保姆》中对保姆大堰河日常生活的描写，“她含着笑，洗着我们的衣服/她含着笑，提着菜篮到村边的结冰的池塘去/她含着笑，切着冰屑悉索的萝卜”，这些质朴的语言生动地展现了大堰河勤劳善良的形象，让读者能够轻易理解和感受到诗人的情感。

②刚健有力的表达

在质朴的基础上，七月诗派的语言又具有刚健有力的特点。为了传达战斗精神和对现实的批判，诗人们运用富有力量感的词汇和句式。田间的诗歌以短小精悍的诗句、急促的节奏著称，如《假使我们不去打仗》中“假使我们不去打仗/敌人用刺刀/杀死了我们/还要用手指着我们骨头说：/‘看，/这是奴隶！’”，这种简洁有力的语言如同战斗的号角，能够激发读者的斗志，增强诗歌的战斗性与感染力。

3. 七月诗派与中国新诗派的相同点。［北京大学 2012 年研］

答：七月诗派是抗战时期和解放战争时期国统区重要的现实主义诗歌流派，因胡风主编《七月》得名。代表诗人有艾青、田间、鲁藜、绿原和牛汉等。中国新诗派又称为九叶诗派，它是抗战后期和解放战争时期的一个具有现代主义倾向的诗歌流派，主要成员有辛笛、穆旦、陈敬容、杜运燮等九人。

七月诗派和九叶诗派的相同点表现在以下两方面：

(1)思想方面

①对现实主义和现代主义的坚守和发展

a. 七月诗派的奠基人艾青，坚持并发展了革命现实主义流派“忠实于现实的战斗的传统”，又克服了其“幼稚的叫喊”，吸收了浪漫主义浓烈的抒情和象征主义鲜明的意象艺术，完成了现实主义与现代主义综合的任务。

b. 九叶诗派理论家袁可嘉则针对长期以来尤其是 20 世纪 40 年代诗坛存在的感伤和说

教的弊病，提出“现代诗歌是现实、象征、玄学的综合”，“现实表现于对当前世界人生的紧密把握，象征表现于暗示含蓄，玄学则表现于敏感多思，感情、意志的强烈结合及机智的不时流露”。因而，九叶派在坚持现代主义创作方法的同时，也充分坚持了现实主义精神。

(2)艺术方面

①在艺术手法的运用上体现出朴实明朗的特点

两派除大量的铺叙、描写和直抒胸臆外，也多用比喻、暗示、象征等手段，但是这些修辞往往都有明确的指向性，因而修辞的核心是十分清晰的。如鲁藜的《泥土》，选用了“珍珠”和“泥土”两个贴切的比喻，在鲜明的对比中表达了要平凡不要自视珍贵的人生哲理。如郑敏的《金黄的稻束》就是借助秋原上金黄稻束这个客观的意象来象征“疲倦的母亲”。

②强调拥抱真实的生活，强调反映现实与挖掘内心的统一

九叶诗派通过自己“对于现代诸般现象的深刻而实在的感受”，来反映现实生活，他们对于诗歌的审美原则建立在内心世界与外在世界的重叠点上。在七月诗派中，诗歌主体投身于火热的斗争生活，是神圣抗日战争的实际战斗者、参与者，同时又在现实的对象上染上了个人浓烈的情绪色彩，实现完整的情绪世界的拥抱。

4．九叶诗派的艺术成就。[山东大学2011年研]

答：九叶诗派既反对逃避现实的伪艺术论，也反对扼杀艺术的唯功利论，企图在现实和艺术之间求得恰当的平衡。因此他们强调反映现实与挖掘内心的统一，诗作视野开阔，具有强烈的时代感、历史感和现实精神。九叶诗派的艺术成就主要表现为：

(1)自觉追求现实主义与现代派的结合

九叶诗派注重在诗歌里营造新颖奇特的意象和境界。他们承接了中国新诗的现代主义传统，从现代日常生活中裁剪意象，锻造语言，并灌注主观情绪使之成为心灵化的意象结构，以此来表达诗的主题。如在穆旦诗中“你的眼睛看见这一场火灾”“无名的野花已在头上开满”等语句，语意颇为隐晦，却构成诗中的“主题性意象”。九叶诗派采用自由联想的方式来组合语言意象，使现代知识分子的口语具备了诗歌艺术的表现功能。

(2)客观化和间接性的抒情表达

在抒情表达上，九叶诗派追求客观化和间接性，为诗的情志寻求“客观对应物”，避免直抒胸臆一泻到底的浮浅。陈敬容的《假如你走来》全诗刻画一连串无声的动作，蕴含丰富的心理戏剧片段。他们的咏物诗在写实层次上建构象征空间，如郑敏的《鹰》《马》，辛笛的《月光》等，通过暗示来曲折表达。

(3)极具反叛色彩和异端性质

九叶诗派的反叛色彩和异端性质，使他们的诗学理论和创作实践在当时并未获得较大反响，但包含着丰富的价值与启示。“这个诗人群，不论在诗情与现实的融合上，还是在对诗艺的执着追求上，似乎可以说是‘五四’以来某些现代派诗歌在向现代生活的突进中合理而健康的发展”。

(4)作品各具特色，风格多样

九叶诗人中除了总体特征的相同或相似外，每个人又都有其独特的风格，如郑敏的诗的风格像雕塑，深沉而静穆；杭约赫、唐祈的诗气势宏大、热情奔放；袁可嘉的诗形式严谨而意蕴深沉；杜运燮的诗最引人注目的地方就在于讽刺和幽默对抒情的渗透；唐□的长诗具有宏大的气象和浪漫的激情……每个人都以其独特的风格充实着现代新诗的百花园。

五、论述题

穆旦在中国文学史中的地位。［北京大学2020年研］

相关试题：

(1)简述穆旦的艺术特色。［简答题；武汉大学2022年研］

(2)论述穆旦诗歌的艺术成就。［中国传媒大学2014年研］

答：穆旦是九叶诗派的杰出代表。他将西欧现代主义和中国诗歌传统结合起来，诗风富于象征寓意和心灵思辨，是现代诗歌形式探索的先锋。他在中国文学史中的地位表现在以下几个方面：

(1)诗歌思维方式的现代化

穆旦建立了以“残缺”为中心的现代哲学和诗学，摒弃了中国传统的中和与平衡，将方向各异的各种力量，相互纠结、撞击。如诗歌《我》中的“我”是残缺的、孤立的，隔绝于时间和空间。诗人强调了个体的被动性和易感性，诗中塑造的永远“锁在荒野里”的自我意象，就是那个令人绝望的现实造成的诗人不可避免的个人生存的困境的象征，是一种中国知识分子的生命体验。

(2)诗歌形象的“现代生活化”

在他的诗中，不同于出现在古诗词中的优美的意象，出现了一些传统诗词中引为大忌的、能够引起人的生理和心理的不舒服感的、充满了矛盾的意象，具有一种奇峻、冷峭和惊异的美。如在《还原作用》里，充满生命力的人被异化成为“生长在污泥里、梦见自己生了翅膀”的“猪”。

(3)诗歌创作手法的现代化

表现在：①戏剧化手法的运用，借助人物的形象、人物语言、环境场景、简单的情节来表现感悟与思绪；②采用抽象的抒情方式，强调主体意识自由伸展、运动，大量采用内心直白，将肉体感与形而上的玄思相结合；③具有冷峻的理性诗风，穆旦晚年诗歌的最大特点就是“智性化抒情”。如《秋》和《冬》，两部作品如诗剧那样以不同人称构成多个视角，传达出客观和主观的复杂性，具有抽象的思辨。

(4)诗歌语言的现代化

穆旦拒绝文言，坚持“五四”现代白话的传统，创造了一种介于口语和书面语之间的文体。他利用多义的词语、繁复的句式，表达现代人的“较深的思想”与诗情，文字扭曲、简约、隽永、奇崛，内涵丰富，几乎要溢出来，从而走到了“汉语写作的最前沿”。如《诗八首》采用玄学式的语言造成了极大的陌生化效果。

总之，穆旦在诗的思维、诗的形象、艺术手法、诗的语言的现代化方面，跨出了具有决定意义的一步，成为“中国诗歌现代化”历程中的一位标志性诗人，为新诗的艺术发展做出了巨大贡献。

第27章　散文(三)

27.1　复习笔记

一、报告文学的勃兴

1. 报告文学的兴起

抗战初期，能够迅速反映抗日斗争实况、有效发挥宣传鼓动作用，并为人民大众乐于接受的报告文学成为许多作家首选的文体，因此这种文体被誉为文艺的“轻骑兵”。

2. 报告文学作家作品

(1)一些以小说出名的作家也开始了报告文学的创作，如邱东平、骆宾基、丁玲、姚雪垠等。

(2)职业记者此时也很活跃，如范长江的《台儿庄血战经过》，萧乾的《血肉筑成的滇缅路》《一个爆破大队长的独白》《岭东的黑暗面》等。

(3)一些描写抗战中著名人物的纪实性散文，或人物特写，比一般报告文学文学性更强，受到读者欢迎。如沙汀的《我所见之H将军》(即《记贺龙》)，卞之琳的《第七十二团在太行山一带》，刘白羽、王余杞的《八路军七将领》等。

二、继承鲁迅传统的杂文

1. 国统区的野草派杂文

《野草》(月刊)1940年8月20日在桂林创刊，到1943年6月1日被国民党当局查禁，共出5卷5期。1946年10月1日，又在香港复刊。野草派杂文以夏衍、聂绀弩、宋云彬、孟超、秦似等人为骨干，他们继承鲁迅杂文的战斗精神，在国统区反侵略反压迫斗争中产生过广泛的影响。

(1)聂绀弩

他是野草派中影响最大的作家，早在“左联”时期就开始杂文创作，显示了独特的风格。他的杂文格式新颖、写法多样，善于形象化说理，充满机智和幽默，有一种所向披靡的气概。写于抗日战争时期的《韩康的药店》是传诵一时的名篇。这一时期的杂文集有《关于知识分子》《早醒记》《蛇与塔》《历史的奥秘》《血书》《二鸦杂文》等

(2)秦似

他是野草派中的杂文新秀，他的杂文基于生活经验和历史知识而创作，行文如同拉家常、说闲话，却又诙谐精到，充满智慧。他更多的文字是对抗战中的官僚统治的积弊予以揭露。主要杂文集有《感觉的音响》《时恋集》《在岗位上》等。

(3)其他作家作品

主要有夏衍的《此时此地集》《长途》《劫后随笔》《蜗楼随笔》，孟超的《长夜集》《未偃草》，宋云彬的《破戒草》《骨鲠集》等。

2. 上海“孤岛”的“鲁迅风”杂文

(1)概述

1937 至 1941 年，在上海“孤岛文学”中，最有影响的杂文刊物当属《鲁迅风》，该刊由中共上海地下党文委委员王任叔创办，金性尧承担编辑工作。

(2) 艺术特色

所谓“鲁迅风”杂文，就是具有鲁迅式的革命现实主义战斗精神的杂文。其基本特征为：

①以马克思主义为指导，进行广泛、尖锐、巧妙的社会批评和文明批评。

②有自觉的美学追求，注重逻辑思维和形象思维相结合，笔调的讽刺中带有幽默。

③艺术风格与文体样式不拘一格，随物赋形。

(3) 主要作家作品

①唐弢的杂文常从历史中发掘社会问题的深层因素，擅长从形象上勾画世事。如《从奴隶到奴隶》《略论吃饭与打屁股》《氓》《丑》《逃与趋》等。

②王任叔(巴人)的杂文犀利而有宽阔的社会视野，重事实，善推理，令人信服。著有《窄木集》。

③其他杂文作品有周木斋的《消长集》，柯灵的《市楼独唱》，阿英的《月剑腥集》，孔另境的《秋窗集》《横眉集》等。

3. 沦陷区杂文

沦陷区杂文创作较少，比较突出的是周作人的杂文创作。这些作品大部分为随笔小品，其题材和思想大致仍承续 1920 至 1930 年代的旧轨，多为读书札记与回忆文字，在“闲聊”中仍不忘对“思想革命”命题的关注。

4. 解放区杂文

因丁玲的《三八节有感》，萧军的《论同志之“爱”与“耐”》，艾青的《了解作家，尊重作家》，王实味的《野百合花》等受到政治上的错误批判，解放区的杂文创作受到压制。

【名师点拨】了解 1940 年代杂文的创作潮流，重点了解聂绀弩的杂文创作成就。此外，还需对唐弢、周木斋等人的杂文创作做一简单掌握。

三、小品散文的多样风致

1. 茅盾

茅盾是这一时期在散文创作上收获最丰的作家之一，先后出版了《炮火的洗礼》《见闻杂记》《时间的记录》等多种散文集。他的散文记录了动荡岁月里的社会风云，往往含有很浓的感情色彩，文字精练，结构严谨，有些篇什如同优美的散文诗。《白杨礼赞》《风景谈》是脍炙人口的名篇。

2. 巴金

巴金在这一时期出版了《梦与醉》《黑土》《无题》《龙・虎・狗》《废园外》《旅途杂记》《怀念》等多部散文集，这些散文情感深沉、真挚，创造了一个“在暗夜里呼号”的抒情主人公形象，思想和艺术都有较大进展。

3. 何其芳

何其芳的《还乡杂记》是其散文创作转变的标志。1936 年，他走出了象牙之塔的北大校园，艰辛的谋生之路打开了他的视野。污浊的城市，贫困的农村，到处充满着饥饿与死亡，灾难深重的人间社会，他不能视而不见了，他收起往昔的梦幻，开始正视这尘世。此后的《星火集》是他到延安后创作的杂文、散文集。这时他的散文或是歌颂抗战，或是歌颂解放区新的人物和新的世界，或是抨击国民党政府的倒行逆施，从中可见作者思想与艺术的成熟。

4. 冯至

冯至的散文游记集《山水》，以诗人的审美姿态于平凡、天然的山水中发掘生命的哲理，反思生活的真谛。他对人与自然息息相通的描写，处处流动着诗的韵味。

5. 梁实秋

梁实秋从1940年开始写《雅舍小品》。他在散文创作延续和发展了闲适派散文的神髓，刻意回避抗战题材，专注于日常人生，虽在国难之中，也能潜心营造他的闲适悠游的艺术境界。在他笔下，雅舍的月夜清幽、细雨迷蒙，别具情趣，显然，他要显示一种随缘自娱的达士情怀。此后，他在台湾还著有《雅舍小品》续集、三集、四集和《雅舍散文》等作品。

6. 沈从文

沈从文在1940年代重要的散文集有《烛虚》。如果说《湘行散记》《湘西》是作者对外部现实世界的客观叙写，那么《烛虚》则是他对社会人生的内心观照，“察明人类之狂妄与愚昧，思索个人的老死病苦”，辨明存在与生命的意义是这本散文集的主题。有人把它与鲁迅的《野草》相提并论。

7. 钱钟书

钱钟书于1941年出版了散文集《写在人生边上》，收录随笔类散文10篇。在这些作品中，作者对社会人生发表了许多独到的见解，其文章机智幽默，妙语连珠，时时闪烁出智慧的光芒。

8. 张爱玲

张爱玲于1944年出版了散文集《流言》。她的散文用理性的、拉开距离的方式观照人生的各个侧面，用冷嘲的笔调写出人生的种种难堪，尖刻精辟但不愤世嫉俗。笔端有意无意地流露出历史的沧桑感。

9. 其他作家作品

(1)丰子恺的《率真集》《辞缘缘堂》《防空洞中所闻》《胜利还乡记》描写了现实中的苦难。

(2)叶圣陶的《未厌居习作》《西川集》以纪实性的叙事表现战争时代的社会现状。

(3)王了一(王力)的《龙虫并雕斋琐语》针砭时弊犀利深刻。

(4)苏青的《浣锦集》多写妇女的生活感觉，常有一种隽逸之气。

(5)陆蠡的《囚绿记》咏物言志，表现了一种不屈不挠地追求自由和光明的精神品质。

27.2 考研真题与典型题详解

一、名词解释

1.《雅舍小品》[北京师范大学2018年研]

答：《雅舍小品》是梁实秋创作的一部现代散文集，集子里的散文大约写于1939—1947年间，先后发表在《星期评论》和《世纪评论》等杂志上，1949年结集由台湾正中书局出版，列入正中文艺丛书。《雅舍小品》于平凡中显真诚，于小节处蕴含哲理，其散文集文人散文与学者散文的特点于一体，洞察人生百态，文笔机智闪烁，谐趣横生，严肃中见幽默，幽默中见文采。

2.《囚绿记》[南开大学2010年研]

答：《囚绿记》是陆蠡1940年创作发表的一篇现代散文。写于抗战前期“祖国蒙受极大耻辱的时候”，当时陆蠡正在沦为“孤岛”的上海。他写1939年在北平的一家公寓外发现了一株常春藤，异常惊喜，就将它的柔条牵进屋里。常春藤尽管被“幽囚”在黑暗的小屋里，却固执地向窗外迎着阳光生长。作者去上海前，又将常春藤的柔条移回原来的位置，并祝福它永葆青春。作品借物抒情，表达了对自由的渴望，风格含蓄委婉。

二、论述题

举例分析冯至《伍子胥》《十四行集》和《山水》在主题、风格等方面的共通性。[首都师范大学2011年研]

答：冯至的《伍子胥》《十四行集》和《山水》在主题、风格等方面的共通性主要表现为：

(1)《伍子胥》《十四行集》和《山水》在主题方面的共通性：对生命的关怀和思考

①《伍子胥》是冯至用历史题材写成的诗化叙事体小说，其实是作者利用对战时生活的独特领会，把一个古代的逃亡故事与一种真实的人生体验加以融合，从中升华出一个带有存在主义意味的命题：人生怎样抉择才能感受到生命的意义。

②《十四行集》比较集中体现了诗人对生命主题所做的形而上的思考，是一组“沉思的诗”。它的生命主题主要在两个方面展开：一是在对生与死的哲思中表达“生命转化”的观点；二是在对人与宇宙自然的沟通中表达“生命交流”的主题。

③散文集《山水》所写的并非名胜，而只是战时在西南艰苦的生活中，他所看到的“一棵树的姿态，一株草的生长，一只鸟的飞翔”。他从中体会到永恒的美，引发出有关生命的思索。

(2)《伍子胥》《十四行集》和《山水》在风格方面的共通性：诗化风格

①《伍子胥》不按写实体来写人物之间的冲突，也不按心理体来写人物内心的矛盾，而是用一个个散文诗的片段来表现各种人事、风物在伍子胥一路漂泊中所引起的感觉和体验。

②《十四行诗集》本身就是一本诗集，其中最后一首通常被当作是冯至诗的艺术宣言：“从一片泛滥无形的水里，/取水人取来椭圆的一瓶，/这点水就得到一个定型”；“向何处安排我们的思想？/但愿这些诗像一面风旗/把握一些把不住的事体”。一方面是自由无拘的，无边无际的，不可把握的智性思考，另一面却是有形的感性呈现，形式的规范与定型。诗人正是要在这两者的相互矛盾、相互制约所形成的张力中，寻找自己的“诗”的存在形态。

③在《山水》中，冯至多以诗的笔法来写山水，其中大都贯注着他对生命意义的思索，那些对人与自然息息相关的描写，处处流动着诗的韵味。

总之，冯至的《伍子胥》《十四行集》和《山水》在精神气质上都具有诗的品质：以诗的思维观照世界，以诗的韵致展开笔墨，从这个意义上说，三者具有共通性。

第28章　戏剧(三)

28.1　复习笔记

一、广场戏剧的三次高潮

1. 抗战初期：向广场戏剧倾斜

抗战初期的全民总动员(包括戏剧总动员)，使中国现代话剧从舞台到观众、演员都发生了深刻的变化，从现代大都市的剧场走向了街头、村镇以至战地的广场。从“剧场戏剧”到“广场戏剧”，这不仅是演出舞台的变化，同时还意味着戏剧观念、艺术方法、演出形式等一系列的变化。

2. 敌后根据地：从秧歌剧到新歌剧

(1)概述

①1943年，陕北根据地掀起了群众性的轰轰烈烈的新秧歌剧运动。《兄妹开荒》(王大化、李波、路由)、《夫妻识字》(马可)、《牛永贵挂彩》(又名《牛永贵受伤》，周而复、苏一平)等秧歌剧受到解放区老百姓的广泛欢迎。

②以秧歌剧为基础，进而出现了民族新歌剧的创造实验。阮章竞的《赤叶河》、魏风等的《刘胡兰》，都是其中的优秀作品，尤其是1945年由贺敬之和丁毅执笔、鲁迅艺术学院演出的《白毛女》，将新歌剧实验推向高潮，并成为新歌剧的奠基之作。

(2)《白毛女》

①创作经过

a. 素材：“白毛女”的素材来源于流传于晋察冀边区的“白毛仙姑”的民间传说。

b. 主题的深化：1943年，诗人邵子南从前方返回延安时，带来了这个故事，并写出了以发动群众破除迷信为主题的剧本。1945年初，经过鲁艺文艺工作者的集体讨论，提炼出“旧社会把人逼成鬼，新社会把鬼变成人”的革命化主题，这样，一个故事就有了三个层面上的意义：顽强求生、破除迷信、反抗剥削。

c. 创作：1945年春，由贺敬之、丁毅执笔编剧，马可、张鲁等作曲，以新歌剧的形式创作出《白毛女》。

②艺术形式

a. 在音乐上，新歌剧是一种继承民族传统戏曲、民间小调，又吸收了话剧和西洋歌剧的经验而创造出来的集戏剧、音乐、舞蹈、诗歌等多种艺术形式于一体的新品种。在西洋歌剧的齐唱、重唱、合唱、伴唱等表演形式中，回荡着经过改造的河北花鼓、河北梆子、山西秧歌、山西梆子等地方戏曲曲调和北方民歌、小调的旋律。

b. 在表演上，《白毛女》将动作、歌舞、对白融为一体，根据歌剧抒情的需要，动作比话剧略显夸张，甚至出现了虚拟化、舞蹈化的表演方法，但它又与西洋的大歌舞剧不同，是把舞蹈因素自然地融化入生活化的动作，类似于戏曲中优美的做功。

c. 在语言上，歌剧中的道白或对白都采用经过提炼的北方农民朴素生动的口语，淳朴自然，有浓厚的乡土气息。还使用了许多谚语、歇后语。歌词深刻凝练，吸收了传统戏曲唱腔中句句押韵的方式，音韵铿锵，流畅和谐，朗朗上口；还采用民歌和传统戏曲中抒情写意的方式，使用了大量的比喻、对偶、排比等修辞手法，加强了语言的表现力。

③深远影响

a. 该剧表现了新的主题，塑造了新的形象，创造了新的形式，极大地迎合了解放区农民的欣赏习惯，使政治宣传功能和艺术审美功能达到了统一，在解放战争和新中国成立初期的土地改革中发挥了巨大的政治宣传作用，也为社会主义新歌剧提供了丰富的创作经验，是我国民族新歌剧发展的里程碑，具有划时代的意义。

b. 该剧的成功使新歌剧如雨后春笋般涌现，促进了新歌剧的繁荣，其中影响较大的优秀作品有《王秀鸾》（傅铎编剧，艾实惕作曲）、《赤叶河》（阮章竞编剧，梁寒光等作曲）、《刘胡兰》（魏风、刘莲池等编剧，罗宗贤等作曲）等。这几个作品，都是以农村妇女为主角，倾诉她们在封建压迫下的深沉苦难，歌颂她们为创造新生活所做的英勇斗争，表现了她们从不幸走向解放的战斗历程。

（3）其他戏剧

①话剧

这一时期出现的话剧有1943年上演的独幕话剧《把眼光放远点》（胡丹沸执笔）、《粮食》（洛丁、张凡、朱星南），三幕话剧《抓壮丁》（丁洪、陈戈、戴碧湘、吴雷，吴雪执笔）；1944年上演的四幕话剧《同志，你走错了路》（姚仲明、陈波儿）等。

②传统戏曲

这一时期还出现经过改革的新编京剧《逼上梁山》（杨绍萱、齐燕铭执笔）、《三打祝家庄》（李纶、任桂林、魏晨旭）等。

3. 1940年代末：学潮中的广场活报剧

（1）抗战结束后，胜利的喜悦很快被种种丑恶的社会现象激起的愤怒所代替，这便导致了讽刺喜剧的全面繁荣。

（2）陈白尘的《升官图》、吴祖光的《捉鬼传》、宋之的的《群猴》以它们对黑暗现实和官僚政治的辛辣讽刺，突破了二三十年代平和淡远的幽默风格，确立了直接触及重大社会问题的政治讽刺喜剧的历史地位。

【名师点拨】了解“广场戏剧”的三次高潮，重点研究新歌剧与《白毛女》，掌握《白毛女》的创作经过及其获得成功的因素，理解《白毛女》等新歌剧对后来民族歌剧艺术发展的深远影响。

二、大后方、上海“孤岛”：剧场戏剧再度兴起

1. 历史剧创作的繁荣

抗战进入了相持阶段，“中国向何处去”成为全民族关注与探索的中心问题。围绕这一中心，出现了“重新认识与研究民族历史与文化”的思潮。

（1）阳翰笙

阳翰笙这一时期的历史剧《李秀成之死》《天国春秋》《草莽英雄》借历史呼应现实政治，虽然在描写人物上显得粗犷有余而细腻不足，但因为展示了丰富深刻的历史内容与强烈的现实斗争精神，使剧本充溢着雄浑阔大的气势。

（2）欧阳予倩

欧阳予倩这一时期的历史剧《忠王李秀成》《桃花扇》，对现实多有暗示，并将旧戏和电影手法融入话剧中，大大丰富了话剧艺术的表现力。

(3)阿英(钱杏邨)

阿英这一时期的三大南明历史剧《碧血花》(又名《明末遗恨》《葛嫩娘》)、《海国英雄》(又名《郑成功》)与《杨娥传》，以及太平天国历史剧《洪宣娇》宣扬了一系列英雄的坚贞气节，以此振奋现实中的人们。

(4)其他历史剧创作

不同于上述历史剧，杨村彬的《清宫外史》(包括《光绪亲政记》《光绪变政记》《光绪归政记》三部)和姚克的《清宫怨》等历史剧只演绎历史本身，并不赋予剧本过多的现实政治意义。

2. 正面描写知识分子的创作潮流

(1)主要特点

这一时期有关知识分子题材的作品有着相近的文学模式。其主要特点有：

①主人公一般都是剧作家肯定、歌颂的正面人物，却不是高大完美的英雄人物，他们的思想、性格是随着剧情发展不断变化和丰富的。如《法西斯细菌》中的俞实夫、《芳草天涯》里的尚志恢、《岁寒图》里的黎竹荪，都是这一类知识分子的典型形象。

②主人公大都被置于抗战的广阔背景下加以表现，有着浓厚的时代气氛。

③在这些作为国家、民族的栋梁、楷模的正面知识分子周围，都设置一些自甘堕落的知识分子，以达到艺术上的衬托、对比效果。如夏衍的《法西斯细菌》里的赵安涛、秦正谊这两个形象。

④在艺术表现上都偏重对人物内心世界的深入挖掘，把激烈的内心冲突与紧张的外在冲突有机地统一起来。

(2)夏衍

①《法西斯细菌》

该剧堪称这一创作潮流的代表作，其表现的不是大的历史事件本身，而是社会历史大风暴所激起的人物情感的风暴，遵循受着历史发展的外在逻辑制约、影响的人物思想、感情、心理发展的内在逻辑。

②《芳草天涯》

该剧通过对心理阴影的精微揭示，在更深刻的意义上否定了那个制造“愚蠢和悲愁”的社会与时代。

③其他作品

夏衍这一时期的剧作还有《一年间》《心防》《愁城记》《水乡吟》《离离草》等。

(3)宋之的

①《雾重庆》

该剧又名《鞭》，揭露了黑暗恶浊的社会对青年的腐蚀与毒害，剧作结构比较严谨，人物性格也相当鲜明。

②《祖国在呼唤》

该剧描写了沦陷后的香港社会各阶层人们的不同动态，歌颂了响应祖国呼唤的爱国者形象。

(4)田汉

①《丽人行》

该剧塑造了纱厂女工刘金妹、软弱的知识女性梁若英、坚定的革命女性李新群三个不同类型的女性形象。在艺术上，采取了传统戏曲多场次结构法，以及“有戏则长，无戏则短”

的戏剧结构原则，容纳了较为广阔的社会内容，加快了戏剧节奏；情节发展不受时间、空间限制，多条线索同时交错展开，节奏明快，有张有弛，取得了立体化的效果；还吸收活报剧的某些特点，在每场开幕之前，由“报告员”说明情节的联系，做到了前后连贯，纷繁有序。

②其他作品

田汉这一时期的剧作还有《卢沟桥》《最后的胜利》《黄金时代》《再见吧，香港》《秋声赋》《丽人行》。

(5)其他写知识分子的戏剧

主要有陈白尘的《岁寒图》、袁俊的《万世师表》、于伶的《长夜行》、吴祖光的《风雪夜归人》、路翎的《云雀》等。

3. 讽刺喜剧创作的发展

(1)陈白尘

①陈白尘是善写喜剧的老手，从抗战初期写的三幕讽刺喜剧《乱世男女》，到独幕喜剧《未婚夫妻》《禁止小便》以及悲喜剧《结婚进行曲》，大致可以从中看出作家的创作轨迹。

②《升官图》是陈白尘的代表作。该剧借一个强盗(闯入者乙)的一场“升官梦”来展开剧情，是揭露国民党政府的一部“官场现形记”。该剧采用漫画、夸张的手法和讽刺、辛辣的语言，达到了很好的艺术效果。

(2)丁西林

①“五四”时期就以喜剧蜚声剧坛的丁西林，经过长期沉默之后，在抗战热潮中再度提笔，先后创作了喜剧作品《三块钱国币》《等太太回来的时候》《妙峰山》等。

②《三块钱国币》是他抗战时期的代表作。该剧从人物的日常生活中挖掘出喜剧性的冲突，通过俏皮机智的对话，塑造出性格鲜明的人物形象，也更加具有现实针对性。不同于1920年代“绅士式”的淡雅幽默，这一时期他转向辛辣的讽刺性幽默。

(3)老舍

①老舍这一时期的戏剧作品有《残雾》《张自忠》《面子问题》《大地龙蛇》《归去来兮》等。

②关注“改造国民性”是他一贯的主题，还创造了一种小说化的戏剧，对戏剧艺术的发展是一个新的推动。

(4)袁俊

①袁俊是抗战时期成名的喜剧家，主要戏剧作品有《万世师表》《小城故事》《边城故事》《山城故事》《美国总统号》等。

②爱情婚姻及世态人情是他喜剧的主要着眼点，作品深受欧美世态喜剧的影响，大量运用滑稽、重复、突转以及“屏风设置”等手法增强了喜剧的效果。

【名师点拨】了解抗战时期大后方与上海“孤岛”剧场戏剧的三股潮流，并对这些潮流兴起的社会、心理原因进行分析。此外，重点阅读夏衍的《法西斯细菌》和《芳草天涯》。

三、沦陷区：职业化、商业化的剧场戏剧的繁荣

1. 职业化、商业化的剧场戏剧的繁荣

(1)创作方面

由于日本高压的殖民统治，沦陷区的剧场戏剧被迫失去了表达和激发民族救亡热情的启蒙功能，因而较少政治色彩，基本上是出于商业的或“纯艺术”的动因。

(2)观众方面

这一时期，处于的殖民统治下的市民，把剧场作为他们释放压抑情绪、转移精神苦闷的

场所。

整体来说，这种“市民化”创作倾向与同一时期敌后根据地及以后的解放区的“农民化”创作倾向，形成了1940年代戏剧文学创作的两极。

2. 沦陷区戏剧创作的市民化的表现

(1)在题材内容上，大都集中在中国市民阶层最感兴趣的几个“热点”。如反映宫廷政治的历史剧(姚克《清宫怨》、周贻白《天外天》等)，描写民间艺人的悲剧(秦瘦鸥、顾仲彝等的《秋海棠》)，描写旧式大家庭的悲剧(费穆的《浮生六记》)，抒写都市家庭生活的轻喜剧(石华父的《职业妇女》、杨绛的“喜剧双璧”《称心如意》《弄真成假》)，纯粹娱乐性的侦探剧(陈绵的《天罗地网》)、神话剧(顾仲彝的《八仙外传》)。

(2)在艺术表现上，除运用传说、神话等民间素材外，最突出的是全面地向市民所喜爱与习惯的戏曲借鉴，话剧与传统戏曲的联姻在这一时期达到顶点。

(3)在审美趣味上，除注重情节的传奇性，形式的新奇性外，还特别强调格调的喜剧性，以喜剧场面、喜剧人物或喜剧结局冲淡悲剧气氛，达到寓哭于笑的艺术效果。

28.2 考研真题与典型题详解

一、名词解释

1. 新秧歌剧[首都师范大学2010年研]

答：新秧歌剧是革命根据地延安新秧歌运动的产物，它在借用旧秧歌剧的基础上，改造了旧秧歌剧，于诸多方面表现出与已经在陕北一隅存在了千百年的旧秧歌剧迥然不同的品质。新秧歌剧也是毛泽东《在延安文艺座谈会上的讲话》的产物，它贯彻了毛泽东提出的“成为整个革命机器的一个组成部分”的文艺原则，同时，也获得了延安民众的喜爱。《兄妹开荒》是新秧歌剧的开端。

2. 新歌剧

答：新歌剧是“五四”以来逐渐发展形成的，是具有中国特色的一种综合了音乐、诗歌、舞蹈等艺术而以歌唱为主的戏剧形式。它借鉴西洋歌剧的形式，又继承和发展我国民族民间音乐(包括秧歌、戏曲等)的某些手法，形成了具有民族特色的现代新型剧式。为了与我国传统的歌剧——戏曲相区别，通常称作新歌剧。代表作有《白毛女》《刘胡兰》《赤叶河》等。

二、简答题

1. 简述《白毛女》成功的因素。[湖南师范大学2023年研]

答：《白毛女》作为中国现代文学与戏剧领域的经典之作，其成功并非偶然，诸多因素共同促成了它在艺术和社会层面的卓越成就。以下从主题表达、人物塑造、艺术创新、时代契合等方面进行阐述。

(1)深刻且具感染力的主题

①阶级压迫与反抗主题的有力呈现

《白毛女》以贫苦农民杨白劳和女儿喜儿的悲惨遭遇为主线，深刻揭示了封建社会地主阶级对农民的残酷剥削与压迫。黄世仁强占喜儿，逼死杨白劳，这种典型的阶级压迫情节触动人心。喜儿在遭受苦难后顽强求生、复仇反抗，体现了被压迫者不甘屈服的精神，引发广大民众对阶级不平等的强烈愤慨，激发了他们的反抗意识，使作品具有强大的思想感染力。

②新社会光明前景的展望

作品不仅展现了旧社会的黑暗，更通过喜儿最终被解救，过上幸福生活，传达出对新社会的憧憬与向往。这种新旧社会对比，给予观众希望与鼓舞，让人们相信正义终将战胜邪恶，新社会必将取代黑暗的旧社会，契合了当时社会变革时期人们对美好生活的追求。

(2)生动鲜活的人物塑造

①典型人物形象的塑造

喜儿这一形象极具代表性，她从天真烂漫的少女，历经磨难变得坚韧勇敢，其性格的转变真实且打动人心。杨白劳善良忠厚、逆来顺受，却在封建压迫下无力反抗，最终悲惨死去，凸显了底层农民的无奈与悲哀。黄世仁则是贪婪、凶狠、残暴的地主阶级代表，他的恶行成为引发观众愤怒的焦点，这些典型人物形象使故事极具张力。

②人物情感的细腻刻画

剧中对人物情感的描绘细致入微。喜儿对父亲的深厚亲情，在杨白劳被迫卖女后，她的痛苦、绝望与不舍展现得淋漓尽致；喜儿在山洞中顽强生存时，对黄世仁的仇恨支撑着她，这种情感的刻画让人物形象更加丰满，使观众能深刻体会到人物的内心世界，增强了作品的情感共鸣。

(3)艺术表现形式的创新

①民族化与大众化的融合

《白毛女》将西方歌剧与中国传统戏曲元素相结合，创造出独特的民族新歌剧形式。它采用中国民间音乐曲调，如河北民歌《小白菜》等，使旋律朗朗上口，易于被大众接受。同时借鉴传统戏曲的表演手法，如念白、舞蹈等，让作品充满浓郁的民族特色，贴近广大民众的审美习惯，实现了艺术形式的民族化与大众化。

②舞台表现的丰富性

在舞台呈现上,《白毛女》通过巧妙的灯光、布景和道具设计，营造出逼真的场景氛围。如阴森的黄家大院、寒冷的山洞等场景，配合演员生动的表演，增强了故事的真实感与感染力。剧中的音乐、舞蹈与表演紧密配合，如喜儿的舞蹈动作展现了她的性格与情绪变化，使舞台表现丰富多样，给观众带来强烈的视觉与听觉冲击。

(4)契合时代需求

①顺应社会变革的潮流

《白毛女》诞生于抗日战争时期，当时社会正处于深刻变革中，农民问题成为革命的关键。作品所反映的阶级压迫与反抗主题，以及对新社会的展望，与中国共产党领导的革命斗争目标相契合，为发动群众、推动社会变革发挥了积极作用，得到广泛传播与认可。

②满足民众的精神需求

在动荡不安的时代背景下，民众渴望看到反映自身苦难与希望的文艺作品。《白毛女》以其贴近生活的故事和鲜明的情感表达，满足了民众的精神需求，成为他们情感宣泄与寄托的重要载体，在民众中引起强烈共鸣，迅速传播开来。

2. 简述《白毛女》对西洋歌剧、传统戏曲和民间艺术资源的吸收改造取得的成就。［扬州大学 2018 年研］

答：《白毛女》于 1945 年登台演出，获得巨大成功，并成为现代民族歌剧的奠基之作。取得这样的成就，得益于该剧对西洋歌剧、传统戏曲和民间艺术资源的合理吸收和成功改造，具体体现为：

(1)《白毛女》融会了西洋歌剧的形式，特别是充分发挥了其善于抒情的特长，精心设计了一些脍炙人口的抒情唱段，极大地丰富了艺术表现力。如《北风吹》《扎头绳》《扑不灭的火》《我们的喜儿哪里去了?》等。

(2)在西洋歌剧的齐唱、重唱、合唱、伴唱等表演形式中，回荡着经过改造的河北梆子、河北花鼓、山西秧歌、山西梆子等地方戏曲曲调和北方民歌、小调的旋律。中西文化相互融合，更受农民群众的欢迎。

除此之外，也在吸取戏剧、诗歌、音乐、舞蹈等艺术因素基础上增加了戏剧性的艺术效果。

(3)极大地迎合了解放区农民的欣赏习惯，从民间戏曲中吸取养料，使政治宣传功能和审美功能达到了统一。如全剧戏剧冲突尖锐，情节极富传奇色彩，人物黑白分明，这都是适应农民要求"明确、强烈，有劲(力)"的审美趣味的。新歌剧贴近现实生活、乡土气息浓郁同时又诙谐幽默，富有生活情趣。既贴近农民群众生活也能吸引农民群众。

同时，剧中又插入像"除夕过年"那样的充满生活情趣(包括诙谐趣味)的场景描写，表现了以家庭与邻里和谐关系为中心的民间日常生活的理想；并以喜儿与大春的"青梅竹马"的爱情故事作为情节发展的副线，并由此展现了"鸳鸯拆散""绝处不死""英雄还乡""相逢奇遇""善恶终有一报"等一系列情节线索，这都是农民观众所熟悉的，对他们是很有吸引力的。

以《白毛女》为代表的新歌剧的成功，推动话剧的民族化进程。1943 年上演的独幕剧《把眼光放远点》(胡丹沸执笔)、《粮食》(洛丁、张凡、朱星南)、三幕话剧《抓壮丁》(丁洪、陈戈、戴碧湘、吴雷，吴雪执笔)，1944 年上演的四幕话剧《同志，你走错了路》(姚仲明、陈波儿)等都是在这一时期出现的。同时也推动与促进了传统戏曲的改革，新编了平剧(即京剧)《逼上梁山》(杨绍萱、齐燕铭执笔)、《三打祝家庄》(李纶、任桂林、魏晨旭)等。

3. 简述"广场戏剧"的三次高潮。

答:(1)"广场戏剧"的第一次高潮：抗战初期"抗战总动员"

抗战初期，为适应战时政治宣传、鼓动的需要，剧场戏剧转向"广场戏剧"，形成了"广场戏剧"的第一次高潮。从现代大都市的"剧场"走向了街头、村镇、以至战地的广场，从"剧场戏剧"走向了"广场戏剧"。这不仅是演出舞台的变化，同时还意味着戏剧观念、艺术表现、写作方式、演出形式等一系列的变化。

(2)"广场戏剧"的第二次高潮：敌后根据地的戏剧创新

1943 年，陕北根据地掀起了群众性的、轰轰烈烈的新秧歌剧运动。《兄妹开荒》《夫妻识字》等秧歌剧轰动一时。《兄妹开荒》(王大化、李波、路由)、《夫妻识字》(马可)、《牛永贵挂彩》(又名《牛永贵受伤》，周而复、苏一平)等秧歌剧轰动一时。

"白毛女"素材来源于 1940 年在河北西北部流传的白毛仙姑的民间传说。在《白毛女》创作的初期，曾有新文艺剧作家利用这样的民间素材，写成了一个"以破除迷信，发动群众为主题"的剧本，提炼出"旧社会把人逼成鬼，新社会把鬼变成人"的革命化主题。农民文化、五四文化和革命文化相互融合，共同推动了"白毛女"的创作历程。

在艺术形式上，既融会了西洋歌剧的形式，特别是充分发挥了其善于抒情的特长，精心设计了一些脍炙人口的抒情唱段，极大地丰富了艺术表现力，同时又不拘于西洋歌剧只唱不说的框框，参照传统戏曲的手法，适当安排剧中人物的道白，使剧情进展更加明快晓畅，也更适合农民群众的欣赏，创造性地吸取民族、民间音乐素材的同时，在歌剧音乐的戏剧性与性格化方面也做了大胆的尝试。

以《白毛女》为代表的新歌剧的成功，推动话剧的民族化进程。1943年上演的独幕剧《把眼光放远点》(胡丹沸执笔)、《粮食》(洛丁、张凡、朱星南)、三幕话剧《抓壮丁》(丁洪、陈戈、戴碧湘、吴雷，吴雪执笔)，1944年上演的四幕话剧《同志，你走错了路》(姚仲明、陈波儿)等都是在这一时期出现的。同时也推动与促进了传统戏曲的改革，新编了平剧(即京剧)《逼上梁山》(杨绍萱、齐燕铭执笔)、《三打祝家庄》(李纶、任桂林、魏晨旭)等。

(3)“广场戏剧”的第三次高潮：学潮中的广场活报剧

到1940年代末，文艺演出在反内战、反独裁的学生运动中出现了，浪漫主义和英雄主义相结合，政治艺术和群众力量相结合。吴祖光的《捉鬼传》、宋之的的《群猴》、瞿白音的《南下列车》等职业剧作家也吸收了广场戏剧的特点。

四、论述题

分析抗战大后方和上海“孤岛”的剧场戏剧的兴起及其原因，并列举出代表作家作品。［重庆大学2018年研］

答：(1)抗战大后方和上海“孤岛”的剧场戏剧兴起的原因

①1938年武汉失陷后，抗日战争进入了相持阶段。随着抗战长期化、日常化，话剧运动本身也在发生战略重点的转移：大批原来活跃在战地的话剧工作者又逐渐集中到重庆、成都、昆明等大后方据点与香港、上海等大中城市，话剧又开始成为都市文化生活的一部分。

②这一时期，话剧的城市观众正在不断成熟，观众对话剧的认识逐渐从陌生变得熟悉，在不断接触中，观众的欣赏水平也有了提高，这反过来自然促进了城市剧场戏剧的发展。

③由于日军封锁外国电影胶片的进口，大后方的城市电影院大为冷落，更为话剧在城市的发展提供了机会。

④在中共党组织的推动下，国统区先后成立了中华剧艺社、中国艺术剧社，连同为进步力量控制的中央电影摄影场剧团、中国电影制片厂的中国万岁剧团、三青团的中央青年剧社，组成了一支强大的职业演出队伍，并在“从剧团的组织，演出制度，排演规程，乃至每一个工作者的基本技术水准，工作态度……都要做到‘现代化’‘科学化’‘正规化’”的要求下，掀起了介绍与学习斯坦尼斯拉夫斯基演剧体系，探索话剧民族化道路的热潮。

⑤这一时期上海“孤岛”先后成立了上海剧艺社、中法剧社、中国银行剧社、上海职业剧团等职业剧团，形成了“业余演出的‘小剧场’与职业演出的‘大剧场’相辅相成”的局面。

基于以上诸因素，中国的话剧运动再一次发生了向职业性、商业化的转变，广场戏剧向剧场戏剧的倾斜。剧场戏剧在抗战大后方和上海“孤岛”蓬勃兴起。

(2)剧场戏剧兴起的表现及代表作家作品

这一时期，大后方与“孤岛”上海的剧场戏剧的创作，出现了历史剧的创作、正面描写知识分子的创作、讽刺喜剧的创作三股潮流。

①历史剧创作的繁荣

抗战进入相持阶段时，“中国向何处去”成为全民族关注与探索的问题，从而出现“重新认识与研究民族历史与文化”的历史文化思潮。代表作家作品有：

a. 阳翰笙

从《李秀成之死》《天国春秋》《草莽英雄》等历史剧作品可以看出其政治性很强。在现实主义的创作宗旨下，积极挖掘反映民族精神、寻找民族出路的历史题材，具有很强的艺术感染力，这在一定程度上弥补了形象性欠缺的局限。

b. 欧阳予倩

《忠王李秀成》与《桃花扇》历史剧源于现实又暗示现实，将戏剧创作手法和电影创作手法相结合，极大丰富了话剧感染力。

c. 阿英(钱杏邨)

阿英的三大南明史剧：《碧血花》(又名《明末遗恨》《葛嫩娘》)，《海国英雄》(又名《郑成功》)与《杨娥传》着力宣扬民族气节，激发爱国情感。

d. 其他历史剧创作

杨村彬的《清宫外史》(包括《光绪亲政记》《光绪变政记》《光绪归政记》三部)、姚克的《清宫怨》等历史剧再现了中华民族在帝国主义侵略和国内封建专制统治下所面临的巨大危机。

②正面描写知识分子的创作潮流

知识分子题材的作品，形成了一个十分相近的文学模式。其主要特点有：这些作品的主人公是剧作家肯定、歌颂的正面人物，却不是高大完美的英雄人物，他们的思想、性格也是发展的；在这些作为国家、民族的栋梁、楷模的正面知识分子周围，都设置歧途中的知识分子。他们在剧中常起着反衬作用，并尖锐地提出了知识分子的道路问题；这些剧作大都把主人公置于抗战的广阔背景下加以表现，有着浓厚的时代气氛；在艺术表现上，都偏于人物内心世界的深入挖掘，把激烈的内心冲突与紧张的外在冲突有机地统一起来。代表作家作品如下：

a. 夏衍

夏衍的《法西斯细菌》堪称这一创作潮流的代表作。它将政治宣传与戏剧艺术结合得较好。主人公俞实夫潜心搞科研，希望用自己的科研成果“为国家，为民族”服务。太平洋战争爆发后，日本侵略者捣毁了他的“科学之宫”，当着他的面残杀爱国青年，血淋淋的事实教育了他，使他认识到：“法西斯与科学不两立”，“人类最大的传染病——法西斯细菌不消灭，要把中国造成一个现代化的国家，不可能……”俞实夫由不问政治到觉醒转变过程，写得真实可信，很有感染力。对俞实夫的日本妻子静子的形象刻画，尤见夏衍的艺术功力。作品追求艺术表现的简洁、含蓄与准确。《芳草天涯》以细腻而独特地描写了知识分子的恋爱婚姻心理而显示出夏衍戏剧的独特魅力，但也因此遭受到粗暴的批评。夏衍戏剧创作规避惊涛骇浪式的宏大场景，代之以平凡的生活画卷，以其沉潜隽永、朴素洗练的风格刻画出知识分子的人生心态，透过日常生活来表现时代精神。

b. 宋之的

五幕剧《雾重庆》通过写一群由北平逃难到大后方重庆的青年学生挣扎、沉沦的悲剧，揭露了大后方社会的黑暗和腐败。五幕剧《祖国在呼唤》继续《雾重庆》的知识分子主题，将夏宛辉、陆原放、韦克恭三位知识分子的爱情纠葛放入沦陷区香港的背景下加以表现，歌颂了革命者、知识青年献身抗战事业的可贵精神。

c. 田汉

《卢沟桥》《最后的胜利》《黄金时代》《再见吧，香港》《秋声赋》《丽人行》都是田汉的这一时期的作品。其中，《丽人行》写了三个不同类型的女性形象，纱厂女工刘金妹、软弱的知识女性梁若英、坚定的革命女性李新群，对比鲜明，情节曲折、动人，该剧采取了传统戏曲多场次结构法，以及“有戏则长，无戏则短”的戏剧结构原则，容纳了较为广阔的社会内容，加快了戏剧节奏，情节发展不受时间、空间限制，多条线索同时交错展开，节奏明快，有张有弛，取得了立体化的效果，吸收活报剧的某些特点，在每场开幕之前，由“报告员”

说明情节的联系，做到了前后连贯，纷繁有序。

d. 其他作家作品

陈白尘将喜剧艺术中的强烈对比手法运用于《岁寒图》，展现了知识分子忠于理想的坚定和忘我的献身精神；袁俊的《万世师表》写了一部从“五四”运动到抗战相持阶段的中国知识分子的思想、性格、心理发展史，使中国知识分子的传统道德在现代知识分子中得到了继承与发扬；于伶的《长夜行》，吴祖光的《风雪夜归人》，路翎的四幕剧《云雀》等都是这一时期比较优秀的作品。

③讽刺喜剧创作的发展

讽刺喜剧常以尖锐泼辣的讽刺和嘲笑揭露和抨击现实生活中的反面事物，抗战戏剧常在讽刺中兼具喜剧品格。随着剧作家对生活体察日益深入，剧作中的讽刺意味越加明显的同时也出现了比较纯粹的喜剧，也就说是政治批判性极其强烈的喜剧日益增多。代表作家作品有：

a. 陈白尘

抗战期间，陈白尘创作了《魔窟》《乱世男女》《结婚进行曲》等多幕剧和总称为《后方小喜剧》的一组独幕剧。其中《乱世男女》(1939 年)和《结婚进行曲》(1942 年)受到各界好评。《升官图》借一个强盗(闯入者乙)的一场“升官梦”来展开剧情，暴露国民党官僚统治的腐朽黑暗，是对国统区的社会现实特别是官场进行了辛辣的讽刺。

b. 老舍

老舍继《残雾》(1939 年)之后，又写了《国家至上》(1940 年，与宋之的合作)、《张自忠》(1940 年)、《面子问题》(1941 年)、《大地龙蛇》(1941 年)、《归去来兮》(1942 年)、《谁先到了重庆》(1942 年)、《桃李春风》(1943 年，又名《金声玉振》，与赵清阁合作)等作品。其中，五幕剧《归去来兮》可视为老舍抗战时期戏剧的代表作，字里行间都蕴蓄着剧作家的怜悯与愤激之情。这些作品大都属于应时受命之作，具有很强的现实意义，但也都保持着“战时宣传剧”的特征，戏剧冲突的展开和主题的开掘，都没有足够深入。但这些作品为老舍进一步的艺术探索提供了宝贵的经验，为他以后创作出《茶馆》那样的传世剧作奠定了基础。

c. 袁俊

四幕剧《万世师表》是当时有一定影响的剧作。剧本塑造了一位可歌可泣的大学教授林桐的形象，于平平淡淡的生活中潜移默化地呈现林桐 25 年来兢兢业业、坚贞自守的知识分子的崇高文化品格。他从欧洲情节剧中吸收戏剧结构技巧，戏剧语言多俏皮机智，常富有讽刺意味，但人物形象有时不够明朗，有时也累于不必要的噱头。

d. 丁西林

代表作有《三块钱国币》《等太太回来的时候》《压迫》及《妙峰山》等。丁西林的喜剧不及讽刺喜剧尖锐辛辣，接近英国的机智喜剧的雅致幽默。戏剧人物大多受民主思想的影响，情趣高雅，性格独特，人物之间的思想性格差异构成丁西林喜剧冲突的张力。戏剧语言简洁精练、机智风趣。

第 29 章　台湾文学

29.1　复习笔记

一、台湾现代文学发展的历史轮廓

1. 台湾的新文学运动发端

(1)1895 年，在甲午战争中失败的清政府被迫签订丧权辱国的《马关条约》，台湾被迫割让给日本，从此开始了半个世纪的被殖民之苦，民族文化因此也受到极大摧残。

(2)1919 年祖国大陆的"五四"新文化运动得到留学东京的台湾学生的响应，他们组织应声会，1920 年改组为启蒙会，接着又成立了新民会。1921 年，台湾的进步知识分子和开明绅士在本岛成立了台湾文化协会，把新文化运动的火种引入岛内，提倡白话文、反对文言文，提倡新文学、反对旧文学，标志着当地的民族解放斗争进入了以政治运动和文化启蒙运动为主要内容的新阶段。

2. 台湾现代文学的发展时期

(1)草创期(1920 年代)

从 1922 年开始，以赖和为代表的一批新文学作家开始发表白话文学作品。1924 年，从北京求学归来的张我军，连续在《台湾民报》发表一系列文章，抨击旧文学，呼吁新文学，主张"台湾之文学乃是中国文学的一支流"。

(2)繁盛期(1930 年代)

新文学社团和刊物大量出现，如台湾艺术家协会创办的《台湾文学》(1931)、南音社创办的《南音》(1931)、艺术研究会创办的《福尔摩沙》(1932)、文艺协会创办的《先发部队》(1933，第二期改称《第一线》)、文艺联盟创办的《台湾文艺》(1934)、杨逵独立创办的《台湾新文学》(1935)等。

(3)凋零期(从日本全面侵华到无条件投降期间)

随着日本全面侵华战争爆发，殖民当局为适应战争需要在台湾推行"皇民化运动"，废止汉文书房，禁止汉文报刊，迫使一些文学社团解散，或变质纳入"文学奉公会"旗下，致使台湾文学走入沉寂期。

(4)光复初期(从台湾重回祖国到 1949 年 12 月国民党政权迁台)

这一时期中华文化的战后重建被提上日程。一批内地文化人热情赴台，参与此项工作。其中，不乏 1920—1940 年代各个时期的作家和学者，如丁西林、台静农、许寿裳、李霁野、黎烈文、魏建功、李何林、袁珂、雷石榆、何欣、纪弦、覃子豪等，一些在日据时期旅居大陆的台籍作家如张我军、洪炎秋、王诗琅、钟理和、林海音等也回到台湾，他们带来了祖国大陆的文学风气和经验。

3. 台湾现代文学的艺术特点

(1)台湾的现代文学大都以现实主义为旨归，乡土气息一般较浓重。其中，最频繁呈现的是思恋家国、反抗压迫的文学母题，以及作为弱国子民的漂泊意识。

(2)台湾现代文学成就最大的是小说，其次是诗，散文和戏剧相对薄弱。

二、台湾现代文学的代表性作家

1. 赖和

(1)赖和被称为“台湾新文学之父”。他不仅是小说家，也是诗人，在散文与文学评论方面亦有建树。其白话短篇小说《斗闹热》是台湾较早的白话小说，新诗《觉悟下的牺牲》《流离曲》《南国哀歌》等均取材于现实中的重大事件。

(2)其作品主题是一贯的，即以弱小民族代言人的姿态，表现出对台湾民众的深切同情，以及对日本殖民者及其走狗的无情揭露和批判。

2. 杨逵

杨逵是日据时期台湾最重要的作家之一。他的成名作为1932年创作的中篇小说《送报夫》，其他作品还有《泥人形》《鹅妈妈出嫁》《模范村》《萌芽》《春光关不住》等。他受左翼文学影响，许多作品都有浓重的意识形态色彩，以现实主义为主，也不乏具有象征意味的作品。

3. 吴浊流

吴浊流是赖和、杨逵之后台湾最重要的作家。他的重要性表现在，将之前的台湾文学对现实的描摹发展为对台湾人心态的表现。这种由外到内的转移，特别是对台湾知识分子灵魂的挖掘、剖析，表现出作者本人清醒的自省意识，也标志着具有独特内容和风貌的台湾文学开始独立地发展。他的多数的小说都写于日本殖民者推行“皇民化运动”之后，主要作品有《陈大人》《糖扦仔》《先生妈》等小说。其最著名的小说《亚细亚的孤儿》是日据时期台湾社会苦难历史的“镜子”，表现了台湾因长期接受殖民统治、与祖国相对隔膜而产生的“孤儿意识”。

4. 其他小说创作

(1)张文环的《艺旦之家》《阉鸡》等写出了普通小市民受压迫被欺凌的生活。

(2)吕赫若的《牛车》《庙庭》《月夜》等不仅反映了殖民统治造成的压抑处境，也剖析了传统礼俗观念对人性的戕害。

(3)龙瑛宗的《植有木瓜树的小镇》以自艾自怜的抒情笔致，表现出知识者的孤独、挣扎和绝望。

5. 诗歌创作

代表诗人及作品主要有杨华的《黑潮集》《晨光集》、王诗琅的《沙漠上之旅人们》、邱淳洸的《化石之恋》，以及吴新荣为代表的“盐分地带”诗人群和杨炽昌代表的“风车诗社”诗人群的现代派诗歌创作。

29.2 考研真题与典型题详解

一、名词解释

20世纪60年代台湾乡土文学论争[南京大学2013年研]

答：20世纪60年代台湾乡土文学论争是一场以文学为突破口，广泛涉及政治、经济、思想、文化等诸多领域的大论战。论争双方分别是以官方势力联合现代派作家的一方和以在野的自由乡土派为主力的一方。两股政治势力、两种意识形态、两个阵营的作家队伍的争论围绕如何评价乡土文学，如何评价台湾文学的现状，如何看待台湾社会现实，如何对待传统等一系列重大问题展开。这场论争理清了官方文学与民间文学(主要是乡土文学)两种异质文学的发展路线，为乡土文学在文坛争得了合法的席位，并形成了一支以本土作家为核心的乡土文学创作队伍，建立了台湾文学的民族风格。回归乡土，反映现实，成为作家的共识。

二、作品分析题

比较下列郑愁予两首诗歌的特色。[首都师范大学2010年研]

媳妇

媳妇儿的家曾是昔日的花轿
颤栗了门深柳枝垂的巷子
苇帘卷著　空堂约好燕燕的佳期
是一叠唱片样转而不眩的下午
啊　燕燕　一圈呢语一圈笑
而雪披的远山　仍是旧岁的寒衣
仍在多上坡的云脊……
翼的路了无消息
无奈梅香总趁日斜时候
推衾欲起的媳妇便怅然仰首
呀　未粘好的风筝犹搁案头……

错误

我打江南走过
那等在季节里的容颜如莲花的开落
东风不来，三月的柳絮不飞
你底心如小小寂寞的城
恰若青石的街道向晚
跫音不响，三月的春帷不揭
你底心是小小的窗扉紧掩
我达达的马蹄是美丽的错误
我不是归人，是个过客……

答：郑愁予是我国现代著名诗人，《媳妇》和《错误》是其代表作，两者的特色表现为：

(1)《媳妇》的特色

在《媳妇》这首诗中，诗人表达出自己对妻子的爱，具体表现为：

①场景的渲染和对比。“媳妇儿的家曾是昔日的花轿”，媳妇的心在轿上荡来荡去，这是一个出嫁的日子，人们吹吹打打着迎娶新娘，热闹非凡；而那“苇帘卷著”的空堂，却有一个人正在静静等候。这里的场景渲染和对比显而易见，诗人通过热闹与寂静的对比，渲染了诗歌氛围。

②古典诗歌意象的运用。诗中运用了不少古典诗歌意象，如“轿”“柳”“巷”“苇帘”“燕燕”“佳期”等词，颇具柳永、秦观等词作的风姿。

③细腻的心理描摹。“无奈梅香总趁日斜时候”，烘托出落日西斜、钩月初挂，媳妇忧上心头的心境。“推衾欲起的媳妇便怅然仰首”中的“仰首”一词，借望月的动作，写出媳妇思念丈夫的心境。末句“未粘好的风筝”象征着丝丝牵挂。作者以此作为结尾，留给了人们无限的遐想与回味。

(2)《错误》的特色

《错误》一诗以江南的小城为中心意象，写思妇盼归人的情思，意境优美深婉，被誉为

“台湾现代抒情诗的绝唱”。可以说，《错误》一诗承继的是中国古代宫怨和闺怨一类诗歌的传统。其特色主要有：

①传统的诗歌意象。诗中大量运用了中国传统古典诗歌的意象，如“莲花”“柳絮”“马蹄”“春帏”等，营造一种古典意境，同时渲染出浓重的愁绪，将亲人久别的抑郁和不得相聚的惆怅曲折地表达出来。

②高度的戏剧性。“美丽的错误”这句话本是矛盾的，但联系整首诗歌，“达达的马蹄”敲响了女子希望重逢的心——这是美丽的。但这马蹄声并不是她所企盼的——这是个错误。希望与失望的转换间，产生了高度的戏剧性，更形成了起伏跌宕之势。

③文字纯净清新。诗歌的文字纯净利落、清新灵动，外在的景物精致迷人，内在的情感真挚感人，情景高度融洽，产生了无穷的艺术感染力。